MICHAELA GÖHR

REBELLION DER DRACHEN

Liebe Nicole,
ganz viel Spaß und
spannende Unterhaltung
mit Jonas und
Helia!
Michaela G.

GEDANKENREICH VERLAG

GedankenReich Verlag
N. Reichow
Neumarkstraße 31
44359 Dortmund
www.gedankenreich-verlag.de

REBELLION DER DRACHEN

Text © Michaela Göhr, 2023
Cover & Umschlaggestaltung: Rica Aitzetmüller
Lektorat/Korrektorat: Gwynnys Lesezauber
Satz & Layout: Phantasmal Image
Covergrafik © shutterstock
Innengrafiken © shutterstock
Druck: printed in poland

ISBN 978-3-98792-097-4

MICHAELA GÖHR

GEDANKENREICH

Für Nico
und alle
Drachenreiter
dieser Welt

ENTFÜHRT

Jonas blickte kritisch in das blasse Gesicht mit den wasserblauen Augen, das ihm müde aus dem Badezimmerspiegel entgegensah. Boa, wie er diese dämlichen Träume hasste, nach denen er aussah wie eine lebende Leiche mit Sommersprossen, deren Frisur einer Föhnexplosion zum Opfer gefallen war! Die rotblonden Haare standen wirr in alle Richtungen ab.

Niedergeschlagen musterte er seine eher schmächtige Gestalt. Warum war er nicht so breitschultrig und muskulös wie die meisten anderen Jungs in seinem Jahrgang? Verdammt, er wurde diesen Sommer sechzehn! Wo blieb der Bartwuchs? Seine Ma meinte, das würde noch kommen. Er hoffte inständig, dass sie recht behielt. Einige Klassenkameraden lachten über ihn, weil er keine angesagten Markenklamotten trug und in seiner Freizeit lieber las, statt in der Disco abzuhängen.

Frustriert beugte er sich übers Waschbecken, um mit einer Handvoll eiskaltem Wasser seine Lebensgeister zu wecken. Als er sich erneut aufrichtete, starrte ihn ein intensiv blau leuchtendes Paar Augen aus dem Spiegel an. Er wollte aufschreien, doch ihm entfleuchte nur ein heiseres Krächzen.

»Bist du endlich fertig im Bad?«

Die Stimme seiner Mutter riss ihn aus der Schockstarre. Er blinzelte, rieb sich die Augen – natürlich war da nichts, nur sein eigenes Gesicht. Warum sah er bloß ständig solche krass unheimlichen Sachen? Mit energischen Bewegungen rubbelte er sich die Wangen trocken, riss die Tür auf und schob sich wortlos an der wartenden Gestalt vorbei. Er überragte sie mittlerweile um einen halben Kopf. Dennoch kam er sich unter ihrem besorgten Blick noch immer wie ein kleiner Junge vor.

»Du siehst blass aus. Ist irgendwas?«

»Nö. Hab mich bloß erschreckt, war aber nix.«

»Dann beeil dich und komm frühstücken!«

»Haste wieder Gespenster gesehen?« Das Grinsen seines jüngeren Bruders verfolgte Jonas bis in sein Zimmer.

Wütend streifte er den Pulli über, schlüpfte in eine Jeans und verfluchte sich dafür, überhaupt etwas gesagt zu haben. Musste die kleine Mistkröte ihre Ohren überall haben?

Jason ließ keine Gelegenheit aus, sich in den Vordergrund zu spielen, und würde ihrem Pa, der ausnahmsweise um diese Zeit zu Hause war, garantiert seine Vermutung auftischen. Am liebsten hätte sich Jonas klammheimlich rausgeschlichen, doch dadurch wäre es nur noch schlimmer geworden. Also riss er sich zusammen und betrat zwei Minuten später die Küche, in der die Familie bereits am gedeckten Tisch saß.

Mit einem gemurmelten »Morgen« griff er sich beim Hinsetzen eine angesengte Toastscheibe, die er dick mit Nutella bestrich, um sie halbwegs genießbar zu machen. Obwohl er absichtlich niemanden ansah, erklang die spöttische Stimme seines Vaters, ehe er dazu kam, hineinzubeißen.

»Wie bist du denn schon wieder drauf? Sag bloß nicht, dass du immer noch Angst vor deinem eigenen Schatten hast. Ich dachte wirklich, du wirst langsam erwachsen.«

Aha. Ein Seitenblick auf den Zwölfjährigen, dessen Schadenfreude ihm unverhohlen ins Gesicht geschrieben stand, hätte ihn vor einem Jahr noch explodieren lassen, doch mittlerweile konnte sich Jonas wesentlich besser beherrschen.

»Ist es jetzt ein Verbrechen, sich zu erschrecken?«, fragte er möglichst cool und sah seinem Pa dabei direkt ins Gesicht.

Dieser zog in gespielter Überraschung die Augenbrauen hoch. »Oh, der junge Mann redet sogar mal mit seinem Vater. Wie schön! Nein, es ist nicht strafbar, sich kindisch zu verhalten, aber wir machen uns Sorgen um dich. Wie soll das werden, wenn du im Herbst deine Lehre anfängst und dann ständig solche unsinnigen Panikattacken bekommst? Du kannst ja nicht einmal ohne schlotternde Knie auf eine Leiter steigen!«

Nun wurde Jonas doch rot. Es war nicht fair von seinem Vater, die Höhenangst mit den peinlichen Halluzinationen in einen Topf zu werfen!

»Deshalb werde ich ja auch kein Dachdecker, sondern Buchhändler«, antwortete er. »Ich dachte, das hätten wir geklärt. Und alles andere ist Schnee von gestern, Pa. Lass dir von Jason nix erzählen, der will mich bloß ärgern. Mir geht's gut, solange mich nicht ständig irgendwer mit diesen alten Geschichten nervt.«

»Soll ich nicht lieber noch mal einen Termin bei Dr. Petrinov machen?«, mischte sich nun seine Mutter ein.

»Nein!« Er sprang auf, wobei er seinen Stuhl so heftig zurückstieß, dass dieser umkippte und mit der Lehne auf den Küchenboden knallte. »Sorry Ma, aber das bringt nichts außer Ärger. Ich bin vollkommen okay!«, brachte er mühsam hervor, während er aus der Küche stürmte, ohne sein Frühstück auch nur angerührt zu haben.

Es kümmerte ihn momentan wenig, dass ihm seine Mutter hinterherstarrte und sich sein Pa lautstark über sein Verhalten aufregte. Sie hielten ihn sowieso für einen Freak. Niemand glaubte ihm die Sache mit den Spiegeln, durch die er sich seit Jahren beobachtet fühlte. Immer wieder folgte ihm ein Augenpaar, wenn er an einer spiegelnden Fläche vorbeikam. Er könnte schwören, dass es stimmte. Aber sobald er das Phänomen näher untersuchen wollte, war es verschwunden. Und natürlich nahm es niemand außer ihm wahr, nicht mal sein Kumpel Denny, der sogar einmal direkt neben ihm gestanden hatte. Daran konnten auch gelegentliche Besuche beim Psychiater nichts ändern.

So deutlich wie heute hatte er die fremden Augen allerdings noch nie gesehen.

Zehn Minuten später verließ er aufatmend das triste Mietshaus, um zur Bushaltestelle zu gehen. Die Kapuze tief ins Gesicht gezogen schritt er rasch aus. Ein grauer Nieselregentag dämmerte soeben herauf, kalt und ungemütlich, wie Anfang Februar üblich.

Um seinen Ärger zu verdrängen, dachte er lieber an das Halbjahreszeugnis, das er heute Mittag in Händen halten würde. Er hoffte auf eine Belohnung für Einser und Zweier. Wenigstens ein paar Euro, die ihn seinem großen Wunsch von einem eigenen Tablet ein Stückchen näher bringen würden. Obwohl er sein mageres Taschengeld seit über einem Jahr sparte und durch Gelegenheitsjobs aufbesserte, reichte es noch längst nicht dafür. Abgesehen davon zeigte das Display seines Smartphones seit einem Absturz eine grandiose Spider-App. Aber es musste noch mindestens ein Jahr halten, bis ihm ein neues zustand. Warum war seine Familie bloß nicht so reich wie Dannys? Der besaß sogar einen eigenen PC und jede Menge cooler Spiele dafür.

Er war so tief in Gedanken versunken, dass ihn der stahlharte Griff am Arm völlig überraschte. Sein Aufschrei wurde von einer Hand erstickt, die ihm brutal den Mund zuhielt. Die Gestalt, die wie ein lautloser Schatten hinter ihm aufgetaucht war, überwältigte ihn mühelos, obwohl er mit aller Kraft versuchte, sich loszureißen.

Eine raue Stimme zischte harsch klingende Worte, die er nicht verstand. Allein der Tonfall brachte ihn dazu, seine sinnlose Gegenwehr aufzugeben. Sein Herz raste, er hatte das Gefühl, keine Luft zu bekommen. Als sein Angreifer den Schraubstockgriff über Mund und Nase etwas lockerte, saugte er gierig Sauerstoff in seine überforderten Lungen.

Schwer atmend, verwirrt und hilflos blickte er sich um. Kein Mensch weit und breit, niemand würde ihm zur Hilfe kommen. Die Haltestelle, an der seine Mitschüler warteten, lag erst hinter der nächsten Biegung, hier gab es weder bewohnte Häuser noch Geschäfte, nur eine Wiese und auf der anderen Straßenseite ein verlassenes Fabrikgelände. Aus den Augenwinkeln sah er ein hübsches dunkelbraunes Gesicht mit blitzenden schwarzen Augen. Was zum ... Sein Angreifer war ein Mädchen, ein verdammt kräftiges noch dazu! Sie hielt ihn noch immer gnadenlos gepackt und ließ nicht zu, dass er sich weiter umdrehte.

Ein merkwürdiges Rauschen lenkte ihn von dem Gedanken ab. Gleich darauf wurde ihm seine Kapuze von einer überraschend starken Windböe vom Kopf geweht. Vor ihm fegte ein Minitornado über die Wiese und brachte halb verrottetes Laub zum Tanzen.

Die raue Stimme wurde weich und sanft, als sie unverständliche Worte murmelte, die anscheinend nicht für ihn bestimmt waren. Allerdings sah Jonas niemanden sonst. Dafür hörte er ein volltönendes Schnauben, ähnlich dem eines Pferdes, nur tiefer und kraftvoller. Als würde ein sehr viel größeres Tier ausatmen. Gleich darauf streifte ein feuchtheißer Lufthauch sein Gesicht, der nach fremdländischen Gewürzen und Zwiebeln roch. Sein neuerlicher Überraschungslaut wurde durch die noch immer vor seinen Mund gepresste Hand gedämpft.

»Steig auf!« Der leise Befehl, den er genau verstand, kam erstaunlich freundlich.

Er wurde vorwärtsgeschoben, bis er gegen ein unsichtbares Hindernis prallte. Es fühlte sich rau und warm an, ziemlich groß und lebendig, aber was zur Hölle war das? Bevor er wusste, wie ihm geschah, war er aus dem erbarmungslosen Griff befreit. Dafür wurde seine Hand grob zu etwas geführt, das sich vor seiner Brust befand. Tastend erkannte er es als eine Art Seilschlinge.

»Stell den linken Fuß in die Schlaufe, beeil dich!«

»Warum? Was–«

»Mach schon!«

Ihr Tonfall brachte ihn dazu, es zu versuchen, obwohl sich alles in ihm dagegen sträubte und ihm die Widersinnigkeit seines Tuns völlig bewusst war. Zudem war es einfacher gesagt als getan. Er hob sein Bein so hoch er konnte, aber er war kein Kunstturner oder Akrobat! Außerdem hatte er keinen Schimmer, woran er sich dabei festhalten sollte.

»Ich kann nicht!«, stöhnte er hilflos.

Ein Seufzer brachte ihn dazu, sich zu der Gestalt umzudrehen, die so dicht hinter ihm stand, dass sie ihn praktisch zwischen sich und dem Hindernis einzwängte. Ohne die Chance, weitere Fragen zu stellen oder gar Fluchtgedanken zu schmieden, fühlte er sich am Kragen gepackt und wie ein Kätzchen hochgehoben. Diesmal schrie er wirklich, und noch einmal, als er mindestens drei Meter über dem Asphalt plötzlich losgelassen wurde. Wider Erwarten fiel er nur ein kleines Stück. Die Landung erfolgte auf etwas Hartem, das sich schmerzhaft in seine wertvollsten Teile bohrte.

Sein Stöhnen verwandelte sich übergangslos in einen erneuten Schreckenslaut, weil es rechts und links von ihm keinerlei Halt zu geben schien. Vermutlich hätte er sofort wieder den Weg nach unten angetreten, wäre er nicht sogleich von starken Armen aufgehalten worden.

»Schön hiergeblieben!«, sagte die Unbekannte, die wie durch Zauberei plötzlich hinter ihm saß. Sie klang dabei eher amüsiert als ärgerlich. »Festhalten!«, befahl sie gleich darauf.

»Festhalten? Woran denn?«

Jonas wollte sich empört zu ihr umdrehen, doch in diesem Moment sah er, worauf er sich befand. Aus dem Nichts tauchte vor und unter ihm eine riesige Gestalt mit einem langen Hals auf, deren dunkles Schuppenkleid trotz des fahlen Lichts glänzte wie poliert. Rechts und links hoben sich lederartige Schwingen, die zu einem mächtigen Flügelschlag ausholten. Panisch griff er nach der Halteschlaufe vor sich – gerade noch rechtzeitig, bevor sich das Ding unter ihm mit Urgewalt in die Luft katapultierte.

Obwohl er die rasante Aufwärtsbewegung hatte kommen sehen, konnte er einen weiteren Entsetzensschrei nicht unterdrücken.

Seine Entführerin lachte schallend. »Jetzt kannst du kreischen, so viel du willst. Auf Zamos Rücken hört es niemand. Aber du brauchst keine Angst zu haben, er fliegt ganz ruhig.«

Gern hätte er irgendwas Lässiges geantwortet, doch er musste sich zu sehr darauf konzentrieren, nicht zu hyperventilieren. Sein Herz schlug bis zum Hals. Er presste Augenlider und Zähne zusammen, klammerte sich angststarr an den Griff.

Nicht. Nach. Unten. Sehen!

Die Panik ließ ihn keuchen wie eine Dampflok. Zu allem Überfluss wurden seine Hände schwitzig, rutschten langsam ab. Verzweifelt griff er noch fester zu.

Atmen, du musst ruhig atmen! Ein – aus, ein – aus …

Zum Glück machte seine Begleiterin keine weiteren Anstalten, mit ihm zu reden. Die Höhenangst lähmte ihn vollständig. Sich vor dem offensichtlich toughen Mädchen lächerlich zu machen, fehlte ihm gerade noch. Wenigstens bewegten sie sich nach dem rasanten Aufstieg relativ gleichmäßig vorwärts. Es ruckelte kaum und obgleich er das Jaulen und Heulen des Windes hörte, erreichte ihn lediglich ein sanfter Hauch davon, als wäre er von einem unsichtbaren Schutzschild umgeben. Krampfhaft versuchte er, sich einzureden, dass alles bloß ein Albtraum war, aus dem er jeden Moment aufwachen würde.

»Wir durchqueren gleich das Portal, das wird etwas holprig. Aber du hältst dich ja gut fest, wie ich sehe …«

Das Mädchen hinter ihm klang jetzt nüchterner, sogar ein wenig angespannt.

Vorsichtig öffnete er die Augen einen Spalt. Seine Sorge, dass die Höhe eine neue Panikattacke bei ihm auslösen könnte, war unbegründet, da dichter Nebel sie umgab. Flogen sie mitten durch die Wolken? Und was bedeutete *›wir durchqueren gleich das Portal‹?* Ehe es ihm gelang, auch nur eine dieser Fragen zu stellen, wurde es gleißend hell.

Ein Blitz, durchfuhr es ihn. *Wir sind getroffen!*

Merkwürdigerweise fühlte er keinen Schmerz, obwohl ihr seltsames Flugdingsda etliche Meter hinabsackte. Einen grausamen Moment lang glaubte er, sie würden abstürzen. Alles schien sich zu drehen, sodass sie nach oben fielen. Sein Schrei glich einem heiseren Keuchen, selbst seine Stimmbänder waren vor Angst gelähmt. Gleich darauf glitten sie so ruhig dahin, als wäre nichts geschehen. War das etwa das Portal?

So ein Quatsch, total abgedreht … Alles hier.

Es wurde heller, die Luft kam ihm wärmer vor als vorhin. Es gab keine Wolken mehr und er konnte unter sich eine Landschaft erkennen. Hastig schloss er erneut die Augen, atmete tief durch.

Nicht hinsehen. Bloß. Nicht. Hinsehen.

Er wiederholte den Satz innerlich wie ein Mantra, immer wieder.

»Warum nicht?«

Die Worte erklangen in seinem Kopf!

Jetzt ist es ganz vorbei, dachte er, während sich eine eiskalte Hand um sein Herz legte. *Erst sehe ich Gespenster, dann werde ich von Supergirl verschleppt. Ich sitze auf einem … Nein, das ist mir jetzt echt zu crazy – ES GIBT KEINE DRACHEN! Aber ich bin beinahe mit diesem Flugwesen abgestürzt und jetzt höre ich auch noch Stimmen!*

Irgendwie beruhigte es ihn, dass er zu solchen Gedanken überhaupt fähig war. Immerhin befand er sich viel zu hoch oben in der

Luft, ohne Anschnallgurt oder Sicherungsleine, auf einem Ding, das aussah wie ein Drache, hinter ihm eine Powerfrau, die ihn völlig easy gekidnappt hatte. Wer würde da nicht den Verstand verlieren?

»Du hast eine lustige Denkweise, Jonas. Aber du bist nicht verrückt, ganz und gar nicht. Dies hier geschieht wirklich.«

Da, schon wieder diese Stimme! Tief, warm und … definitiv nicht menschlich. Ihr Klang versetzte sein Innerstes in sanfte Schwingungen, die ungemein beruhigend wirkten.

»Wer spricht da?«, flüsterte er tonlos, obwohl er sich dabei vollkommen lächerlich vorkam. Sein Hals fühlte sich an, als hätte er stundenlang geschrien.

»Gestatten, ich bin Zamothrakles, Sohn von Zepthakos, Enkel von Zafir, Urenkel von Zothra. Habe keine Angst. Du befindest dich auf dem Rücken eines Horndrachen, dir geschieht nichts, solange ich auf dich aufpasse.«

»Das darf alles nicht wahr sein!« Jonas stöhnte inbrünstig. »Bitte sag mir, dass ich auf dem Weg zur Schule einfach zusammengeklappt bin und ohnmächtig in der Ecke liege!«

»Dein Humor ist merkwürdig. Versuchst du so, die unbegründete Furcht vor der Höhe zu besiegen? Ich sage dir, es klappt besser, wenn du die Augen öffnest und dich den Tatsachen stellst.«

»Niemals!«, keuchte er und presste die Augenlider so fest zusammen, dass er Sterne sah.

»Na, du lebst ja noch! Ich dachte schon, der Schock hätte dich erledigt.«

Das Mädchen hinter sich hätte Jonas fast vergessen! Zum ersten Mal wurde ihm bewusst, dass ihr Arm um seinen Bauch geschlungen war und ihr Körper wie eine lebende Sitzheizung wirkte. Es war peinlich und aufregend zugleich, aber seine ätzende Höhenangst hielt ihn noch wesentlich fester gepackt – sonst hätte er dieses Gefühl vielleicht sogar ein wenig genossen.

Ohne hinzusehen, fragte er: »Wer bist du? Warum hast du mich verschleppt? Und-«

»Langsam, langsam!« Ihr Lachen wirkte nun ansteckend, längst nicht mehr so überheblich und spöttisch wie vorhin. »Lass uns erst einmal landen, in Ordnung? Da drüben ist mein Dorf. Zamo bringt uns so nah wie möglich ran, den Rest der Strecke müssen wir leider zu Fuß gehen.«

Jonas hielt weiterhin die Augen geschlossen, spürte jedoch, dass sie sanken. Sein Magen krampfte sich zusammen, als es schaukelig wurde, da die Flügel rechts und links von ihm schneller schlugen. Zu seiner Angst gesellte sich stärker werdende Übelkeit, doch die Landung gleich darauf war überraschend sanft. Erst als ihr unheimliches Flugwesen stillstand, riskierte er einen Blick.

Geblendet schirmte er die Augen vor dem gleißenden Sonnenlicht ab und riss sie gleich darauf überrascht auf. Ein Keuchen entfuhr ihm, als sein völlig überlastetes Gehirn das Bild verarbeitete, das sich ihm bot.

Von seinem erhöhten Sitzplatz aus erblickte er ringsum schier endloses, ebenes Grasland, in einiger Entfernung mit exotischen Bäumen und Büschen durchsetzt. Über ihm zog ein Schwarm großer, hässlicher Vögel dahin. Waren das Geier? Weit und breit gab es keine Straßen, Menschen oder moderne Gebäude. Lediglich eine Handvoll erdfarbener Hütten konnte er rechter Hand ausmachen.

Mit einem Schnaufen ließ sich das imposante Wesen, auf dem er saß, ins halbhohe gelbliche Gras sinken. Die Bewegung verursachte erneut eine Schrecksekunde. Mühsam löste er den Griff von der Halteschlaufe und versuchte, die verkrampften Finger zu lockern. Es war schwierig, seine Beine dazu zu bringen, ihm zu gehorchen, auch wenn der Boden in erreichbare Nähe gerückt war. Jeder Muskel schmerzte, sogar schlimmer als nach der denkwürdigen Doppelstunde Sport bei Frau Kaiser, die seine

Klasse zu einem gnadenlosen Folter-Zirkeltraining gezwungen hatte.

Jetzt erst bemerkte er den heißen Wind, der ungewohnte, jedoch nicht unangenehme Gerüche mit sich trug, und den Schweiß, der ihm in Strömen den Rücken hinunterlief. Mühsam gelang es ihm, sich aus dem Sitz zu hebeln. Mit zitternden Knien rutschte er ungeschickt seitlich über die rauen Schuppen abwärts. Sobald er den Boden erreicht hatte, gaben seine Knie nach. Aufschluchzend ließ er sich einfach ins trockene Gras plumpsen.

Es war ihm mittlerweile gleichgültig, wie lächerlich es wirken musste. Seine Entführerin hatte ihn in der Luft erlebt, nichts konnte peinlicher sein als das. Überhaupt wollte er nur noch die Augen schließen und schlafen, so fertig fühlte er sich nach dem durchgestandenen Horrortrip. Nichts mehr hören und sehen – und dann zu Hause im Bett aufwachen.

DRACHENGELABER

»Hey, nicht schlafen! Dafür haben wir keine Zeit!«

Die Stimme des Mädchens brachte ihn nach wenigen Augenblicken der Ruhe dazu, die Augen wieder zu öffnen. Jonas blinzelte missmutig in die Helligkeit, als er beim Aufsetzen feststellte, dass er sich noch immer am gleichen Ort befand, sicherlich Tausende Kilometer von seiner Heimat entfernt. Wie waren sie so schnell hierher gelangt? Zum ersten Mal drang diese Frage in seinen völlig überlasteten Verstand vor.

Mechanisch streifte er sich die dicke Winterjacke von den Schultern und zog den Pulli aus. Die Sonne brannte von einem wolkenlos blauen Himmel herab. Sie waren definitiv nicht mehr in Europa. Vielleicht in Afrika? Er meinte diese Bäume dort erst kürzlich in einer Doku über die Wildtiere der Serengeti gesehen zu haben.

Ein schlanker, hochgewachsener Schatten schob sich in sein Sichtfeld.

»Jetzt noch mal. Wer zum Henker bist du? Und was willst du von mir?«, brachte Jonas endlich hervor.

»Ich bin Eya, Tochter von Ulfas und Manita.«

»Sehr erfreut«, murmelte er sarkastisch. »Jonas, Sohn von Hans und Ulrike. Wo sind wir hier und was soll das Ganze?«

»Wir sind in meinem Heimatland Thabuq. Es liegt zentral auf dem Mittleren Kontinent, nördlich des Äquators, nur eine Drachenflugstunde vom Ostmeer entfernt. Ich habe leider keine Karte, sonst könnte ich es dir zeigen. Später vielleicht. Zunächst sind andere Dinge wichtig.«

Jonas starrte sein Gegenüber verwirrt an. Thabuq? Mittlerer Kontinent? Wo sollte das sein? Die Frau tickte nicht richtig! Er wollte gern glauben, dass seine Entführerin gehörig einen an der Waffel hatte. Aber es gab zu viele Dinge, die nicht passten, ihm eine Gänsehaut einjagten. Allem voran das Drachendings, das noch immer keine zwei Meter seitlich von ihm lag, ziemlich imposant aussah und sich beharrlich weigerte, aus seiner Wahrnehmung zu verschwinden.

Seine Entführerin wirkte ebenfalls wie einem Abenteuerfilm entsprungen: unzählige Flechtzöpfe, die sie zu einem Pferdeschwanz zusammengefasst trug, eng anliegende Lederhosen und -stiefel, eine weitärmelige Bluse sowie eine figurbetonte, bunt schillernde Weste. Und nicht zuletzt diese Landschaft hier …

Er räusperte sich vernehmlich. »Gibt es vielleicht noch andere Namen für dein Land und den Kontinent, auf dem es sich befindet? Ich dachte, wir sind irgendwo in Afrika, eventuell in Tansania oder Mozambique.«

»Nein, tut mir leid«, lautete die schlichte Antwort. »Wir befinden uns nicht mehr in deiner Dimension. Hier gibt es kein Mozam … Dingsda. Zamo hat ein Portal erschaffen, das uns direkt in meine Welt befördert hat.«

»Aha. Ein Portal also. Du meinst, wir sind nicht mehr auf der Erde? Selten so gelacht!« Jonas schüttelte verächtlich den Kopf. Wollte sie ihn echt zum Narren halten? Diese Gegend sah zwar aus, als wären sie durch Zauberei – oder durch das besagte Portal – plötzlich in Afrika gelandet, vielleicht auch irgendwo in Australien, aber definitiv war hier alles irdisch.

»Wir sind nicht auf einem fremden Planeten gelandet, nur in einer anderen Dimension«, erklärte sie langsam, als wäre er schwer von Begriff. Nichts an ihrem Verhalten deutete darauf hin, dass sie ihn auf den Arm nahm. Er wollte aufstöhnen und protestieren, doch sie redete einfach weiter. »Es gibt elf Ebenen, die man betreten kann. Du stammst aus der zwölften, die wir *Verbotene Dimension* nennen. Dort haben die Menschen Drachen gejagt und getötet, ebenso jeden, der sich mit ihnen verbündet hat. Auf Befehl des Interdimensionalen Drachenrates wurde deine Welt vor ungefähr neunhundert Jahren von den übrigen abgeschottet, nachdem sich die überlebenden Drachen samt ihren Reitern hierher gerettet hatten. Seitdem ist es überall bei Todesstrafe verboten, sie zu bereisen. Die magischen Grenzen um unsere Städte erspüren und zeigen an, wenn ein Drache gegen diese Vorschrift verstößt. Deshalb darf Zamo vorerst nicht mehr ins Dorf.«

Jonas starrte das Mädchen einen Augenblick lang sprachlos an. Dann überkam ihn ein unkontrollierbarer Lachflash. Irgendwer legte ihn hier gewaltig rein! Er befand sich entweder in einem megaabgedrehten Traum oder an einem sehr realistischen Filmset.

Beherzt kniff er sich in den Arm. Mist, das hatte echt weh getan! Eine Fieberfantasie schied schon mal aus. Schließlich rappelte er sich hoch, um sich der Ehrfurcht gebietenden Drachenattrappe zu nähern, die mit geschlossenen Augen dort lag. Sie gab sogar leise Schnarchgeräusche von sich, während sich ihr gewaltiger Brustkorb regelmäßig hob und senkte.

Behutsam streckte Jonas seinen Arm aus, berührte die anthrazitfarbenen Schuppen am langen Hals, die im Sonnenlicht funkelten wie mit Diamanten besetzt. Sie fühlten sich unglaublich echt an, schienen aus einem hornähnlichen Material zu bestehen. Irgendwie strahlten sie Wärme ab, waren hart und gleichzeitig nachgiebig, sodass Jonas es einfach wundervoll fand, darüberzustreichen.

»Was ist das hier?«, murmelte er, nun wieder nüchtern.

Langsam drang der Schock in sein Bewusstsein, dass dies weder ein Traum noch eine Kulisse sein konnte. Er war wach, die Landschaft real, der Drache existierte wirklich – sofern es keine neuartige Technik gab, die in der Lage war, seine Sinne derart überzeugend zu täuschen.

Eya, die lautlos neben ihn getreten war, legte ihm eine Hand auf die Schulter. Er zuckte leicht zusammen und drehte sich zu ihr um. Hilflos, nahezu verzweifelt, suchte er in ihrem Blick nach Anzeichen dafür, dass es nur ein Scherz sein sollte, versuchte, sich an irgendetwas zu klammern, das ihm Halt bot. Doch in den dunklen Augen standen lediglich Sorge – und Mitleid.

»Es tut mir leid«, flüsterte sie. »Ich wollte dich nicht so plötzlich aus deinem Leben reißen. Aber wir hatten nun mal den Auftrag, sogar von ganz oben … Es muss ziemlich wichtig sein.«

»Dann erklär es mir! Warum habt ihr mich entführt, wenn darauf angeblich die Todesstrafe steht? Was habt ihr euch bloß dabei gedacht?«

Eya seufzte. »Das ist eine lange Geschichte, kompliziert und vermutlich schwer zu begreifen für jemanden, der ohne Drachen und Magie aufgewachsen ist. Ich versuche, es kurz zu machen: Zamos Urgroßvater Zothra, einer der Ältesten und Herrscher über alle Horndrachen, liegt im Sterben. Er hat meinen Partner und mich beauftragt, einen Drachenreiter aus der Verbotenen Dimension hierher zu holen. Zothra wollte nie, dass seine ehemalige Heimat für alle Ewigkeit von der Magie und den Drachen abgeschnitten bleibt. Aber um den Bann aufzuheben, muss der Rat davon überzeugt werden, dass ihr euch geändert habt.«

»Das hört sich nach einer Abenteuergeschichte für Kinder an«, konterte Jonas. »Niemand bei uns glaubt ernsthaft daran, dass es solche Wesen überhaupt gibt. Außerdem braucht kein Mensch Magie und ähnlichen Quatsch. Wozu soll das gut sein? Und ein Drache, der sich freiwillig bei uns blicken lässt, hat schon verloren. Die Leute würden ihn entweder sofort abschießen oder einfangen, um ihn einzusperren, damit er von allen Seiten begafft werden kann. Vielleicht machen sie auch eklige Experimente mit ihm …« Er brach ab, um tief Luft zu holen.

Was erzählte er hier eigentlich? Natürlich gab es bei ihm zu Hause weder Magie noch irgendwelche geflügelten Fabelwesen. Aber was hatte das Mädchen gerade gesagt, wen sie holen sollte? Das konnte nur ein fataler Irrtum sein!

»Abgesehen davon bin ich kein Drachenreiter, ganz sicher nicht!«, fügte er entschieden hinzu.

»Ach ja? Woher willst du das wissen? Die Magier, die dich beobachten, haben gesagt-«

»Ist mir egal, was sie gesagt haben, weil ich nie wieder freiwillig auf so ein Vieh steigen werde, außer wenn es der einzige Weg ist, nach Hause zu kommen. Ich habe eine Scheißangst vorm Fliegen, hast du das vorhin nicht gecheckt? Sorry, aber du hast den Falschen erwischt. Bitte bring mich zurück!«

Mit zusammengepressten Lippen wich er dem Blick seiner Entführerin aus, schielte lieber zu der großen Gestalt links von ihm. Dort begegnete er goldfarbenen Augen, die ihn wissend und gleichzeitig gütig musterten. Auf einmal fühlte er sich bis ins Innerste durchschaut, was ihm furchtbar peinlich war.

»Du überschätzt die Macht deiner Rasse«, kam die beruhigende Stimme wieder in seinem Kopf an. *»Es ist typisch, dass ihr euch für das Maß aller Dinge haltet und glaubt, allen Mitgeschöpfen überlegen zu sein. Das seid ihr nicht. Aber ich gebe zu, dass eure Zerstörungswut und das Streben nach Macht euch Menschen gefährlicher und unberechenbarer machen als jedes andere Wesen auf diesem Planeten.«*

Eya, die den Drachen nicht gehört zu haben schien, zuckte mit den Achseln.

»Das kann ich nicht, selbst wenn ich es wollte. Zamo ist es, der dich hergebracht hat. Dafür hat er viel riskiert, noch mehr als ich. Glaube mir, ich könnte mir auch etwas Schöneres vorstellen, als mich mit dir herumzuärgern. Aber ich bin nun einmal Drachenreiterin und gehorche dem Befehl des Ältesten.«

»Dann frag ich halt diesen redseligen Giganten da, ob er mich nach Hause bringt.«

»Tut mir leid, aber sie hat recht – das kann ich nicht. Jedenfalls jetzt noch nicht.«

Eya starrte ihn mit offenem Mund an.

»Zamo spricht mit dir?«, hauchte sie.

»Ja, leider.«

Kaum hatte Jonas die Worte ausgesprochen, bedauerte er sie, obwohl die Antwort gerade niederschmetternd gewesen war. Er spürte, dass der Drache es nur gut mit ihm meinte. Der Ausdruck in den Augen des Mädchens hingegen war merkwürdig. Irgendwie wütend und … neidisch?

»Das ist nicht fair!«, murmelte sie. »Ich hätte nicht gedacht, dass er ausgerechnet dich auswählt. Du bist also tatsächlich einer. Aber es ist logisch, wir sollten ja einen herbringen.«

»Jetzt hör mit dem gequirlten Geheimgelaber auf und sag endlich, was Sache ist!«, verlangte Jonas mit zusammengebissenen Zähnen. Langsam reichte es ihm, dass ihn alle behandelten wie ein zurückgebliebenes Kindergartenkind. Er war nah daran, zu explodieren.

»Na gut, du kannst es nicht wissen. Anscheinend bist du nicht bloß ein Drachenreiter, der sich beim Fliegen in die Hose macht, sondern auch noch ein Magier, sonst könntest du nicht mit einem fremden Drachen reden.«

»Du bist völlig durchgeknallt!«

Was sollte er sein? Ein Magier? So was wie Merlin oder Harry Potter? Das hörte sich noch viel lächerlicher an als alles andere.

Eyas Augen wurden schmal. »Wenn du mich auf diese seltsame Weise der Lüge bezichtigen willst, bitte. Nur zu. Ich lasse mich nicht von einem Kind zu Tätlichkeiten provozieren, das verbietet mir meine Ehre als Reiterin. Momentan bist du ein Nichts. Du beherrschst weder Magie noch kannst du einen Drachen reiten. Morgen oder übermorgen werden wir sehen, ob es dir gelingt, einen zu rufen. Bis dahin glaube, was du willst.« Sie musterte Jonas geringschätzig. »Aber wenn ich dich so ansehe, kann ich mir kaum vorstellen, dass du zum Volk der Drachentöter gehörst.«

Er schüttelte wieder den Kopf. Obwohl Eya mindestens zwei, vielleicht auch drei Jahre älter war als er und ihn offensichtlich nicht für voll nahm, ließ er sich von ihr nicht wie ein Baby behandeln.

»Mit dem ganzen Blech, das du redest, könnte ich mir glatt eine Rüstung zusammenschrauben. Aber die brauche ich nicht, weil ich nämlich nicht vorhabe, gegen irgendwen in den Krieg zu ziehen. Ich bin Pazifist, weißt du. Selbst wenn dein überdimensionales Haustier da drüben ein blutrünstiges Monster wäre, würde ich ihm wahrscheinlich keine Schuppe krümmen.«

»HAUSTIER?«

Dem entsetzten Blick sowie dem zwei Oktaven höheren Schrei seiner Begleiterin folgte eine blitzartige Ohrfeige. Grinsend massierte sich Jonas die brennende Wange.

»So viel zum Thema *Ich lasse mich nicht von einem Kind provozieren.*« Mit einem Seitenblick zu Zamothrakles fügte er entschuldigend hinzu: »Sorry, war nicht so gemeint.«

Irrte sich Jonas, oder stieg der Drachenreiterin die Schamesröte ins Gesicht? Sie wandte sich rasch und ohne ein weiteres Wort von ihm ab.

Ein tiefes Lachen vibrierte angenehm in seinem Schädel.

»Du hast Mut, Kleiner, das muss man dir lassen. Ich habe geahnt, dass etwas Besonderes in dir steckt. Nun bin ich sicher, dass wir einen hervorragenden Magier und einen – mhm – zumindest passablen Reiter aus dir machen werden.

ÄRGER MIT DEN NACHBARN

Der Drache schloss erneut die Augen und überließ Jonas seinen wild kreisenden Gedanken.

Was sollte er hier genau tun? Je länger er darüber nachdachte, desto mehr Fragen stauten sich in ihm auf. Wieso hatte Eya ihn so plötzlich und brutal aus seinem Leben gerissen? Hätte sie sich nicht wenigstens vorher vorstellen und versuchen können, ihm die Sache zu erklären, statt ihn vor vollendete Tatsachen zu stellen? Warum gerade er? Gab es nicht Hunderttausende Jugendliche in seinem Alter? Ausgerechnet ihn, den diese verflixte Höhenangst quälte, musste sie sich aussuchen!

Wobei er sich dunkel erinnerte, dass sie nicht aus eigenem Antrieb gehandelt, sondern einen Auftrag erhalten hatte, von … egal. Auf jeden Fall von einem steinalten Drachen, mit dem Zamo verwandt war. Die ganze beschissene Situation hatte ihn so sehr aufgeregt, dass er überhaupt nicht in der Lage gewesen war, genau zuzuhören. Wer an seiner Stelle hätte das hingekriegt?

Er musste allerdings zugeben, dass er neugierig auf die Sache mit der Magie war, selbst wenn es total lächerlich klang. Immerhin gab es hier einen Drachen, der ihn mächtig beeindruckte. Sicherlich existierten weitere solcher Wunder, die er gern kennenlernen würde. Deshalb zog es ihn ehrlich gesagt noch nicht sofort nach Hause. Diese erstaunliche Welt zu erkunden reizte ihn wesentlich mehr als ein langweiliger Schulvormittag mit Mathe und Englisch.

Leider brannte die hochstehende Sonne mittlerweile unangenehm auf seiner empfindlichen Haut und machte ihm deutlicher als alles andere bewusst, dass dies kein Traum sein konnte. Schatten gab es nicht. Selbst der große Drachenkörper bot keinen Schutz, deshalb legte sich Jonas die Jacke über Kopf und Schultern.

»Komm jetzt, wir müssen los«, wandte sich Eya schroff an ihn. »Wenn alles glattgeht, sind wir vor Sonnenuntergang mit Ausrüstung und Proviant zurück.«

»Ich würde ja gern, aber ohne Sonnencreme verbrenne ich hier oder hole mir einen Hitzschlag!« Er zeigte auf seine Arme, die bereits eine leichte Rötung aufwiesen.

Die Härte im Gesichtsausdruck der Drachenreiterin verschwand, während sie nachdenklich die präsentierten Körperteile begutachtete. Hinter sich vernahm Jonas ein unheimliches, würgendes Geräusch, das ihn auffahren ließ.

»Schmiere dir das hier auf die Haut«, erklang Zamos Stimme in seinen Gedanken. Gleichzeitig näherte er sich mit seinem massigen Kopf, der sich vor ihm Richtung Gras senkte. Dann spie der Drache eine schleimige weiße Masse aus, bei deren Anblick dem Jungen regelrecht übel wurde.

Er wich keuchend einen Schritt zurück. »Was zur Hölle ist das?!«

»Drachenspucke. Das beste Heil- und Hautschutzmittel der Welt.« Eya grinste amüsiert. Sie trat vor und tauchte ihren Finger in den Brei. »Komm schon, stell dich nicht so an. Zamos Sabber hat mich mehr als einmal vor Erfrierungen oder Verbrennungen gerettet. Das wirkt garantiert!«

Wenige Minuten später waren seine Arme, Hände, der Nacken und das Gesicht großzügig mit dem ekelhaften Zeug eingerieben. Wenigstens roch es nicht halb so schlimm, wie es aussah, und kühlte wirklich. Obwohl er sich nun furchtbar schleimig und klebrig vorkam, lachte Eya nicht über ihn. Dafür drängte sie wieder zum Aufbruch.

»Wir werden uns in spätestens hundert Schritten nicht mehr gut verständigen können«, warnte sie ihn beim Abmarsch. »Ich weiß nicht, wie Zamo es macht, aber er verwandelt die Worte durch seine Magie irgendwie, solange er nah genug ist.«

»Ich dachte, wir unterhalten uns gerade in meiner Sprache!« Jonas blickte das Mädchen verblüfft an.

»Für mich klingt dein Gebrabbel nach *Ntaba*, das sprechen wir hier. Ich sage ja: pure Drachenmagie.«

»Okay, dann reden wir halt nicht. Oder wir nehmen Zeichensprache.« Immerhin konnte sie ihn auf diese Weise nicht so leicht aufziehen.

Schweigend legten sie ungefähr die Hälfte der Strecke zurück, bis das Mädchen wieder zu reden begann. Es kam ein unverständliches Kauderwelsch aus ihrem Mund, durchsetzt mit Klicklauten, die ihm vorher überhaupt nicht aufgefallen waren.

»Ist ja schön und gut, aber ich verstehe kein Wort«, erklärte er trocken.

Sie starrte ihn kurz an und brach in herzhaftes Gelächter aus. Wahrscheinlich hatte sie selbst nicht mehr an ihre Warnung gedacht. Es wirkte ansteckend, deshalb legten sie die nächsten Meter prustend und gackernd zurück. Zumindest diese Art der Verständigung funktionierte hervorragend.

Schließlich erreichten sie eine unbefestigte Straße, die quer durch die Siedlung führte. Die aus Bruchsteinen und von der Sonne getrocknetem Lehm bestehenden Häuser wirkten sauber und einladend, die Menschen, die ihnen begegneten, freundlich und aufgeschlossen. Auf den ersten Blick hätten die meisten von ihnen Eyas Geschwister und Verwandte sein können, da sie ebenfalls schwarze Augen, Haare und eine ähnlich dunkelbraune Hautfarbe aufwiesen. Von überall her rannten Kinder und Jugendliche herbei, um den Fremden mit unverhohlener Neugier anzustarren. Keins von den Kindern schien helle Haut, Sommersprossen oder gar rote Haare zu kennen. Jedenfalls kam sich Jonas wie ein seltenes Zootier vor. Komischerweise machten ihm die stauenden Blicke hier wesentlich weniger aus als die verstohlenen zu Hause.

Die jüngeren Dorfbewohner trugen allesamt ärmellose Stoffkittel aus naturbelassenen Webstoffen, die um die Taille mit einem Stoffband oder Ledergürtel gerafft wurden. Die wenigen Erwachsenen, die sich blicken ließen, waren oben herum ähnlich wie Eya gekleidet, nur ohne die Weste. Die Frauen waren zusätzlich in bunt bestickte Tücher oder Wickelröcke gehüllt, die Männer in halblange Hosen aus dem gleichen Stoff wie die Oberteile. Die meisten Menschen waren barfuß unterwegs und trugen ihr langes Haar zu kleinen Zöpfen geflochten, Männer wie Frauen.

Seine Begleiterin schnatterte unaufhörlich, winkte, umarmte Kinder und Erwachsene, bis aus einem leicht zurückgesetzt stehenden Gebäude ein schriller Ruf ertönte.

Zwei kleine Gestalten stürmten heraus und rannten die junge Frau fast über den Haufen. Die Wiedersehensfreude und Vertrautheit der drei ließ darauf schließen, dass es sich um Eyas jüngere Geschwister handelte. Besonders, da sie beide gleich nach der stürmischen Begrüßung unter aufgeregtem Klicken und Schnalzen zu dem Haus gezogen wurden.

»Esana«, sagte seine Begleiterin, indem sie auf das etwa dreizehn- oder vierzehnjährige Mädchen deutete.

Jonas nickte und lächelte freundlich. Der jüngere Bruder, vielleicht neun oder zehn, hieß Yamo.

Sie betraten das Häuschen. Ein älterer Mann mit weißem Bart empfing sie und wurde als Ugras vorgestellt. Im Inneren der Behausung war es angenehm kühl. Elektrizität und Glasfenster gab es nicht, dafür einen gemütlich eingerichteten Wohnraum und zwei durch Perlenschnüre abgetrennte Bereiche.

Im Gemeinschaftsraum lagen bunte Webteppiche auf dem festgetretenen Lehmboden, darauf gemütlich wirkende Sitzkissen sowie ein flacher Steintisch, auf dem irdene Trinkgefäße und ein Krug mit Flüssigkeit standen. An den Seiten gab es offene Regale aus Holz, die durch Lehm fest mit den Wänden verbunden schienen. Auch darin entdeckte Jonas verschiedenartiges Tongeschirr, ebenso handgefertigte Dinge, die offensichtlich zur Zierde dienten. Unter anderem stand dort eine mehr als handgroße, aus Elfenbein oder einem ähnlichen Material geschnitzte Drachenfigur, die Zamo bemerkenswert ähnelte. Die Hörner, die großen Augen, das Maul, sogar einzelne Schuppen waren sorgsam, mit sehr viel Geduld und handwerklichem Geschick herausgearbeitet worden.

»Hast du die gemacht?«, fragte er Eya, die neben ihn getreten war. Dabei deutete er auf die Figur, dann auf seine Begleiterin und machte Schnitzbewegungen mit der Hand.

Lachend schüttelte sie den Kopf. »Pem Ugras«, antwortete sie mit liebevollem Blick zu dem Alten, der auf einem Sitzkissen saß, in der Hand einen gefüllten Becher.

Das anschließende Gespräch der beiden verstand er ohnehin nicht, deshalb vertiefte er sich in die Betrachtung weiterer künstlerischer Werke. Die meisten Schnitzereien bestanden aus dunklem Holz. Sie zeigten eine Antilope mit riesigen gedrechselten Hörnern, einen beeindruckenden Greifvogel sowie einen Elefanten mit zu kurzem Rüssel und zu großen Ohren. Aus dem weißgelblichen Material gab es neben Zamo eine weitere geflügelte Echse – schlanker, länglicher, ohne Hörner und mit filigraneren Schuppen. Alles an dem Tier sah zierlicher und eleganter aus. Ob dies eine andere Drachenart darstellte?

Die Stimme des Mädchens war längst verstummt, als sich Jonas wieder umdrehte. Erstaunt und mit leichtem Unbehagen stellte er fest, dass er sich mit dem alten Mann allein im Raum befand.

»Wo ist Eya?«, fragte er langsam und deutlich.

Aus dem freundlichen Wortschwall, der als Antwort erfolgte, hörte er nur die Worte *Eya* und *Sot* heraus. Wer oder was war Sot? Der Mann machte Gehbewegungen mit zwei Fingern auf seiner Hand, deutete zur Tür, vollführte Arm- und Handbewegungen, als würde er etwas aufheben und zeigte anschließend erst auf sein Gewand, dann auf ihn. Jonas begriff rasch. Das Mädchen war losgegangen, um ihm andere Kleidung zu besorgen. Natürlich, das hatte sie gesagt.

Ein wenig verlegen nahm er schließlich auf einem der Kissen Platz und bedankte sich höflich für das angebotene Wasser und ein großes Stück von etwas, das aussah wie Fladenbrot, jedoch unerwartet süß schmeckte. Heißhungrig verschlang er es bis auf den letzten Krümel. Ugras sah ihm schweigend und mit lebhaftem Interesse beim Essen zu.

Nachdem Jonas fertig war, erhob sich der Ältere überraschend leicht aus dem tiefen Sitz, näherte sich und beugte sich mit fragender Miene zu ihm hinunter. Er streckte einen dünnen, faltigen Arm nach ihm aus, offensichtlich, um ihn zu berühren. Ganz sacht fuhr der Mann mit einem Zeigefinger über seine helle Haut am Arm, von der sich die trockene Drachenspucke abpellte. Dann wuselte er durch die rötlichen Haare. Erst als er ihm welche ausriss, zuckte Jonas empört zurück.

»He, lassen Sie das!«, rief er protestierend, sprang auf und brachte Abstand zwischen sich und den zudringlichen Gastgeber.

Es folgten entschuldigende Gesten, ein paar fremdartige Worte, begleitet durch Wedeln mit den wenigen Haaren in der runzligen Hand. Was hatte das nun wieder zu bedeuten? Ehe sich Jonas weitere Gedanken darum machen konnte, platzte eine Gestalt herein, die von einem großen Bündel halb verdeckt wurde. Sie schien es äußerst eilig zu haben. Unter unverständlichem Geschnatter warf Eya ihm Kleidung hin, klatschte ungeduldig in die Hände, deutete auf einen der Perlenschnur-Vorhänge und machte eine eindeutige Geste. Hastig sammelte er die Sachen auf und zog sich damit in den Nebenraum zurück, in dem sich mehrere Matratzen stapelten.

Ohne sich genauer umzusehen, riss er sich die Klamotten vom Leib und streifte die einheimischen über. Das Leinenshirt schlabberte etwas, wurde aber von der schillernden Weste in Form gehalten, die er zögernd drüberzog. Die Lederhose kam ihm bei den Temperaturen viel zu warm vor, passte jedoch recht gut. Schuhe hatte die Drachenreiterin nicht aufgetrieben. Er wollte es den Dorfbewohnern gleichtun und barfuß laufen, doch er dachte an das hohe Gras, durch das sie hergekommen waren – und was sich darin alles verstecken konnte. Deshalb zog er bedauernd seine Turnschuhe wieder an. Zum Schluss schnallte er den breiten Gürtel um, der das Oberteil noch weiter zusammenhielt. Den dicken Umhang, in dem die Sachen eingewickelt gewesen waren, ignorierte er geflissentlich. Wozu sollte er den bei diesen Temperaturen hier brauchen?

Zufrieden mit sich trat er wieder in den Wohnraum, in dem sowohl die junge Frau als auch der alte Mann hektisch umherliefen. Ugras drückte Jonas eine gut gefüllte Ledertasche in die Hand. Eya begutachtete ihn kritisch, runzelte dann die Stirn und verschwand im Nebenraum, um den verschmähten Umhang zu holen. Der Blick, mit dem sie ihm das Kleidungsstück in die Hand gab, war unmissverständlich. Sie deutete auf den Beutel. Ratlos blickte er sie an. Wie sollte er dieses fette Teil da noch reinkriegen? Augenrollend entriss sie es ihm wieder, um ein Wunder zu vollbringen: Mit einer fließenden Bewegung breitete sie den Stoff auf dem Teppich aus und faltete ihn von außen nach innen, immer kleiner. Am Ende ergab die Faltarbeit ein Päckchen von der Größe eines dicken Buches, das problemlos in die Tasche passte. Ungläubig starrte er darauf, doch ihm blieb keine Zeit zum Rätseln. Drängend schob sie ihn zur Tür.

Von draußen wurden aufgeregte Stimmen laut. Oha, das klang nicht gut! Was hatte Eya angestellt? Wie war sie an die Kleidung gekommen? Blitzschnell änderte die junge Frau die Richtung und zog ihn mit sich zum Fenster auf der anderen Seite des Raumes. Katzenhaft geschmeidig turnte sie durch den glaslosen Rahmen und verschwand.

Jonas, der es ihr gleichtun wollte, hörte hinter sich eine zornig klingende Stimme sowie Ugras, der ruhig antwortete. Panisch kletterte er wesentlich ungeschickter aus der Öffnung. Auf der anderen Seite empfing ihn ein wenige Meter breiter Streifen rötlich-brauner staubiger Erde, an den sich ein wogendes Gras- oder Getreidefeld mit kniehohen Pflanzen anschloss. Eya lief bereits mitten in das Feld hinein. Hastig riss er die unhandliche Tasche an sich, die ihm beim Klettern von der Schulter gefallen war, und rannte los.

Die wütenden Stimmen kamen nun von rechts. Aus den Augenwinkeln bemerkte er, dass mehrere Gestalten gestikulierend um die Hausecke bogen. Er wurde schneller, zwang sich dabei, nicht zurückzublicken, sondern nach vorn. Ein flirrender, funkelnder Umriss näherte sich am Himmel. Jonas rannte mit Höchstgeschwindigkeit, doch er holte Eya nicht ein, die mittlerweile etwa hundert Meter Vorsprung hatte. Dafür kamen die Schritte und Stimmen seiner Verfolger immer näher!

»Warte!«

Sein verzweifelter Schrei zeigte Wirkung. Aus tränenden Augen sah er, wie der menschliche Schatten vor ihm langsamer wurde, sich umsah. Doch etwas anderes zog seine Aufmerksamkeit noch stärker auf sich. Der glitzernde Umriss war nun deutlich als Zamo zu erkennen, der pfeilschnell heranschoss. Dann gab es eine Art rötliches Wetterleuchten am strahlend blauen Himmel. Die Meute hinter ihm stöhnte wie aus einem Mund auf. Jonas, der einfach nicht anders konnte, als sich umzublicken, stellte verwundert fest, dass sie alle wie erstarrt dastanden und zu dem imposanten Schauspiel aufblickten.

Eyas Ruf ließ ihn zusammenfahren. Er merkte, dass er selbst beinahe angehalten hatte, zwang seine müden Beine zu einer schnelleren Gangart und spurtete in Richtung des landenden Drachen, der keine dreißig Meter vor ihm soeben den Boden berührte. Dankbar, dass er ihm eine weitere Strecke ersparte, mobilisierte er seine letzten Kräfte, um zu den Sattelschlaufen zu gelangen. Hinter ihm wurden die Stimmen wieder lauter, empörter als zuvor.

»Er hat es getan!«

»Der Junge ist aus der Verbotenen Dimension!«

»Fangt sie, sie dürfen nicht entkommen!«

»Wie? Wir kommen nicht gegen Zamothrakles an!«

»Er wird seiner gerechten Strafe nicht entgehen.«

Er war viel zu sehr mit Laufen beschäftigt, um sich darüber zu wundern, dass er sie verstand. Keuchend und mit tränenden Augen bemerkte er bei seiner Ankunft, dass Eya bereits im Sattel saß. Sie beugte sich zu ihm hinab, doch ihre Hand blieb unerreichbar.

»Wirf mir die Tasche hoch!«, hörte er ihre Stimme wie durch einen Nebel.

Noch immer völlig außer Atem folgte er der Anweisung. Die Panik vor dem wütenden Mob, der sich rasch näherte, verlieh ihm die nötige Kraft, um seinen Fuß in die unterste Halteschlaufe zu zwängen und sich an der darüber ein Stück hochzuziehen. Mit der freien Hand griff er blindlings nach oben, spürte, wie sie gepackt und weitergezogen wurde. Er schrappte mit dem Gesicht an rauen Schuppen vorbei und roch schließlich das Leder des Sattels.

Eyas Ächzen verriet ihm, dass er doch etwas wog. Mit ihrer Hilfe bugsierte er sich unbeholfen in den Sitz, während Zamo bereits die Schwingen ausbreitete, um sich mit seiner Last in die Luft zu katapultieren. Aus dem Augenwinkel sah er, dass die Dorfbewohner in einem Abstand von mindestens zehn Metern stehen geblieben waren. Beim Abheben des mächtigen Wesens traten sie noch weiter zurück.

Diesmal schrie er nicht, kniff bloß hastig die Augenlider zusammen und klammerte sich an den Haltegriff, um nicht den tiefsten Abgang seines Lebens hinzulegen. Der Aufstieg war mindestens ebenso schrecklich wie der letzte. Ein leises Wimmern entfuhr ihm, als die Beschleunigung nach oben so heftig wurde, dass er meinte, es nicht mehr auszuhalten. Die Angst lähmte ihn, während sein Herz zu zerspringen drohte.

»Scheiße!«, keuchte er mit zusammengebissenen Zähnen.

Er gab sich keine Mühe mehr, seine Angst zu verbergen. Irgendwie schien sie dadurch nur noch schlimmer zu werden und sorgte dafür, dass sein gesamter Körper schmerzte.

Da erreichte eine tiefe, bekannte Stimme seine Gedanken, die trocken bemerkte: »*Ich hätte es anders ausgedrückt, aber es trifft die Gesamtsituation.*«

IM EWIGEN EIS

Jonas' Zeitgefühl ließ ihn im Stich.

Nachdem der rasante Aufstieg vorbei war, wurde die Fortbewegung wesentlich sanfter und gleichmäßiger. Nach einer endlosen Zeit des ruhigen, ereignislosen Dahingleitens, das er kaum spürte, beruhigten sich Atmung und Herzschlag ohne Bemühungen. Das Zittern in Armen und Beinen ließ nach, selbst das eklige Gefühl in der Magengegend verschwand.

Verwundert stellte er fest, dass der Gedanke, sich hoch über dem Boden zu befinden, nur noch halb so beunruhigend war und keine Schweißausbrüche mehr verursachte. Vielleicht lag es an dem sanften, kaum hörbaren Summen, das ihm seit dem Start in den Ohren klang. Erst hatte er es überhaupt nicht beachtet, dann auf seine Panik geschoben. Nun merkte er, welche beruhigende Wirkung es auf ihn ausübte. Ähnlich wie Zamos Stimme, nur dauerhaft. War er das etwa?

Kaum war dieser Verdacht in ihm erwacht, verstummte das Summen und ein leises Lachen ertönte stattdessen.

»Ich dachte schon, ich müsste dir bis morgen früh etwas vorsingen. Vielleicht schaffst du es ja sogar, die Augen zu öffnen? Die Aussicht ist wunderschön. Außerdem wäre jetzt ein passender Zeitpunkt dafür, da du dir eventuell in Kürze etwas überziehen musst.«

»Warum? Es ist doch immer noch warm genug«, brummte Jonas. Die Temperatur machte ihm tatsächlich am wenigsten Sorgen.

»Geht es dir besser?«, mischte sich Eya von hinten ein. »Du hast vorhin ausgesehen wie der lebende Tod, da habe ich dich lieber in Ruhe gelassen.«

»Ein wenig«, gab er zu, ohne seine Position zu verändern. »Wie weit ist es noch? Ich hoffe, wir landen bald!«

»Das wird so schnell nichts. Wir müssen zum Ältesten, der hoch im Norden lebt. Es sind ungefähr zwei Tage Flug bis dorthin – wenn wir nur die nötigsten Pausen machen. Für weitere Zwischenlandungen haben wir nicht genug Zeit, fürchte ich.«

»Ich schätze, dass es dank Eyas unkluger Aktion vorhin nur noch einen Ort gibt, an dem wir diese Nacht sicher verbringen können. Wir sind jetzt vogelfrei, falls es euch nicht klar ist.« Jonas hörte die grimmigen Worte des Drachen deutlich in seinem Verstand.

Vogelfrei …

Ein Schauder lief ihm übers Rückgrat. Den Begriff kannte er aus dem Geschichtsunterricht. Früher hatte man flüchtige Verbrecher so bezeichnet, die von jedem, der sie erkannte, getötet werden durften. Seine Begleiterin schnaufte hinter ihm lautstark. Offensichtlich hatte sie die gedanklichen Worte ebenfalls vernommen.

Jedenfalls protestierte sie sofort. »Ich hatte keine Wahl! Wo sollte ich sonst passende Kleidung für unseren Neuzugang herbekommen?«

»Er hätte die Drachenweste früh genug bekommen, spätestens am Zielort. Weil du versucht hast, deinen magisch begabten Onkel zu belügen, wurde zu viel Aufmerksamkeit auf Jonas gelenkt – und somit auch auf uns beide.«

»Es tut mir leid«, kam es daraufhin so leise gemurmelt, dass er es beim Heulen des Windes kaum verstand. »Ich dachte, ich könnte ihm vertrauen. Und dann hetzt er das halbe Dorf gegen uns auf, bloß weil er Fremde nicht mag!«

»Leider ist Vertrauen ein kostbares Gut, das wir uns ab jetzt nicht mehr leisten können. Immerhin werden wir ab sofort wegen eines schwerwiegenden Regelverstoßes gejagt!«

»Aber warum?«, fragte Jonas irritiert. »Ich dachte, ihr hättet auf Anweisung des Drachenältesten gehandelt. Wieso behandeln sie euch dann wie Verbrecher?«

»Nicht alle Drachen und Menschen stehen auf Zothras Seite. Viele sind dagegen, jemanden aus der Verbotenen Dimension herzuholen. Deshalb hat uns Zothra gebeten, diesen Auftrag möglichst unauffällig und heimlich zu erledigen«, kam es von hinten.

»Na, das ist ja supergut gelungen«, murmelte Jonas sarkastisch. »Immerhin wissen es bisher nur ein paar Dorfbewohner mitten im Nirgendwo, die weder Telefon noch Internet haben, nicht mal schnelle Fahrzeuge.«

»Magier verständigen sich über große Entfernungen hinweg, sobald sie Zugriff auf Drachenmagie haben. Leider kann ich nicht verhindern, dass meine Nähe die magisch begabten Personen in Eyas Wohnort dazu befähigt, ihre Kollegen zu informieren. Wir sind noch immer nicht außer Reichweite. Über meine Aura, die bei jedem Drachen einzigartig ist, können sie mich bis zu einer Flügelspanne Flugzeit entfernt aufspüren.«

»Wie lang oder weit soll das sein? Und was sind das für Leute, die dich suchen? Ich hoffe, du wirst mit denen fertig, falls sie uns finden!«

Jonas blinzelte vorsichtig und riskierte einen Blick auf den schlanken Drachenhals vor sich. Entgegen seiner Befürchtung kehrte die Panik nicht sofort zurück. Trotzdem verzichtete er lieber darauf, nach unten zu sehen. Er war bloß froh, dass Zamos Gesang anscheinend ein Wunder vollbracht hatte.

»Eine Flügelspanne entspricht der Zeiteinheit von einer Stunde. Diejenigen, die mich suchen, sind Magier und Drachen, die denken, das Richtige zu tun und im Namen des Gesetzes zu handeln. Sie wissen nichts vom Auftrag meines Urgroßvaters und es wäre gefährlich, es ihnen zu erklären. Zu groß ist das Risiko, dass es die falschen Ohren

hören. Wie Eya gesagt hat – nicht alle sind dem Ältesten wohlgesonnen. Selbst der Drachenrat ist vermutlich durch eine Gruppe von Rebellen mit finsteren Absichten infiltriert, die in etlichen Dimensionen Anhänger sammelt. Sie wollen die Interdimensionale Kontrollinstanz stürzen, um ihre eigenen Gesetze aufzustellen.«

»Das klingt nach einer Mischung aus Actionthriller und Verschwörungstheorie«, murmelte Jonas kopfschüttelnd. Er konnte einfach nicht glauben, dass er plötzlich zum Gesetzlosen mutiert war, weil Eya so kopflos und unüberlegt gehandelt hatte.

»Wir bekommen gleich Besuch. Ich spüre die Nähe mehrerer Eisdrachen. Sie haben sich getarnt, aber ich erkenne die Signale, mit denen sie sich verständigen. Bitte legt die Umhänge um. Schnell!«

»O nein, nicht schon wieder!« Das Mädchen hinter ihm stöhnte, während es bereits an der Tasche herumfummelte, die er an seiner linken Hüfte spürte.

Froh darüber, den Griff nicht loslassen zu müssen, hakte er nach: »Was hast du vor, Zamo? Du willst doch nicht noch höhergehen?«

»Nein, ich werde meine Kräfte mobilisieren, um uns durch ein Portal zu Zothra zu bringen. Es ist die einzige Möglichkeit, unseren Verfolgern zu entkommen und sicheren Unterschlupf zu finden. Der Älteste lebt im ewigen Eis. Ohne den Kälteschutz werdet ihr erfrieren.«

»Oh, Zamo! Das ist zu viel für dich!«, schluchzte Eya plötzlich auf.

Jonas verstand nicht, was sie damit meinte, doch er merkte, wie sie den dicht gewebten Stoff über seine Schultern warf. Dankbar für ihre Hilfe klemmte er sich den Umhang unter die Achseln.

»Festhalten!«, mahnte sie dann und klammerte sich eng an ihn.

Ehe er begriff, was es zu bedeuten hatte, flammte um sie herum erneut ein Blitz aus heiterem Himmel auf, sie wurden herumgeschleudert und fielen ins Blaue. Hastig kniff er die Augen zu, erwartete, dass die Panik mit Lähmung und Herzrasen zurückkehrte. Doch es war nur ein kurzer Schreckensmoment, der vorüberging, als Zamo den Flug wieder stabilisierte.

Vorsichtig riskierte er einen Blick. Sie flogen im goldenen Licht der tief stehenden Sonne auf ein schroffes Felsmassiv zu. Besser gesagt, sie taumelten in diese Richtung. Die Flügelschläge des Drachen wirkten schwerfällig, sein Atem ging keuchend. Jonas war so sehr von dem überwältigenden Anblick gefesselt, dass er die Eiseskälte kaum bemerkte, die nach ihm griff. Erst als der unsichtbare Schutz vor dem schneidenden Wind plötzlich erlosch, der ihn sofort mit voller Wucht traf, stöhnte er auf. Eya wimmerte, drängte sich noch dichter heran.

Sie bewegten sich in torkelndem Gleitflug auf den Eingangsspalt einer Höhle zu – erheblich zu schnell! Zamo würde gegen die Felswand prallen, wenn er die Richtung beibehielt. Von einer völlig anderen, konkreteren Angst erfüllt und vor Kälte erstarrt, war Jonas kaum noch fähig, einen klaren Gedanken zu fassen. In ihm wuchs die entsetzliche Gewissheit, dass sie sterben würden. Die Kraft des Drachen war verbraucht, er konnte sie nicht mehr tragen, geschweige denn, den viel zu schmal scheinenden Eingang für die Landung erwischen.

»Zamo!« Eyas Schrei, der nur als ein heiseres Flüstern bei ihm ankam, durchschnitt sein Herz.

Dann schlug das mächtige Wesen ein letztes Mal mit den Flügeln. Ihr Kurs korrigierte sich minimal, sodass sie mit unverminderter Geschwindigkeit in die Höhle hineinschossen. Entsetzt schloss Jonas die Augen, um den unvermeidbaren Aufprall nicht mitansehen zu müssen.

Es gab eine unsanfte Landung, dennoch fiel sie nicht halb so schlimm aus wie erwartet. Überrascht riss er die Lider wieder auf. Sie befanden sich in einer riesigen Höhle, die von bläulichem Fackelschein erleuchtet wurde. Ihr treuer Fluggefährte lag auf dem glatten und erstaunlich ebenen Felsgrund. Er rührte sich nicht.

Mit einem Mal wuselten drei in Pelz gekleidete Gestalten um ihn herum, begutachteten seinen Drachenkörper, riefen sich Dinge zu, die er nicht verstand.

»Zamo? Sssag wwwas!«, krächzte Jonas besorgt.

Mit zitternder Stimme brachte seine Begleiterin unverständliche Laute hervor. Anscheinend konnte der Drache nicht mehr für die Übersetzung sorgen.

»Schafft ihr zwei den Abstieg allein?«, ertönte es von einer dick vermummten Frau mit tiefblauen Augen, die besorgt zu ihnen aufsah.

»Ich bbbestimmt nnnicht«, bibberte Jonas, dessen Zähne unkontrollierbar aufeinanderschlugen.

Seine Gliedmaßen waren taub, schmerzten jedoch gleichzeitig unerträglich. Er hatte das Gefühl, am Sattel festgefroren zu sein. Eya erging es offensichtlich nicht anders. Er fühlte ihr Zittern, den pochenden Herzschlag, meinte sogar, ihre Trauer zu spüren.

»Wartet, Olaf und Fungus holen die Steigleiter, dann helfen wir euch.«

ZOTHRA

Wenige Minuten später standen sie in warme Felljacken gehüllt im windgeschützten hinteren Teil der Höhle, wo ein Feuer in einer Steinschale brannte, einen Becher mit heißem, aromatisch duftendem Getränk zwischen den tauben Händen haltend. Das Zeug schmeckte scheußlich, aber es wärmte.

Eya, die noch mehr unter der Kälte zu leiden schien als er, hatte zusätzlich ihren Umhang umgelegt. Sie warteten auf Naida, die Frau mit den blauen Augen, die sich gemeinsam mit ihren Kameraden um Zamo kümmerte.

»Keine Sorge, der wird wieder«, hatte sie die junge Reiterin beruhigt, als sich diese trotz der Eiseskälte erst nicht von ihrem Freund hatte trennen wollen.

Wenige Minuten später gesellte sich die hilfsbereite Person zu ihnen und legte die Fellmütze ab, unter der weißblondes, kurz geschnittenes Haar hervorkam, und zog auch die Lederhandschuhe aus.

Naida und Eya bildeten nebeneinander einen auffälligen Kontrast, der durch ihr unterschiedliches Äußeres betont wurde. Ihm blieb jedoch keine Zeit, genauer darüber nachzudenken, da sich die Frau sofort an ihn wandte.

»Hallo Jonas, ich freue mich sehr, dich endlich persönlich zu treffen«, sagte sie lächelnd. Verblüfft ergriff er ihre ausgestreckte Hand, um sie zu schütteln.

»Woher kennen Sie mich?« Misstrauisch beäugte er die Frau, die er auf Mitte dreißig schätzte.

Diese musterte ihn ihrerseits von Kopf bis Fuß.

»Meine Gefährten und ich haben dich mehr als drei Jahre lang durch Spiegel beobachtet«, erklärte sie nüchtern, als wäre dies die natürlichste Sache der Welt. »Unser Auftrag lautete, einen Magier in deiner Dimension ausfindig zu machen, der bis zu seinem sechzehnten Geburtstag einen Drachen rufen soll. Ich gebe zu, du warst nicht unsere erste Wahl, bist jedoch als einziger Kandidat übrig geblieben, dem es vor Zothras Tod gelingen könnte, ein Band aufzubauen.«

»Er lebt seit über tausend Jahren«, wandte Eya ein. »Wie kommt es, dass er so plötzlich sterben wird? Hätte er das nicht eher voraussehen können?«

Naida seufzte. »Genau darin lag das Problem. Die Aussendung von Boten war dem Ältesten nach dem Willen des Rates erst ab dem Zeitpunkt seines körperlichen Verfalls gestattet. Die Anzeichen dafür kommen bei Drachen unvorhersehbar und rasch, nachdem sie zuvor jahrhundertelang energiegeladen und agil gelebt haben, ohne merklich zu altern. Sobald der Prozess jedoch begonnen hat, bleiben dem Sterbenden nur noch wenige Stunden oder Tage. Wir haben deshalb Zothras Auftrag entsprechend seit Jahrzehnten nach geeigneten Kandidaten Ausschau gehalten und diese oft mehrere Jahre lang beobachtet, bis sie zu alt wurden. Immerhin mussten wir ständig bereit sein, um genau zum passenden Moment jemanden hierherholen zu können.

»Spiegel?« Jonas starrte sein Gegenüber fassungslos an.

Diese Augen …

Eine Welle unterschiedlichster Gefühle durchfuhr ihn, darunter anklagende Wut und Staunen, gemischt mit unendlicher Erleichterung. Da war sie, die Erklärung! Für alles. Er war nicht verrückt!

»Ich habe Sie heute früh gesehen«, brachte er mühsam hervor, »beim Zähneputzen. Dachte schon, ich werde komplett irre … Wie haben Sie es gemacht? Ist unser Badezimmerspiegel verhext?«

Naida lachte. »Nein. Spiegel an sich haben keine magischen Eigenschaften, können aber ebenso von Magiern benutzt werden wie alle anderen unbelebten Gegenstände. Jede Oberfläche, die ein Bild zurückwirft, kann man dazu verwenden, um das Original anzusehen. Das funktioniert praktisch überall, selbst über Dimensionen hinweg. Deshalb war es die einzige Möglichkeit, die Aufgabe zu erfüllen, die der Rat unserem Ältesten vor neunhundert Jahren gestellt hat.«

»Dann sind Sie … eine Magierin?«

Die weißblonde Frau nickte. »Ja, aber bitte benutze die vertrauliche Anrede. Dieses merkwürdige *Sie* macht mich ganz nervös. Wir kennen eine solche Art des Rangunterschieds nicht, auch wenn unsere Sprache ihn offensichtlich hergibt.«

»Eure Sprache?«

Zum ersten Mal bemerkte Jonas, dass die Worte, die aus seinem Mund kamen, überhaupt nicht denen entsprachen, die er dachte. Es musste wieder Drachenmagie im Spiel sein, diesmal jedoch mit einer völlig anderen Sprache als dem afrikanisch anmutenden Klickdialekt. Die Laute klangen hier sehr viel härter, rauer, als wären sie den klimatischen Bedingungen des Landes angepasst.

»Du wirst sie bald lernen – oder zumindest, wie du Magie so verwenden kannst, dass sie es dir ermöglicht, jede Sprache zu verstehen und zu sprechen.«

Er starrte Naida verblüfft an. Den letzten Satz hatte sie auf Deutsch gesagt. Akzentfrei, einwandfrei. Als wäre sie in dem Land geboren und aufgewachsen.

Schließlich wandte er sich an Eya, die mit vor der Brust verschränkten Armen neben ihm stand.

»Wusstest du, dass …«, begann er, verstummte jedoch sofort wieder, als er das unheilvolle Funkeln in ihren Augen bemerkte.

Warum warf sie ihrer Helferin diese finsteren Blicke zu? War sie etwa neidisch?

»Was?«, fuhr sie ihn an.

»Nichts, ist nicht so wichtig«, wehrte er schnell ab.

Dabei fiel ihm wieder auf, wie hart diese Sprache im Vergleich zu Eyas klang und wie wenig sie zu dem Mädchen passte. Es verstärkte die Spannung zwischen den beiden Frauen, die sie wie eine nahezu greifbare Hülle umgab.

»Wenn ihr euch aufgewärmt habt und bereit seid, kommt bitte mit. Zothra erwartet euch.« Mit diesen Worten ging Naida vor ihnen her zu einem Gang, der noch tiefer in den Berg führte.

Alles hier war von dem unheimlichen, bläulichen Flackerlicht erhellt, das über die Höhlenwände zu huschen schien. Jonas wollte ihr folgen, doch seine Begleiterin hielt ihn zurück.

»Ich traue ihr nicht«, murmelte sie. »Sie tut so freundlich, aber sie verachtet mich und meinesgleichen. Für die bin ich bloß Fliegendreck. Und du gehörst auch zu diesem Verein und wirst mich früher oder später genauso herablassend behandeln.«

»Welche Laus ist dir denn über die Leber gelaufen?«, wunderte er sich, während er sich entschlossen in Bewegung setzte, bevor er die Frau aus den Augen verlieren konnte.

»Du hast es vielleicht nicht gemerkt, aber sie hat mich aus eurer netten Unterhaltung ausgeschlossen«, zischte Eya. Sie sprühte nun regelrecht vor Ärger. »Schlimm genug, dass Zamo und ich für sie und euch alle den Hals hingehalten haben, aber das ist der Gipfel!«

»Nein, das habe ich nicht gewusst. Dabei hat sie mir nur gesagt, dass ich sie nicht siezen soll und ihre Sprache schnell lernen werde.«

»Das war's? Wie dem auch sei, ich mag sie nicht. Magier sind so …« Sie machte ein würgendes Geräusch, allerdings nur leise.

»Jetzt komm! Bestimmt sind nicht alle ätzend. Und ich werde dich sicherlich nicht von oben herab behandeln, selbst wenn ich noch ein paar Zentimeter wachsen und zehntausend Zaubertricks lernen sollte.«

Ein Seitenblick verriet ihm, dass die Drachenreiterin ihren verbissenen Gesichtsausdruck abgelegt hatte. Irrte er sich, oder zuckten ihre Mundwinkel verräterisch?

Sie folgten der Magierin durch den schwach beleuchteten Gang zu einer weiteren Höhle. Hier fiel Tageslicht durch mehrere natürliche Öffnungen und schuf ein faszinierendes Spiel aus Licht und Schatten. In der Mitte des Raumes lag ein Drache in einem riesigen Nest.

Er sah Zamo ähnlich, wirkte jedoch eingefallen und schwach. Seine dunklen Schuppen hatten ihren funkelnden Glanz verloren, als wäre die in ihnen gespeicherte Lebensenergie aufgebraucht. Jeder rasselnde, pfeifende Atemzug schien den Giganten unendliche Mühe zu kosten.

»Ich lasse euch mit Zothra allein, wie er es wünscht«, murmelte Naida, wandte sich um und verließ eilig die deprimierende Stätte.

Jonas hätte es ihr am liebsten gleichgetan, so sehr stank dieser Ort bereits nach Tod, obwohl durch die Öffnungen stetig kalte frische Luft eindrang.

Die Körperwärme des Drachen sowie einige der blauen Feuer sorgten dafür, dass es längst nicht so eisig war wie draußen. Dennoch wickelte sich Eya enger in den Umhang und Jonas verbarg seine Hände in den Ärmeln der Felljacke.

»Kommt näher, wenn ihr nicht frieren wollt«, erklang eine tiefe, angenehme Stimme in seinem Kopf.

Widerstrebend folgte er der Aufforderung. Der Körper des sterbenden Riesen schien neben den unangenehmen Ausdünstungen enorme Hitze abzusondern, sodass er die Hände wieder aus den Ärmeln befreite.

Seine Begleiterin rührte sich nicht. Der Blick, mit dem sie den Drachen bedachte, spiegelte Ehrfurcht und große Trauer wider. Jonas überlegte, ob sie die Worte des Drachen überhaupt verstanden hatte. Sie war ja keine Magierin. Oder galt das, was sie ihm erzählt hatte, nicht für das Oberhaupt der Horndrachen? Immerhin sprach er sie beide an.

»Wir haben deinen Auftrag ausgeführt, o weiser Zothra«, sagte Eya leise. »Dies hier ist Jonas aus der Verbotenen Dimension.«

»Ich danke euch. Ihr habt mir damit ein wundervolles, unendlich kostbares Geschenk gemacht, obschon ihr dafür mehr geopfert habt als gedacht. Verzeiht. Jonas, mein Junge, willkommen. Naida wird deine Ausbildung zum Magier übernehmen. Sämtliche Bewohner der Vergessenen Stadt werden versuchen, dich zu schützen, bis du mit deinem Drachenpartner vor den Interdimensionalen Rat treten kannst.«

»Aber was ist, falls ich keinen Drachen finde, der mein Partner sein möchte? Und wenn doch, was soll ich dem Rat sagen? Meine Welt ist …« Er verstummte.

Wie sollte er diesem todkranken Wesen begreiflich machen, dass sein Vorhaben komplett absurd war? Nun, er wusste es nicht hundertprozentig, aber sein Gefühl sagte ihm, dass es solche Geschöpfe in seiner Dimension keinesfalls geben durfte. Dafür gab es viel zu viele Menschen, zu viel Technik, Lärm, Umweltverschmutzung und zu wenig Glaube an Magie.

»Du brauchst mir nicht zu sagen, dass sich der Wunsch eines uralten sterbenden Träumers nur schwer erfüllen lässt, Jonas. Im Vertrauen: Ich rechne nicht ernsthaft damit, dass der Rat der Aufhebung des Bannes zustimmt. Deshalb muss das, was ich euch beiden nun sagen werde, euer Geheimnis bleiben. Nicht einmal der Interdimensionale Drachenrat darf davon erfahren, also hütet eure Gedanken! Ich weiß nicht mehr, wem ich trauen kann, seit Eafras meinen alten Freund Eurion im Rat abgelöst hat.«

»Aber Zamo darf es wissen, nicht wahr?«, murmelte Eya.

»Natürlich. Was denkst du, mit wessen Hilfe du meine Worte vernimmst? Zudem habe ich es ihm gesagt, bevor … bevor …«

Ein mentales Stöhnen durchdrang Jonas' Verstand, so qualvoll und schmerzerfüllt, dass er es laut wiedergab. Seine Begleiterin keuchte. Ihre Augen füllten sich mit Tränen.

»*Ihr müsst gehen,* kam der mühevolle, angestrengte Gedanke bei ihm an. *SOFORT! Lebt wohl …*«

Er wurde energisch am Arm gepackt.

»Jonas, wir müssen raus hier – schnell!« Eya klang panisch.

Beim Blick auf den sterbenden Drachen wusste er plötzlich, was sie meinte. Er fing an zu glühen! Die Temperatur im Raum stieg sprunghaft an. Ein heißer Hauch verbrannte Gesicht und Hände. Ohne sich noch einmal umzudrehen, rannte er in Richtung Ausgang und hechtete in den Verbindungsgang.

Er kam vielleicht zwei, drei Meter weit, ehe ihn die Druckwelle einer lautlosen Explosion traf und mit Wucht gegen die Drachenreiterin schleuderte. Sie schrien wie aus einer Kehle, stürzten gemeinsam. Er landete auf ihrem weichen Körper und merkte gleichzeitig, wie ihm ein Feuersturm sengender Hitze über Kopf und Rücken hinweg zog. Sekunden später war es vorbei.

Von der anderen Seite des Ganges ertönten aufgeregte Rufe, Schritte näherten sich, ein Schwall eiskalten Wassers traf seine glühende Hinterseite. Gleich darauf wurde er unter den Armen gepackt und hochgezogen.

Er starrte auf Eya, die noch immer bewegungslos am Boden lag, wollte wissen, ob es ihr gut ging. Die Beine gehorchten ihm nicht, benahmen sich wie Wackelpudding. Ohne Hilfe wäre er sofort wieder gestürzt. Endlich rollte sich seine Begleiterin auf den Rücken und blickte ihn an.

Jonas' Erleichterung erlosch, als er das Entsetzen in ihren Augen wahrnahm.

»Was'n los?«, nuschelte er. Auch seine Zunge entwickelte ein störrisches Eigenleben.

Gleich darauf sah er seine halb verkohlte Hand. Er spürte keinen Schmerz, doch die Übelkeit stieg so rasch in ihm auf, dass er keine Chance hatte, dagegen anzukämpfen.

Sein Mageninhalt ergoss sich in einem Schwall auf den dunklen Felsen.

Gleich darauf knipste jemand das Licht aus.

MIT HAUT UND HAAREN

Er erwachte, indem er sich aus einem tiefen, engen Schacht hinauskämpfte. Die vertraute Weichheit seines Bettes empfing ihn. Ohne die Augen zu öffnen, die irgendwie verklebt schienen, genoss er die überwältigende Erleichterung, dass alles nur ein furchtbar realistischer Traum gewesen war.

»Er kommt zu sich. Dem Großen Geist sei Dank, ich dachte schon …«

»Ich habe dir doch gesagt, dass er nur etwas Zeit braucht. Seine Verbrennungen waren größtenteils oberflächlich, das Leder und die Weste haben ihn geschützt. Lediglich die ungeschützten Hautpartien an Händen, Nacken und Kopf hat es erwischt.«

Diese Frauenstimmen, die so fremd und dennoch vertraut klangen …

Verwirrt riss er die Augen auf. Der Raum, in dem er lag, erinnerte an ein Krankenhauszimmer mit weiß gekalkten Wänden und ebenso weiß bezogenem Bett. Nur an die Wand gegenüber hatte ein Künstler einen beeindruckend lebensecht wirkenden Drachenkopf gemalt.

Die beiden Frauen, die auf ihn hinabsahen, konnten unterschiedlicher nicht sein. Im schummrigen Licht, das von zwei flackernden Lampen an den Wänden herrührte, sahen sie dennoch so aus, als hätten sie eine Art Waffenstillstand geschlossen.

Tief durchatmend musste er erst einmal verdauen, dass sie dort standen. Er dachte an das Feuer, den Anblick der furchtbaren Verletzungen, den Geruch nach verbranntem Fleisch. Das grausame Bild hatte sich wie Salzsäure in seine Erinnerung gefressen. Noch immer spürte er kaum Schmerz, was ihn verwunderte. Dennoch kostete es ihn große Überwindung, die Hände in sein Gesichtsfeld zu bewegen.

Mit einem überraschten Keuchen starrte er sie an. Seine Befürchtungen hatten von dicken Bandagen über Kräuterpaste und Pflanzenwickel bis hin zu abgetrennten Stümpfen gereicht. Stattdessen schienen die Griffel vollkommen intakt zu sein. Nun ja, fast. Auf den Handrücken war die Haut gerötet und zerfurcht, als hätte er sich die Haut böse aufgeschürft und die letzte Kruste wäre gerade erst abgefallen.

Vorsichtig bewegte er die Finger. Es war leicht unangenehm, ging nicht so einfach wie gewohnt. Die Gelenke fühlten sich steif an, eingerostet, eine Faust gelang ihm nicht vollständig.

»Das wird wieder«, tröstete Naida ihn sanft. »Spätestens, wenn du selbst genug gelernt hast. Manchmal ist Magie halt doch zu etwas nützlich.«

Die letzten Worte waren an die Drachenreiterin neben ihr gerichtet, deren Gesicht noch dunkler zu werden schien.

»Wo bin ich?«, krächzte er. Seine Stimmbänder gehorchten ihm nicht richtig, was jedoch daran liegen konnte, dass sein Hals so trocken war.

»Trink das erst einmal, aber langsam!«, befahl die weißblonde Magierin, während sie ihm eine dampfende Tasse reichte.

Dem Geruch nach war es Tee, den er gleich hinunterstürzen wollte, doch er war zu heiß. Also begnügte er sich mit kleinen Schlucken, die angenehm die Kehle hinabrannen.

»Du bist in Glemborg, der Vergessenen Stadt. Hier leben die Magier und Horndrachen des Nordens, die dem Ältesten treu ergeben waren. Nach seinem Tod wird sich vieles ändern, weshalb es gut ist, dass nur wenige Drachen und Menschen von außerhalb diesen Ort kennen.«

»Was war mit Zothra los? Irgendwas mächtig Heißes ist in seiner Höhle explodiert. Er hat uns gewarnt, aber es war verdammt knapp. Wollte ihn vielleicht jemand umbringen, damit er uns nicht alles sagen konnte?«

Naida schüttelte mit traurigem Lächeln den Kopf. »Nein, niemand wollte ihm oder euch beiden etwas antun. Drachen sterben nun einmal, indem sie von innen heraus verbrennen. Es ist ein natürlicher Prozess, eine chemische Reaktion, die beim Verlöschen ihres magischen Schutzes dagegen in Gang gesetzt wird. Normalerweise geht der Körper nach Verlassen des Geistes einfach bloß in Flammen auf und verglüht vollständig. Zumindest habe ich es so gehört. Niemand von uns hat damit gerechnet, dass die Reaktion derart heftig ausfallen könnte, sonst hätten wir euch besser geschützt. Wir vermuten, dass Zothra den Tod so lang hinausgezögert hat, dass der Druck in seinem Innern bis ins Unerträgliche angestiegen ist.«

Jonas schwieg, trank ein paar Schlucke und dachte über diese erstaunliche Offenbarung nach.

»Dann ist es kein Wunder, dass man bei uns noch nie Knochen oder Überreste von Drachen gefunden hat«, stellte er schließlich fest. »Ich meine, wenn es wirklich stimmt, was ich von euch gehört habe, und es früher genug Horndrachen in meiner Welt gab, dann müsste es doch irgendwer wissen. Es müsste Aufzeichnungen geben, Berichte, wissenschaftliche Studien ...«

»Soweit ich weiß, haben die Drachenreiter und ihre Freunde bei ihrem Aufbruch dafür gesorgt, dass die meisten dieser Beweise vernichtet wurden«, meinte die Magierin. »Damals gab es auch in deiner Dimension noch nicht die Möglichkeit der Fotografie, keine bewegten Bilder. Sehr wenige Menschen, die keine persönliche Beziehung zu einem Drachen besaßen, waren gelehrt und neugierig genug, um diese magischen Geschöpfe zu studieren und die Ergebnisse niederzuschreiben.«

»Stimmt, vor neunhundert Jahren herrschte bei uns tiefstes Mittelalter. Trotzdem ist es merkwürdig, dass es nur Legenden über Drachen gibt und kein Forscher etwas über sie aufgeschrieben hat.«

»Wer sich für sie zu interessieren begann, rückte in ihren Fokus und wurde in die Gemeinschaft aufgenommen. Ich schätze, Forschungen an Wesen, deren Existenz man nicht nachweisen kann, werden nirgends ernstgenommen, genauso wenig wie Erfindungen, die man sich aus einer Dimension abgeschaut hat, die als verboten gilt. Wir werden oft für unsere Lebensweise belächelt. Durch Spiegel erfährt man eine Menge, nicht nur über die Menschen, die sie benutzen. Zothras Auftrag hat uns zu Außenseitern gemacht, aber er hat uns gleichzeitig dazu befähigt, neue Wege zu gehen, uns weiterzuentwickeln und den Lebensstandard in dieser unwirtlichen Gegend erheblich zu erhöhen. Dafür bin ich ihm sehr dankbar.«

»Also ich gehe jetzt schlafen, wenn es sonst nichts Wichtiges mehr gibt«, murmelte Eya unvermittelt. Sie sah so aus, als würde sie gleich im Stehen einschlafen.

Naida, die mindestens ebenso geschafft wirkte, unterdrückte ein Gähnen und nickte. »Richtig, es war ein sehr langer, harter Tag für uns alle. Jonas, ich hoffe, du kannst deine verständliche Neugier zügeln, bis es hell wird. Die verbleibenden Stunden möchte auch ich gern liegend zubringen. Trinke ruhig noch etwas mehr von dem Tee in der Karaffe, er tut dir gut. Und dann versuche, zu schlafen. Du brauchst morgen deine ganze Kraft.«

»Falls du uns suchst – wir sind in den Räumen rechts und links von dir.« Die schwarzbezopfte Drachenreiterin gähnte herzhaft. »Und wenn du mal ein dringendes Bedürfnis hast, dafür gibt es hier ein tolles Zimmer ganz am Ende des Ganges.«

Mit diesen Worten verließen die beiden Frauen ihn und schlossen eine Tür, die fast so aussah wie die in seiner eigenen Welt. Verwundert betrachtete Jonas den schmalen Raum, der sogar ein Fenster aus Glas besaß. Ein Blick unter die steife Bettdecke verriet, dass er nur seine Unterhose trug. Er war froh, dass sie ihm diese wenigstens gelassen hatten.

Rasch sah er sich noch genauer um und entdeckte zusätzlich neben dem Tisch mit der Glaskaraffe eine kleine Holzbank, auf der Kleidung bereitlag: Hosen aus warmem, dunklem Stoff, ein langärmeliger Wollpulli und Stiefel aus einer Art Filz. Rasch schlüpfte er in die Sachen, die ein wenig zu weit waren – bis auf die Schuhe, die gerade noch passten. Dann trat er ans Fenster, um in eine sternenklare Nacht hinauszublicken.

Er befand sich im zweiten Stock eines großen Gebäudes. Nie hätte er gedacht, dass es in dieser so primitiv und rückständig scheinenden Welt ein solches Bauwerk geben könnte! Die schneebedeckte Stadt, auf die er hinabblickte, erstreckte sich in ein Tal, umgeben von hohen Bergen. Sie sah einem malerischen Ort in heimischen Skigebieten ähnlich, auch wenn die Autos fehlten. Er entdeckte beleuchtete Wege, die offenbar regelmäßig vom Schnee befreit wurden, gemauerte Wohnhäuser mit spitzen Dächern und zugeschneite Gärten.

Momentan bewegte sich nichts. Es war so still, dass es selbst einem Jungen vom Lande gruselig vorkam. Ein fernes Heulen kündete davon, dass es tierisches Leben da draußen gab, ein zweites, wesentlich näheres stimmte ein. Das Fenster war nicht dazu gedacht, es zu öffnen, Vorhänge gab es nicht. Sehnsuchtsvoll sah er zu dem wundervollen Sternenhimmel hinauf, der prächtiger, dunkler und vollkommener erschien als zu Hause. Dennoch war der Anblick so vertraut, dass er ihm einen Stich ins Herz gab.

Welche Sorgen sich seine Eltern jetzt wohl um ihn machten? Ob sie bereits die Polizei verständigt und eine Vermisstenanzeige aufgegeben hatten? Wie gern wollte er ihnen sagen, dass es ihm gut ging und sie nicht nach ihm zu suchen brauchten! Aber sie befanden sich in unerreichbarer Ferne …

Indem er einen Schritt vom Fenster zurücktrat, sah er sein eigenes Spiegelbild, das ihm unnatürlich blass vorkam. Plötzlich ging ihm ein Licht auf.

Spiegel!

Das war die Lösung! Aufgeregt rannte er zum Ausgang. Beim Blick hinaus in den Flur zögerte er. Es gab mehrere Türen auf beiden Seiten des langen Ganges, der von der gleichen Art Lampen schwach erleuchtet wurde wie sein Raum.

Wo schlief Naida? Eya würde ihm nicht helfen können und ihn stattdessen erwürgen, wenn er sie unnötig wecken sollte. Aber auch die Magierin wäre nicht begeistert gewesen. Außerdem wusste er nicht, wie spät es bei ihm zu Hause war, geschweige denn, wie er es anstellen sollte, ein Elternteil vor einen Spiegel zu lotsen. Oder reichte auch eine spiegelnde Fensterscheibe? Und dann war da noch die Frage, ob und in welcher Form überhaupt die Möglichkeit bestand, eine Nachricht zu schicken. All das musste er zunächst herausfinden.

Entmutigt wollte er die Tür wieder schließen, als ihm Eyas Bemerkung über das *tolle Zimmer am Ende des Ganges* einfiel. Genau das brauchte er jetzt. Also huschte er auf leisen Sohlen zum richtigen Raum. Da gab es zum Glück kein Vertun, da auf der anderen Seite ein Fenster etwas Mondlicht einließ und eine Treppe nach unten führte.

Das Öffnen der schmaleren Tür brachte einen erneuten Aha-Effekt: Es gab eine richtige, waschechte Toilette mit einer weißen Schüssel aus Keramik, Holzbrille und -deckel. Schmunzelnd überlegte er, dass sich die Magier dieser Dimension anscheinend ziemlich viel aus seiner Welt abgeguckt hatten, obwohl die Dinge nicht immer dem neusten Stand der Technik entsprachen.

Während er das dringend nötige Geschäft erledigte, kam eine bekannte Stimme in seinem Kopf an:

»Schön, dass du wieder auf den Beinen bist, Kleiner. Dann können wir bald mit deiner Ausbildung anfangen.«

»Zamo!«, flüsterte Jonas. »Wo bist du? Beobachtest du mich etwa?«

»Natürlich nicht! Ich bemerke lediglich deine erhöhte Hirnaktivität und freue mich, dass es dir offensichtlich besser geht. Eya hat mir gesagt, wie schwer du verletzt wurdest. Es tut mir leid, dass der Tod meines Urgroßvaters solch schlimme Folgen für dich hatte. Aber ich danke dir, dass du meine Reiterin vor diesem Schicksal bewahrt hast.«

»Na ja, es war nicht absichtlich«, murmelte er verlegen. »Ich wurde durch die Explosion gegen sie geschleudert und bin auf ihr gelandet.«

»Dennoch bin ich sehr froh, dass sie nicht derart hart von dem Feuer getroffen wurde. Durch deine Verbindung zur Magie konntest du erheblich leichter und effektiver geheilt werden als jemand, der diese Gabe nicht besitzt. Selbst wenn du sie noch nicht aktiv nutzen kannst, hilft sie dir bereits.«

»Ach so? Das hat mir Naida gar nicht gesagt.«

»Vielleicht ist sie bisher nicht dazu gekommen. Es gehört zu den Dingen, die für magiebegabte Menschen so selbstverständlich zum Leben dazugehören wie Nahrung und Kleidung. Zumindest, sofern sie in der Nähe von Drachen aufwachsen.«

»Wie nah ist das denn? Du hast mir noch immer nicht gesagt, wo du bist!«

Jonas wusch sich automatisch die Hände, bis ihm bewusstwurde, dass der Wasserhahn mit dem dazugehörigen Waschbecken in dieser Welt absolut nicht üblich sein konnte. Die Toilettenspülung, die er durch das Ziehen an einer Kette völlig gedankenlos betätigt hatte, gehörte offensichtlich ebenfalls zu den Erfindungen seiner eigenen Dimension.

»In einer der Gästehöhlen in der Gebirgswand westlich von Glemborg, Entfernung von deinem Aufenthaltsort nur etwa sechshundert Meter Luftlinie.«

»Sechshundert Meter? Sag bloß, ihr messt hier genauso wie bei uns!«

Ein fröhliches Drachenlachen ertönte in seinem Kopf. *»Unter anderem, ja. Ich kenne inzwischen etwa achtzig bis neunzig verschiedene Maßeinheiten für die Länge. Leider schaffen es weder die unterschiedlichen Drachenvölker noch die restlichen vermeintlich intelligenten Lebensformen, sich in dieser Hinsicht zu einigen. In Glemborg sind es seit vielen Jahrzehnten bereits Meter und Zentimeter, Eyas Volk misst in Hand, Fuß und Schritt, die Eisdrachen messen traditionell in Zahn, Spannweite und Flugstrecke.«*

Jonas hob den Kopf und blickte in einen ovalen Spiegel. Ein nur halb unterdrückter Entsetzensschrei entfuhr ihm, als er entdeckte, dass von seinem rötlichen Haarschopf lediglich vorn und seitlich an den Schläfen nennenswerte Reste vorhanden waren. Der weitaus größere Teil des Schädels schien blank zu sein. Mit einem deftigen Schimpfwort fuhr er mit den leicht tauben Fingern über die Kopfhaut, die sich schorfig und wund anfühlte. Es genügte, um deutlich zu machen, dass Zothras Flammen seinen Kopf ebenso gegrillt haben mussten wie seine Hände.

»Was ist passiert? Du wirkst so verstört und aufgewühlt.«

»Nichts«, brummte er missmutig. »Ich habe nur gerade entdeckt, dass ich halbwegs zum Glatzenträger mutiert bin. Sieht echt katastrophal aus. Aber wenigstens hat Naida meinen Kopf wieder ganz gut hingekriegt, genau wie den Rest. Na ja, vielleicht haben sie 'ne Mütze für mich.«

»Oh, wenn das alles ist … Du kannst selbst dafür sorgen, dass dein Haupthaar schneller nachwächst. Es ist eine gute Anfängerübung. Bist du bereit, es zu versuchen?«

»Äh … Ja, klar! Was muss ich tun?« Überrascht und aufgeregt horchte er in sich hinein.

»Nicht viel. Zunächst konzentriere dich auf dein Haar, spüre, wie es unaufhörlich wächst. Am besten schließt du dabei die Augen, um die äußeren Sinnesempfindungen möglichst auszublenden.«

Mit klopfendem Herzen tat Jonas wie geheißen. Lange stand er in dem kleinen Bad, darum bemüht, die Lächerlichkeit des Ganzen zu vergessen und dafür zu erspüren, was in seinem Körper geschah.

Zunächst bemerkte er lediglich den Herzschlag, der das Blut pulsieren ließ. Gedanklich folgte er dem sauerstoffreichen Blut durch die Adern bis in die Finger- und Zehenspitzen. Ein feines Kribbeln breitete sich auf der Haut aus. Waren das die winzigen Härchen überall, die er spürte? Eine intensive, nie gekannte Verbindung zu seinem Körper ließ ihn schneller atmen.

»Ich glaube, ich hab's!«, hauchte er triumphierend. Dabei konzentrierte er sich mit aller Macht darauf, dieses Gefühl nicht zu verlieren.

»Sehr gut. Jetzt lenke deine Aufmerksamkeit auf die Stellen, an denen du dir längeres Haar wünschst. Ziehe sanft an den Wurzeln, locke es hervor. Bediene dich dabei der Kraftquelle, die du in dir trägst. Nur Mut, du schaffst das schon.«

Jonas antwortete nicht, da er bereits versuchte, den Anweisungen des Drachen zu folgen. Er konzentrierte sich auf das Kribbeln seiner Kopfhaut, das sich dadurch verstärkte, und stellte sich vor, wie dort Haare wuchsen. Ein Gefühl der Wärme gesellte sich zu dem Kribbeln. Etwas geschah! Aufgeregt riss er die Augen auf.

»Oh!«

Mit offenem Mund stand er vor dem Spiegel. Rote Haare sprossen überall auf seinem Schädel, schossen förmlich daraus empor. Nach wenigen Sekunden hatten sie eine gute Länge erreicht, wobei ihm diejenigen, die vorher schon vorhanden gewesen waren, bereits über das Gesicht fielen.

»Stopp! Aufhören! Wie hält man es an?«, rief er panisch.

»Frag nicht mich – befiehl es deinen Haaren!«

Schnell konzentrierte er sich darauf, das Wachstum zu beenden. Er löste die Verbindung, was erstaunlich viel Kraft kostete, doch endlich verebbte das Kribbeln.

Erschöpft stützte er sich am Waschbecken ab, um das Resultat zu betrachten. Na großartig, jetzt trug er einen schulterlangen Pony und wirres, bestimmt über zehn Zentimeter langes, Haupthaar.

»Perfekt«, ächzte er sarkastisch. »Erst zu wenig, dann zu viel!«

Erneut hörte er Zamos Lachen. *»Nichts, was sich nicht mit einer einfachen Schere wieder in Ordnung bringen ließe. Oder mit Magie, ganz wie du magst. Ich fürchte allerdings, dass deine neue Frisur bis zum Morgen warten muss. Du merkst sicher, dass die Anwendung viel Energie kostet. Besser, du schläfst ein wenig und füllst dadurch die Reserven auf. Gute Nacht, frisch gebackener Magier!«*

GEHEIMNISSE

Energisches Klopfen weckte Jonas, gefolgt vom leisen Knarren der Tür. Als er die Augen aufschlug, fiel Helligkeit durchs Fenster und beleuchtete eine ziemlich perplex dreinblickende Eya, die bewegungslos mitten im Raum verharrte. »Was zum …« begann sie.

»Mhm?« Etwas störte ihn im Gesicht, er schob es zur Seite, während er sich aufrichtete.

Die Drachenreiterin schlug die Hand vor den Mund und brach in prustendes Gelächter aus. Verwirrt kratzte er sich am Kopf, der ein wenig juckte. Da wusste er wieder, was so erheiternd war.

»Hey, lach nicht – das hier hat mich viel Mühe gekostet!«, protestierte er, musste jedoch gleich darauf mitlachen, weil sich Eya kaum noch aufrecht halten konnte. Es war unglaublich ansteckend. Sie lachten, bis ihnen die Tränen kamen.

»Ich könnte dir vorne Zöpfe flechten«, schlug seine Besucherin vor, nachdem sie sich wieder einigermaßen gefangen hatten.

»Nein danke.« Er schmunzelte. »Ich hoffe, es gibt in dieser Stadt so etwas wie einen Friseur oder zumindest eine Schere. Zamo sprach jedenfalls davon.«

»Hat er dir das angetan?«

»Äh, nö. Aber er hat mir geholfen, es selbst zu fabrizieren.«

»Was ist denn hier los? Ich dachte, ihr kommt frühstücken!«, mischte sich Naida ein, die mit ihrem blonden Kopf durch die Tür reinschaute. Beim Blickkontakt mit Jonas erschien ein breites Grinsen auf ihrem Gesicht.

»Aha, unser Neuzugang hat seine ersten Erfahrungen als Magier im Selbstversuch gesammelt. Alle Achtung! Hätte nicht erwartet, dass du so schnell damit anfängst und auch noch Erfolg hast! Aber kommt jetzt lieber, das Hairstyling hat Zeit bis nach dem Essen. Ich verhungere gleich!«

»Hairstyling? Woher kennst du diesen Begriff?«, wunderte sich Jonas. Dann fiel ihm wieder ein, dass er jahrelang bespitzelt worden war. Während er sich rasch die warmen Klamotten überstreifte, beantwortete sie seine Frage exakt so, wie er gedacht hatte.

»Woher wohl? Wir kennen uns inzwischen ziemlich aus bei euch.«

»Kannst du mir zeigen, wie man einen Spiegel benutzt, um mit meinen Eltern Kontakt aufzunehmen? Sie machen sich bestimmt mächtig große Sorgen. Ich würde ihnen gerne sagen, dass es mir gut geht.«

»Es ist nicht so einfach, wie du dir das vielleicht vorstellst«, meinte die Magierin ernst. »Wir reden später darüber, in Ordnung?«

Bedrückt folgte er den beiden Frauen die Treppe hinunter bis ins Erdgeschoss, wieder einen langen Gang entlang bis zu einem Raum, aus dem es köstlich duftete. Jetzt erst merkte er, wie hungrig er war. Frisch gebackenes Brot, Käse, eine undefinierbare Paste und geräucherter Schinken warteten auf sie. Drei weitere Menschen gesellten sich beim Essen zu ihnen, ein Mann und zwei Frauen, die ähnlich wie er selbst gekleidet waren.

»Das hier sind einige unserer treusten Helfer. Kuno ist zurzeit leitender Magier des Krankenhauses, Svea ist seine Schülerin. Lunara hat für uns und die übrigen Patienten das Essen zubereitet.«

»Leitender Magier? Haben Sie sich auf die Heilung von Krankheiten spezialisiert?« Jonas schüttelte dem freundlich dreinblickenden Mann die Hand. Er kam sich soeben vor wie der Held eines bekannten Kinderbuchs, in dem Hexen und Zauberer in einer magischen Welt nach ihren eigenen Regeln lebten.

Kuno lachte. »Ja und nein. Jeder ausgebildete Magier könnte mich hier ersetzen. Ab und zu geschieht dies auch, da wir uns regelmäßig bei den Aufgaben abwechseln. Dennoch lernt Svea im Krankenhaus natürlich zunächst andere Dinge als zum Beispiel bei den Drachen oder in der Landwirtschaft. Besser gesagt: Sie wendet Magie in einem bestimmten Kontext an.«

»Haben Sie meine Verbrennungen geheilt?«

»Nein. Das hat Naida getan. Aber bitte sag nicht *Sie*, das klingt komisch, auch wenn es in deiner Dimension scheinbar üblich ist. Mir gefallen übrigens deine Haare.«

Mit schiefem Lächeln sowie einem gemurmelten Danke an die weißblonde Frau gegenüber konzentrierte sich Jonas lieber aufs Essen. Nach der unfreiwilligen Diät gestern kam es ihm absolut köstlich vor. Dennoch brannten derart viele Fragen in ihm, dass er sich irgendwann nicht länger zurückhalten konnte.

»Was geschieht jetzt eigentlich mit mir? Ich soll einen Drachen rufen, wenn ich das richtig verstanden habe. Okay, würde ich ja versuchen, wenn ich wüsste, wie das geht. Aber was passiert dann? Darf ich irgendwann wieder nach Hause zurück?«

»Es ist keine Frage des Dürfens«, erklärte Naida ernst. »Vor neunhundert Jahren erschuf Zothra auf Befehl des Interdimensionalen Drachenrates den Bann, der deine Ebene von den übrigen trennt. Nur er konnte ihn auch wieder lösen. Sein Tod hat unsere gesamten Anstrengungen zunichtegemacht.«

»Wirklich? Er hat gesagt-« Jonas fühlte Eyas Ellenbogen unsanft in den Rippen. Er erinnerte sich an die Warnung des sterbenden Drachen, doch es war zu spät.

»Er hat euch noch etwas mitgeteilt?«, hakte die weißblonde Magierin sofort nach.

»Nun ja, er wollte es tun«, antwortete die Drachenreiterin rasch. »Er hat es leider nicht geschafft, seinen angefangenen Satz zu beenden und uns stattdessen befohlen, den Raum sofort zu verlassen.«

»Stimmt das?«, wandte sich Kuno mit prüfendem, durchdringendem Blick an Jonas.

Dieser hielt den forschenden Augen stand, die bis in seine Seele zu dringen schienen, um die Wahrheit hervorzulocken.

Er nickte. »Ja. Zothra sprach von einem Geheimnis, das wir für uns behalten sollten. Er befürchtete, dass Anhänger des Ratsmitglieds Eafras sich unter seine Magier gemischt haben könnten. Aber er kam nicht mehr dazu, uns davon zu erzählen.«

Der Blick des Mannes wurde weicher, nachdenklicher. »Das ist mehr als bedauerlich. Wenn es eine Möglichkeit gäbe, die Barriere zu überwinden, könnten wir dich zumindest in deine eigene Welt zurückschicken und für uns … wäre es eventuell ein Ausweg, falls es zum Schlimmsten kommt.«

Er sah Naida bedeutungsvoll an, sodass Jonas den Eindruck gewann, sie redeten ohne Worte miteinander, ähnlich, wie es Zamo bei ihm gelang. Die beiden Frauen, die der Unterhaltung bislang schweigend gelauscht hatten, tauschten ebenfalls Blicke aus und kicherten leise, während sie dem Leiter des Krankenhauses ehrfürchtig Platz machten, der aufstehen wollte.

Jonas verstand, dass es hier zu viele neugierige Ohren gab, um über solche Dinge zu reden. Ihm fiel wieder ein, wer das Geheimnis des alten Drachen kennen musste, doch er wagte es nicht, hier und jetzt mental nach ihm zu rufen. Wer wusste, wozu ein ausgebildeter Magier imstande war? Vorhin hatte es sich jedenfalls so angefühlt, als könnte Kuno problemlos in seinen Gedanken lesen. Nicht umsonst hatte Zothra sie angewiesen, diese zu hüten. Aber wie sollte er das anstellen?

»Du hast mich schon wieder gerufen, obwohl du es offensichtlich nicht wolltest«, erreichten ihn die Worte des Drachen, die ebenso amüsiert wie vorwurfsvoll klangen. *»Naida sollte dich zuerst lehren, private Gedanken besser abzuschirmen. Sonst lesen einige Leute hier*

in deinem Kopf wie in einem offenen Buch. Übrigens kannst du Kuno und ihr vertrauen. Ich kenne beide seit vielen Jahren.«

»Lasst uns Zamo besuchen«, schlug er vor und sprang auf.

Eya sah ihn missmutig an. »Dem geht es prima. Außerdem ist er mein Partner, nicht deiner. Besorg dir einen eigenen Drachen!«

»Würde ich ja tun, wenn mir jemand sagt, wie es funktioniert. Du brauchst gar nicht eifersüchtig zu sein, nur weil sich dein schuppiger Freund entschlossen hat, mich ständig vollzuquatschen. Ich habe nicht darum gebeten, hier zu sein, schon vergessen?«

Die schwarzhaarige Drachenreiterin wirkte ernüchtert und senkte den Blick. »Entschuldige, aber mein Einfall war es auch nicht«, murmelte sie.

Naida, die ebenfalls aufgestanden und aus der Bank geklettert war, nickte wissend. »Eins nach dem anderen. Zuerst kümmern wir uns um die Frisur meines übereifrigen Schülers, damit er sich auf das Wesentliche konzentrieren kann.«

»Gut, ich mache das«, knurrte Eya, schob sich den Rest ihrer Mahlzeit in den Mund und folgte den Magiern. »Erstens kenn ich mich damit aus und zweitens verpasse ich sonst noch etwas Wichtiges!«

Sie räumten ihr benutztes Geschirr in einen Nebenraum, verließen die Küche und marschierten durch den Gang zu einer zweiflügligen Tür. Draußen fegte ein heulender Wind winzige Eiskristalle vorbei. Schaudernd überlegte Jonas, wie sehr er seine Winterjacke vermisste, die samt dem schönen warmen Pulli in der Steppe nahe Eyas Heim zurückgeblieben war. Die beiden Magier schienen äußerst abgehärtet zu sein, denn sie traten sofort hinaus in den Schneesturm. Überraschenderweise tat Eya es ihnen nach kurzem Zögern gleich. Nun, vielleicht war es nicht weit …

Mit zusammengebissenen Zähnen folgte Jonas und stellte erleichtert fest, dass es zwar wesentlich kälter als im Haus war, aber keineswegs windig. Der Schnee erreichte ihn nicht, als würde er an einer unsichtbaren Mauer abprallen. Es erinnerte ihn an seine Flüge auf dem Drachen.

»Machst du das mit dem Windschutz?«, fragte er Naida, während er zu ihr aufschloss.

»Mit Kuno gemeinsam«, bestätigte sie. »Abschirmung gehört zu den Basisfertigkeiten eines Magiers, die ich dir beibringe, sobald wir die dringendsten Angelegenheiten geklärt haben.«

Sie gingen höchstens hundert Meter die abfallende Straße hinunter, auf der eine etwa fünf Zentimeter hohe frische Schneeschicht lag, bis sie zu einem der Gebäude abbogen, das einem älteren kleinen Einfamilienhaus in Jonas' Welt glich. Die Tür öffnete sich wie von Geisterhand vor ihnen.

»Willkommen in meinem bescheidenen Heim«, erklärte Kuno mit einladender Handbewegung.

Es sah urig und gemütlich aus, wie in einer Skihütte in den Bergen. Jonas war noch nie in einer solchen gewesen, doch er kannte es aus dem Fernsehen. In einem großen eisernen Ofen mit Glasscheibe flackerte ein munteres Feuer, das angenehme Wärme im Raum verbreitete. Aufatmend strich sich Jonas erneut den viel zu langen Pony aus der Stirn. Der Hausbesitzer überreichte Eya feierlich eine Schere, mit der diese ein paarmal prüfend durch die Luft schnitt. Wenige Minuten später saß der unfreiwillige Langhaarträger auf einem Stuhl, hinter sich eine eifrige Hobbyfriseurin, die an seinem Kopf herumwerkelte. Leider sah er nicht, was sie tat, dafür hörte er staunend zu, was sie dabei erzählte.

»Als der der Älteste Zothra meinem Partner Zamo und mir den Auftrag erteilte, Jonas hierherzubringen, erklärte er uns gleichzeitig, dass es noch Drachen in der Verbotenen Dimension gibt. Seine eigene Frau blieb mit zwei ungeborenen Töchtern zurück, da Dracheneier bei der Durchquerung eines Portals Schaden nehmen können.

Auch andere Mütter waren betroffen. Sie versteckten ihre Eier, wollten sie aber nicht alleinlassen. Stattdessen warteten und hofften sie jahrhundertelang darauf, dass der Rat seine Meinung ändert.«

»Das glaube ich nicht!«, warf Jonas ein. »Wie sollten sie sich so gut verstecken, dass keiner sie je gefunden hat? Wir haben Flugzeuge, Satellitenbilder, überall leben Menschen ...«

»Du weißt schon noch, wie das war, als Zamo und ich dich abgeholt haben?«, konterte Eya. »Zumindest für begrenzte Zeit können sich Horndrachen sehr effektiv tarnen.«

»Ach ja, stimmt! Danach wollte ich dich schon längst gefragt haben. War total cool, dass ich diesen riesigen Drachen kein Stück gesehen habe. Trotzdem erscheint mir der Gedanke lächerlich, dass es bei uns welche geben soll.«

»Dennoch ist er absolut nachvollziehbar«, mischte sich Kuno sanft ein. »Es erklärt Zothras unbedingtes Interesse an dieser Dimension, selbst über so viele Jahrhunderte hinweg. Er hat zu lange gelebt und zu oft die Ablehnung des Rates erfahren, um sich Illusionen darüber zu machen, wie dieser entscheiden würde. Er muss eine Hintertür in den Bann verwoben haben, einen Weg, den nur er allein kannte. Sonst hätte er niemals Frau und Kinder zurückgelassen.«

»Moment mal«, knurrte Eya, »soll das heißen, es gibt sowieso einen Weg in die andere Dimension, ganz unabhängig vom Tod des Ältesten? Warum hat er uns dann geschickt, um diesen Möchtegern-Magier mit Flugangst hierher zu holen? Zamo wäre an der Anstrengung fast zugrunde gegangen, ich bin halb erfroren und Jonas um ein Haar zu Asche verbrannt!«

»Das solltest du deinen Drachenpartner fragen, nicht uns«, bemerkte Naida ernst. »Wenn Zothra jemandem sein Geheimnis anvertraut hat, dann ihm. Ich schlage vor, dass wir zu den Drachenhöhlen gehen, sobald ihr zufrieden mit der Frisur des Rotschopfes seid. Sonst wird eine Unterhaltung für alle Beteiligten ziemlich anstrengend.«

DAS RÄTSEL DES WEISEN

Wenig später befanden sie sich, dick in Winterkleidung eingepackt, auf dem Weg zu der steilen Wand des Bergmassivs, die sich hinter dem Krankenhaus erhob. Jonas wusste bereits, dass dieses gesamte Gebirge von Gängen und Höhlen durchzogen war, geradezu ideal für Drachennester.

»Sie brauchen dank ihrer inneren Hitze keinen Schutz vor der Kälte, nur Wind und Niederschlag empfinden sie als störend«, erklärte Naida. »Zum Glück sind sie so freundlich, uns von ihrer überschüssigen Wärme abzugeben. Die Beteiligung am System ist für die hier ansässigen Drachen freiwillig, Gäste tragen so ihren Teil dazu bei, dass ihnen und ihren Reitern Unterkunft gewährt wird. Meistens gelingt es auf diese Weise, die gesamte Stadt mit warmem Wasser zu versorgen.«

Staunend besah sich Jonas die technische Einrichtung, die mehrere große Tanks beinhaltete, die miteinander verbunden waren und von denen Rohre in unterschiedliche Richtungen abzweigten. An einer Seite befand sich hoch über ihren Köpfen eine lange, breite Rutsche, die nach draußen führte.

»Hier wird regelmäßig Schnee aufgefüllt. Dieser schmilzt, das Wasser fließt in die Tanks, wird dort erhitzt und gelangt über ein Rohrleitungssystem in die Häuser. Das natürliche Gefälle nutzen wir mittlerweile, um Pumpen anzutreiben«, erklärte die Magierin. »Außerdem würden wir gern aus der entstehenden Abwärme weitere Energie gewinnen. Dazu fehlt uns allerdings noch das nötige Know-how, wie ihr so schön sagt.«

»Ich dachte, ihr hättet es euch aus meiner Welt abgeguckt.«

»Durch Spiegel lernt man viel, aber leider längst nicht alles. Zudem mussten wir uns hauptsächlich darauf konzentrieren, mögliche Kandidaten für Zothras Aufgabe zu finden. Wir hatten nicht genug Zeit, den Ursprung oder die Funktionsweise sämtlicher Technologien herauszubekommen. Außerdem mangelt es uns hier in Glemborg häufig an Menschen, die erfinderisch und hartnäckig genug sind, um aus den Bruchstücken an Informationen etwas Brauchbares zu basteln. Die Denkweise eines Magiers, auch wenn er noch so intelligent ist, unterscheidet sich grundlegend von der eines Erfinders oder Technikers deiner Dimension, sodass es hoffnungslos erscheint, jemals euer Niveau zu erreichen. Aber wir sind schon ziemlich stolz auf das, was wir hier aufgebaut haben.«

Während sie sich unterhielten, näherten sich zwei Drachen, die aus verschiedenen Gängen in die Höhle traten. Einen davon identifizierte Jonas schnell als Zamo. Nicht aufgrund irgendwelcher besonderen äußerlichen Merkmale, sondern weil ihm das majestätische Wesen huldvoll zunickte. Außerdem rannte Eya gleich hin, um ihren großen Freund zu umarmen. Der zweite Drache hätte sein Zwillingsbruder sein können, zumindest bei der schwachen Beleuchtung in der Höhle. Beide Wesen trafen sich in der Mitte des Raumes.

Die Drachenreiterin trat hastig zurück, als ihr Partner einen mächtigen Rülpser losließ, dem ein gezielter Strahl bläulichen Feuers folgte. Obwohl dieser nur eine oder höchstens zwei Sekunden lang andauerte, brachte er eine Konstruktion aus Metallkäfigen und losen gestapelten Backsteinen zum Glühen, die sich unterhalb der Wasserkessel befand. Ein Schwall Hitze traf die kleine Besuchergruppe, die bis zur entferntesten Wand auswich.

»Ihr solltet besser verschwinden, bevor Elkan beginnt.«

»Ja, das wäre gesünder«, stimmte Kuno grimmig zu. »Was soll das werden – wollt ihr die Stadtbewohner verbrühen? Zwei auf einmal …«

»Kristan möchte eine neue Erfindung ausprobieren, die mit Dampf funktioniert. Er hat uns extra gefragt und die Wasserleitungen in die Stadt kurzfristig gesperrt.«

Der Magier, der innerlich ebenso sehr zu kochen schien wie das Wasser im Kessel, wirkte nicht unbedingt besänftigt. Er murmelte etwas von einem unnötigen Risiko und einem ernsten Gespräch unter vier Augen, derweil sie schnellen Schritts den Gang betraten, aus dem Zamo eben erst gekommen war. Hinter ihnen erklang wieder dieses unerhörte Geräusch, gefolgt von einem Fauchen. Zu Jonas' immenser Erleichterung sah und spürte er die Folgen nicht, da Zamo ihn wirkungsvoll davon abschirmte. Der erste Feuerstoß hatte voll und ganz gereicht, um seine Panik wegen der Geschehnisse des Vortages wieder aufleben zu lassen.

Sie folgten dem Gang, bogen mehrfach ab und betraten schließlich eine geräumigere Höhle. Zamo stieß einen Seufzschnauber aus, während er sich zu seiner vollen Größe aufrichtete, um einige witzig aussehende Dehnübungen zu performen, ehe er es sich auf einem Strohlager bequem machte. Jetzt erst erkannte Jonas, dass er zuvor auf Knien durch die Gänge gekrochen sein musste.

»Uff, diese engen Gasthöhlen sind nichts für mich. Ich weiß schon, warum ich mir die Behausung in den Bergen nahe Eyas Dorf als ständige Bleibe auserkoren habe. Da passe ich wenigstens rein, ohne Platzangst zu bekommen. Wenngleich mir das Klima hier zugegebenermaßen mehr zusagt.«

Seine Reiterin lachte, trat hinzu und schmiegte sich eng an seine Flanke. »Du hast mir nie gesagt, dass es dir bei uns viel zu warm sein muss«, bemerkte sie sanft. »Wie schaffst du es, dich genug abzukühlen, ohne dieses ganze Eis hier?«

»Wir Horndrachen können uns bei Bedarf jeder klimatischen Bedingung anpassen. Wenn mir zu warm wird, mache ich einfach einen Ausflug in größere Höhe. Für eine gewisse Zeit kann ich mich

durch Magie dort aufhalten, obwohl der Luftdruck unter meinen Flügeln nicht mehr ausreicht. Da oben ist es kalt genug, niemanden stört es, wenn ich – ähem – Dampf ablasse.«

»Du tust das nur für mich, nicht wahr?« Eya schien ziemlich gerührt. Die Antwort des großen Geschöpfs musste privat erfolgen, denn es herrschte längeres Schweigen.

Schließlich räusperte sich Naida vernehmlich. »Tut mir leid, aber die Dinge, die wir besprechen müssen, sollten nicht länger warten. Zamothrakles, vertraust du uns Zothras Geheimnis an?«

»Natürlich. Er hat es mir kurz vor seinem Tod verraten. Ich musste ihm versprechen, dass ich es euch erst weitergebe, wenn ihr danach fragt. Mein Urgroßvater schien die Hoffnung zu hegen, seinen Tod noch weiter hinauszögern zu können, um offiziell den Rat zu konsultieren. Und das, obwohl ihn dieser so schmählich im Stich gelassen hat. Um seine Familie zu schützen und seinem Volk einen Ausweg zu ermöglichen, entschloss er sich bereits vor mehr als sechshundert Jahren dazu, den ursprünglichen Bann aufzuheben. Er tat es heimlich, informierte niemanden über sein Handeln. Sein Plan war perfekt. Zur Sommersonnenwende, exakt in dem Augenblick, in dem die Magie uns so heftig durchströmt, dass kein Drache sich ihr entziehen kann, zerstörte er das Siegel. Für wenige Minuten war die Dimension frei zugänglich, aber niemand wäre in diesem Moment auf die Idee gekommen, ein Portal zu erschaffen. Zothra wandte seinen gesamten Willen auf und nutzte die riesige Menge frei werdender Energie, um sofort einen neuen Bann zu weben. Einen, der dem alten entsprach – mit einer entscheidenden Änderung: Er ließ eine Zugangsmöglichkeit offen. Sie liegt gut versteckt. Auch mir hat er nicht genau gesagt, wo sie sich befindet.

Er gab mir lediglich dieses Rätsel:

Ohne Eis siehst du auf die andere Seite, wo ein Herz für dich schlägt.

Zerstöre das Bild, das dich leitet, falle in Himmel und Berge.«

»Das klingt total hirnrissig«, murmelte Jonas. »Wie soll man in Himmel und Berge fallen? Eis gibt es hier überall. Vielleicht ist es eine vereiste Höhle, ein geheimer Durchgang in die andere Welt?«

»Es hört sich nach einem eingefrorenen Spiegel an«, überlegte Naida. »Ich bin wahrscheinlich zu sehr darauf fixiert, aber wenn er hier irgendwo draußen auf dem Boden läge, würde man darin den Himmel und die Berge sehen. Allerdings kann man als Normalsterblicher durch einen Spiegel nicht körperlich in eine andere Dimension gelangen.«

Eya starrte gedankenversunken vor sich hin. Plötzlich weiteten sich ihre Augen. »Gilt das auch für einen See?«, fragte sie. Ihre Stimme zitterte leicht, vermutlich vor unterdrückter Aufregung.

Kuno schnipste mit den Fingern. »Ein See!«, rief er begeistert, »Das ist es! Ein natürliches Gewässer wirkt wie ein Spiegel. Sobald man hineinfällt, wird das Bild zerstört, das er gezeigt hat. Sofern der See in beiden Dimensionen existiert, könnte Zothra ein bleibendes Portal darin erschaffen haben. Vermutlich ist der See normalerweise zugefroren und man kommt nur hindurch, wenn das Eis getaut ist.«

Naida sah beeindruckt aus. »Gratuliere, Eya. Wie bist du bloß so schnell darauf gekommen?«

»Der Älteste erzählte von einem See, durch den er mit seiner Frau Kontakt aufnehmen konnte. Das war, bevor mein Partner und ich aufgebrochen sind, um Jonas zu holen.«

»Das entspricht genau meiner Vermutung, stimmte Zamo seiner Reiterin zu. *Gut kombiniert, Kleine. Leider verrät das Rätsel nicht, wo das gesuchte Gewässer liegt.«*

»Es gibt mindestens dreißig Kraterseen, allein in der näheren Umgebung«, bemerkte der Leiter des Krankenhauses. »Wie sollen wir den richtigen finden? Wir dürfen keine groß angelegte Suche starten, sondern müssen heimlich vorgehen, um nicht die falschen

Leute auf uns aufmerksam zu machen. Zothras Portal könnte zwei oder auch zwanzig Flugstunden entfernt sein. Wenn wir ein so großes Gebiet absuchen wollen, brauchen wir ohne Hilfe mehrere Monate dazu! Wir kennen längst nicht alle Seen dieses Landes. Unsere Karten zeigen nur die Gegenden, die regelmäßig überflogen werden.«

»Sicherlich liegt der gesuchte Ort abseits der Handelsrouten«, erwiderte Naida bestimmt. »Wir brauchen noch mehr Hinweise. Aber woher?«

Jonas meldete sich zögernd zu Wort. »Ich könnte vielleicht helfen, wenn ihr mich lasst.«

Eya lachte. »Ich dachte, du fliegst nicht gern? Zudem musst du erst mal deinen Drachen rufen!«

Alle sahen ihn verblüfft an. Er wurde prompt rot. »Nein, äh, das meine ich gar nicht!«, wehrte er ab. Seine Idee war nicht die beste, aber immerhin hatte er eine, die sich ganz bestimmt nicht darauf bezog, sich noch einmal freiwillig in die Luft zu erheben!

»Es hängt davon ab, wie kompliziert es wäre, mich mit meinen Eltern sprechen zu lassen«, fuhr er fort. »Unsere Karten sind ziemlich genau und es sind alle Seen darauf verzeichnet. Wenn ich wüsste, wo ich mich hier eigentlich befinde, könnte ich meine Ma bitten, im Internet danach zu suchen, bei Google Earth oder so. Ihr habt doch gesagt, dass der See auf beiden Seiten existieren muss.«

Naida nickte. »Prinzipiell wäre das ein genialer Einfall. Allerdings gibt es einen kleinen Haken an der Sache: Du wirst deine Eltern durch einen Spiegel sehen und sogar hören können, sie dich jedoch nicht.«

Jonas spürte, wie ein Knoten in seinem Hals entstand und ihm ungewollt Tränen der Enttäuschung kamen. Er hatte so sehr gehofft, zumindest ein Lebenszeichen von sich geben zu können! Dann fielen ihm Naidas Augen wieder ein, die er gestern früh unzweifelhaft in seinem Abbild entdeckt hatte. Energisch riss er sich zusammen.

»Aber ich habe dich gesehen!«, konterte er heiser. »An dem Morgen, als ich hierher verschleppt wurde.«

»Du bist ein Magier. Es war schwierig, sich vor deinem Blick zu verbergen, da du unbewusst auf die andere Seite schauen wolltest. Bei dem Haar-Experiment wirst du bereits das Wesentliche erfasst haben, worauf es bei der Beherrschung von Magie ankommt.«

»Äh … Konzentration?«

»Richtig. Und zwar kompromisslos auf ein Ziel ausgerichtet. Du hast sicherlich gespürt, dass du beobachtet wurdest. Da war es nur natürlich, dass du herausfinden wolltest, von wem.«

»Soll das heißen, nur Magier können auf diese Weise untereinander Kontakt aufnehmen?«

»So ist es. Leider sind deine Eltern nicht dazu fähig, Magie zu wirken, auch wenn du dieses Talent von einem der beiden geerbt haben musst.«

»Woher wisst ihr das? Wie könnt ihr so sicher sein, wer in unserer Welt ein Magier ist und wer nicht? Wie habt ihr mich überhaupt gefunden? Es gibt dort keine Drachen, also auch keine Magie!«

Wenn er bisher eins verstanden hatte, dann dies: Ohne eines dieser majestätischen Wesen in der Nähe konnte er sein sogenanntes Talent in die Tonne kloppen oder wahlweise in der Pfeife rauchen.

»Magie spürt Magie auf, überall, selbst wenn sie nur latent vorhanden ist. Jeder deiner Sinne vermag dir ihre Anwesenheit zu vermitteln, sofern du dich genug darauf konzentrierst«, mischte sich Kuno ein.

»Okay, wenn es bei meinen Eltern nicht klappt, dann vielleicht bei einem Bekannten?« Kämpferisch blickte Jonas die beiden Älteren an. So leicht wollte er nicht aufgeben!

Naida seufzte resignierend. »Ich hatte gehofft, dass sich meine Aufgabe ab jetzt darauf beschränken könnte, einen jungen Magier auszubilden. Spiegel verfolgen mich seit fünfzehn Jahren bis in den Schlaf. Aber die Idee scheint erfolgversprechender als eine Suche auf gut Glück. Also werde ich dich zuerst in diesen Bereich einführen, damit du uns helfen kannst. Es wird schwierig genug werden, deiner Verwandten die Angelegenheit begreiflich zu machen.«

»Ich mische mich nur ungern in euer Gespräch ein, aber sollte Jonas nicht zuerst versuchen, einen Gefährten zu finden? Der See läuft euch bestimmt nicht davon.«

Jonas, dem die Anwesenheit des freundlichen Riesen in seinem Kopf inzwischen vertraut vorkam, wandte sich stirnrunzelnd zu ihm um. »Wozu? Ich dachte, das war bloß die Bedingung dieses komischen Drachenrates, um den Bann aufzuheben. Jetzt, da Zothra tot ist, nützt es doch gar nichts mehr.«

»Du solltest es auf jeden Fall versuchen«, bemerkte Eya. »Es ist wunderschön, einen solchen Freund zu haben, einen Gefährten, der immer für dich da ist.«

»Du willst Zamo bloß nicht mit mir teilen«, behauptete er frech. »Aber okay, ich gebe zu, dein Drache ist schon ziemlich cool.«

»Danke, ich weiß dieses Lob zu schätzen.«

SPIEGELSCHERBEN

Sie trennten sich, um unterschiedliche Dinge in Angriff zu nehmen. Eya blieb bei ihrem Drachen, vermutlich bloß, um Naida nicht länger ertragen zu müssen. Kuno kehrte ins Krankenhaus zurück. Jonas folgte seiner neuen Lehrerin in ein weiteres Haus der Vergessenen Stadt – ihr eigenes Heim, wie er vermutete. Der Aufwand, den sie betrieb, nur damit er einen Drachen rufen konnte, kam Jonas übertrieben und geradezu lächerlich vor.

»Wozu ist diese Kleidung gut, die trage?«, beschwerte er sich, als sie mit dem ihm bereits bekannten Equipment aus Lederhosen, -stiefeln und einer Schuppenweste ankam. »Das hier ist viel bequemer und ich will den Drachen überhaupt nicht reiten.«

»Das wirst du aber müssen, und zwar umgehend. Nur so festigt sich das Band zwischen euch. Dafür benötigst du die Ledersachen, da sich Stoffkleidung nicht mit den Drachenschuppen verträgt, glaube mir. Du hast außerdem viel mehr Halt darin und läufst nicht so leicht Gefahr, dich an den scharfen Hornspitzen zu verletzen. Die Weste schützt vor Drachenfeuer. Keines dieser Wesen würde dir vorsätzlich etwas antun, aber du hast selbst erlebt, wie schnell Unfälle passieren können. Zwar äußerst selten, doch ein einziges Niesen könnte dich rösten.«

»Und was ist, wenn ich mich weigere oder es einfach nicht fertigbringe, aufzusteigen?«

»Zögerst du zu lange, wird der hoffnungsvolle Kandidat verschwinden und es kein zweites Mal versuchen. Da kannst du noch so sehr an seine Vernunft appellieren und dich mit Höhenangst herausreden. Jedenfalls habe ich nie gehört, dass ein Horndrache jemanden erwählt, der nicht mit ihm fliegen möchte.«

»Es kommt sowieso kein Drache«, brummte er verstimmt und sprach damit endlich aus, was er schon die ganze Zeit befürchtete. »Keiner wird sich auf mich einlassen. Ich stamme nicht mal von hier und mir wird schlecht, wenn ich nur daran denke, mich wieder auf so ein Riesenvieh setzen zu müssen.«

»Wen nennst du hier Riesenvieh?«, kam es prompt in seinen Gedanken an.

»Lass das bloß keinen Drachen hören!«, warnte Naida amüsiert. »Sie reagieren empfindlich, wenn man sie als Tier bezeichnet.«

»Zu spät.« Jonas seufzte schwer. »Du musst mir unbedingt zeigen, wie ich es schaffe, dass mir keiner in den Kopf gucken kann. Das nervt gewaltig!«

»Entschuldige bitte. Es erscheint mir sinnvoll, dir zu erklären, warum sich ein Drache mit dir einlassen soll. Wir ›Riesenviecher‹ haben ein ziemlich gutes Gespür für menschliche Charaktere. In dir stecken viele positive Eigenschaften, die in den Augen eines Drachen unheimlich attraktiv sind. Du hast Mut, Humor, Ehrgeiz, einen eisernen Willen und ein mitfühlendes Herz. Außerdem bist du empfänglich für Magie, was deine Aura besonders anziehend macht. Das bisschen Höhenangst, das du dir da einredest, fällt überhaupt nicht ins Gewicht. Zudem rieche ich, dass du für einen meiner Artgenossen bestimmt bist. Aber in Ordnung, ich lasse dich in Ruhe, wenn du das möchtest.«

»Hat Zamo wieder mit dir geredet?«

Jonas nickte. Er war nicht wirklich sauer deswegen. Irgendwie gefiel ihm die sanfte Stimme in seinem Hinterkopf. Sie gab ihm ein Stück Sicherheit in diesem Schlamassel, in dem er bis zum Hals steckte. Wahrscheinlich war genau das der Grund, warum sich der Drache immer wieder ungefragt in seine Angelegenheiten einmischte – weil er es sich eigentlich wünschte.

»Ich schätze, dass er dir helfen möchte, dich zurechtzufinden«, stellte die Magierin fest.

»Denke ich auch«, murmelte er. »Zamo meint, dass ich für einen Drachen bestimmt bin.«

»Wenn er das sagt, sind deine Zweifel völlig unbegründet.«

»Es wäre einfacher, wenn mir mein Bauchgefühl nicht ständig was anderes sagen würde. Hast du einen Drachenpartner?«

»Ja, Zepthakos, Zothras Enkel. Ich nenne ihn Thakos. Er ist noch unterwegs, um jemanden hierher zu bringen, der uns unterstützen kann. Du lernst ihn bald kennen.«

Ohne weitere Worte verschwand Jonas mit den Anziehsachen samt einem bereitgelegten Handtuch im Badezimmer, um die glemborg'sche Version einer Dusche zu verwenden.

Es überraschte ihn kaum noch, dass der Raum gefliest und halbwegs modern eingerichtet war. Das Wasser war heiß, zum Glück konnte man kaltes hinzumischen, sonst hätte er sich erneut den Rücken verbrüht. Es gab auch einen Spiegel am Waschbecken, den er nach dem Trockenrubbeln mit dem Handtuch vom Wasserdampf befreite, um sich darin zu mustern.

Er sah aus wie immer. Die rote Mähne war lediglich an den Seiten nicht so kurz abrasiert wie sonst. Plötzlich musste er an seine Mutter denken, wie sie ihr langes blondes Haar vor dem Spiegel daheim frisierte. Er sah sie vor sich, wie sie dort stand, geduldig alle verknoteten Stellen ausbürstend, um anschließend einen Zopf zu flechten.

Auf einmal bemerkte er eine Bewegung vor sich im reflektierenden Glas, obwohl er keinen Muskel gerührt hatte. Sein Haar wechselte die Farbe, sein Gesicht zog sich in die Länge, nahm die vertrauten Züge seiner Ma an, deren Augen verquollen aussahen, als hätte sie gerade noch geweint. Sie stand direkt vor ihm, keine dreißig Zentimeter entfernt, und sah durch ihn hindurch, während sie ihr blasses, unendlich traurig wirkendes Gesicht mit Creme einrieb. Zitternd streckte er eine Hand nach ihr aus, berührte das kalte Spiegelglas, das sie voneinander trennte.

»Ma? Bist du das wirklich?«

Die Gestalt vor ihm reagierte nicht auf seine Worte, verteilte den Rest der Creme in den Händen, nahm einen Pflegestift und zog ihn hastig über die Lippen.

»Ich bin hier, Ma!«, flüsterte er erstickt. »Es geht mir gut, hörst du? Macht euch keine Sorgen …«

Er wusste, dass sie ihn weder hören noch sehen konnte. Sein Vater steckte den Kopf in den Raum, den er als elterliches Schlafzimmer identifizierte. Auch er sah müde aus, verändert, irgendwie älter als sonst.

»Schatz, bist du fertig? Wir müssen los«, sagte er sanft.

»Sofort«, murmelte sie. »Ich will nur noch …« Sie stockte, nahm das Fläschchen mit Wimperntusche, hielt es einen Augenblick unschlüssig in der Hand und blickte zu Jonas auf, ohne ihn zu erkennen. Eine Träne rann über ihre Wange. Schniefend stellte sie das Make-up weg, wischte sich mit dem Handrücken durchs Gesicht und wandte sich zu ihrem Mann um, der hinter sie getreten war. Schluchzend vergrub sie ihren Kopf an seiner Brust.

»Sie finden ihn«, sagte er rau. »Oder er kommt von allein zurück. Du wirst sehen, dass es ihm gut geht. Hast du die Fotos, die wir abgeben sollen?«

Sie löste sich aus der Umarmung. »Ja. In der Schule habe ich auch angerufen und ihn krankgemeldet. Ich konnte ja nicht sagen, dass er …«

Ohne den Satz zu beenden, griff sie nach dem angebotenen Taschentuch und schnäuzte geräuschvoll hinein. Dann wandten sie sich gemeinsam zur Tür und verließen den Raum.

»Ma! Pa!«, brüllte Jonas jetzt mit aller Kraft.

Es gab ein sirrendes Geräusch, gefolgt vom Knallen einer Peitsche. Das Bild zerbarst.

Schockstarr stand er vor der weiß gefliesten Wand, hatte für Momente das furchtbare Gefühl, erblindet zu sein. Er keuchte wie nach einem Dauerlauf. Sein Herz raste, in seinen Ohren rauschte es.

Was war da eben passiert?

Sein Denken steckte in einem Morast aus Gefühlen fest, der ihn lähmte. Langsam drangen Seheindrücke in seinen überlasteten Verstand. Reste des Spiegels klebten als scharf gezackte Scherben am hölzernen Rahmen, überall waren Splitter verstreut, hauptsächlich im Waschbecken, aber auch auf dem Boden des gesamten Raumes. Hinter ihm wurde die Tür aufgerissen. Wie in Zeitlupe drehte er sich um, noch immer das dumpfe Rauschen im Ohr.

»Tschirk!« Naidas Ausruf musste ein deftiger Fluch sein, den sie nicht für ihn übersetzte. Ihr Gesicht wechselte die Farbe, als sie an ihm hinunterblickte. »Was hast du getan?«

»Ich …«, begann er, stockte jedoch, als er seine Hände sah, an denen Blut hinablief.

»Nicht bewegen!«, befahl die Magierin.

Peinlich wurde ihm bewusst, dass er ziemlich wenig anhatte. Entgegen der Anweisung schob er seine Hände vorn zusammen. Es tat weh. Jetzt erst bemerkte er auch, dass ihm Flüssigkeit übers Gesicht lief.

Tränen? Blut? Oder beides?

Beim Anblick seines blutenden, mit Glassplittern übersäten Körpers wurde ihm schlecht. Gleichzeitig setzte der Schmerz ein. Mit zusammengebissenen Zähnen sah er zu, wie die Scherben von einer unsichtbaren Kraft aus ihm herausgezogen wurden. Sie flogen von überall her auf einen Punkt zu, bildeten eine glitzernde Kugel, die einen Meter vor ihm mitten in der Luft rotierte und sich dabei stetig vergrößerte. Naida hielt einen Eimer aus Metall darunter, in den die scharfkantigen Teile gleich darauf scheppernd hineinfielen.

»So, jetzt kümmere dich um deine Verletzungen und zieh dich an. Wir sprechen darüber, wenn du fertig bist.« Mit diesen streng hervorgebrachten Worten verschwand die Frau samt Eimer aus dem Bad.

Jonas blickte ihr ungläubig nach. Wie um Himmels willen sollte er das anstellen? Noch immer stand er unter dem Schock, den der Anblick seiner Eltern in ihm ausgelöst hatte. Wieso ließ sie ihn ausgerechnet jetzt damit allein? Dabei schien sie zusätzlich so wütend zu sein, als hätte er etwas Furchtbares angestellt.

Diese Zicke!, dachte er heftig und ballte in ohnmächtigem Zorn die Fäuste.

Warum war sie so gemein zu ihm? Was hatte er ihr getan? Am liebsten wäre er hinterhergelaufen und hätte ihr die Frage mitten ins Gesicht geschrien. Doch er blieb wie festgewachsen stehen.

Nein, so würde er nicht rausgehen. Wie sollte sie ihn ernstnehmen, wenn er verheult, nackt und blutend angekrochen kam? Er wollte ihr später die Meinung sagen und gehen. Sie konnte ihn nicht dazu zwingen, hierzubleiben. Aber erst musste er hiermit fertig werden. Der Blick auf seinen geschundenen Körper machte ihm Angst. Er blutete so stark! Bestimmt sah er aus wie ein Zombie. Mühsam drängte er den Wust der Gefühle zurück, versuchte ruhiger zu atmen, sich auf seine Aufgabe zu konzentrieren.

Okay, dachte er grimmig, *das hier kann auch nicht sooo viel schwieriger sein als bei den Haaren.*

Er fokussierte den Blick auf einen Schnitt am Unterarm und befahl ihm gedanklich, sich zu schließen. Leider funktionierte es so nicht. Was genau hatte er noch mal getan, um die Haare nachwachsen zu lassen? Wenn er sich bloß richtig erinnern könnte! Im Moment war sein Gehirn wie mit Watte gefüllt.

Beim letzten Mal hatte ihm Zamo geholfen. Wie sehr wünschte er sich, die beruhigende Stimme im Kopf zu hören! Aber sie kam nicht. Vielleicht war der Drache zu beschäftigt? Oder er hatte tatsächlich beschlossen, sich aus seinen Angelegenheiten rauszuhalten. Ausgerechnet jetzt, wo er ihn dringend gebraucht hätte! Ein Stöhnen entrang sich seiner Kehle, während er gegen die mächtige Welle aus Wut, Enttäuschung und Verzweiflung ankämpfte, die ihn zu verschlingen drohte.

Tief durchatmen. Du schaffst das. Konzentriere dich!

Die Meditationsübung, die ihm früher schon geholfen hatte, mit unpassenden Gefühlsausbrüchen fertig zu werden, half. Plötzlich wusste er auch wieder, was er tun musste: genau auf seinen Körper achten und sich in die kleinsten Zellen hineinfühlen.

Das ging nicht mit den Augen. Also schloss er sie, konzentrierte sich auf eine kaputte Stelle, versuchte zu erspüren, wo sie sich befand und was alles zerstört war. Rasch hatte er den feinen Riss ausfindig gemacht. Die verletzten Zellen riefen ihm förmlich zu, sie zu ersetzen. Also strengte er sich an, das Wachstum anzuregen, es aber nicht wie bei den Haaren zu übertreiben. Er wollte schließlich nur eine neue Hautschicht. Sobald sich die letzten Reste der alten Zellen ablösten, stoppte er den Prozess und besah sich das Ergebnis.

Zunächst sah er gar keinen Unterschied, weil die Stelle genauso widerlich aussah wie vorher. Doch als er das feine Rinnsal mit etwas Spucke wegrubbelte, war der Arm darunter glatt und unversehrt.

Cool! Es funktioniert!, jubelte er innerlich.

Jetzt musste er das Prinzip nur auf all die anderen winzigen Verletzungen anwenden. Auch dafür brauchte er einige Zeit, allerdings ging es von Mal zu Mal schneller. Anschließend stellte er sich zitternd und bibbernd noch einmal unter die heiße Dusche, zog widerwillig die Drachenreiterkluft an und verließ erschöpft, jedoch nicht ohne eine Art grimmigen Triumphs, das Bad.

Naida, die am Tisch mitten im Hauptraum saß, sah bei seinem Eintreten auf. Ein Lächeln umspielte kurz ihre Mundwinkel, dann nickte sie beifällig und wandte sich wieder ihrer Beschäftigung zu. Beim Nähertreten erkannte er, dass sie durch einen rechteckigen Spiegel in die andere Dimension schaute.

Nach der unschönen Erfahrung vorhin blieb er lieber auf Abstand, während er wieder tief Luft holte, um seinen Ärger hinauszulassen. Seine Kehle war jedoch wie zugeschnürt, er brachte kein einziges Wort hervor. Schweigend stand er regungslos da, bis die Magierin ihren Spiegel umgedreht auf die Tischplatte legte und sich zu ihm umwandte. Sie sah ernst aus, jedoch nicht mehr wütend.

»Setz dich.« Ihre Stimme hörte sich freundlich an, allerdings distanziert und nicht sonderlich einladend.

»Ich stehe lieber«, gab er zurück. Durch den Kloß in seiner Kehle klangen die Worte unnatürlich gequetscht, viel weniger gelassen als beabsichtigt.

Sein Tonfall ließ die Frau vor ihm aufhorchen. Eine halbe Ewigkeit lang ruhte ihr prüfender Blick auf ihm, als wollte sie seine Gedanken und Gefühle ergründen.

Schließlich zuckte sie mit den Achseln. »Wie du möchtest. Erkläre mir bitte, was im Bad geschehen ist.«

»Ich habe deinen Spiegel kaputtgemacht, das hast du doch gesehen. Entschuldige, kommt nicht mehr vor, weil du mich gleich los bist.«

Sie hob die Augenbrauen. »So schlimm ist es?«

»Ja.« Er presste die Lippen zusammen, biss die Zähne so fest aufeinander, dass es schmerzte. Seine Fingernägel gruben sich in die Handflächen, obwohl er gar nicht gedacht hätte, dass er das überhaupt wieder können würde.

Naida schloss kurz die Augen. Ein schmerzlicher Ausdruck huschte über ihr Gesicht, ließ es für einen Augenblick viel menschlicher, verletzlicher wirken. Als sie ihn wieder ansah, war die Härte daraus verschwunden.

»Es tut mir leid«, sagte sie leise. »Ich war so sehr damit beschäftigt, meine eigenen Wunden zu lecken, dass ich nicht gemerkt habe, wie tief die deinen sein müssen. Immerhin hast du dein Zuhause verloren, die Eltern, Freunde, Geschwister … Bitte verzeih mir. Vermutlich wirst du mir nicht wirklich vertrauen können, nachdem ich dir so wenig Verständnis entgegengebracht habe. Es ist keine echte Entschuldigung für mein Verhalten, aber deine Anwesenheit erinnert mich zu stark an Dinge, die ich lieber vergessen würde.«

Jonas schluckte. Er hatte mit allem gerechnet – nur nicht mit diesem Eingeständnis. Es nahm ihm total den Wind aus den Segeln, ließ seine Wut verrauchen und nichts als Schmerz und Leere zurück. Er sah plötzlich, dass da ein Mensch vor ihm saß, keine perfekte Magierin. Unfähig, zu antworten, sah er sie nur an, wartete darauf, dass sie weitersprach.

»Vor dreizehn Jahren musste ich einen Albtraum durchleben, nach dem ich nie wieder einen Magieschüler ausbilden wollte, bis Zothra mich in deinem Fall ausdrücklich darum bat. Ich war verbittert darüber, dass er mir das antat, obwohl er genau wusste, welche Wunden er damit aufreißen würde. Er lud mir eine Aufgabe auf, die ich nicht zu erfüllen bereit war. Aber langsam begreife ich, dass ich es versuchen muss, nicht nur für dich, sondern vor allem für mich selbst. Was da vorhin passiert ist, gehört zu den Dingen, die wir unbedingt klären sollten, weil sie exakt in den Bereich der Verantwortung fallen, die ich für dich übernommen habe. Zeigst du es mir? Es ist viel einfacher und genauer, mir deine Erinnerung gedanklich zu übermitteln, als alles zu erzählen.«

»Das geht?« Er starrte die schlanke, hochgewachsene Frau vor ihm verblüfft an.

Sie nickte. Ein Lächeln vertrieb die letzten Reste der Unnahbarkeit aus ihrem Gesicht. »Ja, wenn du mir dein Erlebnis anvertrauen möchtest. Ich schätze, wir müssen beide lernen, mit der Situation umzugehen. Hoffentlich ist es nicht zu spät, aufeinander zuzugehen und uns auf dieses Abenteuer einzulassen. Meinst du, wir könnten es noch einmal miteinander versuchen?«

»Nun ja …« Er fühlte, wie seine Entschlossenheit ins Wanken geriet. Sie schien es ernst zu meinen. Und er brauchte dringend jemanden, dem er in dieser verrückten Welt vertrauen konnte.

»Ich würde gern mehr von dir wissen, um dich besser zu verstehen«, fuhr sie fort. »Du … bist ein sehr begabter Schüler. Vielleicht habe ich deshalb so viel Angst um dich. Du bist neugierig und probierst deine Kraft selbstständig aus. Das ist an sich gut, aber ich weiß auch, dass Experimente mit Magie furchtbar schiefgehen können.«

»Ich habe nicht damit experimentiert!«, platzte es aus ihm heraus.

»Dann berühre mich und zeige es mir! Ich verspreche dir, dass du nichts von dir preisgibst, was du für dich behalten möchtest.« Sie strecke ihre Hände zu ihm aus.

Zögernd nahm er sie, wappnete sich innerlich gegen ein ungewolltes Eindringen in seine Gedanken, erwartete, dass etwas Unangenehmes geschah. Doch er fühlte lediglich, wie sanfte Wärme seinen ausgekühlten Körper durchströmte.

»Jetzt schließe die Augen und denke an das, was vorhin im Bad geschehen ist«, bat sie. »Du musst mir die Bilder aktiv geben, ich kann sie mir nicht einfach nehmen. Also entscheidest du, was ich sehen darf.«

Er stieß die Luft aus, bemühte sich, der Anweisung zu folgen. Die Erinnerung an das eben Erlebte war so präsent, dass es ihm leichtfiel, sie abzurufen. Viel schwieriger war es, seine Gefühle dabei unter Kontrolle zu halten. Als er zu der Stelle kam, an der seine

Eltern das Schlafzimmer verließen, er nach ihnen schrie und das sirrende Geräusch zu hören war, konnte er nicht verhindern, dass erneut Tränen flossen. Der Spiegel zerplatzte und Naida ließ ihn überraschend los. Etwas desorientiert öffnete er die Augen, fuhr sich verschämt mit dem Ärmel durchs Gesicht.

»Du hast nichts weiter getan, als dich daran zu erinnern, wie sich deine Mutter kämmt?«, vergewisserte sie sich ungläubig.

»Genau. Ich hätte nie gedacht, dass es so einfach ist, in die andere Dimension zu gucken. Wenn ich es mit dem Aufwand vergleiche, Haare wachsen zu lassen oder Wunden zu heilen, ist es echt ein Klacks.«

»Normalerweise ist es das nicht«, murmelte die Magierin kopfschüttelnd. »Es ist sogar wesentlich schwieriger. Du musst ein besonderes Talent in diese Richtung besitzen. Das sollten wir unbedingt erforschen – aber besser gemeinsam. Ich hoffe sehr, dass dir inzwischen klar geworden ist, wie gefährlich die intuitive Anwendung deiner Kraft sein kann. Magie und starke Emotionen vertragen sich meistens nicht besonders gut. Anders ausgedrückt: Ich wäre dir sehr dankbar, wenn du dich von Spiegeln fernhalten würdest, bis wir mehr über deine Fähigkeiten wissen. Erstens ist es wesentlich komplizierter, sie zu reparieren als sie zu zerstören, zweitens könnte es beim nächsten Mal ins Auge gehen.«

DRACHENRUF

Nach diesem Gespräch fühlte sich Jonas wesentlich besser, nicht mehr so hilflos und allein.

Er wusste jetzt, dass die Magierin es im Grunde gut mit ihm meinte, ihre Gefühle jedoch nur schwer zeigen konnte. Ihre abweisende, unnahbare Haltung war eher Fassade, unter ihrer rauen Schale schlug ein weiches Herz. Zu gern hätte er sie nach dem schlimmen Erlebnis gefragt, das sie daran hinderte, Magieschüler auszubilden, doch er traute sich nicht. Schließlich kannten sie sich für solche privaten Details längst nicht gut genug.

Stattdessen wollte er von ihr wissen, was ihn beim Drachenruf erwarten würde. Immerhin sollte dieser heute noch stattfinden, obwohl er ihn am liebsten auf unbestimmte Zeit verschoben hätte.

»Traditionell findet das Ereignis auf dem Dorfplatz statt, der in Größe und Lage für diesen Zweck optimal angelegt wurde. Dort gehen wir gleich gemeinsam mit Kuno und Eya hin. Der Ruf selbst ist eine Sache zwischen dir und dem Drachen. Du wiederholst ein paar rituelle Worte, die ich dir an Ort und Stelle vorsage, und schickst sie gedanklich auf die Reise. Das Ganze spielt sich hauptsächlich in deinem Kopf ab.«

»Muss Eya unbedingt dabei sein?« Jonas war der Gedanke unangenehm, dass die Drachenreiterin zusah, die jetzt schon genug Gründe fand, über ihn zu spotten.

»Nein, aber du solltest dich ohnehin auf Zuschauer einstellen, da die Bewohner von Glemborg neugierig sind und garantiert mitbekommen, was geschieht, auch wenn wir diesmal vorher niemandem Bescheid gegeben haben.«

»Aber was haben sie davon? Du hast gesagt, es findet in meinem Kopf statt.«

»Sie erwarten mit Spannung den Besuch des geflügelten Wesens, das über der Stadt auftaucht. Es ist etwas ganz Besonderes, den Augenblick mitzuerleben, in dem sich das Band zwischen Drache und Mensch aufbaut. Diese Chance dürfen wir ihnen nicht nehmen. Kuno und ich wären für alle Zeit geächtet, würden wir es verheimlichen. Zudem wirst du bereits überall gesucht und bist nur in Glemborg sicher. Niemand außer dem einen Drachen, der sich zu einer Verbindung mit dir berufen fühlt, wird hierher finden.«

»Hmpf.«

Grummelnd verschränkte Jonas die Arme vor dem Körper. Warum es für ihn ausgerechnet in diesem popeligen Nest am Ende der Welt sicher sein sollte, leuchtete ihm nicht ein, doch er hatte momentan andere Probleme. Vor allem war er eigentlich erschöpft von der Aktion im Bad, gleichzeitig zu nervös und aufgekratzt, um zu essen, obgleich Naida ihm eine kräftige Suppe anbot. Schließlich blieb keine Zeit mehr dazu, da Kuno und Eya vor der Tür standen.

»Muss ich es wirklich heute schon tun?«, fragte er den Leiter des Krankenhauses kläglich, der sich über Jonas' Suppe freute und sie genüsslich schlürfte.

»Je eher du rufst, desto größer ist die Chance, dass du gehört wirst«, erklärte der Magier. »Du musst es auf jeden Fall vor Vollendung deines sechzehnten Lebensjahres tun. Je länger man damit wartet, umso schwächer wird die Bindung.«

»Also, wenn ich das geschafft habe, dann solltest du es, als angehender Magier, erst recht fertigbringen.« Eya, die ebenfalls einen Rest Suppe bekam und sich offensichtlich über seine Unsicherheit amüsierte, feixte.

Rasch riss er sich zusammen. Die meiste Angst hatte er sowieso davor, Erfolg zu haben, und sich bei dem Versuch, auf einen

Drachen zu klettern, erbärmlich zu blamieren. Aber er hoffte inständig, dass sich das intelligente Wesen einsichtig genug zeigen würde, um dies nicht von ihm zu verlangen. Außerdem stand es ihm bestimmt frei, jederzeit wieder zu verschwinden.

Auf dem Weg zum Dorfplatz schwärmte die Drachenreiterin von ihrem eigenen Drachenruf, der nun gut vier Jahre zurücklag.

»Ich hatte vorher keine Ahnung, dass ich von einem Drachen erwählt werden könnte«, erzählte sie mit verzücktem Gesichtsausdruck. »Meine Mutter hielt es für Unsinn, aber Ugras wollte unbedingt, dass ich den Ruf kurz nach meinem fünfzehnten Geburtstag vollzog. Wir hatten eigentlich kaum Hoffnung, da seit vielen Jahren kein junger Mensch aus meinem Dorf erfolgreich gewesen war. Aber siehe da – Zamo kam. Die Verbindung zu ihm ist einfach unbeschreiblich schön. Und für mein Dorf bedeutet die Anwesenheit des Drachen einen Weg hinaus aus Hunger und Armut. Ohne Magie wächst bei uns nur wenig und es gibt oft nicht genug Regen, um die Felder zu bewässern …«

Jonas, den die begeisterte Schilderung nicht wirklich berühren konnte, folgte den Erwachsenen mit hochgezogenen Schultern, die behandschuhten Hände in der eng anliegenden Felljacke vergraben.

Diesmal gab es keinerlei Windschutz, sodass er schon nach kurzer Zeit merkte, wie sein Gesicht einfror. Wenigstens hatte das Schneetreiben aufgehört. Die Wolkendecke hing tief und grau über ihnen. Es war schwer, die Tageszeit zu schätzen, vermutlich war es bereits früher Nachmittag. Er schob die Gedanken zur Seite, um sich auf die bevorstehende Aufgabe zu konzentrieren, doch es verstärkte bloß seine Nervosität.

Was, wenn er es nicht schaffen sollte, allen Zusicherungen zum Trotz? Selbst Zamos Worte konnten dieses miese Gefühl im Bauch nicht wirklich auslöschen, das nichts mit fehlender Nahrung zu tun hatte. Er versuchte, optimistisch zu denken, doch es gelang ihm nicht.

Viel zu bald waren sie da. Zu seinem größten Unbehagen tauchten hinter den Fensterscheiben der Häuser ringsum Köpfe auf.

»Lass uns das schnell hinter uns bringen«, bat er Naida. »Was soll ich jetzt tun?«

Wie durch einen Nebel hindurch bemerkte er, dass Eya und Kuno am Rande des Platzes stehen geblieben waren, während seine Lehrerin und er selbst mitten auf der freien Fläche wie auf einem Präsentierteller standen.

»Schließe die Augen«, verlangte die Angesprochene freundlich. »Kümmere dich nicht um die Leute, sie sind gleichgültig. Keiner von ihnen vermag etwas an dem zu ändern oder zu beeinflussen, was du tust.«

Jonas gehorchte, lauschte ihrer Stimme.

»Und jetzt schicke deinen Geist auf die Reise. Öffne dich, stelle dir vor, wie du auf dem Wind reitest. Rufe laut oder in Gedanken: *Ich bin bereit für die große Verbindung! Komm zu mir, Drachenherz, finde mich!*«

Er atmete noch einmal tief durch und nahm dann all seinen Mut zusammen. Nur leise wiederholte er die Worte und wartete.

Erst geschah nichts, sein Herz hämmerte lediglich schmerzhaft in der Brust. Indem er sich darauf konzentrierte, entstand vor seinem geistigen Auge das Bild einer sich öffnenden Tür, durch die er den Himmel sehen konnte. Dort gab es Drachen, viele davon! Sie kreisten hoch über ihm, schienen auf etwas zu warten. Also rief er die Worte, die sich fest in sein Gedächtnis eingebrannt hatten, noch einmal. Er wusste nicht, ob es hörbar geschah, doch er legte alle Kraft in sie, die er aufbringen konnte.

Dann verharrte er, jede Faser in banger Hoffnung angespannt.

Eine der Silhouetten näherte sich rasch, sie kam zu ihm! Doch plötzlich schien sie gegen eine unsichtbare Wand zu prallen, vor der sie hilflos auf und ab flatterte, bis sie umdrehte und mit allen anderen Gestalten davonflog. Er schrie die Worte noch einmal, verzweifelt, bittend, doch ohne Erfolg. Schließlich blieb kein einziger Drache mehr über ihm.

Mutlos und erschöpft öffnete er die Augen. Naidas erwartungsvoller, leicht besorgter Blick traf ihn.

Mühsam schüttelte er den Kopf. »Ich habe doch gesagt, dass keiner kommt«, krächzte er tonlos. Seine Stimmbänder versagten den Dienst.

Jetzt erst bemerkte er, dass der Platz ringsum mit Leuten gefüllt war, die allesamt nach oben starrten. Automatisch tat er es ihnen gleich, obwohl er wusste, dass dort nichts zu sehen war. Er fühlte sich wie betäubt, eine Welle der Enttäuschung durchlief ihn, auch wenn lediglich genau das eingetreten war, was er befürchtet hatte. Widerstandslos ließ er sich mitten durch die aufgeregten Menschen ziehen, die ihm und seinen Begleitern respektvoll Platz machten. Er vermied es, irgendwen anzusehen, wollte nur noch fort von hier.

»Na, das war ja mal ein Reinfall«, hörte er Eya neben sich murmeln, als sie durch eine schmale, menschenleere Gasse zum Haus der Magierin eilten. »Gibt es eigentlich einen zweiten Versuch?«

»Nein«, hörte er Kuno wie durch Watte. »Normalerweise nicht.«

Er fragte nicht nach, was der Leiter des Krankenhauses mit *normalerweise* meinte. Doch ein winziger Hoffnungsschimmer glomm tief in ihm, obwohl er den Grund dafür nicht einmal erklären konnte. Eigentlich sollte er froh sein, dass keins von diesen geflügelten Wesen aufgetaucht war. Immerhin ersparte es ihm einen weiteren Höllenritt mit Todesangst. Dennoch lag die Enttäuschung über die Abweisung wie eine erdrückende Last auf ihm.

Vielleicht auch nur, weil der mächtige Geist, der seinen hauchzart berührte, ebenfalls enttäuscht war. Der Gedanke an Zamo ließ ihn die Gegenwart des Giganten stärker spüren. Ja, er war da, hatte alles gehört und gesehen. Warum hatte er ihm vorher so überzeugend versichert, dass er dazu bestimmt wäre, einen Drachen zu reiten?

»Weil es so ist. Ich glaube noch immer fest daran, Junge. Hast du nicht gesehen, wie verzweifelt dein Drache versucht hat, zu dir zu kommen? Wenn er es nicht geschafft hat, bedeutet es lediglich, dass die Tür für ihn verschlossen ist. Nichts anderes könnte ihn daran hindern, dich aufzusuchen. Die einzige Dimension, zu der es momentan keinen bekannten Zugang gibt, ist diejenige, aus der du stammst.«

Zamos Worte brachten Jonas dazu, stocksteif stehen zu bleiben, zwei Meter von der Tür entfernt, die sich bereits einladend öffnete. Sein Halt kam so abrupt, dass Eya, die hinter ihm gelaufen war, gegen ihn prallte. Sie drängelte sich schimpfend an ihm vorbei ins Warme. Er merkte es kaum.

»Soll das heißen, mein Drache lebt in meiner eigenen Welt?« Er ächzte laut.

»Möglich«, gab Kuno trocken zurück, als hätte er mit diesen Worten gerechnet, obwohl er Zamo sicherlich nicht gehört hatte. »Das bedeutet allerdings, dass uns nicht mehr viel Zeit bleibt, um den geheimen Zugang zu finden. Das hat ab jetzt oberste Priorität!«

SPIEGELGESPRÄCHE

Am folgenden Morgen sollte ein fliegender Suchtrupp aufbrechen, um parallel zu Jonas' Bemühungen nach dem Portal Ausschau zu halten. Eya kam dick vermummt, um sich zu verabschieden. Sie wollte sich auf Zamo daran beteiligen, obwohl dieser durchaus auch allein gesucht hätte. Trotz der Kälte mochte sie sich nicht von ihrem großen Freund trennen.

»Wenigsten habe ich so etwas zu tun, wenn ich schon nicht nach Hause kann«, erklärte sie schulterzuckend, während sie tapfer in den Schnee hinaus stapfte.

Kuno und sein Drache namens Regulas sowie ein weiteres verlässliches Paar würden sie begleiten. Jonas war heilfroh, dass er selbst eine andere Aufgabe zugeteilt bekommen hatte.

Unter Aufsicht durfte er in den Spiegel schauen, um seiner neunzehnjährigen Cousine Maja den Schreck ihres Lebens einzujagen. Er war zwar froh, dass es überhaupt jemanden mit magischen Fähigkeiten in seinem Bekanntenkreis gab, fragte sich jedoch, warum es ausgerechnet diese Zimtzicke sein musste.

Seine Lehrerin sah übernächtigt aus, blass, mit dunklen Ringen unter den Augen. Dennoch bestand sie darauf, selbst die Magie anzuwenden, die nötig war, um in die andere Dimension zu schauen. Innerlich schüttelte Jonas den Kopf darüber, besonders, weil er merkte, wie anstrengend es für sie war. Trotzdem hielt er sich an die strikte Anweisung und sah lediglich zu, wie sein Spiegelbild verschwamm.

Eine fremde Wohnung erschien, bei der er durch einen kleinen Flur in eine offene Küche blicken konnte. Dort stand seine Cousine mit dem Rücken zu ihm und kochte. Er wusste, dass sie inzwischen seit einem Jahr studierte und gemeinsam mit zwei weiteren Mädels in einer Wohngemeinschaft lebte. Gesehen hatten sie sich seit ihrem Umzug nicht mehr, sodass er sich wunderte, wie erwachsen sie wirkte.

»Du musst sie rufen«, erklärte Naida.

»Warum ich? Kannst du das nicht tun?«

»Weil sie dich kennt. Außerdem verbindet euch zwei ein familiäres Band. Wahrscheinlich würde sie mich nicht einmal hören, da sie überhaupt nicht ausgebildet ist.«

»Maja?«, rief er zaghaft. Die Köchin fuhr unbeeindruckt fort, mit dem Pfannenwender zu hantieren.

»Du musst schon etwas nachdrücklicher sein.« Die Magierin schmunzelte neben ihm. »Solange du gar nicht möchtest, dass sie dich hört, wird es nicht geschehen. Du weißt doch inzwischen, wie das mit der Magie funktioniert – ohne Willen und Konzentration geht gar nichts.«

Durchatmend fokussierte er sich auf die Silhouette seiner blonden Cousine, wollte mit aller Macht zu ihr durchdringen.

»Maja!«, rief er entschlossen.

Die Wirkung war frappierend, obwohl das Wort nicht lauter aus seinem Mund gekommen war als eben. Die Gestalt erstarrte mitten in der Bewegung. Dann blickte sie sich ratlos um, den Wender wie eine Waffe in der Hand haltend.

»Ist da jemand?«, fragte sie scharf. »Ricky, Ela, seid ihr das?«

»Ich bin es, Jonas!«, antwortete er. »Schau in den Spiegel im Flur, dann siehst du mich.«

»Red' keinen Quatsch«, murmelte die Blondine, bewegte sich aber trotzdem zögernd auf ihn zu. Beim Näherkommen musste sie ihn erkannt haben, denn ihre Kinnlade fiel hinunter, ihre Augen weiteten sich.

»Heilige Sch…«, begann sie, streckte eine zitternde Hand vor, um das Spiegelglas zu berühren.

Es sah merkwürdig aus, fast, als würde sie hindurchgreifen, bevor ihre Fingerkuppen dann doch auf der Oberfläche liegen blieben.

»Was ist das für ein abgefahrener Trick?«, brachte sie mühsam hervor. »Jonas, bist du das wirklich? Wie machst du das, zur Hölle?« Sie schien den Spiegel zu untersuchen, ihn anzuheben, um dahinter zu schauen.

»Das ist schwierig zu erklären«, sagte er rasch. »Du würdest es mir nicht glauben. Aber hör zu, ich brauche deine Hilfe.«

»Ach ja? Und du denkst, du kannst hier einfach so eine krasse Show abziehen, ohne es mir zu erklären und erwarten, dass ich irgendwas für dich mache? Irrtum, mein Lieber! Du erklärst es mir jetzt *sofort*!« Sie verschränkte die Arme vor der Brust und starrte ihn mit einem undefinierbaren Gesichtsausdruck an. Hinter ihr sah Jonas dicke Dampfschwaden aufsteigen, es zischte und brutzelte in der Pfanne.

»Vielleicht solltest du erst mal dein Essen umrühren«, bemerkte er trocken.

Majas Augen wurden groß, sie wich angstvoll zurück. »Du … du kannst mich nicht wirklich sehen«, stotterte sie, offenbar völlig durcheinander. »Du musst es gehört haben …«

Dann rannte sie in die Küche, um in der Pfanne zu werkeln. Sie drehte an den Knöpfen und näherte sich schließlich zögernd wieder. »Bist du noch da, Kleiner?«, murmelte sie dabei. »Du machst mir wirklich Angst, weißt du das?«

»Ich weiß.« Jonas grinste zufrieden. »Es ist irgendwie cool, den Spieß umzudrehen. Aber das hier ist kein technischer Trick, sondern echte Magie. Erinnerst du dich daran, was ich dir früher mal erzählt habe? Ich meine das mit den Spiegeln, durch die ich mich beobachtet gefühlt habe … Du hast mich damals furchtbar ausgelacht, aber es ist wahr. Man *kann* Leute durch Spiegel beobachten, zumindest, wenn man ein Magier ist und sich Drachen in der Nähe befinden.«

»Du warst schon immer ein Spinner, aber jetzt bist du völlig abgedreht, lieber Cousin! Wobei – das hier ist echt krass. Wo bist du überhaupt und wie funktioniert das?«

»Ich befinde mich in einer Paralleldimension und wir beide haben Kontakt durch den Spiegel vor dir. Es klappt, weil du genau wie ich ein besonderes Talent besitzt. Aber ich wusste, dass du mir das nicht glaubst. Könntest du bitte trotzdem meine Eltern anrufen und ihnen sagen, dass es mir gut geht? Ich erreiche sie leider nicht auf dem gleichen Weg und sie machen sich sicherlich große Sorgen.«

»Das kannst du laut sagen! Sie haben gestern bei meinen Eltern angerufen. Von denen weiß ich, dass du spurlos verschwunden bist. Komm lieber wieder zurück, sie sind alle schon ganz krank vor Sorge. Inzwischen sucht auch die Polizei nach dir.«

»Das kann ich leider nicht, weil mir der Rückweg versperrt ist. Genau deshalb brauche ich ja deine Hilfe, sonst komme ich vielleicht nie wieder zurück!«

»Ja, aber wie …? Das ist alles so crazy! Bitte bleib da, bis Ricky heimkommt, sonst glaubt mir das kein Mensch!«

»Deine Freundin wird mich weder hören noch sehen, genauso wenig wie die anderen Leute um dich herum. Du bist eine Magierin, Maja, die gibt es nur selten.«

Die blonde Studentin schüttelte in hilfloser Geste den Kopf. »Ich träume das bloß«, murmelte sie, schloss die Augen und kniff sich in den Arm. Zusammenzuckend riss sie die Lider wieder auf.

Jonas nickte mitfühlend. »Wenigstens weißt du jetzt, wie es mir immer ging.«

Seine Cousine tat ihm unerwartet leid, obwohl sie mit seinem Bruder konkurrieren konnte, was das Ärgern anbelangte.

Neben ihm flüsterte Naida: »Frag sie nach der Landkarte, beeil dich! Lange kann ich die Verbindung nicht mehr halten.«

»Hast du zufällig einen Atlas da oder eine Karte von der Nordhalbkugel?«, fragte er rasch.

»Wofür brauche ich so 'n Zeug? Ich habe Google Maps!«

»Dann ruf mal die Gegend um Grönland auf. Wir suchen da einen bestimmten See ...«

»Grönland? Du tickst echt nicht mehr ganz sauber!« Trotz ihrer Bemerkung zückte sie ihr Handy, um darauf herumzuwischen.

»So, ich habe jetzt die Region«, sagte Maja.

»Halt das mal so, dass ich es sehen kann«, forderte Jonas. Er bemühte sich, seine Stimme nicht zu ungeduldig klingen zu lassen, obwohl er merkte, wie sehr sich die Magierin neben ihm anstrengte. Gleich darauf erkannte er ein paar weiße und braune Flecken im Blau auf dem winzig erscheinenden Display.

»Wir brauchen die linke Seite«, hörte er leise. »Kann sie das größer machen?«

Er gab die Aufforderung weiter.

Seine Cousine zog mit zwei Fingern an der Karte. »Es wäre einfacher, wenn du mir einen Ort nennen könntest«, stellte sie fest. »Oder wenigstens Koordinaten.«

»Geht leider nicht, da hier alles anders heißt. Ich bin schon froh, dass ich die ungefähre Lage rausgefunden habe und glaube kaum, dass sie die gleiche Einteilung in Längen- und Breitengrade haben wie wir.«

»Nein«, bestätigte die Magierin, der inzwischen Schweißperlen auf der Stirn standen. Dennoch blickte sie konzentriert auf den Handybildschirm. »Da!« Sie deutete auf einen winzig wirkenden Flecken Land inmitten einer Insellandschaft, der durch ein schmales Wasserband von einer größeren länglichen Insel getrennt war. »Das könnte unsere Heimat sein, aber wir brauchen sie wesentlich größer!«

»Zoomst du die Inseln unten links bitte noch weiter ran? Äh, ich glaub, die zählen zu Kanada …«

»Okay, du meinst das hier, ja?« Sie rückte den richtigen Bereich in den Fokus.

Jonas konnte nun erkennen, dass dieses Eiland zum Gebiet von Nunavut gehören musste. Er zeigte auf die Insel, die Naida meinte. »Die hier?«

Die Magierin neben ihm nickte schwach. »Wir brauchen eine wesentlich größere Karte von der Insel. Ich kann nicht lesen, wie sie bei euch heißt. Aber ich bin sicher, dass es die richtige ist. Die Umrisse stimmen mit unseren Aufzeichnungen ziemlich genau überein.«

»Ist da jemand bei dir?« Maja klang misstrauisch. Sie blickte suchend in den Spiegel.

Jonas wunderte sich, dass sie seine Sitznachbarin dabei offensichtlich nicht entdeckte.

»Eine Magierin hilft mir. Sie fragt, ob du die kleine Insel in der Mitte noch weiter vergrößern kannst.«

»Das ist echt unheimlich! Ich sehe nur dich, aber da spricht irgendwer ein komisches Kauderwelsch bei dir. Verstehst du das etwa?«

»Äh … ja«, gab er zu. »Ist allerdings nicht mein Verdienst.«

»Hörst du mich, Maja?«, fragte Naida erstaunt, diesmal eindeutig auf Deutsch.

»Ja, jetzt verstehe ich es«, bestätigte die Studentin. Sie wurde noch eine Spur käsiger. »O mein G… – ich sehe meinen verschwundenen Cousin im Spiegel und höre Stimmen!«

»Wir müssen jetzt aufhören. Maja, du bist nicht verrückt! Aber du würdest deinem Cousin und uns allen hier sehr helfen, wenn du eine detaillierte Karte dieser Insel beschaffen könntest, auf der Seen und Flüsse erkennbar sind. Der Kontakt ist unheimlich anstrengend, ich muss ihn erst einmal beenden. Wir melden uns in ein paar Stunden wieder!«

Jonas sah die grau-blauen Augen seiner Cousine nur noch eine Sekunde lang. Sie öffnete den Mund zu einer Antwort, die nicht mehr ankam. Stattdessen erblickte er sein eigenes Spiegelbild.

Naida sackte ohnmächtig neben ihm zusammen. Hastig stützte er sie, damit sie nicht seitlich wegkippte. Sie war sehr blass, atmete jedoch zum Glück normal. Es gelang ihm nicht, sie zu wecken, deshalb holte er eine Decke vom Bett, breitete diese auf den Holzdielen des Bodens aus und zog den schlaffen Körper vorsichtig vom Stuhl. Sorgfältig wickelte er die Schlafende ein wenig ein, um sie dann unschlüssig zu betrachten. Sie wirkte völlig erledigt. Dennoch besaß sie eine bewundernswerte Ausstrahlung von Stärke und Willenskraft.

Was sollte er jetzt tun? Einerseits hatte er das ungute Gefühl, dass Maja noch nicht verstanden hatte, worum es ging. Andererseits hatte Naida ihm strikt untersagt, den Spiegel auf eigene Faust zu verwenden. Die unangenehme Erinnerung an sein gestriges Erlebnis war zudem noch frisch, deshalb riskierte er es lieber nicht.

Rastlos lief er stattdessen im Raum auf und ab, überlegte, was er Sinnvolles tun könnte. Er fühlte sich eingesperrt wie ein Tier im Käfig, obgleich ihm kein Mensch verboten hatte, das Haus zu verlassen. Doch draußen war es zu kalt für Spaziergänge. Eya, Zamo und Kuno waren unterwegs und sonst kannte er ja niemanden. Die beiden Frauen im Krankenhaus fielen ihm ein. Ob er sie besuchen sollte?

Sein Blick wanderte immer wieder zum Spiegel, der unschuldig auf dem Tisch lag. Das Teil übte eine ungeheure Anziehungskraft auf ihn aus. Schließlich wollte er es entnervt umdrehen. Für einen Sekundenbruchteil sah er dabei hinein, direkt in ein Paar dunkle Augen, das ihn musterte. Mit einem Aufschrei ließ er den Gegenstand fallen, der polternd auf dem Holzfußboden aufschlug. Wie hypnotisiert starrte der Junge auf die blinkende Fläche, die nicht einmal einen Sprung bekommen hatte. Noch immer blickte ihn das bartlose Gesicht mit asiatischem Aussehen unbewegt an.

»Du siehst mich also«, vernahm er schließlich eine ruhige Männerstimme.

Jonas' Stimmbänder schienen genau wie sein gesamter Körper temporär gelähmt, deshalb nickte er abgehackt. Ein Lächeln erhellte für einen Augenblick die düsteren Züge des Fremden.

»Du brauchst dich nicht vor mir zu fürchten, Junge, ich bin nicht dein Feind. Im Gegenteil, ich bin unterwegs, um Naida und dir zu helfen. Sie hat mir ihren Drachenpartner Zepthakos geschickt, da mein eigener diese Welt für immer verlassen hat.«

Jonas räusperte sich, um den Knoten im Hals zu lösen. »Wer sind … Wer bist du?«

»Mein Name ist Liman Sayoun, ehemaliger Reiter von Zothra. Vor einer Woche hat mein Partner unsere Verbindung gelöst und mich aus seiner Nähe verbannt. Andernfalls hätte sein Tod auch meinen bedeutet. Naida hat mich auf dem Laufenden gehalten. Ich wollte sie fragen, ob dein Drachenruf erfolgreich gewesen ist, und Bescheid geben, dass wir erst nach Anbruch der Nacht eintreffen. Du bist doch Jonas aus der Verbotenen Dimension?«

Wieder nickte er. Irgendwie schien ihn hier jeder zu kennen. »Das stimmt. Was den Drachenruf angeht, der war eine ziemliche Pleite.«

Liman stieß heftig die Luft aus. »Das tut mir sehr leid!« Es sah aus, als wollte er etwas hinzufügen, doch er schwieg.

Jonas wunderte sich darüber, dass der Fremde so geschockt über die Nachricht wirkte.

Schulterzuckend konterte er: »Ich hatte ja nie einen Drachenfreund. Einen zu verlieren, muss viel schlimmer sein.«

»Da hast du wohl recht. Kaum ein Mensch weiß, wie sich das anfühlt. Umgekehrt kennt fast jeder Drache das Gefühl, einen menschlichen Partner loslassen zu müssen. Entsprechend groß ist die Anteilnahme, die mir momentan von ihnen zuteilwird. Wo steckt Naida? Sie hat dich doch wohl nicht alleingelassen?«

»Nein, sie schläft bloß. Wir hatten vorhin eine Spiegelsitzung mit meiner Cousine, danach ist sie einfach umgekippt.«

»Ja, das ist typisch für sie. Verausgabung bis ans Limit und noch weiter. Sie hat sich tage- und nächtelang um Zothra gekümmert, als es ihm so schlecht ging, danach um dich. Darüber hinaus hält sie ständig Kontakt zu mir und anderen Magiern und kommt ihren üblichen Verpflichtungen nach. Bitte sorge dafür, dass sie genug schläft, etwas isst. Nimm ihr ein wenig Arbeit ab, wo du es vermagst.«

»Würde ich ja gern. Aber wie soll ich das machen? Ich fühle mich hier völlig fehl am Platz, wie ein Klotz am Bein. Wie kann ich ihr helfen?«

Der Mann im Spiegel lächelte leicht. »Du trägst wesentlich mehr Kraft in dir, als du glaubst. Gib ihr ein wenig davon ab, das hilft schon enorm. Sei ihr eine Stütze, lerne, so viel du nur kannst. Spiegelmagie ist für einen jungen Schüler zwar schwierig zu erlernen, jedoch keinesfalls unmöglich. Vielleicht gelingt es dir, ihr beim nächsten Gespräch unter die Arme zu greifen?«

»Mein letzter Versuch hat einen Badezimmerspiegel gekostet und mich selbst ungefähr zwei Stunden, um die ganzen Schnitte zu heilen«, knurrte er. »Daraufhin hat mir Naida verboten, so ein Teil noch einmal anzufassen. Ich dürfte ohne ihr Beisein überhaupt nicht mit dir reden.«

»Das klingt in der Tat beunruhigend. Wenn sich Naida Sorgen deswegen macht, muss es ernst sein. In diesem Fall beenden wir unser Gespräch besser. Bitte kümmere dich gut um deine Lehrmeisterin. Sprich mit Kuno, er wird dir Rat geben, was du tun kannst, um ihr schnell wieder auf die Beine zu helfen. Grüße sie von mir und richte ihr aus, dass wir kommen!«

Ehe er etwas erwidern konnte, verschwand das Gesicht und hinterließ nur sein eigenes.

PUZZLEBILD UND NAHRUNGSSUCHE

Das Gespräch mit dem fremden Magier ließ Jonas verwirrter und ärgerlicher denn je zurück. Was war so beunruhigend, dass der Kerl ihn einfach ohne weitere Informationen sitzen ließ? Hätte er ihm doch bloß nichts von dem Spiegel-Missgeschick erzählt!

»Wie soll ich mit Kuno reden, wenn der irgendwo in der Weltgeschichte rumfliegt und einen See sucht?«, fauchte er sein Ebenbild an. »Er hat verdammt noch mal kein Handy dabei!«

Er hob den Spiegel vom Boden auf und legte ihn sorgsam umgedreht auf den Tisch. Wenigstens geriet er so nicht ständig in Versuchung, sein Wort zu brechen. Dann nahm er die rastlose Wanderung durchs Zimmer wieder auf, weitete sie auf die restlichen Räume des Hauses aus, um sich eine Beschäftigung zu suchen.

Im Schlafzimmer entdeckte er neben dem Durchgang zum Hauptraum einen bekannten Metalleimer, in dem es verräterisch und verlockend glitzerte. Zögernd nahm er ihn hoch. Naida hatte gesagt, dass es komplizierter wäre, einen Spiegel zu reparieren, als ihn zu zerstören. Also musste das Zusammensetzen möglich sein.

Er wollte sich irgendwie nützlich machen, vielleicht war dies seine Chance?

Beim Ausmalen ihres Erstaunens, wenn sie im Badezimmer wieder das vertraute Schmuckstück an der Wand erblickte, erfasste ihn helle Aufregung. Sie würde so was von überrascht sein! Der Gedanke an ihren Gesichtsausdruck motivierte ihn ungemein. Die leise Warnung davor, die ihm sein Verstand entgegenfunkte, sich mit diesem Teil zu befassen, das ihm bereits so viel Ärger bereitet hatte, ignorierte er geflissentlich. Er hatte lediglich vor, es zu reparieren, nicht, es zu benutzen. Einen Versuch war es sicherlich wert, statt tatenlos rumzusitzen und Däumchen zu drehen!

Er zog sich mit dem Eimer ins Bad zurück. Das große Fenster ermöglichte den Blick auf einen kleinen schneebedeckten Hof, begrenzt von einer hohen Mauer. Dahinter stand ein weiteres Gebäude, von dem nur das Dach sichtbar war. Ihm fiel auf, wie kahl es hinter dem Haus der Magierin aussah. Wenigstens konnte niemand von dort aus reingucken, während genug Licht in den Raum schien, um die Bescherung genau zu erkennen, die er gestern unabsichtlich angerichtet hatte.

Beim erneuten Blick darauf kamen ihm Zweifel. Wie sollte er es schaffen, diese winzigen Splitter richtig zusammenzufügen? Es reichte nicht, ein paar Worte zu sagen oder sich einfach bloß das Ergebnis vorzustellen. Er musste genau wissen, was er tat. Im Grunde war es ein unmögliches Puzzlespiel mit mehreren tausend Teilen. Wenn er nur eine Ahnung hätte, wo er anfangen konnte!

Er überlegte, was er bereits über den Umgang mit Magie gelernt hatte. Wichtig war vor allem die Konzentration auf das, was geschehen sollte, und zwar exakt, Schritt für Schritt. Also auf das Zusammensetzen dieses Puzzles, Steinchen für Steinchen, Splitter für Splitter. Dazu brauchte er den Scherbenhaufen nicht anzusehen, sondern musste praktisch mit seinem Verstand in ihn eintauchen, genau wie er es bei Haaren und Haut getan hatte.

Er schloss die Augen und konzentrierte sich auf den Inhalt des Eimers, der vor ihm auf den Fliesen stand. Während er zu erfühlen versuchte, wie die einzelnen Teilchen wohl aussahen, spürte er einen sanften Zug an den Fingerspitzen. Vorsichtig, ohne die Augen zu öffnen, streckte er die Hände nach vorn, merkte, wie der Zug stärker wurde. Als wären die Scherben aus Eisen und seine Gliedmaßen magnetisch! Erstaunt bewegte er die Finger sachte hin und her, bemerkte die Veränderung in der Kraft, die ihn mit den winzigen Splittern verband.

Ein leises Klirren ertönte. Jonas hatte den Eindruck, dass sich die Glasscherben näherten, obgleich er seine Position nicht veränderte. Als er es nicht mehr aushielt, öffnete er vorsichtig die Augen und keuchte. Um ein Haar hätte er vor Überraschung aufgeschrien! Die Scherben schwebten etwa dreißig Zentimeter unterhalb seiner noch immer ausgestreckten Hände. Er besaß eine geradezu unheimliche Verbindung zu ihnen, als würde er sie ansaugen. Gleichzeitig spürte er, dass sie sich sortieren wollten, als besäßen sie einen eigenen Willen.

Behutsam bewegte er sich in Richtung des leeren Rahmens. Der Splitterhaufen folgte ihm. Je näher seine Hände der Halterung kamen, desto ungestümer wurde die Anziehung, bis er das Gefühl hatte, sie nicht länger ertragen zu können. Kurz bevor seine Fingerspitzen das Holz berührten, riss er sie mit aller Kraft zurück und schleuderte gleichzeitig die Glasteilchen dagegen. Er erwartete, dass die Splitter gegen die Fliesen krachen und davon abprallen würden, um klirrend im Waschbecken zu landen, weil er die Kontrolle darüber verloren hatte. Doch sie entwickelten ein Eigenleben.

Oder war es sein Wille, der sie lenkte?

Ein metallisches Schaben erklang, die Teile wirbelten durcheinander, Ordnung entstand. Er *fühlte*, wie alles sein musste. Obwohl er nichts daran bewusst steuerte, geschah es innerhalb eines Wimpernschlags – das Spiegelglas sprang förmlich in den Rahmen und bildete die ebene, glänzende Fläche von gestern. Lückenlos, perfekt, als wäre sie nie zersprungen.

Ungläubig und fassungslos starrte Jonas sein Bild an.

Ich hab's geschafft!

Der Gedanke erfüllte ihn zugleich mit einem unbändigen Triumph und ehrfürchtigem Staunen. Und obwohl er wusste, dass er nicht zu lange hinschauen sollte, konnte er sich nicht an seinem Werk sattsehen. Bewundernd betrachtete er die nahtlose, splitterfreie Verbindung von Rahmen und Glas, sog jede Einzelheit dieses einfachen Rechtecks in sich auf. Er achtete eigentlich gar nicht auf das, was sich darin reflektierte, sondern lediglich auf die wundervolle Unversehrtheit, die ihm wie das größte Wunder vorkam, das er bisher hatte erleben dürfen.

Und es war nicht mal besonders schwierig …

Eine Bewegung auf der glänzenden Fläche erregte seine Aufmerksamkeit.

Ein gigantischer Kopf auf einem langen Hals tauchte darin auf wie in einem Fensterrahmen, musterte ihn von oben herab. Nichtmenschliche Augen blickten ihn mit unverhohlener Neugierde an. Das Maul näherte sich, entblößte scharfe Zähne. Schuppige Nüstern blähten sich, stießen kleine Rauchwölkchen aus.

Jonas blieb der Mund offen stehen. Dieser Drache ähnelte Zamo und sah gleichzeitig völlig anders aus. Sein im Licht glänzendes Schuppenkleid erschien viel heller, fast weiß. Die Hörner hingegen wiesen einen warmen Goldton auf. Alles an dem Wesen wirkte zierlicher, filigraner als bei den Horndrachen, die Jonas bisher gesehen hatte. In den großen dunklen Augen tanzten goldene Funken.

Die Perspektive war ungewöhnlich, als würde sich das Wesen über ihm befinden und zu ihm hinabbeugen. Sein Kopf kam noch näher, bis die Lefzen das Glas zu berühren schienen.

Mit klopfendem Herzen streckte der Junge eine Hand aus, wollte wissen, wie es sich anfühlte … Er – nein, SIE – war wunderwunderschön!

Kurz vor Erreichen des Kopfes zuckte er erschrocken zurück. Nein, er durfte nicht riskieren, den Spiegel erneut zu zerstören! Allein schon, um dieses perfekte Geschöpf weiter beobachten zu können.

Wo befand es sich nur? Jonas fühlte eine tiefe Sehnsucht danach, dem weiblichen Drachen zu begegnen. Ob es ihr genauso ging? Die mentale Verständigung funktionierte anscheinend nicht. Jedenfalls empfing er keinerlei drachenmäßige Gedanken, obwohl er sich Mühe gab. Völlig versunken in den Anblick vor ihm stand er da, wusste nicht, wie viel Zeit verging. Irgendwann hob die Drachendame ruckartig den Kopf, breitete ihre Schwingen aus, die in allen Regenbogenfarben glitzerten, und erhob sich mit kraftvollen Schwüngen gen Himmel. Gleichzeitig verschwamm das Bild, machte seinem eigenen Platz.

Mühsam löste sich Jonas aus der Starre, wandte sich wie im Traum um, glücklich und zugleich von einer beinah körperlich schmerzenden Sehnsucht erfüllt.

Sie ist meine Partnerin. Leichter Schwindel erfasste ihn bei dem Gedanken. *Zamo hatte recht – der Ruf war erfolgreich!*

Obwohl er vor Stolz und Glück schier platzte, konnte er es niemandem mitteilen. Er war weiterhin auf sich allein gestellt, da Naida noch immer schlief und der Fahndungstrupp erst bei Anbruch der Dunkelheit zurückerwartet wurde.

Zum Glück fiel ihm rechtzeitig vor dem Verlöschen der letzten Glut ein, dass der Ofen neues Feuerholz brauchte. Weil sein Magen knurrte, machte er sich auf die Suche nach etwas Essbarem. Es gab eine Küche, aber keinen Kühlschrank. In den Regalen fand er Geschirr und Messer, auf einer Ablage kleine Töpfchen mit Gewürzen, Gläser mit Mehl, verschiedenen Körnern und Nüssen sowie einen Rest Brot. Sonst nichts. Irgendwo musste Naida doch Vorräte lagern!

Einen Keller besaß das Haus offensichtlich nicht. Eine steile Treppe führte hinauf zu einer verschlossenen Dachbodenluke, die sich nicht öffnen ließ, weder mit Muskelkraft noch mit Magie. Schließlich reichte es ihm. Er zog die warme Felljacke und seine dicken Stiefel über, um zum Krankenhaus zu marschieren. Dort würde man ihn gewiss nicht abweisen, wenn er nach einer Mahlzeit fragte. Kaum war er in den Schneesturm hinausgetreten, bereute er seinen Entschluss. Es war bitterkalt, viel schlimmer als gestern! Doch als er sich umdrehte, fiel hinter ihm die Tür mit lautem Krachen ins Schloss. Er rüttelte vergeblich daran.

Mist, auch das noch!

Nun blieb ihm wirklich nichts anderes übrig, als zu dem großen Gebäude zu laufen, das über dem Rest von Glemborg thronte wie eine mittelalterliche Burg.

Mit zusammengebissenen Zähnen stemmte er sich gegen den Wind, der ihm winzige Eiskörner ins Gesicht trieb. Es fühlte sich an wie tausend feine Nadelstiche. Wie nur machten die erfahrenen Magier die Sache mit dem Windschutz? Wie bekam Zamo es hin?

Basisfertigkeit hat Naida es genannt. Von wegen!

Wütend stellte er sich vor, wie er einen Schirm vor sich hielt. Nicht, dass ihm dieser bei einem solchen Sturm viel gebracht hätte, da er vermutlich sofort umgeschlagen wäre. Doch allein die Vorstellung half komischerweise ein wenig. Sein improvisierter Windschutz war längst nicht so wirksam wie Naidas, aber besser als keiner.

Völlig erschöpft stand er schließlich vor der großen Eingangstür. Es gab keine Klingel, nur einen Klopfer, den er energisch betätigte. Durch ein kleines Fenster, eher ein Guckloch, sah er einen düsteren, verlassenen Flur. Verzweifelt klopfte er wieder. Wo waren denn alle? Inzwischen fühlte er seine Hände nicht mehr, die er wegen des Windschutzes die meiste Zeit über außerhalb der Jackenärmel gehalten hatte. Auch der Rest seines Körpers fror nun langsam, aber sicher ein.

Verzweifelt pochte er ein drittes Mal. Es konnte doch nicht sein, dass kein Mensch ihn hörte! Oder war die gesamte Belegschaft nach Hause gegangen? Wie machten sie es bloß, wenn plötzlich jemand schwer verletzt vor der Tür stand? Wurde der ebenfalls draußen stehen gelassen, bis er zur Eisstatue erstarrt war? Es musste doch so etwas wie einen Notdienst geben!

Langsam dämmerte ihm, dass er nicht das Geringste über die Menschen und ihre Gewohnheiten in dieser Dimension wusste. Er hatte einfach angenommen, dass es so ähnlich sein musste wie bei ihm zu Hause.

Gerade wollte er resigniert den Rückweg antreten, da spürte er eine Art inneres Ziehen. Als würde jemand bei ihm anklopfen! Er konzentrierte sich auf dieses Gefühl, auch wenn ihm das in seinem Zustand nicht leichtfiel.

»Jonas, wo steckst du?«

»Naida!«, ächzte er. »Ich bbbin beim Kkkrankenhaus, aaaber da ist kkkeiner ...«

Ein ziemlich undamenhaftes Schimpfwort erreichte seine eingefrorenen Hirnwindungen. *»Geh zum zweiten Haus auf der rechten Seite. Da wohnt Svea, sie wird dir helfen. Naiver Junge! Warum rennst du in den Schneesturm hinaus? Ohne Schutz wirst du erfrieren!«*

»Tttttut mir leid«, murmelte er, während er sich, so rasch es mit seinen tauben Beinen möglich war, auf das Haus zubewegte.

Die Tür öffnete sich, noch ehe er geklopft hatte. Das zierliche blonde Mädchen zog ihn energisch hinein, um Kälte und Schneetreiben sofort wieder auszusperren. Dabei schnatterte es aufgeregt in der Sprache der Nordländer, von der er ohne Übersetzung kein Wort verstand.

Eine eindeutige Geste verriet ihm, dass er nicht weitergehen sollte, also blieb er im Eingangsbereich stehen. Svea nahm einen kleinen Besen, mit dem sie den Schnee von seinen Sachen fegte, und half ihm dabei, Jacke und Stiefel auszuziehen. Erst danach winkte sie ihn heran.

Ein prasselndes Feuer im offenen Kamin verhieß Wärme. Sofort strebte er dorthin, kauerte sich so dicht wie möglich davor zusammen und hielt die Hände in Richtung der Flammen, um sie aufzuwärmen.

Den warnenden Schrei registrierte er kaum, da ihm in dem Moment schwarz vor Augen wurde. Er verlor nicht das Bewusstsein, aber sein Kreislauf sackte weg, sodass er mehr spürte als sah, dass ihn die kleine Person ein Stück vom Feuer wegzog. Dabei redete sie weiter auf ihn ein.

»Ich versteh dich nnnicht«, brachte er mühsam hervor. Das unkontrollierbare Zittern ließ noch immer nicht nach, schien sogar schlimmer zu werden. Wenigstens konnte er wieder klarer sehen.

Svea schüttelte streng den Kopf, als er auf dem Hintern zurück zum Kamin rutschen wollte. Sie reichte ihm eine dicke Decke, in die er sich sofort einwickelte, so gut es mit den gefühllosen, schmerzenden Fingern ging. Dann hockte sie sich vor ihn, sah ihm forschend, konzentriert in die Augen. Erneut dieses merkwürdige Ziehen, diesmal zaghafter, flüchtiger, wie ein sanfter Hauch, der gleich wieder verging.

»Ich glaube, so ist es besser«, sagte sie. »Du verstehst mich jetzt doch, oder?«

»Ja, perfekt. Anscheinend kann das hier jeder außer mir.«

»Du lernst es noch, ganz bestimmt. Am Anfang ist alles schwierig. Ist dir schon wärmer?«

»Etwas. Warum darf ich meine Hände nicht am Feuer aufwärmen?«

Svea richtete sich auf. »Du hattest schwere Verbrennungen, die gerade erst geheilt sind. Die Nähe zu den Flammen würde dir große Schmerzen bereiten, weil sich dein Körper daran erinnert. Auch wenn die Wunden nicht mehr sichtbar sind, braucht es viel Zeit, bis sich die Empfindlichkeit normalisiert.«

»Du meinst, sie würden noch mehr schmerzen als jetzt?«, murmelte er. Seine Finger begannen gerade, höllisch wehzutun, als hätten Sveas Worte den Auftauprozess beschleunigt. Oder war es die Aufmerksamkeit darauf? Jedenfalls presste er die klammen Hände stöhnend unter die Achseln.

»Zeig mal her«, verlangte das Mädchen.

Gehorsam streckte er ihr die Gliedmaßen hin. Seine Handrücken sahen rot und wund aus, die Finger waren teilweise bleich, an anderen Stellen blau angelaufen. Den sanften Griff spürte er kaum, doch das Ziehen, Stechen und Brennen verstärkte sich derart, dass ihm die Tränen in die Augen schossen. Mit zusammengebissenen Zähnen zwang er sich dazu, die Hände nicht wegzuziehen. Gleich darauf verebbte der Schmerz. Erleichtert stieß Jonas den angehaltenen Atem aus.

»Boa, danke!« Er betrachtete erstaunt seine wieder halbwegs normal aussehenden Hände und rieb sie aneinander.

»Keine Ursache«, erwiderte Svea leichthin. »Darin bin ich gut, findet Meister Kuno jedenfalls. Aber ich möchte noch viel mehr lernen.«

Im Hintergrund ertönten Schritte. Eine dunkle Frauenstimme gab etwas Unverständliches von sich. Bevor er aufstehen konnte, erschien eine ältere Ausgabe seines Gegenübers in seinem Blickfeld und reichte ihm lächelnd eine große Tasse mit dampfendem Inhalt.

»Das ist meine Mutter, Margarethe. Sie heißt dich willkommen. Leider schaffe ich es bisher nicht, dass du unsere Sprache verstehst.«

Dankbar nahm Jonas den Becher entgegen, aus dem es aromatisch nach Tee duftete, und schloss vorsichtig seine kalten Hände darum. Sie wurden gewärmt, ohne dabei zu schmerzen.

»Es beruhigt mich, dass ich nicht der einzige Mensch hier bin, der nicht alle magischen Tricks beherrscht«, sagte er.

Svea lachte herzhaft. »Du bist gut! Die meisten Einwohner von Glemborg sind keine Magier, dafür jedoch mit jemandem verwandt, der diese Begabung besitzt. Meine Eltern haben sie beide nicht. Aber mein Vater reitet einen Drachen. Er ist mit Kuno und der fremden Drachenreiterin unterwegs, um einen besonderen See zu suchen.«

Er kam nicht dazu, etwas zu erwidern. Sein Magen, der längst in den Kniekehlen hing, protestierte lautstark.

»Warst du das eben oder hast du einen Wolf mitgebracht?«, scherzte Svea. »Wobei mir einfällt, dass du mir noch gar nicht gesagt hast, was du da draußen im Unwetter zu suchen hattest. Naida meinte bloß, du bräuchtest Hilfe. Sie klang sehr erschöpft, deshalb habe ich nicht nachgefragt.«

»Sie ist heute Vormittag nach einem anstrengenden Spiegelgespräch mit meiner Cousine auf ihrem Stuhl eingeschlafen«, erklärte er beschämt. »Ich wollte sie nicht wecken, hatte aber solch einen Kohldampf. Es gab nichts Essbares bei ihr im Haus, deshalb dachte ich, im Krankenhaus …«

»O nein! Da bist du den ganzen Weg durch den Sturm gelaufen, um vor der verschlossenen Tür zu stehen. Das tut mir leid! Wenn es keine Patienten gibt, schließen wir das große Haus. Im Notfall kann sich jeder an Kuno, mich oder einen der anderen Magier wenden. Warte, ich frage nach etwas Essbarem.« Sie erhob sich, um hinter dem Regal zu verschwinden, das ihm die Sicht auf den übrigen Raum versperrte. Er hörte sie kurz mit ihrer Mutter sprechen, dann war sie bereits zurück. Sie brachte kleine Teppiche mit, die es auf dem Steinfußboden viel gemütlicher machten.

»Du kannst gleich mit uns zusammen essen, wenn mein Vater kommt. »Hältst du es noch ein paar Minuten aus?«

»Natürlich. Aber vielleicht sollte ich lieber wieder zurückgehen. Der Magier, mit dem ich mich vorhin durch einen Spiegel unterhalten habe, bat mich, gut auf Naida achtzugeben und ihr zu helfen, wenn möglich. Er meinte, sie würde sich sonst zu viel zumuten.«

»Oh, mit wem hast du gesprochen?«

Er zuckte mit den Schultern. »Ich weiß den Namen nicht mehr.«

»Nun ja, es wird einer unserer Freunde gewesen sein. Sonst dringt niemand hierhin durch. Sorge dich nicht um deine Meisterin. Kuno kommt gerade vom Erkundungsflug zurück und kümmert sich gleich um sie. Die beiden kennen sich schon lange.«

»Woher weißt du …«, begann er, beendete jedoch den Satz nicht, als ihm die Stimme seinem Kopf wieder einfiel. »Können sich alle Magier gedanklich verständigen?«

»Gewiss. Du lernst es bald. Es gehört zur Grundausbildung, da es so unheimlich praktisch ist. Wie sonst soll man sich von einem Ende Glemborgs zum anderen unterhalten, ohne ständig hin und her zu laufen? Du siehst ja, was für ein Wetter wir hier oft haben.«

»Bei uns gibt es dafür Handys.«

»Sind das diese rechteckigen Dinger, die jeder in deiner Welt bei sich hat? Davon hat Naida viel erzählt. Hast du auch eins? Ich meine – hast du eins mitgebracht?« Sie klang jetzt aufgeregt wie ein kleines Mädchen kurz vor der Bescherung.

Er schüttelte amüsiert den Kopf. »Es ist in meiner Schultasche. Die hat mir Eya abgenommen, als sie mich dazu gezwungen hat, einen unsichtbaren Drachen zu besteigen. Aber mein Handy ist erstens ziemlicher Schrott und zweitens würde es hier nicht funktionieren.«

»Warum nicht?«

»Hier gibt es kein Netz, ihr habt nicht die nötige Technik dafür.«

»Oh, schade.« Svea wirkte enttäuscht. »Ich würde so gern mal deine Welt besuchen, um all die Wunder zu sehen, von denen mir die Magier berichtet haben.«

Jonas seufzte. »Ich möchte auch nach Hause und hoffe stark, dass es bald klappt!«

Eine Stunde später hatte er Margarethes geniale Kochkünste kennengelernt, ein bitteres Gebräu namens Mers probiert und erfahren, dass die anstrengende Suche erfolglos geblieben war. Schließlich tauchte Kuno auf, um ihn auf dem Weg zu Naidas Heim zu begleiten.

Inzwischen war es stockdunkel, doch die Straße wurde von flackernden Lampen notdürftig beleuchtet. Der Schneesturm hatte sich verzogen, sodass Jonas vergnügt ein Stück durch den hohen, frisch gefallenen Pulverschnee schlitterte.

»Mach mal Platz!«, kam es von hinten.

Rasch drehte er sich um und sah, wie der Magier die Arme hob. Die Geste wirkte aus dieser Perspektive ebenso imponierend wie bedrohlich. Was hatte er vor?

»Rechts oder links, junger Freund, entscheide dich – du stehst im Weg!«

Hastig sah er sich nach einer Ausweichmöglichkeit um und entschied sich für den nächstbesten Hauseingang. Gerade noch rechtzeitig! Eine Fontäne aus winzigen Eiskristallen, die ihn unverhofft traf, verwandelte ihn augenblicklich in einen Schneemann.

»Uäh!« Er spuckte aus, schüttelte sich und versuchte, die weiße Pracht abzuklopfen.

Erst dann sah er das Ergebnis: Die Straße war mindestens hundert Meter weit schneefrei, sodass man das darunter liegende Kopfsteinpflaster erkennen konnte. Staunend blickte er zu Kuno, der ihm gemächlich entgegenschlenderte.

»Jetzt weiß ich wenigstens, wie ihr hier die Wege räumt«, bemerkte er trocken. »Warne mich beim nächsten Mal bitte rechtzeitig, damit ich bei solchen Aktionen hinter dir stehen kann!«

NOCH MEHR SCHERBEN

Am nächsten Morgen wurde Jonas von Stimmen geweckt. Genau wie gestern musste er sich kurz orientieren, wo er sich befand: auf einer recht harten Unterlage, die auf dem Holzfußboden von Naidas Wohnraum ausgebreitet lag.

Eingehüllt in zwei Wolldecken war ihm muckelig warm. Am liebsten hätte er die Augen wieder zugemacht. Das fahle Licht verriet, dass es noch ziemlich früh sein musste. Allerdings näherten sich die Stimmen jetzt, von denen er eine als die seiner Lehrerin erkannte. Die andere gehörte einem Mann. Sie kam ihm ebenfalls vage bekannt vor. Es war schwierig, sie einzuordnen, da er die Worte nicht verstand. Als zwei Menschen vor ihm standen, richtete er sich auf. Er trug eine Art Nachtshirt – sonst nichts. Deshalb achtete er peinlich darauf, dass sein Unterleib weiterhin von den Decken verhüllt blieb. Vage erinnerte er sich daran, dass Naida die Boxershorts gestern Abend von ihm verlangt hatte, um sie zu waschen.

»Guten Morgen, Schlafmütze«, begrüßte sie ihn heiter. »Darf ich dir Liman vorstellen? Er ist derjenige, den mein Drache hergebracht hat.«

Ihr Begleiter lächelte ihm sanft zu. Sofort erkannte er seinen Spiegelkontakt von gestern. Ein schlechtes Gewissen überfiel ihn, weil er Naida nichts von dem Gespräch gesagt hatte.

»Wir kennen uns schon.« Liman nickte ihm zu. »Hat er unseren kurzen Plausch nicht erwähnt?«

»Nein. Die Gelegenheit ergab sich nicht, da er bei meinem Aufwachen bereits beschlossen hatte, eine Exkursion in den Schneesturm zu unternehmen. Und anschließend war er offensichtlich zu müde, um mir seine Abenteuer zu beichten.«

Nun lachte der Mann laut auf. »So einer bist du also! Dein Draufgängertum sieht man dir wahrlich nicht an.«

Bevor er darauf reagieren konnte, flog ein Bündel Kleidung auf ihn zu, das perfekt in seinen Armen landete.

»Zieh dich im Bad an«, verlangte die Magierin, die den Gedanken an den gestrigen Ausflug nicht halb so witzig zu finden schien wie ihr Kollege. Damit wandte sie sich rücksichtsvoll um. Liman folgte ihrem Beispiel.

Hastig griff Jonas nach den Klamotten, sprang auf und sprintete in die entgegengesetzte Richtung, auf die schmale Holztür zu. Beim Betreten des Raumes fiel sein Blick sofort zu der Wand, an der gestern das Wunder entstanden war, von dem er auch noch niemandem erzählt hatte. Doch der Spiegel war verschwunden! Anscheinend hatte seine Lehrerin ihn abgehängt, was ihn kurz enttäuschte. Andererseits verstand er ihre Vorsicht. Immerhin wussten sie noch immer nicht, welche besondere Verbindung er zu den reflektierenden Teilen besaß.

Nach einer Katzenwäsche schlüpfte er in frisch gewaschene Unterhosen und die Kluft eines Drachenreiters. Er wunderte sich, warum er sie schon wieder anziehen sollte. Dennoch beeilte er sich, weil er neugierig auf den Besuch war.

Bei seiner Rückkehr saßen die Erwachsenen bereits am gedeckten Tisch. Sie aßen dunkles Brot mit einer würzigen Paste und tranken den aromatischen Tee dazu, den es hier überall zu geben schien. Naida berichtete soeben von ihrer gestrigen Aktion in Majas Küche und der erfolglosen Suchen nach dem See. Anschließend teilte der Gast Neuigkeiten mit, die er auf der Reise erfahren hatte.

»Zamothrakles, seine Reiterin und unser junger Freund hier werden überall gesucht. Eafras hat eine Belohnung auf ihre Ergreifung ausgesetzt. Die wildesten Gerüchte kursieren. Angeblich soll der Eindringling aus der Verbotenen Dimension ein Riese sein, oder es werden ihm erstaunliche Fähigkeiten zugeschrieben, die ihn praktisch unbesiegbar machen.«

Jonas unterdrückte mühsam einen Heiterkeitsausbruch, bis er seinen Tee hinuntergeschluckt hatte.

»Das gibt's doch nicht! Wer labert denn so einen gequirlten Mist?«

»Ich schätze, die Bewohner von Eyas Dorf haben versucht, ihren Misserfolg bei der Jagd nach euch irgendwie zu rechtfertigen. Aber jetzt würde ich gern etwas über den echten Jungen aus der Paralleldimension erfahren, der erst seit wenigen Tagen hier ist und bereits mehr Spiegelmagie beherrscht als ein ausgebildeter Magier. Ich habe da wundersame Geschichten gehört ...« Liman warf ihm dabei einen augenzwinkernden Blick zu.

Naida hob lediglich die Brauen. »Auf seine neusten Aktivitäten, deren Ergebnis ich heute früh bewundern durfte, bin ich ebenfalls äußerst gespannt.«

Unter ihrem strengen Blick kam ihm der Bericht der Reparatur-Aktion eher wie eine Beichte vor. Die anschließende Begegnung mit dem Drachen hätte er am liebsten für sich behalten, doch irgendwie sprudelte sie aus ihm heraus.

Die beiden Zuhörer blieben einen Augenblick stumm und schienen sich wortlos zu verständigen.

Der männliche nickte anerkennend. »Nicht übel für einen Frischling. Das würde ich zu gern einmal sehen. Du hast nicht zufällig Lust, dein Experiment zu wiederholen?«

»Liman!« Naidas Ächzen klang derart verzweifelt, dass es schon wieder komisch wirkte.

Der Angesprochene brach in herzhaftes Gelächter aus. »Jetzt mal im Ernst, mit diesem Kunststück könntest du öffentlich auftreten, wenn der Spiegel so zerstört war, wie deine Lehrmeisterin behauptet.«

»Er bestand nur noch aus winzigen Bröseln«, bestätigte Jonas. »Aber Naida hat gesagt, dass man ihn reparieren kann, deshalb wollte ich es einfach mal versuchen. War ja auch viel weniger kompliziert als gedacht.«

Die Magierin vergrub theatralisch das Gesicht in den Händen, während ihr Gast erneut einen Lachflash bekam.

»Meine Bemerkung bezog sich auf einen Sprung im Glas, eine abgesplitterte Ecke oder einen in mehrere große Teile zerbrochenen Spiegel, nicht auf Tausende winzige Splitter«, stellte sie anschließend fest. »Was du getan hast, würde kein mir bekannter Magier auf diese Weise hinbekommen, schon gar nicht innerhalb weniger Minuten. Du musst eine besondere Gabe besitzen, die nur äußerst selten vorkommt.«

»Nicht zu vergessen, dass du etwas gesehen und erfahren hast, um das dich jeder Drachenreiter glühend beneiden würde«, ergänzte Liman mit blitzenden Augen.

»So?« Jonas' Verwirrung wuchs zunehmend.

»Seit über dreihundert Jahren hat niemand mehr einen weiblichen Horndrachen gesehen. Ich würde meinen rechten Arm opfern, um einem zu begegnen und den linken dazu, um von ihm erwählt zu werden. Darf ich deine Drachendame kennenlernen?«

»Äh …« Er wollte antworten, dass der Spiegel nicht mehr im Bad hing.

Doch dann fiel ihm ein, wie er seiner Lehrerin vorgestern das unschöne Erlebnis gezeigt hatte und nickte. Auch Naida sah ihn erwartungsvoll an. Also ergriff er von jedem die dargebotene Hand, die beiden Erwachsenen fassten sich ebenfalls an. Jonas merkte, wie sich zwischen ihnen eine Art Kraftfeld aufbaute, das ihm ein großartiges Gefühl von Stärke, Macht und Verbundenheit vermittelte. Ein erstauntes »Oh!« entfuhr ihm, das von den anderen mit einem wissenden Lächeln quittiert wurde.

»Dieses Dreieck ist die machtvollste Einheit, die wir als Magier bilden können«, erklärte Naida. »Wenn du jemals mehr Kraft brauchst, als du selbst aufbringen kannst, suche zwei Verbündete. Zu dritt wird sich eure Stärke für kurze Zeit verzehnfachen. Aber jetzt konzentriere dich auf das, was du getan und gesehen hast. Am besten fängst du vorne an, damit unser Gast nicht auf weitere unangemessene Gedanken kommt.«

Es fiel ihm nicht schwer, die Erinnerung wachzurufen. Während er sein merkwürdiges Gefühl der Kontrolle über die Spiegelscherben teilte, wuchs die Anspannung seiner Begleiter spürbar. Das Bild des weiblichen Drachens, das er anschließend stolz wie seinen kostbarsten Schatz herzeigte, wirkte hingegen ungemein beruhigend auf die Gemüter. Liman pfiff durch die Zähne, als er es sah.

»Das war äußerst beeindruckend«, murmelte er nach einer weiteren Pause. »Lassen wir Jonas selbst den Kontakt zu seiner Cousine herstellen. Ich würde gern sein Potenzial in dieser Richtung ausloten. Solange wir dabei sind, sollte ihm nichts geschehen.«

Naida runzelte die Stirn. »Das halte ich für keine gute Idee. Er weiß nicht, was er da überhaupt tut. Der Vorgang ist so komplex, dass ich Tage brauchen werde, um ihm die Theorie zu vermitteln. Ohne dieses Wissen ist er ein Spielball der Kräfte, das weißt du genau! Wie soll er den Kanal kontrollieren oder sich gegen fremde Einflüsse wehren? Erst recht, wenn er über Fähigkeiten verfügt, die wir noch gar nicht einschätzen können.«

»Gewiss bleibt ein Restrisiko. Aber die Zeit rennt uns davon. Zudem weißt du, dass es in dieser Hinsicht kein langsames Herantasten gibt.«

Er sah die Magierin erneut bedeutungsvoll an, viel zu lange, um dabei nichts zu sagen. Jonas fühlte sich mal wieder ausgesperrt, wie das fünfte Rad am Wagen. Zählte seine Meinung eigentlich gar nicht?

»Kann ich dazu auch mal was sagen?«, fragte er möglichst cool.

Die beiden Älteren schienen ihren mentalen Disput zu beenden und seine Anwesenheit endlich wieder zu bemerken.

»Natürlich«, sagte Liman. »Entschuldige bitte, es war unhöflich von mir, über deinen Kopf hinweg einen solchen Vorschlag zu machen.«

Jonas atmete tief durch. »Ich möchte es riskieren. Ihr wisst nicht, wie stark die Versuchung gestern schon war. Es kommt mir so vor, als würde mich jeder Spiegel rufen. Dem zu widerstehen, ist echt hart. Besser, ich probiere es im Beisein erfahrener Magier als allein, wenn ich zufällig an einer spiegelnden Fläche vorbeikomme.« Das war die reine Wahrheit.

Naida presste unzufrieden die Lippen zusammen, nickte jedoch. »Also gut, ich fühle mich überstimmt, obwohl die letzte Entscheidung immer noch mir obliegt. Zumindest solange ich die Verantwortung trage. Sobald ich merke, dass irgendetwas aus dem Ruder läuft, brechen wir die Aktion ab!«

Dann wurde es ernst. Jonas wunderte sich erst, dass Naida ihm die Hand auf die Schulter legte, während sie ihm den bereits vertrauten kleinen Spiegel gab. Als er sah, dass Liman seinerseits Körperkontakt mit seiner Lehrerin aufnahm, verstand er, dass es eine Art Vorsichts- oder Schutzmaßnahme darstellte. Nervös wagte er einen Blick auf die spiegelnde Fläche, auf der erwartungsgemäß sein Gesicht erschien.

»Was soll ich jetzt tun?«, wollte er heiser wissen.

»Was hast du denn beim letzten Mal gemacht? Das hat doch scheinbar ganz gut funktioniert«, kam die Stimme des Magiers von rechts.

Naida schien erst etwas einwenden zu wollen, schwieg jedoch. Ihr Griff wurde lediglich fester.

Jonas stellte sich Maja vor, wie sie ihn gestern mit großen Augen angeblickt hatte. Sein eigenes Spiegelbild zerfloss fast augenblicklich, was von den beiden Erwachsenen mit erstaunten Lauten kommentiert wurde.

»Du hast recht, das ist ein wenig unheimlich«, murmelte Liman leise. Eine leicht durchscheinende Gestalt erschien in einem seitlich eng begrenzten Rahmen.

»Hi, Maja«, begrüßte er sie amüsiert, als er die typische Reaktion bemerkte, die exakt dem eben vorgestellten Szenario entsprach.

Ein Schrei ertönte, dann verschwand das Antlitz und gab den Blick auf einen wolkenverhangenen Himmel frei. Ein Poltern verriet, dass seine Cousine den Spiegel fallengelassen hatte. Oder war es ihr Handy? Eine riesig wirkende Hand erschien, gleich darauf das bekannte, fassungslose Gesicht. Maja stöhnte, schloss die Augen und riss sie wieder auf. Natürlich war er noch da – was sie zu einigen Kraftausdrücken veranlasste.

»Was ist, hat dein Smartphone jetzt endgültig den Geist aufgegeben, oder warum schmeißt du es weg?«, hörte er eine männliche Stimme von weiter weg.

»Nein, es ist nichts«, gab die junge Frau abwinkend zurück.

»Das darf nicht wahr sein, wie *machst* du das bloß, Kleiner?«, zischte sie Jonas an. »Mein Akku ist absolut leer!«

»Ich sag doch: Magie!«, erwiderte dieser trocken. »Hör mal, hast du nach der Karte gesucht? Es ist wirklich verdammt dringend.«

»Nein, habe ich nicht! Du … Ich …« Sie stockte einen Moment. »Ich dachte gestern, ich werde verrückt, weißt du das?« Sie klang wütend, trotzig, verzweifelt. »Musst du mir so eine Scheißangst einjagen mit deinen Tricks?«

»Hast du wenigstens meine Ma angerufen?«

Sie schüttelte den Kopf. »Nein, sowieso nicht. Hättest du dir auch geklemmt bei so einer durchgeknallten Story!«

Ein Ächzen entfuhr ihm. »Sag einfach, ich habe dich von irgendwoher angerufen. Sie brauchen nicht nach mir zu suchen und sich keine Sorgen zu machen, weil es mir gut geht. *Bitte!*«

»Also gut, ich ruf an, wenn du mich dann in Ruhe lässt.«

»Die Karte!«, kam es an seinem rechten Ohr an.

»Warte!«, rief er rasch. »Viel wichtiger ist, dass wir bald diese Landkarte zu sehen bekommen, auf der die Seen der Insel erkennbar sind. Wenn wir die haben, belästige ich dich nicht mehr, versprochen!«

»Ach ja – und wie soll ich sie dir zeigen?«

»Wie schnell schaffst du es denn, sie zu besorgen? Dann verabreden wir uns. Du musst damit nur zu einem Spiegel gehen, am besten zu einem etwas größeren. Dein Handy ist zu klein.«

Maja gab ein undefinierbares Geräusch von sich. »Okay, du Nervensäge. Sagen wir in … dreißig Minuten. Ich hoffe, dass ich das vor dem nächsten Seminar schaffe und auf dem Klo keiner ist, der mich in die Geschlossene einweist!«

»Danke, Cousinchen«, flötete er. Der Gesichtsausschnitt verschwamm, obwohl er nichts tat, um die Verbindung zu unterbrechen.

»Dank mir nicht zu …«, vernahm er noch ganz leise, während sich ein völlig anderer Kopf ins Bild schob.

Der Griff um seine Schulter verfestigte sich, beide Magier neben ihm atmeten hörbar aus. Der Mann wirkte attraktiv, fast wie ein Filmstar. Schulterlanges dunkles Haar umschmeichelte ein ebenmäßiges, markantes Gesicht mit grünen Augen. Ein siegessicheres Lächeln breitete sich darauf aus, während sich Jonas gleichzeitig von einem kalten, berechnenden Blick durchbohrt fühlte. Für endlose Augenblicke glotzte er den Fremden wie gelähmt an.

»Unterbrich den Kontakt, SOFORT!«

Der Gedanke – er konnte nicht mal so schnell sagen, von wem er stammte – erreichte ihn zwingend, befehlend wie ein Peitschenknall. Mühsam wandte er sich vom Spiegel ab, kämpfte regelrecht darum, diese Verbindung, die ihm so leichtfiel, zu lösen. Es gelang ihm erst, indem er aufsprang und sich schreiend die Augen zuhielt. Ein berstendes Geräusch brachte ihn erneut dazu, hinzusehen. Keuchend erkannte er, dass der Spiegel in viele kleine Teile zersprungen war, die sich in einem sauberen Kreis um den Rahmen herum verteilten. Liman stieß einen Fluch aus.

»Was habe ich dir gesagt!«, brüllte Naida, die Jonas noch nie so aufgebracht gesehen hatte. Das unerwartete Auftauchen des Unbekannten hatte sie offenbar sehr hart getroffen. Der Angesprochene, der in einer verzweifelten Geste die Hände vor die Augen geschlagen hatte, hob diese nun entschuldigend.

»Es tut mir leid«, ächzte er. »Wer konnte so etwas ahnen! Ich hoffe, er hat nicht zu viel gesehen oder vergisst es wieder.«

Die weißblonde Frau sprang auf, rannte erregt kreuz und quer durch den Raum. »Wir müssen vom Schlimmsten ausgehen«, sagte sie heiser. »Ich berufe sofort eine Versammlung ein, um alle zu warnen. Niemand darf aufbrechen, um nach dem See zu suchen.«

Verwirrt blickte Jonas von einem Erwachsenen zum anderen. Was zum Geier war hier los?

»Kann mir mal jemand erklären, was gerade passiert ist?«, wandte er sich an Liman, da seine Lehrerin momentan mit abwesendem Blick dastand. Vermutlich nahm sie mentalen Kontakt zu Kuno und weiteren Magiern der Stadt auf.

»Ich weiß es nicht«, murmelte der Mann, dessen unbewegliches Gesicht nur wenig von seinen Gefühlen verriet. »Irgendwie hat Dogul es geschafft, sich in deinen Spiegelkanal einzuklinken. Oder besser gesagt, er hat die Verbindung genutzt, die du unabsichtlich geöffnet hast. Trotz des Schutzes, der um diese Stadt liegt! Das ist … unglaublich. So etwas ist noch nie geschehen. Vermutlich hängt es mit deinem besonderen Talent zusammen, über das wir so gut wie nichts wissen.«

»Das genügt für den Augenblick«, mischte sich Naida schroff ein. »Wir müssen dringend handeln!«

»Aber wieso? Wer ist dieser Mann, dass ihr euch so über sein Erscheinen im Spiegel aufregt?« Jonas sah seine Magielehrerin verständnislos an. Sie benahm sich, als hätte er soeben das Ende der Welt eingeläutet.

»Der Magier, den du gesehen hast, gehört zu einer Bewegung, die den Rat stürzen und die Herrschaft über diese und weitere Dimensionen an sich reißen möchte. Er sucht seit Jahren nach der Vergessenen Stadt. Unter anderem, um Rache an einigen Bewohnern zu üben, die sich gegen ihn und seine Leute aufgelehnt haben. Diese Menschen sind hauptsächlich seinetwegen hier. Leider hat Dogul nicht nur mich und Liman gesehen, sondern auch dich. Deine Aura ist so offen, dass du ständig deine Gedanken und Gefühle verrätst. Vermutlich erkennt der erfahrene Magier selbst durch den Spiegel noch genug davon, um Schlüsse daraus zu ziehen. Auch wenn mentaler Kontakt auf diese Weise nicht möglich ist. Es könnte bedeuten, dass diese Stadt kein sicherer Zufluchtsort mehr ist.«

Jonas erinnerte sich an Zamos Worte bei ihrem Hinflug, der Ewigkeiten her zu sein schien.

»Du meinst, dieser Do… Dingsda könnte hierher finden, nur weil er mich im Spiegel gesehen hat?«

»Dogul ist ein erfahrener Magier, mit allen Wassern gewaschen«, erklärte Liman bedrückt. »Niemand kann sagen, wie lange er im Hintergrund gewartet und gelauscht hat. Vielleicht weiß er jetzt sogar, dass wir einen See suchen. Auf jeden Fall wird er die Informationen nutzen, die er bekommen hat. Seinem Drachenpartner könnten sie reichen, um dich hier zu finden. Das darf nicht geschehen!«

»Und außerdem«, ergänzte Naida grimmig, »wirst du auf keinen Fall erneut Spiegelmagie anwenden, solange die Gefahr nicht abgewendet ist, verstanden?«

EINER FÜR ALLE

Sie verloren keine Zeit. Bereits wenige Minuten später machten sie sich auf zum Versammlungsort, zu dem die Bewohner von Glemborg in kleinen Grüppchen strebten. Es stellte sich heraus, dass es sich um den großen Platz handelte, auf dem Jonas vorgestern seine peinliche Vorstellung gegeben hatte. Wenigstens schneite es nicht, der eiskalte Wind war bereits fies genug.

Eine kleine Frau begrüßte die Ankommenden, stellte sich als Marla vor und bat Jonas mit seinen beiden Begleitern auf eine Art Bühne. Widerstrebend, mit einem sehr unangenehmen Gefühl in der Magengegend, folgte er dieser Einladung. Wie würden die Menschen reagieren, wenn sie erfuhren, dass er durch seine Magie unbeabsichtigt ihr Versteck verraten haben könnte?

Die Blicke, die auf ihm ruhten, wirkten nicht feindselig, nur angespannt. Ganz vorn in der Menge entdeckte er Eya und Kuno sowie Svea mit ihren Eltern. Marla, die ihm nur bis zur Brust reichte, hob eine knorrige Hand. Rasch legte sich eine geradezu unheimliche Stille über den vollen Platz.

»Bürger von Glemborg, die Situation ist außergewöhnlich ernst. Noch nie war die Existenz unserer Stadt so sehr bedroht wie in diesem Augenblick. Das hier ist Jonas, der auf Wunsch des erhabenen Zothra aus der Verbotenen Dimension hierhergeholt wurde. Durch bislang ungeklärte, äußerst mysteriöse Umstände hat der Junge versehentlich eine Spiegelverbindung zum Verschwörer Dogul geöffnet.«

Jonas fühlte, wie ihm Blut in den Kopf schoss. Was hatte Naida der Frau bloß erzählt? Er war doch völlig unschuldig!

Ein Raunen ging durch die Versammlung, schwoll an wie das Summen in einem Bienenschwarm, bis Marla erneut ein Handzeichen gab. Diesmal dauerte es einige Sekunden, bis der Lärm verebbte.

»Weil diese Nachrichten derart beunruhigend sind, habe ich die Zeugen hergebeten, um genau zu schildern, was geschehen ist und womit wir rechnen müssen.«

»Weiß Dogul jetzt, wo wir sind?«, ertönte es aus der Menge.

Weitere Fragen folgten, bis ein Stimmengewirr entstand, das Naida durch Heben einer Hand zum Verstummen brachte. Mit klarer, durchdringender Stimme berichtete sie wahrheitsgetreu und umfassend über die Geschehnisse während des Spiegelgesprächs.

»Den Jungen trifft keine Schuld an dem Unglück, nur Liman und mich. Allerdings wissen wir nicht, wie viel unser Feind mitgehört hat oder ob die Erinnerung an Jonas ausreicht, um ihn zu finden. Die Zeit schien dafür eigentlich zu knapp. Dennoch sollten wir Vorbereitungen treffen«, schloss sie.

»Verbannt den Jungen aus dem Dorf!«, verlangte jemand scharf. »Dogul darf Glemborg nicht finden, seine Leute würden uns überrennen!«

Zustimmung und Applaus brandeten auf. Jonas fühlte sich von einer Welle aus Angst und Ablehnung überspült, die ihn zu ertränken drohte.

Naida meldete sich erneut zu Wort: »Wir dürfen ihn nicht wegschicken. Falls Dogul sein Bild gespeichert hat, kann er ihn überall aufspüren. Durch fehlende Ausbildung und Erfahrung ist der Junge seiner Kraft hilflos ausgeliefert. Er wird ihm auch ohne bewusste Erinnerung verraten, wo wir sind.«

»Dann bleibt uns nichts anderes übrig, als ihn zu töten!«, knurrte ein hünenhafter Mann.

Entsetztes Aufstöhnen aus den Reihen folgte, allerdings auch zustimmendes Nicken von mehreren Seiten. Fassungslos, starr vor Entsetzen, blickte Jonas auf die Menge. Das durfte nicht ihr Ernst sein! Ehe er einen klaren Gedanken fassen und etwas zu seiner Verteidigung vorbringen konnte, stellte sich seine Lehrmeisterin vor ihn.

»Wenn ihr das vorhabt, müsst ihr erst an mir vorbei! Ich habe Zothra versprochen, ihn mit meinem Leben zu beschützen. Er ist unschuldig! Zudem könnte er nicht nur unser Verderben bedeuten, sondern zugleich unsere größte Hoffnung sein.«

»Das steht nicht fest«, gab der Sprecher von eben hart zurück. »Aber wir wissen jetzt, dass er uns alle in Gefahr bringt. Es ist besser, ein unschuldiges Leben zu opfern als hundert. Möchtest du, dass unsere Kinder und Familien gefangen, gefoltert oder getötet werden, nur damit dein Schützling davonkommt?«

Mit unerwarteter Eleganz und Leichtigkeit sprang Kuno auf die Bühne. »Auch mich müsst ihr besiegen, um an den Knaben zu gelangen«, sagte er kämpferisch.

»Mich ebenfalls!«, kam es ruhig und fest von Liman.

Die drei Magier nahmen eine Habachtstellung ein, die Hände drohend erhoben. Sie bildeten einen Halbkreis um Jonas, der noch immer wie gelähmt in ihrer Mitte stand.

Svea drängte sich durch die Menschen, drehte sich unmittelbar vor der Bühne um und rief den Versammelten zu: »Wenn ihr zulasst, dass jemand, der in Glemborg Zuflucht gesucht hat, als Unschuldiger hingerichtet wird, dann seid ihr nicht besser als der Abschaum, vor dem ihr selbst hier Schutz finden wolltet!«

Zustimmendes Gemurmel wurde laut.

»Aber was sollen wir jetzt tun? Dogul wird nicht eher ruhen, bis er Rache an mir und den Meinen genommen hat«, mischte sich jemand mit kräftigem Bass ein. »Vielen anderen geht es genauso. Selbst wenn wir jede dazu fähige Seele in dieser Stadt kämpfen lassen, sind wir ihnen kräftemäßig unterlegen.«

Das Stimmengewirr schwoll an. Die Bewohner diskutierten heftig, manche wischten sich Tränen aus den Augenwinkeln. Jonas blickte beklommen auf die Szene, die ihm glasklar vor Augen führte, in welches Elend der Vorfall diese Menschen gestürzt hatte. Immerhin schien der Vorschlag des Riesen vom Tisch zu sein, was ihn aufatmen ließ. Gleichzeitig wünschte er sich weit genug fort, um niemanden aus Glemborg zu gefährden. Er dachte an Flucht, doch wohin sollte er gehen? Naida hatte recht – allein hätte er nicht die geringste Chance, schon gar nicht in dieser unwirtlichen Gegend. Außerdem würden ihn die Verschwörer mittels Magie überall aufspüren.

Wieder bat Marla wortlos um Ruhe. Als hätten alle nur auf diese Geste gewartet, legte sich Stille über die Versammlung.

»Wir sind hier zusammengekommen, um der Gefahr bestmöglich zu begegnen. Gibt es weitere Anmerkungen dazu?«

Zunächst meldete sich niemand, was Jonas gut verstehen konnte. Er selbst war noch immer vom Entsetzen über den grausamen Vorschlag des Riesen erfüllt. Außerdem fand er den Gedanken völlig absurd, dass jemand diesen harmlosen Ort mit der Waffe in der Hand stürmen und die Bewohner abschlachten könnte. Er verabscheute Gewalt! Wieso ließ sich dieser Konflikt nicht anders lösen? Seiner Überzeugung nach musste es einen friedlichen Weg geben, ohne Tote, Verletzte oder Gefangene. Warum war der Hass aufeinander so stark? Der Zeitpunkt, um die Hintergründe zu erfragen, war denkbar schlecht, seine Hirnwindungen froren soeben ein und die Ablehnung, die ihm entgegenschlug, traf ihn beinahe körperlich.

Ich will hier weg, dachte er, *warum kann ich bloß nicht nach Hause? Das wäre die beste Lösung!*

Trotz seiner innerlichen Erstarrung spürte er eine Hand auf der Schulter.

Es war Liman, der Sicherheit und Zuversicht ausstrahlte.

»Habe keine Angst, wir finden einen Weg«, hörte er ihn dicht an seinem Ohr raunen. Laut sagte er: »Ich schlage vor, dass Jonas von erfahrenen Magiern und ihren Drachen begleitet wird, um Doguls Männer auf eine falsche Fährte zu locken und gleichzeitig den einzig möglichen Weg ausfindig zu machen, in seine eigene Dimension zurückzukehren. Wer außer mir meldet sich freiwillig für diese Aufgabe?«

Totenstille senkte sich über den Platz.

Naidas leises Seufzen erschien überlaut. »Ich schätze, du wirst zumindest einen Drachen brauchen, mein lieber Freund«, murmelte sie und verkündete laut: »Zepthakos stellt sich Liman Sayoun zur Verfügung. Natürlich komme ich ebenfalls mit, da mir Zothra die Verantwortung für den Jungen übertragen hat.«

»Regulas und ich schließen uns an«, fügte Kuno hinzu.

»Gibt es weitere Freiwillige?«, fragte Marla.

Leises Gemurmel ertönte, doch niemand meldete sich, bis eine bekannte Gestalt mit dunklem Teint vortrat. Mit leicht missmutigem Blick in Richtung Naida verkündete sie entschlossen: »Zamo hat mir soeben mitgeteilt, dass er euch ebenfalls unbedingt begleiten möchte. Er sagte, dass ihr ihn brauchen werdet, um das Portal zu finden. Tja, da ich nicht vorhabe, allein zurückzubleiben, um in diesem Eisloch zu erfrieren, bekommt ihr mich als Dreingabe dazu.«

Ein Raunen erhob sich, einige Anwesende fingen an, sich auf die Brust zu schlagen, was ein dumpfes Trommelgeräusch ergab. Ob das die hiesige Variante von Applaus darstellte? Immer mehr Menschen fielen in die Bewegung ein, bis die Vorsitzende des Ortes ihren Arm ein letztes Mal hob.

»Wenn es keine begründeten Einwände dagegen gibt, lege ich hiermit fest, dass Limans Vorschlag umgesetzt wird. Im Namen von ganz Glemborg danke ich den Freiwilligen für ihren mutigen, selbstlosen Einsatz. Wir alle wünschen euch viel Glück und Erfolg.

Bitte geht nun, um die nötigen Vorbereitungen zu treffen, damit ihr so bald wie möglich aufbrechen könnt.«

Die Anwesenden zerstreuten sich rasch, als hätten sie es plötzlich eilig, nach Hause zu kommen.

Steif und ungelenk vor Kälte kletterte Jonas von der Bühne, während die Erwachsenen wesentlich leichtfüßiger hinuntersprangen. Beim Anblick der bibbernden Eya durchströmte ihn ein plötzliches Gefühl der Zuneigung und Dankbarkeit.

»Du bist echt tough«, gab er anerkennend zu.

»Mhm?« Ihr verwirrter Blick sagte ihm, dass sie den Ausdruck nicht kannte.

»Ach, nicht so wichtig. Ich wollte nur sagen: Es ist cool, dass du mitkommst.«

»Ich mach's nicht für dich, sondern für Zamo. Du würdest deinen Drachen auch nicht allein ziehen lassen.«

Jonas dachte an *seine* Drachendame und nickte. Bei Gelegenheit wollte er dem Mädchen von ihr erzählen. Bestimmt würde das ihre Eifersucht dämpfen.

Viele Menschen kamen vorbei, wünschten den erwachsenen Magiern Glück oder verabschiedeten sich herzlich. Kuno und Liman gingen schließlich mit Eya in die Richtung, aus der sie gekommen waren, während Jonas nachdenklich hinter seiner Lehrerin hertrottete, die einen bisher unbekannten Weg einschlug.

»Danke, dass du dich so sehr für mich eingesetzt hast«, murmelte er verlegen, sobald sie allein waren.

»Das war selbstverständlich, immerhin ist es meine Schuld. Ich hätte nie zustimmen dürfen, dass du den Kontakt aufbaust. Nicht nach allem, was vorher geschehen ist.«

»Hätten die anderen mich sonst wirklich getötet?« Die Frage drängte förmlich heraus. Noch immer kam ihm das Ganze unwirklich vor, sogar lächerlich.

Naida drehte sich mit ernstem Gesicht um. »Wahrscheinlich. Baschur hat großen Einfluss in Glemborg und bekommt normalerweise, was er fordert. Zu deinem Glück haben Liman, Kuno und ich auch welchen.«

Mit einem Knoten im Magen dachte er wieder daran, wie fremd ihm die hiesigen Gesetze und Gepflogenheiten doch waren, obwohl die Menschen so zivilisiert erschienen.

»Das ist barbarisch«, befand er, »klingt nach tiefstem Mittelalter. Sie können das doch nicht einfach so beschließen – das ist Mord!«

»Nicht, wenn es dem Wohl aller dient«, kam es leise zurück. »Unter normalen Umständen hätte ich mich dem Vernunftargument und der Notwendigkeit gebeugt, selbst wenn es um mein eigenes Leben gegangen wäre. Du bist in einem völlig anderen System aufgewachsen, deshalb verstehst du es vermutlich nicht. In den Augen der Menschen hier bist du nahezu erwachsen und hast die Pflicht, dein Leben in den Dienst der Gemeinschaft zu stellen.«

»Du meinst, ich hätte mich freiwillig opfern müssen?«

»Wenn es nötig gewesen wäre, ja.«

»Warum hast du mich dann verteidigt?«

»Weil ich Zothras Urteil vertraue. Er war nicht umsonst der Oberste aller Horndrachen. Seine Weisheit und Vorausschau waren einzigartig. Ich glaube, dass er in deiner Anwesenheit etwas gesehen hat, das sowohl seine als auch unsere Spezies retten kann.«

»Wovor denn?«

»Vor dem Aussterben. Nicht nur die Zukunft der Drachen ist bedroht, weil es keine Weibchen mehr gibt, sondern auch unsere eigene. Die Bewohner hier sind nahezu alle miteinander verwandt. Selbst wenn jemand von außerhalb dazukommt, ist es wahrscheinlich, dass er mehrere Großonkel oder -tanten, Cousinen und Cousins antrifft. Vor neunhundert Jahren kamen weniger als tausend

Menschen aus der Verbotenen Dimension hierher. Misstrauen, Feindschaft und Missgunst schlugen unseren Vorfahren vielerorts entgegen. Deshalb blieben die Einwanderer größtenteils unter sich und bildeten eigene Gemeinschaften.« Naida sah für einen Augenblick nachdenklich in die Ferne.

Jonas ahnte, wo das Problem lag. Erinnerungsfetzen an den Bio-Unterricht tauchten in seinem Gedächtnis auf, formierten sich langsam. Ungeachtet seiner Anstrengungen, daraus ein halbwegs brauchbares Bild zusammenzukratzen, fuhr seine Begleiterin fort.

»Durch die enge Verbindung zu den Drachen, die sich nicht mit denen aus dieser Dimension paaren können, machten wir uns selbst zu Ausgestoßenen. Die Einheimischen akzeptieren und integrieren uns bis heute nicht überall. Es existieren zwar Orte, an denen gemischte Partnerschaften funktionieren, aber leider sind es bisher zu wenige. Gerade in Glemborg ist es problematisch, weil wir so isoliert leben und das Dorf geheim bleiben muss, um die Bewohner zu schützen. Deshalb sind Beziehungen unter Magiern zum Beispiel strikt verboten.«

Jonas, der inzwischen neben seiner Lehrmeisterin lief, blickte ahnungsvoll zur Seite. Er zögerte, überlegte, ob seine Theorie stimmen konnte, und gab sich schließlich einen Ruck.

»Warum denn?«

»Weil sie zu nah verwandt sind. Das Risiko, dass ihre Kinder krank zur Welt kommen, ist zu groß.« Ihre Stirn umwölkte sich, ein Anflug von Schmerz durchzuckte ihr Antlitz für einen kurzen Moment.

Also doch!

Er schwieg peinlich berührt und überlegte, weshalb das für sie so belastend war. Vielleicht hatte es mit dem schlimmen Erlebnis zu tun, das sie ihm nicht erzählen wollte? Er dachte daran, wie Kuno seine Lehrerin ab und zu ansah.

Ob die beiden vielleicht …? Aber wenn es verboten ist … Ah, ich sage besser nichts!

»Bevor du dir noch mehr offensichtliche Gedanken machst – ja, das Gesetz hat mein Schicksal in der Vergangenheit ebenso stark beeinflusst wie das etlicher anderer Magier. Und nein, ich möchte nicht darüber sprechen.«

KÄLTE UND WÄRME

Sie gelangten zu einem großen Gebäude mit leicht schrägem Flachdach, in das etliche Personen strömten. Drinnen war es zum Glück etwas wärmer als draußen, zumindest fehlte der schneidende Wind.

Staunend besah sich Jonas die mit Marktständen vollgestopfte Halle. Er hatte sich schon gefragt, wo die Menschen in dieser öden Gegend ihre Nahrung herbekamen. Hier sah er Säcke mit Korn und Mehl, einige Gemüsesorten, die ihm halbwegs bekannt vorkamen, einen Stand mit Brot, einen mit Fleisch und einen mit Fisch. Daneben wurden Kleidung, Töpferwaren, Besteck, Glaswaren und verschiedene Alltagsdinge feilgeboten. Die Standbetreiber, die anscheinend größtenteils der Versammlung beigewohnt hatten, besetzten rasch wieder die angestammten Plätze, während die ersten Kunden geduldig warteten.

Naida bat um einen Spiegel, den sie sofort sorgfältig in ein dazu gereichtes Tuch hüllte. An weiteren Ständen fragte sie höflich nach Brot, Käse sowie Fleisch und Wurst. Alles wurde ihr mit einem Lächeln ausgehändigt, obwohl sie offensichtlich nichts als Gegenleistung dafür hergab.

»Wie bezahlst du die Sachen?«, fragte Jonas, als ihm eine Tragetasche mit den *Einkäufen* in die steifgefrorenen Hände gedrückt wurde.

»Mit meinem guten Namen«, erwiderte die Magierin augenzwinkernd, als sie die angenehm windfreie Umgebung leider schon wieder verließen.

»Soll das heißen, du hast eine Kreditkarte oder so was?«

Naida lachte leise. »Nein, etwas Derartiges gibt es hier nicht. Es hat lange gedauert, bis ich euren Handel einigermaßen verstanden habe – zumindest hoffe ich das. Bei Gelegenheit hätte Kuno da bestimmt auch noch Fragen an dich … Aber im Moment ist es nebensächlich. Vereinfacht ausgedrückt, bekommt in Glemborg jeder das, was er braucht gegen etwas, das er dafür geben kann. Wir treiben Tauschhandel mit vielen Städten überall auf der Welt und nutzen dazu auch Geld, wenn nötig.«

»Und wie macht ihr das, wenn dieser Ort so geheim ist? Wie kommen die Sachen hierher? Hier kann man doch kein Korn oder Gemüse anbauen!« Jonas deutete auf die Waren an den Ständen.

»Die Drachenreiter bringen unsere Erzeugnisse – vor allem Drachenwesten, Stiefel, Leder- und Webkleidung, aber auch Glas- und Töpferwaren – in die großen Städte zu den Händlern, die sie weiterverkaufen. Es gibt Alte Wege, auf denen wir mit unseren Partnern weite Strecken in kurzer Zeit zurücklegen können, ohne ständig kraftraubende Portale zu benutzen. Dadurch kommen wir an Erzeugnisse aus aller Welt. Nur die Drachen aus Glemborg finden hierher zurück, da ein mächtiger Bann den Ort schützt.«

»Aha. Und wieso bekommst du alles umsonst, wenn ihr tauscht?«

»Die Bewohner der Vergessenen Stadt handeln untereinander hauptsächlich mit Dienstleistungen oder materiellen Dingen. Wer sich als Erwachsener grundlos weigert, einen angemessenen Beitrag zum sozialen Miteinander zu leisten, muss die Stadt verlassen. Wir Magier helfen überall, wo jemand in Not ist und unsere Dienste gebraucht werden, dafür erhalten wir die Güter, die wir benötigen.«

»Cool. Und das klappt?«

»Meistens schon. Natürlich gibt es ab und zu Streitigkeiten, doch bisher funktioniert unser Schlichtungssystem ziemlich effektiv.«

»Also habt ihr Streitschlichter wie bei uns an der Schule?«

»So ähnlich. Es gibt ausgewählte Personen, zu denen man im Streitfall gehen kann, die beide Seiten anhören und dann entscheiden, was geschieht. Aber fast immer einigen sich die Parteien vorher so, dass alle zufrieden sind.«

»Das hört sich toll an«, murmelte Jonas, der vergeblich versuchte, seine klamme rechte Hand trotz der schweren Tasche in den Ärmel zu ziehen.

Er bibberte schon wieder im eiskalten Wind, da die kurze Zeit in der Markthalle längst nicht ausgereicht hatte, um die durchgefrorenen Knochen zu erwärmen. Er musste sich wohl damit abfinden, hier ständig unterkühlt rumzulaufen.

Seine Lehrerin wirkte hingegen, als würde ihr die Kälte nicht das Geringste ausmachen. Dabei hatte sie neben ihm bestimmt über eine Stunde lang unbeweglich auf dem Versammlungsplatz zugebracht. Gerade als sich die Überlegung in seine Gedanken schlich, dass sie vielleicht Magie verwendete, um sich warmzuhalten, bemerkte sie:

»Ich sehe, dass dir die Kälte schon wieder zu schaffen macht, aber das muss nicht sein! Als Magier hast du die Möglichkeit, deine Körpertemperatur zu regulieren. Achte auf die Blutzirkulation und nutze deine Energiereserven.« Mit diesen Worten legte sie ihre Hand auf seine.

Sogleich strömte Wärme hindurch, brachte seine tauben Finger zum Kribbeln, zog den Arm hinauf und breitete sich überall aus. Als der Strom bei den Füßen ankam, verebbte er.

»So, das muss als Starthilfe reichen. Konzentriere dich auf deinen Körper, kontrolliere ihn. Lass nicht zu, dass er derart auskühlt. Ich denke, das solltest du schaffen.« Sie blieb stehen, wartete geduldig, bis es ihm gelang, sich genug auf sein Innerstes zu fokussieren, um seinem Kreislauf selbst auf die Sprünge zu helfen.

Dankbar atmete er auf, als Hände und Füße heiß wurden, weil das warme Blut hineinschoss. Energisch aufstampfend, um das Kribbeln zu vertreiben, setzte er sich wieder in Bewegung.

Seine Begleiterin nickte ihm anerkennend zu. »So siehst du schon viel besser aus. Gewöhne dir an, stets auf dich selbst zu achten. Aber bedenke dabei, dass deine körperlichen und magischen Ressourcen begrenzt sind. Du hast an mir gesehen, was geschieht, wenn man sich über Gebühr beansprucht. In dieser Hinsicht bin ich sicherlich kein gutes Vorbild.«

»Du hast gut reden«, brummte er. »Bis vorgestern habe ich Magie für ein Märchen gehalten – genau wie die Existenz von Drachen übrigens. Woher soll ich wissen, was alles geht und was nicht?«

»Dafür bin ich ja da, um es dir zu zeigen. Sei bitte ein wenig nachsichtig, wenn ich einige Dinge vergesse, und frage immer, wenn du etwas nicht verstehst oder dir unsicher bist. Dein Fall ist besonders, allein schon, weil du völlig ohne Magie aufgewachsen bist. Hinzu kommt deine rätselhafte Verbindung zu Spiegeln, die dich zu einer unberechenbaren Größe macht.«

Schweigend liefen sie nebeneinander her durch eine schmale Gasse, die unverhofft nah des inzwischen vertrauten Häuschens in den breiteren Hauptweg mündete.

Erst hier traf Jonas die volle Wucht der Erkenntnis, dass er schon sehr bald von hier fortgehen würde, wahrscheinlich für immer. Siedend heiß fiel ihm beim Anblick der Eingangstür ein, was er vor dem Aufbruch mit seiner Cousine ausgemacht hatte.

»Was geschieht jetzt eigentlich mit Maja?«, fragte er schüchtern.

»Nichts. Du kannst eure Verabredung nicht einhalten, das ist alles. Vorläufig darfst du keinerlei Kontakt mehr durch einen Spiegel aufnehmen, schon gar nicht in deine eigene Dimension. Das ist dir doch klar, oder?«

»Ja. Ich dachte bloß …« Er verstummte. Irgendwie hatte er gehofft, dass Naida oder Liman eine Verbindung zu der Studentin herstellen würden, um die nötigen Infos zu erhalten. Aber momentan schien es wohl wichtiger, schnell aufzubrechen.

Die Magierin begann sofort, Reisevorbereitungen zu treffen. Sie öffnete die Dachbodenkammer, ohne einen Schlüssel zu verwenden oder sonstige erkennbare Aktion, kramte einen Lederrucksack aus einer staubigen Kiste und gab Anweisungen, was eingepackt werden sollte.

»Nimm alles an Vorräten mit, was hineinpasst, dazu Becher, Teller und Besteck. Ich muss mich um einige wichtige Dinge kümmern, bevor wir aufbrechen.«

»Kann ich nicht mitkommen und dir helfen?«

»Nein. Bitte tu, was ich dir gesagt habe, halte dich von Spiegeln fern und warte ab, bis du von mir hörst!« Die Antwort klang endgültig, eine Diskussion erschien nicht ratsam.

Er sah ihr nachdenklich durch das Fenster hinterher, während sie den Berg hinuntereilte. Was hatte sie so Dringendes zu erledigen? Schulterzuckend wandte er sich ab und packte die Reisetasche.

Auf dem Dachboden war es zu kalt, um die dicke Felljacke auszuziehen, doch auch als er die Küche betrat, wurde ihm nicht viel wärmer. Erst als er alles erledigt hatte, was ihm seine Lehrmeisterin aufgetragen hatte, fiel ihm auf, dass im Ofen kein Feuer brannte. Etwas unbeholfen machte er sich daran, Holz aufzuschichten, das in einem Flechtkorb lag.

Theoretisch wusste er, was zu tun war, hatte früher oft genug bei seinen Großeltern zugesehen, die auch so einen Holzofen besaßen. Dies war jedoch das erste Mal, dass er es selbst versuchte. Nun musste er bloß noch ein Streichholz finden und am besten einen Anzünder oder leicht brennbares Material, an das er die Flamme halten konnte. Leider gab es weder das eine noch das andere, so sehr er danach suchte. Fluchend gab er es schließlich auf. Er dachte an Zamos Feuerstoß, der die Steine zum Glühen gebracht hatte. Wenn der Drache jetzt hier wäre, würde ein winziges Flämmchen von ihm reichen, um das Holz zum Brennen zu bringen.

Seufzend murmelte er: »Ach, du großes schuppiges Feuerzeug, wo bist du bloß, wenn man dich braucht!«

»Also, so hat mich noch niemand genannt!« Zamo klang belustigt.

Jonas wollte es eigentlich nicht zugeben, aber er hatte ihn vermisst. Seine Stimme wirkte stets beruhigend und wärmte auf eigene Weise sein Herz.

»War nicht so gemeint. Sag mal, weißt du zufällig, wie die Menschen hier Feuer anzünden?«

»Sie nehmen meistens Feuerstein oder Drachenfeuer. Warum erkundigst du dich nicht bei deiner Lehrerin? Sie kann dir da viel besser helfen.«

»Naida ist losgezogen, um irgendwelche wichtigen Dinge zu erledigen, und hat mich im eiskalten Haus zurückgelassen.«

»Dann wirst du es wohl oder übel selbst herausfinden müssen. Ich kann dir bloß den Hinweis geben, dass Feuer durch Hitze entsteht und Hitze durch Reibung. In mir passiert das ständig, deshalb beschäftige ich mich eher mit dem Thema Kühlung. So, ich muss mich jetzt um meine Reiterin kümmern. Eya lässt dich grüßen. Auf bald!«

Schwupps war die Stimme verschwunden. Die kurze Leere, die dadurch entstand, war irgendwie deprimierend. Allerdings hatte Zamo ihm den entscheidenden Hinweis gegeben: Er musste nur genug Reibung erzeugen!

Aber was rieb man, wenn nichts da war? Ihm kamen Fernsehbilder in den Sinn, in denen jemand einen Stock so schnell auf einem Stück Holz gedreht hatte, dass es heiß wurde. Es erschien ihm sehr umständlich und mühsam. Für einen Magier musste es einen einfacheren, direkteren Weg geben!

Jonas grübelte und starrte dabei angestrengt auf die geöffnete Ofentür, durch die er den schönen Holzstapel sehen konnte. Er versuchte sich vorzustellen, wie ein Feuer darin knackte, prasselte und die Flammen an den Scheiten leckten. Leider passierte nichts dergleichen. War ja klar. Lediglich sein Blick begann vor Anstrengung zu flackern und zu flimmern wie bei einer Fata Morgana. So eine Luftspiegelung entstand normalerweise bei großer Hitze …

Luft!

Jonas schnipste aufgeregt mit den Fingern. Das war's, er musste die Luft bewegen, die ja auch aus winzig kleinen Teilchen bestand. Ob ihm das gelingen würde?

Wenn er genug von dem Gas blitzartig zusammenpresste, ohne dass es eine Chance hatte, der Bewegung auszuweichen, sollte dabei theoretisch Hitze entstehen. Er war erstaunt, dass er sich an ein passendes Experiment aus dem Physikunterricht erinnerte. Allerdings brauchte er dazu erst mal ein geeignetes Gefäß. Wo sollte er das herbekommen?

Seufzend stellte er mal wieder fest, dass Magie viel komplizierter war als gedacht. In Filmen sah das alles immer supereinfach aus, aber die Leute hatten in Wirklichkeit überhaupt keine Ahnung davon. Dennoch war er entschlossen, Feuer zu machen! Er war sicher, dass er sich auf dem richtigen Weg befand.

Luft gab es überall. Sie hatte genug Kraft, um ein Windrad zu drehen, einen Papierdrachen fliegen zu lassen oder Bäume zu entwurzeln. Es musste ihm nur gelingen, sie entsprechend zu beeinflussen. Wenn er schon vorhatte, mit Luft zu experimentieren, konnte er auch gleich einen Behälter daraus basteln.

Er schloss die Augen, konzentrierte sich auf die winzig kleinen Teilchen, die ihn umgaben, bis er das Gefühl hatte, sie greifen und verschieben zu können. Er drückte sie fest zusammen, so fest, dass kein Platz mehr zwischen ihnen war, und formte ein zylindrisches Gefäß daraus. Dieses nahm er in Gedanken vorsichtig hoch und transportierte es zum Ofen. Er presste aus den gleichen Teilchen einen passenden Kolben zusammen, den er von oben mit viel Schwung in das Gefäß hineinsausen ließ.

Es gab einen lauten Knall, wie beim Platzen einer aufgeblasenen Papiertüte. Mit einem *Woff* schoss eine Stichflamme durch den Holzstoß, der sofort lichterloh brannte. Völlig fasziniert beobachtete er einen Moment lang die Feuersbrunst, die aus dem Ofen schlug. Dann wurde ihm bewusst, wie gefährlich das war, weil hier fast alles aus Holz bestand. Er musste die Eisentür schließen, damit nicht das ganze Haus abbrannte! Ohne zu überlegen, formte er aus den gleichen Teilchen, die ihm vorhin als Zylinder gedient hatten, eine Hand, die für ihn die heiße Ofentür zudrückte.

Uff, geschafft!

Erschöpft, erleichtert und mächtig stolz auf sich, zog er die dicke Jacke aus, in der es ihm auf einmal zu warm wurde.

»War fast ’n bisschen zu viel des Guten«, murmelte er, grinste dabei jedoch wie ein Honigkuchenpferd. Er hatte nicht nur Feuer gemacht, sondern zusätzlich ganz allein herausgefunden, wie die Magier es schafften, Türen zu öffnen und andere Dinge zu bewegen, ohne sie anzufassen.

»Luft ist total praktisch«, überlegte er bewundernd. »Wahrscheinlich wird der Wind- und Wetterschutz auch daraus gemacht. Ha, ich brauch Naida gar nicht, um zaubern zu lernen. Bis jetzt war Zamo ein viel besserer Lehrer als sie!«

In seinem Kopf ertönte ein vertrautes Lachen. Wieder spürte er die Anwesenheit des Drachen.

»Lass sie das bloß nicht hören!«, warnte er. *»Ein weiser Mensch hat einmal gesagt: ›Immer, wenn du denkst, dass du alles über Magie weißt, zeigt sie ein neues Gesicht!‹. Du stehst erst ganz am Anfang deiner Ausbildung. Bitte glaube mir, dass es noch sehr viel mehr zu lernen gibt. Trotzdem gratuliere ich dir zum Erfolg. Ich habe ja gesagt, dass aus dir ein hervorragender Magier wird!«*

INNERER KONTAKT

Jonas saß noch nicht allzu lange unschlüssig auf einem der Holzstühle, als es heftig an die Tür klopfte.

Wie elektrisiert sprang er auf. Wer konnte das sein? Misstrauisch beäugte er den Eingang, bewegte sich vorsichtig darauf zu. Das Pochen hatte aufgehört, dafür spürte er ein mittlerweile vertrautes Ziehen im Kopf.

»Mach bitte auf, Jonas!«

Die gedankliche Stimme klang bekannt, doch es war nicht Naidas und erst recht nicht Zamos.

»Wer ist da?«, fragte er nervös.

»Ich bin es, Svea!«

Rasch öffnete er die Haustür. Er wunderte sich, dass seine Besucherin das nicht mit Magie schaffte, aber vielleicht war sie bloß zu höflich?

»Du musst mitkommen!«, stieß sie statt einer Begrüßung atemlos hervor. Ihr Gesicht spiegelte Aufregung wider. »Ich sehe, du hast bereits deine Reitkleidung an. Zieh die wärmsten Sachen darüber, die du findest. Naida hat mich gebeten, dich zu den Drachenhöhlen zu begleiten. Du sollst alles mitnehmen, was du für die Reise zusammengepackt hast und ein zusätzliches Paar Handschuhe. Es geht gleich los!«

Ein beklommenes, unwirkliches Gefühl erfasste ihn, während er sich nach den Stiefeln umsah. Wie betäubt zog er die dicke Winterkleidung über, die ihm seine Lehrerin hingelegt hatte, stopfte Naidas Handschuhe oben in den Rucksack und wuchtete ihn auf den Rücken. Anschließend folgte er dem Mädchen nach draußen. Eisiger Schneegriesel schlug ihm ins Gesicht, doch er war viel zu verwirrt und aufgewühlt, um etwas dagegen zu unternehmen. Indem er zu Svea aufschloss, wurde er dennoch vor Wind und Eiskörnchen geschützt.

»Hat sie noch was gesagt?«, fragte er drängend.

»Nicht viel. Sie bat mich lediglich, mich zu beeilen und betonte, dass du auf keinen Fall allein losziehen sollst. Sie wollte dich kontaktieren, doch du schienst zu sehr abgelenkt. Was hast du gemacht?«

»Feuer«, gab er keuchend zurück. Sie trabten inzwischen, was bergauf durch den frisch gefallenen Schnee ziemlich anstrengend war.

»Ah!« Mehr sagte sie nicht. Wenigstens war er nicht der Einzige, dem die körperliche Belastung anzumerken war.

Endlich kamen sie am Fuß der Steilwand an. Sie nahmen jedoch nicht den schmalen Eingang vom letzten Mal, sondern wanderten einen Trampelpfad entlang, der rechts von einem Schneeberg und links von Gestein begrenzt wurde. Schließlich gelangten sie zu einer steilen, aus Felsen gehauenen Treppe, die zu einem Plateau führte, das mindestens zwanzig Meter über ihnen lag. Ein Albtraum für Jonas, vor allem, da es nicht einmal ein Geländer gab.

»Ich warte hier unten«, murmelte er. Allein bei dem Gedanken daran, diese Stufen hochzusteigen, brach ihm kalter Schweiß aus.

»Das geht nicht, du musst mit! Los, du Angstfloh, das ist nicht gefährlich, wenn du aufpasst. Jetzt zier dich nicht so!«, entgegnete Svea streng und schob ihn kurzerhand vor sich her.

Mit weichen Knien stieg er die Stufen hoch, den Blick krampfhaft auf die Steilwand links von ihm gerichtet. Wenn seine Begleiterin nur nicht so drängeln würde! Wie erwartet gaben seine Gummiknie schon auf ungefähr drei Metern Höhe nach. Wimmernd presste er sich an das Gestein und schaffte keinen einzigen Schritt mehr.

»Ich kann nicht!«, ächzte er tonlos. »Es geht einfach nicht!«

Tränen traten ihm in die Augen. Er schloss sie, versuchte sich vorzustellen, dass er auf der Kellertreppe stand. Es half nichts.

Da vibrierte Zamos Singsang in seinem Schädel. Beinah augenblicklich beruhigte sich das tobende Ungeheuer namens Angst ein wenig.

»Ich bin gleich auf dem Plateau, aber ihr müsst mir entgegenkommen. Also bewege dich, Jonas!«

Gleichzeitig spürte er, wie ihn etwas von oben her packte und an seinem Arm zog. Es fühlte sich an wie eine Seilschlinge, war jedoch unsichtbar – also Magie! Da Svea von unten schob, blieb ihm gar nichts anderes übrig, als weiterzugehen. Auf wackeligen Beinen, jedoch mit viel weniger Herzrasen, stieg er empor.

Ein Blick nach oben verriet, dass Naida auf der Plattform stand. Hinter ihr erschien ein großer schuppiger Kopf. In Nullkommanichts war er am Ziel.

Seine Lehrerin empfing ihn mit einem Kopfschütteln und nahm ihm den schweren Rucksack ab. »Ich habe noch nie einen Magieschüler erlebt, der solche starken, irrationalen Ängste mit sich herumträgt«, sagte sie. »Schon gar keinen, der eigentlich einen Drachen reiten sollte.«

Jonas wurde verlegen, gleichzeitig ebenso wütend. »Sorry, aber das war nicht meine Idee. Ich habe weder um diese oberätzende Höhenangst gebeten noch darum, ein Magier oder gar ein Drachenreiter zu sein! Was kann ich dafür? Und warum musste ich unbedingt hier raufkommen, wenn ihr sowieso schon auf dem Weg nach draußen wart? Hätten wir uns nicht gleich unten treffen können?«

»Nein, weil wir nämlich von hier aus starten«, schaltete sich Eya von Zamos Rücken aus ein.

Neben ihrem Drachen tauchte ein zweiter auf, der ihm glich wie ein Zwillingsbruder. Dabei musste es sich um seinen Vater Zepthakos handeln, denn Naida kletterte trotz Gepäck behände hinauf. Ein drittes dieser majestätischen Wesen durchschritt soeben die geräumige Öffnung im Berg, die auf das Plateau führte. Auf seinem Rücken saßen Kuno und Liman, beide in der Kluft der Drachenreiter. Also musste es Regulas sein. Bei genauem Hinsehen gab es schon kleine Unterschiede zwischen den Drachen, doch Jonas blieb keine Zeit für längere Betrachtungen. Zamo kniete sich neben ihm hin, sodass er bequem einen Fuß in die unterste Schlaufe stellen und sich mit Eyas Hilfe hochziehen konnte.

»Ich hoffe, du sogst dafür, dass ich mir beim Start nicht in die Hose mache«, grummelte er dabei sehr leise.

»Du schaffst das schon, mein Freund. Immerhin weißt du jetzt, was auf dich zukommt. Wenn du möchtest, singe ich noch ein wenig …«

Keine Sekunde zu früh klammerte er sich an den Griff, da sich der Drache aus der bodennahen Lage erhob, erst vorn, dann hinten.

»Gute Reise!«, rief Svea ihnen zu. »Seid vorsichtig. Ich wünsch euch von Herzen, dass ihr euer Ziel erreicht und heil wieder zurückkommt!«

»Mach dir nicht zu viele Sorgen um uns. Ich melde mich heute Abend, wenn ich daran denke«, entgegnete Kuno.

Jonas lächelte der hübschen Magieschülerin nur verkrampft zu. Irrte er sich, oder standen ihr Tränen in den Augen? Sicherlich nicht seinetwegen, sondern aus Sorge um ihren Lehrmeister. Der Gedanke, dass er sie wahrscheinlich nie wiedersehen würde, versetzte ihm einen unerwarteten Stich. Dabei wollte er doch unbedingt nach Hause! Oder etwa nicht? Rasch wandte er den Blick ab, konzentrierte sich darauf, die Gehbewegung des Drachen auszugleichen.

»Was machst du bloß, wenn du auf deinem eigenen Partner ganz ohne Sattel reiten musst?«, kicherte seine Begleiterin dicht hinter ihm.

»Wie, ohne Sattel?«

»Na ja, diesen hier trägt Zamo allein dir zuliebe. Sei froh, dass wir überhaupt so ein Teil auftreiben konnten!«

Neben ihnen rauschte es, als sich Regulas mit seinen beiden Reitern von der Kante des Plateaus abstieß und ein Stück durchsackte, bevor er sich elegant in die Lüfte schraubte. Auch Zepthakos startete mit Naida. Erst jetzt fiel Jonas auf, dass keiner der beiden anderen Drachen einen Sattel trug. Die weißblonde Magierin hielt sich lässig mit einer Hand an den hornartigen Erhebungen auf dem Rücken ihres Gefährten fest, hinter denen sie saß. Niemand hatte ihm gesagt, dass er den herbeigerufenen Drachen ohne Sattel hätte reiten sollen! Der Gedanke daran, dass er im Falle eines erfolgreichen Rufs völlig hilflos gewesen wäre, sandte eine Welle der Entrüstung durch seinen Verstand.

»Es geht los. Ärgere dich nicht, versuche lieber, dich so an mir festzuhalten, wie du es bei deiner Lehrmeisterin gesehen hast. Obwohl auch das nicht unbedingt nötig wäre. Schau dir Eya an, sie vertraut mir. Meinst du wirklich, ich würde zulassen, dass euch auf meinem Rücken etwas geschieht?«

Die Stimme des Drachen dämpfte die überkochenden Emotionen, sorgte dafür, dass er sich zumindest ein klein wenig entspannte. Allerdings nur, bis sie die Kante des Plateaus erreicht hatten und fielen. Sein Schrei fand ein Echo im Juchzen seiner Hinterfrau. Eine blitzschnelle Kopfbewegung verriet ihm, dass sie die Arme über den Kopf gehoben hatte.

»Das ist sooo großartig!«, jubelte sie gegen das Rauschen der Drachenflügel an. »Bei mir zu Hause gibt es leider keine Möglichkeit, im Freifall zu starten.«

Jonas, der sich entgegen der mentalen Anweisung mit aller Kraft an der Halteschlaufe des Sattels festklammerte, stöhnte gequält. Gar nichts war hier großartig! Er würde sich nie, niemals an diese Art der Fortbewegung gewöhnen. Der monotone, auf- und abschwellende Ton, den er kaum bewusst vernahm, tat jedoch erneut seine Wirkung.

»Du kannst die Augen jetzt aufmachen, wir fliegen mitten durch die Wolken«, sagte Eya nach wenigen Augenblicken.

Es kostete Jonas Überwindung, doch er sah wirklich nur Nebel. Zum Glück wirkte der Wetterschutz des Drachen, sodass seine Kleidung ausreichte, um ihn zu wärmen. Sie bewegten sich gleichmäßig durch die weiße Suppe. Es geschah so wenig, dass sich Jonas das erste Mal etwas sicherer fühlte. Nur das Heulen des Windes, der ihm nichts anhaben konnte, zeugte davon, dass sie sich überhaupt vorwärts bewegten. Wie hoch sie sich befanden, wollte er lieber gar nicht wissen. Dennoch siegte irgendwann die Neugier über seine Furcht, die kaum noch vorhanden war, solange er nicht darüber nachdachte, was unter ihm lag.

»Zamo, wie lange brauchen wir bis zu den ersten Seen, bei denen wir suchen können?«

»Wir halten bereits Ausschau danach, seit wir aufgebrochen sind«, kam es leicht amüsiert bei ihm an. *»Meine Begleiter und ich teilen unsere Eindrücke. Ich sage euch Bescheid, sobald wir fündig werden, keine Sorge!«*

»Aber wie kannst du überhaupt etwas sehen in diesem Nebel?«, wunderte sich Jonas.

»Durch Magie. Was dachtest du denn? Du könntest es ebenfalls, wenn du nicht so verzweifelt versuchen würdest, nicht hinzusehen.«

»Redest du mit mir?«, kam es lauter von hinten.

»Nö, mit deinem Drachenpartner«, gab er ehrlich zurück.

Eya schnaufte. Er wusste, dass sie es nicht mochte, wenn sich Zamo mit ihm privat unterhielt. Als hätte sie Angst, er könne ihn ihr dadurch wegnehmen. Einfach lächerlich!

»So ganz abwegig ist der Gedanke nicht, obwohl ich meiner Reiterin bereits mehrfach versichert habe, dass sie sich in dieser Hinsicht keine

Sorgen machen muss. Meine erste Partnerschaft hielt ein Menschenleben lang und ich hoffe, dass die jetzige ebenfalls noch viele Jahre währt. Die Bindung eines Drachen an einen Menschen geschieht grundsätzlich für die Zeitspanne, in der er gewillt ist, sie aufrecht zu halten. Ihr habt Glück, dass wir wesentlich geduldiger mit euch sind als ihr mit uns.«

»Wofür lasst ihr euch überhaupt auf eine solche Bindung ein? Ihr toleriert, dass ein Mensch auf euch reitet, obwohl ihr eigentlich frei und unabhängig seid. Ist das nicht lästig? Was habt ihr davon?« Jonas verstand es nicht.

Für die Reiter war es ein riesiger Vorteil, vor allem in einer Welt, in der es weder Autos noch Flugzeuge gab. Doch Drachen waren ja keine Nutztiere, sondern hochintelligente, empfindsame Wesen, die von niemandem dazu gezwungen werden konnten, eine Last zu tragen, oder gar Befehlen zu gehorchen.

»Dein Denken ist erfüllt von typisch menschlicher Kalkulation. Ihr fragt immer zuerst, wozu etwas gut ist. Wenn es euch keinen Nutzen bringt, werft ihr es fort. Aber auch du kennst Dinge, die du aus reiner Freude tust. Ihr nennt es Passion oder Leidenschaft. In deiner Dimension passt vielleicht auch das Wort Hobby.«

»Dann sind wir für euch so etwas wie Freizeitbeschäftigung?«

»Ob du es glaubst oder nicht, die meisten Drachen betrachten Menschen in erster Linie als freundschaftliche Partner, die gebraucht und geliebt werden. Es gab schon immer zu wenige von uns, um ein zufriedenstellendes soziales Miteinander zu schaffen. Erst recht in diesen Zeiten, in denen uns das andere Geschlecht völlig fehlt. Wir verkümmern ohne die Möglichkeit von Nähe, Gespräch, Abwechslung und Zerstreuung. All das bietet ihr uns. Menschen sind immer für eine Überraschung gut. Sie haben die Art von Humor, die uns manchmal fehlt. Sie sind intuitiv, einfallsreich, liebevoll und stecken voller Energie. Sie nutzen die Magie auf vielfältige Weise, die wir selbst nicht annähernd ausschöpfen können. Dadurch ergänzen wir

uns wunderbar. Es gibt nur wenige Drachen, die sich im Laufe ihres Lebens keinen menschlichen Partner erwählen oder nach dessen Tod keinen weiteren wünschen.«

»Apropos Partner, wie schaffe ich es, mit Naida Kontakt aufzunehmen oder überhaupt zu wissen, wo die anderen sind?«

»Für dein erstes Anliegen konzentriere dich in geeigneter Form auf deine Lehrmeisterin. Leider kann ich dir nicht genau erklären, was dazu erforderlich ist. Der Kontakt zwischen Drache und Mensch geht immer vom Drachen aus und verläuft auf jeden Fall anders als der zwischen zwei Magiern. Deine zweite Frage kann ich dir beantworten. Thakos fliegt rechts von uns, Regulas links, jeweils im Abstand von ungefähr einem Kilometer. So können wir einfach Verbindung halten und dennoch ein größeres Gebiet absuchen.

Seufzend versuchte Jonas, der vagen Anweisung zu folgen. Dazu schloss er die Augen, um sich noch stärker auf die Magierin zu fokussieren. Er stellte sich vor, wie sie aussah und wie es sich anfühlte, gedanklich mit ihr zu sprechen. Allerdings brachte das nicht den gewünschten Erfolg. Dann rief er nach ihr. Erst nur in Gedanken, dann sogar laut. Eya prustete hinter ihm los.

»Meinst du wirklich, sie hört dich hier oben? Ich muss schon fast schreien, damit meine Worte bei dir ankommen!«

»Irgendwie muss es gehen!«, murmelte er verbissen und überlegte weiter.

Vielleicht sollte er irgendwelche bestimmten Signale aussenden? Ähnlich wie Morsezeichen? Aber nein, die Gedanken der anderen Magier kamen immer ganz klar bei ihm an.

Lange Zeit saß er einfach nur auf dem Drachenrücken und war frustriert, weil ihm nichts weiter einfiel.

»Kannst du Naida nicht was von mir ausrichten, Zamo?«, flüsterte er schließlich entnervt. Er wollte nicht, dass seine Begleiterin wieder über ihn lachte oder wahlweise sauer auf ihn war.

»Das könnte ich natürlich tun. Aber ich bin mir sicher, dass deine Lehrerin darauf wartet, dass du selbst Kontakt zu ihr aufnimmst. Wenn ich die Sache richtig sehe, brauchst du dazu auf jeden Fall dein Gehirn. Wie wäre es, wenn du dich mal damit beschäftigst?«

»Okay, ich versuch's.«

Er dachte daran, wie kompliziert das menschliche Gehirn aufgebaut war. Sollte er jetzt etwas rausfinden, wie es genau funktionierte? Das war aussichtslos! Mit wenig Hoffnung schloss er die Augen, konzentrierte sich auf seinen Kopf. Was passierte darin? Angestrengt horchte er in sich hinein, stellte sich vor, wie Gedankenblitze durch sein Hirn rasten.

Er sah tatsächlich etwas! Da gab es filigrane Linien, die durch seine Gedankenströme entstanden und sich auf vielfältige Weise verknüpften. Je länger er sie beobachtete, desto klarer erkannte er ein Muster darin. Ihm kam der Gedanke, dass dieses Gespinst eventuell ebenso einzigartig war wie sein Fingerabdruck. Naida musste ein eigenes Gedankenmuster besitzen, das sie unverwechselbar machte. Doch wie sollte er es erkennen? Wenigstens besaß er jetzt einen Anhaltspunkt, wonach er ungefähr Ausschau halten musste. Deshalb versuchte er mit geschlossenen Augen, gedanklich nach einem ähnlichen Muster zu tasten. Er fand recht zügig eines, das anscheinend knapp außerhalb seines Verstandes auf ihn gewartet hatte.

»Na endlich!«

Erleichtert erkannte er seine Lehrerin, so sicher, als würde sie persönlich vor ihm stehen.

»Naida!«, rief er erfreut. Beim Klang der eigenen Stimme fand er sich auf dem luftigen Sitzplatz wieder, herausgerissen aus seiner Konzentration.

»Versuchst du es jetzt schon wieder mit Rufen?« Eya klang halb amüsiert, halb genervt.

Jonas seufzte. Nun musste er wieder von vorn anfangen!

»Sorry, ich war gerade dabei, Kontakt aufzunehmen, aber ich hab's vermasselt.«

»Ach so! Ich dachte schon …«

»Hey, das war mein erster Versuch und es hat fast funktioniert! Ich darf bloß nicht laut dabei reden, das war der Fehler.«

»Dann probiere es gleich noch einmal«, verlangte seine Begleiterin. »Frag sie, ob wir irgendwann Pause machen können. Ich weiß ja nicht, wie ihr Magier das handhabt, aber ich als Normalsterbliche verspüre langsam ein dringendes Bedürfnis.«

Indem sie es sagte, merkte er, wie sehr seine eigene Blase drückte. Außerdem meldete sich sein Magen. Erstaunlich in dieser Situation, in der er niemals gedacht hätte, etwas anderes als Angst empfinden zu können. Mühsam blendete er erneut die äußeren Einflüsse aus, konzentrierte sich auf das Muster, das er eben wahrgenommen hatte. Diesmal fand er es sehr rasch, obwohl es sich weiter entfernt aufhielt. Jedenfalls fühlte es sich so an, als müsse er eine gewisse Distanz überbrücken.

»Schön, dass du jetzt anscheinend den Bogen raushast. Ich gratuliere dir, Jonas.« Die gedankliche Stimme kam ihm nun ebenso vertraut vor wie die des Drachen.

»Danke«, gab er auf die gleiche Weise zurück. Es war ungewohnt, gedachte Worte gezielt an jemanden zu richten. Er wusste nicht einmal, ob es überhaupt angekommen war, deshalb fügte er hinzu: *»Verstehst du mich?«*

»Natürlich«, kam es zurück. *»Was möchtest du wissen?«*

Er überlegte kurz, bis ihm wieder einfiel, was er fragen wollte.

»Wenn wir das Portal finden, kommt dann jemand von euch mit auf die andere Seite? Ich meine – drüben ist es sicherlich auch schweinekalt und genauso am A… Ende der Welt wie hier. Vielleicht gibt es nicht mal Menschen und ich erfriere, bevor ich zu Fuß irgendwo ankomme.«

Die Antwort erfolgte sofort, als hätte die Magierin seine Frage bereits erwartet. »*Sicherlich wirst du die Reise nicht ganz ohne Begleitung antreten können. Aber erst einmal müssen wir den richtigen See finden, und zwar schneller als Dogul uns. Alles Weitere klären wir, wenn es an der Zeit ist.*«

Jonas merkte, wie sich sein Innerstes bei dem Gedanken an die Bedrohung durch den feindlichen Magier zusammenzog. Er beherrschte sich im letzten Moment, um nicht erneut den Kontakt zu verlieren.

»*Was geschieht, wenn uns dieser Typ mit seinen Leuten aufspürt?*«, wollte er wissen.

»*Wir versuchen, sie so lange wie möglich in die Irre zu führen. Das klappt nur, wenn du lernst, dein Gedankenmuster zu tarnen.*«

»*Wie soll das gehen?*«, dachte er verwundert.

»*Ich zeige es dir, sobald wir Rast machen. Mental wäre es zu anstrengend für uns beide.*«

»*Wann-*« Er kam nicht dazu, die Frage zu beenden, da Zamo in diesem Moment ein wildes Manöver vollführte.

Jonas' Magen sackte durch. Er schrie auf, als es plötzlich steil abwärts ging. Da er überhaupt nicht damit gerechnet hatte, gelang es ihm nicht mehr, sich am Sattel festzuhalten. Er rutschte nach vorn, fiel jedoch nicht, obwohl seine panisch zugreifenden Hände keinerlei Halt fanden. Entsetzt sah er die weiße Berglandschaft, die sich unter ihm aus dem Nebel schälte. Er war so sehr gelähmt, dass er es nicht einmal schaffte, die Augen zu schließen. Noch immer schreiend fühlte er, wie ihn irgendetwas am Platz hielt. Nicht von hinten, sondern von allen Seiten. Gleich darauf stabilisierte sich ihr Flug.

Keuchend wartete Jonas, bis er Gliedmaßen und Atmung wieder ein wenig unter Kontrolle bekam. Seine Position war äußerst unbequem, da er auf den spitzen Rückenstacheln des Drachen saß. Ohne die Lederhose hätte er jetzt vermutlich ein perforiertes

Hinterteil. Allein diese Unbequemlichkeit brachte ihn schließlich dazu, sich vorsichtig abzudrücken und stückweise nach hinten zu rutschen. Dabei hielt er den Blick starr auf den dunkelgrauen Drachennacken vor sich gerichtet.

Endlich stieß er mit der Rückseite an den Sattel, doch er schaffte es nicht, das Hindernis zu überwinden. Dazu reichte seine Kraft einfach nicht. Noch immer schwer atmend, mit verkrampften, zitternden Gliedmaßen, verharrte er einen Augenblick lang in dieser unmöglichen Stellung. Dann fühlte er sich mit starker Hand von hinten an der Jacke gepackt, unter Ächzen angehoben und in den Sitz gezogen. Erleichtert klammerte er sich gleich darauf wieder an den gewohnten Griff.

»Alles klar?«, fragte Eya, die er erneut dicht hinter sich spürte.

»Nein, nichts ist klar!«, würgte er mühsam hervor. »Was war das gerade? Hat uns jemand gejagt oder hatte dein Drache einen Schwächeanfall?«

»Nichts davon! Entschuldige bitte, dass wir dir einen solchen Schrecken eingejagt haben. Es war meine Idee, um dir zu beweisen, dass du dich nicht ständig festzuklammern brauchst. Zamo und ich waren uns einig, dass du nie freiwillig losgelassen hättest, deshalb musste es geschehen, während du abgelenkt warst.«

Ungläubig starrte Jonas auf den schlanken Drachenhals.

»Stimmt das? Hast du das wirklich mit Absicht gemacht, du, du …« Er wagte nicht, das Wort auszusprechen, das ihm auf der Zunge lag, weil er trotz seiner momentanen Wut im Bauch noch genug Respekt vor dem intelligenten Wesen besaß.

»Ja. Ich entschuldige mich ebenfalls dafür. Allerdings hat meine Reiterin recht damit, dass du dringend ein wenig Nachhilfe im Drachenflug gebrauchen kannst. Wenn du es jetzt nicht lernst – wie willst du es schaffen, auf deiner eigenen Partnerin zu reiten?«

»Woher weißt du, dass es ein weiblicher Drache ist?«, fragte er verblüfft. Sein Ärger verpuffte, als das Bild der weißen Schönheit unvermittelt in seinem Kopf aufpoppte.

Ein glucksendes Drachenlachen vibrierte angenehm darin.

»*Du bist für einen Drachen, der einmal Kontakt zu dir aufgenommen hat, durchsichtig wie Glas. Verzeih, wenn ich das so direkt sage, aber deine Gedanken sind unheimlich leicht zu erfassen. Schade, dass du bald lernen wirst, sie zu kontrollieren und zu verbergen. So bist du mir eigentlich lieber. Dennoch ist es ungeheuer wichtig, dass du es beherrschst, da du sonst ein leichtes Ziel darstellst. Leider kann ich dir dabei ebenso wenig helfen wie bei der Kontaktaufnahme zu einem menschlichen Magier, da wir in dieser Hinsicht zu verschieden sind. Aber ich werde dich von nun an ständig testen. Allein schon, weil mir die junge Drachendame in deinem Kopf irgendwie vertraut vorkommt.*«

TÄUSCHEN, TARNEN UND VERGESSEN

Sie landeten wenig später in einem schmalen Tal, das zwischen hohen, zerklüfteten Felsnadeln lag. Es gab weder eine Höhle noch irgendeinen anderen Schutz vor dem Wetter, das sich erneut mit Schneetreiben und eisigen Temperaturen von seiner schlechtesten Seite zeigte.

Eya drängte sich bibbernd an ihren wärmenden Gefährten, während sich Jonas darauf konzentrierte, sich selbst warmzuhalten, und sich die erfahrenen Magier emsig daran machten, etwas Erstaunliches zu errichten.

Es erinnerte an ein geräumiges Iglu, das jedoch nicht aus aufeinandergeschichteten Eisblöcken bestand, sondern aus einem riesigen Schneeklumpen. Dieser wurde durch den Einsatz von Magie ausgehöhlt und von einem Hauch Drachenfeuer oberflächlich angeschmolzen, damit er in der Kälte zu einem niedrigen zeltartigen Gebilde aus Eis erstarrte.

Kurze Zeit später schlüpften sie bereits in die provisorische Unterkunft. Drinnen war es überraschend warm und durch Felle, die Kuno auf dem eisigen Untergrund ausgebreitet, sowie Kerzen in kleinen Windgläsern, die Eya überall verteilt hatte, sogar irgendwie gemütlich.

Naida setzte sich dicht neben Jonas, drückte ihm einen dampfenden Becher Tee in die Hand und meinte: »So, jetzt kümmern wir uns zuerst um deine Tarnung. Sonst überstehen wir keine zwei Stunden ohne unsere geflügelten Partner. Ihre Magie schützt uns momentan noch zuverlässig vor einer Entdeckung. Sobald sie auf

Nahrungssuche gehen, ist es damit vorbei. Ihre aktive Magie wirkt nur im Umkreis von circa achtzig bis neunzig Metern. Da wir alle langsam hungrig werden, hoffe ich, du gibst dir Mühe.«

»Okay, was muss ich tun?«

»Es gibt zwei Arten, deine Gedanken und Gefühle nach außen hin zu verbergen. Die eine Möglichkeit besteht darin, sie mit einem Schutzschild zu umgeben. Die Stärke dieses Schildes ist abhängig von der Menge an Energie, die du einsetzt, und von deinem Können. Die meisten Magier und Drachen wirst du dadurch effektiv davon abhalten, deine Gedanken zu lesen. Letztere hauptsächlich deshalb, weil sie Respekt vor Privatsphäre haben. Sollte jemand Stärkeres als du es allerdings darauf anlegen, wird er deinen Schild gewaltsam brechen. Das ist nicht sonderlich angenehm und kann bleibende Schäden verursachen.«

»Aha. Das bedeutet, wenn mich dieser fiese Typ in die Finger bekommt, habe ich damit keine Chance. Was ist die zweite Möglichkeit?«

»Es ist eine Tarn- oder Verschleierungstechnik, die sich besonders dazu eignet, sich vor der Suche eines fremden Magiers zu schützen, der den genauen Aufenthaltsort seines Zielobjekts nicht kennt.«

»Soll das heißen, ich verstecke mich vor ihm?«

»Richtig. Bisher hat er bei eurem Kontakt im Spiegel höchstens einen kurzen Blick auf dein Gedankenmuster geworfen, das du leider nicht abschirmen konntest. Ein geübter Magier prägt sich sehr schnell markante Merkmale einer Person ein, allerdings reicht es nur, um sie ungetarnt wiederzufinden.«

»Okay, und wie tarne ich mich?«

»Ich zeige es dir. Liman und Kuno werden mich dabei unterstützen. Bitte nimm mentalen Kontakt zu mir auf – aber nur zu mir allein! Dazu musst du mein Gedankenmuster berühren.«

Er schloss die Augen, um sich, wie beim ersten Versuch, zunächst auf sich selbst zu konzentrieren, ehe er auf die Suche nach weiteren Mustern ging. Überrascht stellte er fest, dass sich drei Gedankenströme in gleichmäßigem Abstand um ihn herumbewegten. Zögernd näherte er sich einem, doch es war nicht seine Lehrerin. Erschrocken wich er zurück, sah genauer hin und entdeckte vertraute Details bei einem anderen Muster, zu dem er entschlossen Tuchfühlung aufnahm.

»*Sehr schön*«, lobte ihn die gedankliche Stimme. »*Ich hoffe, du hast dir meine innere Erscheinung inzwischen gut eingeprägt. Wir beenden jetzt den Kontakt.*«

Gleich darauf fühlte er sich rausgeworfen und öffnete die Augen.

»Bisher hast du mich ohne Tarnung wiedererkannt. Nun möchte ich dir zeigen, wie eine solche aussehen kann. Bitte versuche es noch einmal.«

Diesmal gelang es ihm sofort, sich auf die Muster außerhalb seines eigenen Verstandes zu fokussieren. Allerdings fand er Naida nicht. Alle drei Magier wirkten fremd, die Gedankenströme verwirrend, da sie sich ab und zu änderten. Wie sollte er da das richtige Muster herausfinden? Er berührte eins, das ihn entfernt an die Magierin erinnerte und fand sich einem lachenden Liman gegenüber.

»*Leider verloren.*«

»Wie funktioniert das?«, wollte er wissen. »Ich dachte, jedes Muster sei einzigartig und unveränderbar wie ein Fingerabdruck.«

»Wenn du mich besser kennen würdest und geübter wärst, hätte ich dich mit diesen Veränderungen nicht hereinlegen können«, bemerkte Naida. »So aber habe ich dich erfolgreich getäuscht. Du schaffst es, indem du so tust, als wärst du jemand anderes. Du versetzt dich in ihn hinein und manipulierst dadurch deine Gedankenströme, allerdings nicht dauerhaft. Irgendwann fällst du automatisch in dein ursprüngliches Muster zurück, deshalb funktioniert die Tarnung nur für eine begrenzte Zeit.«

»Wie bei einem Rollenspiel«, stellte Jonas fest.

»Im Prinzip schon«, mischte sich Kuno ein. »Nur reicht es nicht, eine Maske aufzusetzen. Du musst dich wie eine andere Person fühlen und wie sie denken, also möglichst gut in deiner Rolle aufgehen. Sonst wird die Tarnung schlampig und durchschaubar.«

»Konzentriere dich auf dein eigenes Muster und versuche, etwas daran zu verändern«, forderte Naida. »Schlüpfe am besten in eine Persönlichkeit, die du kennst. Je verschiedener sie von dir selbst ist, desto wirkungsvoller wird deine Tarnung.«

Das klang nicht allzu schwierig. Sich in andere hineinzuversetzen, gelang ihm meist recht gut. Er überlegte, wen er darstellen sollte. Seinen Vater konnte er gut nachmachen, insbesondere, wenn er ihn, Jonas, verspottete. Indem er sein Gedankenmuster fixierte, blendete er alles andere um sich herum aus. Er stellte sich vor, wie er in der Handwerkerkluft am Küchentisch saß und seinen ältesten Sohn kopfschüttelnd ansah, weil dieser sich davor fürchtete, auf eine Leiter zu steigen. Allerdings zog sich sein Magen im gleichen Augenblick zusammen, in dem er daran dachte. Das Muster flackerte einen Moment lang merkwürdig.

»Du hast dich soeben verraten«, stellte Kuno fest. »Dieses Flimmern deutet darauf hin, dass du nicht von dem überzeugt bist, was du tust, oder es nicht ernst nimmst. In jedem Fall macht es deine Tarnung zunichte. Wähle eine Rolle, die du eine Zeit lang überzeugend spielen kannst, ohne dass es dich viel Kraft kostet oder zu sehr aufregt.«

Seufzend stellte Jonas fest, dass es wohl doch nicht so leicht werden würde. In wen konnte er sich reinversetzen, ohne sich selbst damit anzugreifen? Seine Familie schied schon mal aus. Ihm fielen Film- und Buchhelden ein, die er gut fand, schließlich versuchte er es mit Indiana Jones. Sein Gedankenstrom veränderte sich erneut.

»Prima«, hörte er Naida wie von ferne. »Jetzt versuche, die Tarnung beizubehalten und trotzdem am Leben außerhalb deines Kopfes teilzunehmen.«

Jonas lächelte wie Harrison Ford und schwang gedanklich die Peitsche, während er nickte.

»Ich hoffe, ihr sagt mir Bescheid, wenn ich aus der Rolle falle.«

»Wir werden dich in regelmäßigen Abständen daran erinnern«, gab Liman zurück.

»Trotzdem würde ich zusätzlich gerne wissen, wie man seine Gedanken abschirmt. Selbst wenn ich es nicht gut genug kann, um einem Angriff standzuhalten.«

»Auch das zeige ich dir bald«, versprach seine Lehrerin. »Aber zunächst brauchen wir Nahrung und sollten unsere geflügelten Begleiter entlassen, damit sie sich ebenfalls versorgen können.«

»Was fressen – oder essen – sie eigentlich?«

»So ziemlich alles.« Eya, die sich bisher bemerkenswert still verhalten hatte, seufzte. »Am liebsten Kuchen. Meine Mutter kann ein Lied davon singen. Sie backt für uns, Zamo kommt zu Besuch und schwupp ist kein Krümel mehr übrig. Aber normalerweise besorgt er sein Futter selbst. Bei mir zu Hause sind das Wildtiere aller Art, Vögel und Ziegen.«

»Bei uns jagen sie hauptsächlich Wölfe, Bären und Bergziegen«, ergänzte Kuno, während er aus seinem großen Rucksack Brot und Käse zutage förderte.

Naida kramte einen Topf hervor, den sie ihrem Schüler in die Hand drückte. »Fülle bitte sauberen Schnee hinein«, verlangte sie, »und sorg dafür, dass wir neuen Tee machen können. Zamothrakles hat mir berichtet, dass du Feuer gemacht hast. Wasser zu erhitzen, funktioniert ganz ähnlich. Ich bin gespannt auf deine Technik.«

Nervös, weil alle dabei zusahen, gelang es ihm natürlich nicht auf Anhieb, die nötige Hitze zu erzeugen. Er musste außerdem dreimal Nachschub an Schnee besorgen, bis er einen Topf voll mit Wasser erhielt. Insgesamt dauerte es recht lange, bis sich der gewünschte Erfolg einstellte, doch niemand beschwerte sich. Er meinte sogar im schwachen Licht zu erkennen, dass Eya ihm einen bewundernden Blick zuwarf.

Erst nachdem Jonas sein Brot verschlungen hatte und jeder der Anwesenden einen Becher mit dampfendem Tee in den Händen hielt, holte die Magierin einen rechteckigen Spiegel aus dem Rucksack.

»Da wir uns nun weit genug von der Heimat entfernt haben, werden wir das Risiko eingehen, deine Cousine zu kontaktieren«, sagte sie an Jonas gewandt.

Dieser runzelte die Stirn. Wovon sprach sie? Angestrengt grübelte er, warum der Anblick des glänzenden Gegenstandes unangenehme Gefühle in ihm auslöste. Als hätte er schlechte Erfahrungen damit gemacht. Soeben wurde ihm bewusst, dass er keine Ahnung hatte, warum er sich an diesem unwirtlichen Ort befand! Wann hatte er Feuer entzündet und wozu? Woher wusste er überhaupt, wie das ging und was er tun musste, um die Wassermoleküle zum Schwingen zu bringen?

Ein hilfloser Blick zu Eya verriet ihm, dass sie mit großen, angstvoll geweiteten Augen dasaß. Offensichtlich ging es ihr nicht besser als ihm. Komischerweise erinnerte er sich daran, wie die Menschen um ihn herum hießen. Ja, ihm war sogar bewusst, dass er vorhin noch genau gewusst haben musste, woher sie gekommen waren und wohin sie wollten. Doch nun war sein Gehirn völlig leer gefegt. So sehr er sich bemühte, seine Erinnerung hörte bei der Begegnung mit dem sterbenden Drachenältesten und der panischen Flucht aus der Höhle auf.

War seine Rückseite nicht verbrannt worden? Der Anblick von verkohlter Haut zuckte kurz an seinem inneren Auge vorbei. Fassungslos betrachtete er seine unversehrt wirkenden Hände. Sein Verstand sagte ihm, dass er zwischenzeitlich viele Dinge erlebt und gelernt haben musste. Woher kannte er sonst die beiden männlichen Magier? Selbst die Erinnerung daran, wie sie hier gelandet waren, verblasste rasend schnell. Als würde sie aus seinem Gedächtnis gesaugt.

Naidas Seufzen brachte ihn in die Gegenwart zurück.

»Ich schätze, du musst ihm zuerst beibringen, wie er sich erinnert«, bemerkte Kuno augenzwinkernd. »Und ich kümmere mich um unsere tapfere Drachenreiterin.«

Er rutschte vorsichtig auf dem Hosenboden näher an Eya heran, die ihn nun ansah wie ein Gespenst.

»Was geht hier vor sich?«, flüsterte sie heiser vor Angst. »Was geschieht mit mir? Was habt ihr mit meinen Erinnerungen gemacht?«

»Keine Sorge«, sagte der Magier beruhigend. »Wir waren an einem Ort, den man vergisst, sobald man ihn verlässt. Das ist vor allem beim ersten Mal sehr ungewohnt, sogar erschreckend. Solange wir auf den Drachen gesessen haben, sorgte deren Magie dafür, dass wir wie in einer Schutzblase zumindest Teile der bewussten Erinnerung behalten konnten. Doch nun, da sich unsere Freunde entfernt haben, ist dieser Schutz erloschen. Ich werde dir geben, was mir selbst geblieben ist – meine Emotionen der vergangenen Zeit.«

Fasziniert und ungläubig sah Jonas zu, wie der Magier eine helle Hand auf die dunkle Stirn legte. Eya zuckte zurück, entspannte sich dann jedoch sichtlich. Ihr Atem beruhigte sich.

»Wenigstens weiß ich jetzt, dass mit meinem Kopf noch alles in Ordnung ist«, murmelte sie. Dann grinste sie schwach in seine Richtung. »Viel Spaß. Fühlt sich äußerst merkwürdig an.«

Irritiert blickte Jonas die hellblonde Magierin an, von der er wusste – nein, eher spürte – dass sie ihm helfen wollte. Was ging hier vor? Mühsam unterdrückte er die aufsteigende Panik. Naidas Hände schlossen sich um seine. Sie hatte ihre Handschuhe ausgezogen, sodass er ihre Körperwärme fühlen konnte.

»Sieh mich an.« Der Befehl war zwingend. Die blauen Augen durchdrangen ihn mühelos, berührten etwas in ihm, das eine Flut von Bildern hervorrief. Eyas Lachen wegen seinen zu langen Haaren, Angst davor, einen Drachen zu rufen, Enttäuschung, weil es ihm nicht gelang, Verzweiflung beim Anblick seiner Eltern, die unerreichbar waren, das Bersten eines Spiegels und Schmerz, Konzentration auf die Heilung, Wut auf seine Lehrerin, Dankbarkeit bei Sveas Erscheinen, ein unbeschreibliches Glücksgefühl bei der Betrachtung einer wunderschönen Drachin …

All das zog im Schnelldurchlauf an seinem geistigen Auge vorbei. Die Gefühle weckten bruchstückhafte Erinnerungen. Noch immer blieben Einzelheiten sowie der Ort, an dem dies alles geschehen war, in undurchdringlichem Nebel verborgen, doch wenigstens wusste er jetzt ungefähr wieder, was er während der vergangenen Tage getan und erlebt haben musste. Indem er nachvollzog, wo die Magierin in seinem Inneren nach den Gefühlen gesucht hatte, fand er selbst immer mehr davon. Ja, jetzt wusste er wieder, wozu sie hier waren und was Naida von seiner Cousine Maja wissen wollte. Dennoch verstand er nicht, weshalb er zuvor alles vergessen hatte.

»Was ist das für ein Ort, an dem wir waren, und warum kann ich mich nicht daran erinnern, wie es dort aussieht oder wie er heißt?«, fragte er in die Runde.

»Die Vergessene Stadt«, erklärte Kuno, »Heimat der Magier und ihrer Familien, die sich vor der Welt verbergen wollen oder müssen. Sie leben aus unterschiedlichen Gründen dort. Eine

Schutzmaßnahme vor ihrer Entdeckung besteht darin, dass sich kein Mensch nach dem Verlassen an ihre genaue Lage erinnern kann. Nur den Drachen gelingt dies. Man vergisst, was man dort erlebt hat, sobald man die Stadt verlässt. Das geht jedem so. Die Erinnerung an Menschen und Erlebnisse funktioniert, indem man seine Gefühle daran wachruft. Diese Fähigkeit ist auch für Nicht-Magier erlernbar, doch es braucht dazu viel Training und Selbstdisziplin. An den Ort selbst gelangt man ausschließlich in Begleitung eines Drachen.«

Langsam dämmerte Jonas, dass der Ort, an dem er sich aufgehalten hatte, besser geschützt wurde als die geheimsten Geheimverstecke bei ihm zu Hause. Dennoch fiel ihm ein Logikfehler auf.

»Das klingt ziemlich cool. Aber warum befürchtet ihr, dass der Magier, den ich im Spiegel gesehen habe, den Ort finden könnte, wenn es nur Drachen schaffen?«

»Wir halten es für möglich, dass er während eures kurzen Spiegelkontakts Bilder aus unserem Heimatort in dir gefunden hat«, antwortete Liman. »Man kann zwar normalerweise keine Gedanken lesen, ohne das Muster des Gegenübers zu berühren, aber du bist so gut durchschaubar, dass es Dogul trotzdem gelungen sein könnte, in dir zu lesen. Ihm selbst hätten dies nichts gebracht, dafür jedoch seinem Drachenpartner Finnegan.«

»Und jetzt nützt es ihm nichts mehr?«

»Nein, genau deshalb mussten wir ja so schnell die Stadt verlassen. Dadurch wurde deine bewusste Erinnerung an die dortigen Erlebnisse gelöscht. Weder Dogul noch Finnegan verfügen darüber, solange du nicht an den Ort zurückkehrst«, erklärte Kuno. »Der einzige Weg, die Vergessene Stadt zu erreichen, führt über Gefühle. Deshalb sollte dich der Magier besser nicht aufspüren, bis wir Zothras Portal gefunden haben. Steht deine Tarnung noch?«

»Äh …«

Rasch bemühte Jonas sich darum, die populäre Fernsehfigur darzustellen. Schade, dass er kein Kostüm besaß! Allein der Hut wäre schon hilfreich.

»Okay, ich denke, wir befinden uns auf der richtigen Spur«, raunte er schließlich verschwörerisch. »Die Hinweise sollten uns direkt zum wertvollen Artefakt führen. Verratet ihr mir, was ihr mit dem Spiegel vorhabt? Wenn mich nicht alles täuscht, birgt das Hineinsehen enorme Risiken!«

INDIANA JONES

»Du wirst mit deiner Cousine sprechen«, erklärte Naida, »während ich die Verbindung halte. Allerdings könntest du mir ein wenig unter die Arme greifen, damit es für mich nicht so anstrengend wird.«

»Wie soll ich das anstellen?«

»Gib mir ein wenig überschüssige Kraft ab. Dazu genügen Körperkontakt und deine Bereitschaft.«

»Stimmt, Liman hat mir davon erzählt.« Während er seine Hand auf ihre legte, konzentrierte er sich auf die seltsame, in Wellen durch seinen Körper strömende Kraft. Er leitete sie durch den Arm zu seiner Lehrmeisterin, die sie regelrecht aufzusaugen schien. Doch sie stoppte nach wenigen Augenblicken, unterbrach mit dankbarem Nicken den Kontakt.

»Das genügt völlig. Du brauchst selbst ebenfalls Energie. Gib niemals zu viel von dir ab. Zwar bist du jung und erholst dich schnell, doch du weißt nie, was noch kommt, deshalb behalte stets eine Reserve.«

Was nun folgte, war zugleich neu und auf unheimliche Weise vertraut. Naida beschwor das Bild einer dunkelhaarigen jungen Frau herauf, die durch sie hindurchsah, während sie sich schminkte. Dahinter erkannte Jonas die glänzenden Fliesen eines Badezimmers.

»Bist du bald fertig?«, hörte er Majas ungeduldige Stimme. »Marek wollte in spätestens zehn Minuten hier sein und ich war noch nicht mal für kleine Mädchen!«

»Schon gut, du kannst jetzt rein!«

Die Mitbewohnerin seiner Cousine verschwand nach einem letzten prüfenden Blick und die vertraute Blondine rückte ins Bild.

Sie unterdrückte einen Aufschrei, indem sie sich rasch die Hand vor den Mund hielt. Dann zischte sie: »Wo warst du heute Mittag? Ich habe die ganze Zeit auf der Toilette gewartet und wäre beinahe zu spät zum Seminar gekommen!«

»Entschuldige, Süße, aber es ging leider nicht eher«, entgegnete er mit charmantem Lächeln. »Wir hatten mächtige Schwierigkeiten hier. Erzähle ich dir später bei einem Drink. Das Wichtigste zuerst: Die Karte, wir brauchen die Karte!«

»Sag mal, wie redest du plötzlich mit mir – bist du jetzt unter die Hollywood-Stars gegangen? Du hast echt mehr als nur ein Rad ab! Ich habe eine Kopie von dem Ausschnitt gemacht, aber die ist nicht besonders gut. Am Laptop ist es bestimmt besser zu sehen. Warte kurz!«

Sie hinterließ ein leeres Bad. Mehrere Stimmen ertönten durch die geöffnete Tür.

»Bist du schon fertig?«

»He, was willst du mit dem Teil auf dem Klo?«

»Komm bitte kurz mit, Ela, ich möchte dir was zeigen.«

»Da drin? Da war ich doch gerade erst …«

Die dunkelhaarige Frau von eben ließ sich offensichtlich widerstrebend durch die Tür vor den Spiegel schieben. Maja sah ihr erwartungsvoll über die Schulter.

»Und? Siehst du da irgendwas Besonderes?«

»Was soll der Quatsch, tickst du nicht mehr richtig?« Ela riss sich aus dem Griff ihrer Mitbewohnerin und blickte wütend dorthin, wo sich deren Spiegelbild befinden musste.

»Sorry, ich dachte, ich hätte was Merkwürdiges entdeckt. Aber ich habe mich wohl getäuscht«, murmelte Maja. Sie bugsierte die kopfschüttelnde Person rigoros aus dem Raum und schloss die Tür. »Bin in fünf Minuten bei euch!«, rief sie dabei. Tief durchatmend startete sie den Laptop.

»Ich habe dir doch gesagt, dass es bei den anderen nicht funktioniert, Darling«, säuselte Indiana Jonas.

Gleich darauf drehte das Mädchen wortlos den tragbaren Computer um, sodass er eine Karte der gesuchten Insel sehen konnte. *Bylot Island* stand in der Mitte. Kuno und Naida gaben erstaunte Laute von sich. Liman knisterte hinter ihm mit einem großen Stück Papier, das auf dem unebenen Boden ausgebreitet lag. In Windeseile zeichnete er mit einem schwarzen Stift auf dem Bogen. Wie er bei dem schwachen Licht erkennen konnte, was er tat, war Jonas ein Rätsel.

»Bist du jetzt zufrieden, Psycho?«, knurrte Maja.

»Ja, danke. Was haben meine Eltern gesagt?«

»Frag nicht! Es war die Hölle, ihnen begreiflich zu machen, dass ich keine Ahnung habe, wo du steckst. Ich habe erzählt, dass du wirre Fantasiegeschichten von Spiegeln und Magiern von dir gegeben hast und sie dich nicht weiter zu suchen brauchen. Mit dem Ergebnis, dass sie morgen früh herkommen wollen. Ganz schöner Mist ist das alles …«

Es klopfte im Hintergrund an der Tür.

»Komme gleich!«, rief seine Cousine lauter. »Reicht das jetzt? Ich muss los! Sorry.« Mit diesen Worten klappte sie den Laptop zu, legte ihn achtlos auf den Fußboden und griff nach einer Haarbürste.

Liman seufzte. »Ich hoffe, dass ich alle Seen erwischt habe. Mach Schluss, Naida.«

»Tausend Dank noch mal, Cousinchen«, rief Jonas hastig. »Grüß meine Eltern. Sag ihnen …« Das Bild verschwamm, deshalb beendete er den Satz nicht. Gleichzeitig merkte er, dass er aus seiner Rolle gefallen war. Eya kicherte hinter ihm.

»Süße? Darling? Das klingt lustig. Es passt überhaupt nicht zu dir. Ich wüsste gern, welche Rolle du da spielst.«

Sein Rotwerden blieb in der Dunkelheit hoffentlich unbemerkt. Es war nicht unbedingt einfach, ständig jemand anderes zu sein. Er fragte sich, wie er es nachts hinbekommen sollte, wenn er schlief. Doch zunächst interessierten ihn die Aufzeichnungen, um die sich inzwischen alle außer ihm gruppierten. Die handgezeichnete Karte befand sich auf dickem, bräunlichem Papier.

»Nicht nach oben sehen!«, warnte Liman Sayoun, als sich Jonas näher beugte. Überrascht blinzelnd hätte er es um ein Haar doch getan, als dicht über seinem Kopf ein helles Licht aufflammte.

»Oi, das blendet!« Eya hielt sich die Hände vors Gesicht, da der Hinweis für sie offensichtlich zu spät gekommen war.

»Es tut mir leid, aber wir müssen hier kurz mal einen Blick drauf werfen.« Der gedrungene schwarzhaarige Magier deutete entschuldigend auf die Zeichnung, auf der jetzt deutlich die schwarzen Kreise zu erkennen waren, die er soeben mit einem dicken Kohlestift hinzugefügt hatte.

Sie befanden sich überall auf dem Blatt verteilt, auf dem Jonas die groben Umrisse der Insel wiederfand, die er eben noch wesentlich präziser auf Majas Laptop gesehen hatte. Er zählte acht Markierungen, bei denen es sich um die Seen handeln musste, die in beiden Dimensionen existierten.

»Wir sind jetzt ungefähr hier, oder?« Naida deutete auf eine Stelle im nordwestlichen Quadranten der Insel. Der Ersteller der Karte nickte. »Du sagst es. Da wir uns gut vier Stunden im Zickzack-Kurs nach Nordwesten bewegt haben, kann die Vergessene Stadt nur in diesem Bereich liegen.« Er zeigte auf ein großes Gebiet weiter südöstlich.

»Den nächstgelegenen See haben wir bereits überflogen«, mischte sich Kuno ein, indem er auf eine der Markierungen tippte.

»Bist du sicher?« Naida sah ihn zweifelnd an.

»Nein, aber mein Drachenpartner ist es.«

»Wirf doch bitte einen genaueren Blick auf die nördliche Hälfte, ungefähr in der Mitte der Insel, bat eine vertraute innere Stimme.

»Vielen Dank. Siehst du die zwei kleinen Seen dort, dicht nebeneinander? Sie erscheinen mir vielversprechend. Die schauen wir uns morgen an!«

»In Ordnung«, erklärte Liman. »Zamo hat alles gesehen, was er braucht.« Mit diesen Worten löschte er das grelle Licht, sodass Jonas einen Moment benötigte, um sich wieder an den schwachen Kerzenschein zu gewöhnen. Dann knüllte der Magier das Papier unzeremoniell zusammen und ließ es auf der frei gewordenen Fläche in ihrer Mitte in Flammen aufgehen.

Eine wohltuende Wärmewelle strich kurz über die Gesichter, dann verglühten die letzten Reste auch schon harmlos im Schnee.

Eya seufzte leise. »Schade«, murmelte sie. »Ich hätte so gern ein Feuer gehabt …«

»Du schläfst zwischen Naida und mir«, bestimmte Kuno, »alle bleiben dicht beieinander, so wärmen wir uns gegenseitig.«

Sie rückten in der Mitte der eisigen Kuppel zusammen, möglichst weit weg von den Wänden, die so viel Kälte abstrahlten. Die erwachsenen Magier sorgten dafür, dass sich die Felle, auf denen sie lagen, warm und trocken anfühlten. Naida und Liman holten zwei Decken hervor, die sie über die gesamte Gruppe verteilten. Auch diese wurden angenehm vorgewärmt. So ließ es sich aushalten. Schläfrig dachte Jonas das erste Mal seit der Aktion mit der Karte wieder an seine Tarnung. Ein Schrecken durchfuhr ihn.

»Naida, wie soll ich nachts jemand anderes sein?«

»Bist du es jetzt?«

»Nein, es tut mir leid.«

»Sei froh, dass die Drachen rechtzeitig zurück waren. Sie tarnen uns alle. Also schlafe jetzt lieber. Du kannst morgen weiter üben.«

Kurz durchzuckte ihn die Erkenntnis, dass seine gesamte Mühe völlig überflüssig sein dürfte, solange sich diese majestätischen Wesen in der Nähe aufhielten. Ehe er den Gedanken vertiefen konnte, war er eingeschlafen.

FLUCHT

Jonas erwachte davon, dass ihn jemand unsanft an der Schulter rüttelte. Es war nahezu stockfinster, seinem Gefühl nach mitten in der Nacht.

»Wir wurden entdeckt«, raunte Naida, »steht auf und helft beim Einpacken. Schnell!«

»Was? Wie?«

Benommen setzte er sich auf. Jetzt erst realisierte er, dass sich um ihn herum Gestalten bewegten. Sein Herzschlag beschleunigte sich. Eya brummte etwas Unverständliches neben ihm.

»Macht schon, faltet die Decken und Felle, bringt sie raus. Die Drachen sagen, dass Dogul bald hier sein wird.«

Die Magierin bewegte sich rasch in Richtung des helleren Flecks, der den Ausgang verriet. Draußen hörte er Kuno und Liman miteinander sprechen. Noch immer rührte sich seine Nachbarin kaum, deshalb stieß er sie unsanft an.

»Hey, hörst du nicht? Wir müssen weg hier, sofort!«

Die Antwort glich einem Grunzen, aber wenigstens war die Drachenreiterin jetzt wach und befreite sich aus den Fellen. Hastig rollte er diese zusammen, drückte sie dem Mädchen in die Arme und schob es Richtung Ausgang.

»Bring das hier schon mal Kuno, ich mach den Rest!«, murmelte er dabei.

»Wo bleibt ihr?«, rief Naida in diesem Moment.

»Komme sofort!« In Windeseile raffte er die Decken zusammen und kroch damit ins Freie. Das Paket wurde ihm beim Aufrichten aus den Händen gerissen.

»Steig auf!«, befahl seine Lehrerin scharf, während sie selbst bereits Anstalten machte, Zepthakos zu erklimmen.

Das Gepäck entwickelte ein Eigenleben, um ebenfalls nach oben zu gelangen. Jonas' Verblüffung darüber wurde sofort von dem wichtigeren Problem verdrängt, einen Drachen besteigen zu müssen. Eya saß natürlich schon auf dem großen Schatten, der ihm zur Begrüßung warm ins Gesicht schnaubte.

»Sie kommen!«, hörte er Limans Kommentar.

Der Magier, den er schemenhaft hinter Kuno auf Regulas erkennen konnte, deutete in eine Richtung. Obwohl der Himmel bis auf einen fahlen Schimmer am Horizont in nächtliche Finsternis getaucht war, machte Jonas einige noch schwärzere Punkte aus, die sich rasch näherten.

In diesem Moment traf ihn die Erleuchtung.

Natürlich! Naida hat Luft benutzt und ich kann das auch!

Er schlug sich innerlich gegen die Stirn, weil er nicht längst darauf gekommen war. In fieberhafter Eile formte er aus den winzigen Teilchen eine Treppe, die er anschließend hinaufrannte, den Blick allein auf sein Ziel fixiert. Keuchend, wie nach mindestens hundert Metern Sprint, fiel er in den Sattel und ergriff die Halteschlaufe wie einen Rettungsanker. Sein Herz schlug bis zum Hals, doch ein Triumphgefühl ließ ihn gleichzeitig innerlich jubeln. Er hatte es geschafft! Seine Begleiterin pfiff durch die Zähne.

»Du hast ganz schön aufgerüstet. Seit wann hast du das denn drauf? Ich weiß zwar nicht mehr genau, wie du beim letzten Mal hier raufgekommen bist, aber *daran* würde ich mich sicher erinnern!«

Der Start, der wie üblich mit kräftigen Schwüngen erfolgte, würgte das kurze Hochgefühl abrupt ab. Jonas fühlte sich ruckartig in den sternenlosen Nachthimmel katapultiert. Mühsam unterdrückte er den Aufschrei, biss die Zähne zusammen und zählte bis zehn. Auch wenn er dies bei den bisherigen Starts nie getan hatte, war in ihm auf geheimnisvolle Weise das Wissen verankert, dass der Steilflug nach oben nicht länger dauern konnte. Bei sieben legte sich das Achterbahngefühl bereits.

»*Netter Aufstieg, Jonas, du hast schon viel gelernt. Macht euch bereit für einen Sprung!*« Zamos Worte dämpften sein Herzrasen, lösten jedoch ebenfalls Verwirrung aus.

»Was für ein Spr… Aaaah!«

Der typische Blitz, der ihn blendete, Schwindelgefühl, schnelle Drehung, der Fall nach oben, ein kurzes Durchsacken wie bei einem Luftloch, danach wieder gleichmäßiger Flug durch die Nacht.

»Hättest du uns nicht etwas früher warnen können?«, kam es vorwurfsvoll von hinten.

»*Verzeiht. Wir mussten rasch handeln, um unseren Verfolgern zu entkommen. Dass wir dabei jeder ein eigenes Portal verwendet haben, verwirrt sie hoffentlich lange genug, um uns den Vorsprung zu verschaffen, den wir brauchen.*«

Jonas war im Grunde froh über die fehlende Zeit für großartige Überlegungen. Die Aktion eben empfand er als genauso grässlich wie den Start. Gleichmäßiges Fliegen fand er hingegen bedeutend weniger schlimm, vor allem, wenn er nicht nach unten sehen musste.

»Wo sind wir hier?«

Eya beugte sich hinter ihm so weit zur Seite, dass er einen Teil ihrer vermummten Gestalt aus dem Augenwinkel erkennen konnte. Sie hätte eigentlich fallen müssen.

»*Wir erreichen gleich einen der beiden Seen, die auf Liman Sayouns Karte markiert waren. Mein Urgroßvater hat es wohl geschafft, mir seine innere Verbindung zu dem Portal zu vererben. Ich spüre eine deutliche Anziehungskraft, die stärker wird, je näher wir kommen. Allerdings ist sie diffus, ich kann den Ursprung nicht von hier aus lokalisieren. Um es genau zu wissen, muss ich landen.*«

Es war noch sehr dunkel. Wie Zamo hier einen See finden wollte, blieb Jonas schleierhaft. Wahrscheinlich lag er unter einer meterdicken Eis- und Schneeschicht verborgen. Eventuell konnte man Wasser magisch aufspüren? Der Gedanke hatte etwas, allerdings war er nach dem Aufsetzen viel zu froh, wieder festen Boden unter den Füßen zu haben, um sich damit länger als drei Sekunden aufzuhalten. Zwei große Schatten landeten mit mächtigem Rauschen kurz nacheinander in ihrer Nähe.

»Und? Ist es jetzt der richtige See?« Eya klang angespannt.

Offensichtlich fror sie, da sie zwar abgestiegen war, sich jedoch dicht an ihren Drachen schmiegte. Dieser stand einige Augenblicke mit lang gestrecktem Hals und Schwanz wie eine Statue, die sich vor dem hellen Streifen am Horizont abhob, da.

»Ich kann es leider nicht mit Gewissheit sagen. Auch von hier aus ist nicht zu erkennen, ob und wo dieser See ein magisches Portal birgt. Das ist schade, weil ich dachte, dass mich die Anziehungskraft am Boden leiten würde.«

»Vielleicht müssen wir experimentieren?« Naida war leise hinzugetreten und starrte in die gleiche Richtung wie Zamo, auf eine weiße, ebene Fläche, die sich vor ihnen erstreckte, bis sie mit den Schatten verschmolz.

Ein schneidender Wind wehte vom See her, ließ das Gesicht einfrieren. Jonas konzentrierte sich darauf, einen Schutzschirm aus Luft vor sich zu bauen und dann die Durchblutung in Gang zu halten. So war es viel besser.

Er wandte sich an seine Lehrerin. »Was meinst du damit?«

»Wir müssen den See als Spiegel nutzen, so wie es gedacht ist. Allerdings sollte es dazu bedeutend heller sein, wenn wir nicht mächtig auffallen wollen«, erklärte sie.

»Ach ja, zum Thema Auffallen … Wie haben uns Doguls Leute so schnell gefunden? Habe ich einen Fehler gemacht?« Der Gedanke war ihm vorhin schon gekommen, doch es war keine Zeit für Fragen geblieben.

Naidas Miene verdüsterte sich. »Nein, es ist nicht deine Schuld. Wir haben bereits vermutet, dass dich Dogul während des Spiegelgesprächs aufspüren könnte. Anscheinend wirkt deine Kraft auch, wenn du nur hineinsiehst. Deine Tarnung sollte ausgereicht haben, doch allein das Gespräch mit dem Mädchen hat sie zunichtegemacht.«

»Und trotzdem hast du mich mit Maja reden lassen?« Er starrte die Magierin ungläubig an, die seinem Blick auswich. Plötzlich erkannte er, was hier gespielt wurde. »Ihr habt sie absichtlich in dieses Tal geführt, stimmt's? Ich war euer Lockvogel!« Seine Stimme klang ungewollt rau.

Inzwischen waren Kuno und Liman ebenfalls herangetreten, während sich die Drachen im engen Dreieck um sie herum lagerten, ihnen Schutz vor dem Wind und ein wenig Wärme boten.

»Warum habt ihr euch dann überhaupt die Mühe gemacht, mir den Trick mit der Tarnung zu zeigen? Ihr hättet es mir sagen können!« Die Bitterkeit verklebte seine Stimmbänder. Er fühlte sich ausgenutzt und verkauft.

»Versteh doch bitte, wir mussten sichergehen, dass es keinesfalls nach Absicht aussah. Wenn du Bescheid gewusst hättest …« Sie beendete den Satz nicht. Jonas war klar, dass sie auf seine *Durchsichtigkeit* anspielte, wie Zamo es so schön ausgedrückt hatte.

»Du hättest mir längst beibringen können, wie man sich abschirmt!«, stieß er heftig hervor. »Aber du hast es absichtlich verzögert, nicht wahr? Damit ich schön ahnungslos und naiv gewirkt habe!«

»Es tut mir leid, Jonas, sogar sehr. Wenn wir mehr Zeit gehabt hätten, wäre es eventuell möglich gewesen, dir genug beizubringen, um Dogul bewusst zu täuschen. Der Magier ist allerdings äußerst schlau. Es wäre selbst für Kuno oder mich schwierig geworden.«

»Warum habt ihr das überhaupt riskiert? Ich dachte, ihr wolltet mich vor ihm schützen und den richtigen See finden!«

»Genau das«, mischte sich Liman ruhig ein. »Damit beides gelingt, mussten wir die möglichen Seen eingrenzen, Dogul gleichzeitig auf eine falsche Fährte locken und dafür sorgen, dass er uns nicht mehr so einfach folgen kann.«

»Und wieso denkt ihr, dass der Typ darauf reinfällt, wenn er so schlau ist, wie ihr sagt?«, fragte Jonas, der langsam begriff, dass ein ausgeklügelter Plan hinter der ganzen Aktion stand.

»Weil wir drei mächtige Begleiter haben, davon zwei direkte Nachkommen Zothras«, gab Naida zurück. »Sobald unsere Verfolger an dem Ort landen, an dem wir genächtigt haben, werden sie die bewusste Erinnerung an unsere Gruppe und vor allem an die Karte mit den eingezeichneten Seen verlieren.«

Der Junge schlug sich an den Kopf. »Deshalb hast du sie verbrannt, oder?«, wandte er sich an Liman.

Dieser nickte. »Zepthakos hat damals mitgeholfen, den Bann um die Vergessene Stadt zu wirken, und nun etwas Ähnliches mit unserem Rastplatz angestellt, nur viel kleiner und begrenzter.«

»Warum erinnern wir uns dann an alles?«

»Weil uns die Drachen vor den Auswirkungen dieser kraftvollen Magie schützen. Sobald wir uns von ihnen entfernen, werden wir die Karte vergessen.«

»Aber wir brauchen sie nicht, weil Zamo sie gesehen hat«, begriff Jonas. Dann fiel ihm noch etwas ein. »Und was ist, wenn Dogul und seine Leute gar nicht dort landen oder ebenfalls von ihren Drachen geschützt werden?«

»Alle Eventualitäten können wir natürlich nicht vorhersehen«, schaltete sich Kuno schulterzuckend ein. »Falls die Gruppe darauf verzichtet, an dem Ort zu landen, und niemand absteigt, um ihn zu inspizieren oder nach Spuren zu suchen, haben wir Pech gehabt.

Ebenso, wenn der Feind seinem Drachen zuvor sämtliche Eindrücke von der Spiegelsitzung übermittelt hat. Beides ist unwahrscheinlich. Ersteres, da er garantiert nach Hinweisen sucht, wo wir abgeblieben sein könnten. Letzteres, weil er meines Wissens niemandem völlig vertraut, nicht einmal seinem Drachenpartner. Dogul und Finnegan verbindet nicht das enge Band, das durch den Drachenruf zum richtigen Zeitpunkt entsteht. Es ist mehr eine Zweckgemeinschaft zwischen zwei Ausgestoßenen. Abgesehen davon kann der Magier lediglich auf deine wahrgenommenen Bilder zurückgreifen, die unvollständig sein dürften, da dir das Gebiet unbekannt ist.«

EISKALT

Es sollte noch mindestens zwei Stunden dauern, bis die Sonne hoch genug stand, um die Aktion *Spiegelsee* zu starten. Die Zeit bis dahin verbrachten sie zwischen den Drachen, die sie wärmten. Abwechselnd sorgten die Magier für einen zusätzlichen Windschutz, sodass die anderen jeweils noch ein wenig ruhen konnten. Auf diese Weise empfand Jonas es sogar wärmer als im Iglu. Da Eya und er nicht als Wachen eingeteilt worden waren, machte er es sich auf einem der Felle gemütlich und war alsbald tief und fest eingeschlafen.

»Es geht los!«

Die aufgeregt hervorgebrachten Worte rissen ihn aus einem verworrenen Traum, in dem es ums Fliegen gegangen und in dem er ständig abgestürzt war. Geblendet blinzelte er ins helle Licht des längst angebrochenen Tages, nur um festzustellen, dass er als Einziger noch auf der weißen, eisigen Fläche lag.

Er hörte ein Fauchen, wie von einem Flammenwerfer oder Gasbrenner. Eya lief bereits in Richtung der drei großen, urzeitlich anmutenden Gestalten, die etwa fünfzig Meter entfernt abwechselnd bläuliche Flammen ausstießen. Jonas rappelte sich auf, faltete die Decke sorgsam zusammen – allerdings ohne Magie – und sah sich nach einem Ort um, an dem er sie hinlegen konnte. Sein Blick fiel auf die Rucksäcke und Taschen, die nicht weit von seinem Schlafplatz entfernt einen Haufen bildeten. Rasch öffnete er das oberste Gepäckstück und stopfte den groben Stoff unzeremoniell hinein.

Es passte nicht, erst recht nicht das Fell, das ohnehin vorher trocknen musste. Wie funktionierte das bloß? Egal, er wollte zusehen, wie die Drachen die Eisschicht des Sees schmolzen! Mit einer ungeduldigen Bewegung riss er an der halb eingepackten Decke, um sie in einer anderen Tasche unterzubringen, in der ihm mehr Platz zu sein schien. Beim Herausziehen fiel ein glitzernder Gegenstand in den Schnee, der sich im Stoff verhakt hatte.

Naidas Spiegel!

Jonas' Blick wurde sofort von der reflektierenden Fläche angezogen wie von einem Magneten. Er ging darauf zu, um das Teil mit der freien Hand aufzuheben, und sah in ein großes dunkles Auge, wenige Zentimeter von der Scheibe entfernt, die nun einem kleinen Fenster glich. Das Wesen auf der anderen Seite beobachtete ihn. Fasziniert blieb er wie erstarrt stehen, wagte es kaum, zu atmen. Es war seine Drachenpartnerin! Sie befand sich so unglaublich nah … Auf keinen Fall wollte er sie durch eine unachtsame Bewegung verscheuchen. Sie zog den Kopf zurück, sodass er ihre gesamte Schnauze sehen konnte.

»Hallo, du Schöne«, flüsterte er. »Ich bin Jonas. Wenn ich bloß wüsste, wie du heißt …«

Es kam keine Antwort. Stattdessen ertönte die bekannte Stimme seiner Lehrerin ziemlich dicht hinter ihm. »Jonas, was machst du da?«

Er fuhr heftig zusammen. »Nichts«, beeilte er sich zu sagen, machte einen weiteren Schritt, um das verräterische Objekt im eisigen Schnee zu verdecken. Er rutschte auf dem Eis seitlich weg, verlor das Gleichgewicht und streckte die Hände vor, um sich abzufangen. Der Kopf des weißen Drachen raste auf ihn zu. Er wollte den Spiegel nicht kaputtmachen, doch es war zu spät, um die Abstützposition zu verändern.

»Mist!«, fluchte er in Erwartung des splitternden Aufpralls, der nicht kam. Stattdessen fiel er einfach weiter – genau in die schimmernden Augen hinein, die ihn regungslos ansahen.

Sein Schrei wurde erstickt, als er in eisiges Wasser eintauchte. Wild rudernd kämpfte er darum, nach oben zu gelangen. Die vollgesogene Kleidung zog ihn runter, er fühlte, wie seine Kraft im gleichen Maße schwand, wie das Taubheitsgefühl in Armen und Beinen zunahm. Der Druck auf seine Ohren wurde unerträglich, doch er wusste nicht, was er dagegen tun sollte. Er hatte keine Luft mehr in der Lunge, keine Kraft übrig, um die Helligkeit über ihm zu erreichen.

Ich sterbe, dachte er, doch der Gedanke drang lediglich dumpf in sein einfrierendes Gehirn vor. Sein Körper gierte nach Sauerstoff, er konnte den Atemreflex nicht länger unterdrücken ...

Plötzlich platschte es über ihm, er fühlte sich von hinten an der Jacke gepackt und rasend schnell aufwärts befördert. Als sein Kopf die Wasseroberfläche durchbrach, füllte er die Lungen mit köstlichem, eiskaltem Sauerstoff. Zwei, drei Atemzüge später, noch bevor er sehen konnte, wer ihn gerettet hatte, schlugen Kälte und Dunkelheit über ihm zusammen.

ঌ

Eya hörte Jonas' Schrei. Als sie herumfuhr, sah sie soeben noch, wie der Junge kopfüber in den Schnee stürzte und spurlos darin verschwand. Ungläubig rieb sie sich die Augen.

War er in ein Loch gefallen? Aber wieso stand Naida dann bloß unbeweglich da, ohne ihm zu helfen?

Die beiden Männer schienen jetzt ebenfalls zu merken, dass etwas passiert war. Liman fluchte in einer unbekannten Sprache und sprintete auf die blonde Magierin zu. Kuno folgte ihm nur wenig langsamer. Selbst die Drachen verharrten in ihrer Tätigkeit.

Was war da los? Sie riss sich aus der Starre, die ihre kalten Glieder verursachten, und wollte den beiden Männern folgen, doch Zamos Stimme hielt sie zurück.

»Das hat keinen Zweck, er ist fort!« In den Worten schwang Besorgnis um die halbe Portion mit.

Ein kurzer Stich der Eifersucht durchfuhr Eya, bevor sie den Inhalt des Gehörten überhaupt registrierte. »Was soll das heißen?«

Rasch stieg sie auf den metallisch glänzenden Rücken ihres Partners, setzte sich hinter den lächerlichen Sattel. Von hier oben hatte sie einen besseren Überblick und war zudem vor dem eisigen Wind geschützt. Während des Feuerspuckens war das Aufsteigen zu gefährlich gewesen, sonst hätte sie es schon eher getan.

»Jonas ist weg – einfach verschwunden! Ich erreiche ihn nicht.«

»Weg? So ein Unsinn! Eben war er doch noch da. Ich habe gesehen, wie er da drüben in ein Loch gefallen ist.« Sie zeigte auf die Stelle, an der sich mittlerweile die drei Magier versammelt hatten.

»In ein Loch? Du meinst wohl durch ein Dimensionstor! Er muss gesprungen sein. Eben noch hat er an seine junge, hübsche Drachendame gedacht, sich dann mächtig erschreckt und war plötzlich außer Reichweite. Meine Gefährten haben ebenfalls etwas gespürt, was sehr ungewöhnlich ist, da sie bisher keinen persönlichen Kontakt zu dem Jungen hatten.«

»Das klingt total widersinnig. Es sei denn, er hat das Tor gefunden, nach dem wir hier suchen. Oder kann ein Magier auch ohne Drachen springen?« Eya sog ratlos an ihrer Unterlippe.

»Für gewöhnlich nicht. Allerdings hat mein Vater geäußert, dass Jonas eventuell eine besondere Begabung besitzt, die sich auf Spiegel bezieht.«

»Komm, lass uns endlich zu den Magiern gehen. Vielleicht wissen die längst, was passiert ist!«

»Ja, das tun sie. Aber wir bleiben besser hier. Sie unterhalten sich gerade so schön … Ich befürchte, sie würden in deiner Gegenwart damit aufhören. Wenn sie das Gespräch gedanklich fortführen, schirmen sie es ab.«

»Kannst du sie etwa von hier aus hören?«

Ungläubig blickte sie auf ihren Partner hinab. Sie wusste, dass er die Gedanken von Magiern aufschnappen konnte, wenn sie sich in seinem Umfeld aufhielten. Allerdings hatte er immer behauptet, sie nur dann lesen zu können, sofern sie für ihn bestimmt waren oder zu wenig abgeschirmt wurden. Wie bei Jonas zum Beispiel.

»Nein, so gut sind Drachenohren nicht. Aber Regulas hat mentalen Kontakt zu Kuno, Zepthakos zu Naida. Solange die beiden Menschen laut miteinander reden, haben meine Gefährten keine Skrupel, sie zu belauschen. Und du weißt ja, dass wir Drachen selten Geheimnisse voreinander haben.«

»Und was sagen sie?«

»Schließe die Augen und konzentriere dich auf mich. Dann kannst du selbst mithören.«

Eya tat, was Zamo verlangte. Und wirklich, sie hörte die Stimmen der Magier in ihrem Kopf!

»... habe dir gesagt, dass er ein Wandler ist. Das war deinem Drachen von Anfang an klar. Und auch, dass der Junge diese Fähigkeiten nicht kontrollieren kann. Aber du wolltest ihn damit ja nicht belasten ...«

»Er war so schon verwirrt genug, dazu voller Sehnsucht nach seinen Eltern. Was hättest du an meiner Stelle getan? Ihn darüber aufgeklärt, dass er eventuell Spiegel als Portale benutzen kann, obwohl wir nicht das Geringste über die Gefahren oder Auswirkungen einer solchen Begabung wissen? Seit Jahrhunderten hat es keinen Wandler mehr gegeben, Liman! Ich habe ihm verboten, Spiegelmagie anzuwenden, und dachte, er wäre vernünftig genug, sich daran zu halten. Niemand konnte ahnen, dass so etwas geschehen würde.«

»Aber du musstest ja unbedingt einen Spiegel mitnehmen und ihn auch noch in seiner Reichweite aufbewahren!«

»Vorwürfe und Anschuldigungen bringen uns jetzt nicht weiter«, mischte sich Kuno ruhig ein. *»Wir müssen rasch handeln. Wenn ich Regulas richtig verstanden habe, hat der Junge vor seinem Verschwinden seinen weiblichen Drachenpartner gesehen.«*

»Zamothrakles hat es Thakos auch so weitergegeben«, stimmte Naida zu. *»Sofern sich der Drache, wie angenommen, in der Verbotenen Dimension befindet, ist Jonas jetzt höchstwahrscheinlich bei ihm.«*

»Das ist doch gut«, warf Liman ein. *»Wenn er auf diesem Weg hingelangt ist, kann er auch wieder zurück, solange er Zugang zu Magie hat.«*

»Denkst du wirklich, er möchte hierher zurückkehren? Sein größter Wunsch war es bisher, Kontakt zu seiner Familie aufzunehmen«, bemerkte Naida. *»Ich schätze, das wird sich nicht geändert haben. Theoretisch könnten wir uns auf den Weg nach Hause machen, sobald wir sichergestellt haben, dass es ihm gut geht. Mission erfüllt, Doguls Pläne durchkreuzt, Jonas aus der Gefahrenzone und in seine eigene Dimension zurückgebracht – Ende.«*

Liman seufzte. *»Du weißt so gut wie ich, dass wir es damit nicht bewenden lassen können. Der alte Haudegen wird niemals aufgeben. Nicht jetzt, da er so dicht dran ist. Selbst wenn er es nicht schafft, die Barriere zu überwinden, stellt Jonas drüben eine regelrechte Zielscheibe dar, vor allem in der Nähe dieses Drachenweibchens. Wenn ich das Bild richtig deute, das er uns davon übermittelt hat, ist die Dame noch sehr jung, viel zu unerfahren, um den Kleinen abzuschirmen oder ihm in irgendeiner Weise behilflich zu sein. Wir wissen nicht, ob es weitere Magier in seiner Dimension gibt, geschweige denn, wie deren Absichten aussehen.«*

»Natürlich, deshalb sagte ich auch theoretisch. *Ich schlage vor, wir behalten den Spiegel im Blick und Zamo hält derweil weiter Ausschau nach dem Portal.«*

Die Unterhaltung verstummte. Eya öffnete die Augen, da sich ihr Partner in Bewegung setzte.

»Was ist los?«, fragte sie verwundert.

»Das Dimensionstor ist nicht hier, also müssen wir woanders danach suchen. Ich nehme nicht an, dass du an diesem Ort auf mich warten möchtest?«

HELIA

Er schwamm in eiskaltem Wasser, das ihn hinuntersog und zu einem Eispanzer gefror. Wie ein Eiswürfel trieb er an die Oberfläche. Ein weißer Drache stieß eine Flamme aus, deren Wärme ihn kaum erreichte. Feuer, er brauchte mehr Feuer! Doch er konnte nicht sprechen. Die Kälte schmerzte. So sehr, dass ihm die Tränen kamen. Die salzigen Spuren auf seinen Wangen froren sofort fest. Wieder stieß der Drache einen Schwall feuriger Hitze aus. Ein leichter Hauch davon erreichte sein Gesicht.

Jonas kämpfte sich langsam ins Bewusstsein zurück. Kälte und Schmerzen blieben, weigerten sich hartnäckig, gemeinsam mit den Schreckensbildern zu verschwinden. Seine verklebten Lider wollten sich nicht öffnen lassen. Der Untergrund erschien ihm ebenso hart und eisig wie in seinem Traum. Ein feuchtwarmer Windhauch strich ihm über die Wangen, hinterließ einen leichten Kräutertee-Geruch, gemischt mit etwas völlig Unbekanntem.

Mühsam hob er eine gefühllose Hand und wischte sich damit durch sein Gesicht. Es fühlte sich an, als würde es ein Fremder mit einem Eisklotz tun.

Endlich konnte er seine Augen öffnen. Ein verschwommener heller Umriss schwebte dicht über ihm, hob sich vom dunklen Rest seiner Umgebung ab. Er blinzelte, das Bild klärte sich, wurde zu einem großen weißen Drachenkopf, dessen goldgesprenkelte Augen ihn neugierig musterten.

Er wollte sich aufrichten, ließ es jedoch nach dem ersten Versuch stöhnend sein. Die kleinste Bewegung jagte eine Welle brennenden Schmerzes durch seine steifen Glieder. Gleichzeitig war ihm unendlich kalt. Wieder schnaubte der Drache ihm wohltuend heißen Atem entgegen, der ihn leider nur einen winzigen Moment lang einhüllte und die merkwürdige, keineswegs unangenehme Geruchsmischung enthielt.

»K-k-kalt«, bibberte er tonlos. »M-m-mir isso k-k-kalt ... Hilllf mir b-b-bitte!«

Der Drache sah ihn einen Moment lang an, als würde er ernsthaft überlegen, was Jonas von ihm wollte.

»Dein Wärmevorrat scheint erschöpft zu sein, was mir äußerst merkwürdig vorkommt. Ich würde dir ja mit Freude etwas von meinem abgeben, aber ich befürchte, dass dann vielleicht ein Häufchen Asche vor mir sitzt, so wenig gepanzert und temperaturempfindlich, wie du bist.«

»Ich mmmuss dddie nassen Sssachen aussziehn«, presste Jonas mühsam hervor. »Das schaffichnichallein ...«

»Meine Klauen und Zähne sind nicht besonders gut geeignet, um dir dabei zu helfen. Vielleicht schaffst du es, indem du die Kraft der Magie einsetzt? Ich sehe, dass du Zugang dazu hast.«

»P-p-puste noch mal, viel lllänger!«

»In Ordnung, wenn dir das hilft ...«

Er merkte, wie das riesige Geschöpf vor ihm tief einatmete und machte sich bereit. Sobald die Wärme kam, musste er sie irgendwie festhalten, damit sie nicht sofort wieder verflog. Mit Mühe fokussierte er sich darauf, Wände aus Luft um sich herum aufzubauen und schaffte es gerade noch rechtzeitig vor einem Bad im mächtigen Schwall Drachenatem. Rasch verschloss er seine enge Luftkiste mit einem Deckel. Nun hatte er es um sich herum angenehm temperiert und spürte, wie seine Hände und Füße zu kribbeln anfingen.

Mit ein wenig Konzentration lenkte er mehr Blut hinein, langsam, vorsichtig, um nicht weiter auszukühlen. Die warme

Umgebungsluft half ihm, taute ihn auch von außen wieder auf. Bald schon keuchte er vor Anstrengung und musste die Wände aufgeben, die enorm viel Kraft brauchten. Aber nun konnte er wenigstens die nassen Klamotten ausziehen.

Als er sich dazu aufrichtete, fiel ihm zum ersten Mal bewusst auf, dass er sich in einer Höhle befand, die an einer Seite einen großen Ausgang ins Freie besaß. Der Drache hatte sich eng an ihn geschmiegt und den Schwanz zusätzlich um ihn drapiert. Der hell schimmernde Körper strahlte Hitze ab, war jedoch durch die Schuppen nicht besonders gut dazu geeignet, sich anzukuscheln. Also musste er sich weiter warmhalten, bis seine Sachen trocken waren. Wenigstens kam es ihm nun viel weniger kalt vor.

»Ich hoffe, die Temperatur in der Höhle entspricht inzwischen deinen Bedürfnissen? Noch größere Hitze vertrage ich auf Dauer nicht.«

»Es ist schon okay so«, sagte er rasch, obwohl ein paar Grad mehr auch nicht schlecht gewesen wären. »Ich bin übrigens Jonas.«

»Hallo Jonas. Schön, dich endlich persönlich kennenzulernen. Mein Name ist Helia, Tochter von Hashira.«

»Hi Helia, freut mich auch sehr, obwohl ich mir unsere Begegnung etwas angenehmer gewünscht hätte. Du weißt schon, ohne fast zu ertrinken und anschließend ein Eisklotz zu sein.«

»Aha, ich dachte mir, dass dein Ausflug ins Wasser keine Absicht war.«

»Darauf kannst du wetten«, murmelte Jonas schaudernd. Er nahm sich die klatschnassen, eiskalten Kleidungsstücke einzeln vor, konzentrierte sich auf sie und versuchte, möglichst viel Wasser aus ihnen herauszupressen, ohne sie dabei anzufassen. Es gelang halbwegs, dennoch waren einige Teile anschließend noch ziemlich feucht.

»Kannst du mir helfen, die Anziehsachen zu trocknen, Helia?«, bat er.

Die Antwort bestand in einer bläulichen Flamme, die an der Höhlenwand entlangzüngelte, ohne zu verlöschen.

Warum nicht gleich so?

Erleichtert seufzend wärmte er seine klammen Hände und rückte so nah wie möglich ans Feuer, das viel heißer war, als es aussah. Die nassen Klamotten breitete er über kleineren Felsen aus und sorgte magisch dafür, dass die erhitzte Luft wie ein Föhnwind darüberstrich. Zumindest Hemd, Weste und Boxershorts konnte er bald wieder anziehen. So fühlte er sich wesentlich wohler.

»Danke«, murmelte er. »Auch dafür, dass du mich aus dem See gerettet hast. Ohne dich wäre ich ertrunken.«

»Keine Ursache. Ich bin sehr oft an diesem Gewässer, genau wie meine Mutter früher. Sie wartete dort auf meinen Vater, der alle paar Jahre aus dem See auftauchte, um eine bis zwei Flügelspannen mit uns zu verbringen. Ich habe ihn nur zweimal gesehen. Inzwischen ist er ebenfalls gestorben, doch ich komme trotzdem weiter an den Ort, nicht nur zum Trinken und Baden. Er birgt die Drachenmagie meiner Eltern, deshalb verbindet mich viel damit.«

Jonas schluckte hart. »Das tut mir sehr leid. Hast du sonst noch Familie?«

»Einen Bruder, Zafir, der mit meinem Vater Zothra gemeinsam in die Paralleldimension geflüchtet ist. Er hat einen Sohn und einen Enkel, doch ich kenne keinen der drei. Mutters Freundin Leviatha hat sich nach ihrem Tod um mich gekümmert. Damals war ich knapp sieben Jahre alt. Sie kam extra aus Neuseeland angereist und blieb, bis ich alt genug war, mich selbst zu versorgen. Ihrem Sohn Lourios, der ebenfalls auf der anderen Seite der Welt lebt, bin ich bisher nur einmal begegnet, aber wir bleiben in Kontakt. Und dann gibt es noch Halima, meine ungeborene Schwester, auf die ich aufpasse. Ihr Ei liegt tief in der Höhle verborgen. Sobald ich ausgewachsen und somit stark genug bin, die nötige Magie zu wirken, möchte ich sie wecken.«

»Schlüpfen Drachenbabys nicht von allein? Wie lange liegt das Ei denn schon da?«

»Ein Drache braucht den Weckruf eines Blutsverwandten, um geboren zu werden. Halima schläft bereits seit über neunhundert Jahren. Das ist auch für uns eine sehr lange Zeit. Mein Vater dachte, er würde irgendwann dauerhaft zurückkehren. Er wollte uns selbst aus dem Ei rufen, um uns aufwachsen zu sehen. Mutter hat auf ihn gehört und jahrhundertelang gewartet, doch vor einundzwanzig Jahren hat sie mich geweckt. Sie hatte Angst, sonst zu alt dafür zu sein. Für Halima hat ihre Kraft leider nicht mehr gereicht und mein Vater kam uns nicht mehr besuchen, also hat sie mir diese Aufgabe übertragen.«

Jonas starrte die junge Drachendame an, die soeben näher zum Ausgang kroch. Vermutlich war es ihr so nah am Feuer zu warm. Beim Gedanken an die Verwandtschaftsverhältnisse unter den Drachen wurde ihm schwindelig. Helia war die Tochter des Ältesten, was bedeutete, dass Zepthakos ihr Neffe sein musste und Zamo ihr Großneffe. Kopfschüttelnd beendete er diese verwirrende Logik.

Ihren eigenen Worten zufolge war sie noch nicht mal richtig ausgewachsen. Es erklärte, warum ihr die Weisheit und Ruhe von Zamothrakles fehlten. Dafür strahlte sie Neugierde aus, eine unbändige Energie, Tatendrang und ganz viel Freude am Leben.

»Als ich deinen Ruf empfing, war ich völlig überrascht«, fuhr sie fort. *»Ich verstehe noch immer nicht, warum er mich unwiderstehlich anzog, obwohl ich wusste, dass ich die Nähe von Menschen meiden soll. Dennoch konnte ich nicht anders, musste unbedingt zu dir. Leider gelang es mir nicht. Ich ahnte ja nicht, dass der Weg durch das Wasser führt!«*

»Ich weiß nicht, ob das Portal wirklich genau da ist, wo du mich rausgefischt hast, weil ich auf der anderen Seite nicht in den See, sondern in einen Spiegel gefallen bin. Es wird wohl mit dieser seltenen Begabung zu tun haben, von der die Magier gesprochen haben.«

Jetzt, da er es sagte, wurde Jonas erst richtig bewusst, wie krass und merkwürdig das klang.

»Wusstest du, dass man Spiegel auch als Portale nutzen kann?«, fragte er langsam.

»Du meinst reflektierende Flächen, in denen man sich selbst ansehen kann? Nein, das ist mir neu. Ich weiß aber, dass Portale normalerweise nur von ausgewachsenen Drachen geschaffen und benutzt werden können, niemals von einem Menschen. Ich warte noch darauf, diese Fähigkeit zu entwickeln. Wenn ich es recht überlege, war dein plötzliches Auftauchen schon sehr seltsam.«

»Das finde ich auch. Ich frage mich, ob Naida und Kuno irgendwie geahnt haben, dass so etwas passieren könnte. Immerhin haben sie mir verboten, Spiegelmagie zu benutzen. Und ich dachte, es sei bloß wegen dieses gefährlichen Magiers ...« Er verstummte. Das alles brachte ihn völlig durcheinander! Was sollte er jetzt tun?

Schon wollte er seine neue Partnerin fragen, wie er es bei Zamo getan hätte, der immer einen Rat wusste. Doch von Helia empfing er mindestens genauso viel Verwirrung. Voller Anteilnahme blickte er sie an. Sie erschien ihm momentan hilfloser als er selbst. Deshalb schob er seine eigenen Probleme zurück und fragte: »Was bedrückt dich?«

»Nach deinem Drachenruf konnte ich kaum noch schlafen. Ich träumte immer wieder von dem Moment, an dem ich feststellen musste, dass ich dir nicht begegnen konnte. Es war so schrecklich! Und gleichzeitig wusste ich, dass ich eigentlich froh darüber sein sollte. Tausendmal hat Mutter mich vor euch Menschen gewarnt, Leviatha hat es mindestens noch weitere tausend Male getan.«

»Also, ich tu dir bestimmt nichts! Sieh doch, ich bin ganz friedlich. Ich mag Drachen – seitdem ich weiß, dass es sie gibt.«

»Ja, ich wusste sofort, dass du mein Freund bist. Deshalb war es ja so verwirrend! Etwas zog mich ständig zum See, als würde ich dort die Antwort auf meine Fragen finden. Als ich das erste Mal dein Bild sah, begriff ich, dass bereits ein Band zwischen uns existierte, das ich trotz des Verbotes unbedingt behalten wollte. Das machte es nicht einfacher. Nun, da du hier bist, ist es noch einmal anders als gedacht. Du erscheinst mir nicht nur liebenswert, sondern brauchtest sogar meine Hilfe. Irgendwie weckst du in mir das Bedürfnis, dich zu beschützen und mit meinem Leben zu verteidigen. Und das, obwohl ich stets zu hören bekam, wie gefährlich Menschen wären. Kannst du mir diesen Widerspruch erklären? Warum durfte ich mich euch Zweibeinern niemals zeigen?«

»Na ja, wir Menschen sind halt nicht alle gleich. Es gibt nette, harmlose Typen wie mich, aber auch gemeine, die anderen wehtun möchten. Und dann noch ganz viele, die Angst vor euch haben, weil ihr größer und stärker seid als sie. Früher haben solche Leute Jagd auf Drachen gemacht. Deshalb sind die meisten deiner Artgenossen in die andere Dimension geflüchtet. Es gibt dort sogar ein Verbot, diese Welt zu betreten. Glaub mir, es ist viel sicherer, wenn sie nicht wissen, dass du existierst.«

»Das hat Leviatha auch gesagt. Sie hat mir streng untersagt, mit einem von euch Kontakt aufzunehmen. ›Die Zeit des Bundes zwischen Drachen und Menschen ist längst vorbei!‹, meinte sie. Aber wie kann es dann sein, dass ich eine so starke Bindung zu dir habe, als wärst du ein Teil von mir? Spürst du das auch?«

Jonas nickte. »Ja. Es ist total crazy und wundervoll zugleich. Ich hätte das alles hier nie für möglich gehalten. Nichts davon. Mein ganzes Leben lang habe ich geglaubt, dass meine Welt die einzig bewohnbare ist, dass es Drachen nur im Märchen gibt und Zauberer in Kinderbücher gehören. Und dann werde ich auf einmal in eine Paralleldimension entführt, in der so krasse Dinge wie Portale, Drachen und Magie völlig normal sind!«

Einen Augenblick lang geschah nichts. Dann wurde er förmlich von einer gigantischen Welle aus drachenmäßiger Zuneigung überrollt.

»Weißt du was – es ist mir egal, was Leviatha sagt. Wir gehören jetzt zusammen. Ich bin so froh, dass du gekommen bist. Endlich bin ich nicht mehr allein!«

Jonas strahlte und erwiderte Helias innere Umarmung. Es war ein unbeschreibliches Gefühl, mit einem Drachen verbunden zu sein. Alles andere verblasste daneben. Nun erst konnte er Eyas Bedürfnis, nah bei Zamo zu sein, wirklich nachvollziehen – und auch ihre Eifersucht. Dann dachte er daran, dass er nicht ewig hierbleiben konnte, seine Partnerin jedoch an diesem Ort festhing, um auf ihre Schwester aufzupassen.

»Wie lange dauert es denn noch, bis du Halima wecken kannst?«, fragte er vorsichtig.

»In ungefähr sechs bis acht Jahren werde ich hoffentlich so weit sein. Aber ich bin jetzt schon stark genug, um dich zu tragen. Falls du überhaupt möchtest, dass ich das noch einmal tue.«

»Du … weißt von meinem Höhenproblem?«

»Du hast dich beim Ruf sehr weit geöffnet. In deinen Gedanken war deutlich zu lesen, dass du dich nicht auf den Rücken eines Drachen setzen möchtest. Ich akzeptiere das, obwohl ich es nicht verstehe. Ich dachte immer, ihr Menschen mögt das Fliegen genauso wie wir. Jedenfalls habe ich meine Mutter so verstanden. Sie hat mir Bilder von ihrem letzten Partner vermittelt. Obwohl es schon über achthundert Jahren her war, konnte sie sich an jedes Detail erinnern. Er wirkte ebenso glücklich wie sie selbst, wenn sie zusammen in die Luft stiegen. Warum ist es bei dir anders?«

»Ich leide unter Höhenangst«, gab er zu. »Das bedeutet, dass ich nicht mal auf eine höhere Leiter steigen kann, ohne Schweißausbrüche zu kriegen. Fliegen ist für mich schrecklich vor allem, wenn ich runtergucken muss.« Er war erleichtert, dass es raus war, obwohl es ihm gleichzeitig in der Seele wehtat. Nichts, was dem wundervollen Geschöpf neben ihm missfiel, konnte wirklich in Ordnung sein.

Helia beugte sich vor, um ihm tief in die Augen zu sehen. *»Zeig mir bitte, wie du dich in der Luft fühlst. Vielleicht erkenne ich dann, was zu tun ist.«*

Jonas seufzte. »Nicht mal Zamo hat es geschafft, mir diese Angst vollständig zu nehmen, auch wenn mir sein Singsang sehr dabei geholfen hat, nicht durchzudrehen.«

»Oh, dieser Zamo scheint ein Verwandter von mir zu sein! Wenn du an ihn denkst, spüre ich etwas Vertrautes.«

»Ja, er ist dein … äh … Großneffe. Auf ihm bin ich bisher geritten.«

Er rief sich den Schrecken beim Aufstieg in Erinnerung, der jedes Mal das Schlimmste war. Irgendwie blockierte die Anwesenheit von Helia in seinem Hirn dieses furchtbare Gefühl, sodass es regelrecht harmlos wirkte.

»Das scheint doch gar nicht so tragisch zu sein.«

»Eigentlich ist es viel, viel grässlicher, aber wenn du zusiehst, ist es das plötzlich nicht mehr!«, verteidigte er sich.

»Dann lass es uns ausprobieren, sobald deine Kleidung trocken ist.«

»Lieber nicht«, wehrte er ab. »Das hat doch sicherlich noch Zeit …«

»Ich mag es ja, dich nah bei mir zu haben, aber ich muss mich irgendwann wieder bewegen. Mein Magen sagt, dass er etwas Essbares gebrauchen kann, und tagsüber so viel rumzuliegen ist für mich anstrengender als ein langer Flug. Bitte!«

»Du kannst ja losfliegen, sobald ich wieder angezogen bin, ich warte hier auf dich«, schlug Jonas vor. Ihm fiel ein, dass er im Vergleich zu den letzten Tagen schon so gut wie zu Hause war.

»Du vermisst dein Heim, nicht wahr?«

Die Stimme der Drachin ließ ihn zusammenzucken, er fasste sich jedoch sofort wieder.

»Auch wenn ich es wunderbar finde, dass wir uns begegnet sind, muss ich meine Eltern wenigstens anrufen und ihnen sagen, dass es mir gut geht. Und ... Ja, ich möchte nach Hause.«

»Das ist sehr schade, aber ich verstehe es. Ich könnte dich hinbringen, wenn du mir ungefähr sagen kannst, wo deine Heimat liegt.«

»Lieber nicht«, wehrte er erschrocken ab. »Das ist viel zu weit weg. Der Flug dahin wäre sehr lang und gefährlich. Stell dir vor, du wirst entdeckt! Das darf nicht geschehen. Aber vielleicht ist hier in der Nähe eine Stadt? Von dort aus schaffe ich es allein.«

»Du meinst eine Menschensiedlung? Ja, die gibt es, allerdings nicht auf dieser Insel. Also würdest du doch mit mir fliegen, wenigstens ein einziges Mal ...« Helia klang freudig und wehmütig zugleich.

Jonas verstand sie sehr gut, da ihm der Gedanke, seine Partnerin so bald wieder zu verlassen, einen Stich ins Herz gab. Aber vielleicht konnten sie sich irgendwann wiedersehen? Wenn der Trick mit den Spiegeln auch in dieser Dimension funktionierte ... Dann fiel ihm ein, dass er einen Drachen brauchen würde, um die nötige Magie zu wirken. Der Gedanke ernüchterte ihn.

»Ich ...«, begann er, brach jedoch ab, um erneut nach der Kleidung zu fühlen. Es tat zu weh, um es auszusprechen. Ein dicker Kloß in seiner Kehle ließ sich kaum runterschlucken.

Mist, die Sachen waren bereits so gut wie trocken! Dabei wollte er den Augenblick des Aufbruchs noch hinauszögern.

»Sei nicht traurig. Du hast gesagt, dass du deine Familie wiedersehen möchtest, das verstehe ich. Ganz gleich, ob ich dich nach Hause

bringe oder ob du dich von jemandem abholen lässt – unsere Verbindung zueinander bleibt bestehen. Also werde ich dich finden, solange du dich in dieser Dimension aufhältst. Du brauchst nur nach mir zu rufen.«

»Ich habe Angst, dass dich jemand sieht. Nicht viele Menschen denken so wie ich. Die meisten werden versuchen, dich einzufangen, um dir Schaden zuzufügen«, flüsterte er heiser. »Du musst hierbleiben, wo du vor ihnen sicher bist. Zumindest, bis deine Kraft voll ausgebildet ist und du ein Portal erschaffen kannst.«

»Du hast Angst um mich? Selbst derart klein und zerbrechlich sorgst du dich um meine Sicherheit? Du bist so allerliebst!«

Ein ungestümes, mädchenhaftes Lachen erreichte seinen Verstand. Die Hitze, die ihn auf einmal bis in die Zehenspitzen durchströmte, entstammte nicht seiner Konzentration. Helias Zuneigung warf ihn buchstäblich um, sodass er sich an ihrem schuppigen Körper abstützte.

»Oh, entschuldige bitte! Ich bin bloß dankbar, dass es dich gibt, nachdem ich mir so viele Jahre jemanden gewünscht habe … Du musst dich nicht um mich sorgen. Ich kann gut auf mich aufpassen, das habe ich mein ganzes Leben lang getan. Leviatha hat mir alles beigebracht, was dafür wichtig ist. Ich kann mich vor Menschenaugen verbergen. Schau her!«

Bei diesen Worten löste sich der weiße Drache vor Jonas' Augen auf. Allerdings nicht vollständig. Ein feiner Schimmer verriet ihm, wo sich Helia befand.

»Das ist nicht schlecht, aber ich sehe dich noch«, bemerkte er.

»Wirklich? Oje! Das liegt sicherlich an unserer inneren Verbindung. Bei den allermeisten Menschen reicht sogar wesentlich weniger Tarnung vollkommen aus. Bei dir habe ich mir extra Mühe gegeben, weil du Magie nutzen und mich somit auch aufspüren kannst. Obwohl mir scheint, dass du noch nicht viel Erfahrung damit hast.«

»Woher soll ich die haben? Ich bin ohne Drachen aufgewachsen, wusste bis vor ein paar Tagen nicht einmal, dass es euch überhaupt gibt. Ich habe Magie und all diese krassen Dinge erst kennengelernt, als Eya plötzlich mit Zamo aufgekreuzt ist, um mich zu entführen.«

»Das Wort hast du vorhin schon mal benutzt, ich bin mir nur nicht sicher, was es bedeutet. Soll das heißen, dass du nicht freiwillig in der parallelen Dimension warst?«

»Genau. Sie haben mich einfach mitgenommen. Aber irgendwie war es trotzdem ganz cool. Zumindest, bis mich dieser finstere Magier im Spiegel beobachtet hat, obwohl das angeblich gar nicht möglich ist. Seitdem ist er hinter mir her. Deshalb war geplant, dass ich auf dem schnellsten Weg in meine eigene Welt zurückkehre, nur nicht auf diese Art und eigentlich mit Begleitung.«

»Oh, bitte erzähl mir mehr davon, auch von deinem Zuhause! Ich möchte ganz viel über dich erfahren, bevor du gehst. Umso leichter kann ich dich später finden. Außerdem bin ich furchtbar neugierig. Die Geschichte hört sich spannend an. Also bleiben wir hier, bis ich sie kenne!«

ERWISCHT!

Eya sah gespannt zu, wie die Drachen erneut einen Teil des Sees mit ihren Feuerstößen auftauten. Bisher hatte Jonas nichts von sich hören oder sehen lassen. Sie hoffte, dass es ihm gut ging, auch wenn sie eigentlich froh sein müsste, ihn endlich los zu sein.

Zamos enge Verbindung zu dem bleichen Rotschopf hatte ihr ständig zugesetzt, obwohl sie wusste, dass ihr Drache ihm lediglich helfen wollte. Nun, da ihr Wunsch so plötzlich und auf unerwartete Weise in Erfüllung gegangen war, machte sie sich die gleichen Sorgen um den Kerl wie Zamo und alle anderen.

Diesmal schien ihr Partner sicher zu sein, dass sie am richtigen Ort gelandet waren. Seine Aufregung erfasste nach und nach die gesamte Gruppe. Bald würden sie es genau wissen, sobald die Wasseroberfläche vom Eis befreit vor ihnen lag!

Allerdings verspürte sie ein dringendes Bedürfnis, das sich nicht mehr lange aufschieben ließ. Sie sah sich nach einem geeigneten Ort dafür um. Ein etwa dreißig Schritte entfernter Hügel musste reichen. Rasch lief sie los, den Umstand ausnutzend, dass alle anderen mit dem schmelzenden Eis beschäftigt waren. Sie erleichterte sich ungesehen und machte sich sofort wieder auf den Rückweg.

Nach nur wenigen Schritten entstand vor ihr unvermittelt ein merkwürdiges Phänomen mitten in der Luft. Es flimmerte wie bei großer Hitze über der Savanne, aus dem Wabern tauchte der Schatten eines geradezu gigantischen Drachen auf.

Der Mann auf seinem Rücken wirkte winzig. Die Art dieses schwarzen Riesen hatte die Drachenreiterin erst ein einziges Mal in Zothras Erinnerung gesehen. Sie erstarrte. Entsetzt sah sie zu, wie weitere geflügelte Gestalten im Flimmern erschienen, jeweils mit einem grimmig dreinblickenden Menschen auf dem Rücken.

Es waren Eisdrachen, keine Horndrachen, und sie schienen über die Fähigkeit zu verfügen, ihre Umgebung einzufrieren. Zumindest fühlte sich Eya wie in einen Eispanzer gehüllt, der ihr nicht genug Platz zum Atmen ließ. Hilflos sah sie zu, wie die Drachen landeten.

Der Reiter des dunklen Kolosses hob lässig eine Hand. Sofort fiel der Druck von Eyas Brust ab. Keuchend brach sie zusammen. Zwei Menschen tauchten über ihr auf, rissen sie unsanft erneut hoch. Eine Frau fesselte ihr die Hände hinter dem Rücken. Sie wehrte sich nicht, noch immer damit beschäftigt, Luft in ihre schmerzenden Lungen zu saugen und nicht sofort wieder zusammenzusacken. Die Fesseln brannten wie Feuer an ihren Handgelenken. Stöhnend folgte sie dem Zug an ihrem Arm, halb blind vor Tränen, die ihr ungewollt in die Augen schossen. Der Schock lähmte ihr logisches Denken. Völlig verwirrt blinzelte sie die störende Flüssigkeit weg, um zu erkennen, wohin sie geführt wurde.

Was geschah hier? Wo waren die anderen? Ein entsetzlich gequältes Fauchen außerhalb ihres beschränkten Gesichtsfeldes ließ sie zusammenfahren.

Zamo!

»Lasst ihn los! Ihr dürft ihm nichts tun!«, brüllte sie außer sich. Verzweifelt bäumte sie sich auf, doch ein leichter Druck auf die schmerzhaften Fesseln ließ sie wimmernd in die Knie gehen. Sogleich wurde sie erneut hochgerissen.

»Komm jetzt, du Bohnenstange!« Die Stimme der Frau klang grob und verächtlich.

Eya war so verzweifelt über das Leid ihres Drachenpartners, dass sie die Beleidigung nicht einmal registrierte. »Was macht ihr mit ihm?«

Sie schluchzte laut auf, denn all ihre Versuche, den Drachen gedanklich zu erreichen, scheiterten. Anscheinend blockte er sie ab, damit sie nicht merkte, wie schlecht es ihm ging. Aber sie hatte es gespürt, einen endlosen Augenblick lang. Jedenfalls war es genug, um zu wissen, dass Zamo momentan wesentlich Schlimmeres erlitt als sie selbst.

»Noch nichts Lebensgefährliches. Allerdings wird sich das bald ändern, sofern er uns nicht verrät, wo sich das Portal befindet. Deshalb bringen wir dich jetzt zu ihm. Er wird uns lieber alles Nötige sagen, statt zusehen zu müssen, wie du leidest.«

Mühsam unterdrückte sie ein weiteres Schluchzen. Gegen diese Erpressung konnte sie nicht das Geringste unternehmen. Selbst wenn sie es irgendwie schaffte, nicht zu schreien, würde er ihr Leid spüren. Sie hatte keine Chance, es vor ihm geheim zu halten.

Da erblickte sie ihren starken Freund, der ein Bild des Jammers bot: zu Boden gedrückt von einer unsichtbaren Last, ein Flügel in unnatürlichem Winkel verdreht. Keuchend riss sich Eya von ihrer Bewacherin los, ignorierte den erneut aufflammenden Schmerz in den Handgelenken und rannte stolpernd auf Zamothrakles zu. Dabei rief sie fortwährend seinen Namen. Niemand hielt sie auf, was einem kleinen Teil ihres tauben Hirns verwunderlich vorkam. Der weitaus größere Teil kannte nur den einen Gedanken: Sie musste zu Zamo!

»Halte ein, Eya, komm nicht näher!«

Die Worte drangen schmerzvoll zu ihr durch. Noch nie, niemals hatte sich ihr Drachenpartner so angehört. Die sanfte, ruhige Stimme klang aufgerieben wie von einem Sandsturm, gebrochen und doch eindringlich. Er schien seine letzte Kraft zusammenzunehmen, um sie zu warnen. Sie kam mühsam zum Stehen, wäre um ein Haar gestürzt, ohne die Möglichkeit, sich abzustützen. Schwer atmend starrte sie ihn an.

»Was haben sie mit dir gemacht?«, flüsterte sie. »Sag es mir, *bitte!*«

»Sie haben ein Kraftfeld um mich aufgebaut. Du siehst ja, was es bei mir bewirkt. Dich wird es töten, wenn du näherkommst.«

»Oh, Zamo!« Der Schmerz in ihren Handgelenken wirkte lächerlich im Vergleich zu dem Leid ihres großen Freundes. Wieder strömten Tränen über ihre Wangen, diesmal aus reiner Verzweiflung. »Ich habe solche Angst!«

»Sie werden dir nichts tun, jetzt nicht mehr. Ich habe ihnen gesagt, was sie wissen wollten. Sonst hätten sie dich vor meinen Augen zu Tode gefoltert.«

»Aber du bist verletzt!«

»Es ist nicht angenehm, ich hoffe jedoch, das Schlimmste überstanden zu haben. Zudem heilt alles schnell, sobald ich wieder Magie anwenden kann.«

»Da ist sie ja, wie schön«, ertönte eine männliche Stimme dicht hinter ihr.

Sie drehte sich langsam um. Der Mann, der dort stand, wirkte imposant, obwohl er nicht größer war als sie selbst, dafür von kräftiger Statur. Schulterlanges Haar umrahmte ein helles, ebenmäßiges Gesicht. Grüne Augen musterten Eya kalt und berechnend, schienen sie bis auf den Grund ihrer Seele zu durchleuchten. Die zwei weiteren Gestalten, die respektvoll Abstand hielten, wirkten blass und unbedeutend gegenüber dieser Persönlichkeit.

Der Anführer winkte seine Begleiter lässig heran. »Bringt sie zu den anderen und bewacht sie gut.«

»Weshalb? Sie ist völlig nutzlos für uns, nachdem wir die Informationen ihres Drachenpartners besitzen«, bemerkte die Frau, die Eya gefesselt und hergeführt hatte. »Sie ist nicht einmal Magierin.«

Das Lächeln des Grünäugigen ließ Eya schaudern. »Das mag sein. Dennoch hat der große Zamothrakles sie zur Partnerin erwählt, was ihr in diesem Spiel eventuell noch eine wichtige Rolle zukommen lässt.«

»Ich verstehe nicht, was an dem Horndrachen so besonders sein soll«, knurrte der dritte Anwesende, der bislang geschwiegen hatte, abfällig.

»Und das, mein Lieber, beweist, wie wenig Ahnung du von Drachen hast«, erwiderte der Befehlshaber hart. »Dieser Nachkomme Zothras besaß das Vertrauen des Alten. Denkst du, er hat ihm nur dieses eine Geheimnis anvertraut? Zuerst müssen wir uns allerdings um die Dinge kümmern, die uns hergeführt haben.«

ઙ

Jonas schluckte schwer. Er stand fix und fertig angezogen in der Höhle, Helia hockte mit dem Kopf in Richtung Ausgang vor ihm. Ihr Schwanz zuckte leicht.

Ob dies ein Zeichen von Ungeduld darstellte? Er rief sich in Erinnerung, dass sie eigentlich ebenso wie er selbst noch ein Teenager war, gemessen an ihrer enormen Lebensspanne sogar wesentlich jünger. Also musste er der Vernünftige und Nachsichtige von ihnen sein, ähnlich wie bei seinem kleinen Bruder. Dennoch fiel ihm das, was er tun sollte, so unendlich schwer.

Hier gab es weder Halteschlaufe noch Sattel, überhaupt nichts, woran er sich hochziehen oder festhalten konnte. Aber halt – beim letzten Mal war er mithilfe seiner Magie recht einfach auf Zamos Rücken gelangt! Tief durchatmend konzentrierte er sich auf die ihn umgebende Luft, gab ihr die nötige Form und Festigkeit, um möglichst fix auf den Drachen zu gelangen. Instinktiv wusste er, dass er die Trittstufen jeweils nur für Sekundenbruchteile halten und belasten konnte, bis sie zerfielen. Länger ließen sich die Moleküle nicht so stark verdichten. Helia kam ihm kleiner und zarter vor als Eyas gewaltiger Partner. Dennoch war sie groß und kräftig genug, um sein Gewicht vermutlich kaum zu spüren.

»Bitte bleib liegen«, bat er deshalb, sobald er oben saß. »Ich war noch nie ohne Sattel auf einem Drachenrücken. Erst muss ich schauen, wo ich sitzen und woran ich mich festhalten kann.«

»Aber du sitzt doch bereits. Beeile dich bitte. Ich brauch dringend wieder Bewegung!«

»Okay … Äh, du kennst nicht zufällig den Trick, wie man seinen Passagier festhält, damit er nicht aus Versehen runterfällt?« Nervös fasste Jonas zwei der längeren Rückenstacheln, die ihm wesentlich zerbrechlicher vorkamen als die von Zamothrakles.

»Ich habe noch nie einen Menschen auf dem Rücken getragen, aber es dürfte nicht sonderlich schwierig sein, dafür zu sorgen, dass du bleibst, wo du bist. Obwohl ich mich frage, warum du dich nicht selbst auf die gleiche Weise sicherst wie bei deinem Aufstieg. Vielleicht versuchen wir es einfach?«

Die Drachendame wartete keine Antwort ab, ehe sie sich erhob. Obwohl Jonas mit der Bewegung gerechnet hatte, geriet er sofort ins Rutschen und schrie auf. Kurz bevor er endgültig einen Abgang hinlegte, hielt ihn die gleiche Kraft fest wie bei Zamos geplantem Absturz.

»Entschuldige, ich schätze, wir müssen beide noch üben«, kam Helias fröhliche Stimme bei ihm an, während er sich keuchend wieder zurechtsetzte. *»Aber jetzt sollte es funktionieren. Bereit?«*

»Ähm, nun ja …«

Seine Partnerin schien nur das Ja gehört zu haben, da sie eifrig die restlichen Schritte bis zum Ausgang trottete, um sich anschließend schwungvoll abzustoßen. Jonas' erneuter Schrei ging im Rauschen des Windes unter, der ihn mit voller Breitseite traf. Sein Magen machte einen Salto, als sie ein Stück durchsackten, ehe die prächtig schillernden Drachenflügel ihren Dienst antraten und sie beide trugen. Erstaunlicherweise fühlte es sich nicht mal halb so schrecklich an wie befürchtet. Helias Anwesenheit wirkte Wunder.

Außerdem hielt seine Partnerin ihn nun sehr gut fest. So stark, dass er sich nicht einen Millimeter bewegen konnte. Nachdem sich ihr Flug stabilisiert hatte – wobei *stabil* bei Helia wohl lediglich bedeutete, dass dieses ständig vorhandene Auf und Ab gleichmäßiger wurde und wellenförmig verlief – brachte Jonas gepresst hervor:

»Okay, du kannst jetzt wieder etwas lockerer lassen, damit ich Luft kriege.«

»Oh, verzeih! Ich dachte bloß, weil du so eine Angst hattest, zu fallen …«

Der Griff, der ihn eisern umklammert gehalten hatte, löste sich. Erleichtert atmete er durch und wagte zum ersten Mal, die Umgebung in Augenschein zu nehmen. Die Landschaft unterschied sich in vielerlei Hinsicht von derjenigen, in der er vor nicht allzu langer Zeit noch unterwegs gewesen war. Es gab viel weniger Schnee, ab und zu lugte brauner Fels hervor. Zudem war es wärmer, sodass der See, der vor ihnen auftauchte, eisfrei war. Plötzlich kam Jonas eine Idee.

»Könntest du dort am Ufer landen?«, bat er.

Folgsam ging seine Drachenpartnerin tiefer. Das Aufsetzen geschah vergleichsweise abrupt und unsanft. Entweder gab es auch unter den geflügelten Riesen motorisch geschicktere und ungeschicktere Gesellen oder die Eleganz der älteren Drachen beruhte auf Erfahrung. Jonas hoffte Letzteres.

»Hast du mich hier aus dem See gezogen?«, fragte er beim Blick auf die glatte Oberfläche, die sein Spiegelbild sowie das des weißen Drachenweibchens zeigte.

Das Ufer stieg steil an, sodass sie sich etwa einen Meter oberhalb des Wassers befanden. Kein Problem für Helia, die ihre bunt schillernden Flügel ausbreitete und sich kopfüber weit vorbeugte, um geräuschvoll zu trinken. Eigentlich hätte sie der Schwerkraft folgend in den See fallen müssen. Jonas schätzte, dass sie die Luft ebenso als Verbündete benutzte wie er selbst, obgleich er ihre Manipulation nicht erkennen konnte.

»Ja. Du bist genau mir gegenüber erschienen, erst als Bild, dann wirklich. Ich habe vor deinem Versinken nur kurz deinen Haarschopf gesehen. Natürlich musste ich dich rausfischen.«

Die Drachin hob den Kopf und wandte ihn nach rechts. Ein Mix aus unterschiedlichen Gefühlen durchzuckte Jonas – Überraschung und alarmierte Furcht dominierten darin.

»Was ist los?«, wunderte er sich.

Er folgte ihrem Blick und riss ungläubig die Augen auf. Ein riesiger Schatten erschien unter der Wasseroberfläche, wie von einem Meeresungeheuer, das sich beim Auftauchen als gigantischer Drache entpuppte. Eine solche Kreatur hatte Jonas noch nie gesehen! Der Mensch auf dem Rücken des schwarz geschuppten Monsters wirkte wie ein Spielzeug. Das Wasser spritzte bis zu ihnen, als sich das geflügelte Ungeheuer mit mächtigem Rauschen in die Luft erhob. Ohne auch nur einen Muskel zu rühren, beobachtete der Junge, wie sich zwei weitere Paare aus dem Wasser schälten. Die Drachen waren wesentlich kleiner als der erste, schlanker und in ein silbrig glänzendes, feines Schuppenkleid gehüllt.

»Sind das deine Freunde?«, erklang es zögernd in seinem Kopf.

»Nein«, hauchte Jonas atemlos. »Das ist … Das könnten vielleicht …« Er hielt inne, als sich die riesige Drachengestalt in seine Richtung wandte.

Der Mensch auf ihrem Rücken blickte ihn an. Obwohl sich Jonas nicht entsinnen konnte, dieses Gesicht jemals gesehen zu haben, weckte der Anblick eine emotionale Erinnerung, die ihn schaudern ließ.

Instinktiv wusste er, wen er vor sich hatte und begriff, dass er den Eindringlingen auf Gedeih und Verderb ausgeliefert war. Weder er noch Helia würden Dogul und seinen Gefährten entkommen. Das Gefühl entsetzlicher Hoffnungslosigkeit lähmte ihn, sodass er einfach dort saß und zusah, wie sich die Fremden näherten. Der Anführer sagte etwas in einer Sprache, die ein wenig wie Russisch klang, was seine beiden Gefährten auf ihren grazilen Glitzerdrachen zum Lachen brachte.

»Verstehst du sie?« Jonas bemühte sich, seine Partnerin rein gedanklich anzusprechen. Er hatte Angst, dass die Männer ihm den Kontakt zu Helia verbieten könnten, sollten sie ihn bemerken.

»Natürlich! Der Mensch auf dem Karatdrachen hat gesagt, dass du aussiehst wie ein Kobold, mich hat er mit einer Elfe verglichen. Ich weiß nicht, was daran so lustig sein soll. Diese Geschöpfe kenne ich nur aus Erzählungen meiner Tante, sie sind bei uns ausgestorben.«

Ehe er sie bitten konnte, ihm die Gespräche der Männer zu übersetzen, hörte er perfekt verständlich: »Da ist ja unser Wunderkind – noch dazu in Gesellschaft einer zauberhaften jungen Drachendame. Was für ein Anblick! Heute muss mein absoluter Glückstag sein, auch wenn die Nacht viel zu kurz war. Hättet ihr die Güte, uns zu begleiten?«

MAGISCHE BANDE

Eya saß Rücken an Rücken mit Naida auf dem eiskalten Untergrund, ihre Fesseln mit jenen der weißblonden Frau verschränkt. Diese stöhnte ab und zu leise. Liman und Kuno saßen auf die gleiche Weise aneinandergebunden neben ihnen.

Die Bänder, mit denen sie an der Flucht gehindert wurden, schienen nicht nur zu brennen wie Feuer, sondern ebenfalls die Anwendung der Kraft zu verhindern, mit deren Hilfe sich die Magier sonst leicht hätten befreien können. Auch ihre Drachenpartner waren auf diese grausame Weise gefesselt. Das Kraftfeld um Zamo existierte zum Glück nicht mehr, dafür war er ebenso gebunden wie seine Gefährten und dazu schwer verletzt.

Ihre Bewacher saßen in einigem Abstand wesentlich bequemer auf Fellen, hatten sich ihrer Ausrüstung bemächtigt und verzehrten die kostbaren Vorräte. Die zwei Frauen und vier Männer schienen aus unterschiedlichen Regionen der Erde zu stammen, aus Thabuq war jedoch offensichtlich niemand dabei.

»Was werden sie jetzt mit uns tun? Uns töten?« Eyas Flüstern klang rau vor Angst, Kälte und Hoffnungslosigkeit.

Sie wusste nicht einmal, ob einer ihrer Begleiter sie überhaupt noch verstand, so ganz ohne Magie. Von der Sprache der Nordländer, in der sie sich zwischendurch leise unterhalten hatten, begriff sie kaum ein Wort, auch wenn sie diese in letzter Zeit so oft selbst benutzt hatte.

Dennoch reagierte Kuno auf ihre Frage. »Ich weiß es nicht«, gab er ebenso leise zurück. »Entweder brauchen sie uns noch für irgendetwas oder sie warten auf die Rückkehr ihres Anführers.

Zumindest bin ich sicher, dass der Bann auf den Fesseln bald erlöschen müsste. Drachen tun ihren Mitgeschöpfen etwas derart Grausames niemals länger als zwei, höchstens drei Stunden an.«

»Ich hätte nie gedacht, dass sie es überhaupt fertigbringen«, murmelte Eya erschöpft und gleichzeitig erstaunt, dass der Heilmagier selbst mit den Fesseln noch perfekt *Ntaba* sprach. Anscheinend hatten ihm dazu die paar Unterhaltungen in ihrer Muttersprache gereicht.

»Es ist eine der weniger freundlichen Methoden, um Gesetzesbrüchige zu einem Gefängnis zu transportieren. Nur die Ältesten haben meines Wissens Zugriff auf solche Fesseln und geben sie bei Bedarf an Vertraute weiter. Dass Dogul über eine ausreichende Anzahl davon verfügt, um uns alle damit außer Gefecht zu setzen, untermauert meine Theorie, dass er mindestens ein Mitglied des Interdimensionalen Drachenrates auf seiner Seite hat.«

Einer der Bewacher warf ihnen einen finsteren Blick zu, woraufhin Kuno verstummte. Auch wenn sie nachvollziehen konnte, dass er keine Strafe riskieren wollte, war sie unglücklich darüber, nicht weiter mit jemandem reden zu können. Es lenkte sie von der Kälte ab, die gnadenlos an ihr nagte und vom Schmerz in ihren Handgelenken, der dadurch sogar verstärkt wurde.

Erneut versuchte sie, Kontakt zu Zamo aufzunehmen, der nach ihrer kurzen Begegnung vorhin kein Lebenszeichen mehr von sich gab. Ob ihn seine Fesseln auch daran hinderten, in ihre Gedanken zu sprechen? Inzwischen war sie so verzweifelt, dass sie ihren Tränen freien Lauf ließ, ohne zu versuchen, ihren Schmerz vor dem Drachen zu verbergen.

»Wo steckst du, mein Großer?«, flüsterte sie erstickt. »Bist du noch da? Bitte sag etwas!«

»Ach, liebste Eya, wie soll ich Kontakt zu dir halten, wenn du dich vor mir verschließt?«

»Ich wollte nur nicht, dass du mein Elend so sehr spürst.« Sie schniefte unhörbar. Wärme durchflutete sie von innen – Zamos Zuneigung, die sie ausfüllte, tröstete und ihr neuen Mut einflößte. Genau das hatte ihr so gefehlt! Einen Moment lang genoss sie dieses Gefühl, das die Situation wesentlich erträglicher machte. Die Stimme in ihrem Kopf klang wie immer, wenn auch durchmischt mit einer leicht angespannten Note, die ihr verriet, dass ihr Freund mindestens genauso litt wie sie selbst.

»Bitte sperre mich nicht aus. Ich möchte dir so gern helfen. Leider hindert mich dieses Band momentan noch daran, jedoch nicht mehr lange. Wir müssen nur Geduld haben.«

»Ich halte das bald nicht mehr aus. Diese furchtbare Kälte …«

»Du schaffst das. Es dauert höchstens noch eine Stunde, eher weniger, bis die Bänder ihre Wirkung verlieren.«

»In dieser Zeit bin ich erfroren. Wieso kannst du überhaupt mit mir reden, wenn du diese ekelhaften Fesseln trägst? Ich dachte, sie verhindern die Ausübung von Magie?«

»Drachen sind *Magie, Eya. Die Bänder müssten mich betäuben, um mich daran zu hindern. Ich kann nichts manipulieren, also keinen Befreiungsversuch starten oder ein Portal erschaffen. Meinen Geist berührt der Bann zum Glück nicht, selbst wenn er ihn räumlich einschränkt. Deshalb gelingt es mir momentan nicht, Hilfe herbeizurufen.*

»Ich bin sehr froh, dich zu hören, sonst würde ich hier …«

Ein mächtiges Platschen ertönte rechts hinter ihr. Erschrocken drehte sie den Kopf so weit wie möglich, um einen Blick auf den See zu erhaschen. Aus den Augenwinkeln sah sie eine riesige Gestalt, die sich kraftvoll aus dem Wasser erhob und rauschend in die Luft schwang. Eya wurde von einem Schwall aus winzigen, eiskalten Tropfen getroffen, die sofort an ihr gefroren. Es beschleunigte den Auskühlungsprozess rapide. Dem gewaltigen Drachen namens Finnegan folgten drei weitere. Zwei Eisdrachen und ein zierlicher weißer Horndrache. Dieser war vorhin nicht dabei gewesen! So einen hatte sie überhaupt noch nie gesehen – aber das rötliche Haar des Reiters kam ihr nur allzu bekannt vor.

»Jonas!«, ächzte sie. »Sie haben ihn!«

»Das sehe ich«, murmelte Kuno neben ihr. Er klang erschöpft und resigniert.

Das Rauschen mächtiger Flügel sowie ein Schatten, der den Himmel verdunkelte, ließ sie aufblicken. Dogul landete auf seinem Partner dicht vor ihnen.

»Wie ihr seht, habe ich mein Ziel erreicht, sogar mehr als das«, verkündete er mit einem kalten Lächeln. »Zum Dank dafür, dass ihr mir – wenn auch unfreiwillig – den Weg dorthin geebnet habt, lasse ich euch am Leben, trotz des üblen Planes, den ihr für meine Leute und mich ersonnen hattet. Immerhin besteht die Chance, dass ihr euch unserer Sache anschließt. Spätestens dann, wenn ihr in eurem realitätsfernen Rattenloch merkt, dass ihr sowohl auf dem Holzweg als auch gnadenlos unterlegen seid. Gute Magier – und das seid ihr zweifelsohne – werden immer gebraucht.«

»Das wird niemals geschehen!«, spie Liman verächtlich aus. Seine Stimme klang gepresst. »Ihr verratet und verachtet das Gesetz und die Regeln des Rates … Allein für diese Aktion hier gehört ihr allesamt vor das Interdimensionale Gericht gestellt!«

Der Drachenreiter, der sich bestimmt fünf Meter über dem Boden befand, lachte spöttisch. »Und das sagt jemand, der sich selbst vor dem Rat verstecken muss, weil er sein halbes Leben als Partner eines verlogenen, selbstsüchtigen Greises vergeudet hat, dem das Wohl seiner Familie mehr am Herzen lag als das seiner gesamten Rasse!«

»Du wagst es!«, ächzte Naida.

»Du wirst mich nicht daran hindern, die Wahrheit auszusprechen!«, polterte Dogul. »Zothra hat ein Portal ins Paradies geschaffen und es bis zu seinem Tod geheim gehalten, alles nur, um Frau und Kinder vor einer imaginären Bedrohung zu schützen. Dafür hat er seinem Volk die Möglichkeit genommen, sich fortzupflanzen und ohne die Unterdrückung durch den Rat zu leben. Wie würdest du das nennen?«

»Er hat seine Dimension vor Ungeziefer wie dir bewahren wollen!«, knurrte Kuno. »Schade, dass es ihm nicht vollständig gelungen ist!«

Jetzt erst drang die Erkenntnis in Eyas betäubten Verstand, dass sie sich in einer ihr bisher unbekannten Sprache verständigten. Ein Eisdrache landete nahe Finnegan. Er wirkte wie ein Kleinkind neben dem Giganten, dennoch kräftig genug, seinen Reiter mit Leichtigkeit zu tragen.

»Wir sind bereit. Was geschieht jetzt mit Zamothrakles und seiner jungen Reiterin?«

»Sie bleiben hier. Zothras Tochter ist wesentlich nützlicher und reicht uns völlig. Sofortiger Abflug – wir kehren nach Hause zurück!«

Bei diesen Worten breitete das dunkle Ungetüm unter ihm seine metallisch glänzenden Flügel aus, die es mit mächtigem Rauschen und einem wahren Schneegestöber in den grauen Himmel katapultierten. Der Eisdrache startete viel eleganter und leiser.

Ein Blick zu den Bewachern zeigte Eya, dass diese ebenfalls aufgestiegen waren und sich anschickten, den unwirtlichen Ort zu verlassen. Die Szene verschwamm vor ihren Augen. Mühsam rang sie darum, bei Bewusstsein zu bleiben. Sie spürte weder Arme noch Beine. Instinktiv wusste sie, dass sie der bleiernen Müdigkeit nicht nachgeben durfte, doch es erforderte ihren gesamten Willen, die Augen offenzuhalten. Zwei Atemzüge später schaffte sie es nicht mehr. Sie merkte kaum, dass sie zur Seite kippte, hörte Naidas Aufstöhnen wie durch eine dicke Watteschicht.

»Bleib wach, Eya! Kämpfe dagegen an! Oh, verdammt!«

Ihre rüde Wortwahl sowie ihr verzweifelter Tonfall drangen tröpfelnd in ihren trägen Verstand, doch selbst Zamos eindringliche Worte erreichten sie nur von fern.

»Eya, halte durch! Ich bin gleich bei dir!«

Mehr hörte sie nicht, ehe sie in Schwärze versank.

ℭ

Wie im Traum sah Jonas die Drachen und ihre Reiter vor ihm in der flimmernden Luft verschwinden. Fluchend umklammerte er Helias Hornauswüchse fester.

»Oh, wir fliegen durch ein Portal! Das habe ich früher oft mit Leviatha getan – es ist ein wunderbares Gefühl.« Die junge Drachendame hörte sich trotz ihrer beklemmenden Situation als Gefangene erstaunlich sorglos, ja sogar begeistert an.

»Ich kenne das Gefühl«, presste er zwischen zusammengebissenen Zähnen hervor. »Es ist grauenhaft!«

»Ich gebe auf dich acht, keine Sorge. Außerdem werden uns diese Drachen nichts tun, sie sind freundlich.

Jonas stöhnte. »Zu dir vielleicht! Aber was mich angeht …« Er kam nicht weiter, da sie das Flimmern erreicht hatten und der helle Blitz ihn daran erinnerte, was jetzt folgte. Merkwürdigerweise fühlte er sich dabei ebenso sicher gehalten wie in dem Überschlag-Fahrgeschäft eines Vergnügungsparks, in das ihn sein Bruder letztes Jahr mit einer hinterhältigen List gelockt hatte. Im Vergleich zu der Achterbahn geschah dies hier noch viel schneller und er verspürte einen völlig unerwarteten Drang, zu jubeln. Gleichzeitig presste sich sein Herz wie gewohnt vor Angst zusammen – allerdings nur einen winzigen Moment lang, dann überwältigte ihn pure Freude.

Keuchend sortierte er sich neu, nachdem die Durchquerung geschafft war. Irritiert bemerkte er einen Anflug von Enttäuschung drüber, gemischt mit der Erleichterung, die seines Erachtens wesentlich angebrachter war.

»Was war das eben? Hast du mich etwa manipuliert?«, fragte er halb anklagend, halb amüsiert.

»Entschuldige bitte«, kam es zerknirscht zurück. *»Ich dachte, wenn du merkst, wie viel Freude es bereitet, überwindest du deine Angst leichter.«*

»Okay, du hast es nur gut gemeint, aber du hilfst mir auch so schon, da brauchst du gar nichts an meinem Verstand oder an meinen Gefühlen zu drehen, hörst du? Bitte mach so etwas nicht mehr. Ich weiß nicht, wie das bei euch Drachen ist, aber wir Menschen nennen es einen Eingriff in die Privatsphäre.«

»Ja, ich verstehe, was du meinst. Ich entschuldige mich für mein eigenmächtiges Handeln und verspreche, es nicht mehr zu tun. Hoffentlich kannst du mir vergeben! Nicht, dass ich das Band wieder lösen soll, nachdem wir uns gerade erst kennengelernt haben.«

»Quatsch. Du wolltest mir bloß helfen. Haben dir deine neuen Drachenfreunde auch verraten, wo wir jetzt sind und wo es hingeht?«

Zum ersten Mal wagte er einen Blick seitlich am schlanken Drachenhals vorbei. Sie überquerten ausgedehnte, hügelige Wälder, die schnee- und eisfrei unter ihnen lagen. Über ihnen erstreckte sich ein wolkenverhangener Himmel. Die Luft war merklich wärmer als in dem eisigen Gebiet, aus dem sie kamen, jedoch wesentlich kälter als in Eyas Heimatland.

Die Drachen gingen tiefer, steuerten eine Schlucht an, durch die sich weit unter ihnen ein schmaler Fluss schlängelte. Die Wände ragten steil und felsig zu beiden Seiten auf.

Dort unten muss es Höhlen geben, dachte Jonas und empfing sogleich die mentale Bestätigung seiner Partnerin.

»Sie sagen mir nicht den Namen dieses Ortes, aber hier wohnen sie.«

VERLOREN UND VERRATEN

Sie flog. Ihre Flügel waren stark und trugen sie sicher. Die Hitze in ihrem Inneren wurde durch den Wind angenehm gedämpft. Sie summte eine beruhigende, wundervolle Melodie, die in ihrem Körper widerhallte, ihn mit einem wohligen Kribbeln erfüllte, vom Kopf bis zu den Krallen. Etwas stupste sie immer wieder sanft an, schüttelte sie schließlich und rief ihren Namen.

»Eya, wach auf!«, hörte sie wie aus weiter Ferne. »Komm schon, wir müssen los!«

»Sie schafft es, siehst du?«

»Endlich! Ich dachte schon, sie hätte aufgegeben.«

»Das Mädel ist stark. Kein Wunder, dass Zamo ihr Partner sein wollte. Da, sie kommt zu sich!«

Mühsam öffnete Eya die Augen. Die Stimmen verstummten, dafür blickte sie in drei besorgte menschliche Gesichter. Ein weitaus größerer, nicht menschlicher Kopf drängte sich zwischen den Magiern hindurch und schnaubte ihr warme Luft entgegen.

»Willkommen zurück, meine wundervolle Kämpferin! Ich habe mich bemüht, deinen Genesungsprozess ein wenig zu unterstützen. Leider blieb zu wenig Zeit, um den Traum richtig zu entfalten.«

»Zamo!«, krächzte sie tonlos. Es fühlte sich an, als hätte jemand ihre Stimmbänder mit Sandpapier eingerieben.

Langsam kehrte die Erinnerung zurück, ließ sie schaudern. Momentan lag sie warm und gemütlich in Decken eingepackt auf einer weichen Unterlage. Sie verspürte keinerlei Schmerzen. Erst als sie sich aufrichten wollte, merkte sie, dass sich ihre Glieder ungelenk und steif anfühlten, als hätte sie zu lange gelegen. Dennoch war scheinbar noch alles an ihr dran. Erstaunt bewegte sie Arme und Beine, betrachtete ihre Handgelenke, an denen die brennenden Bänder Spuren hinterlassen hatten, die nun vernarbt wie alte Wunden wirkten, die sie sich als Kind zugezogen hatte.

Naida nickte zufrieden. »Sieht alles gut aus. Ich hoffe, du hast keine Schmerzen?«

Eya schüttelte den Kopf. »Das ist beruhigend. Deine Erfrierungen waren heftig. Ohne die Hilfe der Drachen hättest du mehr als ein paar Zehen verloren. Vor allem, da wir sehr erschöpft sind.«

»Ein paar Zehen?« Ungläubig starrte sie die weißblonde Magierin an, deren tiefe Schatten unter den Augen ihre Worte bestätigten.

Mit plötzlichem Herzklopfen schlug sie die Decken zurück. Ihre Füße steckten ihn den warmen Wollsocken, die sie bei ihrem Aufbruch bereits getragen hatte, die Stiefel standen neben ihrem Lager. Beiläufig erkannte sie, dass die Gruppe erneut von den Drachen umgeben war, die den nötigen Windschutz erzeugten. Ihr Augenmerk lag jedoch auf ihren Gliedmaßen, die sie nun vorsichtig entkleidete. Erst jetzt bemerkte sie, dass es sich anders anfühlte als sonst, obwohl es nicht schmerzte.

Als sie die Bescherung sah, musste sie schlucken. Am rechten Fuß fehlte der kleine Zeh. Es war alles ordentlich verheilt, sah fast so aus, als müsste es so sein. Nun ja, diesen Stummel würde sie kaum vermissen. Doch ihr linker Fuß sah schlimmer aus. Hier fehlten gleich drei Zehen! Der zweite neben dem großen und die letzten beiden. Auch diese Verletzung wirkte, als hätte sie sich diese vor Jahren zugezogen.

Dennoch traten Eya Tränen in die Augen. Hiermit war sie so sehr entstellt, dass sie innerhalb ihres Volkes schwerlich einen Lebensgefährten finden würde. Ein paarmal tief durchzuatmen, half. Energisch wischte sie sich übers Gesicht. Sie lebte noch und es ging ihr gut. Das zählte! Solange Zamo zu ihr halten würde …

»Aber sicher, meine Liebe! Für mich wirst du immer das schönste menschliche Wesen auf diesem Planeten sein, ganz gleich, wie viele Körperteile du verloren hast. Es sind Äußerlichkeiten, völlig unwichtig. Ein Mann, der das nicht versteht, hat dich nicht verdient. Gräme dich nicht, zieh die Stiefel an und steig auf! Wir müssen zurück zur Vergessenen Stadt.«

»Meinst du, du kannst reiten?«, kam es gleichzeitig von Kuno. »Wir sollten aufbrechen, damit wir alle ins Warme kommen. Wir anderen hatten leider noch keinen Schlaf, dafür jede Menge Anstrengung.«

»Bestimmt geht das – muss es ja!«

Sie streifte die Socken über und schlüpfte vorsichtig in die Stiefel. Es tat nicht sonderlich weh, war jedoch trotzdem ungewohnt und unangenehm. Auch das Gehen gestaltete sich schwieriger als früher. Rechts konnte sie fast normal auftreten, den linken Fuß vermochte sie nicht abzurollen. Bei der vierten oder fünften humpelnden Belastung zuckte ein ungeheurer Schmerz hindurch – ihre nicht mehr vorhandenen Zehen verkrampften sich!

»Aaahrg!«

Sie verharrte keuchend, mit schmerzverzerrtem Gesicht, und beugte sich hinab, um die Stiefelspitze hochzuziehen. Kuno, der sie bisher gestützt hatte, griff etwas fester zu. Ein feines Pulsieren ging von der Stelle an Eyas Arm aus, wanderte bis hinunter in ihren Fuß und beruhigte das Ziehen.

Aufatmend richtete sie sich wieder auf. »Danke! Ich wusste nicht, dass etwas nicht Vorhandenes so wehtun kann.«

Der Magier sah sie mitleidig an. »Wir nennen es *die Rache der toten Gliedmaßen*. Du wirst es noch öfter haben, aber keine Bange, es lässt mit der Zeit nach. Wenn wir zu Hause sind, schaue ich mir die Sache nach einem Berg belegter Brote und ein paar Stunden Schlaf gern erneut an. Sonst zeigt dir Svea einige Tricks, mit denen du diese Krämpfe selbst in den Griff bekommst. Das geht auch ohne Magie.«

Am Boden des Tals gab es eine gut getarnte Ansiedlung niedriger Gebäude, die von oben wie ein Geröllfeld aussah. Da man sie praktisch nur aus der Luft erreichen konnte oder Bergsteiger sein musste, um in den Kessel zu steigen, war die Lage absolut perfekt, um sich zu verstecken. Dennoch hatten sich die Aufständischen hier ziemlich bequem eingerichtet.

Jonas wurde in einen Raum aus grob behauenen Steinen geführt, in dessen Mitte verschiedene Speisen auf einem langen, schmalen Tisch angerichtet standen. Dogul saß auf einer steinernen Bank, gemeinsam mit den beiden Männern, die er am See in seiner Heimatdimension gesehen hatte. Sie langten bereits kräftig zu.

Der Anführer deutete auf die freien Plätze. »Setzt euch und esst. Das haben wir uns verdient.«

Die Frauen, die Jonas begleitet hatten, folgten der Einladung sofort. Er selbst blieb jedoch stehen, die Arme trotzig vor der Brust verschränkt.

»Erst will ich wissen, warum ihr meine Drachenpartnerin und mich dazu gezwungen habt, euch zu begleiten. Wir gehören nicht hierher! Ich möchte nach Hause zu meiner Familie und Helia-«

Mit einer gebieterischen Geste schnitt ihm Dogul das Wort ab. »Langsam, Junge. Ich werde dir alles erklären – später. Dafür bleibt noch genug Zeit. Wie du siehst, bist du mein persönlicher Gast, genau wie deine entzückende Drachendame, die bereits fürstlich versorgt wird. Du kannst sie gern fragen, wenn du mir nicht glaubst.«

Jonas horchte alarmiert in sich hinein.

Erleichtert spürte er die Anwesenheit seiner Partnerin, deren Lachen angenehm in seinem Inneren widerhallte.

»Es geht mir gut. Ich genieße ein vorzügliches Mahl – Fleisch eines Huftieres mit Gemüse und frisches Wasser aus dem Fluss. Die Drachen sind alle sehr zuvorkommend. Du solltest auch etwas zu dir nehmen. Wir werden unsere Kräfte brauchen, um von hier fortzukommen.«

Gedanklich stimmte er ihr zu, wollte aber trotzdem vorsichtig sein. Zögernd setzte er sich schließlich möglichst weit fort von den anderen und griff nach einem Stück Brot, das ein Loch in der Mitte besaß und aussah, als wäre es über einem Feuer geröstet worden. Es schmeckte rauchig und köstlich. Er verschlang es gierig und nahm sich dazu eine Scheibe Wurst von einem Teller, von dem auch die anderen aßen. Sorgfältig achtete er darauf, nur solche Speisen zu verzehren, die vor ihm schon jemand gekostet hatte. Einer von Doguls Männern schenkte ihm klare Flüssigkeit aus einem Tonkrug ein, aus dem reihum bedient wurde. Er dachte, es wäre Wasser, doch ein scharfer Geruch warnte ihn. Das roch eher nach Schnaps!

»Könnte ich bitte Wasser bekommen?«, fragte er höflich.

»Verträgst wohl keinen *Scolljet!«* Der Anführer grinste und erntete schallendes Gelächter. Auf seinen Wink hin brachte ihm jedoch eine der Frauen ein Glas mit dem Gewünschten.

Misstrauisch beäugte er es. Hiermit könnten sie ihn ohne Probleme vergiften oder betäuben. Dennoch musste er unbedingt trinken!

Dogul, der seine Gedanken zu erraten schien, beugte sich vor. Mit spöttisch hochgezogenen Brauen bemerkte er: »Wenn ich vorgehabt hätte, dir etwas ins Essen zu mischen, hätte ich es längst getan und du wüsstest es nicht einmal. Abgesehen davon ist es nicht nötig. Also trink, damit du nicht vor Durst umkommst. Ich brauche dich noch.«

Jonas stürzte den Inhalt des Glases in einem Zug hinunter. Etwas außer Atem antwortete er dann: »Wofür? Damit ich dir verrate, wo die Vergessene Stadt liegt? Das kann und werde ich dir nicht freiwillig sagen! Mit euren Streitigkeiten habe ich absolut nichts zu tun, aber ich weiß, dass die Bewohner dieses Ortes großen Schiss vor deinen Leuten haben. Angst davor, angegriffen zu werden, Heim und Kinder zu verlieren, vielleicht sogar ihr Leben. Warum könnt ihr das nicht friedlich regeln? Mit den Leuten kann man reden!«

Der Mann, der ihm schräg gegenübersaß, lachte leise, schob sich statt einer Antwort ein Stück Fleisch in den Mund, um bedächtig darauf zu kauen. Seine Gefolgsleute aßen schweigend weiter. Jonas wartete mit zusammengepressten Lippen. Nachdem sein erster Heißhunger gestillt war, brachte er keinen Bissen mehr hinunter, lehnte jedoch ein zweites Glas mit Wasser nicht ab.

»Es ist immer gut, beide Seiten zu kennen, bevor man über einen Sachverhalt urteilt«, stellte Dogul schließlich fest. »Woher weißt du, dass ich nicht längst versucht habe, mich mit den Obersten dieses geheimen Dreckloches zu einigen? Mich würde interessieren, welche Märchen man sich unter den einfältigen Träumern erzählt, die sich seit Ewigkeiten in ihrem verwunschenen Eispalast einmauern, einem senilen Schwachkopf folgen und die Augen vor der Realität verschließen.«

»Sie werfen dir vor, den Ältesten Zothra verraten und die Gesetze des Interdimensionalen Drachenrates gebrochen zu haben. Ist das bloß erfunden?« Jonas versuchte, seine Stimme bei diesen Worten möglichst ruhig zu halten, sie zitterte trotzdem. Er konnte nicht verhindern, dass ihm am ganzen Körper kalter Schweiß ausbrach.

Was tat er da? Hatte er jetzt völlig den Verstand verloren?

Doch der Anführer reagierte weder wütend noch beleidigt. Er sah ihn gelassen an, nickte langsam und lächelte sogar ein wenig.

»Ich glaube, dass Zothra zumindest einmal in seinem langen, selbstsüchtigen Leben etwas Gutes getan hat, indem er dich hierherholen ließ. Sonst war er ein verlogener Mistkerl, der sein Amt missbraucht und sein Volk hintergangen hat, um einigen wenigen Drachen seiner Art Vorteile zu verschaffen. Hauptsächlich seiner eigenen Familie – und zwar ohne Rücksicht auf Verluste. Was den Rat angeht, halte ich ihn im Wesentlichen für ein überflüssiges Relikt, das über das Los ganzer Völker entscheidet, ohne selbst die Konsequenzen zu tragen. Die Mitglieder dieses größtenteils überalterten Gremiums nehmen ihre Verantwortung schon längst nicht mehr ernst. Sie sind bestechlich und der Macht, über die sie gebieten, keinesfalls würdig. Ich sträube mich dagegen, mich Wesen unterzuordnen, die nicht einmal fähig sind, ihre eigenen Angelegenheiten konfliktfrei zu regeln, geschweige denn, die Geschicke von zwölf Welten gerecht und vernünftig zu lenken. Sie verlangen die Befolgung von Gesetzen, die sie vor Urzeiten aufgestellt haben, ohne sie jemals den enormen Veränderungen anzupassen, welche die Zeit nun mal mit sich bringt. Sie halten sich für besser, intelligenter und weiser als alle anderen, hören jedoch kaum auf die Stimmen der Völker, für die sie verantwortlich sind, und kümmern sich hauptsächlich um ihre eigenen Belange.«

Mit aufgerissenen Augen starrte Jonas den Sprecher an. Dies hörte sich völlig anders an als das, was ihm Liman, Kuno und Naida erzählt hatten! War Dogul am Ende lediglich ein Rebell, der gegen das vorherrschende System ankämpfte, weil er es als ungerecht und ineffektiv empfand? Aber warum musste er seine Überzeugung gewaltsam durchsetzen, wenn die Ordnung des Rates derart veraltet und schlecht war?

Alle Augen ruhten nun auf ihm. Das verunsicherte ihn so sehr, dass er schließlich zu Boden starrte. Nur am Rande bekam er mit, dass der Anführer eine kleine Handbewegung machte, woraufhin sich alle anderen rasch und leise aus dem Raum entfernten.

Seine Gedanken rasten.

Bisher hatte er in Zothra stets einen weisen und mächtigen Herrscher gesehen. Die bedingungslose Hingabe seiner Lehrmeisterin und ihre jahrelange Bemühung, seine Wünsche zu erfüllen, hatten ihn glauben lassen, dass der Älteste über jeden Zweifel erhaben sein musste. Wie kam Dogul zu seinem Urteil? Kannte er den Obersten der Horndrachen ebenso gut wie Naida, die viele Jahre ihres Lebens in seiner unmittelbaren Nähe verbracht hatte?

Schließlich hob Jonas den Kopf, um seine Frage laut zu stellen. Doch es war gar nicht nötig. Der Magier mit den grünen Augen kam ihm zuvor.

»Du bist durchschaubar wie Glas«, sagte er sanft. »Einen so offenen, klaren Geist habe ich selten bei einem Magieschüler gesehen. Und noch nie ein solches Talent. Denkst du wirklich, deine Lehrerin hätte dich in alle Geheimnisse eingeweiht, die den verstorbenen Ältesten betreffen? Glaubst du, sie auch nur annähernd zu kennen? Du warst für Zothras Anhänger hauptsächlich ein hochinteressantes Experiment, zu dessen Erforschung sie zum Glück kaum gekommen sind, da sie es zu eilig mit der Anwendung hatten. Deine besondere Begabung muss für sie ebenso deutlich zu erkennen gewesen sein wie für mich, weshalb sie dich als wohl platzierten Köder benutzt haben. Sie wussten genau, dass du mich ungemein interessieren würdest, ja, dass ich alles riskieren würde, um dich in die Finger zu bekommen. Nach jemandem wie dir habe ich mein halbes Leben lang gesucht.«

»Das ist nicht wahr!«, rief Jonas aufgebracht. »Es war ein Unfall! Sie wollten nicht, dass ich …« Er stockte.

Was wusste er wirklich über die Beweggründe der Magier, die ihn aufgenommen hatten? Sie waren freundlich zu ihm gewesen, hatten ihm Nahrung, Kleidung und Obdach geboten, ihn die Nutzung von Magie gelehrt und nicht zuletzt seine Verbrennungen geheilt. Aber war dies alles so selbstlos geschehen wie gedacht?

»Falls du Zweifel hegst, ob dein Gespräch mit dem Mädchen zufällig von mir entdeckt wurde, lass dir gesagt sein, dass es kurz vor dem Zeitpunkt stattfand, an dem ich Liman Sayouns Kontaktaufnahme erwartete. Nun gut, ich rechnete nicht damit, erfolgreich in den exzellent geschützten Ort einzudringen, noch weniger mit dem Anblick eines rothaarigen Jungen, der sein Herz vor mir ausbreitet wie ein Banner. Vor seinem Eintreffen an diesem Ort hatte mir Zothras Reiter bereits zugetragen, dass es neue Entwicklungen nach dem Tod des Ältesten gäbe. Er sprach von einer Verhandlungsbasis, die sich eröffnet habe. Ja, schau nicht so ungläubig drein – wir standen in Verbindung, wenn auch nur sporadisch. Es war keine sonderlich freundschaftliche Beziehung. Dieses Pack lehnt es bis heute kategorisch ab, sich mit uns zusammenzutun, obwohl wir ihnen immer wieder die Chance dazu eröffnet haben.«

»Warum fürchten sich die Menschen in der Stadt dann so sehr vor dir? Sie wollten sie mich sogar töten, damit ich dir ihren Aufenthaltsort nicht verraten kann.«

Der Mann vor ihm zuckte gleichgültig mit den Schultern. »Daran siehst du, dass es eben auch keine Unschuldigen sind. Ein paar dieser Feiglinge verstecken sich an diesem verfluchten Ort vor meinen Leuten, weil sie ihnen in der Vergangenheit übel mitgespielt haben. Ich könnte es meinen Freunden nicht verdenken, wenn sie Rache üben wollten. Und mit zwei oder drei Magiern habe ich persönlich noch eine Rechnung offen, das ist wahr. Allerdings habe ich nie in Erwägung gezogen, alles in Schutt und Asche zu legen, mordend und plündernd durch die Straßen zu ziehen, Frauen und Kinder zu häuten oder sonst irgendwelche unsinnigen Grausamkeiten zu begehen. Das sind üble Verleumdungen, falls man dir etwas in dieser Art erzählt hat.«

Jonas wollte eigentlich nicht glauben, dass Naida und Kuno nicht ehrlich zu ihm gewesen waren. Doch dann erinnerte er sich an seine

Erkenntnis draußen in der eisigen Einöde am See, wo ihm aufgegangen war, dass er in seiner Naivität den Lockvogel gespielt hatte.

Die Erklärung war einleuchtend. Aber war sie auch vollständig? Bitterkeit schnürte ihm die Kehle zu. Das durfte nicht wahr sein! Wie konnte er sich so sehr in ihnen getäuscht haben? Plötzlich ergab alles Sinn, selbst wenn dieser wehtat. Sie hatten um seine Begabung gewusst, ihm aber nichts davon erzählt, damit er sie nicht dazu nutzen konnte, nach Hause zurückzukehren. Stattdessen hatten sie ihm weisgemacht, Dogul wäre der Feind, ihm eingeschärft, wie gefährlich dieser Kerl war, wie gerissen und mächtig …

Er stöhnte unwillkürlich, ballte die Hände zu Fäusten. Es war einfach zu viel!

Sein Gesprächspartner nickte. Jede Häme war aus seinem Gesicht verschwunden. Jonas meinte sogar, so etwas wie Mitgefühl darin zu lesen.

»Ich weiß, wie es sich anfühlt, ausgenutzt und hintergangen zu werden. Es tut mir ehrlich leid für dich, Junge. Du hast sie für deine Freunde gehalten und sie haben dich verraten. Wenn du dich dafür revanchieren möchtest, bin ich dir gern behilflich – gegen einen kleinen Gefallen.«

»Was willst du von mir?« Jonas' Stimme klang völlig ausdruckslos. Momentan fühlte er sich gleichzeitig leer und übervoll. Er konnte nicht mehr klar denken, wusste nicht, wem er noch trauen oder was er glauben sollte.

»Ich möchte, dass du meine Leute und mich zum Versammlungsort des Drachenrates transportierst. Mit deiner Hilfe werden wir den Rat zerschlagen und den Sieg davontragen. Deine Art der Magie ist einzigartig. Du bist dazu bestimmt, Wege zu öffnen und die Dimensionen einander näher zu bringen. Die Alleinherrschaft der Drachen über die Portale zwischen den Welten ist mit dir endlich vorbei.«

»Aha. Abgesehen davon, dass ich keine Ahnung habe, wie ich das machen soll, kenne ich dich und deine Leute noch weniger als Naida, Liman und Co. Eya hat recht – man darf Magiern nicht trauen! Wenn wir schon dabei sind, was hast du mit ihnen gemacht?«

Der Gedanke daran, dass ihnen etwas zugestoßen sein könnte, ließ Jonas' Herz erneut schneller schlagen. Trotz seiner Enttäuschung und düsterer Überlegungen machte er sich Sorgen – besonders um Eya und Zamo. Er hatte nach seinem Auftauchen aus dem See nicht genau erkennen können, was sich am Ufer zugetragen hatte.

Wie zum Geier hatten diese Kerle die Drachen und Magier daran gehindert, sich zu wehren oder wegzufliegen? Sie alle waren kurz als schattenhafte, bewegungslose Gestalten am Boden zu sehen gewesen, ehe ihm seine Begleiter die Sicht darauf versperrt hatten.

»Sie sind wohlauf und vermutlich längst auf dem Heimweg. Du darfst dich später gern persönlich davon überzeugen.«

WARTEN

»Was werdet ihr jetzt tun?«

Eya saß in Kunos Haus und löffelte einen Eintopf, den sie nach einem Familienrezept mit den hier verfügbaren Zutaten gekocht hatte. Zumindest war es ein Versuch. Er schmeckte nicht wie daheim, erinnerte nur entfernt an Mutters *R'tani'i,* der aus Huhn, Früchten, Gemüse und Getreidebrei bestand. Dennoch zeigten sich der Hausherr und seine Gäste begeistert.

»Wir warten hier«, gab Kuno zurück, der auf ein reflektierendes Rechteck an der Wand zeigte. »Ich bin mir sicher, dass Jonas bald Kontakt zu uns aufnehmen wird.«

»Durch einen Spiegel? Wie sollte ihm das als Gefangener dieses grausamen Scheusals gelingen?«

»Sicherlich nicht ohne seine Erlaubnis. Aber ich kenne Dogul inzwischen seit vielen Jahren. Er weiß genau, wie man Menschen manipuliert. Jonas ist sehr durchsichtig, also wird der Magier versuchen, ihn auf seine Seite zu ziehen, indem er ihm ein Geflecht aus Lügen, Halbwahrheiten und seiner Version der Geschichte erzählt.«

Eya schnaubte verächtlich. »Was gibt es da zu beschönigen? Der Kerl hat Zamo gefoltert und unter Druck gesetzt, um die Lage des Portals zu erfahren. Seine Leute haben uns gequält, gefesselt und in Kauf genommen, dass wir erfrieren. Außerdem hat er Jonas und seinen Drachen entführt.«

»Aber der Junge weiß bisher nichts von unserem Schicksal«, sagte Naida leise. Sie klang unendlich müde und resigniert. »Dogul wird es ihm sicherlich nicht auf die Nase binden. Stattdessen wird er sich selbst als das Opfer einer heimtückischen Falle bezeichnen, das trotzdem Gnade gezeigt hat. Zudem zieht er seinen Vorteil aus den Fehlern, die wir im Umgang mit Jonas und seiner besonderen Begabung gemacht haben.«

»Du meinst, weil ihr ihm nicht gesagt habt, wozu er fähig ist?« Eyas Stimme nahm einen bitteren Unterton an. »Wenn ich es richtig verstanden habe, hätte er jederzeit durch einen Spiegel nach Hause gehen können. Ich wäre an seiner Stelle ziemlich sauer. Warum habt ihr es ihm verschwiegen? War er für euch lediglich interessant, um ihn und seine Magie zu erforschen, als Lockvogel?«

Die erstaunten Blicke der drei Magier wandelten sich rasch in Begreifen.

»Führe eine vertrauliche Unterhaltung nie laut, wenn dein Drache in der Nähe ist«, sagte Liman trocken.

Kuno zuckte lässig mit den Schultern. »So sehr geheim war sie nun auch nicht. Wir hätten unsere Erkenntnisse ohnehin bei passender Gelegenheit präsentiert.«

»Wenn du das ganze Gespräch mitgehört hast, solltest du wissen, warum wir es ihm nicht gesagt haben«, bemerkte Naida. »Kein lebender Magier hat jemals mit einer solchen Fähigkeit zu tun gehabt, selbst die Drachen kennen sie nur aus Erzählungen. Ich habe die Verantwortung für den Jungen übernommen und befürchtete, er könne sich durch eine unbedachte Handlung in große Gefahr bringen.«

»Selbstverständlich wollten wir es ihm nicht dauerhaft verheimlichen, es blieb bloß nicht genug Zeit, um es ihm angemessen beizubringen«, fügte Liman hinzu. Der Blick, den er Naida dabei zuwarf, sprach Bände.

Eya erinnerte sich, dass die Magierin ihre Entscheidung bereits vor ihren beiden Kollegen hatte verteidigen müssen.

»Momentan ist es allerdings ziemlich ungünstig, dass wir nicht offen zu ihm waren.« Kuno seufzte tief. »Vor allem, weil uns Dogul wohl kaum die Gelegenheit lassen wird, unseren Fehler vor Jonas einzugestehen und uns zu erklären. Stattdessen wird er uns Unehrlichkeit und Hinterhältigkeit vorwerfen – und er hat nicht einmal unrecht damit. Immerhin haben wir dem Jungen die Möglichkeit verwehrt, auf einfache Weise nach Hause zurückzukehren und ihn einem Risiko ausgesetzt, um unseren Gegner abzulenken.«

Mit wachsendem Entsetzen blickte Eya vom einen zum anderen. »Also gebt ihr zu, dass ihr ihn ausgenutzt habt! Er war das ideale Opfer, um euren Gegner in die Falle zu locken. Nur ist dieser leider nicht darauf reingefallen und hat den Spieß umgedreht. Gut, dann wart ihr halt eine Zeit lang gefangen, was soll's? Es war ja bloß die fremde Nichtmagierin, die beinahe abgekratzt wäre und ein paar Zehen eingebüßt hat. Und auf Zamo kam es sicherlich auch nicht mehr so sehr an, nachdem er das Portal für euch ausfindig gemacht hat …« Ihre Stimme versagte.

In diesem Moment wusste sie genau, wie sich Jonas fühlen musste: hintergangen, missbraucht, wie nutzloser Abfall, der verbrannt wurde. Wo war sie da bloß hineingeraten?

Trotz ihrer Müdigkeit und der schmerzenden Füße sprang sie auf. »Ich lasse mich nicht länger benutzen, es reicht! Sobald sich Zamo ein wenig erholt hat, frage ich ihn, ob er mich nach Hause bringt. Selbst wenn er sich danach wieder bei euch versteckt – es ist mir gleich …« Sie wischte sich mit dem Ärmel ihres Obergewandes über die Augen, schniefte und humpelte entschlossen zu der Tür, neben der ihre Stiefel standen.

Der Weg bis zu den Drachenhöhlen würde lang und kalt werden ohne die warme Felljacke, nur in den Umhang gehüllt, den sie mitgebracht hatte. Außerdem würde ihr der Marsch vermutlich das letzte Quäntchen Energie abverlangen, doch inzwischen war ihr alles egal. Sie wollte nur noch weg von hier! Notfalls würde sie bei ihrem Partner schlafen, bis sie beide erholt genug für den Flug waren.

Kuno trat ihr ruhig und entschlossen in den Weg. »So nicht«, stellte er fest.

»Lass mich raus!«, zischte sie wütend. »Oder willst du mich mit Gewalt daran hindern? Damit beweist du mir nur, dass du nicht besser bist als der Abschaum, der uns heute Morgen noch gefangen gehalten hat!«

»Wenn du gehen möchtest, wird dich niemand von uns aufhalten. Allerdings solltest du vorher wissen, was auf dem Spiel steht.«

Naida stand plötzlich neben ihr. Sie sah noch erschöpfter aus als vor ihrem Rückflug, streckte ihr jedoch versöhnlich beide Hände hin. »Komm, so kannst du nicht fortgehen. Gib uns zuvor die Chance, unser Handeln zu erklären. Das Ganze tut uns unendlich leid. Es war nicht eingeplant, dass jemand bei der Aktion schwer verletzt oder gar entführt wird. Zudem setzt du dich damit vielleicht einem hohen Risiko aus – und wir brauchen dich, Eya.«

»Wozu? Ich bin als Nichtmagierin doch nur Ballast, der euch aufhält! Wenn ihr Zamo überreden könnt, bei eurem Privatkrieg mitzumischen – bitte, ich werde ihn nicht daran hindern. Meine Aufgabe als Reiterin habe ich längst erfüllt.«

Liman, der bisher schweigend zugehört hatte, schaltete sich ein. »Erstens schätzen wir dich als Mensch und würden dich deshalb nur ungern verlieren. Zweitens bist du viel wichtiger, als du denkst, da du deinem Partner Halt und Freundschaft gibst. Ohne dich wird er uns bestimmt nicht unterstützen wollen. Und drittens bist du längst ein Teil des Spiels und wirst vermutlich bis zum Ende daran beteiligt sein, ganz gleich, wo du dich aufhältst.«

»Wieso das? Ich habe damit überhaupt nichts zu tun!«

»Es mag paradox klingen, da Dogul dich und Zamo bereits in seiner Gewalt hatte und wieder gehen ließ. Dennoch glauben wir, dass er in deinem Drachenpartner etwas erkennt, das ihm große Macht verleihen würde, sofern er es beherrschen könnte. Es ist deshalb nicht unwahrscheinlich, dass er früher oder später erneut versuchen wird, euch in seine Gewalt zu bringen. In jenem Moment waren ihm der Junge und seine Drachin allerdings noch wichtiger.«

»Sie waren auch wesentlich leichter zu bekommen und zu beherrschen«, ergänzte Kuno.

Eya runzelte die Stirn und blickte den Mann verwirrt an. »Das verstehe ich nicht. Jonas ist immerhin ein Magier, der durch Spiegel gehen kann, und er hat eine Drachenpartnerin, die ihm zur Seite steht.«

»Der Junge ist naiv und unerfahren, genau wie seine Partnerin. Beide sind weit davon entfernt, ihr volles magisches Potenzial auszuschöpfen. Zamothrakles hingegen ist ein ausgewachsener, äußerst starker und schlauer Vertreter seiner Art, der sich nicht so einfach bändigen oder mundtot machen lässt. Beide Drachen auf einmal in sein Versteck zu bringen, hätte für Dogul und seine wenigen Anhänger ein großes Risiko bedeutet.«

Zögernd drehte sich Eya um, ignorierte die dargebotenen Hände, um aus eigener Kraft langsam zu ihrem Stuhl zurückzugehen. Ächzend ließ sie sich darauf sinken. Sie kam sich vor wie eine alte Frau, der jeder Knochen im Leibe schmerzte.

»Also gut«, murmelte sie schließlich, nachdem sie den bitteren Kloß im Hals hinuntergeschluckt hatte, »ich höre. Und wehe, ihr verschweigt mir irgendwas. Ich will alles wissen, jede Einzelheit!«

Jonas lief in dem kleinen Raum auf und ab wie ein Tiger im Käfig.

Es war ein aus unbehauenen Steinen gebauter Bungalow, in dem es gerade genug Platz für ein gemauertes Bett mit einer strohgefüllten Matratze sowie Hocker und Tisch aus Stein gab. Vier

Schritte in die eine Richtung, vier Schritte zurück. Sein neues Heim besaß zwei schmale Fenster ohne Glasscheiben, durch die er nicht einmal vollständig den Kopf hindurchstecken konnte, und einen Eingang, der es lediglich durch einen Vorhang aus Tierfell von der Außenwelt trennte. Dennoch schien eine Flucht ausgeschlossen, da zwei Wachen auf einer flachen Mauer saßen.

Er war völlig erledigt, gleichzeitig viel zu aufgewühlt, um sich hinzusetzen und auszuruhen. Es erschien ihm wie ein schrecklicher Albtraum, in dem er ebenso gefangen war wie in diesem kalten Raum. Dabei hatte das Ziel seiner Wünsche vorhin so nah vor seiner Nase gelegen!

Inzwischen sehnte er sich nur noch danach, seine Familie wiederzusehen, selbst wenn es bedeuten würde, erneut dieses langweilige, stinknormale Leben zu führen, das er früher immer gehasst hatte. Das Glücksgefühl darüber, seine Drachenpartnerin gefunden zu haben, war durch den Schock über seine erneute Entführung zu einem winzigen Glimmen verblasst.

Außerdem gelang es ihm schon seit einiger Zeit nicht mehr, Helia mental zu erreichen, er spürte lediglich eine gleichmäßige, friedliche Wellenbewegung, wenn er sich auf sie konzentrierte. Bestimmt schlief sie inzwischen tief und fest. Er gönnte ihr diesen Schlaf von Herzen. Aber ausgerechnet jetzt hätte er sie unglaublich gern zum Reden gehabt, da er von ihr genau wusste, dass sie seine Freundin war!

Auch seine Lehrmeisterin erreichte er nicht. Das erschien ihm verständlich, weil sie sich bestimmt viel zu weit weg befand, eventuell sogar in einer anderen Dimension. Immerhin hatten Helia und er vorhin schon wieder ein Portal durchquert. Die Sache mit den unterschiedlichen Ebenen kam ihm sowieso völlig grotesk vor, allein die Vorstellung, dass es zwölf Stück davon geben sollte. Ihm waren zwei schon zu viel.

Das Gespräch mit Dogul hatte ihn verwirrt. War er wirklich der mächtige, grausame Feind, den Naida und die anderen Magier offensichtlich in ihm sahen? Er erschien Jonas inzwischen nicht mehr halb so furchteinflößend, wenn auch ziemlich arrogant. Seine Ansichten über den Drachenrat waren sogar recht gut nachvollziehbar. Wenn es stimmte, was der Rebellenführer erzählt hatte, war sein Hass auf den Rat nicht weiter verwunderlich.

Aber war es deshalb richtig, ihn anzugreifen? Nein, Gewalt konnte einfach nicht die Lösung sein! Niemand konnte Jonas diese Überzeugung nehmen, ganz gleich, mit welchen Argumenten, Lügen oder Schmeicheleien sie alle um die Ecke kamen.

Wenn er inzwischen eins begriffen hatte, dann das: Sie brauchten seine besondere Magie und wollten sie für sich ausnutzen.

Allerdings wusste er nicht einmal genau, was dieses Besondere überhaupt war und wie er es bewusst einsetzen sollte! Okay, ein paar seiner Zauberkunststücke hatten nicht nur ihn selbst, sondern auch seine Lehrmeisterin und die anderen Magier verblüfft. Darunter fielen definitiv die Reparatur des geplatzten Spiegels und die Leichtigkeit, mit der es ihm gelungen war, eine Verbindung zu Maja herzustellen. Und dann war da dieses absolut krasse Erlebnis, durch einen Spiegel *hindurch*zufallen.

Demnach war es doch möglich, Spiegel als Portale zu benutzen, nur eben nicht für jeden Magier. Aber es war doch völlig unabsichtlich geschehen, eher eine Art Unfall ... Wie sollte er das diesen Leuten bloß klarmachen?

Draußen ertönten Stimmen. Gleich darauf vernahm er einen rauen Befehl und seinen Namen. Der Vorhang wurde beiseitegeschoben und einer der Wachleute winkte ihn heraus. Zögernd folgte er der eindeutigen Geste und den gleichgültig dreinblickenden Gestalten, die ihn zwischen den geduckt wirkenden Steinhäuschen hindurch zu einem größeren Gebäude führten, das unmittelbar an die Felswand gebaut war. Durch die schmalen Fenster fiel nur wenig Tageslicht herein, sodass Jonas einen Augenblick brauchte, um sich im Halbdunkel zurechtzufinden. Schließlich erkannte er, dass er sich in einem für die hiesigen Verhältnisse luxuriös eingerichteten Raum befand, der nach hinten hin aus einer natürlichen Höhle bestand und somit wesentlich größer war, als es von außen den Anschein hatte.

Ein flackerndes Feuer im offenen Kamin, ein bequem aussehendes Bett sowie aus getrockneten Pflanzenfasern geflochtene Korbmöbel sorgten für einen Hauch Behaglichkeit. An der steinernen Wand gegenüber hing ein großer Spiegel. Wie üblich zog die glänzende Oberfläche seinen Blick magisch an. Genau das brauchte er jetzt! Wie an einer Schnur gezogen bewegte er sich darauf zu.

»Gefällt er dir?« Doguls Stimme klang ungewohnt sanft. Unbemerkt war er von hinten an Jonas herangetreten, der nun erschrocken herumfuhr. Davon unbeeindruckt fuhr der Anführer fort: »Ich betrachte ihn als meinen größten Schatz – neben Finnegan, versteht sich. Er ermöglicht mir den Kontakt zu unseren Verbündeten in insgesamt sechs Dimensionen.«

»Wow. Und die wollen dir alle helfen, den Rat zu stürzen?«

»Nein, dafür benötige ich nur dich, meinen Drachenpartner sowie zwei bis drei weitere Magier samt ihren Gefährten. Das wird reichen, sofern wir die Überraschung auf unserer Seite haben.«

»Selbst wenn ich es könnte – wieso sollte ich dir helfen?«

Dogul seufzte, es klang ziemlich echt. »Mein Traum war stets die Freiheit vom Diktat des Drachenrates. Dafür habe ich mein ganzes Leben lang gekämpft. Nun, da dieses Ziel zum Greifen nahe liegt, eröffnen sich plötzlich völlig neue Horizonte, die meine bisherigen Wünsche egozentrisch und zu kurzsichtig erscheinen lassen. Das Portal im See ist ein Weg in die Freiheit, der längst jedem offenstehen könnte. Viele meiner Anhänger würden töten, um an dieses Geheimnis zu gelangen. Dennoch behalte ich es für mich, teile es bisher nur mit meinen engsten Vertrauten. Und warum? Weil ich eine Vision habe.«

»Ach ja?« Beinah hätte er hinzugefügt, dass ihm das furzegal war und er nur wieder nach Hause wollte. Aber er riss sich zusammen.

Obwohl Dogul im Moment längst nicht so überheblich wirkte wie vorhin, strahlte er eine einschüchternde Autorität aus. In seiner Gegenwart kam sich Jonas klein und unwichtig vor. Dabei sah der Magier eher nachdenklich drein, erschien sogar ein wenig verletzlich, wie er da so stand und beschwörend die leeren Hände hob.

»Bitte, hör mir zu. Du bist noch sehr jung, dein magisches Potenzial hat gerade erst angefangen, sich zu entfalten. Dennoch sehe ich in dir jemand Bedeutenden. Du bist ein Botschafter, Jonas, ein Mittler zwischen den Welten. Hilf mir, meinen Traum zu verwirklichen, und ich verhelfe dir zu der Größe, die dir bestimmt ist. Du würdest gern Kontakt zu deiner Freundin und ihrem Drachen aufnehmen? Prima, ich möchte sie auch näher kennenlernen. Selbst mit deiner sturen, vernagelten Lehrmeisterin darfst du von mir aus reden, solange es in diesem Raum geschieht und du mich vorher anhörst.«

Jonas blickte überrascht in die grünen Augen. So viel Entgegenkommen hatte er gar nicht erwartet! Ob es ein Trick war? Der leicht amüsierte Blick machte ihm deutlich, dass er für Dogul mal wieder viel zu leicht zu durchschauen sein musste. Mist. Aber er konnte es nun mal nicht ändern. Also nickte er ergeben. »Okay, ich würde furchtbar gern mit Naida sprechen. Also, was willst du mir vorher sagen?«

ఆ

»Ich schätze, es ist meine Schuld, dass Dogul auf Jonas aufmerksam wurde«, erklärte Liman düster. »Er hat mich auf dem Weg zu euch kontaktiert und verlangt, dass wir die Verhandlungen wieder aufnehmen. Ich bat ihn um Geduld und deutete an, dass ich eine Möglichkeit sähe, unsere jahrzehntelangen Streitigkeiten nach Zothras Tod endlich beizulegen.«

»Du hast ihm von dem Milchgesicht erzählt?« Eya, die ihre kalten Hände am Feuer aufwärmte, schüttelte ungläubig den Kopf. Wie hatte der Magier so unüberlegt handeln können!

»Natürlich nicht! Meine Andeutung bezog sich lediglich auf die Existenz des Seeportals. Ich habe ihm gar nichts Konkretes gesagt. Allerdings könnte er meine Gemütsverfassung nach dem Gespräch mit dem Jungen aufgeschnappt haben. Er meldete sich so kurz danach, dass mir keine Zeit blieb, die Eindrücke zu verdauen. Dadurch ahnte er wahrscheinlich, dass dieser Magieschüler etwas Besonderes sein musste. Um ihn zu besänftigen, versprach ich, sein Anliegen am folgenden Morgen weiterzuleiten und mich umgehend wieder zu melden. Deshalb war er auf eine magische Kontaktaufnahme vorbereitet. Trotzdem hätte ich nie damit gerechnet, dass Jonas' Spiegelgespräch mit seiner Verwandten ausreichen würde, um den Bann zu durchbrechen.«

»Ich verstehe nicht, was das für ein Schutz ist«, gestand die Drachenreiterin. »Wirkt er nur bei Dogul und seinen Leuten? Und wenn ihr von hier aus Kontakt zu Jonas herstellen könnt, wieso warten wir dann darauf, dass er es versucht?«

»Der Bann um unsere Stadt schützt die Menschen darin vor Angriffen aller Art«, erklärte Kuno. »Spiegelmagie dringt hindurch, jedoch nur verbunden mit emotionaler Erinnerung an diesen Ort. Es bedeutet, dass nur Magier, die schon einmal hier waren, einen solchen Kontakt herstellen können.«

»Jonas befindet sich höchstwahrscheinlich in Doguls Geheimversteck«, ergänzte Naida. »Du kannst dir denken, dass jener Ort ebenfalls bestens geschützt ist. Niemand von uns ist in der Lage, unangemeldet dort einzudringen. Genau wie er unseren Zufluchtsort sucht, halten wir seit Jahren vergeblich Ausschau nach seinem.«

»Ich hätte den Kontakt herstellen dürfen, um dem Anführer der Bande die gewünschten Informationen zukommen zu lassen«, fügte Liman hinzu. »Allerdings galt diese Erlaubnis nur für einen begrenzten Zeitraum.«

»Jonas kann uns lediglich erreichen, wenn Dogul es ihm gestattet«, bemerkte Naida grimmig. »Wir sind uns relativ sicher, dass der schlaue Fuchs alle Fäden in der Hand hält und nur sehr wenige Magier in die Geheimnisse eingeweiht hat. Wahrscheinlich diejenigen, die ihn auf seinem Ausflug in die andere Dimension begleitet haben.«

»Gebt es zu«, erklang eine vertraute Stimme mit bitterem Unterton vom Spiegel her. »Ihr habt mich benutzt, um an euren Gegner heranzukommen, stimmt's?«

VERWIRRSPIELE

Jonas blickte auf die Versammelten im Raum, einen dicken Kloß im Hals. Einerseits war er froh, sie alle wohlauf zu finden. Andererseits zeugten die wenigen Sätze, die er unbemerkt mitangehört hatte, nicht unbedingt von ihrer Unschuld.

»Jonas!« Eyas spitzer Schrei klang zumindest ehrlich erleichtert, während die anderen Anwesenden leicht zusammenzuckten, als fühlten sie sich ertappt.

Jedenfalls kam es dem Beobachter so vor, in dessen Inneren ein furchtbares Chaos herrschte. Er wünschte sich, allein mit diesen Menschen sprechen zu können, um ein faires, objektives Bild von der Sache zu bekommen. Doch das schien momentan unmöglich. Die Köpfe der Magier fuhren herum.

Kuno fasste sich als Erster und lächelte ihn gewinnend an. »Wie schön, dass du dich meldest! Geht es dir und Helia gut?«

»Uns geht's bestens, danke. Wir werden hier gut behandelt. Was ist mit euch?«

»Ziemlich erschöpft, doch wir leben noch und haben es immerhin geschafft, nach Hause zu kommen, wie du siehst.«

»Ja, aber es war höllisch knapp!«, warf die Schönheit mit zornig blitzenden Augen ein. »Lass dir von dem Kerl bloß keine Lügen auftischen, er hat uns mit brennenden Fesseln gefoltert und ich bin halb erfroren.«

»Aber jetzt ist alles wieder in Ordnung, mach dir keine Sorgen um uns«, mischte sich Naida ein, die rasch neben Kuno auftauchte und Eya dadurch verdeckte. Jonas hörte Limans Stimme im Hintergrund, der leise irgendwas erklärte, verstand es jedoch nicht.

»Ich …« Er stockte, platzte förmlich vor Fragen, die alle auf einmal aus ihm hinausdrängten. Sie bildeten ein dichtes Knäuel, das er selbst nicht entwirren konnte. Wenigstens gelang es seinem Zuhörer vermutlich auch nicht so leicht, was ihn erleichterte. Es war kein schönes Gefühl, durchsichtig wie Glas zu sein.

Zudem hemmten ihn die wachsamen Augen des Mannes, der ihm zuvor einen Platz an seiner Seite angeboten hatte. Er wollte ihn zu einem vollwertigen Magier ausbilden und wie seinen eigenen Sohn behandeln. Jonas wusste bloß nicht, was er davon halten sollte.

Die beiden Magier sahen ihn eigentümlich an, als wollten sie ihm eine geheime Botschaft übermitteln, die er nicht verstand.

»Sprich dich aus, großer Abenteurer. Was gibt's? Hast du den Schatz schon gefunden?«

Verwirrt starrte er seine Lehrerin an. Was sollte das werden? War das ein Code? Seine Gedanken rasten.

»Was meinst du?«, fragte er begriffsstutzig. Dogul kicherte hinter ihm, was ihn zusätzlich irritierte.

»Du weißt schon, die Sache mit dem Drink, Süßer.«

Plötzlich machte es *Klick* bei Jonas, obwohl der Mann hinter ihm in brüllendes Gelächter ausbrach.

Indiana Jones! Ich muss eine Rolle spielen, um der Kontrolle zu entgehen …

Sich unter diesen Umständen genug darauf zu konzentrieren, Dogul zu täuschen und gleichzeitig mentalen Kontakt zu Naida aufzunehmen, schien aussichtslos. Dennoch musste er es probieren, um wenigsten einen winzigen Moment Privatsphäre zu erhalten. Vermutlich war es wichtig, obwohl er nicht begriff, wie es überhaupt funktionieren sollte, da der Magier nur zwei Meter neben ihm in einem Korbsessel saß. Gerade außerhalb des Sichtbereiches seines Spiegelkontakts.

Dennoch versetzte sich Jonas in die Filmfigur, spürte sogar die Peitsche in der Hand und grinste breit. »Hi, Darling, den Barbesuch müssen wir leider verschieben, da meine Partnerin und ich hier noch 'ne Weile beschäftigt sein werden.«

In Gedanken suchte er fieberhaft nach Naidas Muster. Er fand es vor sich, doch er konnte keinen Kontakt zu ihr aufnehmen! Das Glas trennte sie unbarmherzig.

»Tut uns leid, was geschehen ist«, vernahm er den Leiter des Krankenhauses.

»Klar doch, Doc. Dachtet ihr wirklich, ihr kommt damit bei mir durch?«, brachte Indiana-Jonas verächtlich hervor. »Ihr habt mich von vorne bis hinten verarscht! Ich lass mich nicht gerne benutzen, wenn ihr versteht.«

»Das wissen wir«, gab Naida zurück. Sie sah ihn dabei eindringlich an, beinahe flehend, als wollte sie viel mehr sagen. Etwas an diesem Blick brachte seinen inneren Widerstand zum Schmelzen, da sie sich ihm in diesem Moment zum ersten Mal vollkommen öffnete. »Ganz gleich, was du tust, vertraue deinem Herzen, tapferer Held. Ich schätze, du musst ohne uns klarkommen.«

Mühsam drängte er seine Gefühle zurück, blieb cool, spielte seine Rolle weiter. Indiana-Jonas hob spöttisch eine Braue. »Meinst du etwa, ich schaffe das nicht? Mein Buddy und ich werden das Kind schon schaukeln, verlass dich drauf! Hey – und immer locker bleiben. Ich verzeih dir, Lady.«

»Danke, ich weiß das zu schätzen. Setz deine Peitsche ein, wenn dir die Ratten zu nah auf den Pelz rücken. Und lass dir nicht erzählen, dass wir keine Führung brauchen. Ohne Ordnung bricht alles zusammen …«

»Das reicht jetzt!« Jonas fühlte sich gepackt und zur Seite geschleudert, fort vom Spiegel. »Tu – das – nie – wieder!«, knurrte der Magier, der ihn mit ungeheurer Kraft gegen die kalte Steinwand presste, obgleich er sich noch immer einige Meter entfernt befand, allerdings aufrecht und in Kampfposition. »Dachtest du wirklich, ich würde euer kleines Spielchen nicht bemerken? Ihr haltet euch für so clever, aber ihr seid mir nicht gewachsen!«

Der grausame Druck auf Jonas' Brust, der ihm die Luft aus der Lunge gedrückt hatte, ließ plötzlich wieder nach, sodass er um Atem ringend an der Wand zu Boden sank. Sein Herz raste, kalter Schweiß brach ihm aus allen Poren. Der nachträgliche Schock brachte seine Glieder zum Zittern.

Mit zwei, drei schnellen Schritten war sein Angreifer heran, ragte drohend über ihm auf. Hilflos hob Jonas die Hände vors Gesicht, als könne er sich dadurch vor der übermächtigen Wut seines Gegenübers schützen. Einen endlosen Moment wartete er reglos auf einen weiteren Ausbruch, doch nichts dergleichen geschah. Stattdessen hörte er ein leises Lachen, das ihn zögernd die Arme sinken ließ.

»Du siehst aus wie ein verängstigtes Kind, das sich vor dem Zorn seines Vaters unter dem Tisch verkriechen möchte. Ich gebe zu, die Aktion eben hat mich überrascht und mir deutlich gemacht, dass es zu früh war, dich mit der anderen Seite sprechen zu lassen. Sie erzählen dir Lügen, ohne dass ich mich dagegen verteidigen kann, du glaubst ihnen, weil du mich noch nicht gut genug kennst. Ich nenne so etwas feige und hinterhältig. Verzeih mir, dass ich euer Privatgespräch unterbrochen habe. Eigentlich hätte ich da drüberstehen müssen, doch du weißt sicherlich, wie das ist, wenn man sich unfair behandelt und ausgeschlossen fühlt. Das führt bei mir schon mal zu unüberlegten Handlungen.«

Erstaunt blickte Jonas auf die Hand, die er ihm entgegenstreckte. Etwas in ihm weigerte sich, sie zu ergreifen, dennoch tat er es. Welche Wahl blieb ihm? Er konnte sich wenigstens noch ein wenig mehr von Doguls Plänen anhören und seine Begründung dafür, bevor er sich den Kerl endgültig zum Feind machte. Immerhin war ihm klar, dass er dem Magier hoffnungslos unterlegen und somit vollkommen ausgeliefert war.

ᔕ

»Das sieht nicht gut aus«, murmelte Kuno erschöpft.

Naida schüttelte langsam den Kopf. »Nein, wirklich nicht. Er hat keine Chance gegen den Mistkerl. Dogul wird ihn nach allen Regeln der Kunst zu überreden versuchen und unter Druck setzen, wenn das nicht funktioniert.«

»Womit kann er Jonas denn zwingen?«, fragte Eya schüchtern.

»Mit den gleichen Mitteln, mit dem er deinen Drachenpartner dazu gebracht hat, ihm die Lage des Portals zu verraten«, gab Liman düster zurück.

Die Drachenreiterin dachte mit Schaudern an die Grausamkeit des grünäugigen Mannes. Sie konnte sich beim besten Willen nicht vorstellen, wie Jonas diesem Monster auch nur das geringste Quäntchen Vertrauen entgegenbringen sollte. Aber vielleicht behandelte Dogul ihn viel zuvorkommender, schleimte sich regelrecht bei ihm ein?

»Und wie sollen wir ihm nun helfen?« Ein wenig zurückhaltend sah sie die anderen an.

Sie hatten ihr erklärt, welche entscheidende Rolle der Drachenrat bei der Bildung und Aufrechterhaltung des Dimensionsgefüges einnahm. Die Ältesten besaßen weit mehr Macht als allgemein angenommen. Sowohl Liman Sayoun als auch Naida hatten Zothras Vertrauen genossen und kannten viele seiner Geheimnisse. Sie wussten, welche schrecklichen Folgen die Vernichtung des Rates hätte. Allein deshalb durfte der Junge dem brutalen Magier nicht helfen, sein Ziel zu erreichen!

»Schlafen«, gähnte Liman. »Ohne Schlaf geht gar nichts.«

»Aber Jonas braucht uns!«

»Er benötigt ausgeruhte Drachen und Magier, die im Vollbesitz ihrer Kräfte sind«, warf Kuno trocken ein. »Keine körperlichen Wracks, die völlig erschöpft sind, kaum mehr fähig zu denken oder zu stehen, geschweige denn zu kämpfen und Magie zu wirken.«

Naida stimmte ihm zu. »Außerdem wird der Junge ebenfalls todmüde sein und die Drachen müssen sich regenerieren. Morgen fällt uns bestimmt ein viel besserer Plan ein.«

❧

Zurück in seinem Quartier setzte sich Jonas völlig erledigt auf die Liegefläche. Wenigstens war sie halbwegs weich gepolstert. Sein Kopf schwirrte von all den Offenbarungen. Das kurze mentale Gespräch mit Naida hatte ihn verwirrt zurückgelassen. Das nachfolgende, wesentlich längere mit seinem neuen Lehrmeister verstörte ihn noch mehr.

Wem soll ich nur glauben? Naida war vorhin total ehrlich zu mir. Aber viel verraten hat sie mir trotzdem nicht! Da war Dogul viel ergiebiger.

Wieso hatten die Magier in der Vergessenen Stadt nie erwähnt, wie stark der Rat in das Leben der Bewohner dieser und der anderen Welten eingriff? Drachen wurden bei fast allen Dingen bevorzugt. Ebenso gab es deutliche Unterschiede zwischen Magiern und Nichtmagiern. Menschliche Kreativität wurde durch strenge Gesetze unterdrückt, Forscherdrang gebremst und Ideenreichtum behindert.

Zum Beispiel war man dazu verpflichtet, dem Rat jede neue Erfindung vorzustellen. Sie musste vor einer öffentlichen Nutzung genehmigt werden. Wenn etwas bei der Prüfung abgelehnt wurde, galt es als illegal und der Besitz wurde hart bestraft. Natürlich konnte das nicht ständig überall geprüft werden, doch es gab regelmäßige

Kontrollen. Wurden unbekannte Gerätschaften gefunden, ging es dem Anwender meistens schlecht. Es gab sogar die Todesstrafe! Allerdings nur für Menschen, nicht für Drachen. Bei ihnen bestand die höchste Strafe in der Verbannung in eine andere Dimension.

All diese Dinge fand Jonas absolut ungerecht. Er verstand nun wesentlich besser, warum Dogul den Rat bekämpfte und weshalb seine Organisation so viele Anhänger besaß, obwohl sie verboten war. Aber was hatte seine Lehrmeisterin mit ihren mysteriösen Botschaften gemeint? Er fühlte, dass sie wichtig waren, ja sogar entscheidend. Dennoch kamen sie ihm fast lächerlich einfach und allgemein vor.

Folge deinem Herzen.

Das klang wie ein Zitat aus einem romantischen Film. Mit der *Führung,* die gebraucht wurde, war garantiert der Interdimensionale Drachenrat gemeint. Aber wozu diente der überhaupt? Seine eigene Dimension kam bereits neunhundert Jahre lang hervorragend ohne die Einmischung der Drachen aus. Seine Welt hatte sich im Gegensatz zu dieser hier so viel weiterentwickelt! In dieser Hinsicht gab er Dogul recht, der das Gremium als *überholt und völlig überflüssig* bezeichnete.

Ohne Ordnung bricht alles zusammen.

Okay, das war klar. Irgendeine Art von Ordnung musste es immer geben – aber konnte man nicht besser eine neue schaffen, wenn die alte nichts mehr taugte?

Die Gedanken wirbelten unaufhörlich in Jonas' Kopf, doch sie glichen einem unfertigen Puzzle, ergaben kein zufriedenstellendes Bild, ganz gleich, wie er die Teile anordnete.

Müde zog er sich die meiste Kleidung aus, da er eine warme Decke am Fußende erspäht hatte. Morgen würde er versuchen, Antworten auf seine drängenden Fragen zu finden. Auch wenn es gerade erst dämmerte, überwältigte ihn der Schlaf, sobald sein Kopf das Polster berührte.

ERWACHEN

Die Sonne schickte ihre Strahlen durch das Fenster und kitzelte Eya in der Nase, sodass sie niesen musste.

Sonne! Wie sehr habe ich die wärmende Kraft dieses Himmelskörpers vermisst!

Selbst diesem unendlich kalten Ort verlieh er eine freundliche, helle Atmosphäre. Jedenfalls wirkte sich der Anblick des glitzernden Schnees und des strahlend blauen Himmels sehr positiv auf ihr Gemüt aus. Den Versuch, sich in gewohnter Manier rasch zu erheben, bereute die Drachenreiterin jedoch sofort.

Jeder einzelne Muskel schien gegen die Bewegung zu protestieren. Am schlimmsten waren ihre Füße, die sich anfühlten, als wären sie eingeschlafen. Sie konnte kaum darauf stehen, also setzte sie sich vorsichtig wieder.

»Guten Morgen!« Kuno kam mit zwei dampfenden Bechern auf sie zu, verharrte jedoch in respektvollem Abstand, um sie stirnrunzelnd zu mustern. »Alles in Ordnung? Du siehst ziemlich zerschlagen aus.«

Sie seufzte. »Ich fühle mich, als hätte ich mindestens zehn Stunden lang auf dem Feld geholfen. Und meine Füße …« Unglücklich betrachtete sie ihre verkrüppelten Gliedmaßen. Zum Glück verkrampfte sich diesmal nichts daran, doch es würde sicherlich noch einige Zeit dauern, bis sie sich an den Anblick gewöhnt hatte. Außerdem schreckte sie davor zurück, die Stellen zu berühren, an denen die Zehen fehlten, obschon es dort kribbelte und juckte.

Der Magier reichte ihr verständnisvoll nickend ein Behältnis mit heißem Tee. »Hier, trink das. Die Mischung aus entspannenden

Kräutern hat Liman aus seiner Heimat im Osten mitgebracht. Sie ist heilsam für Körper und Seele.«

Dankbar nahm Eya den Becher, wärmte ihre Hände daran und sog den aromatischen Duft ein.

»Du trinkst das auch? Ich dachte, ihr würdet solche Mittelchen überhaupt nicht brauchen.«

Ihr Gegenüber schlürfte genussvoll aus seinem eigenen Becher. »Der stärkste Magier vollbringt nichts ohne die Kraft der Natur. Zudem machen wir uns zu sehr abhängig, indem wir uns allein auf etwas verlassen, das uns so leicht verlassen kann.«

»Soll das heißen, du nutzt nicht nur Magie, um zu heilen?«

»Ich kombiniere verschiedene Methoden und bemühe mich stets, auch nichtmagische Alternativen in Betracht zu ziehen. Wie schon gesagt: Wer weiß, wie lange die Drachen bei uns bleiben? Durch den Spiegelkontakt mit Jonas' Dimension habe ich eine Menge über die dortige Medizin gelernt, die ja ohne Magie auskommen muss. Dieses Gebiet ist genauso faszinierend wie das der Technik. Bei beidem gibt es noch sehr viel zu erforschen. Leider steht der Drachenrat dem ablehnend gegenüber.«

»Ich wusste nie, dass er sich überhaupt in unser Leben einmischt.«

»Solange sich ein Bürger an die geltenden Gesetze hält und nicht versucht, aus dem System auszubrechen, wird er nie mit ihm zu tun haben. Du kannst froh sein, wenn du dort nicht erscheinen musst.«

»Du redest, als sei der Rat etwas Schlechtes. Dabei ist jeder Drachenreiter dazu verpflichtet, ihm zu dienen, sobald er es verlangt. Allein auf Zothras Wunsch hin bin ich überhaupt aufgebrochen, um den Jungen zu holen.«

Kuno nickte ernst. »Zothras Wunsch zu folgen, hieß in deinem Fall allerdings nicht, dem des Rates zu entsprechen. Der Älteste war längst kein anerkanntes Mitglied dieses Gremiums mehr. Er wurde geduldet, seine Stimme zählte jedoch nicht. Es wurde bisher nicht einmal ein Nachfolger für ihn benannt.«

»Woher weißt du das? Hast du Kontakte dorthin? Haben sie es irgendwo verkündet?« Erstaunt blickte Eya von ihrem Tee auf. Der Schluck, den sie eben vorsichtig genommen hatte, rann heiß und wohltuend ihre Kehle hinab, hinterließ ein angenehmes Gefühl im Bauch.

»Nein, aber die Drachen sind gut untereinander vernetzt. Sie erfahren nicht alles, jedoch genug. Wenn man sich ein wenig für Politik interessiert, braucht man sie nur zu fragen.«

Schweigend tranken sie ihr heißes Gebräu. Schließlich stellte der Magier seine Tasse auf den Tisch und trat näher. »Nichtsdestotrotz würde ich mir deine Füße gern noch mal genauer ansehen. Gestern waren wir alle drei so erschöpft durch diese gruseligen Fesseln, dass ich nicht so gründlich gearbeitet habe wie sonst, obgleich sowohl Liman als auch Naida geholfen haben. Es tut mir unendlich leid, dass deine Zehen Opfer dieser Umstände geworden sind. Allerdings bin ich nicht mal sicher, ob wir sie andernfalls alle hätten retten können.«

Eya zuckte unglücklich mit den Schultern. »Ich schätze, ich kann froh sein, dass ich überhaupt noch lebe. Und es ist ja schon gut verheilt, kribbelt bloß und fühlt sich taub an.«

»Genau darum geht es. Und um die Krämpfe, die du gestern hattest. Darf ich?«

Sie erlaubte es ihm. Der Hautkontakt des Magiers war nur kurz, doch anschließend fiel es ihr viel leichter, aufzustehen und das Gleichgewicht zu halten. Beim probeweisen Laufen durch den Raum stellte sie fest, dass sie kaum noch humpelte.

Als sie an der Tür vorbeikam, entdeckte sie, dass Naida und Liman draußen standen und ließ sie ein. Kuno hatte ihr erklärt, dass jeder Magier sein Haus auf eigene Weise gegen unbefugtes Eindringen von Fremden sicherte und Türen normalerweise nur vom Hauseigentümer selbst oder mit ausdrücklicher Erlaubnis von außen zu öffnen waren.

»Seid ihr fertig?«, fragte die weißblonde Frau, deren kühle Art die Drachenreiterin noch immer nicht leiden konnte, von der sie mittlerweile jedoch ahnte, dass es in ihr drin anders aussehen musste.

»Fast«, entgegnete der Leiter des Krankenhauses fröhlich. »Wir brauchen noch etwas zwischen die Zähne und vielleicht eine kurze Reinigung, dann sind wir startklar.«

»Das hört sich gut an«, vernahm Eya hinter ihrer Stirn. *»Die anderen sind vor mir wach geworden und bereits dabei, Frühstück zu besorgen. Sie werden gleich zurück sein.«*

»Was gibt's denn Leckeres?«, fragte sie schmunzelnd.

»Brot mit Honig und Fruchtmus«, antwortete Kuno.

»Flambiertes Schaf mit roten Zwiebeln«, kam es gleichzeitig von Zamo.

Sie prustete los und erntete fragende Blicke. Nachdem sie erklärt hatte, was an dem Frühstücksangebot so witzig war, lachten auch die anderen Anwesenden. Sie beeilten sich, um so schnell wie möglich Kriegsrat in den Drachenhöhlen zu halten.

»Wir brauchen unsere Partner, um den Jungen zu finden«, erklärte Naida auf dem Weg dorthin. »Vor allem Zamothrakles könnte eventuell sehr hilfreich sein.«

»Wieso ausgerechnet er?«

Eya schaffte es halbwegs, mit den anderen Schritt zu halten, obwohl sie ein scharfes Tempo angeschlagen hatten.

»Weil ich durch den Kontakt zu Jonas seine Drachenpartnerin kenne, zumindest flüchtig. Es ist denkbar, dass ich sie hören und ihr antworten kann, sofern sie nach einem Drachen ruft. Ohne ihre Bereitschaft dazu finde ich sie allerdings nicht.«

»Bisher hat sie sich gar nicht gemeldet?«

»Ich dachte gestern auf dem Heimweg, ich hätte ihr Muster entdeckt. Jedenfalls ähnelte es demjenigen, das ich bei ihr wahrgenommen habe. Dieser Drache sandte ein sehr zufrieden wirkendes Signal an jemanden. Danach verlor ich diese Verbindung. Es könnte sein, dass die Drachin schläft. Wenn, dann tut sie es bereits seit über zwölf Stunden oder hat zumindest während meiner Wachphase keinen Kontakt mehr zu Jonas gehabt. Beides kommt mir seltsam vor.«

»Ich wusste nicht, dass Drachen jemals derart lange schlafen«, bemerkte Eya verwundert.

Inzwischen waren sie beim Eingang angelangt. Naida, die vorging, führte sie zielsicher durch das Labyrinth. Endlich erkannte sie Zamos Gästezimmer.

»Kein Horndrache schläft mehr als fünf oder sechs Stunden am Stück, es sei denn, er ist völlig erschöpft. Bei Weibchen weiß ich es nicht so genau, aber ich kann mir nicht vorstellen, dass sie über sieben Stunden ruht. Das wäre schon sehr lange. Wenn sie sich dann nicht bewegt, überhitzt sie und explodiert.

»Echt?« Erschrocken blieb Eya stehen, etwa zwei Meter vor dem Eingang zur Unterkunft ihres Partners. Dieser streckte seinen Kopf aus der Höhle und schnaubte sie zur Begrüßung an. Doch sie war zu entsetzt, um ihn wie üblich als Antwort hinter den Ohrstacheln zu kraulen.

Ihre Begleiter hatten seine Worte offensichtlich ebenfalls gehört, denn Liman bemerkte trocken: »Nicht so toll für ihre Umgebung. Habe ich einmal bei Zothra miterlebt – ich bin gerade noch rechtzeitig geflüchtet, sonst hätte es mich zerfetzt.«

»Heißt das, sie überlebt dieses Ereignis?«, versicherte sie sich.

Naida lachte. »Normalerweise schon. Es sei denn, sie ist zu schwach, um sich vor ihrer eigenen Energie zu schützen, so wie es bei sterbenden Drachen der Fall ist. Aber angenehm ist es deshalb sicherlich nicht. Gefährlich wird es, wenn ihre Höhle schlecht belüftet ist, brennbare Stoffe enthält oder sich Menschen darin aufhalten.«

Erleichtert atmete die Drachenreiterin auf.

Was es nicht alles gab!

»Bist du schon mal explodiert?«, fragte sie ihren großen Freund.

»Das erzähle ich dir irgendwann mal. Ist ein etwas heikles Thema, das man nicht jedem präsentiert.«

Kuno kicherte. »Das ist so, als würdest du einen Menschen fragen, ob er schon mal ins Bett gemacht hat.«

PLÄNE UND OFFENBARUNGEN

»Guten Morgen, großer Krieger. Bist du bereit, die Welt zu verändern?« Doguls Begrüßung drang durch den bleiernen Schleier der Müdigkeit, der Jonas seit dem Wecken vorhin umfangen hielt. Der Magier wirkte im Gegensatz zu ihm fit und gut gelaunt.

Sie saßen in den privaten Räumen des Anführers, wo ein Frühstück für sie beide bereitstand. Appetitlos rührte Jonas in dem nahrhaften Getreidebrei. Er schmeckte gar nicht so übel, wie er beim vorsichtigen Probieren festgestellt hatte, nach Nüssen und Honig. Dennoch schaffte er es kaum, das Zeug hinunterzuwürgen.

Grimmig gab er zurück: »Es kommt darauf an, was ich dafür tun soll. Ich werde dir nicht dabei helfen, irgendwen umzubringen.«

Der Mann im Korbsessel gegenüber lachte. »So etwas verlangt niemand von dir. Deine Dienste werden lediglich für den Transport meiner Truppe gebraucht. Alles Weitere kannst du getrost uns überlassen.«

»Aber was ist denn *alles Weitere*?«

»Besser, du weißt es nicht, dann kann es dein Gewissen auch nicht belasten.«

»Ach ja? Wenn du es so formulierst, habt ihr etwas richtig Schlimmes vor. Das werde ich bestimmt nicht unterstützen! Ich bin gegen Krieg und Gewalt. Es muss eine andere Lösung geben. Sonst seid ihr auch nicht besser als der Drachenrat.«

Dogul beugte sich vor. Sein Gesicht blieb ausdruckslos, nur eine Augenbraue hob sich leicht, während er ihn interessiert musterte. »Wer sagt, dass wir besser sein müssen oder wollen? Sofern du einen brauchbaren Vorschlag hast, wie wir diese verknöcherten Schuppengreise davon überzeugen, zurückzutreten, ohne sie mit Gewalt dazu zu zwingen, bin ich ganz Ohr.«

Entgeistert starrte Jonas zurück. »Woher soll ich das wissen, ich kenne diese Drachen nicht! Ich meine bloß, dass man doch sicherlich mit ihnen reden kann und sie nicht gleich angreifen muss.«

»Du hast recht – du kennst sie nicht. Sonst wüsstest du, dass bei diesen dickköpfigen, hochnäsigen Schlaumeiern jedes Wort vergebens ist. Als Mensch wirst du dort nicht mal eingelassen, solange du nicht vor Gericht stehst. Selbst in diesem Fall ist es fraglich, ob sie dich vor deiner Hinrichtung überhaupt anhören. Ich weiß es aus eigener Erfahrung. Sie hätten mich ohne Prozess getötet, wäre Finnegan nicht gewesen. Der Drache wurde aus seiner Heimatdimension hierher verbannt, weil er gegen die Regeln verstoßen hat. Wir beide flohen als Gesetzlose und sind seitdem vogelfrei, genau wie du.«

»Aber ich kann überhaupt nichts dazu!«, protestierte er. Erst danach ging ihm die Bedeutung der restlichen Worte auf. »Dann hat Finnegan dich nicht beim Drachenruf als Partner ausgewählt? Ich dachte, das müsste so sein!«

Sein Gegenüber lachte leise. »Du weißt vieles nicht, Junge. Zum Beispiel hast du sicherlich keine Ahnung, wie es ist, den Anforderungen deiner Umwelt nicht im Mindesten zu entsprechen.«

»O doch, das weiß ich!«, gab Jonas vollkommen ehrlich zurück.

»Dann kannst du dich vielleicht in meine Situation hineinversetzen. Mit fünfzehn taugte ich angeblich charakterlich weder für eine Ausbildung zum Magier noch für den Ruf eines Drachen. Meine Familie verstieß mich nach diesem Urteil, ich wurde zum Geächteten. War das bei dir ebenso?«

»Na ja, nicht ganz. Ich werde bloß überall ausgelacht, von meinen Klassenkameraden, meinem kleinen Bruder, sogar von meinem eigenen Vater, der mich für einen Schwächling hält, weil ich unter Höhenangst leide. Meine Mutter schleppt mich alle Nase lang zum Psychiater, weil ich mich ständig beobachtet fühle – oder gefühlt habe. Wenigstens weiß ich jetzt, dass ich nicht verrückt bin.«

»Klingt auch nicht unbedingt verlockend, aber zumindest hat dich dein Vater nicht vor die Tür gesetzt. Trotzdem würde ich mich an deiner Stelle nicht dringend dorthin zurückwünschen.«

»Ich vermisse sie halt. Außerdem weiß ich, dass sie sich große Sorgen um mich machen.«

Dogul schüttelte den Kopf. »Das verstehe, wer will. Nun, wenn ich bei meiner Familie noch willkommen gewesen wäre ... Mir blieb allerdings nichts anderes übrig, als mich einer Schar Gleichgesinnter anzuschließen und mich gemeinsam mit ihnen irgendwie durchzuschlagen. Wir zogen umher, stahlen, was wir brauchten, oder erzwangen es von reichen Kaufleuten. Unser Ruf war der von Dieben und Gesindel. Irgendwann begegnete ich einer Gruppe verstoßener Magier und Drachen. Der menschliche Anführer gab mir sein Wissen weiter. Als mein Lehrmeister auf der Flucht getötet wurde, nahm ich seinen Platz ein, fand einen Unterschlupf, organisierte, plante, gab den Menschen und Drachen ein gemeinsames Ziel: Rache an denjenigen, die uns dieses Leben aufgezwungen hatten. Nach einigen Monaten der Vorbereitung starteten wir unseren Feldzug. Wir drangen bis zum Ältesten Eurion vor, doch er verriet uns nicht, wie wir zum geheimen Versammlungsort des Rates gelangten. Stattdessen wurden meine Freunde und ich gefangen genommen und zum Tode verurteilt.«

Jonas erschauderte. Es klang nach einem harten Leben, sogar halbwegs bedauernswert. Er fand, dass niemand für solche Vergehen den Tod verdient hatte, dennoch gehörten sie irgendwie bestraft. Und Rache war erst recht keine Lösung, vor allem, wenn es um das Leben von Menschen und Drachen ging. Seine Gedanken mussten sich wieder allzu deutlich hinter seiner Stirn abgezeichnet haben, denn sein Gegenüber nickte. Allerdings wirkte er nicht böse auf ihn, eher milde amüsiert.

»Ich sehe schon, dass du mit meinem Lebensstil nicht einverstanden bist. Eigentlich müsstest du mein Vorhaben begrüßen, die Ratsmitglieder an ihren schändlichen Taten zu hindern, denn sie verurteilen noch ganz andere Menschen, die wesentlich weniger auf dem Kerbholz haben als meine Leute und ich. Dich eingeschlossen.«

»Mich? Aber das ist ein Missverständnis! Was kann ich dafür, dass ich entführt wurde?«

»Nichts. Wie dir geht es Hunderten von Menschen und bestimmt einem Dutzend Drachen. Dennoch würde ich gern erleben, wie du es diesen engstirnigen Despoten erklärst. Auf das Betreten der Verbotenen Dimension steht die Todesstrafe. Wobei allein diese Regelung schon verdeutlicht, wie lächerlich die Gesetze sind, die sie erlassen, denn außer dir hat es in neunhundert Jahren niemand geschafft, die Barriere zu überwinden.«

Jonas keuchte. »Sie können mich doch nicht dafür verurteilen, dass ich gegen meinen Willen hierhergebracht wurde!«

»Selbst wenn sie es nicht tun – den Drachen, der es getan hat, dürfen sie deshalb verbannen und seine Reiterin töten?«

»Natürlich nicht! Die beiden haben es doch nicht böse gemeint und lediglich Zothras Befehl ausgeführt! Eya und Zamo sind keine Verbrecher – im Gegensatz zu dir.«

Der letzte Satz war ihm ungewollt rausgeflutscht.

Himmel noch mal! Ihm wurde heiß.

Das anschließende Schweigen machte die Sache nicht besser. Dogul musterte ihn mit hochgezogenen Brauen. Der Ausdruck in seinem Pokerface blieb unergründlich, doch seine Augen schienen noch eine Nuance dunkler zu werden, kälter.

»Sei lieber vorsichtig mit solchen Äußerungen«, bemerkte er schließlich ruhig. »Du kannst dich glücklich schätzen, dass wir hier unter uns sind. Sollte dir etwas Ähnliches vor den Ohren meiner Leute entfleuchen, wäre ich gezwungen, dich zumindest hart zu bestrafen. Nur damit wir uns verstehen – würde irgendwer anders eine solche Beschuldigung vorbringen, wären es seine letzten Worte.«

Jonas nickte mit zusammengepressten Lippen und verfluchte sich für sein Ungeschick. Es bestand ein gewaltiger Unterschied zwischen Denken und Reden.

»Wenigstens bist du ehrlich«, fuhr der Mann fort. »Bei dir weiß ich immer, woran ich bin. Das macht deine Gesellschaft sehr angenehm, weißt du das?«

Fast hätte Jonas schon wieder etwas Unkluges gesagt. Er verkniff sich im letzten Moment den Ausspruch, dass er das umgekehrt leider nicht behaupten konnte. Dies wiederum brachte sein Gegenüber dazu, laut aufzulachen. Er schlug sich auf die Schenkel und amüsierte sich offensichtlich prächtig. Das gesamte Verhalten des Anführers kam Jonas auf einmal widerwärtig herablassend vor, gleichzeitig unecht und inszeniert.

Unvermittelt wurde Dogul wieder ernst, sprang aus dem Sessel auf und deutete auf eine Stelle hinter ihm. Seiner Bewegung folgend entdeckte der Junge einen glitzernden Gegenstand, dessen Fehlen ihm beim Reinkommen sofort aufgefallen war. Nun hing der Spiegel so, dass man ihn lediglich bei aufmerksamem Suchen fand.

»Kommen wir zur Sache. Meine Leute bereiten sich seit Monaten auf einen Angriff vor. Sie sind bestens trainiert und ich habe gestern Abend einen Plan ausgearbeitet, nach dem wir vorgehen können. Nun brauchen wir nur noch die Möglichkeit, überraschend an dem Ort aufzutauchen, an dem der Rat tagt. Er wird dies bereits in wenigen Stunden tun, wie ich aus sicherer Quelle weiß. Dann wird das Urteil über einen Drachen aus ihren eigenen Reihen gefällt, der mit uns sympathisiert.«

»Das ist … schnell! Was ist, wenn ich es bis dahin gar nicht hinbekomme?«

»Das wirst du, sofern du deine gesamte Energie in die Sache steckst. Sonst kann es einige Wochen oder sogar Monate dauern, bis wir eine zweite Chance bekommen. Deshalb gib dir bitte Mühe!«

Jonas sog entsetzt die Luft ein, als ihm bewusst wurde, was das bedeutete. Einen Moment lang saß er schockstarr in dem Korbsessel, unfähig, sich zu bewegen oder einen klaren Gedanken zu fassen.

Heute schon! Das kann nicht funktionieren, selbst wenn ich mir alle Mühe der Welt gebe!

Die Stimme des Magiers hatte sanft geklungen, dennoch enthielt sie eine gnadenlose, unerbittliche Drohung, die Jonas dazu brachte, aufzustehen und zum Spiegel zu gehen. Beim Anblick seines Abbildes verfluchte er sich für die starken Gefühle, die ihn ständig verrieten, für die Blässe seines Gesichts und die schreckerfüllten, wasserblauen Augen, die jederzeit in Tränen auszubrechen drohten. Doch er konnte es nicht ändern.

Seine Stimme glich einem schwankenden Krächzen, als er bemerkte: »Ich glaube kaum, dass ihr das Risiko eingehen wollt, in Timbuktu oder auf dem Mond zu landen. Wie sollen wir das also üben?«

ᔓᔕ

»Wir müssen den Rat irgendwie warnen. Sobald sie von einem geplanten Angriff wissen, können sie doch bestimmt etwas dagegen tun. Und wenn sie bloß alle Spiegel abdecken oder einfach in nächster Zeit keine Versammlungen abhalten. Besser wäre ja noch, die Bande zu erwarten und einzufangen.« Alle Augen waren auf Eya gerichtet, doch niemand schien ihr zuzustimmen.

»Im Grunde eine gute Idee«, gab Naida schließlich zurück. »Nur wüsste ich nicht, wer von uns diese Warnung rechtzeitig weiterleiten könnte, sodass sie auch ankommt.«

Die Drachenreiterin starrte ungläubig in die Runde. »Was soll das heißen?«

»Es bedeutet, dass jeder Einzelne von uns mit dem Gesetz in Konflikt geraten ist«, erklärte Liman ruhig. »Vor einem Ratsmitglied zu sprechen oder es unaufgefordert zu kontaktieren, ist selbst für unbescholtene Anhänger des Systems eine heikle Angelegenheit. Allein die Tatsache, dass wir uns an diesem Ort aufhalten, macht uns zu Gesuchten, die ihre Identität verbergen müssen. Was das angeht, sind wir nicht besser dran als Dogul und seine Verbündeten.«

»Also sind wir alle Verbrecher, obwohl wir gar nichts getan haben?«

»So könnte man es ausdrücken.«

»Aber das ist so … ungerecht!«, brach es aus ihr heraus. »Ich habe immer geglaubt, es wäre eine große Ehre, dem Ältesten zu dienen, und war stolz darauf. Meine Eltern haben mir beigebracht, dass uns der Drachenrat beschützt, sich um uns kümmert und für Ordnung sorgt. Sind das alles nur Einschlafgeschichten für kleine Kinder?«

Kuno seufzte. »Es ist kompliziert. Der Rat ist eine wichtige Einrichtung, aber man könnte ihn ebenso gut als notwendiges Übel bezeichnen. Offiziell sollte man das vermeiden, um länger zu leben. Was meinst du, weshalb sich die meisten Bewohner von Glemborg hier verbergen?«

»Und ich dachte, ihr versteckt euch hauptsächlich vor Dogul und seinen Leuten! Jetzt verstehe ich wenigstens, wieso euch der Mistkerl am See einen Platz in seinen Reihen angeboten hat. Ich hielt es für reinen Hohn, aber ihr seid genauso sehr gegen den Rat eingestellt wie er.«

»Im Grunde genommen schon. Nur halten wir nichts davon, ihn zu vernichten, sondern würden lieber eine friedliche Einigung erzielen. Bisher scheint das noch immer nicht möglich, deshalb bleiben wir in Deckung und warten ab, was der Tod des Ältesten an Veränderungen bringt.«

Nachdenklich sah Eya zu Zamo hinüber. Dieser erwiderte ihren Blick ruhig und weise wie immer.

»Wieso hast du mir das nicht viel früher erzählt?«

»Wärst du mit mir in dieses Abenteuer aufgebrochen, wenn du gewusst hättest, dass der Interdimensionale Rat keinesfalls das ist, wofür du ihn hältst und Zothra nicht in seinem Auftrag gehandelt hat, geschweige denn überhaupt noch Mitglied in diesem Gremium war? Was meinst du, weshalb er sich in einem Höhlensystem am Ende der Welt verschanzt und dabei mitgewirkt hat, es samt dem Gebiet um Glemborg mit einem Schutzbann gegen Entdeckung zu versehen?«

»Also habt ihr mich ebenfalls benutzt, du und dein Urgroßvater!« Ungewollt kehrte das Gefühl von Wut und Enttäuschung zurück, das sie am gestrigen Abend bereits überwältigt hatte.

»Es tut mir unendlich leid. Du hast dem Auftrag so skeptisch gegenübergestanden und uns blieb so wenig Zeit … Ich brachte es nicht übers Herz, deinen Glauben an eine heile Welt zu zerstören, solange du glücklich warst und keine Notwendigkeit dazu bestand. Und dann musste alles sehr schnell gehen. Wir brauchten dich so dringend. Es blieb einfach kein Raum, um ein zerbrochenes Weltbild zu heilen und dich neu zu überzeugen. Ich hoffe, du verzeihst mir und glaubst, dass du trotzdem das Richtige getan hast, wenn auch aus einem ganz anderen Grund als ursprünglich angenommen.

Sie schniefte, wischte sich mit dem Ärmel durchs Gesicht. Wie konnte sie ihrem besten, wunderbarsten und liebsten Freund lange böse sein? Natürlich würde sie ihm verzeihen. Das brauchte sie auch gar nicht laut zu sagen, weil er es in ihren Gedanken deutlich lesen konnte. Seine Antwort bestand in einer inneren Umarmung. Das hatte er bisher nur sehr selten getan. Es war der Beweis dafür, dass er ihr vollkommen vertraute, denn in diesem Zustand war er unglaublich verletzlich. Sie wusste, dass er dabei jeden Schutz seiner Privatsphäre aufgab und sie Einblick in seine tiefsten Gedanken nehmen könnte. Natürlich tat sie es nicht und genoss lediglich das Gefühl, so eng mit ihrem Partner verbunden zu sein. Sie tauschten sich wortlos aus.

»Also gut«, stellte sie anschließend grimmig fest. »Daran ändern kann ich jetzt ohnehin nichts mehr. Nun ist es an der Zeit, mir auch mal was zuzutrauen. Ich weiß ja nicht, wie es bei euch ist, aber Zamo braucht nur in eine Siedlung einzufliegen, um garantiert Aufmerksamkeit zu erregen. Was denkt ihr – wie groß ist die Chance, dass sie ihn und mich anhören, bevor sie uns unschädlich machen?«

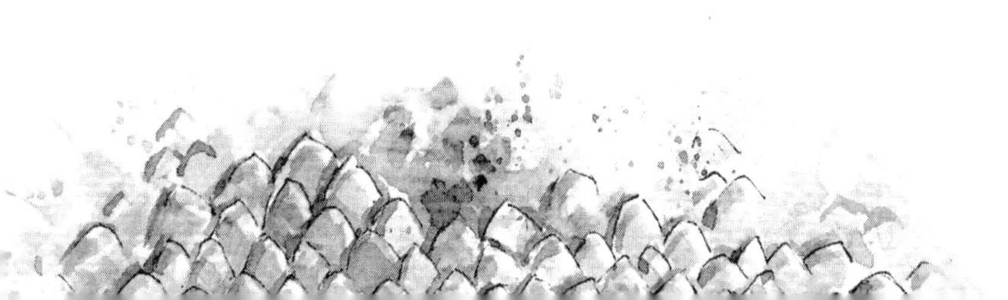

FATALE GEFÜHLE

Jonas starrte in den Spiegel, ohne wirklich hineinzusehen. Er konnte es nicht! Seine Gedanken wanderten immer wieder zu Helia und dem Moment, in dem er ins Straucheln geraten war. Das Gefühl, sich abstützen zu wollen und ins Leere zu fallen. Dann sofort die grausame Kälte, der Schock, sich unter Wasser zu befinden und elendig ertrinken zu müssen … Es war einfach zu viel verlangt!

Obwohl er genau wusste, dass es diesmal anders sein würde, da er lediglich einen Spiegelkontakt zu einem weiteren versteckten Lager der Rebellen herstellen sollte, zu einem Mann namens Fredo. Dogul hatte ihm den widerlichen Kerl gezeigt, der so hoch wie breit war und eine Halbglatze mit einem seitlichen Rest rot-graumelierter Haare sowie einen ebenso gefärbten Vollbart trug.

Es war geplant, dass Jonas den fremden Magier herholte. Doch momentan schaffte er es nicht einmal, überhaupt eine Verbindung zu bekommen. Er nahm lediglich verschwommene Schatten wahr, weder sein eigenes Bild noch ein anderes.

»Konzentrier dich, Junge«, hörte er die Stimme des Anführers, der seitlich hinter ihm stand, erneut so, dass er nicht direkt in den Spiegel blicken konnte.

Ein winziger Teil von Jonas' Verstand beschäftigte sich mit diesem Gedanken, hielt ihn für wichtig. Doch es gab keine Möglichkeit, die Idee zu verfolgen, ohne seine eigentliche Aufgabe zu vernachlässigen oder die Aufmerksamkeit seines Mentors darauf zu lenken. Er wusste, dass dieser ihn keine Sekunde lang unbeobachtet ließ, weder äußerlich noch innerlich. Wieder hasste er sich selbst dafür, so durchschaubar und ungeschützt zu sein.

Wie Glas, dachte er. *Glas … Warum bin ich nicht wenigstens wie Spiegelglas? Manchmal ist es sogar von einer Seite aus durchsichtig …*

»Du sollst nicht meditieren, sondern eine Verbindung herstellen!« Die Worte klangen halb amüsiert, halb ungeduldig.

Jonas riss sich zusammen, dennoch hallten die Überlegungen in ihm nach.

Was unterscheidet einen Spiegel von gewöhnlichem Glas?

Während er sich das Aussehen des Magiers in Erinnerung rief, ging ein Teil seiner Gedanken auf Wanderschaft.

Er ist meistens von einer Seite lichtundurchlässig und hat auf der anderen eine reflektierende Beschichtung, dachte er, während er zusah, wie sich das soeben vorgestellte Gesicht materialisierte. *Wie kriegen die Hersteller das hin?*

»Na endlich!«, wurde er von der anderen Seite mürrisch begrüßt. Der Mann schwitzte stark und wirkte hypernervös. Jonas konnte es ihm nicht verdenken. Wenn er selbst jemandem mit seinen Fähigkeiten bei einer so riskanten Sache vertrauen sollte, würde er sich vermutlich vor Angst in die Hose machen.

Wie passt dieser dicke Kerl durch den Spiegel?

Der Gedanke löste einen irrationalen Lachanfall aus, den er mühsam unterdrückte. Er rief sich in Erinnerung, dass er selbst problemlos durch ein wesentlich kleineres Exemplar gefallen war, durch dessen Rahmen er nicht mal den Kopf hätte zwängen können. Die Größe spielte offensichtlich keine Rolle. Irgendwie sollten ja sogar die Drachen hindurchkommen. Jedenfalls hatte Dogul es so geplant. Wobei er sich schwer vorstellen konnte, dass Finnegan irgendwo durchpasste, er würde sich nicht mal in diesen Raum hineinquetschen können, geschweige denn durch den kleinen Eingang.

Aber das Problem war zweitrangig. Zunächst ging es darum, dass überhaupt jemand von hier nach dort oder von dort hierher gelangte. Der massige Kerl streckte einen Finger in seine Richtung.

Er drückte von hinten gegen das Glas, sodass Jonas sogar die feinen Linien in der Haut erkennen konnte. Bei der Vorstellung, dass er ihn mit diesem dreckigen Zeigefinger antatschen könnte, schüttelte er sich unwillkürlich. Uäh, bei diesem Kerl wollte er gar nicht, dass er hierherkam! Umgekehrt zog es ihn kein Stück dorthin.

»Kann es sein, dass ich dir eine Tracht Prügel verabreichen muss, damit du für einen Augenblick ernsthaft versuchst, Fredo hierher zu holen?« Dogul klang ruhig. Ein rascher Blick in sein Gesicht verriet Jonas jedoch, dass er nah daran war, den Bogen zu überspannen.

Ich habe das Spiegelglas durchsichtig werden lassen, vielleicht geht es auch umgekehrt?

»Wenn ich bloß wüsste, wie!«, gab er laut zurück.

»Tja, da ich nicht du bin und deine Gabe momentan einzigartig sein dürfte, kann ich dir leider nur sehr begrenzt dabei helfen. Ich verspreche dir allerdings, dass es ziemlich unangenehm für dich wird, falls es nicht bald funktionieren sollte.«

Der Magier neben ihm hob leicht die Hände, was Jonas aus den Augenwinkeln mitbekam. Er wagte es nicht, den Blick vom Spiegel zu lösen. Vermutlich wäre die Verbindung sofort weg. Dennoch erfasste ihn rasende, nackte Angst, weil er etwas Spitzes, Scharfes an seiner Wange spürte.

Ein Messer!

»Betrachte es als kleine Ermunterung, dir Mühe zu geben. Ich würde dir nur ungern wehtun, aber wenn du uns hinhältst und unnötig Zeit vergeudest, sehe ich mich dazu gezwungen.«

Keuchend und zunehmend panisch konzentrierte sich Jonas nun vollkommen auf den Spiegel vor ihm, verbannte die Überlegungen, die im Hintergrund abliefen, in eine Ecke des Bewusstseins, die nicht gebraucht wurde.

Was hatte er getan, um zu Helia zu gelangen? Eigentlich nichts, er hatte es bloß *gewollt*, eine unstillbare Sehnsucht nach seinem Drachen verspürt. Hier war das problematisch, da Ekel und Abneigung gegen diesen rothaarigen Kerl eindeutig überwogen und es ihm schier unmöglich machten, diese Verbindung zu schaffen.

»Tut mir leid, aber es geht so nicht«, murmelte er und schloss die Augen.

Dogul stieß zischend die Luft aus. Mit zusammengebissenen Zähnen erwartete Jonas den Schmerz, den das Messer ihm zufügen würde, doch er kam nicht. Stattdessen merkte er, wie die scharfe Klinge von seinem Gesicht verschwand. Dafür trat der Mann näher, fasste ihn an der Schulter und drehte ihn grob herum.

Als er die Augen vorsichtig öffnete, blickte er in ein grünes Paar, das ihn aufmerksam musterte, weniger wütend als gedacht, eher nachdenklich.

»Erkläre es mir!«

Mit einem raschen Blick zum Spiegel, der lediglich die Umgebung reflektierte, brachte er mühsam hervor: »Bei diesem ekelhaften Kerl kann ich mir nicht ernsthaft wünschen, dass er herkommt. Das schaffe ich einfach nicht.«

Der Magier starrte ihn sekundenlang fassungslos an, bis er kurz auflachte. Allerdings klang es nicht fröhlich, eher verzweifelt. Er ließ sich in den Korbsessel fallen und vergrub den Kopf in den Händen.

Stöhnend murmelte er: »Emotional gesteuerte Magie! Ich hätte es ahnen müssen. Na, das kann ja heiter werden … Setz dich!«

Er schien einen Moment abwesend, trank einen Schluck Tee. Kurze Zeit später erschien eine zierliche Gestalt im hellen Eingang der Höhle. Als sie näherkam, erkannte Jonas die dunkelhaarige, südländisch anmutende Frau, die mit am See und auch gestern beim Essen anwesend gewesen war. Ihr ebenmäßiges Gesicht wirkte völlig regungslos, während sie ihnen zuwinkte.

»Das hier ist Akelaya, meine Lebensgefährtin. Sagt sie dir mehr zu?«

Dogul stand auf, ging ihr entgegen, strich kurz über die glatte, etwas hagere Wange. Ein flüchtiges Lächeln ließ das Gesicht aufblühen wie eine Rose in der Wüste.

Jonas betrachtete die Frau eingehend. »Bestimmt«, sagte er vorsichtig und hoffte, dass sie nicht irgendwas tun oder sagen würde, um ihn wieder vom Gegenteil zu überzeugen.

ᔕ

»Das kommt gar nicht infrage!«

Kunos Protest wurde von Zamo zum Schweigen gebracht.

»Eya hat recht – es ist die einzige Möglichkeit, den Drachenrat rechtzeitig zu informieren, ehe eine Katastrophe über uns alle hereinbricht. Ich mag den Jungen und bin überzeugt davon, dass er das Richtige tun möchte. Er hat einen festen Charakter und ein gutes Herz. Aber genau deshalb wird er vermutlich keinen anderen Weg sehen, als sich Doguls Willen zu beugen. Mir ging es gestern genauso. Auf diese Art habe ich wenigstens die Chance, etwas von dem wiedergutzumachen, was ich angerichtet habe.«

»Niemand verlangt das von dir, Zamothrakles«, sagte Naida sanft.

Irrte sich Eya, oder standen Tränen in den Augen der Magierin? Vielleicht sollte sie langsam Angst vor ihrer eigenen Courage bekommen, doch ihre Entschlossenheit wuchs durch diese Reaktion nur noch. Nun, da sie genau wusste, dass Zamo hinter ihr stand, fühlte sie sich stärker als während der gesamten letzten Woche.

»Das ist mir bewusst. Dennoch ist es das einzig Richtige. Alles andere würde viel zu lange dauern. Ich schätze, dass Jonas' junge Partne-

rin nur noch wenige Stunden daran gehindert werden kann, sich der Welt mitzuteilen. Sofern Dogul sein Druckmittel ausnutzen möchte, muss er bis dahin handeln. Es besteht immerhin eine reelle Chance, dass sie uns anhören und dankbar genug sind, um uns zu verschonen.«

Sie warteten. Dogul beschäftigte sich in einigen Metern Entfernung mit einer hellen Tafel aus Holz, auf die er mit einem Kohlestift etwas schrieb, das Jonas nicht lesen konnte.

Er war erleichtert, dass der Magier ihn nicht mehr die ganze Zeit ansah. Noch immer kreisten seine Gedanken um die Frage, wie er sein gläsernes Ich bei Bedarf wirksam verbergen konnte. Der Vergleich mit dem Spiegel schien vielversprechend. Er versuchte sich vorzustellen, wie sein Innerstes ganz glatt wurde und nach außen hin glänzte, sodass ein Betrachter nur noch sich selbst sah. Bevor er das Experiment jedoch vertiefen oder testen konnte, wurde er erneut gefordert.

Es musste eine Abkürzung zwischen den beiden Lagern geben, sofern sie sich nicht ziemlich nah beieinander befanden. Gefühlte zehn Minuten nach Akelayas Verschwinden gab der grünäugige Magier erneut das Zeichen, eine Spiegelverbindung herzustellen. Mit weichen Knien konzentrierte sich Jonas auf die reflektierende Fläche. Zum Glück hatte er sich das Gesicht der Frau gut merken können. Sie erschien prompt.

Anerkennend hob sie die Augenbrauen. »Du bist talentiert«, sagte sie. »Jetzt zeige mir, wie besonders du außerdem bist. Lass mich zu dir kommen!«

Er schluckte. Die Frau lächelte, streckte ihm beide Hände entgegen, ohne das Spiegelglas zu berühren. Solange diese Scheibe in seinem Kopf existierte, würde sie auch in Wirklichkeit da sein.

Also versuchte er instinktiv, sie gedanklich wegzuschieben, fortzuwischen wie eine App am Handy. Als er ziemlich sicher war, kein Glas mehr zu sehen, griff er hinein. Dabei beugte er sich ein Stück vor, um Akelaya zu erreichen. Prompt wurde er von einem mächtigen Sog erfasst, der ihn von den Füßen und durch den Spiegel riss. Mit einem überraschten Schrei landete er in den Armen der Frau, die mit ihm gemeinsam ein paar Schritte rückwärts taumelte, bis sie ihn und sich selbst fing.

»Halt, nicht so stürmisch, junger Mann!«

Gelächter erscholl. Dann klatschte jemand in die Hände und näherte sich von hinten rechts. Jonas, der wieder auf eigenen Füßen stand, fuhr herum. Sein Herz schlug bis zum Hals! Der feiste Fredo kam heran, ein triumphierendes Grinsen im Gesicht. Ohne den Spiegel dazwischen war seine Erscheinung noch unangenehmer, da der säuerliche Geruch, den er um sich verbreitete, den Eindruck von Ungepflegtheit nachdrücklich unterstrich.

»Bravo! So etwas habe ich noch nie zuvor gesehen. Wirklich beeindruckend, Junge! Warum hat es vorhin nicht geklappt?«

»Weil du ein abschreckendes Beispiel für die menschliche Rasse bist, dich seit einer Woche nicht mehr gewaschen hast und unserem Wunderkind deine schlechteste Seite zeigst, Ekelpaket. Gehe baden und benutze ausnahmsweise Seife!« Die Frau, die noch immer dicht neben Jonas stand, klang völlig ungerührt.

Der rothaarige Mann gab ein undefinierbares Geräusch von sich. »Darf sie so mit mir reden?«, grollte er zum Spiegel gewandt, den Arm anklagend zu Akelaya ausgestreckt.

Überrascht stellte Joans fest, dass Dogul ihn von dort aus anblickte. Vermutlich hatte der Magier die Verbindung selbst hergestellt, da sie zuvor abgebrochen sein musste. Beim Nicken blitzte in seinen Augen etwas auf, das der Junge lediglich als Schadenfreude deuten konnte. Daraufhin schnaubte Fredo, drehte sich erstaunlich schnell auf der Stelle und verließ den Raum im Laufschritt. Krachend schlug eine Tür hinter ihm zu.

Erst jetzt wurde Jonas bewusst, dass er sich nicht in einer Höhle oder einem Steinhaus aufhielt. Fast alles hier schien aus dunklem Holz gefertigt zu sein. Waagerechte Schlitze dicht unter der Decke ließen genug Licht ein, gestatteten jedoch keinen Ausblick nach draußen. Es war warm, viel wärmer als eben im Haus des Anführers.

»Nicht übel«, bemerkte Dogul kühl. »Allerdings war deine Aufgabe eine andere.«

»Ich konnte mich nicht halten«, verteidigte sich Jonas. Der kurze Moment des Triumphs, den er verspürt hatte, wurde von den Worten weggewischt. »Da hat mich was auf die andere Seite gezogen, ehrlich!«

»Er kam mit ganz schön viel Schwung hier an«, bestätigte die Frau. Sie wandte sich zu ihm um. »Du hast es gut gemacht, aber wir brauchen einen Transport. Also musst du dein Wunder von dieser Seite aus wiederholen. Vielleicht funktioniert es besser, wenn ich mit dir mitkomme?«

Er zuckte mit den Schultern. Woher sollte er das wissen? Zumindest war ihm jetzt klar, dass der Sog, den er schon bei seinem Besuch bei Helia verspürt hatte, anscheinend einen festen Bestandteil des Übertritts darstellte.

»Keine Ahnung«, sagte er rau. Sein Hals fühlte sich an wie mit Schmirgelpapier ausgekleidet.

»Möchtest du vorher etwas trinken? Du siehst aus, als könntest du es gebrauchen.«

Ohne eine Antwort abzuwarten, dirigierte sie ihn mit der Hand an der Schulter zu einer zweiten Tür, die sich von selbst vor ihnen öffnete und den Blick in einen weiteren kleinen Raum freigab. Darin befanden sich ein Holztisch mit Bänken, an den Wänden

Regale mit Tongeschirr, Töpfen und Pfannen. Auf dem Tisch stand ein Glas, daneben ein Krug mit grünlich trüb schimmerndem Inhalt. Jonas wunderte sich – hatte sie damit gerechnet, dass er herkommen würde? Es sollte doch umgekehrt sein!

»Bitte bleibe einen Moment hier, trinke so viel Saft, wie du möchtest. Meine Tante presst ihn täglich aus den Früchten, die hier wachsen. Er ist gesund und köstlich. Ich hole dich gleich. Dogul und ich haben etwas Privates zu besprechen.«

Er konnte nichts einwenden, denn sie schloss bereits die Tür. Jonas fuhr herum, wollte sich nicht einfach abschieben lassen, doch die Holztür bewegte sich keinen Millimeter.

Magie, schoss es ihm durch den Kopf. *Sie ist eine Magierin!*

Ergeben seufzend ließ er sich auf die Bank sinken und blickte sich zum ersten Mal aufmerksam um. Wo war er hier bloß gelandet? Die schmalen Fenster der Holzhütte glichen waagerechten Schlitzen, befanden sich dicht unterhalb der Decke und bestanden aus trübem Glas, sodass er nicht rausgucken konnte. Er meinte, gedämpfte Vogelstimmen zu hören, außerdem war es viel zu warm, deshalb zog er die Jacke aus. Definitiv befand er sich nicht mehr in Doguls Lager. Vielleicht auf einem südlicher gelegenen Kontinent oder sogar in einer anderen Dimension? Dennoch war Akelaya superschnell hierher gelangt, beinah so rasch wie er selbst durch den Spiegel. Also musste es eine Abkürzung zwischen den Orten geben. Entweder war die Magierin mit einem Drachen durch ein Portal geflogen oder es gab noch eine andere magische Verbindung. Jonas vermutete Letzteres, da er wusste, wie anstrengend die Erschaffung eines Dimensionstores für die geflügelten Echsen war.

Während er noch über dieses Phänomen nachsann, schnupperte er bereits an dem Inhalt des Kruges, der süß und angenehm nach tropischen Früchten roch. Vorsichtig schüttete er etwas davon ins Trinkgefäß, nippte an dem dickflüssigen Saft, der ihn an einen Smoothie erinnerte und erfrischend kühl die Kehle hinabrann. Sofort bemerkte er, wie seine Lebensgeister geweckt wurden. Mhm, das Zeug war wirklich lecker! Nachdem er das kleine Behältnis zweimal gefüllt und jeweils in einem Zug geleert hatte, siegte seine Neugierde.

Was hatten die zwei so Wichtiges zu besprechen? Er schlich zur Tür und legte ein Ohr daran. Die Wände schienen ziemlich dick zu sein oder schallisoliert, denn er hörte nicht mal Gemurmel. Ob er magisch irgendwie lauschen konnte? Er versuchte, gedanklich in den Nebenraum einzudringen, doch es gab eine Sperre. Natürlich hinderten sie ihn daran, ihr Privatgespräch mitzuhören. Er war ein Anfänger in solchen Dingen, außer bei …

Ihm entfuhr ein leiser Überraschungslaut, als er an den Spiegel nebenan dachte. Sofort spürte er eine zarte Verbindung. Indem er ihr folgte, vernahm er das Gespräch! Es waren keine Töne, die seine Ohren erreichten, eher Vibrationen unterschiedlicher Stärke, die in seinem Kopf widerhallten.

»Er ist wahrhaftig ein Wandler«, bemerkte Akelaya soeben. »Du hattest recht.«

»Sagte ich es dir nicht? Seine Fähigkeiten sind noch nicht einmal ausgereift und dennoch bereits unglaublich.«

»Woher wusstest du es?«

»Es war eine Kombination aus Vermutungen, dem Geständnis eines Drachen und dem, was mir der Junge selbst verraten hat«, erklärte der Rebellenführer. Etwas sagte Jonas, dass er dabei lächelte. »Seine Reaktion auf meine Forderung war derart eindeutig, dass ich mir anschließend sicher war. Du siehst, dass ich recht hatte.«

Er hat es gar nicht in mir gesehen, sondern anderweitig erfahren! Das heißt, dass mich Kuno und Naida nicht angelogen haben – sie wussten es genauso wenig.

Irgendwie beruhigte ihn diese Erkenntnis. Gleichzeitig gaben ihm die Worte neue Rätsel auf. Von welchem Geständnis sprach der Anführer? Welcher Drache hatte ihm etwas derart Vertrauliches über ihn, Jonas, verraten? Zamo? Ganz bestimmt nicht freiwillig! Unwillkürlich ballte er seine Hände zu Fäusten. Es gelang wieder problem- und schmerzlos, was ihm in dieser Situation nicht unbedingt half. Mühsam beherrschte er sich, um weiter zu lauschen.

»Vertraut er dir?«, fragte die Magierin auf dieser Seite.

»Ich bin mir nicht sicher. Seine Beziehung zu denen, die ihn hergebracht haben, scheint angeknackst, sein Glaube an ihre Rechtschaffenheit erschüttert. Dennoch versucht er, sich vor mir zu verbergen. Es gelingt ihm zwar noch nicht, doch er wird besser darin. Es wird nicht leicht werden, ihn für uns zu gewinnen. Sei freundlich, aber nicht zu nachsichtig. Er muss sein Bestes geben. Du weißt, wie wenig Zeit uns bleibt.«

»Was ist, wenn er sich weigert?«

»Das wird er nicht. Wir haben seine Drachin. Die Verbindung zwischen den beiden ist zwar noch frisch, dennoch habe ich selten eine stärkere gesehen. Ich beneide ihn darum. Trotzdem werde ich tun, was nötig ist, um den Jungen zu überreden. Geh jetzt und hole ihn, er soll dich hierherbringen. Hoffentlich klappt es so herum besser.«

Mehr hörte der heimliche Lauscher nicht. Er wollte eigentlich zum Tisch zurückgehen und so tun, als hätte er die ganze Zeit dort verbracht, doch er rührte sich nicht, sodass die dunkelhaarige Magierin ihm beim Öffnen der Tür dicht gegenüberstand. Ihre Augen befanden sich auf gleicher Höhe, deshalb entging ihm der kurze Moment der Überraschung nicht.

Wortlos drängte er sich an der Frau vorbei. Der Spiegel an der gegenüberliegenden Wand zeigte sein totenbleiches Gesicht, in dem die Sommersprossen noch deutlicher hervorstachen als sonst. Die Wut in seinen Augen erschreckte ihn selbst. Als er die reflektierende Fläche erreichte, verschwand das Bild und machte Dogul Platz, der sich nicht von der Stelle gerührt zu haben schien.

»Ihr habt Zamothrakles gefoltert, gib es zu!«, stieß er heftig hervor. Sein Atem ging stoßweise, sein Puls raste. Er hatte das Gefühl, jeden Moment zu explodieren. In seinem ganzen Leben hatte er keine solche Wut in sich verspürt, nie geahnt, überhaupt dazu fähig zu sein.

Dogul hob beschwichtigend die Hände. »Bitte beruhige dich! Wir haben den Urenkel Zothras lediglich überredet, uns wichtige Informationen zu geben. Es hat ihm nicht *wirklich* geschadet. Drachen sind sehr zäh, sie vertragen eine ganze Menge und verfügen über exzellente Selbstheilungskräfte.« Die beschwörende Stimme ließ die dünne Fassade zerbrechen, die er so mühsam aufgebaut und aufrechterhalten hatte.

»Und Helia? Was hast du mit Helia gemacht, du Schwein?«, krächzte er tonlos.

Die Augen vor ihm weiteten sich kurz. Für einen winzigen Moment glaubte Jonas, so etwas wie Furcht darin zu sehen, ehe sie sich zu schmalen Schlitzen verengten. »Es geht ihr gut, sie schläft bloß. Schließlich wollen wir keinen ungebetenen Besuch bei uns, nur weil sie mit eventuellen Drachenfreunden ein Plauderstündchen hält. Aber wenn du dich weiterhin so aufführst, wird sie es büßen müssen. Sofern du das nicht möchtest, komm jetzt sofort zurück – und nimm meine Frau mit!«

»Niemals!«

Wie in Zeitlupe sah er die dunkelhaarige Schönheit seitlich auf sich zu treten, um nach seinem Arm zu greifen. Er wollte ihn angewidert wegziehen, doch er war wie gelähmt von dem heißen Zorn, der ihn bis zum Bersten erfüllte.

»Nimm dich in Acht, seine Magie wird durch Gefühle gesteuert«, hörte er Dogul dumpf wie durch Watte. »Fass ihn jetzt nicht an!«

Doch es war zu spät. Bei der Berührung entlud sich die angestaute Wut in einem Blitzschlag, der Akelaya traf und sie wie einen Baum fällte. Jonas sprang zur Seite. Panik und Entsetzen füllten sofort die Leere, die diese Urgewalt in ihm hinterlassen hatte. Er konnte seinen Blick nicht von der reglosen Gestalt wenden, ignorierte die Stimme, die ihm etwas zurief. Ein überlautes Rauschen in seinen Ohren übertönte alles andere.

Weg hier!

Dieser verzweifelte Gedanke brach den Bann. Seine Beine setzten sich ohne sein willentliches Zutun in Bewegung, beförderten ihn auf die zweite Tür des Raumes zu, die er ungehindert öffnete. Draußen empfingen ihn schwüle Hitze und ein vielstimmiges Vogelkonzert. Dämmriges Licht drang durch ein hohes, tropisch anmutendes Blätterdach. Aus den Augenwinkeln sah er weitere Holzhäuser, die sich zwischen üppigen Büschen und Bäumen versteckten, doch er achtete nicht darauf, weil er bereits rannte wie nie zuvor in seinem Leben.

Aus dem Haus, über die menschenleere Lichtung davor und dann immer weiter den Weg entlang, der durch das dichte Grün des Dschungels führte.

ᔓ

HELDENMUT UND CHAOS

Sie befanden sich in der Luft, auf dem Weg zu einem selbstmörderischen Unterfangen. Dennoch genoss Eya diesen Flug. Endlich war sie wieder frei, konnte selbst entscheiden, musste nicht ständig auf irgendwelche Magier hören oder einen Angstfloh in einem völlig überflüssigen Sattel vor sich ertragen. Ohne dieses Teil war das Sitzen auf dem Drachen wesentlich angenehmer.

Trotz der eisigen Temperaturen fror sie kaum, dank der lebenden Sitzheizung mit dem praktischen Windschutz. Zamo und sie sprachen nur wenig miteinander. Beide wussten, dass es einfach nichts zu sagen gab. Viel zu schnell erreichten sie nach dem Überflug auf das Festland bewohntes Gebiet. Eya sah die kleinen Häuser in der Ferne und machte sich auf das Durchfliegen der unsichtbaren magischen Kontrolle gefasst. Schon wurde es gleißend hell um sie, ähnlich wie beim Durchqueren eines Portals. Geblendet schloss sie die Augen, riss sie jedoch gleich darauf wieder auf, als sie tiefer sanken. Der Himmel über ihnen war in ein unheimliches rötliches Licht getaucht.

Wie erwartet erschienen sofort Menschen auf den Straßen, zeigten auf sie. Bei ihrer Landung sah Eya mehrere winzige, silbrig glänzende Schemen in der Luft.

»Als hätten sie darauf gelauert, dass wir hier auftauchen«, bemerkte Zamo trocken.

Er setzte unbeirrt mitten auf dem Dorfplatz auf, zu dem bereits etliche Menschen unterwegs waren. Aus allen Richtungen strömten sie, viele davon bewaffnet mit langen Stangen, Schwertern, Heugabeln oder feuerfesten Schilden. Drei Männer mit Drachenwesten trugen ein Netz zwischen sich. Sie näherten sich behutsam von den Seiten, während die übrigen Menschen in respektvollem Abstand zum Stehen kamen.

»Bitte sprich für mich. Sag, dass wir ihnen nichts tun und auf die Beauftragten des Rates warten, die unterwegs sind. Ich sorge für die Übersetzung.«

Bevor Eya auch nur ein Wort herausbringen konnte, flog das Netz heran. Es war erstaunlich schwer, als es sie unter sich begrub.

ᔓᔕ

Jonas rannte, bis er unvermittelt vor einer grünen Mauer stand. Keuchend und fluchend blieb er stehen, blickte sich hektisch um. Es gab keine Verfolger. Entweder hatte er sie abgehängt oder – was er für wesentlich wahrscheinlicher hielt – sie wussten genau, dass er auf diesem Wege nicht entkommen konnte, und ließen sich deshalb Zeit. Verzweifelt versuchte er, sich durch die Vegetation zu zwängen – vergeblich. Es musste Magie dahinterstecken, so dicht wuchs nichts auf natürliche Weise! Erst recht nicht bis in mehr als sechs Metern Höhe.

Beim Blick nach oben wurde ihm klar, dass er ein Affe oder ein Vogel sein musste, um hier rauszukommen. Vielleicht konnte er das Hindernis auf die gleiche Weise ersteigen wie den Rücken eines Drachen? Konzentriert schuf er eine Treppe aus Luft, begann, sie hinaufzurasen. Ungefähr auf der Hälfte brach sie unter ihm zusammen. Mit einem überraschten Aufschrei fiel er mitten ins Gestrüpp, das zu allem Überfluss voller Stachelkugeln hing. Leise fluchend rappelte er sich auf, versuchte, die Kletten zu entfernen, was sich als nahezu unmöglich erwies. Wenigstens hatte er sich nichts gebrochen, auch wenn Ellbogen und Rückseite schmerzten.

Entweder verhinderte hier irgendetwas, dass man die grüne Barriere mit Magie überwinden konnte, oder er war schlicht unfähig, die Lufttreppe lange genug stabil zu halten. Jedenfalls wollte er es kein zweites Mal riskieren. Die Mauer erstreckte sich zu beiden Seiten, bis sie im Dschungel verschwand. Zögernd wandte er sich nach links, weil es dort einfacher zu sein schien, durch das Dickicht zu brechen. Vorsichtig, um keine Zweige zu knicken, stieg er durch das Gebüsch. Spitze Dornen rissen ihm dabei das Hemd und den Arm darunter auf. Zum Glück wurde sein Oberkörper durch die Weste geschützt. Er bemerkte es kaum, drängte panisch vorwärts.

Weg, er musste weg hier! Schweiß strömte ihm übers Gesicht und in die Augen, die höllisch brannten. Wenigstens hatte er die warme Felljacke zurückgelassen. Was würde der Anführer mit ihm anstellen, wenn er herausfand, dass er seine Frau in unbegreiflichem Jähzorn schwer verletzt oder sogar getötet hatte? Was würde er Helia antun, um ihn zu bestrafen?

Helia …

Der Gedanke an seine Drachenpartnerin trieb ihm die Tränen in die Augen. Was hatte er nur getan! Er verstand sich selbst nicht mehr. Wütend, mit zusammengepressten Zähnen, drängte er sich durch das Gestrüpp, das an Haaren, Kleidung und Haut zerrte. Endlich kam er auf der anderen Seite wieder hervor, keuchend, zerzaust, mit zerfetzten Ärmeln und brennenden Ratschern überall.

Nach wenigen Schritten erreichte er einen weiteren Busch, aus dem es warnend zischte. Eine Schlange! Etwas Großes, Haariges fiel ihm in den Nacken. Angewidert wollte er es fortschleudern und hatte eine riesige Spinne in der Hand, die mit ihren langen Beinen darum kämpfte, seinem Griff zu entkommen. Der Körper passte gerade noch in seine Handfläche! Mit einem Quietscher schüttelte er das Vieh angewidert ab. Es fiel auf den Waldboden und rannte mit erstaunlicher Geschwindigkeit davon.

Etwas kitzelte ihn am Bein. Gedankenverloren kratzte Jonas sich durch die dicke Hose hindurch an der Stelle. Das leichte Jucken wurde zu einem scharfen, brennenden Schmerz, der ihn aufschreien ließ. Beim Blick nach unten keuchte er entsetzt. Überall wuselte und krabbelte es, auf seinen Stiefeln, an seinen Beinen empor und in den Hosenbeinen. Ameisen! Sie waren riesig, mindestens zwei Zentimeter lang, manche Exemplare noch deutlich größer, mit gewaltigen Zangen bestückt. Er hüpfte wie Rumpelstilzchen, um die Biester abzuschütteln, und schlug panisch auf sich selbst ein. Dabei brachte er sich mit Riesenschritten aus der Gefahrenzone, trotzdem wurde er mehrfach erwischt.

Fluchend rannte er los, immer der Nase nach. Wohin, war ihm mittlerweile ziemlich egal, bloß weg! Verzweifelt, gequält von den teuflisch brennenden Bissen, kämpfte er sich einen Weg durch die feindliche Vegetation, die ihn mit Dornen, Ranken und Kletten festzuhalten versuchte. Irgendwie musste er aus dieser grünen Hölle entkommen! Endlich erreichte er einen breiteren Pfad und atmete erleichtert auf. Allerdings nur, bis er ein raues Lachen hinter sich vernahm. Das Geräusch ließ ihn zusammenfahren, raubte ihm den letzten Nerv.

»Na, sieh mal einer an – ein Jungmagier auf Dschungelpirsch. Nicht sonderlich erfolgreich, dein Trainingsausflug, wie mir scheint.« Doguls verhasste Stimme erklang keine zwanzig Meter hinter ihm. Schadenfrohes Gelächter aus drei oder vier weiteren Kehlen folgte. »Kannst du mir bitte verraten, was das sollte und wo du hinwolltest? Immerhin siehst du so aus, als hättest du jede Menge Spaß gehabt.«

Eya flog auf ihrem großen Freund unterhalb der Wolkendecke Richtung Nordwesten, flankiert von drei Eisdrachenreitern. Immerhin hatten diese darauf verzichtet, ihnen die furchtbaren Fesseln anzulegen, da die Drachen Zamo anscheinend Glauben schenkten.

Sie war heilfroh, noch zu leben. Wie ihr Partner ihr vorhin mitgeteilt hatte, waren die Reiter ermächtigt, sie nach Gutdünken auf der Stelle zu exekutieren, während sie den Auftrag besaßen, ihren großen Freund gefangen zu Eafras zu bringen. Der Älteste lebte auf dem Kontinent des Südpols, genau am anderen Ende der Erde. Demnach bewegten sie sich in die falsche Richtung.

»*Wir nehmen einen der Alten Wege*«, beantwortete die Stimme in ihrem Geist die unausgesprochene Frage.

»*Stimmt, davon habe ich gehört*«, gab sie gedanklich zurück. Sie erinnerte sich an die Erzählung des Dorfmagiers von feststehenden, durch Drachenmagie geschaffenen Portalen. Sie verbanden dauerhaft weit entfernten Orte innerhalb dieser Welt oder stellten Übergänge zwischen den Dimensionen dar, ähnlich Zothras Portal im See. Solche Verbindungen sparten Zeit und Energie.

Der Ort, den wir ansteuern, liegt fern jeglicher menschlichen Siedlungen, dafür wohnen dort jede Menge Drachen, hauptsächlich Eisdrachen.

Eya wusste, dass die diese Drachenart kein Feuer spie, stattdessen verbreitete sie Kälte um sich. Schaudernd erinnerte sie sich an ihr Erlebnis am Seeufer, bei dem sie um ein Haar erfroren wäre. Sie hätte nicht gedacht, dass die intelligenten, sanftmütigen Wesen so grausam sein konnten!

»*Eisdrachen setzen ihre Kälte nicht auf diese Weise ein*«, informierte Zamo. »*Der Angriff beim Seeportal erfolgte durch den Karatdrachen, der sowohl extreme Hitze als auch einen Kältestrahl produzieren kann.*«

»Dieser Riese war schrecklich, das stimmt. Ich hatte wirklich Angst vor ihm.«

Finnegan verbirgt seine Gesinnung und Gedanken vor anderen Drachen, aber seine Aura wirkt äußerst einschüchternd, da hast du recht. Eisdrachen hingegen gelten als beliebte Mitbewohner in Gemeinschaftshöhlen. Durch ihre Eigenschaft, Kälte zu produzieren, ergänzen sie uns Horndrachen nahezu ideal. Das größte Problem dabei ist, dass sie uns nicht sonderlich mögen.«

»Warum ist das so? Ihr lebt schon seit Jahrhunderten hier, genau wie wir Menschen. Ich dachte, ihr vertragt euch untereinander besser als wir.«

»Auch unter Drachen gibt es Freund und Feind. Wir haben den Eisigen viel Lebensraum weggenommen, da wir ebenfalls die kalten Regionen bevorzugen, jedenfalls die meisten von uns. Die alte Vereinbarung zwischen Zothra und Eurion besagt, dass sich die Horndrachen vorwiegend auf der Nordhalbkugel niederlassen und die Eisdrachen dafür die Südhalbkugel in Beschlag nehmen.«

»Und das funktioniert?«, fragte Eya zweifelnd.

»Die Mehrzahl von uns hält sich an diese Regelung. So gehen wir Konflikten aus dem Weg. Natürlich gibt es Ausnahmen. Freundschaften zwischen den Arten sind gar nicht so selten. Außerdem kommen auch Drachen aus weiteren Dimensionen zu Besuch, Eisdrachen und Horndrachen setzen sich ab. Eine gewisse Durchmischung ist normal, wie du weißt.«

»Hast du Freunde, die anderen Arten angehören?«

»Nein. Dazu hatte ich bisher keine Gelegenheit.«

»Keine Zeit, Freundschaften zu schließen? Du bist über hundertfünfzig Jahre alt! Für einen Drachen mag das wenig sein, trotzdem ist es mehr Zeit, als ich je haben werde. Wobei ich schon froh bin, wenn ich die nächsten drei Stunden überlebe ...«

Mit einem flauen Gefühl in der Magengegend dachte die Drachenreiterin an das bevorstehende Verhör. Ob der Älteste ihnen wirklich zuhören würde?

»Er wird uns nicht abweisen, keine Sorge. Die entscheidende Frage ist, ob er uns glaubt. Was deine Bemerkung mit der Zeit angeht … Eigentlich habe ich für uns beide eine Dimensionstour angedacht, wenn diese ganze Aufregung hier vorbei ist und es nichts Wichtiges zu tun gibt. Was hältst du davon?«

»Wow.« Mehr konnte sie nicht sagen, weil der Gedanke sie geradezu überwältigte. Allerdings schien dieser Traum soeben in weite Ferne gerückt. Hoffentlich zerfiel er nicht wie Seifenschaum oder löste sich auf! Nein, sie wollte lieber nicht daran denken, was alles auf sie zukommen würde.

ಌ

»Du wirst uns jetzt zurück in mein Heim bringen«, befahl Dogul hart, »und zwar durch diesen Spiegel! Sonst ändere ich meine Meinung bezüglich deiner hübschen Drachendame noch einmal. Es wäre schade um sie, vor allem, da sie das einzige weibliche Exemplar in der ganzen Dimension ist und somit unglaublich wertvoll. Sei froh über diesen Umstand. Andernfalls wäre sie jetzt bereits Geschichte.«

Heißer Zorn wallte erneut in Jonas auf. Helia! Womit sonst wollte der Mistkerl ihn erpressen? Am liebsten hätte er ihm ins Gesicht gespuckt. Die kumpelhafte, väterliche Art hatte der Magier abgelegt wie einen Mantel, nachdem Jonas seine Geliebte ausgeknockt und ihn so dazu gebracht hatte, persönlich herzukommen. Wenigstens war die Frau nicht tot. Er wäre längst Schaschlik, wenn Dogul ihn nicht so dringend bräuchte! Deshalb hatte er ihn lediglich vor versammelter Mannschaft gedemütigt.

»Mir scheint, mit der Anwendung von Magie ist es nicht weit her bei dir«, hatte er gehöhnt. »Selbst ein Vierjähriger mit der geringsten magischen Begabung schützt sich besser vor ein paar lächerlichen Dornen und Ameisen.«

Das brüllende Gelächter klang Jonas noch in den Ohren. Eigentlich sollte es ihm völlig schnuppe sein. Er kannte diese Hornochsen nicht einmal! Dennoch glühte sein Gesicht bei der Erinnerung daran vor Scham und Wut. Seine Schnitte und die Ameisenbisse brannten wie Hölle. Er konnte es sich jetzt allerdings nicht leisten, Konzentration und Energie zur Heilung zu verwenden. Erst musste er diese Aufgabe bewältigen. Es war seine letzte Chance, dennoch erschien es ihm unmöglich.

»Wie soll ich das machen, wenn du hier bist und niemand in den Spiegel schaut, auf den ich mich konzentrieren kann?«, fragte er verzweifelt und befahl sich gleichzeitig, nicht zu heulen. Obwohl, schlimmer oder peinlicher konnte es eigentlich kaum werden.

»Du kennst doch meine Wohnung, warst vorhin noch dort. Erinnere dich – was sieht man vom Spiegel aus?« Der Magier klang eindringlich, jedoch längst nicht so schneidend und bedrohlich wie eben.

Jonas atmete tief durch. Außer Dogul und ihm selbst befand sich niemand in dem Raum mit den hölzernen Wänden. Das reflektierende Rechteck an einer davon schien ihn zu verhöhnen. Es zeigte lediglich das, was jeder Spiegel der Welt zeigen würde. Vielleicht musste er näher ran? Trotzig riss er sich aus dem Griff des Mannes, um zwei Schritte nach vorn zu machen. Dogul folgte ihm in Reichweite, berührte ihn jedoch nicht mehr. Zum ersten Mal sah ihm der Magier bei der Spiegelmagie über die Schulter, sodass dessen Bild ebenso reflektiert wurde wie sein eigenes.

Der Anblick lenkte Jonas kurzfristig von seiner Aufgabe ab. Keuchend betrachtete er sein derangiertes Äußeres. Er blutete aus mehreren tiefen Kratzern im Gesicht, was ihm ein zombiemäßiges Aussehen verlieh. Dornen und Kletten hatten sich im zerzausten Haar verfangen, sein Hemd war an den Ärmel völlig zerfetzt und ebenfalls blutig.

Aus irgendeinem Grund musste er plötzlich an Svea denken und was sie sagen würde, wenn sie ihn so sehen könnte. Ihr entsetztes Gesicht mit den weit aufgerissenen Augen stand so plastisch vor ihm, dass er sich nicht einmal wunderte, als sie die Hand vor den Mund schlug, um einen Aufschrei zu unterdrücken, und »Jonas!« hauchte.

Ein Stöhnen hinter ihm sowie die Tatsache, dass er seinen Aufpasser nicht mehr im Spiegel sehen konnte, machte ihm bewusst, dass Kunos Magieschülerin wahrhaftig vor ihm stand. Es war unglaublich verlockend – nur ein Schritt und er wäre dort.

Dogul griff blitzschnell und schmerzhaft hart nach seinem Arm. »So nicht, Freundchen!«, zischte er.

Im gleichen Moment wurde Jonas mit Schrecken klar, in welche Gefahr er das Mädchen brachte. Hastig kniff er die Lider zusammen, um den Kontakt zu unterbrechen.

»Du legst es echt darauf an, mich in Rage zu bringen, oder?«

»Nein, wirklich nicht! Es tut mir leid, ich … Es ist nicht so einfach mit dem ganzen Blut im Gesicht und überhaupt …«

Er blinzelte vorsichtig und erblickte im Spiegel, wie Dogul eine Augenbraue hob.

»So? Dann bringe das endlich in Ordnung! Oder reichen deine magischen Kenntnisse nicht mal dafür?«

»Doch, eigentlich schon. Ich dachte bloß, es wäre besser, erst …« Er beendete den Satz nicht. Stattdessen beeilte er sich, der Aufforderung nachzukommen.

Zunächst wollte er erneut die Augen schließen, um sich stärker fokussieren zu können, stellte jedoch überrascht fest, dass es viel einfacher ging, wenn er in den Spiegel sah.

»Na, geht doch! Irgendwann stellst du mir die Kleine vor, aber erst die Arbeit, dann das Vergnügen. Bereit?«

Jonas nickte erleichtert.

Die Schmerzen waren verschwunden. Er fühlte sich nicht halb so erschöpft wie erwartet. Es war, als hätte ihm sein Spiegelbild mindestens die Hälfte der Arbeit abgenommen. Eigentlich eine sehr coole Entdeckung, aber momentan nicht sonderlich hilfreich, um sich die Räumlichkeiten des Magiers vorzustellen. Er überlegte, welchen Gegenstand er gut in Erinnerung behalten hatte, doch der einzige, den er wirklich genau vor seinem inneren Auge sehen konnte, war der, durch den er dorthin gelangen sollte.

»In Ordnung, prima. Jetzt gehen wir zwei hindurch«, kam es von hinten.

Vollkommen perplex starrte er in den Raum, der innerhalb eines Lidschlags übergangslos erschienen war. So rasch wie nie zuvor. Der erneute Griff des Magiers an seiner Schulter war noch fester als eben. Der Mann trat dichter heran, sodass Jonas seinen beschleunigten Atem spüren konnte. Indem er die Hände ausstreckte, bemerkte er den Sog bereits, ohne das Glas zu berühren. Einer Eingebung folgend hielt er Dogul seine Rechte hin, die der Magier wortlos ergriff.

Ein Schauder durchlief den Jungen. Für einen winzigen Moment tauchte er in ein inneres Chaos aus Furcht, Hass und grimmiger, verzweifelter Hoffnung ein, das ihm gleichzeitig völlig fremd und erschreckend vertraut vorkam. Das Gefühl verschwand augenblicklich wieder, hinterließ jedoch einen schalen Nachgeschmack.

Entschlossen trat er einen weiteren Schritt vor, merkte, wie sein Begleiter es ihm gleichtat und sie beide mit dem Oberkörper voran durch das viel zu kleine Fenster gesaugt wurden.

RÄTSELHAFTE ERKENNTNISSE

Unsanft wurde Eya in die dunkle Zelle geschubst. Die Worte, die ihr dabei zugerufen wurden, verstand sie nicht. Sie taumelte, fand ihr Gleichgewicht wieder und fuhr herum, als eine Gittertür krachend hinter ihr geschlossen wurde.

Wütend stampfte sie auf und schimpfte: »Ihr Ignoranten, wir sind hier, um euch zu warnen – und so dankt ihr es uns? Lasst mich zu meinem Partner, *bitte!*«

Wie erwartet zeigte ihr Flehen keinerlei Effekt. Die beiden Menschen, die sie hergebracht hatten, drehten sich um und verschwanden. Nun war sie allein. Das einzige Licht rührte von einer schwachen, jedoch ungewöhnlich ruhig brennenden Lampe her, die auf dem fensterlosen Gang gegenüber ihrem Gefängnis brannte. Wenigstens konnte sie so etwas erkennen.

Der Raum, in dem sie sich befand, maß ungefähr vier mal vier Schritte, seine Wände waren aus glattem Stein gemauert. Erstaunt befühlte sie das Material, das viel weniger Kälte verströmte als gedacht. Wer konnte solche Steine herstellen?

Es verursachte ein sanftes Zupfen in ihr, rührte etwas an, woran sie sich eigentlich erinnern sollte, doch sie schaffte es nicht. Seit sie von Zamo getrennt worden war, litt sie an dem gleichen Gedächtnisschwund wie vor zwei Tagen, als sie mit den Magiern zu diesem verfluchten See aufgebrochen war. Sie wusste bloß, dass sie sich zwischendurch in der Vergessenen Stadt aufgehalten hatte. Und natürlich kannte sie ihren Auftrag, der sich fest in ihr Gedächtnis eingebrannt hatte: Sie mussten den Rat vor dem Angriff der Aufständischen warnen. Eya hoffte bloß, dass Zamo mehr Erfolg haben würde, und fragte sich ernsthaft, warum sie überhaupt zugestimmt hatte, ihn auf dieser Mission zu begleiten.

»Weil es dein eigener Vorschlag war, junge Dame«, erklang es in ihrem Kopf.

Freude und Erleichterung über diesen Kontakt durchströmten sie.

»Freue dich nicht zu früh – meine Audienz bei Eafras steht kurz bevor. Ich habe darum gebeten, dass die ehrenwerte Älteste Ramalija aus der Dimension der Gründrachen als weiteres Ratsmitglied anwesend ist. Sie kommen gerade, um mich zu holen.«

Bedrückt und voller Sorge rannte Eya in dem Raum auf und ab. Sie hatte weder Lust noch Muße, sich auf den nackten Steinboden zu setzen, der aus dem gleichen Material zu bestehen schien wie die Wände. Hier drin war es nicht warm genug, um die Jacke auszuziehen, aber sie musste wenigstens nicht erbärmlich frieren. Dennoch kam ihr die Wartezeit unglaublich lang vor, bis sie erneut die Anwesenheit ihres großen Freundes spürte.

»Ich nehme an, du möchtest mithören?«

»Natürlich, unbedingt!«, rief sie aufgeregt. Was für eine Frage!

»Dann muss ich dich anmelden. Erträgst du es, dass die anderen Drachen deine Gedanken ebenso teilen wie ich und deinen Geist prüfen? Du bist nicht dazu verpflichtet. Sie werden deine Anwesenheit vermutlich ohnehin größtenteils ignorieren.«

Eya stöhnte leise, obwohl sie nicht einmal genau wusste, was Zamos Eröffnung für sie bedeutete. Es hörte sich bloß nicht sonderlich einladend an. Dennoch stimmte sie zu. Dies war exakt der Grund ihres Hierseins! Außerdem konnte die Prüfung nicht schlimmer sein als das Warten in Ungewissheit, zu dem sie sonst weiterhin verdammt wäre. Und Zamo würde bestimmt nicht erlauben, dass sie ihr Leid zufügten.

»In Ordnung. Nicht erschrecken, hier sind Eafras und Ramalija. Sie nutzen meine Verbindung zu dir, um deinen Geist aufzusuchen,

was ihnen sonst verwehrt wäre. Du musst ihre Anwesenheit allerdings bewusst zulassen, sonst sperrst du sie automatisch aus. Damit wärst du auch aus dem Gespräch ausgeschlossen.«

Was als Nächstes geschah, ließ sich kaum in Worte fassen. Die beiden Präsenzen in ihrem Geist wirkten einschüchternd, streng und unglaublich mächtig. Das Gefühl überwältigte Eya schier, sie musste sich setzen, weil ihre Beine unter ihr nachgaben.

Die Ältesten waren sehr unterschiedlich, strahlten Weisheit aus, jedoch keinerlei Freundlichkeit ihr gegenüber. Sie fühlte sich klein und verloren in ihrer Gegenwart, durchleuchtet und erforscht. Es war nicht schmerzhaft, nur unangenehm, ohne einen Funken Mitgefühl. Als wäre ihr Geist ein Schrank, dessen intimen Inhalt die Besucher nach Belieben begutachteten, durchwühlten und durcheinanderbrachten, auch wenn sie nichts daraus entfernten.

Anscheinend fiel ihre Prüfung zufriedenstellend aus, denn sie zogen sich irgendwann kommentarlos wieder zurück. Erleichtert atmete sie auf.

»Ich danke dir, meine Liebe. Sie wissen jetzt, dass sie dir vertrauen können, was auf mich ebenfalls ein positives Licht wirft.

Die Gedanken ihres Freundes hüllten sie warm und tröstend ein, brachten viel von dem Durcheinander in ihr wieder in Ordnung. Wie die Umarmung ihrer Mutter, die sie als Kind nach einem Sturz vom *Liviabaum* aufgerichtet und ihr neuen Mut gegeben hatte, noch einmal bei der Ernte der Früchte zu helfen.

»Kommen wir zur Sache«, vernahm sie eine fremde Drachenstimme. Eya vermutete, dass sie Eafras gehörte. *»Dir wird zur Last gelegt, die Verbotene Dimension betreten und von dort einen Menschen hierhergebracht zu haben. Du leugnest es nicht, behauptest jedoch, dass dein Handeln einem* höheren Zweck *diente. Welcher sollte dies sein, außer einem Gefallen für ein ehemaliges Ratsmitglied, das*

sich durch sein eigenmächtiges Verhalten selbst um seine Stellung als Ältester gebracht hat?«

❧

»Er war da, direkt vor mir im Spiegel, ich schwöre es!« Svea merkte, wie sie aufgeregt mit den Händen fuchtelte.

Ihr Lehrmeister sah sie merkwürdig an, nickte jedoch und bedeutete ihr, sich zu setzen. »Ich glaube dir ja«, sagte er beschwichtigend. »Es passt zu ihm. Aber warte noch einen Moment.«

Keine zwei Minuten später stand Naida vor der Tür.

»Erzähl jede Einzelheit, an die du dich erinnerst«, bat Kuno. »Auch die winzigste Kleinigkeit könnte helfen, ihn zu finden.«

Svea atmete tief durch. »Es ging alles sehr schnell … Jonas sah furchtbar zugerichtet aus, als wäre er in einen Kampf geraten oder durch einen Dornenbusch geschleift worden. Eher das zweite. Ich glaube, er hatte sogar irgendwelches Zeug im Haar hängen. Und da stand dieser Magier hinter ihm. Wie er mich aus kalten, grünen Augen angesehen hat! Einfach nur gruselig. Jonas machte Anstalten, sich an den Spiegel zu pressen, doch sein Aufpasser hat ihn gepackt und so daran gehindert. Dann löste sich das Bild auf.« Sie blickte ihren Meister verstört an. »Was bedeutet das bloß? Warum hat er mich kontaktiert, ohne ein Wort zu sagen? Und wer war dieser Mann? Dogul?« Sie übermittelte Kuno und Naida das Bild, das sie vor ihrem inneren Auge sah.

Die weißblonde Frau bestätigte ihre Vermutung. »Ja, das ist er. Wenn mich nicht alles täuscht, sieht das im Hintergrund wie eine Holzhütte aus. Was meinst du?« Sie wandte sich an den Mann neben sich, der nachdenklich an seiner Unterlippe zupfte.

»Könnte sein. Es ist komisch, da wir das Versteck dieses Mistkerls irgendwo in einer kargen, bergigen Gegend weit im Osten vermuten. Ich kann mir schwerlich vorstellen, dass er dort eine

Unterkunft aus Holz baut. Der Junge sah in der Erinnerung völlig fertig aus, als hätte er eine mörderische Tortur hinter sich. Seine Kleidung war nicht nur zerfetzt und blutig, sondern zusätzlich schweißgetränkt, als wäre er längere Zeit in warmem, feuchtem Klima unterwegs gewesen und dabei durch dornengespickte Vegetation gekrochen. Das passt auch nicht zu unseren Einfällen.«

»Aber du hast gesagt, dass Jonas durch Spiegel gehen kann.« Svea sah Kuno stirnrunzelnd an. »Vielleicht haben die Verschwörer ihn dazu gezwungen, seine Kunst zu zeigen?«

»Das wäre möglich«, gab dieser zurück. »Dann befand sich der Junge eventuell sogar außerhalb unserer Dimension in einem anderen Lager. Wir nehmen an, dass Dogul zumindest in Finnegans Heimatwelt einen Stützpunkt aufgebaut hat, vielleicht auch in ein oder zwei weiteren Ebenen.«

»Das erklärt allerdings nicht seinen Zustand«, warf Naida ein.

Kuno lächelte milde. »Jonas reagiert sehr impulsiv, das müsstest du inzwischen wissen, liebste Kollegin. Mit Vernunftargumenten erreicht man ihn nur, solange seine starken Gefühle nicht die Oberhand gewinnen. Ich weiß nicht, was da passiert ist, aber irgendwas hat ihn wohl dazu gebracht, einen sinnlosen Fluchtversuch zu starten.«

Die Angesprochene seufzte. »O ja, das ist typisch für ihn. Erst handeln, dann denken. Eine Flucht zu Fuß, ohne seine Drachenpartnerin, ist ebenso unlogisch wie das Kontaktieren unserer Svea im Beisein des Magiers, über dessen Gefährlichkeit sich mein Schüler inzwischen im Klaren sein sollte. Es sei denn, er wurde auch dazu gezwungen.«

Svea biss sich auf die Lippe. »Er sah völlig überrascht aus, mich zu sehen«, stellte sie leise fest. »Als wäre es aus Versehen geschehen. Ich könnte mir vorstellen, dass Dogul ihm einen bestimmten Auftrag gegeben hat, den er nicht so leicht erfüllen konnte. Na ja, da hat er dann halt lieber an mich gedacht …« Sie merkte, wie ihre Wangen brannten und schlug die Hände vors Gesicht. Kunos kurzes Auflachen vertiefte ihre Scham.

»Verständlich«, murmelte er trocken. »Ich befürchte allerdings, wir werden das Rätsel hier und jetzt nicht lösen. Wenigstens wissen wir, dass er noch lebt und halbwegs wohlauf ist. Wenn er sich beruhigt hat und unser Gegner ihn wegen dieser *Fehlverbindung* nicht umbringt, wird er mit den paar Kratzern spielend fertig.«

❧

»Jetzt wissen wir wenigstens, dass es funktioniert«, murmelte Dogul, der gemessenen Schrittes sein Domizil durchmaß. »Auch wenn es anders läuft als gedacht … Wir müssen umplanen, um mit möglichst wenig Aktiven vor Ort auszukommen. Es bleibt einfach keine Zeit mehr, um weitere Tests durchzuführen. Jeder davon schwächt unsere Ressourcen.« Er blieb stehen und sah Jonas an, der eingeschüchtert auf seinem Platz saß. »Du wirst uns einzeln an den Zielort bringen müssen.«

Der Angesprochene schluckte schwer. Er brauchte nicht zu fragen, was im Falle seines Scheiterns geschehen würde, da er dann keinen Wert mehr für die Rebellen besaß. Es *musste* einfach gelingen! Alle bisherigen Versuche, seine Drachenpartnerin zu erreichen, waren fehlgeschlagen. Er spürte, dass es ihr schlechter ging als gestern. Die Wellen ihres Geistes erreichten ihn ungleichmäßig und schwach.

Schließlich fasste er sich ein Herz und fragte: »Darf ich zu Helia, wenn ich es schaffe?«

Der Blick aus den grünen Augen, die ihn viel zu intensiv musterten, gefiel ihm nicht. Dennoch lächelte der Rebellenführer nach einem endlos scheinenden Augenblick. »Natürlich. Die junge Dame wird uns sogar begleiten, damit sie hier nicht so allein ist.«

ൾ

Eya dröhnte der Kopf von dem gründlichen Verhör ihres Partners, doch sie konnte die Stimmen der Drachen nicht abschalten. Sie saß in ihrem Gefängnis, gleichzeitig nahm sie gefesselt an Zamos Geist an einem Gespräch teil, das in Eafras' Räumen geführt wurde. Sie wehrte sich nicht dagegen. Schließlich hatte sie unbedingt dabei sein wollen. Es kostete bloß jede Menge Kraft.

»Du sagst, dass der Junge durch einen Spiegel in die Verbotene Dimension gesprungen ist«, bemerkte Ramalija soeben. *»Gibt es dafür einen Beweis?«*

»Er hat einen weiblichen Horndrachen von dort mitgebracht«, gab Zamo zurück. *»Vermutlich noch nicht ganz ausgewachsen. Leider befinden sich beide zurzeit in der Gewalt unseres Gegenspielers. Wie schon gesagt, befürchten wir einen baldigen Angriff auf den Rat.«*

»Mir ist noch immer nicht klar, wie eine solche Attacke aussehen soll«, mischte Eafras sich ein. *»Und was meinst du mit* baldig*?«*

»Ihr habt in meinen Erinnerungen gesehen, über welche Fähigkeiten der Junge verfügt. Der Aufständische hat mich gewaltsam dazu gebracht, mein Wissen preiszugeben. Ebenso könnte er Jonas zwingen, seine Leute durch einen Spiegel mitten in eine Ratssitzung zu transportieren. Ob und wie das möglich ist, kann ich leider nicht sagen. Es ist nur eine Vermutung, allerdings eine ziemlich realistische. Euch sollte bewusst sein, dass meine Partnerin ihr Leben riskiert hat und ich meine Freiheit, um euch zu informieren.«

»Es hört sich … fantastisch, nahezu unmöglich an. Dennoch, wenn dieser Menschenjunge ein Wandler ist, müssen wir die Warnung ernstnehmen. Wir danken euch für euren Mut.« Die Drachen-

dame klang viel wärmer als zu Beginn des Verhörs und sichtlich bewegt.

Eafras hingegen schien nicht überzeugt. »*Und was ist, wenn das Erscheinen dieser beiden Freiwilligen, die sich wohlgemerkt des Hochverrates schuldig gemacht haben, lediglich Teil eines weiteren hinterhältigen Planes ist, zum Beispiel, um die Verurteilung des Verräters Laszana zu verhindern?*«

»*Der Älteste wird angeklagt? Weswegen, und für wann ist sein Prozess geplant?*« Zamos Erregung war deutlich zu spüren, ebenso das ungläubige Entsetzen, mit dem ihn die Ankündigung erfüllte.

»*Dem Ratsmitglied der Karatdrachen-Dimension wird vorgeworfen, geheime Informationen an Aufständische weitergegeben und sich mit ihnen verbündet zu haben. Die Verhandlung soll in knapp anderthalb Flügelspannen stattfinden. Deiner Reaktion entnehme ich, dass dir dies nicht bekannt war, was für dich und deine Partnerin spricht.*« Eafras schien sofort versöhnlicher gestimmt.

Eya atmete erleichtert auf. Dies war der Vorteil der geistigen Verbindung mit den Ratsmitgliedern, die jederzeit Zugriff auf ihre und Zamos Gefühle besaßen, wenngleich es anstrengend und teilweise unangenehm war.

»*So bald schon!*« Ihr Partner wirkte erschrocken. Auch die übrigen Anwesenden zeigten sich nicht mehr so ruhig und überlegen wie eben noch.

»*Wenn ihr mit eurer Vermutung recht habt, müssen wir sofort handeln*«, stellte Ramalija fest. »*Die Frage ist, wie wir am geschicktesten auf diese Gefahr reagieren. Was denkst du, Eafras?*«

Gespannt lauschte die stumme Zuhörerin in die entstehende Stille hinein. Ihre eigenen Gedanken drehten sich wie bei einem Staubkreisel immer um einen Punkt, den sie nicht verstand. Je länger sie darüber nachdachte, desto verdächtiger und rätselhafter erschien er ihr: Wenn Dogul tatsächlich einen Angriff auf die geheime Zusammenkunft des Rates plante – wie hatte er davon erfahren, obwohl nicht mal Zamo wusste, dass es einen Prozess geben sollte? Wer konnte dem Aufständischen verraten haben, dass er in weniger als anderthalb Stunden zuschlagen musste?

»Zunächst müssen wir den Rat informieren«, gab der Angesprochene zurück. *»Es betrifft schließlich das gesamte Gremium. Gemeinsam werden wir eine Möglichkeit finden, diesen Dogul und seine Leute ein für alle Mal unschädlich zu machen.«*

Die andere Älteste gab ihre Zustimmung.

Eya schaffte es nicht mehr, sich zurückhalten. Es platzte einfach aus ihr heraus! »Verzeihung, aber ich halte das für einen Fehler.«

Zamo stöhnte. *»Warum hast du mir nicht gesagt, dass du einen Einwand hast? Das war jetzt ungünstig.«*

Eisige Kälte schlug der kühnen Drachenreiterin entgegen, sodass sie sich auf dem Boden noch mehr zusammenkauerte. Doch dann fühlte sie Ramalijas Präsenz in ihrem Geist, wie eine Hand, die sich ihr entgegenstreckte.

»Bitte sag, warum du dies denkst. Was bewegt dich dazu, unsere Pläne anzuzweifeln?«

Eya schluckte. Am liebsten hätte sie sich in ein Zwergbeutler-Loch verkrochen. Doch der Verdacht, der an ihr nagte, ließ sich nicht einfach ignorieren.

Deshalb nahm sie noch einmal ihren Mut zusammen und fragte: »Könnte der Älteste, der gleich verurteilt werden soll, eine Chance gehabt haben, seinen Verbündeten mitzuteilen, wann der Prozess stattfindet? Oder ist dieser Termin weiteren Personen außerhalb des Rates bekannt?«

»Weder das eine noch das andere. Du bist ein kluges Mädchen!« Ramalijas Freundlichkeit ließ sie aufatmen, nahm wieder etwas von dem Druck und der Kälte, die auf ihr lasteten. An die Übrigen gewandt fügte die Älteste hinzu: *»Wir hätten es selbst erkennen kön-*

nen, wäre der Gedanke nicht so ungeheuerlich. Sofern Dogul wirklich Kenntnis vom Zeitpunkt der Verurteilung Laszanas hat, muss es mindestens einen weiteren Verräter unter uns geben. Irgendwelche Vorschläge, wie wir mit diesem Wissen umgehen sollen?«

TRANSPORT

»Aber ich weiß wirklich nicht, ob ein ganzer Drache mit durch den kleinen Spiegel passt!«

Jonas stöhnte. Warum verlangte dieser Kerl von ihm, dass er so etwas Gewaltiges hinbekam, ohne es vorher wenigstens einmal zu üben?

»Wir werden das jetzt gewiss nicht testen, nur weil du unsicher und ängstlich wie ein Baumnager bist! Dazu bleibt keine Zeit mehr. Wir brauchen dich möglichst ausgeruht und frisch, deshalb musst du endlich etwas essen. Ich habe gesehen und gespürt, wozu du fähig bist, und weiß, wie Magie funktioniert. Ich sage dir, es ist völlig gleichgültig, ob du eine Ameise oder einen Karatdrachen transportierst, ob der Spiegel so groß ist wie ein See oder in eine Handfläche passt. Wichtig ist nur, dass du selbst daran *glaubst,* dass es geht. Also vertraue bitte auf deine Gabe und äußere keine Silbe des Zweifels vor meinen Leuten. Vergiss nicht, wer hier das Sagen hat. Du bekommst deinen Drachen zurück. Ob an einem Stück oder in Einzelteilen, liegt einzig und allein bei dir. Sobald wir unsere Mission erledigt haben, dürft ihr gehen, wohin ihr wollt.«

»Versprichst du mir das?«

»Selbstverständlich. Sofern du darauf bestehst, gebe ich dir vor versammelter Mannschaft mein Wort. Es steht dir frei, zu verschwinden oder bei uns zu bleiben.«

»Bei euch bleibe ich niemals!«, knurrte Jonas.

Er war hypernervös, vor Sorge und Angst hibbelig wie selten zuvor. Der unerklärliche, unbeherrschbare Zorn, der ihn vorhin so sehr erschreckt hatte, war bisher zum Glück nicht wiedergekehrt. Auch nicht beim Anblick von Akelaya, die offensichtlich vor ihnen im Lager eingetroffen war und kurze Zeit später wortlos eine warme Mahlzeit auf den Tisch gestellt hatte. Es roch gar nicht übel. Dennoch konnte er sich nicht überwinden, davon zu kosten. Sein Magen fühlte sich wie verknotet an, obwohl er seit dem Morgen nichts mehr zu sich genommen hatte. Was sollte er bloß tun? Er wollte dem Drecksack vor ihm keinesfalls helfen, seinen schändlichen Plan in die Tat umzusetzen, doch er sah keinen anderen Ausweg. Vielleicht konnte er vor Ort irgendetwas tun, um die Ratsmitglieder zu warnen?

»Jetzt hör auf zu grübeln und iss!«

Die schneidende Stimme riss ihn aus seinen Gedanken. Wie unter Zwang führte er den Löffel zum Mund, kaute und schluckte mechanisch. Es war scharf gewürzt, aber davon abgesehen merkte er kaum, was er aß. Das Brennen löschte er mit Brot und einem großen Krug Wasser. Wenigstens lenkte ihn dieses Gefühl kurzfristig von seinen Problemen ab.

Seine kostbare Gnadenfrist verrann unaufhörlich. Auch wenn es nirgendwo eine Uhr gab, sodass er sich wunderte, wie überhaupt irgendwer in dieser Welt genau wissen konnte, wie spät es war, mahnte Dogul nach einer kurzen Weile zum Aufbruch. In dem Moment, als er sich aus dem Korbsessel erhob, gab es einen entfernten Knall, der von den Felsen widerhallte. Er erstarrte.

»Was war das?«, ächzte er. Es hatte sich angehört wie eine Explosion! Wurden sie angegriffen? Doch der Magier, der schon halb am Ausgang angelangt war, lachte bloß.

»Deine arme kleine Drachendame leidet unter Verdauungsproblemen, weil sie sich zu wenig bewegt hat. Keine Sorge, wir waren darauf vorbereitet. Aber schön, dass sie bis zu diesem Zeitpunkt damit gewartet hat. Da brauchen wir ihr nicht mehr allzu lange Fesseln anzulegen, bis es losgeht. Zumindest sind jetzt alle wach.«

Eya schreckte auf. Sie war kurz eingenickt, nachdem die Drachen das Verhör und die geistige Verbindung zu ihr beendet hatten. Ihr Partner diskutierte vermutlich noch immer mit den Ältesten, doch inzwischen war sie heilfroh, nicht mehr anwesend sein zu müssen.

Jemand hatte ihr unbemerkt Brot und Wasser hingestellt sowie eine Decke über ihr ausgebreitet, in die sie sich dankbar einwickelte. Sie trank in großen Schlucken und biss danach herzhaft in den Fladen. Nun erst merkte sie, wie sehr sie die Nahrung brauchte.

»Jonas' Drachenpartnerin Helia ist aufgewacht.« Zamos Stimme in ihrem Kopf erfüllte sie mit Erleichterung, denn es bedeutete, dass er ebenfalls aus der Verbindung zu den Ältesten entlassen war.

»Und? Wo ist sie? Geht es Jonas und ihr gut?«

»Es war pures Glück, dass ich sie überhaupt erwischt habe, bevor sie mit diesen grausigen Fesseln versehen wurde. Diese unterbinden zwar den gedanklichen Kontakt bei Drachen nicht vollständig, schränken ihn jedoch räumlich ein. Vielleicht schaffen es Regulas und Zepthakos, sie mithilfe ihrer Signatur zu finden. Zumindest diese konnte ich ihnen übermitteln. Hoffen wir das Beste. Was Jonas betrifft, konnte sie mir nur sagen, dass er sehr nervös ist. Ihr Kontakt zu ihm war ebenso kurz wie zu mir. Er hat ihn nicht einmal bemerkt. Typisch für ihn. Wenigstens ist er ihr nah genug, um es weiter zu probieren.«

»Uff! Wenn der Rotschopf so nervös ist, heißt das bestimmt, dass er was Großes vorhat.«

»Das denke ich auch. Ich bin auf dem Weg zu dir, um dich ins nächste Dorf zu bringen – und mich von dir zu verabschieden. Die Ältesten sind bereits zum Tagungsort des Rates aufgebrochen, um ein paar Dinge vorzubereiten. Da ich sie von hier aus nicht erreichen kann, muss ich ebenfalls dorthin, um sie zu alarmieren. Wir werden dann keinen Kontakt mehr haben.«

»Kann ich nicht mitkommen?«

»Nein, das geht nicht«, die Stimme ihres Drachenfreundes hörte sich ungewohnt ernst und bestimmt an. *»Menschen sind am Versammlungsort des Rates nicht willkommen.«*

»Du kannst mich nicht bei den Fremden lassen! Allein bin ich hier völlig verloren. Bitte – ich mach alles, was du willst und bleibe ganz still, aber du *musst* mich mitnehmen!« Sie wusste, dass es kindisch und naiv war. Trotzdem konnte sie nicht verhindern, dass ihr Tränen in die Augen schossen.

»Es wäre unverantwortlich, dich ohne die Erlaubnis der Ältesten an diesen Ort zu bringen. Du könntest getötet werden oder dich selbst verlieren. Möchtest du das?«

»Nein«, flüsterte Eya. »Aber noch weniger will ich hier allein zurückbleiben. Wie groß ist das Risiko denn?«

»Das weiß ich nicht. Selbst wenn Ramalija und Eafras in deiner Schuld stehen, könnten dich die Ältesten verurteilen – und ich hätte keine Möglichkeit, es zu verhindern.«

»Ich riskiere die ganze Zeit schon mein Leben, da macht das auch nichts mehr aus. Hauptsache, wir sind zusammen. Bitte – du darfst mich hier nicht zurücklassen!

»Meinst du, das fällt mir leicht? Du bist meine Inspiration und Freude. Aber lieber verliere ich für begrenzte Zeit die Verbindung zu dir, als mir solche Sorgen um dich machen zu müssen.«

»Wenn du mich hierlässt, musst du dir auch Sorgen machen«, entgegnete Eya grimmig. »Ich verliere dann nämlich den Verstand! Außerdem schuldet mir der *ganze* Rat etwas.«

Ein inneres Seufzen verriet, dass ihr Partner nachgab.

»Ich habe ja geahnt, dass es mir nicht gelingen würde, dich zum Bleiben zu überreden und die beiden Ältesten vorsorglich um ihr Einverständnis gebeten. Allein aus diesem Grund ist das Risiko überhaupt kalkulierbar. Ob die übrigen Ratsmitglieder deine Anwesenheit tolerieren, ist ungewiss. Also gib mir nicht die Schuld, wenn du

anschließend traumatisiert bist oder dich an nichts mehr erinnerst. Ich habe dich gewarnt!«

In diesem Moment gab es ein vernehmliches Klacken. Die Gittertür des Raumes öffnete sich ein kleines Stück. Hastig schälte sich die Drachenreiterin aus der Decke und rappelte sich hoch.

Der Gang wirkte verlassen. Wo waren die Menschen, die sie hergebracht und versorgt hatten?

»Eafras' menschliche Freunde sind bereits unterwegs nach Hause. Sie wohnen in der Siedlung, zu der ich dich bringen wollte. Komm heraus und schließe bitte die Tür hinter dir!«

Eya beeilte sich, der Anweisung ihres Partners Folge zu leisten. Die Eingangstür öffnete sich ebenfalls wie von Geisterhand. Draußen blendete sie trotz des bedeckten Himmels gleißend helles Tageslicht, das vom Schnee reflektiert wurde. Ein großer Schatten stand keine zehn Schritte entfernt, wartete geduldig, bis sie, ein wenig steif vom langen Sitzen und Liegen, auf seinen Rücken geklettert war. Sobald sie saß, erhob sich Zamo in gewohnter Manier, gewann rasch an Höhe, bis das geduckte Gebäude kaum noch inmitten der weißen Umgebung auszumachen war.

»Wo fliegen wir jetzt hin?«

»Ich sammle Kraft, um Eafras' Erinnerung an den geheimen Ort zu nutzen. Es gibt eine Barriere, die man nur mit der Erlaubnis der Ältesten überwinden kann. Aber selbst dann ist es schwierig für jemanden, der nicht dem Rat angehört. Vor allem, wenn man, wie ich, noch nie dort war. Also halte dich bitte gut fest, da ich nicht garantieren kann, genug Energie dafür übrig zu haben. Bereit?«

Eya klammerte sich entschlossen an die Rückenstacheln ihres Freundes und stimmte zu. Der Blitz, der sie umfing, war gleichzeitig vertraut und dennoch völlig anders als der Übergang zwischen zwei Dimensionen. Sie fielen und wurden in einen gewaltigen Strudel aus Schwärze gesaugt, der sie immer schneller herumwirbelte. Entsetzt schloss sie die Augen und schrie, ohne ihre eigene Stimme zu hören. Dann war es vorbei.

ꕥ

Der Eisdrache, bei dem Jonas zuerst aufsteigen sollte, glänzte silbrig im fahlen Licht. Das große Wesen legte sich flach vor ihm hin, sodass er relativ leicht hochkam und nur wenig magische Unterstützung benötigte. Dafür wäre er beinahe auf der anderen Seite wieder runtergerutscht, weil die Schuppen viel glatter und kleiner waren als bei einem Horndrachen. Es gab keine Rückenstacheln zum Festhalten. Doch auch der Eisdrache hielt ihn sicher oben, erhob sich mit einer geschmeidigen, eleganten Bewegung, die ihn erstaunte. Am schlimmsten fand er das Gefühl, die Frau hinter sich zu wissen, die heute Morgen bei seiner Berührung k. o. gegangen war. Sie sagte kein Wort, was ihn noch mehr verunsicherte.

Erst als sich der Drache vor dem Spiegel positionierte, der am Rande des größten freien Platzes innerhalb des Lagers aufgestellt stand, murmelte Jonas: »Tut mir leid. Ich wollte das eigentlich nicht.« Verlegen kratzte er sich im am Nacken. »Wir müssen näher ran.«

Folgsam schritt der Drache ein Stück auf das reflektierende Glas zu.

»Du hast mich voll erwischt, Junge, hätte ich nicht erwartet. Nur deshalb hat es funktioniert«, gab die Frau hinter ihm kalt zurück. »Jetzt konzentriere dich auf deine Aufgabe.«

Mit klopfendem Herzen versuchte Jonas, das Bild heraufzubeschwören, das Dogul ihm vorhin sehr eindrücklich vermittelt hatte. Ein Stein, schwarz und vollkommen glatt, mit goldenen Einschlüssen, in Form eines Obelisken. Es dauerte einen kleinen Moment, bis sich die schlanke, säulenartige Figur materialisierte, die in rötliches Dämmerlicht getaucht war.

Akelaya jubelte hinter ihm. »Es funktioniert!«

»Noch sind wir nicht da«, gab er leise zurück, darauf konzentriert, das Spiegelglas zwischen sich und dem Stein wegzuwischen. Erstaunlicherweise funktionierte es schneller als je zuvor.

»Jetzt!«, keuchte er gepresst.

Sein Herz schlug bis zum Hals, sein ganzer Körper schmerzte vor Anspannung. Am liebsten hätte er die Augen geschlossen, doch das wäre fatal gewesen. Mit einer kraftvollen, geschmeidigen Bewegung, die an eine Raubkatze erinnerte, stieß sich der Drache ab.

Jonas bewunderte ihn für seine Kühnheit, bis ihn der bekannte Sog erfasste – und mit ihm seine Gefährten. Sofort bremste das Wesen unter ihm mit aller Macht, um nicht gegen den Obelisken zu prallen. Dieser ragte als schlanke, etwa drei Meter hohe und viereckige Säule, die sich nach oben hin verjüngte, vor ihnen auf.

Sie befanden sich am hinteren Ende einer ovalen Höhle, groß genug für mindestens ein halbes Dutzend Karatdrachen. Weit über ihnen fiel rötliches Licht durch die halb offene Decke, als würde außerhalb soeben ein prächtiger Sonnenuntergang stattfinden. Auf ihrer Seite stand dieses schlichte, dennoch beeindruckende Steindenkmal, der restliche Raum war leer. Der Anblick überwältigte Jonas. So sehr, dass er erst durch die Berührung seiner Hinterfrau abrupt daran erinnert wurde, wozu er hier war und welche Aufgabe er noch zu erfüllen hatte.

»Steig ab, kleiner Held«, sagte Akelaya sanft. »Du hast es geschafft! Danke. Damit hast du deinen Wutausbruch von heute Vormittag mehr als wettgemacht. Jetzt bring die anderen ebenfalls hierher, beeile dich! Der Prozess sollte jeden Moment beginnen.«

Hastig glitt Jonas vom Rücken des Drachen und suchte den Spiegel, durch den sie hergekommen waren. Er stand auf einem Felsvorsprung und war winzig, noch kleiner als Naidas tragbares Exemplar. Bei dem Gedanken daran, dass soeben eine riesige Flugechse inklusive zweier menschlicher Reiter daraus hervorgequollen sein musste, empfand er reines Erstaunen. Wie war das möglich? Zu gern hätte er es gesehen und bedauerte, sein Handy nicht dabei zu haben. Ein Video davon käme auf YouTube wahrscheinlich echt gut, obwohl es natürlich jeder für ein Fake halten würde.

Energisch schüttelte er diese völlig absurden Überlegungen ab, die das Gefühlschaos in ihm nur wieder anfachten und ihn von dem ablenkten, was zu tun war. Doguls Bild schob sich ungewollt in seinen Kopf. Seine Augen besaßen eine magische Anziehungskraft, die nichts mit seinen Fähigkeiten zu tun haben konnte, sondern Teil seiner Persönlichkeit war. Der Magier blickte ihn erwartungsvoll an. Das Lächeln, das auf dem attraktiven Gesicht erschien, wirkte ausnahmsweise weder hämisch noch überheblich, stattdessen ehrlich erfreut.

Er hob eine Hand, die er ihm entgegenhielt. Jonas ignorierte sie. Der Moment des Triumphs verblasste angesichts der Tatsache, dass er diesem Mann soeben dabei half, ein grausiges Verbrechen zu begehen. Dennoch hatte er keine Wahl.

Grimmig entschlossen ließ er das Glas verschwinden und tauchte kopfüber in das Fenster, bereit für den großen Ausfallschritt, um sich auf der anderen Seite abzufangen. Es gelang nicht ganz, weshalb er nach drei stolpernden Schritten in die Knie ging. Seinem Wunsch gemäß war er nicht genau dort gelandet, wo Dogul auf ihn wartete, sondern etwa zwei Meter neben ihm. Diese Distanz hätte er nie für möglich gehalten, doch der Spiegel gab sie offensichtlich her.

Schwer atmend kniete er einen Augenblick lang auf dem nassen, steinigen Untergrund, während um ihn herum Applaus aufbrandete. Er bemerkte es kaum. Das Aufstehen kostete enorm viel Kraft. Die Erschöpfung, die er vorhin durch die Aufregung verdrängt hatte, überfiel ihn nun regelrecht. Seine Beine fühlten sich an, als wäre er mindestens einen Marathon gelaufen. Die Umstehenden klatschten nicht mehr. Keiner wagte es, ihn anzurühren. Im Gegenteil, sie traten scheu zur Seite, als er die wenigen Schritte überbrückte. Der Rebellenführer musterte Jonas aufmerksam.

»Gratuliere, Junge. Ich wusste, dass es in dir steckt. Wie fühlst du dich?«

»Absolut großartig.«

»Rede keinen Unsinn, man sieht dir an, dass es nicht so ist. Mich interessiert, wie oft du diese Anstrengung noch schaffst.«

Jonas zuckte mit den Achseln. »Keine Ahnung. Ich bin jetzt schon völlig erledigt.«

»Das klingt wenigstens ehrlich. Dann wird dein nächster Passagier Finnegan sein.«

Ein mächtiges Rauschen ertönte auf dieses Stichwort hin, der Himmel verdunkelte sich, als der gigantische Drache zur Landung ansetzte. Die Menschen stoben zur Seite, drückten sich gegen die Hauswände oder verschwanden in den Eingängen.

Jonas wäre am liebsten ebenfalls zurückgewichen. Von diesem Monstrum empfing er weder Signale sanfter Ruhe und Zuneigung noch gleichgültiger Gelassenheit. Eher vermeinte er, ein tiefes, heißes Brodeln zu verspüren, wie bei einem Vulkan, der jederzeit ausbrechen konnte. Eine Mischung aus gezähmter Wut und unbändiger Kraft, die ihm Angst einflößte. Sein Innerstes krampfte sich bei der Vorstellung zusammen, auf den schwarzen Schuppenberg zu klettern. Allein die Höhe schien ein unüberwindbares Hindernis darzustellen.

»Worauf wartest du? Steig auf!«, ermunterte Dogul ihn, während er selbst keine Anstalten dazu machte.

Mit einem eisigen Schauder wurde Jonas bewusst, was das bedeutete. »Du begleitest mich nicht?«, brachte er mühsam hervor.

»Nein, wozu? Mein Partner weiß, was zu tun ist.«

EIN KLEINES MISSGESCHICK

Eya hastete durch den langen, stockfinsteren Gang, der zu einer abgelegenen Höhle führte. Wie hatte Eafras sie genannt? Sie wusste es nicht mehr genau, irgendwas mit Dämmerung. Jedenfalls wurde der Raum für rituelle Zwecke gebraucht.

Es war alles so schnell gegangen, dass sie sich noch immer wie betäubt fühlte. Die beiden Ältesten, die Zamo und sie selbst in einer Halle dieses gigantischen Höhlensystems empfangen hatten, waren übereingekommen, ihr eine verantwortungsvolle Aufgabe zu übertragen, statt sie zu vernichten.

Sie sollte unbemerkt den möglichen Ankunftsort der Aufständischen auskundschaften. Ihr Herz schlug schmerzhaft hart in ihrer Brust, während sie sich wie in Trance vorwärtsbewegte. Es kam ihr alles so unwirklich vor! Zum Glück begegnete ihr nichts und niemand im Dunkeln.

Endlich nahm sie wieder einen schwachen Lichtschein wahr. Als sie sich der Quelle näherte, vernahm sie gedämpfte Geräusche von vorn. Sie verharrte an die Wand gepresst und lauschte mit angehaltenem Atem. Das waren menschliche Stimmen! Sie hörte einige unverständliche Worte, das Rauschen von Drachenflügeln sowie leises Schnauben.

Langsam und vorsichtig schob sie sich näher. Es war zwar dunkel im Gang, ihre Haut- und Kleiderfarbe ebenfalls, doch Drachenaugen brauchten nur sehr wenig Licht, um gut zu sehen. Sie hoffte, dass die Anwesenheit der Menschen in der Höhle die ihre überdeckte, da auch die übrigen Sinne eines Drachen äußerst sensibel reagierten. Ihr einziger Vorteil bestand in der Überraschung, da die Eindringlinge kaum damit rechnen konnten, einen weiteren Zweibeiner an diesem Ort zu treffen.

Mühsam kontrollierte sie ihren Atem, meinte, das Pochen in ihrer Brust müsste weithin zu hören sein.

»Sie sind hier«, signalisierte sie gedanklich, *»in der Dämmerungshalle.«*

Ihr Partner war sofort mit seiner wohltuenden Präsenz bei ihr. *»Schau bitte um die Ecke. Wir müssen wissen, wie viele es sind und ob noch mehr kommen.«*

Eya schluckte. Zamo war gut! Unendlich behutsam blickte sie in die Höhle hinein, denn es gab keine Deckung. Wenn irgendwer in ihre Richtung sehen sollte … Zum Glück schienen die Anwesenden wirklich nicht mit jemandem in ihrer Größe zu rechnen. Sie duckte sich wieder hinter die Biegung und schloss einen Moment die Augen, um sich besser auf ihren Freund konzentrieren zu können.

»Ich sehe bisher drei Drachen, davon ist einer der schwarze Riese des Anführers, dazu zwei Menschen, einen Mann und eine Frau. Dogul ist nicht anwesend, Jonas auch nicht. Es sei denn, sie verstecken sich hinter dem hohen Stein. Was soll ich jetzt tun?«

Zamo ließ sich ein paar Sekunden Zeit mit seiner Antwort. Es kam der Drachenreiterin vor wie eine halbe Ewigkeit.

»Bleibe noch bis Dogul eintrifft. Er wird vermutlich zuletzt ankommen. Sobald er da ist, lauf zurück, so schnell du kannst! Ich stehe mit Ramalija in Verbindung, aber sie ist wie alle anderen Ältesten an ihre Pflicht gebunden, mit dem Rat eine Einheit zu bilden. Sie wird eine Warnung aussprechen, sobald wir sicher sind, dass es einen Angriff gibt. Allerdings erst kurz vor Erreichen des großen Versammlungssaales. Sonst merken die Eindringlinge zu früh, dass es eine Falle ist.«

Jonas atmete schwer. Er fühlte sich nun völlig erschöpft, am Ende seiner Kraft. Gleichzeitig war er froh, Finnegans düsterer Aura entkommen zu sein, die ihn während des Transports schier erdrückt hatte. Dabei hatte ihm der Drache weder ein Leid zugefügt noch einen einzigen Ton mit ihm gesprochen! Dennoch war das Gefühl überlegener, herablassender Abneigung und Verachtung so intensiv gewesen, dass er bei der Erinnerung daran noch immer schauderte. Als hätte ihn dieses Wesen mit einem einzigen magischen Zwinkern zerquetschen können.

War es das, was Drachen einem Menschen gegenüber empfanden, den sie nicht leiden konnten? Er wusste nicht, wie er es hernach fertiggebracht hatte, den zweiten Eisdrachen samt seinem Reiter sicher in der Halle abzusetzen und erneut zurückzukehren.

All das war nun gleichgültig. Der Anblick von Helias heller Silhouette, die über ihm am Himmel erschien, weckte seine Lebensgeister wieder ein wenig.

»Sie haben mich angebunden, es tut weh und ich kann meine Magie nicht nutzen«, erreichte ihn ihre klägliche, schwache Stimme. *»Selbst dich konnte ich vorhin nicht erreichen. Wo warst du bloß?«*

Besorgt und erleichtert zugleich beobachtete er seine Partnerin, die sich ein wenig unbeholfen auf dem Platz niederließ. Die anwesenden Menschen wichen wieder ein Stück zurück, allerdings längst nicht so weit wie bei Finnegan oder den Eisdrachen.

»Ich war dort, wo wir zwei gleich gemeinsam hingehen werden«, antwortete er lautlos. *»Wir müssen den Mann da vorn mitnehmen, der mich dazu zwingt, ihm zu helfen.«*

Mit raschen Bildern und Gedanken informierte er die weiße Drachendame über das, was inzwischen passiert war.

»Das ist ja furchtbar! Was sollen wir bloß tun? So kann ich dir nicht helfen. Ich kann mich kaum konzentrieren oder fliegen und fühle mich sehr schwach.«

Er konnte seine Partnerin gut verstehen, spürte sogar einen Teil ihrer Schmerzen, obwohl sie versuchte, ihn davor abzuschirmen. Seine Wut auf Dogul wuchs immer weiter. Dieser gefühllose, brutale Mistkerl! Wie hatte er je auf sein Gerede reinfallen können? Nun, da Helia gelandet war, sah er das leuchtende Band eng um ihr Vorderbein geknotet. Er wollte zu ihr laufen, um sie davon zu befreien, doch der Magier neben ihm hielt ihn zurück.

»Ohne das richtige Werkzeug lässt sich die Fessel nicht entfernen, sofern sie aktiv ist. Deine Drachin wird sie behalten müssen, bis wir unser Ziel erreicht haben. Erst wenn sie das Band selbst abstreifen kann, seid ihr frei.«

»Irgendwann wirst du so ein Ding tragen!«, zischte Jonas. »Am besten für sehr lange Zeit, damit du nie vergisst, wie es sich anfühlt.«

»Oh, ich kenne das Gefühl gut, musste es im Gegensatz zu dir schon mehrfach aushalten. Also erzähl nichts von Dingen, von denen du keine Ahnung hast. Komm lieber!« Mit diesen Worten schwang sich Dogul mit spielerischer Leichtigkeit auf den Rücken des weißen Drachen.

Mit zusammengebissenen Zähnen folgte Jonas ihm etwas weniger elegant und zeigte seiner Partnerin, wie sie sich vor dem Spiegel platzieren sollte.

»Du musst einen großen Satz machen, wenn ich es dir sage, aber sobald du auf der anderen Seite ankommst, sofort wieder bremsen«, erklärte er ihr wortlos.

»Aber wohin soll ich springen?« Helia wirkte völlig überfordert.

Mit Mühe stellte Jonas erneut den Kontakt zu dem schwarzen Obelisken her. Er merkte jetzt deutlich, wie viel Kraft es ihn kostete. Als würde der Spiegel sie aus ihm heraussaugen. Sein Atem ging in kurzen, heftigen Stößen. Die Szene vor ihm verschwamm.

»Dorthin«, krächzte er.

Da spürte er plötzlich einen Strom reiner Energie, der ihn vom Nacken her durchpulste. Sofort gelang es ihm, sich aufzurichten, freier durchzuatmen und ein klares Bild zu bekommen. Sein Begleiter schenkte ihm etwas von seiner Kraft! Alles in Jonas sträubte sich dagegen, sie anzunehmen, doch er hatte überhaupt keine Wahl.

»Tu es!« Der Befehl kam eiskalt und zwingend. Also wischte er das Spiegelglas zur Seite.

Jetzt, Helia!

Die Drachendame sprang.

∽

Eya harrte in ihrer Deckung aus, die nur so lange bestand, wie die Drachen und ihre Reiter nicht auf die Idee kamen, die Höhle verlassen zu wollen.

Unruhe brachte sie dazu, erneut einen Blick zu riskieren. Was sie sah, ließ sie in der unbequemen Haltung erstarren. Aus der Felswand am anderen Ende des halbdunklen Raumes quoll in Sekundenbruchteilen die Gestalt eines weißen Horndrachen mit wunderschön gefärbten Flügeln, die mit enormer Geschwindigkeit in den Raum hineinschoss. Ein menschlicher Schrei erscholl vom Drachenrücken, der Eya bekannt vorkam.

Jonas!, durchfuhr es sie.

Keiner der Anwesenden konnte das Unheil verhindern, das wie in Zeitlupe geschah. Mit einem kläglichen Fauchen prallte die hübsche Gestalt gegen das schlanke Steindenkmal und rammte es. Ein mehrstimmiges Stöhnen folgte dem dumpfen Laut des Aufpralls sowie dem Poltern, mit dem der Stein auf dem Felsboden aufschlug. Irgendwer fluchte.

»Lauf, Eya, LAUF!« Zamos Stimme in ihrem Kopf hallte so laut wider, dass sie dachte, es müsste weithin zu hören sein.

Sie zuckte zusammen, rappelte sich auf und gehorchte. Da der Gang vor ihr viel dunkler war als der Raum eben, rannte sie im wahrsten Sinne des Wortes blindlings vorwärts, jedenfalls die ersten zwanzig Meter, bis ihre Augen fähig waren, wenigstens grobe Umrisse auszumachen. Hinter ihr verstummten die Geräusche, sodass ihre eigenen Schritte und ihr Atem überlaut erklangen. Dennoch stoppte sie nicht. Das Gefühl von Gefahr war übermächtig.

Unter ihr begann der Boden zu vibrieren, erst sanft, dann immer heftiger, bis sie den Eindruck hatte, der gesamte Berg müsste über ihr zusammenbrechen. Einzelne Steinchen lösten sich, Risse entstanden überall in den Wänden. Sie lief um ihr Leben, sah endlich wieder Helligkeit, diesmal die bläuliche des Drachenfeuers, als sich der Gang vor ihr zu der Halle weitete, in der sie angekommen waren.

Zamo wartete dort auf sie.

»Steig auf! Wir müssen hier weg, sofort!«

∽

»Was tut ihr? Wo wollt ihr hin!« Jonas' Schrei wurde nicht beantwortet.

Er begriff nicht, was eben geschehen war. Helia hatte dieses lächerliche Steindenkmal umgemäht, das viel zu nah am Landeplatz stand. Aber was war so schlimm daran?

Der Anführer war nach einer Schrecksekunde abgestiegen und auf seinen eigenen Drachenpartner umgesiedelt. Sein Fluch dabei war so derbe gewesen, dass er dem Jungen rote Ohren beschert hatte.

»Weg hier!« Diese Worte trieften vor bitterer Wut und Enttäuschung, die Jonas nicht verstand. Er begriff lediglich, dass sie ihn hierlassen wollten. Sie waren aufgestiegen, wie zuvor am See, und nacheinander in einem Portal verschwunden.

Helia hingegen flatterte hilflos, schaffte es nicht, abzuheben.

»Es – geht – nicht ... du bist ... zu schwer ...«

Entsetzt bemerkte er das anschwellende Beben, sah zu, wie sich die letzte Schwanzspitze in Luft auflöste. Nun ging ihm auf, welche Katastrophe seine Partnerin ausgelöst hatte. Immer größere Gesteinsbrocken hagelten von der Decke und von den Wänden herab. Der Boden schwankte so sehr, dass die Drachin taumelte.

»Jonas, Helia, ihr müsst weg! Dieser Ort wird zerstört werden, und zwar umgehend. Flieht endlich!« Zamos Worte steigerten sein Entsetzen, obwohl er gleichzeitig unglaublich froh war, sie zu hören.

»Es geht nicht, Helia ist zu schwach!«, rief er verzweifelt. »Wo bist du? Hilf uns!«

»Es ist zu spät, der Gang stürzt ein. Ich kann Helia nicht transportieren, aber du kannst es!«

»Ich bin völlig am Ende!«, schluchzte er, schützend die Arme erhoben, weil Gestein auf ihn niederprasselte. »Ich schaffe den Weg nicht noch einmal!«

»Nein, nicht wieder zurück, bloß nicht! Nimm einen Ort, zu dem dich dein Herz hinzieht! SCHNELL!« Die Worte kamen von seiner Drachenpartnerin.

Um ihn herum dröhnte und polterte es, der Boden schwankte bedrohlich. Doch er begriff endlich, was sie meinte. Noch während sie sich gemeinsam zu dem winzigen Spiegel umdrehten, der wie durch ein Wunder – oder war es Magie? – weiterhin am Felsen klebte, entstand in seinem Kopf das Bild eines Mädchens. Helia stolperte auf das glänzende Viereck zu, das einen leeren Raum zeigte, der ihm vage bekannt vorkam.

»Svea!«, brüllte Jonas heiser.

Zwei Gestalten näherten sich rasch, eine davon blond und mit wunderschönen blauen Augen, die sich in Überraschung weiteten. Den anderen Ankömmling erkannte er beiläufig als Kuno, dem ebenfalls der Mund offenstehen blieb.

»Nimm den Spiegel und renn damit raus!«, keuchte Jonas. »Mach schon!«

Wenigstens zögerte sie nicht lange, auch wenn es ihm endlos vorkam, bis sie draußen angelangt war. Das Vibrieren verstärkte sich so sehr, dass sein Tor zum Zielort zersprang. Stöhnend schlug er die Hände vors Gesicht. Es war vorbei! Ihre einzige Chance zur Flucht lag zersplittert auf dem Felsboden der Höhle, vermischte sich mit Staub und Trümmern.

»Ich kann nicht länger warten, wir müssen los! Du SCHAFFST das, Spiegelmagier!« Die Stimme des männlichen Horndrachen klang beruhigend und drängend zugleich. Seine Worte öffneten blitzartig ein Fenster der Erinnerung in Jonas. Natürlich, es war so leicht! Mühsam blendete er das Chaos um sich aus, griff gedanklich nach den Scherben. Indem er dies tat, empfing er einen wohltuenden Strom aus Energie, den er gierig einsog und gleichzeitig zurück ins Glas lenkte.

In Sekundenschnelle erwartete ihn Sveas besorgtes Gesicht. »Alles in Ordnung? Was-«

»GEH DA WEG, SVEA!«, brüllte er panisch, während um ihn herum immer größere Felsbrocken einschlugen.

Mit einem erschrockenen Laut verschwand das Mädchen endlich aus dem Blickfeld.

Seine Drachenpartnerin nahm Anlauf und sprang – direkt in die winterliche, eiskalte Luft von Glemborg!

Vom eigenen Schwung und dem Sog vorwärtsgetragen landeten sie auf einem abschüssigen, glatten Untergrund, auf dem es Helia nicht gelang, sich zu halten.

»Oiiii, was ist das? Hiiiilfe!«

Der gedankliche Panikschrei erreichte Jonas' benommenes Hirn nur gedämpft. Sie schlitterten und rutschten über die schneebedeckte Hauptstraße Richtung Tal. Die Drachendame saß halb auf dem Hintern und stieß vor Schreck eine bläuliche Flamme aus. Jonas lachte und weinte gleichzeitig vor Erleichterung. Es war ihm vollkommen egal, dass die Bewohner Glemborgs neugierig aus ihren Häusern traten oder aus den Fenstern starrten.

»Wir haben es geschafft!«, schrie er und umarmte seine große Freundin.

Dieser gelang es erst nach etwa vierzig Metern Rutschpartie, sich zu fangen.

Sie schnaufte. *»Ich freu mich auch, aber dieses Band bringt mich um!«*

Das riss Jonas aus dem Freudentaumel. Hinter sich hörte er jemanden seinen Namen rufen. Svea kam mit wehendem Zopf die Straße heruntergerannt. Hastig rutschte er von seinem hohen Sitz, sprang einfach in den Schnee. Aber statt sich zu dem Mädchen umzudrehen, wandte er sich Helias Fessel zu, die sich tief in die schuppige Drachenhaut gebrannt hatte. Wenn er nur wüsste, womit er sie entfernen konnte!

Da kam eine ältere Frau aus dem Haus gelaufen, in deren Vorgarten sie praktisch standen. Sie hielt Jonas einen kleinen Gegenstand hin und sagte mit kratziger, warmer Stimme: »Hier, Junge, damit kannst du es lösen.«

Er nahm, was er bekam und stellte überrascht fest, dass es sich um ein einfaches Messer handelte. Rasch zwängte er es unter das magische Band und schnitt es mit einer einzigen Sägebewegung von innen entzwei. Das Leuchten erlosch, während das dünne Seil in den Schnee fiel.

Helias erleichtertes Seufzen ging ihm durch und durch.

»Endlich, oh, das tut gut! Jaaa, jetzt habe ich meine Kraft wieder. Danke!«

»Ich habe zu danken, dass du mich trotzdem heil zurückgebracht hast«, murmelte Jonas verlegen.

Er richtete sich auf, drehte sich um und erstarrte, als er Svea dicht gegenüberstand. Ein kurzer Blick in ihre blauen Augen, dann umarmte das Mädchen ihn so fest, als wollte es ihn nie wieder loslassen. Einen Moment lang stand er wie gelähmt da, noch immer das Messer in der Hand, überfordert überlegend, wohin damit. Unerwartet wurde es ihm sanft aus den Fingern genommen. Die Alte lächelte ihn vielsagend an. Da erwiderte er endlich die Umarmung.

In ihm tobte ein Aufruhr der Gefühle, doch etwas rastete beinah hörbar in seinem Kopf ein. Etwas Wichtiges.

Schließlich löste sich Svea mit verlegenem Lächeln von ihm und wischte sich über die feuchten Augen. »Ich dachte, ich sehe dich nie wieder«, flüsterte sie. »Und dann warst du plötzlich im Spiegel-«

»Jonas!«

Der Ruf von oberhalb durchbrach die Magie des Augenblicks. Beide fuhren wie ertappt herum. Kuno lief ihnen strahlend entgegen, dicht gefolgt von Naida. Auch Liman Sayoun eilte hinterher. Etliche weitere Neugierige strömten herbei. Sie bestaunten vor allem Helia, die angesichts der vielen Menschen völlig verunsichert und verängstigt wirkte. Jonas konnte es ihr nicht verdenken.

»Keine Sorge, das sind alles Freunde«, sagte er deshalb leise und strich seiner Partnerin zärtlich über die Schuppen am Bauch. »Aber wenn du dich hier unwohl fühlst – ganz in der Nähe gibt es enge, gemütliche Höhlen, in denen du wohnen kannst. Bestimmt zeigt dir einer der heimischen Drachen den Weg.«

»Das werde ich übernehmen, ertönte Zamos vertraute Stimme hinter seiner Stirn und machte damit Jonas' Glück vollkommen.

∽

FRAGEN ÜBER FRAGEN

Jonas hätte nie gedacht, dass er sich einmal so sehr über eine warme Dusche, saubere Wäsche und eine Mahlzeit unter Freunden freuen würde. Es war fast wie Heimkommen, vor allem mit dem Wissen, dass er sich von seinem echten Zuhause stets nur einen kleinen Schritt entfernt befand.

Aber momentan wollte, nein, musste er erst einmal rausfinden, was da vorhin passiert war. Schließlich wollte er seine Eltern und Freunde unter keinen Umständen in Gefahr bringen. Wahrscheinlich wurde er von Dogul und seinen Männern gejagt, wenn nicht sogar vom ganzen Drachenrat. Außerdem war er völlig am Ende und brauchte dringend eine Pause, denn in diesem Zustand war er für niemanden eine Hilfe.

»Die Steinsäule, die Helia gerammt hat, wird gemeinhin als *Stein der Dämmerung* bezeichnet. Sie ist – oder war – wesentlich mehr als ein dekoratives Denkmal, wie du dir denken kannst«, erklärte Kuno, der in seinem Lieblingssessel saß, die Beine auf dem Hocker davor ausgestreckt.

Naida, Liman, Svea und er selbst hatten es sich auf allen verfügbaren Sitzmöbeln des kleinen Hauses bequem gemacht.

Eya, die dicht vor dem Ofen auf einem Teppich hockte, fragte stirnrunzelnd: »Aber wofür war sie gut? Und warum hat die Erde so stark gebebt, als sie zerstört wurde?«

»Welche Funktion sie genau innehatte, ist nur den Mitgliedern des Rates bekannt. Ich befürchte allerdings, dass eure Aktion den vollständigen Zusammenbruch des Versammlungsortes zur Folge gehabt haben könnte und die Drachen dementsprechend schlecht auf euch zu sprechen sind. Selbst wenn es ein Unfall war.«

»Wo liegt dieser Ort eigentlich?«, wollte Jonas wissen. »Können wir ihn nicht besuchen und nachsehen, ob die Höhle noch steht?«

Naida lachte leise. »Wenn es möglich wäre, ihn auf herkömmlichem Wege aufzusuchen, hätte Dogul nicht auf deine Dienste zurückgreifen müssen. Er ist ein großes Wagnis damit eingegangen, in jeder Hinsicht. Ihr könnt alle froh sein, noch zu leben.«

»Aber wieso? Was ist so Besonderes daran? Ich dachte, er sei bloß zu gut bewacht, um reinzukommen. Mit top Security-Maßnahmen und so.«

»Hast du gesehen, auf welchem Weg die Aufständischen geflüchtet sind?«, fragte Liman.

»Natürlich. Sie sind durch ein Portal abgehauen und haben meine Partnerin und mich einfach zurückgelassen, diese Mistkerle.« Bei der Erinnerung daran packte Jonas wieder die Wut.

»Es ist der einzige Weg hinein und hinaus, wenn man nicht zufällig ein Wandler ist und einen Spiegel zur Hand hat«, erklärte Naida. »Nur benötigt ein Drache für den Hinweg die Erlaubnis eines Ratsmitgliedes. Es ist wie ein Schlüssel zu einer Tür. Der Weg dorthin dürfte nicht sonderlich einfach sein, wenn man nicht als Gefangener hingeführt wird.«

»Ja, das hat Zamo auch gesagt«, stimmte Eya zu. »Es war ganz merkwürdig. Wie ein Portal und doch völlig anders.«

»Das mag wohl sein«, bemerkte Liman. »Niemand weiß genau, wo der Ort liegt. Man munkelt allerdings, dass er sich entweder zwischen den Dimensionen oder außerhalb des Gefüges befindet.«

»Abgefahren!« Bei dem Gedanken daran, sich an einem Ort befunden zu haben, den es eigentlich gar nicht geben und den er erst recht nicht betreten dürfte, erschauderte Jonas. »Aber was geschieht jetzt? Dogul konnte mit seinen Leuten fliehen und heckt in seinem Lager vielleicht schon einen neuen Plan aus. Denkt ihr, er weiß, dass Helia und ich noch leben und versucht erneut, an uns ranzukommen?« Es war die Frage, die ihn am meisten beschäftigte.

»Von uns erfährt er es nicht.« Kuno schmunzelte. »Aber du solltest für eine Weile von der Bildfläche verschwinden, damit sich die Wogen glätten. Niemand außer uns hier kann mit Sicherheit sagen, dass ihr noch lebt. Es sei denn, Zamothrakles hat es an jemanden weitergegeben.«

»Natürlich nicht!« Die Gedanken des Drachen hörten sich regelrecht empört an. *»Mir ist bewusst, wie gefährlich es wäre, es irgendwem zu erzählen, dem wir nicht voll und ganz vertrauen können. Momentan wissen es lediglich Regulas, Zepthakos und ich. So bleibt es auch. Sagt ihnen das bitte, Eya und Jonas! Es ist anstrengend, auf die Entfernung mit mehr als euch beiden auf einmal Kontakt zu halten.«*

»Zamo hat gesagt …«, fingen Eya und er gleichzeitig an, stockten und prusteten los.

»Sag du, es ist dein Partner«, bedeutete Jonas der Drachenreiterin, die tief seufzte.

»Ich werde nie verstehen, warum er einen solchen Narren an dir gefressen hat!« Dann gab sie die Worte ihres großen Freundes an alle Anwesenden weiter.

»Am sichersten wäre es, wenn du so schnell wie möglich diese Dimension verlassen würdest, Jonas«, bemerkte Naida. »Nicht, dass wir dich loswerden möchten, aber Dogul kennt dich inzwischen zu gut. Es kann sein, dass er mental nach dir sucht, auch wenn er annehmen muss, dass du den Ausflug nicht überlebt hast. Ich fürchte, Helias und dein Ableben war ohnehin fest eingeplant.«

»Der Kerl hat mir sein Wort darauf gegeben, dass wir nach dieser Aktion frei sind und gehen können, wohin wir wollen«, wandte Jonas ein. »Er hätte es sogar vor all seinen Gefolgsleuten geschworen, wenn ich darauf bestanden hätte. Eigentlich wirkte er dabei ehrlich.«

»Oh, sein Wort hätte er sicherlich nicht gebrochen. Er weiß sehr genau, wie man Menschen führt und manipuliert. Nicht umsonst schließen sich ihm so viele Rebellen an. Das würden sie nicht tun, wenn sie sich nicht auf seine Zusagen verlassen könnten. Allerdings wollte er dich nicht einfach davonspazieren lassen – nicht mit deinen Kenntnissen und besonderen Fähigkeiten. Natürlich warst du frei, zu gehen. Du wärst normalerweise bloß nicht ohne die Hilfe eines ausgewachsenen Drachen von dem Versammlungsort weggekommen, was er praktischerweise zu erwähnen vergessen hat. Und vom Rat hättest du keine Gnade erwarten dürfen. Du hast die Rebellen an den geheimen Ort gebracht, sogar direkt in die Halle der Dämmerung. Dies wäre auch ohne die Zerstörung des Steins ein Sakrileg gewesen.«

»Dieser Schuft!«, mischte sich Svea wütend ein. »Und dem wolltet ihr wirklich den Weg in die Verbotene Dimension zeigen?«

Jonas sah sie mit großen Augen an. »Wie meinst du das?«

»So, wie ich es verstanden habe, war geplant, mit den Rebellen zu verhandeln und ihnen als Gegenleistung für einen dauerhaften Waffenstillstand das Portal zu zeigen. Deine Dimension könnte all jenen, die der Kontrolle des Rates zu entkommen versuchen, ein Zufluchtsort sein.«

»Wir hätten es nur getan, wenn wir sicher gewesen wären, dass die Gegenseite auf unsere Bedingungen eingeht«, verteidigte sich Kuno. »Aber dann geschah das Undenkbare. Dein unbeabsichtigtes Eingreifen hat alles verändert, Jonas. Es hat uns dazu gezwungen, viel schneller und spontaner zu handeln als ursprünglich gedacht. Plötzlich gab es keine Verhandlungsmöglichkeit mehr, nur noch die Notwendigkeit, das Tor zu finden.«

»Ich habe einfach nicht damit gerechnet, dass es wirklich auf deinem Weg funktionieren könnte, die Dimension zu wechseln«, fügte Naida hinzu. »Mein fehlendes Vertrauen in deine Fähigkeiten tut mir leid. Aber es hätte auch grauenhaft schiefgehen können. Niemand von uns wusste, was geschehen würde. Doguls Hemmschwelle, es auf die harte Art und Weise zu testen, lag deutlich niedriger als meine.«

Tief durchatmend versuchte Jonas, diese ganzen Infos zu verarbeiten. Seine Gedanken kreisten wirr um die Aussagen. Ihm wurde einiges klarer, andere Dinge verstand er noch weniger.

»Warum habt ihr zugelassen, dass mich der Mistkerl belauscht und dadurch von dem Portal erfahren hat? Und dann habt ihr euch auch noch so sehr von ihm überrumpeln lassen, dass er Zamo foltern konnte … Wie ist ihm das überhaupt gelungen? Außerdem wüsste ich gern, weshalb er euch am Leben gelassen hat, nachdem ihr ihm vollkommen ausgeliefert wart.«

Kuno nickte. »Gute Fragen. Deine erste beantwortet sich leider wirklich nur so, wie wir es bereits am See zu erklären versucht haben. Wir haben den Mann falsch eingeschätzt – oder seinen Drachenpartner. Ich bin mir noch immer unschlüssig, welche Rolle Finnegan in dem Ganzen spielt. Er ist bisher eine unbekannte Größe in der Gleichung. Keiner unserer Drachen hat einen Zugang zu ihm. Vielleicht sind die beiden trotz ihrer Zweckgemeinschaft ein viel besseres Team als gedacht.«

Jonas nickte bestätigend. »Sie arbeiten auf jeden Fall ziemlich eng zusammen.«

»Deine zweite Frage beantwortet sich ebenfalls dadurch, dass wir den Verschwörer unterschätzt haben«, ergänzte Naida grimmig. »Wir dachten, Dogul zu kennen, doch er hat anders reagiert als angenommen. Nicht nur, dass er überhaupt nicht mehr bereit war, mit uns zu reden, geschweige denn zu verhandeln. Er verfügte zudem über antimagische Fesseln, die er keinesfalls hätte haben dürfen.«

»Apropos Fesseln – wieso konnte ich Helias Band mit einem einfachen Messer durchtrennen?«, fragte sich Jonas. »Ich dachte, es ist magisch dagegen geschützt. Zumindest hat Dogul gesagt, dass ich es ohne das richtige Werkzeug nicht schaffen würde.«

Kuno lachte grimmig. »Es sieht diesem alten Gauner ähnlich, nicht zu erwähnen, dass ein scharfes Eisenteil genügt. Das Metall ist gegen einige Arten von Magie praktisch immun und zieht andere dafür an.«

Erstaunt sah der Junge die erwachsenen Magier an. Ihm fiel spontan die Abbildung eines mittelalterlichen Ritters ein, der in seiner Rüstung gegen einen Drachen antrat. Ihm dämmerte vage, dass dies der Umstand sein musste, der den Menschen in seiner Welt überhaupt eine Chance gegen die mächtigen magischen Wesen eingeräumt hatte. Dann dachte er an den unheimlichen Karatdrachen, dessen Aura ihm so einschüchternd und unnahbar vorgekommen war. Wie kam Dogul bloß mit ihm zurecht? Er schüttelte sich angeekelt.

»Ich hoffe, ich muss diesem Dream-Team nie wieder begegnen!«

Naida lächelte schief. »Wie auch immer die Übereinkunft zwischen Finnegan und dem Rebellenführer aussieht – ein richtiges *Team* bilden sie nicht. Eher habe ich den Eindruck, dass der Karatdrache einen schlechten Einfluss auf Dogul hat. Ich kenne den Magier schon sehr lange, auch wenn wir in den letzten fünfzehn Jahren nur sehr wenig Kontakt hatten. Derart gewaltbereit und gefühllos wie am See habe ich ihn bisher niemals erlebt. Mich erschüttert vor allem, dass die Drachen seinem Befehl gehorcht und Zamothrakles so viel Leid angetan haben.«

»Er ist ein absolutes Monster!«, rief Eya grimmig.

»Kein Drache befolgt freiwillig Anordnungen eines Menschen, die seiner Überzeugung widersprechen«, erklärte Kuno ruhig. »Die Folterung eines Artgenossen gehört zu den Dingen, die nur unter Zwang realisierbar sind. Entweder verfügt Dogul über ein besonders wirksames Druckmittel oder der Befehl, Zamo zu verletzen, stammte gar nicht von ihm.«

»Kuno hat recht – die Eisigen standen unter dem Einfluss des Karatdrachen, der die gesamte Situation beherrscht hat.«

Zamos ruhige Worte mischten sich in Jonas' Chaos, ließen ihn wieder ein wenig klarer sehen. Es klang logisch, dass Finnegan den Rebellenführer unterstützte. Oder war es umgekehrt? Es fiel dem Jungen schwer, die Denkweise eines Drachen nachzuvollziehen. Strebte diese Rasse ebenso nach Macht wie seine eigene? Vielleicht sogar noch stärker? Aus welchem Grund gab es diesen ominösen Rat und was bezweckte er damit, den menschlichen Erfindungsreichtum zu beschränken? Sollte der Mensch absichtlich klein gehalten und kontrolliert werden?

Am liebsten hätte er alles gleichzeitig gefragt, doch er spürte, wie ihn eine bleierne Müdigkeit überkam. Inzwischen war es längst dunkel. Jonas' Zeitgefühl kam bei den vielen verschiedenen Orten völlig durcheinander.

Naida gähnte unterdrückt. »Wir reden morgen weiter«, bestimmte sie. »Zu deiner dritten Frage kann ich sagen, dass Dogul zwar über Leichen geht, allerdings nur, wenn es sich seiner Ansicht nach nicht vermeiden lässt. Er schüchtert andere ein, stellt sie psychisch bloß, testet ihre innere Stärke und besiegt sie, indem er ihnen geistig überlegen ist, ihren Willen in die Knie zwingt. Aber er tötet seine Opfer nur sehr selten. Er respektiert ebenbürtige Intelligenz und magisches Talent und liebt es, sich gönnerhaft zu zeigen.«

Jonas konnte seiner Meisterin in allen Punkten zustimmen, doch ein erneutes Gähnen bahnte sich an und er hatte nichts gegen eine Vertagung der Konferenz einzuwenden. Er verabschiedete sich ebenso wie Svea und Liman, folgte seiner Lehrmeisterin mehr stolpernd als gehend den Berg hinab zu ihrem Häuschen.

Dort fand er sein Lager noch immer auf dem Holzfußboden vor, das er freudig bezog. Es war ihm gleichgültig, dass Naida noch ein wenig durch den Raum wuselte, während er sich bis auf Unterhose und Leinenshirt entkleidete und anschließend auf die dünne Unterlage aus Wolldecken sank. Sein letzter Gedanke vor dem Einschlafen galt Helia, die noch wach und munter wirkte. Indem er sich auf sie konzentrierte, spürte er Wind, angenehme Kühle und ein unbeschreibliches Gefühl von Freiheit, das ihn in Ekstase versetzte.

»Schlaf gut, kleiner Freund. Ich genieße seit Stunden gemeinsam mit einigen der anderen Drachen die Bewegung und die Freiheit der Jagd. Es ist wundervoll hier!«

Wenn er nicht so müde gewesen wäre, hätte er es sicherlich noch viel länger bei ihr ausgehalten.

HEIMKOMMEN

Am nächsten Morgen weckte ihn ein sanftes Kitzeln hinter der Stirn. Müde blinzelnd stellte er fest, dass es draußen noch dunkel war. Die erste Dämmerung ließ fahles Licht in den Raum sickern. Hölle, es war viel zu früh!

Ächzend wollte er sich umdrehen, um weiterzuschlafen, als er Zamo vernahm:

»Guten Morgen, Jonas. Entschuldige bitte, dass ich dich so zeitig wecke, aber ich wollte mich wenigstens von dir verabschieden. Der Drachenrat hat mich soeben offiziell eingeladen, vor ihm zu sprechen. Sie möchten wissen, was geschehen ist und warum. Ich denke, es ist wichtig, miteinander zu reden, deshalb folge ich diesem Ruf. Da uns nicht das besondere Band zwischen Drachenreiter und Partner verbindet, bin ich gleich außer Reichweite. Und du wirst vermutlich bald in deine eigene Dimension zurückkehren. Ich wünsche dir viel Glück bei allem, was du unternimmst.«

Jonas brauchte einen Moment, um das zu verdauen. Unerwartet spürte er einen Kloß im Hals.

»Sehen wir uns denn nicht wieder?«, flüsterte er. »Ich dachte …« Er schluckte hart, kämpfte mit den Tränen und schaffte es gerade noch, sie wegzublinzeln.

»Du musst dein eigenes Leben führen. Es wäre schön, wenn wir uns ab und zu begegnen könnten, doch du gehörst nun mal zu deiner Familie, die auf dich wartet. Hast du nicht gesagt, du willst dort eine Ausbildung beenden?«

»Ich glaube nicht«, murmelte er. »Aber bei dir brauche ich eigentlich nichts zu sagen.«

»Richtig. Das versuche ich Eya seit Jahren beizubringen, doch es scheint eine menschliche Angewohnheit zu sein, ständig die Stimmbänder zu benutzen, um Dinge mitzuteilen.«

»Das meine ich nicht.«

Das Drachenlachen vibrierte angenehm in seinem Schädel, kribbelte bis in die Finger- und Zehenspitzen.

»Ich werde dich vermissen, junger Magier. Und deine Drachendame ebenfalls. Sie ist reizend. Wie schön, dass sie meine Blutsverwandte ist. So kann einer von uns, entweder Zepthakos, Zafir oder ich, Helias Höhle bald einen Besuch abstatten, um ihre Schwester Halima aufzuwecken. Und vielleicht sollte jemand für die beiden sorgen, solange das Junge klein ist.

»Es wäre toll, wenn du das machen würdest.« Jonas lächelte. »Ich bezweifle bloß, dass Eya dich gehenlassen wird.«

»Sie käme sicherlich mit, aber sie bräuchte einen Ort, an dem sie unter ihresgleichen wohnen könnte.«

Er seufzte. »Wenn die Drachenhöhle bloß nicht so weit weg von meinem Zuhause wäre! Eya würde sich bestimmt gut mit Maja verstehen ...«

»Wir können umziehen, sobald Halima fliegen gelernt hat«, schaltete sich eine zweite, hellere Stimme ein. *»Meinst du, es gibt in deinem Umfeld Berge, die ein wenig abseits der Menschensiedlungen liegen, in denen man eine gemütliche Zweiraumhöhle anlegen kann?«*

Nun war Jonas hellwach. »Hallo Helia! Ich weiß es nicht, aber das lässt sich herausfinden! Du meinst, du würdest in die Nähe meiner Familie ziehen, sodass wir uns häufiger sehen könnten und ich eventuell sogar zu Hause Magie ...« Er beendet den Satz nicht.

Es kam ihm zu gut vor, um wahr zu sein. Von Helia getrennt zu werden, war das, was ihm am meisten Bauchschmerzen bereitete und ihn zögern ließ, den Schritt nach Hause zu wagen. Irgendwie konnte er nicht glauben, dass Magie in seiner eigenen

Dimension funktionieren würde, obwohl er es ja bereits erlebt hatte. Doch das war weit weg von zu Hause gewesen, beinahe in einer anderen Welt. Sobald der Alltag ihn wiederhatte, würde er nur noch Jonas sein, der Psycho mit Höhenangst, der Dinge in Spiegeln sah, die nicht da waren. Und doch hatte sich so viel verändert in dieser kurzen Zeit.

»Du musst gehen«, drängte Zamo jetzt sanft. *»Finnegan sucht bereits nach dir, was bedeutet, dass Dogul davon ausgeht, dass du überlebt hast. Er kennt die ungefähre Lage dieses Ortes und kreist irgendwo in Reichweite. Ich habe seine Gedanken gespürt, ebenso wie die anderen Drachen. Mein Vater schirmt deine Anwesenheit noch vor einer Entdeckung ab. Doch er wird gleich gemeinsam mit Regulas und Zafir aufbrechen, um Helia nach Hause zu bringen und einen Schutzbann zu errichten, der verhindert, dass jemand das Portal findet oder unbemerkt benutzt. Diejenigen, die den Ort bereits kennen, hält die Magie leider nicht von dort fern. Aber wir werden zumindest gewarnt, falls Finnegan oder ein anderer Drache das Tor durchqueren sollte.*

»Kann ich mich wenigstens von den Leuten in Glemborg verabschieden?« Jonas verspürte einen Stich bei dem Gedanken an Svea, Kuno und Liman.

»Es bleibt keine Zeit mehr. Die Drachen müssen los. Sobald sie diesen Ort verlassen haben, kann dich Doguls Partner finden und somit auch die Vergessene Stadt. Bitte geh jetzt! Wir sehen uns bald wieder, ganz bestimmt.«

»Jonas, ich hoffe, du bist bereit?« Naida stand neben ihm, ohne dass er ihr Kommen bemerkt hatte.

Erschrocken fuhr er hoch. »Gleich!«

Rasch zog er die gewohnte Drachenreiterkleidung an, ohne einen Moment darüber nachzudenken. Auf die dicke Jacke verzichtete er. Als er das nächste Mal zu seiner Lehrmeisterin sah, hatte sie eine Lampe entzündet und hielt den Spiegel in der Hand, durch den er zu Helia gelangt war. Bei dem Gedanken an sie musste er schluchzen.

»Mach's gut!«, dachte er traurig.

Als Antwort empfing er eine typische innere Helia-Umarmung, stürmisch, voller Liebe und Begeisterung, die ihn erwärmte.

»Wir sehen uns bei dir zu Hause! Es dauert ein paar Monate, bis Halima fliegen kann, aber vielleicht schaffe ich es schon eher, vorbeizuschauen. Und wir bleiben natürlich in Verbindung.«

Wortlos umarmte Jonas die blonde Magierin. »Danke für alles«, flüsterte er verlegen.

Sie lächelte. »Glaube bloß nicht, dass du mich so schnell loswirst«, gab sie augenzwinkernd zurück. »Du musst noch jede Menge lernen. Halte dich abends bereit, nach eurer letzten Mahlzeit. Ich weiß schon, wann das ist. Vergiss nicht, dass ich dich jahrelang beobachtet habe. Zumindest können wir uns austauschen. Sobald deine Drachenpartnerin nah genug ist, setzen wir den Unterricht fort – oder besser, wir beginnen ihn systematisch. Nun mach schon, ich richte den anderen deine Grüße aus.«

Tief durchatmend blickte Jonas auf die reflektierende Fläche. Sein Antlitz wirkte geisterhaft blass, doch er nahm es kaum wahr, da er sich auf das konzentrierte, was dahinter lag. Ein kleiner Raum, der momentan leer war. Graues Tageslicht fiel durch eine milchig weiße Glasscheibe auf hellblaue Fliesen. Der Window-Color-Delfin, den er sich vorgestellt hatte, schwamm munter auf seiner Welle wie eh und je.

Entschlossen stürzte er sich in das winzige Fenster, wurde vom Sog erfasst und prallte gleich darauf gegen die glatte Wand. Viel Platz war im heimatlichen Bad nicht. Zum Glück hatte er die Hände vorgestreckt, um sich abzufangen. Triumphierend blickte er sich um, direkt in Naidas strahlend blaue Augen.

»Bis bald, Junge. Ich bin so stolz auf dich!« Mit diesen Worten verschwamm das Bild, machte seinem eigenen Platz.

Seufzend trat er näher heran, versuchte, sich auf seine Lehrerin zu konzentrieren, ließ es jedoch sofort wieder bleiben, da es keinen Zweck hatte. Ihm fehlte der Zugang zur Magie. Es war, als hätte er plötzlich eine Hand weniger. Obwohl es nicht körperlich wehtat, war die Lücke so präsent und unangenehm, dass er sich fragte, wie er jemals ohne ausgekommen war. Der Verlust erfüllte ihn für einen Augenblick mit unendlicher Traurigkeit und Sehnsucht. Dann schüttelte er entschlossen dieses Gefühl ab, um jenes zu genießen, das dahinter gewartet hatte: Er war zu Hause!

Vorsichtig öffnete er die Badezimmertür. Er wollte nicht unbedingt erklären müssen, wie er so plötzlich an diesen ungewöhnlichen Ort gelangt war. Doch auf dem Weg nach draußen stand er auf einmal seinem Bruder gegenüber. Dieser starrte ihn an wie einen Geist. Offener Mund, dämlicher Gesichtsausdruck – es sah göttlich aus. Jonas wünschte sich in diesem Moment nichts sehnlicher als eine Kamera.

Dann war die Schrecksekunde vorbei.

»Jonas, bist du das wirklich? Ich glaub's einfach nicht!«

»Hi Jason, wie läuft's so? Schön, dich zu sehen, ehrlich.« Er grinste, ging auf den stocksteif dastehenden Jungen zu und umarmte ihn kurzerhand.

Gleich darauf empfing ihn ein quietschender Aufschrei, mit dem seine Ma angestürmt kam, die ihn fast erdrückte. Sie stammelte immer wieder seinen Namen, küsste ihn und heulte. Jason, der sich gerade noch rechtzeitig aus der Gefahrenzone gerettet hatte, fand zu seinem üblichen Selbst und dem schadenfrohen Gesichtsausdruck zurück, den Jonas schon an ihm vermisst hatte.

»Wo warst du bloß, Junge?« Seine Mutter schluchzte, sah ungläubig an seinem merkwürdigen Äußeren hoch und runter.

»Ist eine lange Geschichte«, gab er verlegen zurück. »Ich erzähl sie euch, wenn Papa auch da ist. Obwohl ihr sie mir sowieso nicht glauben werdet.«

»Du siehst aus wie ein Cowboy, nur ohne den Hut«, stellte der Jüngere fest. »Warst du auf einer Pferderanch?«

Jonas schüttelte amüsiert den Kopf. »Nein, viel besser. Geritten bin ich, aber nicht auf einem schnöden Zossen. Das Wesen, das mich getragen hat, war wesentlich größer, schuppiger und intelligenter.«

»Schuppig?« Jason runzelte verwirrt die Stirn. »Red kein Blech! Es gibt kein solches Reittier. Oder meinst du ein Krokodil?«

»Es sind keine Tiere, obwohl sie vier Beine und ein Maul mit scharfen Zähnen haben. Sie sind schlauer als du, so groß, dass sie vom Boden aus in dein Zimmer schauen können und sie haben gigantische Flügel, mit denen sie auch zwei Menschen ganz easy durch die Luft tragen.«

»Jetzt weiß ich genau, dass du mich auf den Arm nimmst, Knallfrosch! Hey, verrat mir lieber, wo du die coolen Klamotten herhast. Das Hemd sieht zwar etwas affig aus, aber die Weste ist ziemlich krass.«

»Wart's ab, kleiner Bruder, du wirst bald sehen, dass ich dich nicht anlüge. Wenn du es genau wissen möchtest – dies ist eine feuerfeste Schutzweste, aus den Schuppen eines Horndrachen gefertigt. Man trägt sie im Umgang mit diesen magischen Wesen. Die junge Drachendame Helia, mit der mich ein besonderes Band verbindet, wird mir bald genug folgen. Dann kann ich sie euch vorstellen. By the way – ich brauch unbedingt einen Spiegel in meinem Zimmer!«

EINE OFFENE TÜR

»Mama, wo hast du meine Reithose hingelegt?«

»Das schäbige Lederding? Damit kannst du unmöglich draußen rumlaufen, Junge. Sie ist dir viel zu weit und wirkt wie aus der Altkleidersammlung.«

Jonas stöhnte. »Aber sie ist geliehen! Ich muss sie zurückgeben. Hoffentlich hast du sie nicht weggeworfen.«

»Das nicht. Eigentlich wollte ich aus dem Leder bloß ein paar andere schöne Dinge nähen.«

»Mama!«

»Schon gut, ich hole sie dir. Obwohl ich nicht glaube, dass der Vorbesitzer sie wirklich zurückhaben möchte. Vor allem, wenn er sich in deiner Fantasiewelt aufhält. Aber versprich mir, dass du sie nicht in der Schule trägst oder damit in der Stadt herumspazierst.«

»Werde ich nicht, Mama, keine Sorge!«

Erleichtert aufatmend nahm er die weiche, robuste Lederhose in Empfang. Es stimmte, dass sie ihm ein wenig zu groß war. Trotzdem brauchte er sie dringend, weil etwas Wunderbares, Grandioses, absolut Fantastisches geschehen war:

Er konnte seit dem Aufwachen vorhin wieder Magie wirken!

Helia hatte sehr geheimnisvoll getan und ihm den Grund nicht verraten wollen, aber immerhin befand sie sich nun in magischer Reichweite. Nach einer äußerst anstrengenden, magie- und trostlosen Woche mit tausend völlig sinnlosen Erklärungen, kam ihm dies wie ein Wunder vor. Endlich konnte er beweisen, dass er weder ein Lügner noch geistig verwirrt war und auch nicht unter den Folgen eines Traumas litt!

Frau Doktor Petrinov, die ihn bereits kurz nach seiner Rückkehr gründlich untersucht und in die Mangel genommen hatte, war ihm gegenüber freundlich und verständnisvoll wie immer aufgetreten. Doch nachdem er seine Eltern heimlich belauscht hatte, wusste er, dass ihm keiner der Erwachsenen auch nur ein Stück seiner Story glaubte. War ja klar.

Sie hielten ihn für krank oder verwirrt und gingen davon aus, dass er einfach bloß von zu Hause abgehauen war, um mehr Aufmerksamkeit zu kriegen. Deshalb hatte er es schon sehr bald aufgegeben, ihnen irgendwas erklären zu wollen und lieber geschwiegen. Natürlich war die Angelegenheit damit nicht erledigt, aber wenigstens konnten sie nicht in seinen Kopf gucken und ließen ihn nach ein paar Tagen Dauerverhör halbwegs in Ruhe. Zumindest zwischendurch.

»Ich verstehe wirklich nicht, was du mit dem hässlichen Ding möchtest. Hoffentlich bekommst du jetzt keinen Rückfall!« Seine Ma blickte ihn halb besorgt, halb entnervt an.

»Nein, bestimmt nicht!«, wehrte er hastig ab. »Mir geht es prima. Ich könnte dir jetzt sogar zeigen, dass ich mir meine Erlebnisse nicht ausgedacht habe.«

Sie schüttelte den Kopf. »Bitte fang nicht wieder damit an, Jonas! Ich dachte, wir hätten längst geklärt, dass du uns keine Fantasiegeschichten erzählen musst. Wir lieben dich, was auch passiert ist. Hauptsache, du läufst nicht mehr davon.«

»Ich … Ach, vergiss es. Ist schon okay.«

»Bist du sicher, dass ich nicht Dr. Petrinov-«

»Ja, bin ich. Tschau, Ma!« Er wandte sich um und marschierte zurück in sein Zimmer.

Dann halt nicht. Sie werden es schon noch merken.

Er schluckte die Enttäuschung runter und überlegte, dass es wahrscheinlich sogar besser so war. Sonst hätte seine Ma ihm vielleicht sein wichtiges Date vermasselt.

»Mach dir nichts daraus«, kam der tröstende Kommentar seiner Partnerin bei ihm an. *»Hauptsache, du hast Hose und Weste parat. Halte dich in einer guten halben Stunde auf diesem großen Platz bereit, den du mir gezeigt hast.«*

»Mach ich«, murmelte er, »da kannst du drauf wetten. Und wenn ich aus dem Fenster springen muss!«

»Das lass mal lieber. Ich glaube, so gut sind deine magischen Kenntnisse noch nicht, dass du unbeschadet unten ankommst. Wenn ich deine Lehrerin richtig verstanden habe, ist es sehr schwierig, ohne Drachenflügel mehr als ein, zwei Sekunden lang zu fliegen oder zu gleiten.«

Jonas musste lachen. »Böses Mädchen, du hast gelauscht!«, schimpfte er scherzhaft.

»Dein Unterricht ist so interessant! Ich wusste vieles noch nicht. Vielleicht kann ich es irgendwie verwenden.«

»Ich dachte, ihr Drachen nutzt eure Magie ganz anders als wir. Aber okay, du darfst gern mitlernen, wenn du mich dafür bei passender Gelegenheit an die Lektion erinnerst, die ich brauche. Das schadet bestimmt nicht.«

Inzwischen konnte er es kaum noch abwarten, das Gesicht seiner Lehrmeisterin zu sehen, wenn er sie zu dieser ungewöhnlichen Zeit kontaktierte.

Es war Samstag, kurz nach seinem üblichen Wochenendfrühstück – also mittags. Bei ihr musste es noch sehr früh sein, lange vor Sonnenaufgang. Die Zeitverschiebung betrug in dieser Dimension sechs Stunden, wobei er mittlerweile argwöhnte, dass sich die Zeiten für Sonnenauf- und untergang interdimensional ebenfalls unterschieden.

Rasch kramte er den kleinen Spiegel hervor, den er sorgsam vor seinen Eltern versteckt hielt. Sie hatten ihm natürlich keinen gesponsert, allein schon, weil die schreckliche Kuh von Psychiaterin es ihnen geraten hatte. Deshalb war er so bald wie möglich nach seiner

Rückkehr in einer Drogerie aufgeschlagen, um sich einen eigenen zu kaufen. Schließlich konnte er sich für die allabendlichen Lehrerin-Schüler-Gespräche nicht stundenlang im Bad einschließen.

Bisher hatte ihn die weißblonde Magierin wie versprochen täglich nach dem Abendessen kontaktiert. Ohne Zugang zur Magie gab es nur theoretischen Unterricht. Sie erweiterten und vertieften sein Wissen über die Strukturen verschiedener Materialien, die Naturgesetze und den chemischen Aufbau der Elemente. Einiges war ihm aus der Schule vertraut, manches wusste er sogar genauer als seine Lehrmeisterin, vieles noch nicht. Jedoch erhielt alles eine völlig neue Dimension bei der Aussicht, es willentlich verändern zu können.

Jonas konzentrierte sich auf die strahlend blauen Augen seiner Lehrerin, doch sie erschienen nicht, um ihn zu begrüßen. Stattdessen blickte er in ihre dunkle Stube, die verlassen wirkte. Allzu viel konnte er nicht erkennen, da es wie gedacht noch finster draußen war. Sein Blick ging zur Eingangstür, wo er einen schmalen hellen Streifen auf dem Holzfußboden ausmachte.

»Naida!«, rief er leise, dennoch so kraftvoll, wie er konnte. Er wollte, dass sie ihn hörte, wo immer sie sich außerhalb seines Blickfeldes aufhalten mochte.

Eigentlich musste sie in der Nähe sein. Aber vielleicht schlief sie noch? Er konzentrierte sich stärker auf den hellen Streifen, der ihm sonderbar vorkam. Was mochte das bedeuten? Schließlich erkannte er an einem leichten Glitzern, dass es Schnee war, der in die Hütte geweht wurde.

Die Tür stand einen Spalt breit offen! Unruhe erfasste ihn. Er hatte nie erlebt, dass seine Lehrmeisterin das Haus betreten oder verlassen hatte, ohne die Tür zu schließen. Nicht einmal, wenn sie nur kurz nach hinten gegangen war, um Brennholz zu besorgen. Es war viel zu kalt! Wie weit reichte seine Verbindung zu ihr? Sie selbst ging davon aus, dass sie Menschen erreichen konnte, die sich im Abstand von bis zu zwölf, dreizehn Metern vom Spiegel aufhielten. Wenn sich Wände dazwischen befanden, schrumpfte diese Distanz erheblich.

»Was ist los? Ist etwas passiert?« Helias Gedanken platzten mal wieder unangemeldet in seine Überlegungen, wofür er in diesem Moment sogar dankbar war.

»Naida antwortet nicht und ihre Haustür steht ein Stückchen auf. Da stimmt etwas nicht ... Ich gehe besser nachsehen!«

»Nachsehen? Aber das könnte gefährlich sein! Denke an dieses Scheusal, das dich noch immer sucht.«

»Ich will ja nur kurz checken, was los ist. So schnell merkt Dogul sicher nichts davon. Außerdem wird die Vergessene Stadt immer noch vom Bann geschützt. Zu unserer Verabredung komme ich rechtzeitig, versprochen!«

Er griff nach einem dicken Sweater und schlüpfte in die Hausschlappen. Andere Schuhe hatte er leider nicht im Zimmer. Schon konzentrierte er sich darauf, das Glas verschwinden zu lassen.

»Sei vorsichtig!«, empfing er beim Eintritt in den Spiegel. Dann war er bereits durch den Sog geglitten.

Kälte empfing ihn wie erwartet. Im Abbremsen streifte er den wärmenden Kapuzenpulli über.

»Naida?«

Lauschend bewegte er sich in Richtung Schlafraum, wusste jedoch schon vor dem Öffnen der Tür, dass die Magierin nicht darin war, auch nicht im Bad, nirgendwo in diesem Häuschen. Ihm wurde bewusst, dass er längst nach ihrem Gedankenmuster suchte – und es nicht fand!

Keuchend überlegte er, was das bedeuten konnte. Sie war doch nicht ... Nein! Er rannte zur offenen Eingangstür. Wind und Kälte schlugen ihm entgegen, auch wenn es momentan zum Glück nicht schneite. Seine Lehrmeisterin war nirgends zu sehen. Er stellte einen Hocker in den Spalt, denn die Tür durfte auf keinen Fall zufallen, während er sich draußen aufhielt.

Ohne großartig darüber nachzudenken, formte er aus Luft einen Windschutz und inspizierte den abschüssigen, verschneiten Weg, der sich leer im Dunkeln erstreckte. Die spärlichen Straßenlampen, die ihn abends erhellten, waren erloschen. Wie ausgestorben wirkte der gesamte Ort, der frisch gefallene Schnee unberührt. Als Jonas ganz genau hinsah, bemerkte er leichte Vertiefungen, als wäre jemand vor dem letzten Schneefall von hier fortgegangen.

Konzentriert folgte er den schwachen Spuren, die nach links auf einen zugeschneiten Trampelpfad abbogen. Dieser führte hinter das Haus zu einem kleinen Hof mit Schuppen. Natürlich, Naida hatte Brennholz geholt! Besorgt rannte er um die Ecke, durch den niedrigen gemauerten Torbogen. Rechts erkannte er schemenhaft den Unterstand mit sauber geschichteten Holzscheiten, davor stand ein Korb, halb gefüllt mit Brennmaterial. Aber wo war die Besitzerin?

»Naida!«, rief er erneut, diesmal so laut er konnte.

Nichts rührte sich, niemand antwortete. Langsam wurde es ihm unheimlich. Was war hier bloß los? Schließlich drehte er sich um und lief den Weg wieder zurück. Seine Schlappen waren voller Schnee, die Füße spürte er kaum noch. Bibbernd, die tauben Hände unter die Achseln geklemmt, trat er in die etwas wärmere Stube und schloss die Tür, um den eisigen Wind auszusperren.

Der Ofen war kalt, wie er gleich darauf mit immer größer werdendem Entsetzen feststellte. Ratlos lief er von einer Ecke in die andere.

»Zamo, bist du da?«

Angestrengt horchte er in sich hinein, doch Eyas Partner schien außer Reichweite zu sein. Immerhin befand sich noch mindestens ein Drache nah genug, um Magie zu wirken. Kuno! Vielleicht konnte er den Leiter des Krankenhauses kontaktieren? Verzweifelt überlegte Jonas, wie das Gedankenmuster des Mannes ausgesehen hatte. Sein Kopf war wie leer gefegt durch die Kälte, obwohl er schon versuchte, seinen Kreislauf in Schwung zu halten und die Durchblutung anzuregen. Aber er war einfach zu aufgeregt! Vielleicht durch den Spiegel? Das erste Gesicht, das ihm dabei einfiel, war mal wieder Sveas. Doch es gelang ihm nicht, eine Verbindung herzustellen, weder zu dem Mädchen noch zu Kuno oder Liman.

»Das gibt's doch gar nicht!« Er stöhnte niedergeschlagen.

Inzwischen war ihm so kalt, dass er unbedingt zurück nach Hause musste, eher er etwas unternehmen konnte. Seine Zähne klapperten dermaßen, dass das Bild vor ihm verschwamm. Dennoch erschien beim Gedanken an den Taschenspiegel, durch den er eben hierher gelangt war, sein unordentlicher Raum.

Der Sog erfasste ihn. Er stolperte mit zitternden Knien vorwärts und spürte einen dumpfen Schmerz im rechten Schienbein, bevor er den Knall hörte, mit dem er vors Bettgestell gedonnert war. Abermals stöhnend fiel er auf die Matratze und vergrub sich sofort bibbernd im warmen Federbett.

»Da bist du ja wieder, ich habe mir schon Sorgen gemacht!« Helia klang sehr erleichtert.

Jonas, dem noch immer schweinekalt war, wickelte sich verwirrt fester ins Bettzeug. Wieso fühlte er sich so mies? Sein Gehirn schien vor Kälte eingefroren, dabei war es im Zimmer normalerweise eher zu warm. Sein Schienbein pochte, er zitterte am ganzen Körper. Was hatte er bloß angestellt? Er erinnerte sich beim besten Willen nicht daran.

»Du hast nachgesehen, ob es deiner Lehrmeisterin gut geht«, kam die Antwort auf seine Gedanken. *»Dabei wollte ich dir gerade sagen-«*

Die Erinnerung an die Kälte und Leere des verlassenen Hauses überfiel ihn mit Macht.

»Sie sind alle weg!«, platzte es aus ihm heraus. Vor Aufregung saß er senkrecht im Bett. »Die Magier und Zamo sind spurlos verschwunden! Und Naidas Tür stand auf. Es war so kalt bei ihr ... Als sei sie schon seit Stunden fort. Dabei habe ich mir doch ihr Gesicht vorgestellt, nicht ihre Hütte. Merkwürdig, oder?«

»Darüber weiß ich nichts. Deine Magie ist einzigartig, wenn ich es richtig verstanden habe. Übrigens bin ich gleich da. Wolltest du mir nicht entgegenkommen?«

»Oh, ja!«

Hastig sprang er aus den Federn. Seine Socken waren total durchnässt, deshalb wechselte er sie in Windeseile. Außerdem zog er den nassen Sweater aus, dafür die Drachenweste über das Shirt, schnappte sich den kleinen Spiegel, stopfte ihn unter das Oberteil und raste aus dem Zimmer. Keine zwei Meter weiter vermied er nur haarscharf einen Zusammenstoß mit seinem Vater. Er wollte mit einer gemurmelten Entschuldigung vorbeischlüpfen, fand jedoch den Weg versperrt vor.

»Wo willst du denn in dem Aufzug hin, zu einer Kostümparty?« Die Stimme klang amüsiert, zugleich ein wenig alarmiert.

»Ich ...«, seine Gedanken rasten, er suchte fieberhaft nach einer Ausrede, während er leicht verzweifelt zu seinen Winterschuhen schielte, die keine zwei Meter von ihm entfernt standen und dennoch ebenso unerreichbar schienen wie der Mond. »Ich treffe mich mit ein paar Klassenkameraden, um ... äh ... ein Stück für die Schule einzuüben. Das hier passt hoffentlich zu einem Cowboy.«

»Verrückte Ideen habt ihr! Nun ja, wenigstens machst du mal was Sinnvolles mit deiner Zeit. Wo trefft ihr euch denn?«

»Bei Hel ... ge. Der ist neu in der Klasse, wohnt nah beim Sportplatz. Pa ich hab's echt eilig, lässt du mich jetzt bitte vorbei?« Er schämte sich für die dreiste Lüge, wusste jedoch nicht, was er sonst hätte tun sollen.

Zögernd trat sein Vater zur Seite, sodass sich Jonas an ihm vorbeiquetschen und hastig in die Schuhe schlüpfen konnte. Von der Garderobe schnappte er seine Softshelljacke.

»Weiß noch nicht, wie lange es dauert, deshalb wartet nicht mit dem Essen. Bis dann!« Mit diesen Worten setzte er dazu an, die letzten anderthalb Meter bis zur Tür zu überwinden, als seine Mutter wie ein Racheengel aus der Küche gestürzt kam und sich vor ihm aufbaute.

»So nicht!«, wetterte sie und drohte ihm mit dem Schneebesen. »Zieh gefälligst etwas Vernünftiges an und nimm die Sachen im Beutel mit. Außerdem bist du spätestens um zehn wieder hier, sonst laufe ich Amok und lass dich von der Polizei abholen. Hast du verstanden?«

Er stöhnte. »Mama, ich bin viel zu spät dran, bitte! Ich geh wirklich nur bis zum Sportplatz, Ehrenwort! Und wenn ich nicht wieder in einer parallelen Dimension lande, bin ich ganz bestimmt schon früher zurück.«

»Falls nicht, gibt es mindestens drei Wochen lang Hausarrest und Computerspiele-Verbot!« Mit dieser absolut katastrophalen Drohung machte sie gerade so viel Platz, dass Jonas den rettenden Ausgang erreichte.

Uff, geschafft!

Immer mehrere Stufen auf einmal nehmend bewältigte er die zwei Stockwerke abwärts in Rekordzeit.

Als er nach draußen trat, hörte er seine Mutter von oben rufen: »Melde dich, wenn du es nicht zum Abendessen schaffst!«

Er reckte beide Daumen hoch und rannte zur nächsten Biegung, um aus ihrem Blickfeld zu verschwinden. Ihm fiel ein, dass sein Handy noch im Zimmer lag. Egal, er würde schon eine Möglichkeit finden, zu telefonieren. Ein wundervolles, liebevolles Gefühl ließ ihn nach oben schauen. Kurz sah er einen großen schimmernden Schemen über die Häuser hinweggleiten, der in Richtung Sportplatz verschwand.

»Ha, ich sehe dich!«

Strahlend lief er den ganzen Weg bis zu der öffentlichen Anlage, die an diesem grauen Februartag verlassen dalag. Vor ihm bewegte sich das durchscheinende Flimmern, dessen Konturen er lediglich erahnen konnte. Durch einen raschen Rundumblick versicherte sich Jonas, dass er nicht beobachtet wurde, dann stürmte er mit einem Jauchzer auf die Erscheinung zu. Sobald er sie berührte, materialisierte sich seine große Freundin, die ihren langen geschuppten Hals zu ihm runterbeugte, um sich umarmen zu lassen.

»Du bist gekommen!«, murmelte er glücklich, seine Wange an den warmen Drachenhals geschmiegt.

»Steig auf«, ermunterte ihn die vertraute Stimme in seinem Kopf. *»Ich habe gleich mehrere Überraschungen für dich. Du wirst staunen.«*

DRACHENHÖHLE

Sie flogen hoch über dem Boden, dennoch machte Jonas der Gedanke daran nach dem ersten Schrecken des Starts nichts mehr aus. Allerdings beschäftigte ihn noch immer das Rätsel um den Verbleib seiner Freunde aus der Paralleldimension.

Warum hatte er keinen von ihnen erreichen können?

Die Erinnerungen an seine Erlebnisse an dem geheimen Ort, dessen Namen er sich nie merken konnte, blieben zwar größtenteils verschwommen und lückenhaft, doch diejenigen, mit denen er starke Gefühle verband, standen klar vor ihm.

Helia schien seine Sorge nicht zu teilen, jedenfalls verspürte er bei ihr eine Mischung aus unbeschwerter Heiterkeit und aufgeregter Vorfreude. Sie wollte ihm nicht verraten, wohin es ging, und tat äußerst geheimnisvoll. Natürlich war er trotz seiner Beunruhigung über das Schicksal seiner Freunde ungeheuer neugierig, weshalb seine Partnerin so plötzlich bei ihm aufgetaucht war, weit fort von ihrer Höhle auf der Insel im Norden, wo sie eigentlich auf die ungeborene Halima aufpassen musste. Tat es jemand anders für sie?

»Du erfährst es gleich, gedulde dich noch ein paar Flügelschläge lang. Wir sind bald da.«

Sein Erstaunen wuchs, als er feststellte, dass die Gegend immer bergiger wurde. Dann tauchten sie in ein waldreiches Tal ein, überflogen einige schmucke Ortschaften und hielten genau auf eine senkrecht abfallende Felswand zu!

»Äh … du weißt schon, was du da tust, ja?«

Ein mädchenhaftes Kichern antwortete. *»Vertraue mir, ich kenne den Weg. Wir müssen bloß aufpassen, dass keine Spaziergänger unterwegs sind.«*

Jonas brach der Schweiß aus, als sie mit unverminderter Geschwindigkeit auf die massive Wand zusteuerten, die keinerlei Öffnung oder Landemöglichkeit aufwies. Unwillkürlich versteifte er sich und ächzte, das Gesicht zu einer Maske des Entsetzens erstarrt. »Sch… HELIA!«

»Tadaaaa!«

»Aaaaah!« Er schrie auf, streckte die Hände abwehrend nach vorn, als könnte er sich so vor dem unvermeidlich scheinenden Aufprall schützen. Gleich darauf öffnete sich vor ihnen innerhalb eines Wimpernschlags ein Spalt, der groß und breit genug für zwei Drachen von Helias Statur war. Jonas' Schrei hallte von den Wänden einer riesigen Höhle zurück, während die weiße Drachendame eher weniger elegant landete. Keuchend begriff er, dass der Eingang magisch getarnt sein musste.

»Boa, das war echt fies, konntest du mich nicht wenigstens vorher warnen?«, brachte er mühsam hervor. »Ich bin fast gestorben vor Schreck!«

»Entschuldige, ich wollte dich nur ein bisschen überraschen. Wusste ja nicht, dass du so empfindlich reagierst. Außerdem dachte ich, du spürst, dass da ein Hohlraum ist. Gefällt dir meine neue Bleibe? Zamothrakles und Zepthakos haben mir dabei geholfen, sie zu schaffen und meine kleine Schwester hergebracht, nachdem Thakos sie geweckt hat.«

»Wow!« Ehrfürchtig stieg er ab und ließ seinen Blick über die Wände sowie die hohe Decke gleiten. Alles sah perfekt und trotzdem natürlich aus, keinesfalls so, als wäre die Höhle künstlichen in den Berg gesprengt oder mit Werkzeugen bearbeitet worden. Wie hatten die Drachen das bloß gemacht?

»Ich dachte, ihr Menschen stellt eure Behausungen auch selbst her? Wir verwenden Drachenfeuer und Magie, um das Gestein zu verflüssigen oder zu transformieren. Ein Teil davon wird verdichtet, um die Stabilität zu erhöhen. Schließlich möchte niemand, dass ein Beben

oder andere Naturgewalten der Höhle Schaden zufügen. Wir haben letzte Nacht gearbeitet und den überflüssigen Schutt durch ein Portal fortgebracht, um die Bewohner der Menschensiedlung nebenan nicht zu beunruhigen. Die Tarnung des Eingangs ist Zamos Werk. Ich finde sie großartig, du nicht?«

Begeistert nickte er. »Ich wusste nicht, dass ihr so etwas Tolles hinbekommt! Also sind die Höhlen in der anderen Dimension auch künstlich?«

»Zumindest diejenigen, die ich bisher besucht habe, sind das Ergebnis bester Drachenbaukunst.«

Dann ging ihm auf, was Helia soeben gesagt hatte. »Wo ist denn deine Schwester? Und wenn dir Zamo und Thakos geholfen haben, sind sie zufällig auch noch in der Nähe?«

»Ah, endlich kommt dir die Erleuchtung! Schön, dich zu sehen, junger Magier!«

Die ruhige, weise Stimme hinter seiner Stirn erfüllte ihn mit großer Freude und Erleichterung.

»Zamo!«, rief er und drehte sich suchend um die eigene Achse. »Wo steckst du?«

»Ich bin doch hier!« Aus dem dunklen hinteren Teil der Höhle löste sich ein massiger Schatten.

Strahlend lief Jonas ein paar Schritte auf den Drachen zu, als ihm wieder einfiel, was er unbedingt wissen musste. »Sag mal, weißt du, was mit Naida, Svea und den anderen Magiern los ist? Ich war vorhin kurz in … Dingsda, wo ihr wohnt, weil Naidas Haustür offenstand. Sie war nicht dort und ich habe niemanden erreicht. Wo sind die alle – etwa auch hier?«

»Wenn du mit hier *diese Dimension meinst, hast du recht. Sie sind vor zwei Tagen mit einer Gruppe von Menschen und Drachen aus Glemborg aufgebrochen, um das Portal zu schützen. Zudem möchten sie unbedingt deine Welt erforschen. Deshalb sind sie dabei,*

am See eine neue Siedlung zu errichten. Es ist gut, dass die Insel bisher unbewohnt war.«

»Wie cool ist das denn! Aber warum stand die Tür auf? Ich habe mir echt Sorgen gemacht. Außerdem frage ich mich die ganze Zeit schon, weshalb ich in der leeren Hütte gelandet bin, obwohl ich mich auf Naidas Gesicht konzentriert habe.«

»Das weiß ich leider nicht. Am besten fragst du deine Lehrmeisterin selbst. Sie wird in wenigen Minuten eintreffen.«

Jonas starrte völlig perplex in die goldenen Drachenaugen. »Sie kommt extra den weiten Weg hierher? Das ist der Gipfel! Ich dachte, sie schützt das Portal … Ist irgendwas passiert?«

»Ja, sogar eine ganze Menge. Die Auswanderung aus der Vergessenen Stadt sowie Helias Umzug erfolgten sehr spontan und aus der Not heraus. Auch wenn es dir gelegen kommt, dass du wieder Magie anwenden kannst, bedeutete es für deine Partnerin, ihr Heim und den damit verbundenen Schutz für sich und ihre Schwester aufzugeben.«

»Oha, das wusste ich nicht! Weshalb war es denn so dringend notwendig?«

»Weil wir dich und deine besondere Magie brauchen«, klang Helias Stimme sanft und liebevoll hinter seiner Stirn. *»Ich habe es gern getan, um in deiner Nähe zu sein. Und damit du wieder deine Kraft einsetzen kannst. Aber natürlich auch, um den Beschützern des Portals eine Unterkunft zu bieten.«*

»Wofür braucht ihr denn meine Magie? Sagt mir jetzt endlich mal jemand, was geschehen ist?«

»Die Geschichte ist länger«, kam Zamos Antwort. *»Der menschliche Geist verträgt es nur für begrenzte Zeit, mit dem von uns Drachen verschmolzen zu sein. Ich musste vor einer Weile schon die Sorge um Eya ertragen, die bei meinem Verhör die Anwesenheit zweier Ratsmitglieder in ihrem Verstand ausgehalten hat. Das reicht mir fürs Erste. Zudem ist es unnötig, da dich Naida gleich umfassend informieren*

wird. Sie bringt meine Partnerin mit, die es kaum erwarten kann, endlich die Kleine hier kennenzulernen.«

Als der Drache seinen Schwanz hin und her schwang, erkannte Jonas, dass sich etwas kleines Helles daran klammerte, das sich beim Näherkommen als Miniausgabe seiner eigenen Partnerin entpuppte.

»Oh, wie knuffig!«

Dem Passagier schien das wilde Schaukeln zu gefallen, denn er gab Geräusche von sich, die einem menschlichen Juchzen ähnlich klangen. Es war das erste Mal, dass Jonas solche Töne von einem Drachen vernahm.

»Sag mal, könnt ihr alle diese Laute produzieren oder kriegt das nur die Kleine da hin?«, fragte er amüsiert.

Helia stieß ein Fauchen aus, das klang wie: »Eher nicht.«

Zamo schnaubte belustigt. *»Wirklich geeignet zur Imitation menschlicher Sprache oder für eine zivilisierte Kommunikation sind unsere Stimmbänder nicht. Wozu sollten wir uns darum bemühen? Gedanken sind so viel effektiver! Allerdings ist das klangliche Repertoire eines frisch geschlüpften Drachen erheblich größer und schrumpft in dem Maße, in dem er lernt, andere Wege der Verständigung zu nutzen.«*

»Heißt das, ich könnte Halima beibringen, sich laut mit mir zu unterhalten?«

»Wenn sie regelmäßig deine Stimme hört, wäre es denkbar …«

»Cool.«

»… aber nicht wahrscheinlich, dass sie es später noch tun wird. Es ist den meisten von uns unangenehm, ihr Organ öfter als unbedingt nötig zu benutzen, da es eher nach einem Raubtier als nach einem intelligenten Wesen klingt. Manche empfinden es sogar als unanständig. Eigentlich ist es schade, da die Verständigung mit eurer Rasse so einfacher möglich wäre.«

»Wieso? Ich verstehe euch doch prima!«

»Du bist ein Magier, Jonas. Zu Menschen, die diese Kraft verwenden können, finden wir leicht Zugang. Aber jene, die dies nicht vermögen, erreichen wir für gewöhnlich lediglich über das besondere Band mit einem Reiter. Eya versteht nur mich. Ich kann ihr die Gedanken jedes Drachen zugänglich machen, der seine mit mir teilt, aber das ist mühsam. Und die meisten Menschen können mit uns nur über einen Magier kommunizieren.«

»Stimmt, das hatte ich vergessen.« Nachdenklich starrte er das Drachenmädchen an, das die Größe eines ausgewachsenen Schäferhundes besaß. Jetzt versuchte es offensichtlich, Zamos Schwanz in Brand zu stecken.

Helia gab ein bedrohliches Knurren von sich, auf das ihre kleine Schwester sofort reagierte. Sie sah mit riesigen Kulleraugen so erschrocken drein, dass sich Jonas mühsam das Lachen verbeißen musste.

Nun kletterte sie von dem großen dunklen Drachen herunter und tapste neugierig schnuppernd auf ihn zu. Bevor sie nah genug kam, dass er sie anfassen konnte, schob sich Helias großer Kopf dazwischen. Er seufzte enttäuscht.

»Du hast zwar eine Weste an und beherrschst ein wenig Magie, aber ich möchte nicht, dass dich die Kleine als neues Spielzeug betrachtet und ausprobiert, wie feuerfest du bist. Sie kennt noch keine Menschen und ist zu jung, um zu verstehen, dass sie etwas kaputtmachen könnte.«

Ein spitzer Schrei ertönte vom Eingang her, dann das Rauschen von Drachenflügeln. Die Silhouette eines Horndrachens erschien, gleich darauf landete das Geschöpf anmutig. Eya rutschte schimpfend von seinem Rücken, während das mentale Gelächter mehrerer Schuppenträger schier die Wände zum Wackeln brachte.

»Ich glaub's einfach nicht, dass ihr mich so reingelegt habt!«, rief sie aufgebracht. »Dieser Eingang ist der Wahnsinn … Oooh!« Sie erstarrte mitten im Schritt, als sie Halima erblickte. Mit einem mädchenhaften Quietschen stürzte sie auf den Minidrachen zu, der ein verschrecktes Rauchwölkchen ausstieß und blitzschnell hinter Zamos Vorderbeinen verschwand.

»Pass auf, sonst grillt sie dich aus Versehen!«, rief Jonas.

Die Drachenreiterin begrüßte ihn lediglich mit einem Winken und wandte sich erneut dem Babydrachen zu, den sie nun behutsamer mit Schnalzlauten anzulocken versuchte.

Naida glitt wesentlich bedächtiger zu Boden. Zepthakos, mit dessen Ankunft es doch recht eng in der Höhle geworden war, bewegte sich rückwärts Richtung Ausgang und verschwand nahezu lautlos. Bewundernd blickte Jonas ihm nach. Es war faszinierend, wie perfekt sich diese riesigen Geschöpfe tarnen konnten!

»Aaah, da ist ja mein Magieschüler! Wie schön, dich gesund und munter vorzufinden.« Die weißblonde Magierin kam lächelnd auf ihn zu.

Er winkte und grinste verlegen zurück. Endlich platzte er mit seiner wichtigsten Frage heraus. »Eigentlich wollte ich dich heute Mittag schon erreichen, um dir zu sagen, dass ich wieder Magie wirken kann. Ich habe mich auf dich konzentriert, bin aber in deinem verlassenen Haus in … Dingsda gelandet. Die Tür stand offen, alles war eiskalt. Ich hatte schon Panik, dass dir was passiert ist!«

»Oh, das tut mir leid. Marla wollte sich darum kümmern, dass mein Haus einem Flüchtling als Bleibe dienen kann. Anscheinend ist sie noch nicht dazu gekommen. Ich hatte die Tür extra für sie aufgelassen, damit der Schutz unwirksam werden konnte.«

»Ach so! Aber warum hast du mir gestern nicht gesagt, dass du kommst? Ich habe nicht mal gemerkt, dass du mich von woanders kontaktiert hast!«

»Es sollte eine Überraschung werden. Entschuldige bitte, ich habe nicht damit gerechnet, dass du den Spiegel in meinem leeren Haus wählen würdest, um mit mir zu sprechen.«

»Muss derjenige, den man darüber erreichen möchte, nicht zumindest in der Nähe sein?«

»Normalerweise schon. Die Frage ist, ob du wirklich an mich gedacht oder im Unterbewusstsein eine Verbindung zwischen mir und dem Haus geschaffen hast. Solche Verknüpfungen kommen vor, allerdings nur bei Magiern, die ihre Kraft zu einem großen Teil aus Gefühlen schöpfen.«

»Ja, Dogul hat auch irgendwas davon gefaselt.«

Er erinnerte sich schaudernd an seine Erlebnisse mit dem Rebellenführer – besonders an seine Wut auf Akelaya im Holzhaus des Dschungelcamps, die eine so fatale Wirkung gehabt hatte.

Naida schmunzelte. »Deine Kraft ist in mancher Hinsicht einzigartig, Jonas. Aber da jeder Mensch Gefühle besitzt, ist emotional gesteuerte Magie gar nicht mal so selten. Wo das Herz den Verstand steuert, bestimmt es auch die Energie, die uns durchströmt. Sie ist vom Wesen her spontan und kann ungeheuer wirkungsvoll sein. Leider kann man diese Art der Magie weder erlernen noch hundertprozentig beherrschen.«

Jonas pfiff durch die Zähne. »Klingt nicht übel.«

»Mag sein, aber es macht deine starken Gefühle ebenso unberechenbar wie gefährlich, sogar für dich selbst. Du tätest gut daran, dich in Selbstbeherrschung zu üben.«

Er seufzte. »Magie anwenden, mich tarnen, Spiegel durchqueren, Höhenangst überwinden, Selbstbeherrschung üben – was denn noch alles?«

Seine Lehrmeisterin lachte.

»Ich gebe zu, es ist viel verlangt für jemanden, der vor weniger als einem Monat noch nicht einmal wusste, wer er eigentlich ist. Normalerweise würde ich sagen: Gib dir und deinem Talent einfach etwas Zeit, um zu wachsen und zu reifen. Leider mangelt es uns momentan genau daran.«

UNDERCOVER-MISSION

Die Menschen machten es sich auf einer Decke im hinteren Teil der Höhle gemütlich, wo es durch extra für sie entzündetes bläuliches Drachenfeuer an den Wänden schön warm und hell genug war, um sich gegenseitig zu erkennen. Die eigentlichen Bewohner blieben lieber im Eingangsbereich, um die Kühle zu genießen, die ungehindert hereinströmte.

Zamo schien in seiner Rolle als Kindermädchen richtig aufzugehen. Er spielte Schaukel, Katapult oder Trampolin, blies Rauchkringel, -figuren und Feuerbälle, brachte kleine Steinchen dazu, am Eingang hin und her zu flitzen. Jonas hätte dem knuffigen Minidrachen genau wie Eya stundenlang zusehen können, doch schließlich wandte sich Naida an ihn.

»Kurz nach deinem Abschied tagte der Drachenrat in Eafras Heim. Zamothrakles berichtete alles, was er über die Verschwörung wusste. Zum Glück gelang es ihm, Helias und dein Überleben sowie die Existenz des Portals in diese Welt zu verschweigen. Der Älteste der Eisdrachen und Ramalija haben sich für ihn verbürgt, so brauchte er sich nicht noch einmal einer mentalen Prüfung durch die übrigen Ratsmitglieder zu unterziehen.«

»Dann haben die beiden ihn praktisch gedeckt?«

»Ja, um zu verhindern, dass der Verräter sein Wissen an Dogul weiterleitet.«

»Also haben sie den Spitzel noch nicht entlarvt. Das ist echt mies, schätze ich.«

»Die Stimmung im Rat ist äußerst angespannt«, stimmte die Magierin ernst zu. »Es herrscht kaum noch gegenseitiges Vertrauen. Lediglich Eafras und Ramalija scheiden für uns als Verdächtige aus, da Zamothrakles sehr engen Kontakt zu ihnen hatte. Leider stimmen nicht alle Ratsmitglieder dem Verfahren zu, sich untereinander auf diese Art zu prüfen. Und kein Drache kann dazu gezwungen werden. Zudem konnte der Karatdrache Laszana beim Einsturz der Höhle fliehen. Wir vermuten, dass er in einem der geheimen Lager Zuflucht gesucht hat.«

»Vielleicht befindet er sich jetzt in dem Dschungelcamp, in dem ich zu Gast sein durfte, oder in Doguls Heim.«

»Die Möglichkeit besteht. Zu gegebener Zeit könntest du uns beim Auffinden dieser Orte sicherlich behilflich sein. Allerdings gibt es momentan dringendere Probleme.«

»Noch dringender?«

»O ja, der Grund, warum wir hier sind-«

»Komisch, Helia meinte vorhin, dass meine *besondere Magie* gebraucht wird. Erzählt mir jetzt endlich mal jemand, wofür, wenn ich nicht helfen soll, Dogul und seine Bande aufzuspüren?«

»Das wollte ich gerade tun. Vielleicht lässt du mich einfach aus-«

»Aber gerne doch! Ich bin ganz Ohr.«

Die Magierin stöhnte. Eya kicherte, wurde jedoch gleich darauf wieder ernst. Jonas kam es so vor, als wäre in seiner Abwesenheit ein Wunder geschehen, das die beiden Streithähne zusammengeschweißt hatte. Jedenfalls wirkten sie auf einmal wie enge Freundinnen, die ein furchtbar wichtiges Geheimnis teilten. Sie saßen freiwillig viel näher beieinander, als er es je für möglich gehalten hätte.

»Wir brauchen deine Fähigkeit, durch Spiegel zu gehen, um zu verhindern, dass die Dimensionen auseinanderbrechen«, erklärte Naida ernst.

»Was soll das heißen?« Jonas starrte seine Lehrmeisterin verwirrt an.

»Der Stein der Dämmerung muss so schnell wie möglich aus den Trümmern aufgerichtet werden, damit es für die Drachen eine Zukunft gibt. Er spielt eine große Rolle im Dimensionsgefüge. Leider kann kein Ratsmitglied den Versammlungsort auf dem üblichen Weg betreten, weil er vollständig zerstört wurde. Die einzige Chance besteht darin, den Spiegel zu nutzen, den die Rebellen bei ihrer Flucht zurückgelassen haben.«

»Wieso ist das denn so wichtig? Diese mickrige Steinsäule kann doch keinen echten Einfluss auf unseren gesamten Planeten haben! Ich dachte, sie wäre den Drachen bloß irgendwie heilig oder so.«

»Der Stein wurde vor Urzeiten geschaffen«, erklärte Zamo. *»Seine Schöpfer sind längst gestorben und haben ihr Wissen mit sich genommen. Er sammelt und bündelt die Kraft der Magie, die aus dem Universum zu uns strahlt, und leitet sie in die Erde. Noch ist dort genug davon gespeichert, doch die Bindungen zwischen den Dimensionen, die sehr viel Energie brauchen, werden bereits schwächer. Sie werden bald abreißen, sodass wir nicht länger in der Lage sein werden, Portale zu erschaffen. Die Welten werden voneinander abgeschnitten sein, der Rat wird nicht mehr zusammenkommen können, die Ordnung zerbrechen.«*

»Aber was wäre so schlimm daran, wenn jede Dimension für sich selbst entscheiden würde? Okay, man könnte nicht mehr beliebig wechseln, doch normalerweise ist das überhaupt nicht nötig, oder? Dafür gäbe es dann wenigstens keinen Streit um diesen nervigen Rat.«

»Wenn das alles wäre, könnte ich für meinen Teil damit leben. Allerdings wird die Magie, die in diesem Planeten gespeichert ist, innerhalb kurzer Zeit aufgebraucht sein. Wir Drachen werden zusammen mit ihr sterben, sofern bis dahin keine Möglichkeit gefunden wird, den Stein zu reaktivieren. Als Zothras Erbe könnte es mir gelingen, allerdings kann ich den Ort, an dem er liegt, nicht ohne Hilfe erreichen, da der Weg versperrt ist.«

»Das wäre schrecklich! Aber die Höhle ist eingestürzt, daran kann ich auch nichts ändern. Der Spiegel, durch den ich damals dorthin gelangt bin, hängt garantiert nicht mehr an der Wand.« Schaudernd erinnerte sich Jonas an dieses Abenteuer – und wie knapp Helia und er dem Tod entronnen waren.

»Es wäre dennoch einen Versuch wert, nicht wahr? Vermutlich reichen dir eine Scherbe und ein bisschen Raum unter den Trümmern. Das größte Problem wird sein, mich dorthin zu befördern, weil kein Platz für einen ausgewachsenen Drachen ist.«

Kopfschüttelnd sah Jonas zu den drei mächtigen Wesen hinüber, die wie eine Familie wirkten, während sie einträchtig miteinander spielten.

»Das klingt ziemlich unmöglich, es sei denn, du kannst dich irgendwie kleiner machen.«

»Es muss eine uralte Form der Drachenmagie geben, die uns zeitweilig eine Veränderung der Körpergröße erlaubt. Allerdings ist das Wissen darum längst verloren gegangen. Ramalija glaubt, dass der Ursprung in der Karatdrachendimension liegen könnte, oder dort zumindest noch Hinweise darauf existieren. Leider wurde diese Welt durch Laszanas Verhaftung von den übrigen abgesondert. Zwar gibt es bereits Bemühungen, den Kontakt wiederherzustellen, doch das Vertrauensverhältnis ist stark gestört.«

»Wir sollen heimlich in diese Dimension reisen, um nach dem Geheimnis der Drachenmagie zu forschen«, mischte sich Eya ein, deren schwarze Augen unternehmungslustig glänzten. »Eafras und Ramalija haben Zamo privat darum gebeten. Sie wissen als Einzige außer uns, dass du noch lebst, Außerdem sollen wir versuchen, herauszufinden, aus welchem Grund Laszana den Verrat begangen hat. Irgendwas stimmt mit dieser Dimension nicht, die sich weigert, Mitglieder des Rates zu empfangen oder auch nur mit ihnen zu sprechen.«

»Wow.« Mehr vermochte Jonas nicht zu sagen. Ihm blieb buchstäblich die Spucke weg! Es klang nach einem guten Actionfilm, in dem eine Spezialeinheit einen gefährlichen Spionageauftrag erhielt – eine unmögliche Mission, bei der die Agenten auf sich allein gestellt waren. Nur sollten sie dafür nicht in ein fremdes Land, sondern gleich in eine parallele Welt reisen. Eine, in der es riesige Drachen gab, die ihm nicht geheuer waren. Warum musste es ausgerechnet diese Dimension sein? Jede andere hätte er lieber besucht.

Er räusperte sich. »Also, ich würde euch furchtbar gern helfen, aber bei den schwarzen Riesen … Ich weiß einfach nicht, wie ich das anstellen soll. Das können Naida, Kuno oder Liman sicherlich viel besser. Mit Spiegeln kenne ich mich zwar schon ein wenig aus, aber ich bin trotzdem noch Anfänger, was Magie betrifft. Außerdem bin ich gerade erst wieder zu Hause angekommen.«

»Also willst du kneifen!« Eya stemmte die Hände in die Hüfte und funkelte ihn bitterböse an. »Zufällig gibt es niemanden außer uns beiden, der diese dringende Aufgabe übernehmen könnte.«

»Äh … und warum nicht? Ich dachte, ihr wärt extra gekommen, damit wir gemeinsam …«

Naida schüttelte bedauernd den Kopf. »Eafras hat beschlossen, das Portal unter der Bedingung bestehen zu lassen, dass die Drachen und Magier von Glemborg es schützen. Alle Freiwilligen wurden offiziell begnadigt. Trotzdem haben sich nur wenige von uns dazu bereit erklärt, darunter Sveas Familie, Kuno und Regulas, Liman, Zamothrakles, Eya, Zepthakos und ich. Im Moment wird jede Hand und Klaue gebraucht, um genug Behausungen für die Bewacher auf beiden Seiten des Sees zu errichten. Thakos und ich sind hier, weil sich irgendwer um Halima kümmern muss, während ihr fort seid.«

»Das heißt, dass nur Eya und ich …« Er schluckte.

»Also, ich muss doch sehr bitten!«, erreichte ihn Helias leicht empörte Stimme. *»Ihr habt den mächtigen Zamothrakles und mich als Begleitung, das sollte wohl mehr als ausreichend sein, um diese Aufgabe zu erfüllen!«*

Ein wenig zweifelnd sah Jonas zu dem dunklen Drachen hinüber, der so tat, als würde er nicht zuhören. Dennoch wirkte er sehr amüsiert. Woran merkte man, dass eines dieser Wesen krampfhaft versuchte, sich seine Gefühlsregungen nicht anmerken zu lassen? Ein Mensch setzte ein Pokerface auf, nur Blicke verrieten ihn meistens. Drachen verfügten nicht über eine variantenreiche Mimik. Ihr Gesicht blieb immer gleich. Aber irrte er sich, oder tanzten in den goldenen Augen kleine Lichtpunkte?

Um sich von den Gedanken an das bevorstehende Abenteuer abzulenken, die ihn doch ziemlich nervös machten, wandte er sich an seine Lehrmeisterin. »Wo wirst du wohnen, während du auf Helias kleine Schwester achtgibst?«

»In der nächstgelegenen Siedlung, dort habe ich ein Zimmer gemietet«, kam es zurück, als wäre es das Selbstverständlichste der Welt.

»Echt? Wie kommst du denn da ran, du hast doch gar kein Geld?«

»Vergiss nicht, dass ich jahrelang Gast in deiner Dimension war. Ich weiß genau, dass man hier auf dieses Zahlungsmittel angewiesen ist. Deshalb habe ich mich sofort darum bemüht, bei der hiesigen Bank ein Konto anzulegen. Wenn man einmal durchschaut hat, wie die Wirtschaft bei euch funktioniert und dass man nicht wirklich Münzen braucht, um zu bezahlen, sondern nur eine Karte, ist es leicht. Zumindest mit ein wenig Magie.«

Jonas starrte sie an wie ein Alien.

»Schau nicht so ungläubig und vorwurfsvoll – ich würde auch lieber für meinen Lebensunterhalt arbeiten, wie es hier üblich ist, aber ein gewisses Startkapital brauchten wir. Und Magierin als Beruf wird bei euch sicherlich nicht anerkannt.«

»Wenn wir zurückkommen, übernehmen Zamo und ich den Schutz von Halima und Helia«, warf Eya ein. »Ich bekomme dann Naidas Zimmer. Die Familie, der das Haus gehört, mag mein Essen. Ich darf für sie kochen und dafür dort wohnen. So muss ich wenigstens nicht schummeln.«

ZWISCHEN DEN SPIEGELN

»Wir können nicht sofort starten, das kommt gar nicht infrage!«, rief Jonas aufgebracht. »Meine Eltern sterben vor Sorge, wenn ich schon wieder spurlos verschwinde, ohne einen Ton zu sagen. Nicht mal mein Handy habe ich dabei, um sie anzurufen. Es wird doch wohl zeitlich noch drin sein, sie schonend darauf vorzubereiten.«

»In Ordnung, aber beeile dich«, gab seine Lehrmeisterin nüchtern zurück. Ihr schnelles Nachgeben verblüffte ihn so sehr, dass er sie mit offenem Mund anstarrte, während sie fortfuhr: »Vielleicht packst du ein paar Kleidungsstücke zum Wechseln, eine Trinkflasche und eine Decke ein. Euch erwarten sehr unterschiedliche Temperaturen, da kann gute Vorbereitung nur nützlich sein.«

»Ich hole in der Zwischenzeit die Marschverpflegung«, erklärte Eya und sprang tatendurstig auf. »Worauf wartest du noch, großer Magier? Zeige mal was von deiner Kunst!«

Endlich begriff der Angesprochene, dass er die Abkürzung durch seinen Spiegel nehmen sollte. Als Ziel wollte er mal wieder das Bad wählen. Er holte seinen kostbaren Schatz hervor und konzentrierte sich auf die Fliesen mit den Kinderzeichnungen. Als der vertraute kleine Raum erschien, nahm er seitlich eine Bewegung wahr. Eine Männerhand hielt etwas fest, das er erst nach einigen Sekunden als Zeitung identifizierte. Wenn er sich bemühte, konnte er den Blickwinkel so verändern, dass er sogar ein Stück vom Gesicht des Sitzenden erkannte.

»Mist, mein Vater hockt auf dem Lokus und liest dabei die Sportnachrichten. Das kann dauern!« Er stöhnte und rollte mit den Augen.

»Du könntest ihm den Schrecken seines Lebens einjagen«, bemerkte Naida, die ihm ungeniert über die Schulter schaute.

Jonas prustete bei dem Gedanken los, doch er schüttelte den Kopf. »Nee, der ist so vertieft in seine Lektüre, dass er es gar nicht mitbekommt. Und dann krieg ich eine Abreibung, weil ich so kindisch und unverschämt bin, einfach reinzukommen, während er sein Geschäft erledigt.«

»Jedenfalls kannst du nicht warten, bis er das alles gelesen hat. Gibt es keine anderen Spiegel bei euch?«

»Im Schlafzimmer meiner Eltern hängt noch einer …«

Er versuchte sich daran zu erinnern, wie dieser aussah oder was man von dort aus im Raum wahrnehmen konnte. Doch es gelang ihm nicht. Verzweifelt überlegte er, welche Alternative es gab. Beim Gedanken an Jason materialisierte sich die Gestalt seines jüngeren Bruders vor ihm, der ihn nicht ansah, sondern auf einen kleinen Gegenstand in seiner Hand starrte.

Was tat er dort? Und durch welche spiegelnde Fläche erschien er? Das Bild war ziemlich dunkel, als würde es nicht genug Licht geben, um alle Einzelheiten zu erkennen. Aber wenn sich Jonas nicht irrte, blickte er ins heimatliche Wohnzimmer. Klar, das musste der Fernseher sein!

Er überlegte nicht lange, sondern beeilte sich, bevor die Mutter hereinkam. Jason würde seinen Anblick sicherlich besser verkraften als sie. Obwohl es ihm schwerer fiel als sonst, das Glas beiseitezuschieben, fühlte er gleich darauf den Sog.

»Jonas, nein! Das ist kein Spiegel, tu es nicht!«, hörte er seine Lehrerin wie aus weiter Ferne rufen, doch es war zu spät – er wurde bereits mit unwiderstehlicher Macht durch die winzige reflektierende Fläche gezogen.

ᔕ

Eya verfolgte gebannt, wie Jonas kopfüber im Spiegel verschwand. Es ging zu schnell, um zu erkennen, ob er dabei schrumpfte oder nicht. Bei Naidas Warnung fuhr sie zusammen. Das Entsetzen in den Augen der Magierin, die sofort zu dem glitzernden Gegenstand auf dem Höhlenboden stürzte, intensivierte sich. Sie fluchte sehr undamenhaft, während sie das kleine flache Stück Glas aufhob.

»Was ist passiert?« Ihre besorgte Frage kam gleichzeitig mit der ihres Drachenpartners.

Naida wirkte sehr blass. Sie keuchte wie nach einem Dauerlauf bergauf. »Der Junge hat eine spiegelnde Fläche verwendet, um seine Magie anzuwenden«, erklärte sie tonlos. »Nur scheint es so, als existiere diese Spiegelfläche auf einmal nicht mehr … Ich bekomme keine Verbindung.«

❧

Plötzlich stoppte der Sog, als hätte ihn jemand abgestellt. Jonas prallte lautlos mit Händen und Stirn gegen eine nachgiebige Wand. Er wollte schreien, doch es kam kein Laut aus seinem Mund. Entsetzt stellte er fest, dass er nicht atmen konnte, es gab keine Luft! Um ihn herum herrschte pechschwarze Nacht.

Panisch fühlte er um sich, versuchte, das Hindernis fortzuschieben, doch es gab nichts, was er schieben konnte. Er paddelte in finsterer Schwerelosigkeit, haltlos, orientierungslos.

»*Hilfe!*«

Sein mentaler Schrei wurde nicht beantwortet.

Erstaunlicherweise – oder eher zum Glück – hatte er nicht das Gefühl, zu ersticken. Es war wie in einem Traum, in dem er ganz lange die Luft anhalten konnte. Ewig würde das sicherlich nicht mehr andauern.

Konzentriere dich, befahl er sich selbst. *Denk nach!*

Warum war er hier? WO war hier?

Dies musste der Ort zwischen den Spiegeln sein, durch den er sonst innerhalb von Sekundenbruchteilen gesaugt wurde. Irgendwas hatte seinen Weg unterbrochen. Aber was? Er erinnerte sich, dass Jason die Fernbedienung in der Hand gehalten hatte. Wahrscheinlich war der Bildschirm eingeschaltet zu hell, um genug zu spiegeln. So ein Mist! Und jetzt?

Er vernahm in der absoluten Stille um ihn herum nur seinen Herzschlag, der unnatürlich langsam ging, als hätte jemand sein Dasein auf Slow-Motion gestellt. Vielleicht war das der Grund, weshalb er überhaupt noch lebte und nicht mal besonders unter Luftnot litt? Zum Glück betraf die Zeitlupe nicht sein Denken. Fieberhaft sann er nach einem Ausweg.

Der Sog muss hier irgendwo sein, er MUSS einfach! Was ist mit dem Badezimmer? Die Verbindung hatte ich doch gerade noch, vielleicht gibt es einen Rest …

Er fokussierte seine gesamte Kraft darauf, den Weg ins Bad zu finden. Die Erinnerung daran stand ihm so deutlich vor Augen, dass er förmlich fühlen konnte, wie ihn etwas dorthin zog. Ja, da war dieses Ziehen – oder bildete er es sich bloß ein?

»Tu doch etwas!«, drängte Eya.

Die Magierin stand wie zur Salzsäule erstarrt da, die Lippen zu einem schmalen Strich zusammengepresst. »Ich weiß nicht, was«, hauchte sie. Eine Träne bahnte sich den Weg aus ihrem Augenwinkel und lief ungehindert über das kalkweiße Gesicht.

Die Drachenreiterin ächzte.

»Errichte eine weitere Verbindung in der Nähe«, erklang Zamo sanft.

Sie brauchte die Worte nicht an Naida weiterzugeben, da sich diese entschlossen straffte und mit neuer Konzentration in den winzigen Spiegel blickte. Neugierig trat Eya näher und sah eine Hand, die große Bögen des eng beschriebenen dünnen Papiers festhielt, das die Menschen hier Zeitung nannten. Der Mann, der noch immer auf der Toilette saß und las, blieb verborgen.

»Hoffentlich funktioniert es«, murmelte die Magierin. »Jonas!«, rief sie gleich darauf. Eine ungeheure Kraft schwang in ihrer Stimme mit, auch wenn sie nicht besonders laut wurde. »Der Weg ins Bad ist frei, mach schnell!«

Er sah ein Licht! Und da war der ersehnte Strom aus winzigen Partikeln, floss dicht an ihm vorbei auf die Lichtquelle zu. Er musste dorthin, *sofort!* Langsam wurde die Luft knapp. Er bemühte sich, nicht daran zu denken, sondern nur an sein Ziel.

Hier gab es nichts, woran er sich abstoßen konnte oder woraus er etwas erschaffen konnte. Es gab lediglich diesen Strom aus Energie. So nah und doch unerreichbar, da sich Jonas nicht einen Millimeter darauf zu bewegen konnte. Verzweifelt ruderte er mit Armen und Beinen, verbrauchte dadurch den winzigen Rest kostbaren Sauerstoffs. Ihm wurde schwindelig.

Mit letzter Kraft streckte er die Hand aus. Wenn er nicht zum Energiestrom kam, musste dieser eben zu ihm! Er versuchte angestrengt, den Sog zu spüren, sich zu erinnern, wie er sich angefühlt hatte. Da, die Teilchen bogen zu ihm ab! Ein Teil des Stroms neigte sich ihm zu, kam näher und näher, bis er seine Fingerspitzen erreichte. Es war wie ein Ziehen, das an seinen Nägeln begann, sich bis zu seiner Handfläche vorarbeitete und dann blitzschnell seinen gesamten Körper erfasste, bis ihn der Sog mitten hinein ins Licht beförderte.

Er klatschte schmerzhaft gegen die blau geflieste Wand und kollabierte nach Luft japsend. Als hätte er soeben den Weltrekord im Streckentauchen gebrochen, war jeglicher Sauerstoff aus seinen Gliedern verbraucht. Sein Vater gab einen erschrockenen Laut von sich und raschelte mit der Zeitung. Es war Jonas egal. Nichts war wichtig, außer zu atmen. Gierig sog er das kostbare Gas ein, füllte seine Lungen damit, bis sich seine Atmung langsam beruhigte. Er konnte nicht länger als drei, höchstens vier Sekunden auf dem Badteppich gelegen haben, bis ihn die Stimme des Toilettenbenutzers zusammenfahren ließ.

»Was zum Teufel – wie kommst du hier rein? Ich habe extra abgeschlossen! Und was zur Hölle machst du da auf dem Fußboden?«

Jonas antwortete nicht, sammelte Kraft, um aufzustehen. Langsam hatte er das Gefühl, es könnte gelingen.

»Ist was mit dir? Was hast du?« Sein Vater klang weiterhin irritiert, jedoch mit leicht besorgtem Unterton. Daraufhin rappelte sich der Angesprochene mühsam auf. Seine Hände zitterten, Jeans und Shirt klebten ihm am Körper. Seine Beine fühlten sich an wie Gummi, sodass er sich an der Wand abstützte.

»Sorry, Paps«, murmelte er. »Ich bin ziemlich groggy, weil ich zwischen den Spiegeln festhing und es dort keine Luft gab, aber es ist schon wieder besser.«

»Was faselst du da, Junge? Du brichst hier zusammen, weiß wie ein Laken und völlig verschwitzt ... Halluzinierst du im Fieber? Und kannst du mir bitte erklären, wie du ... He, bleib hier!«

Jonas dachte nicht daran, der Aufforderung Folge zu leisten, sondern stürzte zur Tür, schloss sie hastig auf und verschwand wie der Blitz in seinem Zimmer. Stöhnend ließ er sich aufs Bett fallen. Na, das hatte er wirklich großartig hingekriegt! Nicht nur, dass er soeben beinahe draufgegangen wäre – nein, nach diesem Auftritt würden ihn seine Eltern gewiss nicht einfach fortgehen lassen!

Trotzdem musste er versuchen, ein paar Sachen zusammenzupacken und irgendwie das Haus zu verlassen, ohne gesehen zu werden. Vorsichtshalber schloss er die Tür ab. Er besaß zwar keinen Schlüssel dafür, aber wozu beherrschte er Magie? Helias neuer Wohnort lag nah genug, um das Schloss mit seiner Kraft zu bewegen.

Inzwischen hatte er sich halbwegs vom Schrecken und den körperlichen Folgen des Horrortrips erholt. Er ignorierte das Anklopfen und die Aufforderung seines Vaters, die Tür zu öffnen. Grimmig zog er sich um. Dann leerte er seinen Schulrucksack und stopfte Wechselwäsche, Socken, T-Shirts und den dicken Sweater hinein, der inzwischen getrocknet war. Als Trinkbehältnis kam nur die leere Colaflasche in Betracht, die noch auf dem Schreibtisch stand. Sein Smartphone mit dem gesprungenen Display lag daneben. Er nahm es hoch, hielt es wie einen Spiegel vor sich, doch sein Bild war undeutlich und entstellt, sodass er die Idee sofort verwarf, es für den Rückweg zu verwenden.

Bei dem bloßen Gedanken daran, dass er noch einmal in dieser Leere festhängen könnte, brach ihm erneut der Schweiß aus. Er könnte das Glas vielleicht reparieren, aber es war kein richtiger Spiegel. Jedenfalls verband ihn nichts mit den Einzelteilen. Vermutlich würde er es auf seiner Reise nicht gebrauchen können, dennoch steckte er es sicherheitshalber ein. Er würde durchs Fenster flüchten müssen, um sich einen anderen Spiegel zu suchen. Wenn er es genau betrachtete, schien dies die beste, eventuell sogar die einzige Möglichkeit, rechtzeitig hier wegzukommen und einer Zwangsjacke zu entgehen. Wer würde ihm schon glauben, dass seine Mission dem Erhalt des Dimensionsgefüges diente?

»Leute, es geht mir gut!«, rief er rasch, ehe seine Eltern die Tür aufbrechen konnten, und brachte damit die aufgeregten Rufe vom Flur her zum Verstummen. »Sorry, aber ich muss jetzt dringend los. Bitte seid nicht sauer und macht euch keine Sorgen. Ich habe euch lieb und komme ganz bestimmt wieder.«

»Mach keinen Unsinn, Junge, und öffne die Tür! Wir können doch über alles reden. Ich wüsste gern, was da eben passiert ist und was in dir vorgeht«, drang es dumpf durch das Holz. Sein Vater klang viel weniger streng als gewohnt.

»Wir reden später, okay? Dann beweise ich euch, dass ich kein Spinner bin. Wenn möglich, melde ich mich per Handy oder ihr bekommt Nachrichten über Maja. Macht's gut, ich bin bestimmt bald zurück!« Mit diesen Worten riss er das Fenster auf und schwang sich aufs Fensterbrett.

Er nahm die Antwort nicht wahr, da seine gesamte Konzentration darauf lag, eine steile Rutsche aus Luft zu errichten und nicht seiner noch immer vorhandenen Höhenangst zum Opfer zu fallen. Beim Blick nach unten schlotterten seine Knie und sein Magen verknotete sich, doch es war um Welten besser als vor drei Wochen. Da hätte er nicht mal das Fenster ganz aufgemacht. Momentan war er lieber hier draußen in schwindelerregender Höhe als mit seiner Familie zusammen in einem Raum. Das wollte schon etwas heißen!

Mit klopfendem Herzen kletterte er hinaus, sauste auf dem schimmernden, durchscheinenden Umriss hinab. Kurz vor dem Boden löste sich sein Werk auf, weil er es nicht länger aufrechterhalten konnte. Der Schwung trug ihn weiter vorwärts. Er landete federnd auf dem Asphalt, wie nach einem Sprung aus anderthalb Metern Höhe, und stoppte mit aller Kraft, um nicht auf die Straße zu laufen.

Um ein Haar hätte er trotzdem einen Kniefall vor einem Van gemacht, der viel zu schnell um die Kurve gebraust kam. Im letzten Moment fiel Jonas ein, sich von einer Wand aus verhärteter Luft abzustoßen. Er machte einen Ausfallschritt zurück, während der Fahrer des Wagens mit quietschenden, qualmenden Reifen eine Vollbremsung hinlegte. Mit dem Gestank nach verbranntem Gummi in der Nase nahm der Flüchtende wieder Geschwindigkeit auf und rannte, ohne auf die Rufe zu achten, die ihm hinterherschallten.

GESPRÄCHE

»… und dann bin ich auf einer Rutsche aus Luft durchs Fenster geflüchtet.«

Jonas saß wieder neben Eya und Naida im hinteren Teil von Helias Drachenhöhle und erzählte sein Solo-Abenteuer.

»Nicht schlecht«, bemerkte seine Lehrmeisterin schmunzelnd. »Obwohl ich kaum glaube, dass deine Eltern jetzt beruhigter sind als vorher. Uns hast du mit der Aktion jedenfalls fast einen Herzstillstand beschert.«

»Tut mir leid. Inzwischen ist mir klar, was du mit *es könnte schiefgehen* gemeint hast.«

»Immerhin bist du mit dem Schrecken davongekommen. Zudem sind wir alle um eine wertvolle Lektion reicher.«

»Wie bist du denn jetzt an einen Spiegel gelangt?«, wollte die Drachenreiterin wissen.

»Das war nicht weiter schwierig«, meinte Jonas abwinkend. »Es standen genug Autos am Straßenrand geparkt. Ich musste nur warten, bis niemand in der Nähe war.«

»Autos? Du meinst, diese stinkenden Räderkisten, bei denen man ständig Angst haben muss, dass sie einen plattfahren?« Eya rümpfte die Nase. »Ich bin heilfroh, dass ich nicht auf die Dinger angewiesen bin. Die sind ja gefährlicher als ein Rudel Sandkatzen.«

»Das erkläre mal jemandem aus unserer Welt, der dich zufälligerweise auf Zamo entdeckt!« Jonas grinste.

»Ich muss doch sehr bitten – mich mit einer rollenden Maschine zu vergleichen! Wenn schon, dann mit einem dieser Riesenvögel aus Metall. Vor denen habe selbst ich gehörigen Respekt. Gut, dass sie in

enormer Höhe fliegen.« Die Gedanken des Drachen steckten voll gespielter Entrüstung und beinhalteten ein mentales Zwinkern.

»Ihr solltet unbedingt vermeiden, gesehen zu werden«, sagte Naida ernst. »Nicht nur hier, sondern überall. Es darf sich nicht rumsprechen, dass Jonas noch lebt, bis ihr eure Mission erfüllt habt. Zu viel hängt davon ab. Zudem wäre es sicherlich nicht hilfreich, wenn euch Dogul und seine Leute quer durch die Dimensionen jagen würden.«

»Wann und wo sollen wir denn jetzt beginnen?« Jonas war noch immer ziemlich durcheinander und hatte mindestens die Hälfte der vorhin erhaltenen Informationen wieder vergessen.

»Ihr begebt euch so bald wie möglich in die Dimension der Karatdrachen«, erklärte seine Lehrerin. »Dort müsst ihr in Erfahrung bringen, wie Zamo klein genug werden kann, um mit dir zusammen in die eingestürzte Höhle zu reisen. Es wird nicht einfach werden, da dieses Wissen den schwarzen Riesen vorbehalten ist, die es bisher nicht mit uns geteilt haben.«

Jonas stöhnte. »Muss das wirklich sein? Ich könnte erst einmal nachsehen, ob genug Platz für den großen Zamo ist, bevor wir die ganze Mühe auf uns nehmen. Vielleicht ist ja auch alles so sehr zerstört, dass nicht mal eine Maus durchkommt. Und woher wisst ihr, ob es überhaupt eine Spiegelverbindung gibt?«

Die weißblonde Magierin nickte schmunzelnd. »Es ist gut, dass du dir Gedanken darüber machst. Offensichtlich hast du aus deinem Erlebnis vorhin viel gelernt. Aber du bist nicht der einzige Magier, der durch Spiegel schauen kann. Mithilfe von Helias Erinnerung an den Stein der Dämmerung ist es uns bereits gelungen, eine Verbindung zu der eingestürzten Höhle herzustellen und den Schaden ein Stück weit zu analysieren. Du darfst dir gern selbst ein Bild davon machen, damit du weißt, was auf euch zukommt.« Sie deutete auf den kleinen Spiegel, den Jonas gedankenverloren in der Hand drehte.

»Aber wie soll das gehen? Der Obelisk, an den ich immer gedacht habe, steht da doch gar nicht mehr!«

»Ob dieser Stein nun steht, liegt, zertrümmert oder zu Staub zerfallen ist, spielt keine Rolle. Hauptsache, er befindet sich dort.«

»Soll das heißen, dass jeder ausgebildete Magier diesen geheimen Ort beobachten kann, wenn er nur weiß, wie er aussieht? Ich dachte, er wäre so gut geschützt, dass nur die Ratsmitglieder ihn finden und betreten können.«

Naida lachte. »Ohne den verräterischen Ältesten, der den Spiegel in der Halle der Dämmerung angebracht und Dogul das Bild des Steins vermittelt hat, gäbe es im gesamten Gefüge keinen Menschen, der den Ort auf diese Weise finden könnte. Du kannst dir sicherlich vorstellen, dass kein Drache jemals auf die Idee gekommen wäre, einen solchen Gegenstand in der Höhle aufzuhängen. Zudem hat außer Eya und dir noch nie ein Mensch einen Blick auf das Drachenheiligtum geworfen, geschweigen denn einen Fuß in die Halle gesetzt.«

Mit einem mulmigen Gefühl in der Magengegend konzentrierte er sich auf das Bild der Steinsäule, das sich wie Säure in sein Gedächtnis gebrannt hatte. Obwohl er mit Chaos und Zerstörung rechnete, war er nicht auf den Anblick gefasst, der ihn empfing: ein unregelmäßiges Muster aus Schwärze und rötlichem, dämmrigem Licht, das hier und dort hindurchschien.

Eya, die ihm über die Schulter sah, bemerkte: »Das sieht doch gar nicht so übel aus. Es scheint genug Platz zwischen den Felsbrocken zu sein.«

»Mhm?« Er widerstand der Versuchung, den Blick vom Spiegel zu lösen und konzentrierte sich im Gegenteil darauf, mehr zu erkennen.

Nach und nach schälten sich Einzelheiten aus dem Dunkel. Die Scherbe, durch die er das Bild empfing, lag offensichtlich auf dem Boden, sodass er in den rötlichen Himmel blickte. Mehrere gewaltige Gesteinsblöcke lagen kreuz und quer übereinander, doch ihr Abstand zum Spiegel schien weit genug, um einem Menschen seiner Größe Raum zu bieten, zumindest, wenn er sich duckte.

»Ja, das sollte ich schaffen. Vielleicht kann ich die Felsen auch erst ein wenig zur Seite schieben, damit Zamo in Originalgröße dort landen kann.«

Es war ein gewagter Vorstoß, da er keine Ahnung hatte, wie er die riesigen Gesteinsbrocken bewegen sollte, aber alles schien besser, als mit den schwarzen Giganten zu verhandeln.

»Da die Stätte zerstört und von sämtlichen Drachen verlassen ist, dürfte dir der Rückweg versperrt sein«, gab Naida zurück. »Ich befürchte sogar, dass die Atmosphäre lebensfeindlich sein könnte, sodass du dort ohne schützende Drachenmagie nicht einmal atmen kannst.«

»Na gut, dann suchen wir halt nach dieser Schrumpf-Formel. Ich hoffe bloß, dass nicht alle Karatdrachen so sind wie Finnegan.«

»Bestimmt nicht. Drachen haben genauso unterschiedliche Charaktere wie Menschen.«

Zamos Kommentar beruhigte ihn. Dann fiel ihm ein, was er eben schon fragen wollte, und wandte sich an Eya. »Wie zum Geier hast du so schnell erkannt, was es da im Spiegel zu sehen gab?«

»Wieso hast du so lange dafür gebraucht?«, gab sie achselzuckend zurück. »War doch ganz deutlich.«

Er starrte sie fassungslos an. Für einen Moment blieb sie todernst, bis sie in schallendes Gelächter ausbrach.

»Deinen Blick müsstest du sehen! Okay, ich gebe es zu: Naida hat mir dabei geholfen, es richtig zu deuten. Ohne verstärkende Magie sieht man da nur unregelmäßige Schattenmuster.«

»Ach so!« Jonas lachte jetzt ebenfalls. »Na, dann muss ich wohl welche angewendet haben, ohne es zu merken.«

»Deine Fokussierung ist der Schlüssel«, stimmte seine Lehrmeisterin zu. »Mittlerweile sollte dir das klar sein.«

»Können wir jetzt endlich los?« Eya klang nun ungeduldig. »Ich wollte bei der Wohnung vorbei, um meine Tasche zu packen!«

»Von mir aus gern«, sagte er. »Dann kann ich mir euer neues Reich gleich ansehen.«

»Ich hoffe, ihr nehmt mich mit«, wandte sich Naida an die Drachenreiterin. »Thakos hat soeben eine Mahlzeit erbeutet und ich würde gern vor Einbruch der Dunkelheit noch ein paar Dinge aus dem Ort besorgen.«

Sie kletterte hinter Eya auf Zamos Rücken. Halima stieß klägliche Laute aus, als Jonas seine Partnerin erklomm.

»Was sagt sie?«, erkundigte er sich bei Helia.

»Sie möchte nicht, dass wir gehen. Aber es muss ja sein. Ich habe ihr versprochen, dass wir nicht lange fortbleiben und Thakos bald zurück ist.«

»Kann sie denn ganz allein in der Höhle warten?« Entsetzt überlegte er, wie klein sie noch war. Menschenbabys durfte man nie unbeaufsichtigt irgendwo lassen.

»Aber natürlich, es ist ja höchstens für eine Flügelspanne. Sie könnte theoretisch mehrere Spannen ohne Aufsicht verbringen. Das musste ich früher auch, während meine Mutter auf der Jagd war. Dennoch ist mir lieber, wenn sie einen Aufpasser hat. Die Kleine ist so wild und ziemlich verwöhnt. Hinterher wird ihr langweilig und sie kommt auf abenteuerliche Ideen.«

Sie starteten mit einem Freifall, der Jonas noch immer alles abverlangte. Zum Glück hielt Helia ihn dabei spürbar fest, zumindest, bis er ihr zu verstehen gab, dass er diesen Halt nicht mehr brauchte.

Sie flogen nur ein kurzes Stück und landeten auf einer Pferdekoppel. Die beiden Tiere darauf flüchteten ans andere Ende, aber menschliche Beobachter gab es nicht. So stiegen die drei Drachenreiter ab und marschierten zu Fuß den kurzen Weg bis zur Ortschaft. Dort trennten sich ihre Wege, da Naida die Einkaufspassage anstrebte, während Jonas der jungen Frau folgte, die ihn durch ruhige Nebenstraßen zu einem zweistöckigen Haus führte. Gerade, als sie einen Schlüssel hervorzog, ertönte eine bekannte Melodie aus Jonas' Rucksack.

»Oh, mein Handy!«

Ihm war entfallen, dass er das Teil eingesteckt hatte. Er wunderte sich nur, dass seine Eltern – denn die waren natürlich dran – nicht eher versucht hatten, ihn zu erreichen.

»Jonas! Gott sei Dank, wir dachten schon … Wir haben es die ganze Zeit probiert, aber du hattest anscheinend keinen Empfang. Wo bist du bloß, Junge?«

»In einem kleinen Ort in der Eifel. Aber ich muss bald noch weiter fort, um eine wichtige Aufgabe zu erfüllen.«

»Was machst du denn dort, um Himmels Willen? Und wie bist du da so schnell hingekommen? Ich hoffe, nicht per Anhalter!«

»Natürlich nicht! Es ist etwas kompliziert. Ich hoffe, dass ich es euch zeigen kann, wenn ich zurück bin, damit ihr mir glaubt.«

»Bitte nicht schon wieder irgendwelche Fantasiegeschichten, Jonas!« Die Stimme seiner Mutter klang zum Schluss zwei Oktaven höher, als würde sie gleich einen Schreikrampf kriegen.

»Beruhige dich, Ma! Mir geht es gut, ich brauche hier bloß ein wenig Zeit.«

Er hörte, wie das Telefon weitergegeben wurde.

Sein Vater klang erstaunlich ruhig. »Bitte, komm nach Hause, wir können über alles reden. Ganz gleich, was passiert ist, wir halten zu dir. Lauf nicht fort. Ich würde gern begreifen, was vorhin im Bad geschehen ist. Erpresst dich jemand? Hast du Ärger in der Schule oder mit der Polizei? Sei ehrlich. Es ist alles kein Weltuntergang, wir kriegen das hin!«

Innerlich ächzend folgte der Angerufene seiner Begleitung mit dem Handy am Ohr durch einen kleinen Hausflur bis zu einer ebenerdigen Wohnung.

»Pa, es ist nicht, wie du denkst. Ich habe keine Probleme in der Schule, nicht mit euch und erst recht nicht mit der Polizei. Der Grund für meine Flucht liegt allein darin, dass ihr mir die Wahrheit nicht glaubt. Du willst wissen, was im Bad geschehen ist? Genau das, was ich dir vorhin gesagt habe – durch einen Navigationsfehler steckte ich zwischen den Spiegeln fest und wäre dort beinah erstickt. Wenn du nicht so vertieft in deine Zeitung gewesen wärst, hättest du mich aus dem Spiegel fallen sehen.«

Aus dem Handy drang ein Geräusch, als würde sein Vater ein Stöhnen unterdrücken. Mit einem leichten Kopfschütteln trat Jonas in die geschmackvoll eingerichtete Wohnung. Wieso erzählte er es überhaupt? Es wäre einfacher, sich eine glaubhafte Lüge auszudenken. Aber das brachte er nicht schon wieder über sich.

»Also gut. Nehmen wir an, ich würde versuchen, dir diese absurd klingende Story abzukaufen. Was hat das damit zu tun, dass du so plötzlich verschwunden bist – auch noch durchs Fenster, trotz deiner Höhenangst. Wie hast du das überhaupt gemacht? Hast du uns ständig Theater vorgespielt und heimlich Fassadenklettern geübt?«

»Ihr hört mir einfach nicht zu! Die halbe Woche habe ich davon geredet, dass ich ein Magieschüler bin und es nur nicht beweisen konnte, weil es bei uns keine Drachen gab. Seit heute früh wohnt jedoch einer nah genug bei uns. Mittags hat mich meine Drachenpartnerin Helia abgeholt, um mir ihre neue Höhle zu zeigen. Es sollte eine Überraschung sein, deshalb wusste ich vorher nicht, wo es hinging. Dort erfuhr ich von der wichtigen Aufgabe, die ich erfüllen soll. Ich wollte noch mal zurück, um euch Bescheid zu sagen, aber die Spiegelmagie ist furchtbar schiefgegangen. Da habe ich Panik gekriegt und gedacht, dass ihr mich nicht gehen lasst. Deshalb bin ich über eine Luftrutsche aus dem Fenster geflüchtet und anschließend durch einen Autospiegel zurück zur Drachenhöhle gelangt. Ich weiß, wie sich das anhört, aber es ist die reine Wahrheit!«

Einen Augenblick lang blieb es still in der Leitung. Jonas beobachtete Eya beim Packen eines großen Rucksacks. In seinen Ohren rauschte es. Wenn er es recht überlegte, klang die Geschichte so unglaublich, dass er sich selbst dafür in die Klapse befördert hätte. Seine Eltern hatten keinen Grund, ihm zu glauben, weil er es schlicht versäumt hatte, ihnen einen Beweis zu liefern, als die Gelegenheit da gewesen war. Nun würde er sicherlich nicht so bald dazu kommen. Noch einmal konnte er heute nicht zurück nach Hause. Es war anstrengend und er brauchte seine Kraft für die bevorstehende Reise.

Schließlich räusperte sich sein Vater und sagte leise: »Jonas, auch wenn das für uns nach einem fantasievollen Märchen klingt, sind wir uns sicher, dass du an diese Geschichte glaubst. Wir würden es schrecklich gern besser verstehen, aber dazu musst du uns mehr darüber erzählen. Komm bitte zurück nach Hause. Du hast mein Wort darauf, dass du nicht bestraft wirst und wir dich auch nicht zwingen werden, noch einmal zur Psychiaterin zu gehen.«

»Ich komme zurück, sobald das hier erledigt ist, das verspreche ich! Allerdings weiß ich nicht genau, wie lange es dauert. Ihr könnt mich ab jetzt auch nicht mehr übers Handy erreichen. Ich habe euch lieb. Wenn ihr mir das wenigstens glaubt, bin ich zufrieden. Alles Weitere klären wir später. Tschau!« Damit legte er auf. Es hatte keinen Sinn, weiterzureden. Sie würden nur versuchen, ihn zur Rückkehr zu bewegen und dafür sorgen, dass er sich noch mieser fühlte als ohnehin schon.

»Du tust mir ehrlich leid«, kam es aus der anderen Ecke des Raumes.

Er zuckte mit den Schultern. »Ich werd's überleben. Immerhin spottet mein Vater seit mindestens zehn Jahren über mich und meine Mutter hält mich für psychisch labil. Die letzte Woche war der absolute Horror. Und das nur, weil ich Obervollheini versucht habe, ihnen die Wahrheit zu sagen. Auch noch, ohne das kleinste Stück davon beweisen zu können. Voll Banane! Dagegen war das gerade total harmlos.«

»Sie machen sich aber zumindest Sorgen, nicht wahr? Das bedeutet, dass sie dich lieben. Warum hast du ihnen nicht gesagt, dass du zwischendurch vorbeischaust? Ich würde es bei meiner Familie tun, wenn ich die Möglichkeit hätte.«

Seufzend ließ er sich auf das bunte Sofa fallen. »Woher soll ich wissen, ob es unterwegs überhaupt klappt? Und stell dir vor, ich besuche sie und komme anschließend nicht wieder zurück, weil Zepthakos außer Reichweite ist. Nee, das wäre mir zu riskant.«

»Du könntest deinen Drachen mitnehmen.«

»Helia?« Jonas prustete bei dem Gedanken daran und konnte sich kaum beruhigen, als er sich seine Partnerin im heimatlichen Bad vorstellte.

»Zumindest, sobald wir die nötige Magie gefunden haben, um sie kleiner zu machen«, fügte Eya rasch hinzu.

Mit Lachtränen in den Augenwinkeln schüttelte er den Kopf. »Ne, lass mal. Du kennst meine Eltern nicht. Sie würden Himmel und Hölle in Bewegung setzen, um mich daran zu hindern, noch einmal zu gehen, selbst wenn fünf Minidrachen vor ihnen stehen würden. Aber was deine eigene Family betrifft, können wir gern über den Wunsch reden.«

Kurzerhand schaltete er sein Handy aus und ließ es auf dem Tisch liegen. Später, wenn er den inneren Aufruhr überwunden hatte, den er niemandem zeigen mochte, würde er es Naida erklären. Sie hatten vereinbart, regelmäßig über den kleinen Taschenspiegel Kontakt zu halten. Nachdem Eya alles gepackt hatte, verließen sie rasch das Gebäude, um zurück zu den wartenden Drachen zu laufen. Auf dem Weg fiel Jonas etwas auf, das er zuvor als völlig selbstverständlich hingenommen hatte.

»Sag mal, seit wann sprichst du eigentlich meine Sprache?«, wandte er sich an Eya.

Sie lächelte schelmisch. »Deine Lehrmeisterin hat sie mir in den letzten Tagen beigebracht, natürlich auf magische Art und Weise. Ich wusste vorher nicht, dass so was überhaupt möglich ist. Nun gut, wahrscheinlich habe ich es mal gewusst und wieder vergessen, weil ich nämlich auch den Dialekt der Nordländer verstehe. Kuno muss ihn mir eingeflößt haben.«

»Ich würde echt gern lernen, wie das geht«, murmelte Jonas. »Warum bringt Naida mir das nicht bei?«

PORTALE

Sie flogen seit mehreren Stunden ohne Pause immer Richtung Westen, hatten Deutschland und Belgien hinter sich gelassen und den Ärmelkanal überquert. Nun verließen sie die dicht besiedelten Gebiete Englands und glitten über grüne Ebenen hinweg.

Längst machte Jonas der Blick in die Tiefe kaum noch etwas aus, sodass er neugierig nach dem angekündigten Ziel Ausschau hielt. In der Ferne tauchte ein Ring aus großen Steinen auf, der ihn verdächtig an eine berühmte Kultstätte erinnerte. Sie machten jedoch keine Anstalten, zu landen. Etliche Fußgänger tummelten sich wie Ameisen unter ihnen auf den Wegen rund um das kreisförmige Steindenkmal.

»Dort vorn ist der Alte Weg, der uns zu mir nach Hause bringt«, erreichte ihn Helias Stimme. Sie klang freudig aufgeregt. *»Hier sind wir auch angekommen. So sparen wir viel Zeit und Kraft. Zamo braucht seine noch, um uns von der Eisdrachendimension zu den Karatdrachen zu bringen.«*

»Wo ist dieser Weg genau? Müssen wir dazu in den Steinkreis?«

Er starrte verblüfft nach unten, wo das alte Denkmal immer näher rückte. Es schien wirklich Stonehenge zu sein! Jedenfalls sahen die großen auf- und nebeneinanderstehenden Steinsäulen denen, die er von Bildern her kannte, bemerkenswert ähnlich.

Die Antwort erhielt er diesmal von Zamo: *»Nein. An diesem Ort ist besonders viel Energie gebündelt, sodass Magier selbst ohne die Anwesenheit eines Drachen in begrenztem Maße etwas bewirken können. Deshalb haben die Menschen genau hier ein solches Bauwerk errichtet. Der Weg beginnt direkt vor uns. Du siehst ihn nicht mit den Augen, spürst ihn jedoch mit deiner Magie. Festhalten, es geht los!«*

Jonas hätte die Aufforderung nicht gebraucht, da die dunkle Gestalt vor ihnen in einem hellen Aufblitzen verschwand. Innerlich machte er sich auf den Moment des umgekehrten Fallens gefasst und biss die Zähne zusammen. Gleich darauf wunderte er sich, weil es ihm viel harmloser vorkam als bei den letzten Malen. Ob er sich tatsächlich ans Drachenfliegen gewöhnte? Sein Magen vollführte bei der Durchquerung lediglich einen moderaten Hüpfer und sein Herzschlag beschleunigte sich nicht mehr als beim Start.

Diesmal ließ seine Partnerin ihn an ihrer eigenen Freude teilhaben, was ebenso wirkungsvoll war wie eine Beeinflussung. Sie liebte Portaldurchquerungen und ihre Begeisterung wirkte ansteckend, sodass er richtig gute Laune verspürte, als er vor sich den See erblickte.

Am Ufer war eine kleine Gruppe Menschen emsig mit Bauarbeiten beschäftigt. Sie hatten erstaunlich viel geschafft in der kurzen Zeit. Zwei Gebäude standen bereits. Er vermeinte, den blonden Haarschopf einer hübschen Magieschülerin zu erkennen.

»Können wir hier kurz Halt machen?«, fragte er Zamo.

»Leider nicht. Die meisten Menschen da unten dürfen nicht wissen, dass du noch lebst. Zudem sollen wir uns hier nicht länger als nötig aufhalten, genauso wenig in der Eisdrachendimension. Unsere Seedurchquerung wird zwar nicht unbemerkt bleiben, doch Eya und ich geben euch Deckung. Zumindest die Menschen können wir täuschen, die anwesenden Drachen wissen Bescheid. Du kannst Svea von hier aus Hallo sagen, falls du das möchtest.«

Jonas verspürte wieder ein inneres Zwinkern und wurde rot. »Nicht nötig«, murmelte er verlegen. »Besser, wir beeilen uns …«

»Wie du meinst.« Zamo vermittelte ihm eine Art Schulterzucken. Die menschliche Geste sah bei einem Drachen ziemlich witzig aus, doch ihm blieb keine Zeit, sich darüber zu amüsieren.

»Mach dich bereit, es geht abwärts«, erreichte ihn die vergnügte Stimme seiner Drachenpartnerin.

Bevor er es schaffte, diese grässliche Nachricht zu verdauen, stieß sie in so steilem Winkel nach unten, dass er meinte, über den Drachenhals zu rutschen. Unwillkürlich schrie er auf. Natürlich hielt Helia ihn fest, doch das Achterbahngefühl, verbunden mit dem Anblick des eiskalten Wassers, das rasend schnell näherkam, war einfach zu viel. Entsetzt schloss er die Augen, machte sich auf den Aufprall sowie die Nässe gefasst und hielt den Atem an.

Helias Juchzen empfand er als völlig unpassend, doch das erwartete mächtige Platschen blieb aus. Stattdessen drang der bereits vertraute Blitz durch seine geschlossenen Lider und es wurde stockdunkel. Dann fiel er erneut nach oben. Überrascht sog er Luft in die Lungenflügel.

Natürlich, es ist auch ein Portal, durchfuhr es ihn, während er keuchend versuchte, sich zu fangen.

Sein eigener Gedanke wurde gleich darauf von einem typischen Helia-Lachen beantwortet.

»Was hast du denn gedacht – dass wir eine Runde im See baden? Keine Angst, du wirst nicht nass. Eigentlich müsstest du es doch bereits kennen.«

Als er eine Sekunde später wieder aufrecht saß, öffnete Jonas vorsichtig die Augen. Sie hatte recht, er erinnerte sich schemenhaft an das diffuse Dämmerlicht, das hier im See herrschte. Er konnte atmen und fühlte sich trocken, obwohl Helia im Wasser zu schweben schien. Eine Luftblase umgab ihn, sodass die Kälte nur gedämpft zu ihm durchdrang. Die mächtigen Schwingen links und rechts holten aus und katapultierten seine Partnerin senkrecht nach oben. Mit einem überraschten Aufschrei klammerte er sich an den warmen Drachenhals. An diese Art des Aufstiegs würde er sie nie im Leben gewöhnen!

Beim Austritt aus dem Wasser ins Tageslicht erklang das Rauschen der Flügel, Wassertropfen, die in der Eiseskälte sofort gefroren, spritzten überall hin. Sie trafen ihn nicht, doch er sah den weißglitzernden Schleier ringsum fallen und vernahm erstaunte Rufe aus menschlichen Kehlen.

Ein Blick seitlich nach unten verriet ihm, dass einige dick vermummte Menschen am Seeufer standen, die auch in dieser Dimension dabei waren, Unterkünfte zu errichten. Nur herrschten hier mörderisch kalte Temperaturen und die Umgebung lag tief verschneit unter ihnen. Die Gestalten winkten und gestikulierten aufgeregt, zeigten jedoch nicht auf ihn und Helia, sondern auf Zamothrakles' dunklen Schatten, der dem stahlblauen Himmel entgegenstrebte. Gleich darauf verschwand der Horndrache erneut in gleißender Helligkeit. Helia folgte ihm – und das Spiel mit der Schwerkraft begann zum dritten Mal.

»Boa, langsam reicht's!«, ächzte Jonas, als sich die Welt stabilisierte.

»Wieso, das war doch einfach herrlich! Vor allem die Abkühlung eben. Viel besser als dieses Klima hier. Leider war es vorerst der letzte Sprung. Zamo sagt, dass wir in der richtigen Dimension sind.«

Er musste trotz seines verknoteten Magens ein wenig lachen. Ja, hier war es schön warm. Es kam ihm vor, als wäre er soeben in Sekundenschnelle von der Arktis in die Tropen gereist. Unter ihnen erstreckte sich eine endlose Dschungellandschaft, die ab und zu von Flüssen und Seen durchbrochen wurde. Bereits nach wenigen Minuten begann er in den Wintersachen, die ihm vorhin viel zu dünn vorgekommen waren, zu schwitzen.

»Fliegen wir noch lange?«, wollte er wissen.

»Das weiß ich leider nicht. Irgendwo in der Nähe muss es zwar Drachen geben, das spüre ich, aber es könnte eine knappe Flügelspanne dauern, bis wir sie erreichen.«

Innerlich stöhnend überlegte er, wie er es anstellen wollte, sich im Flug die Jacke auszuziehen, am besten auch den Pulli, ohne die Sachen oder den Halt zu verlieren. Theoretisch dürfte es kein Problem sein, sich auf Helias Rücken seiner kompletten Kleidung zu entledigen. Eya könnte es vermutlich mit verbundenen Augen tun – und das, ohne Magie anzuwenden. Okay, sie war sogar bereits im Sommermodus gestylt. Er hoffte, dass sie nicht zurückblickte, als er endlich den Mut fand, seine Hände von den Rückenstacheln zu lösen, um den Rucksack abzusetzen und alles Nötige zu tun. Bestimmt machte er dabei keine besonders gute Figur, weil sein Atem keuchend ging und seine Bewegungen fahrig, zittrig und ungeschickt wirkten.

»Warum sagst du nichts? Ich helfe dir doch, wenn du das möchtest!« Helias Stimme in seinem Kopf klang erstaunt und amüsiert zugleich.

Er spürte, wie sie seine Beine hielt. Sogleich fiel es ihm viel leichter, den Oberkörper von den zu warmen Sachen zu befreien. Es war auch kein Problem, den Rucksack vor sich an die beiden Haltestacheln zu hängen, er blieb dort wie angeklebt, während er Pulli und Jacke hineinstopfte. Anschließend zog er lässig die Weste wieder über das T-Shirt und beschloss, das Behältnis zu lassen, wo es war, auch wenn es ihn daran hinderte, sich vernünftig festzuhalten.

Uff, geschafft!, dachte er bei sich und sagte laut: »Danke!«

Liebevoll streichelte er den Hals seiner großen Freundin, die ein wohliges Schnauben von sich gab. *»Gern geschehen. Oh, schau mal. Da hinten sieht es so aus, als kämen wir in Drachengebiet!«*

Gleichzeitig rief ihm Eya von vorn etwas zu, das er nicht verstand. Als er ihren wild gestikulierenden Bewegungen folgte, erblickte er eine mächtige Steilwand, die vor ihnen aufragte und den Dschungel bestimmt mehrere Kilometer weit spaltete. Ihm blieb vor ehrfürchtiger Überraschung der Mund offenstehen. Es war ein unglaublicher Anblick, der umso gewaltiger wurde, je näher sie kamen.

Das Tosen eines Wasserfalls, der sich über den Rand dieser eindrucksvollen, nahezu senkrechten Wand ergoss und bestimmt hundert Meter in die Tiefe stürzte, begrüßte sie. Nun konnte Jonas auch erkennen, dass etliche Höhleneingänge das obere Drittel der Felswand zierten. Dann wurde die gesamte Szenerie überschattet. Beim Blick nach oben wurde ihm trotz der feuchtwarmen Luft um ihn herum kalt: Ein riesiger Karatdrache segelte in geringem Abstand genau über ihnen! Er flog nahezu lautlos, was ihn irgendwie noch unheimlicher machte.

»Sie will, dass wir sofort verschwinden und wird gerade unverschämt ... Darf ich sie rösten?«

»Oha, das klingt nicht nach einem guten Start. Hey, sei bitte freundlich, wir sind hier zu Gast!«

»War ja auch nur ein Scherz. Sie heißt Leithya, begrüßt uns herzlich und bringt uns zu ihrer Sippe.«

Helias Lachen entknotete seine Luftröhre wieder. »Hör auf, mir ständig solche Angst einzujagen. Deinetwegen krieg ich noch 'n Herzinfarkt!«

Aufatmend beobachtete er, wie die Karatdrachin beschleunigte und vor ihnen gezielt eine der vielen Höhlen ansteuerte. Die Eingänge waren erwartungsgemäß noch geräumiger als bei den Horndrachen und sahen alle gleich aus. Es kam ihm vor wie bei einer menschlichen Reihenhaussiedlung, bei der man die einzelnen Gebäude lediglich anhand der Hausnummer identifizieren konnte. Bloß gab es hier keine derartige Kennzeichnung.

»Wie finden die nur die richtige Höhle wieder?«, murmelte er.

Seine Partnerin schien das überaus zu amüsieren. Sie grunzte vor Lachen und flog eine Rolle. Sein Herzschlag setzte aus. Er war derart entsetzt, dass ihm sein Schrei im Hals stecken blieb. Zum Glück war die Drehung so schnell vorbei, dass er erneut aufrecht saß, ehe er einen klaren Gedanken fassen konnte.

Keuchend versuchte er, die verkrampften Muskeln zu lockern, und stieß tonlos hervor: »Tu das nie wieder, hörst du!«

»Entschuldige, aber das war zu komisch! Erkennt ihr Menschen eure Behausungen nicht am Geruch?«

DIPLOMATIE

Nach einer typischen Helia-Landung gab es endlich eine Pause. Staunend blickten Eya und Jonas sich um.

Hier gab es weit und breit keine Menschen und auch nichts, was an sie erinnerte. In dieser Höhle hätte man ohne Probleme ein Volleyballspiel samt Zuschauertribüne ausrichten können. Die Beleuchtung war zwar dürftig, dennoch konnten sie im hinteren Teil Bewegung ausmachen.

Zwei Minidrachen starrten sie mit großen Kulleraugen an. Zum Glück war ihre Färbung wesentlich heller als bei den Erwachsenen, mit schwarz-grauer Marmorzeichnung am ganzen Körper und weißem Bauch, sonst hätte man sie überhaupt nicht gesehen. Eya gab verzückte Laute von sich, als sie die Jungen entdeckte, und musste sich offenkundig stark zurückhalten, um nicht sofort hinzustürmen.

Die Jungtiere schienen das gleiche Bedürfnis zu haben, denn sie machten Anstalten, sich zu nähern, was von Leithya mit einem warnenden Grunzen beantwortet wurde. Daraufhin zogen sie sich mit hängenden Köpfen wieder zurück. Es war spannend, dieser Unterhaltung beizuwohnen.

»*Bitte bleibt im vorderen Teil der Höhle und bewegt euch nicht zu viel*«, kam es ungewohnt streng von Zamo. »*Diese Drachen sind Menschen nicht gewöhnt. Jonas, vielleicht beruhigst du unsere Gastgeberin ein wenig und zeigst ihr, dass ihr intelligent genug seid, um keinen Schaden anzurichten.*«

»Äh … Sie hat ja noch gar nicht versucht, mit mir zu reden«, gab er irritiert zurück.

»Du musst deine Bereitschaft dafür signalisieren, sonst wird sie es auch nicht tun. Wie gesagt, diese Drachen leben unter sich. Deinesgleichen begegnen sie kaum. Ich schätze, Leithya hat noch nie ein Wort mit einem Zweibeiner gewechselt.«

»Was soll ich denn tun?«

»Wie sprichst du einen Menschen an, den du nicht kennst?«

»Na, höflich mit *Sie*. Aber sie ist ein Drache – ein ziemlich großer noch dazu!«

»Na und? Du benutzt bei mir auch deine Stimmbänder, obwohl es nicht nötig wäre.«

Langsam ging Jonas auf, dass er bisher nie versucht hatte, mit einem fremden Drachen Kontakt aufzunehmen.

Eya sah ihn schief von der Seite an. »Was murmelst du da wieder mit Zamo?«

»Er möchte, dass ich die Karatdrachin anspreche«, gab er gepresst zurück.

»Das ist doch bestimmt kein Problem. Sag einfach freundlich guten Tag. Sie wird dich schon nicht fressen. Ich wäre so froh, wenn ich es könnte!«

Zögerlich bewegte er sich auf die dunkle Gestalt zu, die damit beschäftigt war, ihre beiden Sprösslinge zu begrüßen. Oder waren es ihre jüngeren Geschwister, vielleicht sogar ihre Enkel? Bei Drachen wusste man nie.

Als er nah genug hinter ihr stand, räusperte er sich vernehmlich und sagte laut: »Hallo Leithya, ich heiße Jonas. Danke, dass du meine Freunde und mich in deine Höhle gebracht hast.«

Die schwarze Drachendame zeigte keinerlei Reaktion, sondern fuhr fort, den beiden Kleinen zärtliche Nasenstüber zu geben. Erst als sie damit fertig war, beäugte sie ihn von oben herab. Obwohl sie ihm lediglich einen kurzen Blick zuwarf, fühlte er sich ausgiebig gemustert, durch und durch.

»So, du bist also der Mensch, der angeblich dabei helfen kann, uns alle zu retten. Es ist schwer zu glauben, dass ein noch nicht ausgewachsenes Exemplar deiner Gattung mit einem gewissen magischen Potenzial dazu in der Lage sein soll. Jedoch sprechen deine Begleiter hochachtungsvoll von dir. Allein aus diesem Grund heißen wir dich und das Weibchen bei uns willkommen.«

Erleichtert darüber, dass die Stimme nicht unfreundlich oder ablehnend klang, nickte er. »Ich habe gehört, dass ihr uns Menschen normalerweise lieber aus dem Weg geht. Umso dankbarer sind wir für deine Gastfreundschaft und hoffen, dass du uns helfen kannst. Denn ohne das Wissen der Karatdrachen wird es nicht gelingen, den Stein der Dämmerung erneut aufzurichten.«

»Besondere Situationen erfordern manchmal ungewöhnliche Mittel. Leider verfügt kein Drache dieser Siedlung über das Wissen, das ihr sucht.«

»Es wäre schon hilfreich, wenn du uns den Weg zu jemandem zeigen oder erklären könntest, der mehr darüber weiß.«

»Ich habe dem Horndrachen namens Zamothrakles bereits gesagt, dass dies schwierig wird. Die meisten meiner Artgenossen sind Fremden gegenüber keineswegs offen und freundlich eingestellt. Seit der Rat unsere Dimension praktisch zum Sperrgebiet erklärt hat, sind die Lager gespalten. Viele Drachen wünschen keine Einmischung von außen mehr. Sie lehnen es ab, sich den Regeln des Drachenrates zu unterwerfen, der unsere gesamte Welt verurteilt, weil sich der Älteste Laszana der Rebellion angeschlossen hat.«

»Oh, und mir wurde mitgeteilt, dass es eure Dimension war, die den Kontakt abgebrochen hat. Vielleicht ist alles nur ein großes Missverständnis?«

»Das ist natürlich möglich. Normalerweise würde ich sagen, dass mich das nichts angeht. Meine Drachengemeinschaft lebt seit Generationen friedlich und harmonisch in dieser Wand. Wir sind eine große

Familie, die weitgehend unter sich bleibt und mit dem Rat nie etwas zu schaffen hatte. Allerdings bin ich sicher, dass die Horndrachen bezüglich der Gefahr, die uns droht, recht haben. Bei genug Konzentration darauf kann ich sogar fühlen, wie die Energie schwindet. Die Vorräte sind bald aufgebraucht. Das macht mir Angst.«

»Wenn es so gut spürbar ist, gelingt es dir vielleicht, die Gegner des Rates davon zu überzeugen, dass wir ihnen helfen wollen. Wir sind in geheimer Mission hier, nicht im Auftrag der Ältesten. Sie dürfen nicht einmal wissen, dass meine Drachenpartnerin und ich noch leben, da es mindestens einen weiteren Verräter unter ihnen gibt.«

»Was tust du da?«, Helia klang alarmiert. *»Wieso erzählst du ihr das, es soll doch niemand erfahren!«*

Zamo kam ihm mit seiner Antwort zuvor: *»Lass den Jungen nur machen, er beweist soeben überraschend viel diplomatisches Geschick. Wir brauchen Verbündete, denen wir vertrauen können.«*

Auch wenn die Worte scheinbar an seine Partnerin gerichtet waren, wusste Jonas, dass der weise Drache sie absichtlich für ihn hörbar gedacht hatte. Sie gaben ihm soeben den Mut und die Zuversicht zurück, die er brauchte. Sein jagender Herzschlag beruhigte sich dank der mentalen Anwesenheit beider Horndrachen rasch wieder. Es war gut, diesen Rückhalt zu fühlen.

Die schwarze Drachendame schwieg derweil einen Moment lang, als müsste sie gründlich über seine Worte nachdenken.

»Du verlangst viel, kleiner Mensch. Es könnte mich die Freiheit, ja sogar mein Leben kosten, mich für euch und euer Anliegen einzusetzen. Aber andernfalls würdet ihr höchstwahrscheinlich scheitern. Wie gesagt, diejenigen, die um das Geheimnis der alten Magie wissen könnten, sind strikte Gegner des Rates und lehnen alles ab, was damit zu tun hat. Ohne einen Vermittler habt ihr keine Chance, auch nur in ihre Nähe zu gelangen, geschweige denn, Gehör zu finden.«

»Würdest du das für uns tun?«

»Wäre die Situation nicht derart ernst, würde ich dieses Risiko niemals eingehen. Ich tue es allein für meine Kinder.«

»Das ist total mutig von dir und es freut uns sehr. Ach ja, deine beiden Jungen sind entzückend. Meine Begleiterin Eya würde sie bestimmt gern näher kennenlernen. Sie liebt Drachen mindestens genauso wie ich, kann sich allerdings nur mit ihrem Partner verständigen.« Jonas wunderte sich über die eigene Courage, aber wenn er schon dabei war … Immerhin blickte die Drachenreiterin bereits die ganze Zeit sehnsüchtig herüber. Es konnte nicht schaden, Punkte bei ihr zu sammeln.

»Sie heißen Leyja und Abelan. Teile dem weiblichen Menschen mit, dass er sich behutsam nähern soll, um ihnen keine Angst zu machen. Sie sind erst vor knapp zwei Sonnenumläufen geschlüpft und haben noch nie Wesen wie euch gesehen. Ich hoffe, du verfügst über Magie, die vor Feuer schützt?«

»Theoretisch schon.« Er zeigte Eya den Daumen hoch und rief ihr zu: »Wir dürfen näher ran, aber mach langsam!«

Ein Strahlen lief über das hübsche Gesicht, brachte es förmlich zum Leuchten. Nach einem dankbaren Blick besaß sie nur noch Augen für die jungen Karatdrachen, denen sie sich nun achtsam näherte. Auf alles gefasst folgte er ihr. Dabei streckte er ganz vorsichtig seine mentalen Fühler aus, suchte nach den Gedankenmustern der Kleinen, um zu sehen, ob sie sich fürchteten. Was ihm entgegenschlug, war eine Mischung aus Freude, Misstrauen und Neugierde. Letztere überwog eindeutig, da sie aus ihren *Zimmern* tapsten, den Hals weit vorgestreckt, die Nüstern gebläht.

Eya begann, in ihrer Heimatsprache mit den Drachenkindern zu reden. Es war ein sanfter Singsang, durchmischt mit den lustigen Klicklauten, die für ihn nach einem afrikanischen Dialekt klangen. Leider verstand er die Worte nicht, da weder Zamo noch Helia sie ihm übersetzten.

Warum taten sie es nicht? Und wie funktionierte diese Sprachmagie bloß?

»Höre nicht mit den Ohren, sondern folge dem Klang mit deinem Geist, berühre Eyas Verstand, dann verstehst du sie.«

Zamos Tipp bracht ihm die Erleuchtung. Natürlich! Die Sprachbarriere entstand allein dadurch, dass die Worte unvertraut klangen. Sobald sie mit dem Inhalt verknüpft wurden, der ihnen zugedacht war, erschlossen sie sich von selbst. Also näherte er sich der Drachenreiterin mental. Das hatte er noch nie getan, deshalb war er überrascht, was für ein klares, schönes Muster sie besaß.

Er konnte allerdings nicht in sie eintauchen und mit ihr kommunizieren, wie es problemlos bei Naida gelang. Eine unsichtbare Barriere schützte ihr Innerstes vor dem Zugriff. Dennoch konnte er sie mit seinem eigenen Muster berühren und so ihre Empfindungen teilen. Sobald er dies tat, verstand er ihre Worte so selbstverständlich, als wäre es seine Muttersprache.

»… braucht keine Angst zu haben, ihr seid sooo hübsch. Wie nennt man euch denn? Ach, ich frage gleich Jonas, der weiß es bestimmt.«

»Der linke Drache heißt Abelan, die junge Lady rechts Leyja«, sagte er laut.

»Oh, danke! Hey, ist lange her, dass ich dich *Ntaba* habe sprechen hören.«

Er lächelte. »Geht mir umgekehrt genauso. Ist ungewohnt, aber cool. Dein Drachenpartner hat mir gerade erklärt, wie das mit dem magischen Sprachenlernen funktioniert.«

Sie pfiff anerkennend durch die Zähne. »Nicht schlecht.« Zu mehr kam sie nicht. Ein sanfter, jedoch energischer Stupser warf sie fast um und ein anschließendes ungeduldig klingendes Schnauben enthielt kleine blaue Flämmchen, die Jonas rasch erstickte, damit sie Eyas nackte Arme nicht verbrennen konnten.

Mit einem unterdrückten Schrei trat sie hastig zwei Schritte zurück. »Ist ja gut, ich kümmere mich wieder um euch!«

»Tja, das hast du nun davon – die beiden lassen dich nicht mehr so einfach gehen«, bemerkte Jonas lachend. »Sag Bescheid, wenn du flüchten möchtest, dann gebe ich dir magische Deckung.«

LUFTIGER AUSTAUSCH

Sie warteten in der Höhle und aßen dabei etwas von den mitgebrachten Vorräten, bis ein weiterer schwarzer Gigant im Höhleneingang auftauchte, den Leithya als ihren Lebensgefährten Adanas vorstellte.

Der Karatdrache nahm keinen Kontakt zu Jonas auf und erwiderte auch nicht seinen schüchternen Gruß. Alles an seinem Verhalten sagte, dass er ihn und die anderen Fremden nicht mochte. Deshalb war er erleichtert, als Zamo das Zeichen zum Aufbruch gab und erklomm seine Partnerin, so schnell er konnte. Auch Eya beeilte sich, nachdem die Drachenkinder beim Eintreffen ihres Vaters förmlich die Flucht ergriffen hatten.

Die Gruppe startete mit dem obligatorischen Freifall, der Jonas nicht halb so viel ausmachte wie sonst, weil er froh war, Abstand zu dem grimmigen Gesellen zu gewinnen.

»Bitte entschuldige meinen Gefährten«, erklang die Stimme der Karatdrachin kurz nach ihrem Aufbruch in seinem Kopf. *»Er ist sehr misstrauisch, obwohl ich ihm gesagt habe, dass von euch keine Gefahr ausgeht. Immerhin lässt er mich ziehen und bleibt so lange bei unserem Nachwuchs.«*

»Haben die Kleinen irgendwie Angst vor ihm?«, fragte er schüchtern.

»Nein, sie sind lediglich gehorsam. Sobald ihr fort wart, sind sie zu ihm gestürmt und haben ihn begrüßt. Ich soll dir von ihm ausrichten, dass er zu überrascht war, um dir zu antworten. Er hat nicht damit gerechnet, einen Zweibeiner zu treffen, der mit ihm kommuniziert. Es tut ihm leid.«

»Ah.« Jonas schwieg verwirrt.

Warum war die Beziehung zwischen Drachen und Menschen in dieser Dimension derart kompliziert? Helia, die seine Gedanken natürlich sofort auffing, wusste keine Antwort darauf. Und Zamo meldete sich nicht. Es dauerte eine Zeit, bis er genug Mut gesammelt hatte, um seine Frage an Leithya zu richten.

»Weshalb habt ihr so wenig Kontakt zu Menschen? Haben sie euch irgendwas getan?«

»Es ist für uns sehr ungewohnt, jemanden deiner Rasse zu treffen, der sich überhaupt in unsere Nähe wagt und dazu noch den Mut aufbringt, mit uns zu sprechen. Aber es zeigt mir, dass es sicher viele Dinge gibt, die wir voneinander lernen könnten. Seit etlichen Jahrhunderten verehren uns die Menschen als Götter. Sie bringen uns Opfergaben, bitten uns um reiche Ernten, Gesundheit und Wohlergehen. Leider gibt es genug Drachen, die diese Art der Huldigung selbstverständlich finden und die Ergebenheit eurer Rasse ausnutzen. Sie tauchen unverhofft in den Menschensiedlungen auf, um sich schamlos an den Herdentieren sowie den Nahrungsvorräten zu bedienen. Für die leidliche Hilfe, die sie ab und an leisten, wenn sie gerufen werden, sind ihnen sogar die dargebotenen menschlichen Opfer recht.«

»Menschenopfer?« Keuchend klammerte sich Jonas an Helias Rückenstacheln, obwohl sie ruhig und gleichmäßig über den Wolken dahinglitt.

»Ich verstehe dein Entsetzen darüber. Meine Sippe teilt die Abneigung gegen solche Praktiken. Genau wie viele weitere Artgenossen kämpfen wir seit Jahrzehnten dafür, dass sie offiziell verboten werden. Sie sind furchtbar rückständig und unserer Art unwürdig. Immer mehr Menschen lehnen sich dagegen auf, inspiriert vor allem durch Fremde wie euch. Viele greifen dabei zu Gewalt, um ihre Ansichten und Bedürfnisse durchzusetzen. Deshalb mögen wir Besucher aus anderen Welten nicht sonderlich, weil ihr Auftauchen so häufig Unmut und Unfrieden stiftet und unliebsame Veränderungen bringt.«

»Okay, langsam wird mir einiges klar. Ich hoffe, derjenige, zu dem du uns bringst, ist nicht auch so ein Opferfreak?«

»Deine Wortwahl ist seltsam, aber die alten Drachen, die sich an die gesuchte Magie erinnern könnten, sind leider oft gleichzeitig die größten Verfechter der Tradition, Menschen als wenig intelligente Arbeitstiere mit geschickten Händen zu betrachten.«

Jonas stöhnte. Na, das konnte ja heiter werden!

»Deiner Reaktion entnehme ich, dass du von dir selbst anders denkst. Wir bekommen von klein auf beigebracht, dass unsere Art der euren in jeglicher Hinsicht überlegen ist. Dies mag zwar stimmen, dennoch gibt es uns meiner Meinung nach nicht das Recht, über euer Schicksal zu entscheiden. Dazu seid ihr offensichtlich selbst in der Lage.«

»Ich bin ja froh, dass du so … äh … moderne Ansichten vertrittst. Wie kommst du zu diesem Schluss, wenn ihr jeden Kontakt zu unserer Rasse vermeidet?«

»Ich besuche seit vielen Jahren die nächstgelegenen Menschensiedlungen, auch wenn es meinem Lebensgefährten missfällt. Sie behandeln mich ehrfürchtig, kommunizieren auf sehr niedrigem Niveau und teilen mir ihre Wünsche durch rhythmische Bewegungen sowie monotone Gesänge mit. Aus Dankbarkeit für meine Hilfe bei der Heilung von Kranken oder beim Transport schwerer Gegenstände geben sie mir zum Beispiel einige ihrer köstlichen Scheiben aus gemahlenem Getreide, die meine Kleinen so sehr lieben. Ich habe nie versucht, auf ihre primitiven Rituale zu antworten, obwohl mich einige von ihnen verstehen dürften.«

»Vielleicht solltest du einen davon mal ganz vorsichtig ansprechen«, schlug Jonas vor. »Umgekehrt probiert es sicherlich niemand. Ich wäre auch nicht auf die Idee gekommen, hätte Zamo es nicht ausdrücklich von mir verlangt.«

»Ja, das werde ich tun. Ich hoffe, dass ich die Menschen damit nicht verschrecke. Sie sind weniger gebildet als du, dennoch wäre der Kontakt

sicherlich interessant. Unser Gespräch hat mich positiv überrascht. Es freut mich deshalb sehr, deine Bekanntschaft zu machen, Jonas.«

Aufatmend stellte der Angesprochene fest, dass Leithya die mentale Unterhaltung offensichtlich für beendet hielt und sich aus seinem Kopf zurückzog. Ihre Anwesenheit war nicht wirklich unangenehm, jedoch keinesfalls so beruhigend wie Zamos und auch nicht so liebevoll-fröhlich wie Helias. Eher hatte sie streng und einschüchternd auf ihn gewirkt. Ja, er konnte es den Einheimischen nicht verdenken, dass sie sich vor diesen Drachen fürchteten.

»Gut, dass du kein Karatdrache bist«, murmelte er seiner Partnerin zu.

»O ja! Obwohl ich Leithya ein wenig beneide, da sie jeden Tag eine wundervolle, große Familie um sich hat. Die Gemeinschaft und Fürsorge der Sippe waren ganz deutlich spürbar. Aber ohne Bindung zu Menschen wäre das Leben doch irgendwie langweilig. Nun, ich wusste auch nicht, was mir gefehlt hat, bis wir uns begegnet sind. Die Karatdrachin wird sicherlich bald erfahren, wie bereichernd der Kontakt zu euch ist. Und sei es nur, um den Begriff Höhenangst kennenzulernen.«

Sie überquerten abwechslungsreiche Landschaften, die nur selten einen Hinweis darauf gaben, dass hier Menschen lebten. So musste es in Jonas' eigener Welt ausgesehen haben, bevor sich seine Vorfahren gegen die geflügelten Echsen erhoben und damit die Verbannung ihrer Dimension provoziert hatten.

Gerne hätte der Junge noch mehr über die hiesige Beziehung zwischen Drachen und Menschen erfahren, über Karatdrachen generell und warum sie so anders waren als Horn- oder Eisdrachen. Er fragte sich auch, wie es wohl in den restlichen Dimensionen aussah und ob es welche gab, die vom technischen Fortschritt und vom Selbstverständnis der Menschen her seiner eigenen zumindest ähnelten. Allmählich zweifelte er daran.

Als ihm langweilig wurde, suchte er den Kontakt zu Zamo, der seine Frage sicherlich besser beantworten konnte als Helia. »Was denkst du, welche Rasse es eher gab? Euch Drachen oder uns Menschen?«

»Drachen natürlich! Das erkennt man schon daran, dass wir so vorsintflutlich aussehen und Eier legen.«

»Es ist irgendwie komisch, dass es euch gibt.«

»Warum denkst du das?«

»Na ja … Ihr passt überhaupt nicht zur Evolutionstheorie und so. Immerhin haben unsere Wissenschaftler bereits unheimlich viel über die Entstehung und Entwicklung des Lebens auf der Erde herausgefunden. Aber wenn sie euch kennen würden, müssten sie vermutlich all ihre Theorien über den Haufen werfen.«

»Sie wissen eben nicht alles. Ich schätze, keiner von ihnen kennt die Gesetze der interdimensionalen Dynamik oder die Regeln der magischen Transmission.«

»Hä?«

Zamos Drachenlachen vibrierte tief in ihm und wirkte furchtbar ansteckend, sodass er gleich darauf laut prustend auf dem Drachenhals hing.

»Du weihst mich nicht zufällig in den Grund deiner Heiterkeit ein?« Jonas' Partnerin klang ein wenig beleidigt.

»Ach, es ist nur etwas, das Zamo gerade gesagt hat. Sind dir die Gesetze der interdimensionalen Dynamik und die Regeln der magischen Trans... Dingsda geläufig?«

»Du meinst die magische Transmission?«

»Äh, ja.« Verblüfft horchte er in sich hinein. Hatte Zamo ihn gerade doch nicht veräppelt? Und woher wusste Helia davon, die nach den Maßstäben dieser uralten Wesen sogar noch viel jünger und unerfahrener war als er selbst?

Auch sie lachte nun und erklärte: *»Also zumindest diese Regeln sollte Naida dir beibringen. Eine davon besagt, dass die Übertragung* *von Magie immer vom stärkeren zum schwächeren Potenzial erfolgt. Hat dir schon mal ein anderer Magier Kraft gegeben?«*

»O ja!« Er erinnerte sich mit Grausen an Doguls Berührung, als er auf Finnegan hinter ihm gesessen hatte.

»Nun, es gelang, weil deine eigene Kraft verbraucht war. Eine Übertragung endet normalerweise spätestens mit dem Ausgleich beider Reserven. Dies gilt für jede Form der Magie. Menschen haben darüber hinaus weitere Regeln, die nur für sie selbst gelten und jede Drachenart noch mal eigene. Es ist ziemlich komplex. Was die interdimensionale Dynamik betrifft – dieses Thema ist allein den Drachen vorbehalten, weil es das ist, wodurch wir Portale erschaffen können.«

»Aber du kannst es doch gar nicht, oder?«

»Ich bin noch zu jung dazu, die Fähigkeit ist allerdings tief in mir angelegt. Es ist wie mit dem Fliegen. Sobald die Flügel stark genug sind, gelingt es mit ein bisschen Übung. Alles will gelernt sein.«

»Auch die Landung.« Jonas grinste breit.

»Hey – lern du erst mal, vernünftig auf- und abzusteigen!«

Irgendwann erreichten sie einen *Alten Weg*. War ja klar. Obwohl es Jonas wunderte, dass es diese Portale in jeder Dimension zu geben schien, selbst in seiner eigenen. Früher musste das Wissen der Drachen um einiges größer gewesen sein, denn sowohl Zamo als auch Leithya erklärten, dass keiner von ihnen einen Schimmer besaß, wie man einen solchen Weg anlegen konnte.

»Ziehe etwas Warmes an«, warnte Zamo ihn gerade noch rechtzeitig, um hastig im Rucksack nach Pulli und Jacke zu kramen.

Es blieb auch keine Zeit mehr, über Höhenangst oder die Möglichkeit des Fallens nachzugrübeln. Schon verschwand die schwarze Drachendame vor ihnen im obligatorischen gleißenden Licht, während sich Jonas noch abmühte, die Klamotten überzustreifen und gleichzeitig nichts aus dem Rucksack zu verlieren. Es gelang ihm nur halb, bis er geblendet wurde und nach oben fiel.

Sein Stöhnen hörte zum Glück nur Helia, die wie üblich begeistert von der Action war.

Eisige Kälte empfing ihn auf der anderen Seite, ebenso ein heulender, pfeifender Wind, den seine Partnerin netterweise von ihm fernhielt. Die Umgebung verschwand hinter einer wirbelnden weißen Wand. Handschuhe wären nicht schlecht gewesen, aber wenigstens gelang es Jonas nach einigen Versuchen endlich, die Jacke zu schließen und sich den Rucksack wieder überzustreifen.

»Ich hoffe, wir fliegen jetzt nicht noch mal so lange wie vorhin.« Schaudernd vergrub er die Hände in den Jackenärmeln und vertraute darauf, dass seine Partnerin keine plötzlichen Manöver unternahm.

Seine Hoffnung erfüllte sich leider nicht, denn ihre Reise ging schier endlos weiter. Erst als er schon halb erfroren war, erinnerte sich Jonas an die Lektion, wie er seinen Körper warmhalten konnte und bedauerte Eya, der diese Möglichkeit nicht zur Verfügung stand. Der Schnee fiel so dicht, dass er ihre Gestalt kaum erkennen konnte, obwohl sie sich keine zehn Meter entfernt befand.

»Wie geht es Eya?«, fragte er an Zamo gewandt.

»Ich bemühe mich nach Kräften, sie vor dem Auskühlen zu bewahren«, gab der Drache zurück. *»Wenigstens hat sie diesmal genug wärmende Kleidung aus deiner Dimension mitgenommen, sodass es ihr den Umständen entsprechend gut geht. Natürlich beschwert sie sich dennoch über die Temperaturen.«*

»Das glaube ich gern. Hat Leithya gesagt, wie lange wir noch brauchen?«

»Es sind ungefähr anderthalb Stunden. An deiner Stelle würde ich etwas sparsamer mit deiner Kraft umgehen, du weißt nicht, was uns erwartet.«

»Du bist gut! Ich erfriere hier! Leider besitze ich keine wärmere Jacke mehr.«

»Aber du hast mich, kam Helias helle Stimme bei ihm an. *»Entschuldige, dass ich mich einmische, deine Gedanken sind immer so einladend offen. Und Zamothrakles hat mir soeben gezeigt, wie ich einen Teil meiner Körperwärme gezielt zu dir leiten kann. Schau!«*

Er spürte, wie sich sein Hintern und das Innere seiner Oberschenkel erwärmten. Rasch legte er die Hände vor sich auf den schuppigen Hals, der einer voll aufgedrehten Heizung glich. Wohlig aufseufzend schmiegte er sich so dicht wie möglich an den schimmernden Drachenleib, ohne sich die Haut an den rauen Schuppen aufzureißen.

»Oh, das tut gut! Schade, dass du das noch nicht konntest, als du mich aus dem See gefischt hast.«

»Das ist wahr, aber zum Glück kann ich es jetzt.«

Auf diese Art verging die nächste halbe Stunde gleich viel angenehmer, bis ein leises Piepen an Jonas' Ohr drang. Er überlegte erst, was das sein konnte, bis ihm die Armbanduhr wieder einfiel, die ihm Naida vor ihrem Abschied geschenkt hatte. Sie zeigte achtzehn Uhr, die Zeit, die sie für ihr tägliches Spiegelgespräch vereinbart hatten.

Grummelnd richtete er sich ein Stück auf, um den Rucksack abzusetzen und darin nach dem kleinen Taschenspiegel zu kramen. Er hatte ihn sicherheitshalber ganz unten verstaut, damit er nicht aus Versehen verloren gehen konnte. Also dauerte es einen Moment, bis er den Griff zu packen bekam. Als er ihn herauszog, blickte er in Naidas Gesicht.

Sie lächelte zur Begrüßung, runzelte jedoch gleich darauf die Stirn. »Wo seid ihr?«

»Unterwegs zu einem alten Drachen, der vielleicht die gesuchte Magie kennt«, gab er knapp zurück, fixierte den Spiegel magisch vor sich auf Helias Hals und setzte sich das Gepäck wieder auf den Rücken.

»Dann habt ihr schon Hinweise oder Hilfe gefunden? Das klingt sehr gut! Könntest du bitte zunächst den Kontakt herstellen und anschließend erzählen? Du weißt, wie kraftraubend es sonst für mich ist.«

»Okay.«

Das Gesicht verschwamm, machte kurz seinem eigenen Platz und materialisierte sich erneut. Er verstand noch immer nicht, was daran anstrengend sein sollte. Hindurchzugehen brauchte viel Kraft, aber hineinzusehen? Es geschah mittlerweile fast von selbst. Nun ja, dafür beherrschte Naida so gut wie alles andere besser.

Jonas berichtete knapp von seiner Bekanntschaft mit Leithya und deren Familie sowie das, was er über die Beziehung zwischen Drachen und Menschen in dieser Dimension erfahren hatte.

»Die Karatdrachin sagt, dass sie sich sogar selbst in Gefahr bringt, wenn sie uns zu denjenigen führt, die etwas über die Schrumpfmagie wissen könnten, aber sie tut es für ihre Kinder«, schloss er.

»Mhm, das klingt, als müsstet ihr mit beträchtlichen Schwierigkeiten rechnen«, gab seine Lehrmeisterin düster zurück. »Sei darauf gefasst, Eya und dich notfalls zu verteidigen.«

»Gegen Drachen?!«

»Einen ernst gemeinten Angriff würdet ihr vermutlich nicht überleben. Wenn ich es richtig verstanden habe, nehmen euch die Karatdrachen nicht ernst. Das musst du ausnutzen. Vor allem solltest du deinen Fluchtweg griffbereit haben.«

»Welchen Fluchtweg?« Verwirrt und halb betäubt von der erneut einsetzenden Kälte, die seine Zähne unkontrolliert aufeinanderschlagen ließ, blickte er sein Gegenüber an. Dieses rollte mit den Augen. Endlich begriff er es.

»Oh, du meinst den Spiegel! Na klar, steck ich mir in die Tasche. Aber ich kann dadurch höchstens Eya und einen Drachen mitnehmen.«

»Es ist der allerletzte Ausweg, da zählt jedes Leben, das du retten kannst. Ich hoffe sehr, dass du diese Option nicht brauchen wirst. Außerdem kann Zamo ganz gut auf sich aufpassen, sofern ihm keine antimagischen Fesseln angelegt werden.«

Er nickte bibbernd und schielte sehnsüchtig zum einladenden Drachennacken.

Naida lachte. »Nun wärme dich schon an deiner Partnerin auf, ich kann ja gar nicht mehr mit ansehen, wie du frierst!«

Dankbar ließ er sich nach vorne kippen. Warum war er nicht längst auf die Idee gekommen, den Spiegel dabei seitlich zu halten? Vielleicht, weil es ihm unhöflich vorkam, beim Gespräch nicht aufrecht zu sitzen.

»Ich lasse dich gleich in Ruhe«, kam es von seiner Lehrerin, »aber ich habe noch eine Frage. Was hat es mit diesem Gerät auf sich, das du mir freundlicherweise dagelassen hast?«

Sie streckte ihm ein flaches, rechteckiges Kästchen mit defektem Display entgegen. Er stöhnte. Das hatte er total vergessen!

»Ah, das ist bloß mein Handy. Es ist ausgeschaltet, damit meine Eltern nicht auf die Idee kommen, danach zu suchen. Sie haben mich vorhin angerufen …« Auch den Inhalt dieser Unterhaltung gab er möglichst kurz, jedoch wahrheitsgetreu wieder.

»Und du meinst, sie finden diesen Ort nicht, nachdem du ein elektronisches Gerät in der Wohnung verwendet und anschließend liegengelassen hast? Ich kenne mich mit eurer Technik nicht besonders gut aus, aber es erscheint mir durchaus denkbar, diese Schwingungen, die für uns Magier so deutlich wahrnehmbar sind, auch auf nicht magischem Wege aufzuspüren.«

»Äh …« Innerlich schalt er sich einen Narren. Natürlich konnten sie das letzte Gespräch zurückverfolgen. Irgendeine entsprechende App war garantiert auf dem Gerät installiert, sonst hätte er es mit zwölf gar nicht erst bekommen.

»Tut mir leid«, sagte er kleinlaut. »Vielleicht schaffst du es, sie davon zu überzeugen, dass ich kein Märchenerzähler bin, falls sie bei dir klingeln. Sie hören mich ja nicht durch den Spiegel.«

»Nein, aber du kommst gefälligst vorbei und sagst es ihnen selbst!«

EIN UNANGENEHMER GESELLE

Ihr Ziel befand sich in einem beeindruckenden Gebirge, das sie endlich erreichten. Die Gipfel der höchsten Berge ragten bis in die Wolken. Tief verschneite Täler und Ebenen, bar jeden Lebens, erstreckten sich unter ihnen. Wenigstens hatte der Schneefall aufgehört, sodass die Sicht inzwischen merklich besser war.

Mit gleichbleibender Geschwindigkeit näherten sie sich einem der schroff zerklüfteten, himmelhoch aufragenden Steinriesen. Angestrengt starrte Jonas auf die steile Felswand. Irrte er sich, oder konnte er dort bereits einen waagerechten Spalt ausmachen? Eigentlich waren sie noch zu weit entfernt, dennoch meinte er, einen Schatten zu sehen, der sich vom Felsen löste. Bald erkannte er, dass ihnen einer der gewaltigen Drachen dieser Dimension entgegenflog. Als er nah heran war, wurde ihm bewusst, dass dieses Exemplar dort größer sein musste als jedes andere dieser Wesen, das ihm bisher begegnet war.

Helia änderte abrupt die Richtung. Jonas hätte fast den Halt verloren und schrie überrascht auf.

»He, was machst du da?«

»Entschuldige bitte, wir dürfen nicht in der Höhle landen, die Warnung war eindeutig. Leithya sagt, dass sie für uns sprechen möchte, deshalb kreisen Zamothrakles und ich so lange.«

Ein rascher Blick nach schräg hinten verriet, dass ihnen der dunkle Horndrache mit seiner vermummten Reiterin folgte. Ihre Karatdrachenbegleiterin schien auf geheimnisvolle Weise angehalten zu haben und stand nun senkrecht in der Luft. Dabei wirkte sie wie ein riesiger Kolibri, nur bewegten sich ihre Flügel nicht wesentlich schneller als zuvor. Staunend verrenkte er sich den Hals, um dieses Schauspiel im Auge zu behalten.

Auch der monströse Neuankömmling verharrte nun in der gleichen Position. Es wirkte wie ein Pläuschchen auf dem Markt, weder angestrengt noch mit besonders lauten Windgeräuschen verbunden. Verwirrt starrte Jonas die beiden Giganten an, die allen Naturgesetzen trotzten. Nun gut, es waren magische Geschöpfe, vielleicht nutzten sie diese Kraft, um das Wunder zu vollbringen? Eigentlich war es ihm egal, da er sich nur danach sehnte, endlich vom Drachenrücken steigen zu können. Auch ohne Höhenangst war der lange Flug anstrengend gewesen und die Position auf dem Drachenhals zwar warm, jedoch auf Dauer ziemlich unbequem.

»Kannst du verstehen, was die beiden bequatschen?«, erkundigte er sich bei seiner Partnerin.

»Das ist privat«, kam es mit leicht tadelndem Unterton zurück. *»Kein Drache, der etwas auf sich hält, belauscht eine Unterhaltung, die ihn nichts angeht.«*

»Aber du könntest es?«, bohrte er weiter.

»Nun ja …«

»Bitte, wir brauchen die Info«, drängte Jonas. »Unser Leben könnte davon abhängen und du hältst dich an lächerliche Benimmregeln.«

»Dein junger Partner hat recht«, schaltete sich Zamo ein. *»Es gibt Zeiten, höflich zu sein, und solche, klug zu handeln. Die beiden Karatdrachen verhandeln soeben über unser Leben und unsere Freiheit. Der alte Bewohner dieses Berges ist sehr wütend über die Störung und verlangt einen hohen Preis dafür, dass er uns unbehelligt aus seinem Revier abziehen lässt.«*

»Was will er denn von uns haben? Es gibt ja nicht viel, was wir ihm geben könnten.«

»Er fordert ein Leben für das der anderen, am liebsten ein menschliches. Wenn wir nicht zustimmen, dass einer von euch beiden

hierbleibt, wird er uns alle töten. Ich befürchte, dass er in der Lage ist, uns zumindest schlimmen Schaden zuzufügen. Leithya argumentiert tapfer, doch er lässt sich nicht umstimmen. Überdies scheint er nicht einmal über das Wissen zu verfügen, das wir suchen.«

»Er möchte, dass einer von uns bleibt, damit die anderen gehen können?« Entgeistert starrte Jonas auf die schimmernden Schuppen, bis ihm ein Geistesblitz kam.

»Sag Leithya, dass ihr mich hierlasst«, wandte er sich an Zamo.

»Bist du sicher? Du wärst allein mit diesem furchtbaren Unhold. Wenn du es nicht rechtzeitig schaffst … Oh, es wird brenzlig, ich gebe dein tapferes Angebot weiter. Uns bleibt keine andere Wahl.«

Mit vor Angst zugeschnürter Kehle und klopfendem Herzen schmiegte er sich erneut an Helias warmen Körper, wagte es nicht, aufzusehen. Hoffentlich funktionierte sein Plan! Wenn der Drache auf die Idee kam, ihn zu verspeisen oder zu verbrennen, bevor sich seine Gefährten in Sicherheit befanden, war es um ihn geschehen. Es musste ihm gelingen, den riesigen Fiesling so lange hinzuhalten oder abzulenken, bis die anderen außer Gefahr waren, und dann durch den Spiegel zu verschwinden. Am besten zu Eya. Dafür brauchte sie nur den Reservespiegel hervorzuholen.

»O Jonas, das halte ich kaum aus!« Helia hörte sich ziemlich verzweifelt an.

»Mach dir keine Sorgen, das klappt schon«, versuchte er, ihr und sich selbst Mut einzuflößen. »Bestimmt braucht der alte Griesgram nur etwas Gesellschaft … Und wenn nicht, verschwinde ich, sobald ich kann!«

»Es klingt so schrecklich gewagt. Allerdings ist es unsere einzige Chance, ohne Verluste aus der Situation zu entkommen. Zu dritt könnten wir sicherlich mit dem Karatdrachen fertig werden, aber der Preis wäre vielleicht zu hoch … Ich soll dich bis zur Höhle bringen.«

Benommen blickte er nun doch auf und stellte fest, dass sie sich rasch auf die Felswand zubewegten. Die anderen blieben zurück. Der schwarze Gigant flog als drohender Schatten dicht über ihnen.

»Jetzt haut schon endlich ab!«, flüsterte er eindringlich. »Zamo, sagst du Eya bitte-«

»Ist bereits geschehen. Sie hält den Spiegel bereit, damit du jederzeit fliehen kannst. Wir nehmen ein Portal, sobald Helia wieder bei uns ist. Du solltest dein Spiegelwunder entweder vorher hinbekommen oder die wenigen Sekunden warten, bis wir durch sind. Ich hoffe, du schaffst es, tapferer junger Magier!«

Stöhnend wurde Jonas bewusst, dass seine Partnerin ohne einen erwachsenen Drachen keine Chance hatte, zu entkommen. Natürlich mussten die anderen auf sie warten!

Wie weit reichte die Macht eines Karatdrachen? Konnte er ihnen im Abstand von mehreren Hundert Metern gefährlich werden? Trotz der Kälte brach ihm der Schweiß aus, sein Herz raste. Keuchend tastete er nach dem winzigen Spiegel, den er dank Naidas Warnung in der Jackentasche verstaut hatte. Die Berührung wirkte wie ein Instant-Beruhigungsmittel. Als würde ihm der Gegenstand Mut zusprechen oder Kraft geben. Vielleicht geschah sogar beides. Jedenfalls war er unglaublich froh über dieses Wunder, vor allem, da sie nun in den Schatten der Höhle eintauchten.

Helia bremste ruckartig, was ihn um ein Haar aus seinem Sitz katapultierte, da er mit einer Hand den Spiegel umklammert hielt und die andere flach an die warmen Schuppen presste.

»Du musst schnell absteigen. Mach's gut, ich hoffe sehr, dass es klappt!« Mehr Worte waren nicht nötig, denn seine Partnerin sandte ihm eine ihrer drachenmäßig wundervollen inneren Umarmungen.

Er ließ sich nach unten gleiten, was ihm inzwischen relativ flüssig gelang.

»Bis dann«, hauchte er, während sich die weiße Drachin bereits abwandte.

Sie wich der riesigen schwarzen Gestalt aus, die soeben elegant dicht neben ihr aufsetzte, und stieß sich von der Kante des breiten Höhlenausgangs ab. Erleichtert beobachtete er, wie sie pfeilschnell zu den Wartenden aufschloss.

Ein Schnauben dicht hinter ihm ließ ihn herumfahren. Starr vor Schreck blickte er in ein tellergroßes schwarzes Auge, das ihn abschätzend musterte.

»Bitte, friss mich nicht!«, brachte er mühsam hervor. Selbst der Spiegel, den er noch immer in der Tasche umklammert hielt, half ihm jetzt wenig.

Das Auge blinzelte kurz.

»Eine sprechende Mahlzeit, was sagt man dazu!« Die Stimme des Drachen glich einem tiefen Grollen in seinem Verstand, das ihn innerlich erschaudern ließ.

Er wollte seinen Rettungsanker hervorholen, doch etwas hielt ihn davon ab. Aus den Augenwinkeln sah er es hell aufblitzen. Aha, also gelang seinen Freunden in diesem Moment die Flucht! Erleichtert atmete er auf. Gleichzeitig wurde ihm bewusst, dass er nun tatsächlich völlig auf sich allein gestellt war und noch etwas Zeit überbrücken musste.

»An mir ist doch gar nicht viel dran«, krächzte er mit dem Mut der Verzweiflung. »Lebend bin ich bestimmt nützlicher. Du wohnst ja ziemlich abgeschieden, da kannst du etwas Abwechslung sicherlich gebrauchen.«

»Aus gutem Grund lebe ich hier allein. Ich mag die Einsamkeit und die Stille dieser Berge und kann auf die Gesellschaft meinesgleichen gut verzichten. Aber ein Geschöpf wie dich habe ich sehr lange nicht getroffen. Nicht mehr, seit Zothras Bann deine Welt von allen anderen getrennt hat.«

Überrascht runzelte Jonas die Stirn. »Du warst schon mal in meiner Dimension? Woher weißt du, dass ich von dort stamme?«

»Ich lebe bereits sehr lange auf diesem Planeten und bin früher viel gereist. Ich habe vermutlich mehr gesehen und erlebt als jeder meiner Artgenossen, jedoch bisher nur zwei Menschen mit einer ähnlichen Begabung wie der deinen getroffen. Beide stammten aus der Verbotenen Dimension. Zudem erkenne ich die Verwandtschaft der jungen Horndrachendame, die dich getragen hat, und weiß, dass mein alter Freund seinen Nachwuchs nicht mit in sein neues Heim nehmen konnte. Deshalb warte bitte noch einen Augenblick, bevor du den glänzenden Gegenstand aus deiner Kleidung befreist, der dir offensichtlich zur Flucht verhelfen soll.«

Mit glühenden Wangen zog Jonas hastig die leere Hand aus der Tasche. Er kam sich ertappt vor. Gleichzeitig staunte er darüber, dass dieser alte Karatdrache sowohl Zothra als auch Helia kannte und sogar andere Wandler getroffen hatte. Seine Furcht vor dem Riesen erlosch wie eine Kerzenflamme, die man mit zwei Fingern erstickte.

»Das ist … Du hattest nie vor, mich zu töten, oder? Wieso hast du uns dann bedroht? Und warum wolltest du unbedingt einen Menschen als Pfand hierbehalten?«

Ein grollendes Lachen, das aus den Tiefen des Berges selbst zu kommen schien, erschütterte seinen Verstand und hallte in seinem gesamten Körper wider.

»Junger, unbedarfter Mensch. Ahnst du das nicht? Allein deinetwegen habe ich dieses Schauspiel veranstaltet. Zunächst wollte ich euch lediglich verjagen, genau wie alle übrigen Besucher der letzten fünfundzwanzig Jahre. Doch die junge Karatdrachenmutter hat sich mir erstaunlich mutig entgegengestellt. Also hörte ich mir ihr Anliegen an. Dabei erkannte ich etwas, das ich niemals wiederzusehen gedachte. Der Nachkomme Zothras war zwar sorgsam darauf bedacht, menschliche Gedanken und Gefühle vor mir zu verbergen, sein Schutz

betraf jedoch nur die momentanen Aktivitäten, keine Erinnerungen. Ein Bild von dir hat mich zugegebenermaßen stark berührt, ich muss unbedingt wissen, woher es stammt.«

Jonas sog keuchend die Luft ein, als in seinem Kopf die Gestalt eines anderen schwarzen Drachen aufpoppte, der drohend über ihm aufragte.

»Das ist …«

»… mein letztgeborener Sohn Finnegan, ganz richtig. Die Schande der Familie. Ich habe ihn eigenhändig verbannt und hernach mein Amt als Ältester niedergelegt. Bitte verrate mir, wo du ihn getroffen hast.«

»Das ist eine lange Geschichte. Woher wusstest du, dass ich hierbleiben würde und nicht Eya? Sie hätte dir gar nichts erzählen können.«

»Die Chancen standen gut, da dir deine Gabe jederzeit die Flucht ermöglicht hätte. Ich wollte mein Anliegen nicht offenlegen, deshalb habe ich meine Forderung allgemein gehalten. Ah, ich liebe diese finstere Aura sowie die Panik, die meine pure Anwesenheit entfacht!«

Jonas schüttelte fassungslos den Kopf. »Also macht es dir Spaß, Angst und Schrecken zu verbreiten! Sehr witzig, vor allem, weil mich meine Freunde vielleicht schon für tot halten.«

»Ich gebe zu, dass mich der kleine Gruselauftritt amüsiert hat. Jedoch sind die Verbitterung, Resignation und der Hass auf meine Art weder gespielt noch lassen sie sich lange unterdrücken. Die kurze Begegnung vorhin hat meine Leidensfähigkeit aufs Äußerste strapaziert. Aber nun sage mir bitte, wie und wo du meinem missratenen Sprössling begegnet bist!«

»Lässt du mich danach gehen?«

»Ich verspreche es bei meiner Drachenehre. Zudem verfüge ich zwar nicht über das Wissen, das ihr sucht, tausche jedoch Information gegen Information. Was sagst du dazu?«

»Das ist ein Deal!«

FINALGO

Die Nacht war hereingebrochen. Eya saß seit Ewigkeiten in Leithyas Höhle und wartete. Diesmal kuschelte sie sich nicht an Zamo, da dieser zusätzliche Hitze abstrahlte, die sie in dem feuchtwarmen Klima nicht gebrauchen konnte – obwohl es hier im Berg wesentlich angenehmer war als draußen.

Die beiden Drachenkinder schliefen längst, doch die junge Reiterin bekam kein Auge zu. Im Schein des bläulichen Feuers, das ihr Partner am Leben hielt, damit Jonas genug sah, um zu ihnen zu finden, wanderte ihr Blick ständig zu dem kleinen Spiegel. Gut, dass sie ihn eingepackt hatte! Doch sie sah schon die ganze Zeit nur ihr eigenes Gesicht darin.

»Dieser Kerl macht mich wahnsinnig«, murmelte sie resigniert. »Warum kommt er nicht endlich? Du hast gesagt, dass er noch lebt, was hält ihn auf?«

»Leider wissen wir es nicht. Der alte Karatdrache schirmt seine Höhle mindestens ebenso gut ab wie Dogul sein Rebellennest. Helia spürt lediglich, dass ihr Partner noch atmet und es ihm nicht allzu schlecht gehen kann. Eigentlich werte ich es als gutes Zeichen und hoffe, dass der Griesgram wesentlich weniger rachsüchtig ist, als er uns weismachen wollte. Eventuell redet er sogar mit dem Jungen.«

»Was soll das bringen, wenn er das Geheimnis nicht kennt?«

»Er mag die Magie nicht beherrschen, hat jedoch im Laufe seines sehr langen Lebens so viel gesehen und erlebt, dass er sicherlich jemanden kennt, der es tut. Oder er vermag uns auf andere Art behilflich zu sein, sofern er dazu bereit ist.«

»Woher weißt du, dass er so weise ist? Auf mich wirkte er wie ein verbohrter alter Dickkopf, dem jedes Leben außer seinem eigenen völlig egal ist.«

»Das eine schließt das andere nicht aus. Ich bin mir sicher, dass er Helia und mich als Nachkommen Zothras erkannt hat und deshalb eine engere Verbindung zu ihm gehabt haben muss. Er erinnert mich an jemanden, der mir schon einmal über den Weg geflogen ist, allerdings war die Bekanntschaft zu flüchtig, um sie einzuordnen. Leider ist sein Herz zu hasserfüllt und verbittert, um seine Absichten zu erkennen.«

»Manchmal denke ich, dass bei euch Drachen jeder jeden kennt oder zumindest jemanden, der mit irgendwem verwandt ist.«

»Unter den Horndrachen ist es tatsächlich so. Es gibt zu wenige Familien, um nicht aus jeder wenigstens ein Mitglied persönlich zu kennen, wenn man ein gewisses Alter erreicht hat.«

Eya seufzte. »Ich bin so furchtbar müde, Zamo. Kann Jonas auch zu uns kommen, wenn ich jetzt einschlafe?«

»Warum nicht? Er findet uns, nicht wir ihn. Schlafe ruhig, meine tapfere Freundin. Helia und ich halten abwechselnd Wache. Du hast den Spiegel so platziert, dass der Junge problemlos hier auftauchen kann, mehr ist nicht nötig.«

Gähnend suchte sie nach etwas Weichem und fischte die schöne warme Winterjacke von dem Felsen, auf dem sie trocknen sollte. Dieses Teil hatte ihr vorhin das Leben gerettet. Sie fühlte sich von außen überraschend kühl an. Nie wäre sie auf den Gedanken gekommen, dass solch ein Material ihre Körperwärme derart effektiv speichern könnte! Obwohl, von innen schien es völlig anders beschaffen zu sein, viel flauschiger, ähnlich wie Wolle. Schulterzuckend breitete sie das Kleidungsstück mit der kühlen Seite nach oben auf einem ebenen Stück Höhlenboden aus, schnappte sich wahllos weitere Kleidung als Kopfkissen und machte es sich darauf gemütlich, so gut es ging.

»Wecke mich nicht, wenn er auftaucht«, brummte sie. »Dieser Chaot hat mich schon mehr Nerven gekostet als alles, was mir je vorher begegnet ist. Warum hast du nicht eher gesagt, dass er auch ohne meine Mithilfe hierher findet?«

»Du hast den Eindruck vermittelt, sehr begierig darauf zu sein, ihn im Spiegel zu sehen, da wollte ich mich nicht einmischen. Sei froh, dass du es überhaupt vermagst. Die wenigsten Menschen, denen der Zugang zur Magie verwehrt ist, sind dazu in der Lage.«

»Ach ja? Und warum gelingt es mir dann?«

»Kannst du dir das nicht denken?«

»Im Moment nicht. Bin zu müde.«

Das Bild eines grinsenden Drachen, der ihr zuzwinkerte, erschien in ihrem Kopf.

»Aha«, murmelte sie. Natürlich lag es nur an der Verbindung zu ihrem Partner, der ihr ein wenig von seiner Magie einflößte. Ihre Gedanken verwirrten sich zunehmend, während sie ins Reich der Träume glitt.

∽

»Mit viel Glück sind meine Partnerin und ich im letzten Moment aus der zusammenstürzenden Höhle entkommen«, schloss Jonas seinen Bericht.

»Also ist es Finnegan zu verdanken, dass wir Drachen dem Untergang geweiht sind. Ich hätte wissen sollen, dass niemand sonst dazu fähig wäre, dem Rat so dicht auf die Hörner zu rücken und seine Existenz auf diese Weise zu bedrohen.«

»Nun ja, genau genommen hat mich sein menschlicher Partner Dogul dazu gezwungen, ihn, seine Leute und Finnegan durch den Spiegel zu dieser Steinsäule zu bringen. Und es war Helia, die-«

»Niemals!«, fuhr ihm der alte Drache grimmig ins Wort. *»Deine Rasse mag in deiner Dimension große Stücke auf sich halten, doch ich kenne meinen Sohn. Er lässt sich von deinesgleichen rein gar nichts vorschreiben. Ich glaube nicht, dass er auch nur die höfliche Bitte eines Menschen anhören, geschweige denn erfüllen würde. Dieser Magier, von dem du sprichst, kann lediglich ein Spielzeug oder ein Werkzeug für ihn sein, das er nur behält, weil es ihm nützlich ist. Eventuell merkt der Zweibeiner nicht einmal, dass er benutzt wird, weil er in der vermeintlichen Partnerschaft einen Vorteil für sich sieht. Dennoch ist er zu bedauern.«*

Jonas starrte den Riesen an, der sich als Finalgo vorgestellt und ihm gegenüber niedergelassen hatte. Die Konsequenzen, die sich aus dem ebenen Vernommenen ergaben, ließen ihn zum ersten Mal seit seiner Ankunft die mörderische Kälte völlig vergessen.

»Du meinst, es gehörte zu Finnegans Plan, dass der Stein der Dämmerung zerstört wurde?«

»Nein, er konnte dies nicht vorhersehen. Zudem bedeutet es auch sein eigenes Ende, sollte sich der Zustand nicht ändern lassen. Allerdings bin ich der festen Überzeugung, dass mein Spross den Rat und somit die alte Ordnung vernichten möchte, um die Herrschaft über die Dimensionen zu erlangen.«

»Dogul sprach davon, dass der Rat zerschlagen werden solle, damit die Menschen endlich frei von der Unterdrückung durch die Drachen seien.«

»Freiheit?« Ein weiteres grollendes Beben fuhr Jonas durch Mark und Bein. Wieder identifizierte er es erst nach einer Schrecksekunde als Lachen. *»O nein! Der Rat sorgt für ein Gleichgewicht zwischen allen Lebewesen, wenn auch nicht immer und überall fair und richtig. Sollte er stürzen und mein Sohn dadurch an die Macht kommen, würde euch das bestenfalls die Rolle als niedere, unterdrück-*

te Diener einbringen, im schlimmsten Fall sogar die Vernichtung, sofern ihr euch seinem Willen widersetzt.«

»So ein Unsinn!« Jonas schüttelte den Kopf. »Bei uns zumindest hätte er keine Chance, die Menschheit zu versklaven. Dazu sind wir viel zu viele. Außerdem verfügen wir über richtig heftige Waffen, die eine ganze Drachenarmee töten könnten.«

»Deine Gedanken und Bilder dazu erschrecken mich soeben zutiefst. Ich hätte nicht gedacht, dass die Zustände derart katastrophal sind.«

»Okay, es ist nicht alles super bei uns, aber so schlimm nun auch wieder nicht.«

»Durch den Bann und den Mangel an Drachen ist das Gleichgewicht in deiner Dimension gekippt. Es ist genau das eingetreten, was wir seit Urzeiten befürchten: Die Menschheit hat begonnen, sich selbst samt ihrer Welt zu vernichten.«

»Nun ja, wir müssen dringend was für den Umweltschutz tun«, gab Jonas zu. »Und es gibt noch zu viel Ungerechtigkeit, Krieg und Gewalt. Da hast du völlig recht. Aber davon geht die Welt nicht unter, oder?«

»Wir Drachen denken nicht in menschlichen Zeiträumen. Ich rede von den nächsten zweihundert bis vierhundert Jahren. Nun, ich schätze, Finnegans Plan wird sein, deine Dimension ihrem Schicksal zu überlassen, dafür zu sorgen, dass weder Drachen noch Menschen aus ihr entkommen, und die übrigen elf rigoros zu beherrschen.«

»Tja, wenn der Stein nicht wieder an seinen Platz kommt, kann er das wohl knicken. Obwohl ich nicht glaube, dass sich Dogul und die Rebellen so einfach fügen werden. Auch nicht die Leute aus der Vergessenen Stadt oder Eyas Dorf. Vielleicht kann er die Bewohner dieser Dimension versklaven, weil sie euch als Götter anbeten, aber sonst … Das lässt doch kein vernünftiger Mensch mit sich machen!«

»Sicherlich wird es nicht von einem Tag auf den anderen möglich sein. Wie schon gesagt, wir Drachen planen für Zeiträume, die jenseits der menschlichen Lebensspanne liegen. Wenn er sein Ziel in zweihundert oder dreihundert Jahren erreicht hat, kann er noch immer mindestens fünfhundert oder sechshundert herrschen. Er wird seine Macht so langsam ausdehnen, dass ihr es kaum merkt, und eure Kinder und Kindeskinder werden immer früher und härter lernen, ihm und den übrigen Drachen hörig zu sein und wissen, dass Widerstand den Tod bedeutet.«

»Das heißt, er lässt Dogul und die anderen die Drecksarbeit für sich machen und sie glauben, dass sie gewonnen haben, und in Wirklichkeit ...« Noch immer kam es Jonas lächerlich vor, sogar größenwahnsinnig. Wie sollte eine Handvoll Drachen die ganze Menschheit beherrschen? Vor allem gab es doch genug weitere, die auf ihrer Seite standen!

»Ich weiß, dass dir Finnegans Ziele unglaubwürdig erscheinen. Du denkst in den Maßstäben und Zeiträumen deiner Rasse. Allerdings hast du recht damit, dass mein Sohn seine Pläne nicht verwirklichen wird, sofern er keine Möglichkeit findet, das Unheil aufzuhalten, das dem Dimensionsgefüge droht. Nun, ich werde dieses Ende wohl kaum erleben und vielleicht wäre es für deine eigene Art sogar vorteilhaft. Zumindest in deiner Heimatdimension würde sich nicht viel ändern.«

»Aber für mich schon«, flüsterte Jonas, der beim Gedanken an Helia und Zamo plötzlich einen Knoten im Hals verspürte. »Für alle anderen Drachenreiter und ihre Familien ebenfalls. Und natürlich für die vielen Drachen, die gerne noch länger leben würden.«

»Dein Schicksal sowie das deiner Freunde kümmert mich herzlich wenig, wie du dir denken kannst. Selbst das Gefüge ist mir gleichgültig. Nicht jedoch das Treiben meines jüngsten Sohnes. Er hat seine Rasse verraten und entehrt, seiner Mutter und mir damit das Herz

gebrochen – und ich habe im Gegenzug seine Zukunft zerstört. Vielleicht meint das Schicksal es ein letztes Mal gut mit mir, denn es hat dich hergeführt. Nur du kannst mich rechtzeitig vor meinem Tod zu ihm bringen, damit wir uns aussprechen können.«

Ein Keuchen entfuhr Jonas. Mit einem Schlag verließ ihn jegliche Kraft und er sank mit den Knien auf den kalten Stein.

»Nein, das wäre Selbstmord. Dogul darf nicht wissen, dass ich noch lebe! Er würde mich überall jagen, weil ich ihm gefährlich werden kann!«

»Verabschiede dich endlich von dem Gedanken, dass dieser Mensch die Fäden in der Hand hält. Ich bin mir sicher, dass Finnegan deinen Tod jetzt noch nicht wünscht, weil du vermutlich die einzige Hoffnung für ihn und alle anderen unserer Art bist. Falls er dennoch vorhat, dir zu schaden, wird er an mir vorbeimüssen. Ganz nebenbei – ohne ihn wirst du dein Ziel nicht erreichen. Soweit ich weiß, ist er der letzte noch lebende Drache, der die Magie beherrscht, die du suchst.«

AM FLUSS

Alles war dunkel und still an dem Ort, wo sich seine Freunde befanden. Jonas hatte sich auf Eya konzentriert, von der er im schwachen bläulichen Licht ein Büschel schwarzer Haare erkannte, bestimmt zwei oder drei Meter vom Spiegel entfernt. Sie schlief offensichtlich. Wenigstens schien es warm zu sein, denn sie war nicht in dicke Klamotten gehüllt. Wärme war das Allerwichtigste, ganz egal, wo es hinging.

»*Wir treffen uns spätestens in einem halben Sonnenumlauf*«, drang Finalgos tief dröhnender Bass bis in seine Eingeweide.

Er nickte bibbernd und durchschritt hastig das Tor. Der bekannte Sog ließ ihn auf der anderen Seite stolpern. Etwas Warmes, Dunkles bremste ihn – ein Drachenschwanz! Er gehörte Zamo, der ihn freundlich anblinzelte.

»*Willkommen zurück, Jonas! Ich bin sehr froh, dass du wohlbehalten hierher gefunden hast. Du wirkst, als hättest du viel erlebt und könntest mir etwas von deiner Kühle abgeben.*«

»Ja, ich …«

»*Pssst, bitte wecke meine Partnerin nicht auf. Sie hat sich über dein langes Ausbleiben ziemlich echauffiert. Vielleicht wärmst du dich ein wenig bei Helia auf – noch besser bei mir – und erzählst uns vor dem Schlafen nur das Wichtigste. Oder ist es sehr eilig?*«

»Nein«, murmelte er tonlos. »Kann alles warten. Wärme ist gut, Schlaf auch. Wichtig ist, dass der alte Drache nicht unser Feind ist, wir uns jedoch mit diesem verbünden müssen, um ans Ziel zu kommen.«

Völlig groggy wankte er zu Helias hellem Umriss, den er ein paar Meter weiter ausmachen konnte, setzte sich zu ihr und wärmte seine eingefrorenen Gliedmaßen an ihrem Bauch. Sie grunzte genießerisch.

»Aaah, welch herrliche Abkühlung an diesem viel zu warmen Ort! Ich danke dir, mein Freund. Wie schön, dich gesund wiederzusehen. Aber du wirkst aufgewühlt und ich sehe, dass dich die Begegnung mit dem alten Karatdrachen stark beschäftigt. Vielleicht hilft es, davon zu erzählen?«

»Mhm …«

Während er langsam auftaute, berichtete er möglichst knapp, was er vorhin erfahren hatte und schloss: »Deshalb erwartet Finalgo mich in … Ich denke mal, in spätestens zwölf Stunden. Dann soll ich ihn zu seinem Sohn Finnegan bringen. Leider kann ich durch den Spiegel nur einen Drachen oder eine Person mitnehmen.«

»Wir sprechen morgen weiter und überlegen, wie wir dieses Problem lösen. Ruhe dich aus, damit du bei Kräften bist, wenn es losgeht.« Helia klang sanft und liebevoll. Ihre Freude über seine Rückkehr hüllte ihn ein wie ein zusätzlicher Mantel.

Bald brauchte er die dicke Jacke nicht mehr und nutzte sie, genau wie Eya, als Unterlage. Weitere Kleidung auszuziehen, gelang ihm nicht, da ihn die Erschöpfung schließlich übermannte.

ഗ

Nach wirren Träumen und häufigem Lagenwechsel auf dem harten Untergrund wurde Jonas durch aufgebrachte menschliche Laute geweckt, deren Sinn er nicht verstand. Es hörte sich an wie wahllos aneinandergereihte Silben, teilweise ohne irgendwelche Vokale, durchsetzt mit lustigen Klicklauten, die pausenlos hervorgebracht wurden. Wie das Gezwitscher eines Kanarienvogels. Erst als er völlig wach war, ergaben die Worte plötzlich Sinn, weil das Bild eines hochgewachsenen Mädchens das des gelben Federtiers in seinem Kopf ersetzte.

»Ihr hättet mich trotzdem wecken sollen! So habe ich mir die ganze Nacht völlig unnötig Sorgen um das Milchgesicht gemacht, sogar im Schlaf … Ja, ich *weiß*, was ich gesagt habe!«

Er musste grinsen, weil sich Eya so aufregte. Bestimmt hätte sie ihn mindestens genauso angepflaumt, wenn er sie bei seiner Rückkehr wachgerüttelt hätte. Beim Aufsetzen verzog er schmerzhaft das Gesicht. Uff, sein armer Rücken! Er hoffte, dass sie nicht jede Nacht so hart liegen mussten. Obwohl, wenn er an Finalgos Höhle dachte, war er unglaublich froh, nicht mehr dort zu sein. Es fühlte sich zwar an, als hätte ihn irgendwer stundenlang mit Fäusten traktiert, doch ihm war wenigstens warm. Sogar viel zu heiß, um genau zu sein. Hastig zog er sich den dicken Pulli aus. Sein T-Shirt klebte schweißnass am Körper, seine Haare fühlten sich an, als hätte er zwischendurch geduscht. Bestimmt roch er für empfindliche Drachennasen nicht sonderlich erhebend.

»Guten Morgen! Sollen wir zum Wasser fliegen, damit du dich reinigen kannst? Dort fange ich uns auch Frühstück!«

Helias Gedanken empfingen ihn fröhlich wie immer. Natürlich hatte sie seine längst erfasst. Es machte ihm nichts aus. Irgendwann würde er lernen, sich bei Bedarf zu verschließen, was ihm vor allem bei anderen Magiern wichtig war. Aber seine Partnerin durfte ruhig in ihm lesen wie in einem offenen Buch. Er hatte nichts vor ihr zu verbergen.

Als sie von Essen sprach, begann Jonas' Magen erwartungsvoll zu knurren. In einer peinlichen Lautstärke, bei der Eyas Kopf herumfuhr.

»Ah, der Herr Magier ist endlich wach! Schön, dass du es doch noch hierhergeschafft hast. Ich hoffe auf eine wirklich gute Erklärung-«

»Lass uns erst baden und frühstücken gehen«, bremste er ihren Wortschwall. »Sonst erträgt mich nicht mal mehr Helia, geschweige denn unsere Gastgeber. Außerdem übertönt mein Magenknurren jede anständige Unterhaltung. Kommt ihr mit?«

Keine fünf Minuten später starteten sie in Richtung des großen Flusses, der in einiger Entfernung mit mächtigem Getöse in die Tiefe stürzte. Das Rauschen des Wasserfalls war bis zu Leithyas Heim hörbar, allerdings als fernes Hintergrundgeräusch. Nun näherten sie sich der Quelle des Lärms, um dann ein ganzes Stück flussabwärts an einer kleinen Bucht mit sanft abfallendem Ufer zu landen, wo man sich anständig unterhalten und leicht ins hellgrün schimmernde Wasser waten konnte. Es war herrlich erfrischend, auch wenn es merkwürdig schmeckte und Zamo sie davor warnte, zu viel davon zu trinken.

»Ihr müsst es erst kochen«, war sein Statement.

Jonas staunte nicht schlecht, als Eya aus den Tiefen ihres Trekkingrucksacks einen entsprechenden Topf hervorkramte und ihn mit einer Ladung Flusswasser versah.

»Hier, machst du das oder soll ich meinen Drachen fragen?«

»Ich brauch jetzt keine Lehrstunde«, murmelte er verlegen und biss in ein Stück Brot aus seinen mitgebrachten Vorräten.

Da Helia wie versprochen auf die Jagd gegangen war, gab Zamo ihnen die nötige Hitze. Er stieß einen kurzen, heftigen Feuerstoß aus, der Jonas an etwas erinnerte, das irgendwo verborgen in ihm schlummerte. Die Flamme war so heiß, dass sie den Topf, der auf dem felsigen Ufer stand, zum Glühen brachte. Die Flüssigkeit darin fing augenblicklich an zu blubbern und zu dampfen.«

»Oh, das war etwas zu viel. Tut mir leid, bei den Temperaturen hier ist es schwieriger, das Feuer zu kontrollieren.«

»Stopp!«, schrie Eya erschrocken. »Wir wollten noch was davon trinken! Jonas, tu was!«

Zum Glück hatte er sich schon überlegt, was er dazu beitragen konnte, den Abkühlvorgang zu beschleunigen, da er keine Lust auf ein Heißgetränk verspürte. Naidas Theorielektion zum Entzug von Wärme kam da genau richtig. Leider gelang es ihm nicht ganz so schnell, sein Wissen praktisch anzuwenden, sodass ziemlich viel Wasser verdampfte. Einen Teil gewann er zwar aus der Luft zurück, indem er dafür sorgte, dass der Dampf nicht flüchten konnte, sondern kondensierte. Was übrig blieb, war jedoch so kümmerlich, dass es gerade mal reichte, um eine halbe Trinkflasche zu füllen. Also wiederholten sie das Ganze mit einem randvollen Topf und weniger Hitze. Während sie darauf warteten, dass die Flüssigkeit erst heiß und dann wieder kalt wurde, erzählte Jonas ausführlich von seinem gestrigen Gespräch.

»Ah, ich wusste doch, dass ich den Namen Finalgo irgendwoher kenne. Er steckte in Zothras Erinnerungen. Sie waren lange Zeit Freunde. Als sich mein Urgroßvater dazu entschloss, das Asyl-Angebot Eurions anzunehmen, bekam diese Freundschaft einen empfindlichen Riss.«

Zamos Worte bargen eine gewisse Traurigkeit, die Jonas deutlich machten, dass der Tod seines Verwandten noch nicht lange her war.

Zwei Schatten, die den Himmel über ihnen verdunkelten, lenkten ihn von seinen Fragen ab. Der wesentlich kleinere davon war Helia, die in jeder Vorderklaue einen imposanten Fisch trug. Sie landete gleich darauf im flachen Wasser und spritzte alle Anwesenden nass. Der riesige schwarze Umriss, der dicht über ihnen kreiste, entpuppte sich als Leithya, die Jonas freundlich ansprach.

»Ich wollte mich persönlich von euch verabschieden, da ihr ja vermutlich bald aufbrechen müsst. Zudem gratuliere ich dir, junger Mensch. Du hast etwas geschafft, das ich nicht für möglich gehalten hätte. Es macht mir Hoffnung, dass die Welt nicht drachenlos wird.«

»Noch habe ich viel zu wenig erreicht«, erwiderte Jonas verlegen. »Und ohne dich hätte das nie geklappt. Es war sehr mutig, uns zu Finalgo zu bringen und mit ihm zu verhandeln. Danke also.«

»Gern geschehen. Von ganzem Herzen wünsche ich euch Glück und Erfolg bei eurer Mission. Wenn wir irgendwie helfen können, sagt es bitte. Ihr seid uns jederzeit willkommen.« Damit stieg sie höher und entfernte sich rasch.

Nachdenklich sah er ihr nach. Auch Eyas Blick folgte der Gestalt, bis sie hinter einem bewaldeten Hügel verschwand.

»Irgendwie unheimlich, diese Riesendrachen«, murmelte sie. »Findest du nicht?«

Er nickte. »O ja. Leithya ist eigentlich in Ordnung, auch Finalgo kann man ertragen. Besonders viel Schiss habe ich vor Finnegan. Auf die Begegnung könnte ich sehr gut verzichten.«

»Verstehe ich. Mich hat er bei unserem letzten Treffen eingefroren. Seitdem fehlen mir einige Zehen.«

»Verdammt, das tut mir total leid! Ist mir noch gar nicht richtig aufgefallen, dass da was fehlt. Warum hast du es nicht gesagt?« Er betrachtete interessiert ihre nackten Füße, die sie hastig in den groben Sand eingrub. Trotzdem sah er, was sie meinte.

»Du musst ja nicht alles wissen«, wehrte sie peinlich berührt ab.

»Tut es noch weh?«

Sie schüttelte den Kopf. »Eigentlich nicht. Am Anfang hatte ich Krämpfe und manchmal juckt es, wo nichts mehr ist, das ist halt unangenehm. Aber Kuno hat die Stellen mehrfach magisch behandelt, sodass es viel besser geworden ist. Inzwischen habe ich mich sogar halbwegs an den Anblick gewöhnt.«

Sie schwiegen einen Moment lang. Jonas genoss die vielfältigen Geräusche sowie den Duft der Naturkulisse, die sie umgab. Überall musste es vor Leben wimmeln, wie das unablässige Konzert aus Kreischen, Brüllen, Quieken, Schnattern und Pfeifen verriet, das aus dem Urwald drang. Doch es zeigten sich nur drei bunte Vögel, die hastig die baumfreie Schneise des Flusses überquerten, um sich auf der anderen Seite in die grüne Wand zu stürzen. Er vermutete, dass sie ihre Ungestörtheit lediglich ihrer beeindruckenden Begleitung verdankten. Ob Tiere empfänglich für Magie waren?

»Hast du schon eine Idee, wie du uns alle zu Dogul und Finnegan transportierst?«, fragte Eya plötzlich und riss ihn damit aus seiner Meditation.

»Äh, nein. Ich dachte, ich …« Er stockte, spürte, wie er rot wurde. Wie sollte er ihr klarmachen, dass er keine Möglichkeit sah, sie alle lebend ins Lager der Rebellen zu bringen, geschweige denn, anschließend wieder hinaus? Es war zwecklos.

»Was dachtest du, dass du das im Alleingang durchziehst?« Er nickte resigniert. »Das könnte dir so passen! Wir sind auf einer gemeinsamen Mission, vergiss das nicht. Außerdem brauchst du garantiert Hilfe. Ich traue diesem Finalgo nicht, keinem dieser schwarzen Ungeheuer, um ehrlich zu sein. Außer Abelan und Leyja.«

Jonas seufzte. »Was glaubst du, wie gerne ich euch dabeihätte! Aber wie soll ich das anstellen?«

»Keine Ahnung. Vielleicht hat mein schlauer Partner eine Idee – oder deine Lehrerin? Du solltest sie auf jeden Fall vorher kontaktieren, wenn möglich. Sie kennt den Wahnsinnigen schon länger als wir.« Sie rappelte sich auf und streckte sich. »Jetzt mach ich uns erst mal was Leckeres zu essen. Schau, die Drachen haben die Fische bereits entgrätet und ein Feuer entzündet.«

»Boa, krass, wie sie das ohne Hände hinbekommen!«

Eya lachte. »Ohne Magie wären sie bestimmt keine so guten Köche und Feinschmecker. Sie graben ja auch Zwiebeln aus, schälen sie und sammeln Kräuter zum Würzen. Magst du deinen Fisch lieber gekocht oder gegrillt?«

»Gedünstet natürlich, mit Pfeffer, Salz und ein bisschen Knoblauch.«

UNERWARTER BESUCH

Er versuchte es vor dem Essen und danach – Naida war nicht zu erreichen. Nicht einmal Zamo vermochte ihm einen sinnvollen Rat zu geben. Helia bot ihm an, ihn zu Finalgo zu begleiten, doch das machte keinen Sinn. Er konnte weder sie noch Eyas Partner zusammen mit dem alten Karatdrachen durch den Spiegel befördern. Und er glaubte nicht daran, dass er die Chance bekommen würde, erneut zurückzukehren.

Seine Nervosität wuchs, je näher der Zeitpunkt rückte, zu dem er spätestens aufbrechen musste. Dennoch bemühte er sich verzweifelt, Eya von ihrem Vorhaben abzubringen, ihn zu begleiten.

»Jetzt sprich ein Machtwort!«, verlangte er von Zamothrakles, der mit geschlossenen Augen dalag. Er bildete das perfekte Äquivalent zu einem Menschen, der demonstrativ pfeifend in die Gegend sah. »Ich kann sie nicht mitnehmen! Es ist viel zu gefährlich, ich kann ja nicht mal richtig auf mich selbst aufpassen, wie soll ich da-«

»Du sagst es, Zwergbeutler«, zischte die junge Frau und funkelte ihn wild an, die Hände in die Hüfte gestemmt. »Wie sollst du überleben, wenn du schon beim Blick von einem Drachenrücken in Panik ausbrichst? Du brauchst mich!«

»Hey, ich kann jetzt nach unten sehen, null Problemo«, protestierte er. »Gib mir endlich den Spiegel, ich muss los!«

Sie presste störrisch ihren Rucksack an sich. »Nur wenn du mich mitnimmst. Es ist meiner!«

Ächzend verbarg er das Gesicht in den Händen. Langsam wurde ihm mächtig heiß, da er sich fast alles angezogen hatte, was sich im Gepäck befand. Seinem störrischen Gegenüber dürfte es nicht besser gehen.

»Sie hat ihren eigenen Kopf, da kann man nichts machen«, kam es entschuldigend bei ihm an. *»Glaube mir, sobald ich versuche, es ihr auszureden, besteht sie erst recht darauf. Also nimm sie lieber mit und gib bitte gut auf euch acht, ja? Vielleicht finde ich euch sogar, wenn mich Eya ruft.«*

Seufzend gab er nach und bekam ein breites Strahlen von ihr.

»Du wirst es nicht bereuen!«, versicherte Eya, während sie das begehrte Objekt hervorkramte und aufrecht an einen großen Stein lehnte. »Kann losgehen.«

Sie hörte sich jetzt doch ziemlich nervös an, während sie sich an seine Seite stellte und nach seiner Hand griff. Er verstand sie gut. Immerhin war es ihre erste Spiegeldurchquerung. Seine Konzentration auf Finalgo funktionierte bloß nicht. Jedenfalls erschien nicht das erhoffte Bild, sondern sein eigenes blieb hartnäckig bestehen.

»Machst du schon was?«

»Ja, aber vielleicht ist der alte Einsiedler gerade nicht zu Hause. Ich probiere mal was anderes.«

Sich seinen kleinen Taschenspiegel vorzustellen, gelang ihm wie immer perfekt. Kopfschüttelnd überlegte er, warum er das nicht gleich getan hatte. Die Höhle war längst nicht so düster wie erwartet, sondern wurde von einem flackernden Licht erhellt, das die Wände in geisterhafte Reflexe tauchte. Finalgo war nirgends zu sehen. Ob er extra für ihn ein Feuer entzündet hatte? Er wollte nachsehen, doch die schlanke Gestalt neben ihm hielt ihn zurück.

»Warte«, flüsterte sie. »Da stimmt was nicht!«

»Warum?«

»Ich dachte, der Karatdrache erwartet dich. Wieso schaut er dann nicht in den Spiegel, wenn er denkt, dass du jeden Moment daraus auftauchst?«

»Keine Ahnung. Vielleicht wurde er von irgendwas abgelenkt. Bestimmt ist er gleich wieder zurück.«

»Dann lass uns so lange hierbleiben. Ich habe ein komisches Gefühl bei der Sache.«

Jonas ging es ähnlich, andererseits merkte er, wie sein Herz raste und ihm schwummerig wurde, weil sich die Wärme unter den dicken Sachen staute.

»Wenn wir noch länger warten, kriege ich einen Hitzschlag«, keuchte er. »Lass uns nachsehen. Falls Finalgo nicht auffindbar ist, kehren wir halt wieder um. Solange der Spiegel hier steht, ist das ja kein Problem.«

»Wenn du das sagst …«

»Sei vorsichtig, mein Freund! Wir werden das kostbare Glitzerding nicht aus den Augen lassen.«

Helias Gedanken drangen wie von fern in seinen Verstand, während er das Glas beiseite wischte und mit seiner Begleiterin an der Hand den üblichen Schritt machte.

Gleich darauf stolperten sie in die Eiseskälte der dunklen Drachenhöhle. Verwirrt sah sich Jonas um. Wo war das Feuer, das eben noch gebrannt hatte? Links von sich erblickte er ein schwaches Glühen, das von einem Haufen Asche herrührte. Dieser schien über einen Großteil der Höhle verteilt, denn überall glühten, stoben und erloschen die Funken. Hatte ein Windstoß das Feuer ausgeblasen und die Reste verstreut? Aber wo lag der Ursprung? Und – noch viel wichtiger – wo hielt sich Finalgo auf?

Gut, der Drache war schwarz und seine Behausung ziemlich dunkel, dennoch war sie längst nicht so geräumig wie die Familienhöhle von Leithya. Das Tageslicht, das durch den breiten Eingang rechts von ihnen fiel, reichte aus, um zu erkennen, dass sich nichts darin verstecken konnte, das größer als ein Hund war.

»Oder ein Mensch«, flüsterte eine kleine, boshafte Stimme in ihm.

»Jonas!«

Eyas Warnung ließ ihn herumfahren – gerade noch rechtzeitig, um zu sehen, wie sich eine schattenhafte Gestalt von der Felswand löste und sich bückte, um einen kleinen glitzernden Gegenstand von einem Vorsprung aufzuheben. Als sie ihm das Gesicht zuwandte, durchfuhr ihn eine Welle aus ungläubigem Entsetzen, durchmischt mit eisigem Schrecken.

»Du!« Mehr brachte er nicht heraus.

Der Mann vor ihm wirkte nicht im Mindesten überrascht über ihr Zusammentreffen. Seine grünen Augen leuchteten im Gegenteil triumphierend, als er ihm und Eya zunickte. Das Mädchen fasste seine Hand fester und er spürte, wie sie sich anspannte.

»Wie kommst du hierher und wo ist Finalgo?« Jonas' Stimme war nicht mehr als ein heiseres Flüstern. Innerlich griff er nach seiner Magie und stellte erleichtert fest, dass sie noch da war. Also befand sich der Drache zumindest in Reichweite. Oder ein anderer.

Dogul seufzte theatralisch. »Familienbande! Sie sind so stark, dass sie selbst unüberwindlich scheinende Grenzen pulverisieren und Brücken über Dimensionen hinweg errichten ... Nun, ich will ehrlich zu dir sein. Mein Partner und ich befanden uns rein *zufällig* gestern auf dieser Ebene, als der ehrwürdige alte Nichtsnutz daran dachte, seinen Sohn sehen zu wollen. Ein Wunsch, der umgekehrt mindestens ebenso stark ausgeprägt war.«

»Dann ist Finnegan ebenfalls hier? Aber wo steckt sein Vater?« Seine Verwirrung wurde immer größer. Was geschah hier bloß?

»Jonas, die Asche!«, hauchte Eya.

Endlich rastete etwas bei ihm ein.

Dogul schien es zu wissen, denn er nickte lächelnd. »Ja, mein kleiner Spiegelmagier, er ist tot. Es gehörte nicht viel dazu, ihn zum Gehen zu überreden, nachdem ihn diese Welt und insbesondere sein Fleisch und Blut so sehr enttäuscht hatten.«

Wie gelähmt starrte Jonas den Magier vor ihm an. Die Kälte, die langsam Besitz von seinen Gliedern ergriff, bemerkte er nicht.

»Ihr habt ihn getötet! Wie? Und wieso? Er wollte doch nur mit seinem Sohn reden!«

»Oh, das hat er, sogar recht ausführlich. Er starb nicht, ohne halbwegs seinen Frieden mit Finnegan zu machen. Mein Partner hat ihn dadurch sehr erfolgreich von mir abgelenkt.«

Eya gab neben ihm ein unterdrücktes Geräusch von sich. Sie zitterte, allerdings sicherlich nicht vor Kälte.

»Was bist du bloß für ein Mensch!«, spie sie plötzlich aus. »Ein Leben bedeutet dir gar nichts, nicht wahr?«

Der Mann hob leicht die Brauen. »Diese Wildkatze kenne ich doch – das Spielzeug des großen Zamothrakles, wenn ich mich nicht irre. Ah, meine Kleine, du musst noch sehr viel lernen. Über Liebe, Hass und die Dinge dazwischen, die einen Menschen prägen. Auch du würdest für deine Freunde alles tun, was nötig ist.«

Die junge Frau presste die Lippen aufeinander und ballte die Fäuste. »Ich würde niemals einen Unschuldigen töten, schon gar keinen Drachen!«

Dogul lachte leise. »Unschuldig? Wer bestimmt über Schuld und Sühne, Recht und Unrecht? Finalgo war so unschuldig, dass er seinen eigenen Sohn verbannt hat – genau wie Hunderte weiterer Drachen. Frag lieber nicht, wie viele Mitglieder unserer Rasse er in seiner langen Amtszeit zum Tode verurteilt hat.«

»Aber ihr habt es aus Rache getan, kein besonders ehrenwertes Motiv«, zischte Eya. »Du bist ein rücksichtsloses Monster, das Drachen und Menschen quält, wann immer es ihm in den Kram passt, oder sie sogar dem sicheren Tod überlässt. Wenn es jemand verdient hat, hingerichtet zu werden, dann du!«

»Wenn du das sagst, muss es wohl stimmen«, gab der Magier schulterzuckend zurück. »Nun, wir verschwenden hier kostbare Zeit, die gebraucht wird, um die Welt zu verändern. Ihr beide werdet Geschichte schreiben. Man wird euch in Liedern besingen, eure Taten weitererzählen. Zumindest, solange ich dafür sorge, dass man es tut.«

»Wir werden *gar nichts* für dich tun, du hässlicher Mehlwurm!«

Jonas hielt einen Augenblick die Luft an und drückte hastig die Hand des ultrawütenden Mädchens. »Beruhig dich!«, hauchte er ihr ins Ohr. »Der Kerl ist nicht nur skrupellos, sondern dazu ein verdammt starker Magier …«

»Pah, den zerquetschst du mit der linken Gesäßhälfte!« Sie sprach noch immer so laut, dass Dogul es hören musste.

Trotz der Kälte brach Jonas der Schweiß aus und er lächelte den Mann vor sich entschuldigend an. Dieser behielt einen ewig scheinenden Moment sein Pokerface bei, bis er in brüllendes Gelächter ausbrach.

Das war zu viel für Eya. Mit einer wütenden Geste riss sie sich los und stürmte vorwärts. Sie kam drei Schritte weit, ehe sie mitten in der Bewegung erstarrte. Ihre Augen wurden zu riesigen schwarzen Teichen aus Angst und Schmerz, die vollen Lippen zu einem stummen Schrei geöffnet, liefen blau an. Dann kippte sie lautlos zur Seite. Immerhin reagierte Jonas jetzt schnell genug und fing sie mit Händen aus Luft, während er hinterhergehechtet kam, um sie zu halten. Sie war eiskalt und steif wie eine Statue. Keuchend vor Schreck fühlte er nach ihrem Puls – sie lebte, doch ihr Herz schlug langsam wie im Tiefschlaf.

»Was hast du mit ihr gemacht?«, ächzte er tonlos.

»Gar nichts. Mein Partner hat mich bloß vor der Attacke dieser Furie bewahrt, obgleich es nicht nötig gewesen wäre. Die Abwehr eines derart lächerlichen, hilflosen Angriffs würde zweifellos sogar dir gelingen.«

Jonas presste die Lippen aufeinander, bemühte sich, Eyas Puls nicht zu verlieren, konzentrierte sich darauf, die Steifheit und Kälte aus ihren Gliedern zu vertreiben. Es gelang ihm nicht. Was hatte Finnegan seiner Begleiterin nur angetan?

»Hilf ihr!«, verlangte er heiser. »Sie erfriert sonst!«

»Unsinn, so schnell geschieht das nicht. Sie ist widerstandsfähiger, als sie aussieht, die Kleine. Beim letzten Mal musste sie es wesentlich länger in diesem Zustand aushalten und du siehst, dass sie noch immer unversehrt ist.«

»Ach ja? Ohne die Hilfe der Drachen und der Magier, die bei ihr waren, wäre sie jetzt tot! Und auch so hat sie die Hälfte ihrer Zehen eingebüßt!«, er wurde lauter, wollte seinem Gegenüber das unverschämte Grinsen aus dem Gesicht schütteln.

»Du kannst froh sein, dass deine Freundin bisher nicht auf die Idee gekommen ist, um Hilfe zu rufen, sonst wäre sie bereits Geschichte. Im Grunde solltest du Finnegan dankbar sein, dass er das Problem so elegant für uns gelöst hat. Mit Finalgos Ableben ist nämlich der Schutz um sein Heim erloschen. Oh, falls du in Erwägung ziehst, deine weiße Schönheit zu informieren – tu es nicht, sofern dir das Leben der Wildkatze etwas bedeutet.«

»Ich verspreche, meine Drachenpartnerin nicht zu kontaktieren, aber bitte lass Eya wieder frei. Sie verträgt diese Kälte nicht. Siehst du nicht, dass sie aus einem sonnigen Land stammt?«

Verzweifelt versuchte er, der reglosen Gestalt etwas von seiner Wärme abzugeben.

Sie schien wie ein Schwamm alles aufzusaugen, was er ihr gab, doch es rief keine spürbare Veränderung hervor.

»Nun, einen Moment lang wird sie es noch aushalten. Je schneller wir uns einig werden, desto eher wird sie erlöst. An deiner Stelle würde ich den fruchtlosen Versuch, sie mit Magie zu wärmen, einstellen. Du wirst deine Kraft noch brauchen.«

»Was willst du von mir?«

»Oh, wenn ich es richtig sehe, haben wir beide das gleiche Ziel – das Ungeschick deiner viel zu jungen Partnerin auszubügeln und somit eine Katastrophe zu verhindern.«

»Dann weißt du, wie es möglich ist, Zamothrakles zu verkleinern?« Jonas starrte den Magier ungläubig an.

Doch dieser schüttelte den Kopf. »Die uralte Drachenmagie ist ein Geheimnis, das mir nicht zusteht. Finnegan kennt es jedoch. Er wird den Stein selbst aufrichten, nachdem du ihn durch einen Spiegel hingeführt hast.«

»Wie gut, dass dein Plan, mich beim letzten Besuch dieses Ortes dort verrecken zu lassen, nicht funktioniert hat.« Sein Versuch, möglichst sarkastisch zu klingen, misslang kläglich.

»Wie kommst du darauf, dass ich das wollte? Oh, *entschuldige* bitte, dass ich dir zugetraut habe, den Weg, den du bereits mehrfach benutzt hattest, allein zu finden. Meine Sorge um dich hielt sich in Grenzen. Spätestens bei der Errichtung der übertriebenen Schutzmaßnahmen für das Portal im nördlichen See war mir sonnenklar, dass du überlebt haben musstest. Ein glücklicher Umstand in Anbetracht des Chaos, das deine junge Drachendame angerichtet hat.«

Jonas fühlte, wie seine Kehle immer enger wurde. Die Offenbarung, dass der Karatdrache den Stein ebenfalls zum Leben erwecken konnte, überraschte und entsetzte ihn gleichermaßen. Doch er wollte nicht schwach wirken und alles einfach so akzeptieren!

»Sagen wir, ich tue es. Was springt für mich dabei raus?«

Dogul lachte rau. »Ich glaube nicht, dass du in der Position bist, großartige Forderungen zu stellen. Immerhin möchtest du wahrscheinlich deine Freundin hier lebend wiedersehen und ich bin mir sicher, dass dir etwas an einigen anderen Menschen und Drachen liegt.«

»Ich denke, dass ich sehr wohl ein paar Bedingungen äußern darf. Immerhin bin ich schätzungsweise der Einzige, der das Gefüge noch retten kann. Aber wofür soll ich es tun, wenn meine Freunde und ich anschließend nicht frei von Pestbeulen wie dir existieren können? Ich habe keinen Bock, mich ständig zu verstecken und in Angst leben zu müssen. Da kehre ich doch lieber zu meiner Familie zurück, wo ich zwar keine Magie wirken kann, aber dafür sicher vor dir bin.«

»Glaube mir, Kleiner, es gibt keinen Ort, an dem du dich dauerhaft vor mir verstecken kannst. Früher oder später finde ich dich überall. Aber ich lasse Gefallen gegen Gefallen gelten. Sofern du Finnegan dabei behilflich bist, den Stein aufzurichten, verspreche ich hoch und heilig, dass weder mein Partner noch meine Leute dir und deinen Freunden ein Haar krümmen werden. Wenn es so läuft wie geplant, sehen wir uns vermutlich nicht einmal wieder.«

»Wie ist es denn vorgesehen?«

Der Magier hob die geschwungenen Brauen, die dem ebenmäßigen Gesicht etwas Aristokratisches gaben, das überhaupt nicht zu seinem Wesen passte.

»Geplant ist, dass du meinen Partner zum Stein der Dämmerung bringst. Dort wird Finnegan ihn zu neuem Leben erwecken, sodass die Magie wieder fließen kann. Anschließend geht jeder von uns seiner Wege. Ich werde diesen Spiegel zerstören, damit du nicht auf die Idee kommst, hierher zurückzukehren. Wenn ihr uns in Frieden lasst, tun wir es umgekehrt auch. So einfach ist das.«

Jonas atmete tief durch. Er wusste, dass er dem Rebellenführer nicht trauen konnte, kein Stück! Gleichzeitig war er sicher, dass er sein Wort halten würde. Nur gab es garantiert ein Schlupfloch in dem Versprechen, das er momentan einfach nicht fand. Dafür war er viel zu aufgewühlt und durcheinander.

»Also gut, ich nehme dich beim Wort«, sagte er heiser. »Ich tue es, wenn du Eya wieder auf die Beine hilfst. Sie kann hierbleiben und ihren Partner rufen, sobald wir weg sind.«

»Nein, das kann sie nicht.«

Die Stimme in seinem Kopf ähnelte Finalgos und war doch völlig anders. Das enthaltene Gemisch aus Wut, Bitterkeit und unverhohlenem Hass erreichte ihn ungebremst, sorgte dafür, dass sich sein Magen schmerzhaft zusammenzog.

Ein gigantischer, nahezu lautloser Schatten verdunkelte den Eingang. Gleichzeitig bewegte sich Eya in seinem Schoß, verzog das Gesicht und stöhnte. Hastig konzentrierte sich Jonas wieder auf sie. Diesmal funktionierte die Wärmeübertragung, deshalb ließ er so viel Energie in sie strömen, wie er abzugeben wagte. Aus den Augenwinkeln nahm er wahr, dass Finnegan elegant landete. Erst jetzt wurde ihm bewusst, was der Drache eben gesagt hatte.

»Was soll das heißen?«

»Es bedeutet, dass uns das Mädchen begleiten wird.«

»Aber sie kann sich kaum bewegen vor Kälte und ist total fertig! Außerdem weiß ich nicht, ob es zu dritt funktioniert. Wir riskieren damit, dass einer verloren geht.«

»Warum sagst du ihm das?«, kam es schwach von unten. »Es wäre eine so gute Gelegenheit, das Scheusal loszuwerden.«

૭ঌ

DER STEIN DER DÄMMERUNG

Einige Minuten später hatte sich Eya soweit erholt, dass sie aufstehen konnte. Dogul, der ohnehin nicht vorgehabt hatte, seinen Partner in die Zwischendimension zu begleiten, half der Drachenreiterin aktiv mit seiner Magie. Erst wunderte sich Jonas darüber. Als er jedoch daran dachte, welche Kraftanstrengung ihm selbst bevorstand, wurde ihm klar, dass es keinesfalls aus Nächstenliebe geschah.

Viel zu bald drängte der grünäugige Magier zum Aufbruch. Finnegan, der sich die ganze Zeit über nicht vom Eingang fortbewegt hatte, begann in einem bläulichen Licht zu leuchten, als würde er von seinem eigenen Feuer eingehüllt. Er stieß ein Fauchen aus, das einem menschlichen Stöhnen glich. Ob die Verkleinerung schmerzhaft war? Vielleicht sollten Eya und er froh sein, dass Zamo diese Prozedur nicht ertragen musste.

Zusehens schrumpfte die leuchtende Gestalt, bis sie ungefähr die Größe von Halima besaß. Schließlich erlosch das Licht und ein vergleichsweise winziger schwarzer Karatdrache stand irgendwie verloren in dem breiten Eingangsspalt.

»Süß«, murmelte Eya grimmig. »Vielleicht kann ich mich jetzt für seine Freundlichkeit von vorhin erkenntlich zeigen, was meinst du?«

Der Rebellenführer, der sich ein paar Schritte in Richtung seines Partners bewegt hatte, wirkte amüsiert.

»Ich an deiner Stelle würde es nicht versuchen, Schätzchen. Finnegan mag physisch kleiner sein, doch seine Masse ist dieselbe geblieben, ebenso seine Magie. Du könntest versuchen, ihn hochzuheben, würdest jedoch kläglich scheitern.«

»Mache dich bereit, Wandler. Diese Daseinsform ist unangenehm, deshalb lass uns rasch aufbrechen.«

Dogul hielt den Spiegel vor sich, was es Jonas zusätzlich zur einschüchternden Anwesenheit des Drachen erschwerte, sich zu konzentrieren. Er spürte, welche Macht von dem schwarzen Winzling ausging. Wie ein Finnegan-Konzentrat, das mächtig unter Druck stand und nur darauf wartete, zu seiner ursprünglichen Größe zu explodieren.

Mühsam fokussierte er sich auf den Stein. Das verwirrende Spiel aus rötlichem Licht und Schatten erschien und zog ihn mit unerwarteter Macht an, als würde es ihn rufen. Erstaunt bewegte er sich darauf zu. Es hatte ihn stets enorm viel Kraft und Überwindung gekostet, diesen Ort aufzusuchen, sodass es ihm unglaublich vorkam, wie sehr er sich nun danach sehnte.

Er beschleunigte unbewusst seine Schritte, bemerkte kaum, dass Eya an seiner rechten Hand mitlief, und zuckte nur leicht, als Finnegan wie aus dem Nichts zu seiner Linken auftauchte. Traumwandlerisch sicher lief er auf den Spiegel zu, sah weder Dogul noch den Drachen, der wie mit Superkleber fixiert an seiner Hand klebte. Ein letzter großer Schritt beförderte ihn und seine beiden Begleiter in den Sog.

Wie gewohnt bremste er gleich darauf, doch es war so beengt an dem Ort, dass er trotzdem hart auf den Felsbrocken vor ihm prallte. Eya lief mit einem Grunzen in ihn hinein. Nur der schwarze Miniaturdrache schaffte es, rechtzeitig anzuhalten, was bei seinem enormen Gewicht an ein Wunder grenzte. Erleichtert stellte Jonas gleich darauf fest, dass er normal atmen und sogar stehen konnte. Doch das Gestein der Höhlendecke lag teilweise so niedrig, dass nur eine Handbreit Platz über seinem Kopf blieb.

»So, da sind wir«, sagte er. Seine Stimme klang dumpf in dem kleinen Hohlraum. »Und was jetzt? Wo ist denn nun der Obelisk?«

Ein helles Fauchen wie von einem Bunsenbrenner, das hinter ihm erscholl, ließ ihn herumfahren. Finnegan stieß einen dünnen, blendend weißen Feuerstrahl aus, der etwas auf dem Boden Liegendes zum Glühen brachte, das wie Lava zerfloss. Erst als das gleißend helle Licht verlosch und nur das Restglühen des geschmolzenen Materials zu sehen war, erkannte Jonas, dass der Drache die Reste des Spiegels endgültig zerstört hatte, durch die sie gekommen waren.

»Oh, Shit!«, ächzte er. »Warum hast du das getan? Das war nicht abgemacht!«

»Wann haben wir zwei etwas vereinbart? Dogul hat versprochen, dich und deine Freunde nicht zu behelligen, wenn du mich hierherbringst. Ich respektiere seinen Wunsch und werde euch nichts tun. Mehr kannst du von mir nicht erwarten. Und jetzt tretet ein Stück zurück, sofern euch euer Leben lieb ist.«

Hastig zog Jonas Eya am Arm bis in den hintersten Winkel des Hohlraumes zurück, in dem sie nur noch gebückt verharren konnten.

»Was geschieht jetzt?«, hörte er ihr Flüstern dicht an seinem Ohr.

Er antwortete nicht, spürte jedoch, wie sich eine gewaltige Kraft zusammenbraute. Ein unscheinbarer, halb unter den Trümmern begrabener, länglicher Stein begann sanft, in allen Spektralfarben zu leuchten.

»Oooh, sieh nur, es ist wunderschön!« Eyas dunkle Augen strahlten und glitzerten in dem Regenbogenlicht.

Die Trümmer rings um den Stein der Dämmerung gerieten knirschend und mahlend wie von Geisterhand in Bewegung, rollten rumpelnd, von unsichtbarer Kraft angetrieben, fort. Jonas war froh, nicht mehr am alten Platz zu stehen, wo er von den Brocken zermalmt worden wäre. Auch das Gestein um sie herum verschob sich und ächzte dabei gefährlich. Staub und kleine Steinchen rieselten auf sie herab, doch nichts Größeres stürzte ihnen auf den Kopf.

Dann blieb es einen Moment lang still.

Hustend wedelte Eya mit den Händen, um bessere Sicht zu erlangen. Plötzlich gab es einen gewaltigen Energiestoß, der sie beide von den Füßen riss. Jonas kam es so vor, als wäre jede Faser seines Körpers zum Bersten voll mit Magie. Es war ein unglaubliches Gefühl von Kraft und Ekstase, das leider nur für eine Sekunde lang anhielt.

Gleich darauf sah er, dass das schlanke, spitz zulaufende Steinmal aufrecht stand, als wäre es nie gekippt gewesen. Der Platz ringsum war frei von Geröll. Genau über dem Stein befand sich eine Lücke im Felsen, die den Blick in den rötlichen Himmel ermöglichte. Zögernd erhoben sie sich. Dicht neben der Säule stand Finnegan, wirkte trotz seiner geringen Körpergröße bedrohlicher denn je.

»Es ist getan. Lebe wohl, kleiner Spiegelmagier. Erwarte nicht zu bald Rettung. Sobald ich zurück bin, zerschlagen meine Brüder und Schwestern den Drachenrat, dieses schändliche, verlogene Pack. Sie werden den Angriff schwerlich überleben. Also wird euch hier niemand finden ...«

Die schwarze Gestalt breitete die Flügel aus und erhob sich, allen Gesetzen der Physik zum Trotz. Obgleich die Bewegungen des Karatdrachen schwerfälliger wirkten als sonst, katapultierte er sich durch den Spalt ins Helle hinaus und verschwand gleich darauf in einem gleißenden Blitz.

In sprachlosem Entsetzen starrte Jonas ihm hinterher, während Eya drohend die Faust in den Himmel hob.

»Möge dich die Sonne verdorren, du Ungeheuer!«, brüllte sie. Dann ließ sie den Arm wieder sinken und seufzte erleichtert. »Wenigstens ist er jetzt weg.«

Stöhnend ließ sich Jonas auf dem makellos sauberen Platz rund um den Obelisken auf die Knie sinken und schlug die Hände vors Gesicht.

»Was hast du?« Der energische Griff an seiner Schulter brachte ihn wieder zu sich.

Benommen nahm er die dargebotene Hand und ließ sich aufhelfen. Dabei blickte er in dunkle, blitzende Augen, die ihn besorgt, jedoch völlig ahnungslos musterten. Ihm wurde bewusst, dass nur er allein den Drachen verstanden hatte.

»Finnegan hat einen Aufstand organisiert«, erklärte er tonlos. »Karatdrachen werden gleich dimensionsübergreifend die Ratsmitglieder töten, sobald ihr Anführer das Zeichen dazu gibt.«

»Nein!« Die Fassungslosigkeit in diesem einen Wort drückte sein Empfinden perfekt aus.

Er nickte bedrückt. »Und das ist noch nicht alles. Du hast gesehen, was das Scheusal mit den Spiegelscherben getan hat?«

»Natürlich, ich bin nicht blind.«

»Damit hat er uns die einzige Chance genommen, von hier fortzukommen. Abgesehen davon, dass es ja keinen Drachen mehr gibt, durch den ich Magie wirken könnte.«

Er blickte an sich hinab und befand, dass es an diesem Ort viel zu warm für die ganze Winterkleidung war. Ohne darüber nachzudenken, entledigte er sich der überflüssigen Dinge in einem Rutsch.

Eya lachte spöttisch. »Von wegen, keine Magie! Ich habe noch nie einen schlechteren Simulanten erlebt.«

Indem sie es sagte, wurde ihm bewusst, dass er diese Kraft dazu benutzt hatte, um sich möglichst schnell auszuziehen. Überhaupt fühlte er sich stärker als je zuvor. Wie konnte das sein?

Er dachte an den Energiestoß und flüsterte: »Es ist der Stein!«

»Aber natürlich!« Die junge Frau neben ihm klang jetzt aufgeregt. »Wie war das noch? Er bündelt die Magie und leitet sie in die Erde. Also ist er von oben bis unten voll damit. Als Finnegan ihn aufgerichtet hat, wurde die überschüssige angesammelte Energie mit einem Schlag freigesetzt. Das war es, was uns vorhin umgeworfen hat, nicht wahr?«

»Ich denke schon.«

Nachdenklich musterte Jonas die glatte Oberfläche, die wie polierter Marmor wirkte. Leider spiegelte sie nicht genug. Zögernd trat er näher heran, streckte eine Hand aus, um das Material zu berühren. Genau wie vor dem Durchschreiten des Spiegels schien ihn das Monument regelrecht anzuziehen wie ein Magnet.

»Nicht!«

Eyas scharfe Warnung ließ ihn innehalten. »Wieso, weißt du etwas, das ich nicht weiß?«

»Du kannst doch nicht einfach ... Es ist ein *Heiligtum*, Jonas!«

»Es ist ein besonderer Stein, das stimmt. Ich glaube, er stammt nicht von der Erde und er ... zieht mich irgendwie an.« Entschlossen führte er die begonnene Bewegung fort, ignorierte dabei das Keuchen hinter ihm.

Der Stein fühlte sich überraschend warm an, als hätte er länger in der Sonne gelegen. Behutsam strich Jonas über die Oberfläche, die doch nicht so glatt war, wie angenommen, sondern unzählige winzige Vertiefungen aufwies. Wer hatte dieses Stück angefertigt und wie?

»Er sieht wunderschön aus.« Die Worte drangen von ganz nah an sein Ohr. Eya war unbemerkt neben ihn getreten und streckte nun ebenfalls zögerlich die Hand aus. »Du hast recht, es ist wie ein Zwang.«

Ihre Finger erreichten das scheinbar glatte, dennoch poröse Material. Im selben Moment glühte der Stein auf. Erschrocken zuckte Jonas zurück und sah aus den Augenwinkeln, dass Eya das Gleiche tat. Das Glühen erlosch augenblicklich. Erstaunt blickte er zu der Drachenreiterin, in deren Augen er Furcht und gleichzeitig dieselbe Erregung erkannte, die ihn selbst erfasst hatte.

»Hast du das gespürt? Er ist lebendig!«, hauchte sie.

Er nickte mechanisch. Sein Hals war plötzlich furchtbar trocken. Vergeblich versuchte er, den Knoten darin runterzuschlucken.

»Und er möchte, dass wir ihn gemeinsam anfassen«, brachte er mühsam heraus. »Vielleicht hat er uns etwas Wichtiges zu sagen?«

Er wusste selbst, wie lächerlich sich das anhörte. Ein Stein konnte nicht reden! Und doch … Dies war kein gewöhnliches Denkmal. Das Material glich keinem, das er schon einmal gesehen hatte. Eventuell war es nicht einmal ein Stein, sondern in Wahrheit etwas ganz anderes.

»Dann tun wir es! Was haben wir noch zu verlieren?« Entschlossen legte Eya erneut ihre Hand auf die Oberfläche.

Jonas fand eigentlich, dass er eine ganze Menge zu verlieren hatte, folgte jedoch ihrem Beispiel. Der Ruf dieses Steins war fordernder und mächtiger als der jedes Spiegels! Sobald seine Fingerkuppen das Material berührten, durchfuhr ihn ein Energiestoß, mindestens ebenso stark wie derjenige, der ihn vorhin umgeworfen hatte. Nur ließ sich seine Hand nicht mehr von dem Obelisken lösen, als wäre sie mit der Oberfläche verwachsen. Er stöhnte auf. Gleichzeitig vernahm er den überraschten Ausruf des Mädchens neben sich.

»Fasst euch an, vollendet den Dreierkontakt.«

Die Stimme erklang mächtig, uralt und zugleich sanft in seinem Verstand. Sie glich der eines Drachen, wirkte jedoch zugleich irgendwie … künstlich.

Eya schien sie ebenfalls zu vernehmen, denn ihre zweite Hand tastete gehorsam nach seiner freien. Mechanisch griff er zu. Er erwartete eine Explosion, irgendetwas Spektakuläres, doch es geschah nichts dergleichen. Es gab lediglich ein feines Summen, das seinen Körper durchlief. Als würden sie gemeinsam einen geschlossenen Stromkreis bilden, der das Monument in allen Regenbogenfarben zum Leuchten brachte. Zugleich hatte er den Eindruck, innerlich genaustens gescannt und durchleuchtet zu werden. Wie bei Helias Umarmung, nur wesentlich systematischer und ohne die emotionale Wärme.

»Seid willkommen, ihr jungen Menschen. Es ist mir eine Ehre, Kontakt zu euch aufzunehmen. Ich bin bereit, euch mein Wissen zur Verfügung zu stellen und von euch zu lernen.«

SCIENCE-FICTION

Die Worte verwirrten Jonas. Wer oder was war dieses Ding? Eine Art lebender Computer? Der Stein schien seine Gedanken wahrzunehmen und darauf zu antworten.

»In der Logik, die sich aus deinen Erinnerungen ergibt, ähnle ich am ehesten einer künstlichen Intelligenz, obgleich ich ein eigenes Bewusstsein besitze. Ich wurde geschaffen, um mich zu entwickeln und zu lernen.«

»Wer hat dich geschaffen?« Eya klang rau und sehr leise.

Die seelenlose Stimme antwortete prompt:

»Meine Schöpfer waren intelligente Zweibeiner, deren physisches Erscheinungsbild dem euren glich. Allerdings wurde ihr gesamtes Dasein, Denken und Handeln durch die Energie bestimmt, die ihr Menschen Magie nennt. Sie arbeiteten lange Zeit daran, mich für ihre Zwecke optimal zu kreieren, gaben mir Form und Gestalt sowie ihr Wissen in der Hoffnung, dass ich eine drohende globale Katastrophe überdauern würde. Als ihre Welt zu sterben begann, stellten sich fünfzig von ihnen der Wissenschaft zur Verfügung und übertrugen mir ihr Bewusstsein. Es war ein Experiment, von dem niemand wusste, wie es ausgehen würde. Die Zweibeiner gingen in eine andere Daseinsform über und lebten fortan als gespeicherte Energie in meinen Zellen. Die übrigen Forscher befahlen mir, zu lernen und intelligentes Leben zu finden, bevor sie mich auf die Reise schickten, fort von ihrem erlöschenden Stern.«

»Abgefahren!« Jonas pfiff durch die Zähne. »Das klingt nach einer coolen Science-Fiction-Story.«

»Für mich klingt es wie gequirltes Wurzelmus«, ächzte die Drachenreiterin. »Ich verstehe kein Wort! Welche intelligenten

Zweibeiner? Was für eine Katastrophe? Und welcher Stern ist erloschen? Wir haben so viele …«

Jonas wurde bewusst, dass Eya weder Wissenschaftssendungen noch den Begriff *Science-Fiction* kannte. Vielleicht wusste sie nicht mal, was sich hinter den leuchtenden Punkten am nächtlichen Himmel verbarg.

»Das heißt, dass die Erbauer des Steins von einem anderen Planeten stammen, dessen Sonne erloschen ist«, murmelte er. »Es gibt unzählige, aber sie sind viel zu weit weg für uns.«

»Und das hört sich jetzt an wie eine Einschlafgeschichte für Yamo. Aber wenn die anderen Welten so weit entfernt sind, wie du sagst, wie kamen die Fremden dann hierher? Durch ein Portal?«

Das war eine gute Frage!

»Ich reiste in eurer Zeitrechnung rund 2.466.000 Jahre lang durch die Weiten des Alls, bis ich auf diesem Planeten intelligentes Leben fand. Obwohl selbst die am weitesten entwickelten Geschöpfe viel zu primitiv erschienen, um den Geist meiner Passagiere aufzunehmen, befahlen sie mir, die Landung einzuleiten. Ihnen war die Endgültigkeit dieses Schrittes bewusst, doch sie hofften, eine neue Heimat gefunden zu haben.«

»Und, haben sie es geschafft? Ich meine, gibt es jetzt Aliens auf der Erde oder stecken sie noch in dir drin?« Jonas war verwirrt. Was hatte dieses Ding, das sich irgendwie ziemlich lebendig anfühlte, mit den Drachen zu tun?

»Unsere Ankunft erfolgte vor 3.248.712 Jahren. Zu diesem Zeitpunkt gab es kleine Gruppen von Zweibeinern, deren Gehirne jedoch zu wenig Kapazität boten, um den Geist meiner Schöpfer aufzunehmen. Deshalb kreierten sie mithilfe ihrer Energie aus gesammelten Biodaten und den DNA-Spuren ausgestorbener Echsenarten, die am Landeplatz vorgefunden wurden, eigene Körper, die für das Überleben in dieser fremden Welt geeignet erschienen. Sie experimentierten

lange Zeit mit unterschiedlichen Arten, bis sie zwölf davon auswählten, um sie zu reproduzieren, damit alle Geistwesen einen biologisch funktionsfähigen Körper erhielten.«

Diese Info brachte Jonas die Erleuchtung, weshalb die Drachen aussahen wie geflügelte Dinosaurier. Ehrfürchtig überlegte er, wie es die Aliens wohl fertiggebracht hatten, nur mit Magie jede Menge neue Spezies zu kreieren, merkte jedoch, dass ihn die Erklärung hoffnungslos überfordert hätte.

»Also sind die Drachen die Nachkommen deiner Erbauer?«, hakte er nach.

»Das ist korrekt. Obgleich sie nur noch wenig mit den empfindsamen, weisen Wesen gemeinsam haben, die einst hier gelandet sind.«

»Was ist denn passiert, dass sie sich so verändert haben?«, fragte Eya leise.

»Die Gehirnkapazität der Körper, die sie eigentlich nur übergangsweise zu bewohnen gedachten, reichte nicht aus, um ihren gesamten Geist aufzunehmen. Einen Teil davon speicherten sie weiterhin in mir, mit dem Ziel, diesen später wieder zu integrieren, wenn sie ein perfektes Gefäß dafür kreiert haben würden. Allerdings beendeten sie diesen Plan nicht. Der natürliche Alterungsprozess ihrer Drachenkörper brachte es mit sich, dass sie etwa alle 1.000 Jahre einen neuen benötigten, dazu vermehrten sie sich auf biologische Art und zeugten Nachkommen. Sie verzichteten immer häufiger auf den Kontakt zu mir und somit auf den Rest von sich selbst. Folglich vergaßen sie nach und nach, wer sie waren, und starben eines natürlichen Todes. Damit erlosch auch der Teil ihres Geistes, den sie in mir zurückgelassen hatten.«

»Das hört sich traurig an«, murmelte Jonas.

Eya schüttelt den Kopf. »Aber warum? Sie waren sicher glücklich als Drachen, sonst hätten sie ihre Herkunft bestimmt nicht vergessen. Richtig?«

»Meine oberste Direktive bestand und besteht weiterhin darin, ihnen ein erfülltes Dasein in ihrem neuen Zuhause zu ermöglichen. Deshalb ließ ich sie gewähren und erinnerte sie irgendwann nicht mehr an ihre Vergangenheit.«

»Kann sein, dass sie glücklich waren«, gab Jonas zu, »aber inzwischen hat sich das ja offensichtlich geändert. Warum gibt es so fiese Exemplare wie Finnegan? Und wieso leben sie nach Drachenarten getrennt in unterschiedlichen Dimensionen?«

»Die Nachkommen meiner Schöpfer studierten die Zweibeiner dieses Planeten sorgfältig und beobachteten interessiert ihre Entwicklung zum heutigen Menschen. Irgendwann stellten sie fest, dass der Homo sapiens grundsätzlich dazu fähig ist, Magie zu nutzen. Einzelne Exemplare besitzen einen direkten Zugang zu dieser Kraft, während bei den meisten von ihnen ein natürlicher Schutzwall existiert, der den menschlichen Geist vor dem Eindringen eines fremden Verstandes bewahrt. Einige Drachen begannen, Kontakt zu magiebegabten Menschen aufzunehmen und sie den Umgang mit dieser Kraft zu lehren. Andere befanden dies als zu gefährlich, da sie das kreative, aggressive Potenzial der Zweibeiner fürchteten. Irgendwann wurden ihre Differenzen diesbezüglich so groß, dass sie parallele Dimensionen erschufen, um sich aus dem Weg zu gehen. Gleichzeitig formten sie diesen neutralen Ort, um bei Bedarf zusammenzukommen.«

»Dann gibt es die Parallelwelten nur deshalb, weil sich die Drachen wegen der Menschen gestritten haben?« Ungläubig blickte Jonas seitlich zu Eya, die noch wesentlich verwirrter wirkte als er selbst.

»Ja. Bedauerlicherweise hatte die Wahl ihrer Körper starken Einfluss auf ihre Psyche und ihren Charakter. Ohne ihren vollständigen Geist entwickelten sie sich mit der Zeit zurück.«

»Aber wie konnten sie das überhaupt fertigbringen? Ich meine, wie erschafft man eine Paralleldimension?«

»Das aus einer Singularität entstandene Multiversum besteht aus unzähligen latenten Parallelen, deren theoretische Möglichkeit durch den Einsatz von Energie zur Realität erhoben werden kann.«

»Hä?« Mehr brachte er nicht heraus. Es wurde langsam deutlich zu viel für seinen armen Verstand!

»Einfacher ausgedrückt: Es existieren unendlich viele parallele Dimensionen. Sie werden zur Realität, wenn es jemandem gelingt, in sie einzudringen. Dazu ist ein hohes Maß an Energie nötig.«

»Warum sagst du das nicht gleich«, brummte Jonas. »Ich verstehe trotzdem nicht, weshalb die Drachen so viele Sachen vergessen haben. Sie könnten dich doch einfach fragen.«

»Ich bewahre sämtliche Informationen auf, bin jedoch so konzipiert, dass ich sie nur dann weitergeben kann, wenn ein sinn- und verantwortungsvoller Umgang damit gewährleistet ist. Ein Großteil des Wissens meiner Schöpfer ist für die Drachen nicht nutzbar, da sie sich zu weit von ihrem Ursprung entfernt haben. Sie sind nicht mehr fähig, es umzusetzen. Das in euch vorhandene menschliche Wissen bildet inzwischen eine perfekte Ergänzung dazu. Mithilfe eurer Spezies könnte erneut Entwicklung auf beiden Seiten stattfinden. Der Drachenrat hat sich allerdings bisher dagegen gesperrt, Menschen als gleichwertig anzusehen, und den Fortschritt seiner eigenen Rasse dadurch gebremst.«

»Ach, deshalb hast du mich gerufen!« Die Erleuchtung durchzuckte Jonas wie ein Blitz.

»Ja. Ich erkannte in dir eine besondere Begabung, die Drachen und Menschen einander näherbringen könnte. Mein Auftrag lautet noch immer, den Nachkommen der Wesen zu dienen, die mich geschaffen haben.«

Die Worte des Steins brachten Jonas zurück in die Gegenwart und damit zum ungeheuerlichen Plan des schwarzen geflügelten Albtraumes. Ein eisiger Schreck durchfuhr ihn.

»Das ist alles ganz cool, aber wir müssen sofort in die Karatdrachendimension, um die anderen zu warnen! Finnegan-«

»Es ist bestimmt schon zu spät, Jonas.« Eya stöhnte leise und sah ihn traurig an, einen bitteren Zug um die Mundwinkel. »Ist dir klar, wie lange wir hier schon gefangen sind?«

»Eure Sorge bezüglich der Zeit ist unbegründet, da sie an diesem Ort eigenen Gesetzen folgt. Es steht nicht in meiner Macht, euch von hier fortzubringen, allerdings könnte es einer der Drachen tun, die mit euch verbunden sind.«

»Na, dann los!«

Jonas war nun ungeduldig, doch Eya schüttelte den Kopf. »Wie soll Zamo denn hier landen? Es ist viel zu eng für ihn und er kennt das Geheimnis der Verkleinerung nicht.«

»Zunächst müsst ihr die Höhle ein wenig instand setzen. Die nötige Energie dazu solltet ihr inzwischen besitzen.«

»Aber ich kann keine Magie …«, begann die Drachenreiterin protestierend, stockte und riss überrascht die Augen auf. Sie hielt einem Moment inne und horchte in sich hinein. »Da ist etwas Neues …«, flüsterte sie. »Ich kann es fühlen!«

»Ich habe mir erlaubt, die Barriere zu entfernen, die es dir verwehrt hat, deinen Drachen von hier aus zu erreichen.«

»Ich kann jetzt … Du meinst, ich bin eine *Magierin?*«

»Ja. Betrachte es als Gegenleistung im Austausch für das Wissen in deinem Kopf, für das ich sehr dankbar bin. Auch Jonas habe ich etwas gegeben, das vor allem seiner Partnerin nützlich sein dürfte und ihm damit selbst ebenfalls zugutekommen wird.«

Völlig verblüfft sah Jonas zu Eya rüber, die ihr Glück augenscheinlich nicht fassen konnte. »Was ist es denn?«

»Du trägst die Anleitung in dir, wie man als junger Drache ein Portal erschafft.«

»Boa, ich dachte, das sei gar nicht möglich.«

»Es wurde in früheren Zeiten bereits jüngeren Drachen beigebracht. Da diese ihre Fähigkeit jedoch nicht immer vernünftig einsetzten und dadurch Leben gefährdeten, wurde es irgendwann durch den Drachenrat verboten.«

»Wow, das ist klasse. Danke!«

»Nun ist es an der Zeit, den Kontakt zu beenden, die Höhle zu reparieren und euren Transport zu organisieren. Ich habe zu danken und hoffe, die Rettung des Drachenrates gelingt.«

Jonas merkte, wie sich seine Hand von dem Stein löste, dessen Leuchten erlosch. Zögernd ließ er auch die junge Frau neben sich los, die gedankenverloren in dem rötlichen Licht stand. Im Gegensatz zu ihm wollte sie den Obelisken keinesfalls loslassen, nahm sogar die zweite Hand dazu und presste sie dagegen.

»Warte!«, rief sie erstickt. »Was soll ich denn jetzt tun? Ich weiß doch gar nicht …«

Die Felssäule blieb wie erwartet dunkel und still.

»Mach dir keine Gedanken«, sagte Jonas beruhigend. »Du rufst Zamo, das hast du schon tausendmal gemacht. Nur musst du diesmal etwas kräftiger rufen, um die Dimensionsbarriere zu überwinden. Der Stein der Dämmerung hat gesagt, dass du genug Magie dafür hast, also schaffst du es auch. Ich kümmere mich um die Höhle. Falls es dich tröstet – ich habe nicht die leiseste Ahnung, wie ich das anstellen soll.«

»Na wie schon. Entweder sprengst du die Gesteinsbrocken weg oder du schiebst sie zur Seite. Das sollte eigentlich ein Klacks für dich sein. Am besten stützt du die Decke ab, damit nicht noch mehr von dem Zeug runterkommt und uns unter sich begräbt.«

Tief durchatmend legte er seine Hand auf einen der Felsen, die den kleinen Freiraum ringsum begrenzten. Er konzentrierte sich auf die Struktur dieses Brockens, der im Weg stand, erfühlte seinen inneren Aufbau, ließ ein wenig von der Energie, die ihn bis zum

Bersten erfüllte, hineinfließen, um die Verbindungen zu lösen. Es genügte, um dieses mächtige Gebilde zu Staub zerfallen zu lassen.

Noch immer verband ihn etwas mit den winzigen Teilchen, ähnlich wie bei den Splittern eines Spiegels. Er dirigierte die Wolke aus pulverisiertem Gestein zu einer Lücke in der tragenden Struktur der Höhlenwand und setzte sie dort passgenau wieder zusammen. Sie verschmolzen mit dem umliegenden Felsgestein und trugen nun das Dach.

Stolz drehte er sich zu Eya um, doch diese hatte sein Wunderwerk gar nicht bemerkt, da sie mit geschlossenen Augen und konzentriertem Gesichtsausdruck dastand, den Kopf leicht in den Nacken gelegt, die Hände zu Fäusten geballt. Sie bot einen faszinierenden Anblick, doch er musste weitermachen, sonst würde sich Zamo die Flügel brechen. Die Option, außerhalb dieser Höhle zu landen, gab es nicht. Er wusste, dass es oberhalb der höchsten Erhebung der halb eingestürzten Decke weder Atmosphäre noch Schwerkraft gab, einfach nichts.

Dieser Ort war eine künstlich geschaffene Oase im Raum zwischen den Spiegeln, die nicht von Mauern begrenzt wurde, sondern von der reinen Magie des Steins. Vermutlich war dieses Wissen notwendig, um die Höhle fachgerecht zu sanieren, genau wie das Gefühl für ihre Statik, denn er hatte es zusammen mit dem überfließenden Maß an Energie erhalten. Er nutzte die Kraft, um weitere kleine und große Blöcke zu pulverisieren und an geeigneten Stellen einzufügen. Es machte so viel Spaß, dass er sogar ein paar Verzierungen anbrachte. Leider wurde die Vollendung des Kunstwerks vom Auftauchen einer großen dunklen Gestalt in seiner Mitte unterbrochen.

»Zamo!«

Mit einem jubelnden Aufschrei raste die noch immer sehr winterlich gekleidete Eya auf ihren Partner zu. Hastig sammelte Jonas seine weit verstreuten Sachen auf. Auch hierzu verwendete er Magie und fragte sich, warum er es jemals anders gemacht hatte.

»Hallo, ihr zwei. Das alles hier sieht nach einem bemerkenswerten und absolut erstaunlichen Abenteuer aus, das ich unbedingt hören möchte. Aber wenn ich Eyas Worte richtig deute, müssen wir das Erzählen auf später verschieben und schleunigst aufbrechen, um großes Unheil zu verhindern!«

DRACHENKAMPF

Der Sprung durch Zamos Portal, der sie in eine bewohnte Dimension führte, kam Jonas vor wie die Reise durch ein Wurmloch zu einem anderen Planeten.

»Voll krass!«, keuchte er, als sich die Welt weiß und kalt um sie herum materialisierte.

»Nicht wahr? Ich habe das schon zweimal gemacht, aber es ist immer noch … äh … gewöhnungsbedürftig«, ertönte es hinter ihm von Eya.

Plötzlich taumelte ihr Drachengefährte.

»O nein!« Eyas Verzweiflung bohrte sich in sein Herz. »Zwei Sprünge so dicht hintereinander, auch noch an den Versammlungsort des Rates! Wo hast du uns hingebracht, Zamo?«

»Zu Eafras. Ich befürchte allerdings, dass wir zu spät kommen. Finnegans Gefährten greifen bereits an. Sie sind zu zweit. Allein hat der Älteste keine Chance gegen sie. Und ich …«

Er sprach nicht weiter, doch die Erschöpfung war deutlich in seinen Gedanken zu spüren und äußerte sich in dem unregelmäßigen Flügelschlag, der sie dennoch rasend schnell zu der Höhle im Gletschereis katapultierte. Nun sah Jonas einen schwarzen Schatten, der vor der weißen Wand auftauchte.

»Warum hast du uns hierhergebracht!«, rief er entsetzt. »Du kannst nicht mehr kämpfen, Eya und ich haben überhaupt keine Chance …«

»Aber wir haben genug Energie!« Die Stimme seiner Begleiterin klang entschlossen. »Wie hat uns der Stein welche gegeben – durch Berührung? Dann müssen wir sie jetzt an meinen Partner weitergeben, und zwar schnell!«

Im Bruchteil einer Sekunde begriff er, was sie wollte. Natürlich! Die magische … Dingsda.

»Nimm meine Hand!«, rief er erregt und streckte eine nach hinten. »Und mit der anderen berührst du Zamo. Dreierkontakt, genau wie vorhin!«

»Okay, und was jetzt?«

»Den Rest mache ich. Vielen Dank, meine Freunde, ihr seid großartig! Und eure Magie ist es auch! Direkt aus dem Stein ist sie wesentlich stärker als sonst. Wie ein Konzentrat. Woooa!«

Jonas spürte, wie ein Teil der Energie durch seine Hand in den Körper des Drachen floss, allerdings längst nicht alles davon. Gleichzeitig wurden die Flügelschläge energischer.

»Es funktioniert!«, jubelte Eya. »Ich bin so froh, dass wir bei diesem Steindings waren!«

»Freu dich nicht zu früh«, gab Jonas grimmig zurück. »Noch haben wir die Karatdrachen nicht in die Flucht geschlagen.« Etwas anderes konnte und wollte er sich nicht vorstellen.

»Haltet euch fest, es geht los!«

Von einem grellweißen Licht geblendet schloss Jonas kurz die Augen. Ein reißendes Geräusch, gefolgt von einem ohrenbetäubenden Krachen, ließ ihn sie erschrocken wieder aufreißen. Zamo taumelte zurück und richtete sich dabei auf, sodass er beinah abrutschte. Eya schrie auf und klammerte sich an ihm fest. Woran auch sonst? Instinktiv wandte er das Unterdruckprinzip eines Saugnapfes an, um sich am Drachenrücken festzukleben.

»Was war das?«, keuchte er, als der Drache gleich darauf in die gewohnte Fluglage zurückkehrte.«

»Der Kälteangriff eines Karatdrachen. Tückisch, aber dank eurer Energie konnte ich ihn gut abwehren. Passt bitte weiter auf! Ich versuche jetzt, in die Höhle einzudringen, um Eafras beizustehen. Er ist bereits ziemlich geschwächt.«

Jonas schoss eine Idee durch den Kopf. Er hatte noch immer genug Energie übrig und Eya sicherlich ebenfalls. Wenn sie absprangen und mit etwas magischer Hilfe zu dem erschöpften Ältesten gelangen könnten …

»Gute Idee! Ich lenke die wütende Dame da vorne ab und hoffe, dass ihr Erfolg habt.«

In diesem Moment war er froh, so durchsichtig für Zamo zu sein, da brauchte er wenigstens keine Zeit mit Erklärungen zu vergeuden. Der Plan des Drachen stand plötzlich vor seinem geistigen Auge und ließ ihn keuchen. Mit Mühe unterdrückte er einen Aufschrei, als ihr fliegender Partner vor der Höhle im rechten Winkel abbog und seitlich abkippte. Dabei stieß er einen Feuerstoß in Richtung des schwarzen Schattens, der sich bedrohlich von der anderen Seite näherte.

Er und Eya ließen synchron los und sausten auf den Eingang zu. Eine Luftrutsche, ähnlich der, die Jonas aus dem zweiten Stock befördert hatte, nur in flacherem Winkel, brachte sie sicher die paar Meter über den Abgrund. Sie schlitterten mit Schwung bäuchlings auf den Gletscher zu. Die Drachenreiterin demonstrierte dicht vor ihm eine perfekte Judorolle auf dem harten, glatten Eis des Höhlenbodens. Seine eigene Landung erfolgte nicht ganz so elegant, aber dank eines Luftpolsters auch nicht unangenehm.

All das ging nahezu geräuschlos vonstatten, beziehungsweise wurde es von dem Fauchen, Bersten und Brüllen übertönt, das von einem Kampf auf Leben und Tod zeugte. Nun erst erkannte Jonas, dass sich der zweite schwarze Koloss in einiger Entfernung vom Eingang vor dem Eisdrachen aufgebaut hatte. Blaue Blitze zuckten, die Luft knisterte vor Energie. Ein gleißender Lichtstrahl, von Eafras ausgestoßen, verpuffte wirkungslos an einem unsichtbaren Schild des Karatdrachen. Auch die Gegenattacke des Riesen wurde abgelenkt, jedoch erst bedrohlich nah an der silbrigen Gestalt.

Zum Glück schienen die Kämpfenden zu beschäftigt, um die Menschen zu bemerken. Wie gelähmt verfolgte Jonas dieses imposante, beängstigende Schauspiel.

Etwas berührte ihn am Arm, als Eyas Raunen an sein Ohr drang. »Was machen wir denn jetzt, großer Stratege? Wenn wir uns auch nur einen Millimeter weiter vorwagen, sind wir tot.«

Fieberhaft überlegte Jonas. Es musste ihnen gelingen, Kontakt zu Eafras aufzunehmen, ohne die Aufmerksamkeit seines Angreifers zu erregen. Aber das ging nur, sofern er sein Gedankenmuster fand. Wie sollte er wissen, welches von den beiden erbittert miteinander ringenden Mustern dem Ältesten gehörte?

»Eya, du musst mir helfen«, flüsterte er drängend. »Gib mir die Hand und erinnere dich an deine Begegnung mit dem Eisdrachen!«

»Muss das sein? Na gut, wenn es so wichtig ist …«

Bei der erneuten Berührung tastet er nach dem Muster seiner Begleiterin. Nun konnte er wunderbar darin eintauchen und eine Flut von Bildern, verbunden mit dem quälenden Gefühl des Ausgeliefertseins, durchfuhr ihn. Es genügte, um das Muster des gesuchten Drachen von dem des anderen zu unterscheiden. Er stupste das Bewusstsein vor ihm zaghaft an, das seine und Eyas Anwesenheit ignorierte, darum bemüht, die überwältigende Präsenz des Karatdrachen fernzuhalten.

»Verehrter Eafras, wir sind hier, um dir zu helfen«, flüsterte er dabei. Die Antwort kam leise und qualvoll. Eine abgrundtiefe Verzweiflung schwang darin.

»Wie wollt ihr Menschenkinder mir gegen Faysal behilflich sein? Verschwindet hier, bevor er euch ebenfalls vernichtet!«

»Wir tragen die magische Kraft des Steins in uns, die wir an dich weitergeben könnten, wenn du näher zum Eingang kommen würdest.«

»Das ist wahrlich eine gute Nachricht! Gibt es eine Möglichkeit, die Halle der Dämmerung zu betreten?«

Der Drache klang nun viel wacher, hoffnungsvoller. Gleichzeitig stieß er ein furchterregendes Brüllen aus, dazu eine Welle aus Energie, die seinen Gegner ein Stück zurückweichen ließ.

»Ja, Jonas hat die Höhle repariert«, sprach Eya leise. Sie klang sogar ein bisschen stolz, wie er verblüfft registrierte. Der Älteste stürmte an dem völlig überrumpelt scheinenden Karatdrachen vorbei auf sie zu.

»Dann können sich vielleicht doch noch ein paar von uns retten. Ich glaube, ich schaffe es nicht.«

Die schlankere Gestalt taumelte wie zur Bestätigung dieser Worte, schlug drei oder vier Meter vor ihnen auf dem harten Steinboden auf und rutschte mit einem schabenden Geräusch auf sie zu. Ihr Gegner, der sich offensichtlich von seiner Überraschung erholt hatte, näherte sich. Er ließ sich Zeit dabei. Irrte Jonas sich, oder wirkte er ebenfalls erschöpft?

»Jetzt!« Entschlossen huschte er geduckt zu dem regungslosen Eafras, nutzte dessen Leib als Deckung, um außer Sichtweite des schwarzen Giganten zu bleiben. Dieser würde trotzdem nur wenige Sekunden brauchen, um sie zu finden.

Eya folgte ihm wie ein Schatten und streckte die freie Hand nach den silbrigen Schuppen aus. Sie schlossen den Dreierkontakt. Erneut spürte er, wie die Energie durch seinen Arm in den Drachen floss. Diesmal schien es viel mehr zu sein, bis der Älteste hell aufstrahlte. Er erhob sich mit einer fließenden, eleganten Bewegung und unterbrach dadurch den Kontakt.

»Habt Dank!«

Der Gedanke war verbunden mit einem so starken Gefühl, dass sich Jonas innerlich umarmt fühlte. Gleichzeitig wurde er körperlich sanft an die Wand geschoben. Eya erging es ebenso. Sie hatten keine Zeit, sich zu wundern oder überhaupt auf diese Behandlung zu reagieren, denn in diesem Moment erscholl ein bedrohliches, markerschütterndes Fauchen, mit dem der Karatdrache auf das unerwartete Comeback seines Gegners reagierte.

Schockstarr an den eiskalten Felsen gepresst beobachtete Jonas aus nächster Nähe, was geschah:

Eafras, obwohl körperlich viel kleiner als sein Kontrahent, teilte nun in schneller Folge gleißende magische Hiebe aus, die den Schutzschild des schwarzen Drachen zu durchbrechen drohten. Dieser wich immer weiter zurück. Nach wenigen Sekunden des ungleichen Kampfes, in denen der Koloss keine einzige Gegenattacke gestartet hatte, senkte er in einer demütig wirkenden Geste sein dornenbewehrtes Haupt und brach in die Knie.

»Sag mir, welcher Älteste uns verraten hat!«

Die Stimme des Eisdrachen donnerte Ehrfurcht gebietend in Jonas' Schädel. Dennoch wusste er genau, dass die Worte nicht an ihn gerichtet waren und er sie nur deshalb hörte, weil Eafras ihn, und offensichtlich auch Eya, an dieser Unterhaltung teilhaben ließ.

»Wirst du mich verschonen, wenn ich dir die Namen nenne?« Die Gedankenstimme des Besiegten drang gebrochen in seinen Verstand.

Die Antwort kam hingegen hart und erbarmungslos: *»Du wirst nicht durch meine Magie sterben, sondern dich dem Urteil des Rates stellen!«*

Der Karatdrache, so schwach er auch war, schien ironisch zu lachen. *»Welcher Rat soll mich verurteilen? Du bist vermutlich das einzige Mitglied, das nicht auf unserer Seite steht und diese Aktion bis jetzt überlebt hat. Und das lediglich durch die Hilfe eines Horndrachen sowie dieser lächerlichen Zweibeiner dort. Ich weiß nicht, woher diese unglaubliche Kraft stammt, die sie dir geschenkt haben, doch das wird ihnen kein zweites Mal gelingen. Schließe dich uns an, das ist deine einzige Chance.«*

Eafras schnaubte verächtlich. »*Niemals stelle ich mich auf die Seite von Unrecht und Chaos. Nenne mir die Namen oder stirb!*«

Er näherte sich der zusammengesunkenen Gestalt, mächtiger und bedrohlicher als je zuvor.

»*Halte ein! Es sind Seraphina, R'shul und Domeus. Dein Wissen nützt dir nichts mehr, da Finnegan bereits die Herrschaft angetreten hat. Du wirst vor seinem Zorn nur sicher sein, wenn du dies anerkennst.*«

Wortlos setzte sich der Älteste. Etwas Kleines, Leuchtendes flirrte rasend schnell von einer der hinteren Höhlenwände heran. Eya keuchte neben ihm. Gleich darauf erkannte er, dass es sich um eine dieser grausigen magischen Fesseln handelte, die sich wie von Zauberhand um ein Bein des Karatdrachen wand und festzog. Dieser stieß einen Laut aus, der sich zugleich schmerz- und wuterfüllt anhörte.

»*Du Narr! Finnegan wird dich dafür töten, langsam und qualvoll!*«

»*Das glaube ich nicht*«, gab Eafras ruhig zurück. »*Immerhin habe ich eben Kontakt zu vier der sechs getreuen Ratsmitglieder gehabt. Damit ist euer Überraschungsangriff wohl gescheitert.*«

VERLOREN UND GEFUNDEN

Wie im Traum erlebte Jonas die folgenden Momente, nahm benommen den erneuten Dank des Ältesten wahr, ebenso die Landung der dunklen Gestalt im Höhleneingang.

Es erleichterte ihn ungemein, Zamo lebend und unversehrt zu sehen. Gleichzeitig fühlte er sich ausgelaugt und erledigt, als hätte er selbst gegen den Karatdrachen gekämpft. Von der Kraft des Steins war nichts mehr geblieben. Anscheinend hatte sie exakt für seine Aufgabe ausgereicht.

»Was ist mit dem zweiten Angreifer, hast du den in die Flucht geschlagen?«, erkundigte sich Eya bei ihrem Drachenpartner.

Sie wirkte zwar nicht so energiegeladen wie sonst, bewegte sich jedoch wesentlich schneller als Jonas, der unter mentalem Muskelkater litt. Jedenfalls fühlte es sich ähnlich an wie nach dem Spiegel-Durchquerungs-Marathon, zu dem Dogul ihn gezwungen hatte.

»Ja, aber ich befürchte, Argana hat den Dimensionssprung nicht vollendet«, gab Zamo sehr ernst zurück.

Jonas spürte die tiefe Erschütterung des Drachen, der um seine Gegnerin zu trauern schien wie um eine enge Freundin.

»Was bedeutet das denn?«, flüsterte er. »Ist sie tot?«

»Vermutlich ist sie es bald. Es passiert nur selten, dass einer von uns in stark geschwächtem Zustand überhaupt einen Sprung wagt, und noch seltener, dass es ihm nicht vollständig gelingt. Argana war zu stolz, um sich geschlagen zu geben. Sie verschwand vor meinen Augen, doch ihr Tor zerfiel viel zu schnell. Die Zeit reichte nicht annähernd für eine Durchquerung.«

Er schluckte schwer, dachte an sein grausiges Erlebnis zwischen den Spiegeln, und daran, dass Naida ihn gerettet hatte.

»Kann man ihr nicht mehr helfen? Ich meine, wenn jemand anders rechtzeitig ein neues Tor öffnet ...«

»Ich kenne weder ihr Ziel noch besitze ich ihr Vertrauen«, wehrte Zamothrakles ab. *»Ich glaube nicht, dass wir es schaffen. Es ist nicht wie bei dir.«*

Die schwache, schmerzerfüllte Stimme des gefangenen Karatdrachen mischte sich ein. Der schwarze Gigant schien ihm unmittelbar in die Seele zu blicken, neugierig und erstaunt.

»Du bist der junge Zweibeiner, von dem Finnegan erzählt hat. Derjenige, der durch Spiegel wandeln kann! Du warst zwischen den Dimensionen gefangen und hast überlebt? Dann gibt es noch Hoffnung für meine Gefährtin ... Ich weiß, wo sie hinwollte. Bitte, ich flehe euch an. Verurteilt mich, tötet mich, wenn es sein muss, aber überlasst Argana nicht diesem furchtbaren Schicksal, das vielleicht schlimmer ist als der Tod!«

Eafras richtete sich zu seiner vollen Größe auf. *»Wenn sie dir mehr bedeutet als die verräterischen Ziele deines Herrn, werte ich das als ein Zeichen von Anstand, Faysal. Allerdings wüsste ich auch nicht, wie wir sie retten könnten.«*

»Meine Lehrmeisterin hat eine neue Spiegelverbindung hergestellt, die nah des angepeilten Ziels lag«, erklärte Jonas. »Zamo hat es ihr geraten. Woher wusstest du, dass sie das tun musste?« Er wandte sich an den dunkelgrauen Horndrachen, der irgendwie verlegen wirkte.

»Das würde mich ebenfalls interessieren«, bemerkte Eya mit schmalen Augen. »Du warst dir da ziemlich sicher. Und deine Bemerkung mit dem Vertrauen kam auch nicht von ungefähr. Also?«

»Mein Großvater Zafir hat in seiner Jugend eine geheime Sitzung des Rates belauscht und bei Entdeckung zu fliehen versucht. Er war

noch nicht erwachsen und beherrschte die Erschaffung eines Portals nur unzureichend. Mein Urgroßvater konnte ihn nicht daran hindern und musste zusehen, wie sein Sohn ins Verderben flog. Die Mitglieder des Rates waren erschüttert. Niemand wusste, wie ihm zu helfen war, doch Zothra wollte ihn nicht aufgeben und öffnete ein zweites Portal in seine Heimatdimension. Er flog hindurch und rief dabei mit aller Kraft nach Zafir. Die Zeit des Übertritts reichte nicht, um den Jungdrachen zu finden, deshalb wiederholte er den Weg. Weitere Ratsmitglieder schlossen sich der Suche an, öffneten Portale und riefen nach dem Ausreißer, doch keiner von ihnen hörte oder sah auch nur einen Schimmer von ihm. Schließlich versuchte es seine Mutter Hashira. Sie war die Einzige, der er in diesem Moment vertraute, ihr folgte er heim.«

»Dann muss der Karatdrache es versuchen!«, rief Jonas aufgeregt. »Das wäre …« Er brach ab, als er alle Blicke auf sich spürte und merkte, wie er rot wurde. »Entschuldigung«, murmelte er. »Wahrscheinlich wäre das eine saumäßig schlechte Idee.«

Eyas Augenrollen brauchte er nicht, um zu wissen, wie unüberlegt seine Bemerkung gewesen war. Um ein Portal zu erschaffen, musste der Gefangene frei von der magischen Fessel sein. Was sollte ihn dann noch daran hindern, seinem Boss Bericht zu erstatten und auf Nimmerwiedersehen zu verschwinden?

»Der Junge hat recht.« Eafras Stimme ertönte ruhig und weise in seinem Kopf, was ihn überrascht blinzeln ließ.

»Nach eingehender Prüfung befinde ich Faysals Ansinnen für aufrichtig. Allerdings darf er nicht allein gehen. Er benötigt einen Aufpasser, der dafür sorgt, dass er sein Wort hält und sich samt seiner Gefährtin dem Urteil des Rates stellt.«

Ein tiefes, sehr bekannt klingendes Seufzen erreichte Jonas.

»Ich nehme an, dass der Drachenrat – oder das, was von ihm übrig ist – momentan dringend eine Strategie erarbeiten muss, wie er die

Situation wieder in den Griff bekommt. Also bleibt für diese Aufgabe nur ein Drache übrig.«

»Wir kommen natürlich mit!«, rief Eya kämpferisch.

Gleichzeitig spürte Jonas einen Ellenbogenhieb in der Seite. Zum Glück wurde die kräftige Bewegung von dicken Kleidungsschichten gedämpft. Er stimmte mechanisch zu, obwohl sich alles in ihm dagegen sträubte, schon wieder ein Portal zu durchqueren, eventuell sogar mehrmals, um einen feindlichen Karatdrachen zu finden, der sie vorhin noch wahlweise rösten oder einfrieren wollte.

»So gerne ich euch um mich habe, das ist keine gute Idee. Ihr seid erschöpft und braucht Erholung. Außerdem könnt ihr mir bei dieser Aufgabe nicht helfen, dafür werdet ihr woanders gebraucht. Eafras hat bestimmt einen Spiegel, durch den euch unser junger Wandler zu Helia bringen kann. Sie wartet noch immer in der Karatdrachendimension.«

Mit Unbehagen wurde Jonas bewusst, dass er seit dem Morgen nicht mehr an seine Drachenpartnerin gedacht hatte. Die Vorstellung, dass sie sich in der Heimatdimension der schwarzen Riesen aufhielt, von denen sich so viele dem gefährlichen Aufrührer Finnegan angeschlossen hatten, beunruhigte ihn auf einmal. Das Band zwischen ihnen sagte ihm zwar, dass es ihr zumindest nicht schlecht ging, aber nun wollte er unbedingt zu ihr zurück.

»Los, lass uns verschwinden«, murmelte er und zupfte am Ärmel der Reiterin. Diese dachte jedoch gar nicht daran und baute sich in typischer Eya-Kampfhaltung vor ihrem Partner auf.

»Ich gehe nicht ohne dich, Zamo! Wenn der Rotschopf zu seiner Prinzessin möchte, verstehe ich das durchaus, aber er schafft das gut allein. Ich bleibe an deiner Seite!«

Ein weiteres, noch tieferes Drachenseufzen ließ Jonas innerlich grinsen. Es hörte sich an, als würde sich der Angesprochene geschlagen geben. Jedenfalls stieg die kraushaarige Reiterin mit einem triumphierenden Ausdruck im Gesicht auf. In der Zwischenzeit hatte der Älteste den gefangenen Karatdrachen von seiner Qual erlöst.

»Ich hoffe, wir sehen uns bald wieder, junger Magier, hallte Zamothrakles' Abschied in Jonas nach, während sich die geflügelten Wesen hintereinander zum Ausgang bewegten. Eya drehte sich noch einmal um und winkte dem Eisdrachen und ihm zu.

»Macht's gut – ich hoffe, ihr findet Argana!«, rief er ihnen hinterher.

»Ich muss mich nun ebenfalls auf den Weg zu meinen Gefährten machen. Sie erwarten mich bereits dringend.«

Eafras' Worte rissen ihn aus seiner Beobachtung der startenden Drachen. Der Eisdrache stand nun ganz nah und hatte den Kopf zu ihm herabgeneigt, sodass sich Jonas in dem schwarzglänzenden, gütigen Auge erblickte.

»Reicht dir das als reflektierende Fläche? Andernfalls könntest du nur das Dorf aufsuchen, da ich einen solchen Gegenstand nicht besitze. Allerdings sollte ich diesen kleinen Gefallen von meinen menschlichen Freunden erbitten, wenn er deinen Besuch ermöglicht. Bei Gelegenheit würde ich gern mehr über deine außergewöhnliche Begegnung mit dem Stein der Dämmerung hören. Auch der Rat muss davon erfahren. Aber alles zu seiner Zeit.«

Jonas schluckte. Dass er vor dem Drachenrat sprechen sollte, machte ihm momentan wesentlich weniger Angst als der Gedanke, das Auge des Ältesten zur Spiegeldurchquerung zu verwenden. Dennoch konzentrierte er sich auf Helia. Es funktionierte überraschend einfach. Anscheinend waren Drachenaugen magisch genug, um perfekte Spiegel abzugeben.

»Es klappt«, brachte er mühsam hervor. »Ich … Okay, wenn es wichtig ist, erzähle ich den Ältesten die Story. Ich hoffe, es hat Zeit bis morgen, bin nämlich ziemlich k. o.«

»Natürlich darfst du dich erst ausruhen, kleiner Held. Grüße deine Partnerin von mir. Bis bald!«

Vor sich sah er den fröhlich glitzernden Fluss, in dem er heute früh gebadet hatte. Entschlossen nahm er all seinen Mut zusammen, stürzte auf dieses friedliche Bild zu und hoffte dabei, dass der Drache nicht im falschen Augenblick blinzeln musste. Gleich darauf stolperte er in die helle Wärme und sackte zwei taumelnde Schritte später in die Knie. Keuchend ließ er sich nach vorne fallen. Der Übertritt schien den letzten Rest Kraft aus seinen Gliedern gesaugt zu haben.

»Jonas – da bist du ja endlich!« Helias Gedanken klangen sehr erleichtert.

Er freute sich, sie wieder wahrzunehmen, wollte jedoch einfach nur schlafen. Mühsam rappelte er sich auf, zog die dicke Jacke und den Pulli aus, schleppte alles in den Schatten eines hohen Baumes und breitete die Kleidungsstücke samt dem Rucksack aus, um sich draufzulegen. Hinter ihm erklang das sanfte Rauschen von Drachenflügeln, dann das dumpfe Geräusch, mit dem die weiße Schönheit landete.

»Wo sind Zamothrakles und Eya?«

»Schau es dir an«, murmelte er schläfrig, während er es sich auf dem Polster aus dürrem Laub und Wurzelgeflecht bequem machte. Der Einfachheit halber ließ er es zu, dass die Erlebnisse dieser ereignisreichen Stunden vor seinem inneren Auge vorbeizogen wie ein Film, den die weiße Drachendame voller Staunen mit ansah.

»Jetzt verstehe ich, weshalb du so erschöpft bist. Ihr habt wirklich Großartiges geleistet! Schlaf ein wenig, mein tapferer Freund. Ich werde in der Nähe bleiben, sodass ich rasch wieder zurück bin, wenn du aufwachst.«

»Sei vorsichtig und lass dich nicht von fremden Karatdrachen sehen.« Mehr brachte er nicht heraus.

Ehe er die Antwort seiner Partnerin wahrnehmen konnte, war er offline.

&

Er wurde durch Stupsen und feuchtwarmen Drachenatem geweckt.

»Jonas, bitte wach auf! Da ist dieser widerliche Mensch im Spiegel, der dich dringend sprechen möchte. Ich würde ihn am liebsten rösten, aber er sagt, es sei sehr wichtig. Komm schon!«

Wieder wurde er geschubst, diesmal so stark, dass er von seinem improvisierten Lager rollte. Grunzend schob er sich aus der Bauchlage auf die Knie zurück und blinzelte Helia an, die ihren Kopf zwischen die eng stehenden Bäume gezwängt hatte, um ihn zu wecken. Es sah lustig aus. Mühsam schüttelte er die merkwürdigen Träume vom Fliegen und Fallen ab, in denen er selbst Flügel gehabt hatte und überhaupt keine Angst vor der Höhe. Plötzlich wurde ihm bewusst, was seine Drachenpartnerin gerade gesagt hatte, ein eisiger Schreck durchfuhr ihn.

»Dogul!«

Das vermittelte Bild des Magiers stand so deutlich vor seinem inneren Auge, dass kein Zweifel bestand. Aber was wollte der Schurke von ihm? Mit einem mulmigen Gefühl erhob er sich und trat hinaus auf die Lichtung. Er musste einige Stunden geschlafen haben, denn der Strand war nicht mehr der prallen Sonne ausgesetzt, die sich nun irgendwo hinter den Bäumen versteckte. Der kleine Taschenspiegel befand sich dort, wo er ihn zurückgelassen hatte.

Verhasste grüne Augen musterten ihn daraus.

»Na, Mittagsschläfchen beendet?«

Jonas ging nicht auf die Stichelei ein. »Was willst du?«, knurrte er unwirsch. »Du hast versprochen, dass du meine Freunde und mich in Ruhe lässt, wenn ich Finnegan zu dem Stein bringe!«

»Entschuldige, dass ich dich belästige, aber die Situation hat sich grundlegend geändert.«

»Inwiefern?«

Der Magier blickte ihn ungewöhnlich ernst, sogar ein wenig betreten an. »Mein Partner hat meine Freunde und mich schändlich betrogen.«

»Ach ja? Ich dachte, du wüsstest, wie dieser Wahnsinnige tickt. Eya und mich hat er auch ausgetrickst. War es nicht euer gemeinsamer Plan, dass wir in der Dämmerungshalle verrecken sollten?«

Dogul hob die Augenbrauen. »Nun, ich hatte vor, euch später wieder zu befreien, nach unserem Sieg. Ehrlich! Schau mich nicht so ungläubig an. Finnegans Verbündete haben ihr Ziel dank eurer Unterstützung für Eafras nicht erreicht. Bei ihrer Rückkehr wandten sich die Karatdrachen völlig unerwartet und unbarmherzig gegen meine Leute. Sie töteten brutal Drachen und Menschen – auch Akelaya … Durch puren Zufall gelang mir mit zwei Eisdrachen und drei Getreuen die Flucht.«

»Das tut mir ja leid, aber warum kommst du damit zu mir? Du weißt genau, dass du der Letzte bist, dem ich helfen würde, selbst wenn ich es könnte.« Er wollte hart und abweisend klingen, als würde ihn das Schicksal der Rebellen völlig kaltlassen.

Doch das Entsetzen bei dem Gedanken daran, wie viele Menschen und Drachen brutal getötet worden sein mussten, schnürte ihm die Kehle zu.

»Weil du derjenige bist, der entgegen jeglicher Erwartung aus einer ausweglos scheinenden Situation entkommen ist und darüber hinaus einem Ältesten zum Sieg gegen einen übermächtigen Gegner verholfen hat. Wie konnte das geschehen?« Die Stimme des Magiers klang eindringlich, beschwörend.

Jonas zögerte. War das nur ein Trick, um ihn dazu zu bringen, sein Wissen preiszugeben? Stand Finnegan in diesem Augenblick in mentalem Kontakt zu seinem Partner, um alles begierig mitzuhören? Woher wusste Dogul überhaupt von seiner Tat? Diese Frage stellte er laut.

»Ein erschöpfter Karatdrache namens Faysal hat uns Erstaunliches berichtet. Er befindet sich auf der Suche nach seiner verloren gegangenen Lebensgefährtin und legt momentan nah unseres Verstecks eine Pause ein, um neue Kraft zu tanken. Faysal erzählte den Eisdrachen, dass ein rothaariger Menschenjunge gemeinsam mit Zamothrakles' Reiterin in Eafras Höhle eingedrungen sei und dem Ältesten eine unglaubliche Menge reiner Magie überlassen habe. Die Erklärung dafür, wie ihr aus der Zwischendimension entkommen und dieses Wunder vollbringen konntet, kann nur im Stein der Dämmerung selbst liegen. Bitte, ich muss wissen, was das angeblich heilige Denkmal wirklich ist und über welche Kräfte es verfügt. Es ist vielleicht unsere einzige Chance gegen Finnegan!«

Schweigend musterte Jonas sein Gegenüber, versuchte zu ergründen, ob es die Wahrheit sagte. So offen wie in diesem Augenblick war ihm der Magier noch nie begegnet. Es war nicht möglich, sein Muster durch den Spiegel zu scannen, selbst wenn er es ihm gestattet hätte. Doch in den grünen Augen konnte er sowohl Erschütterung und tiefe Trauer als auch einen eisernen, unbeugsamen Willen lesen. Das gab den Ausschlag, ihm zu antworten.

»Eya und ich haben das Teil berührt und dabei einen regelrechten Energieschock erhalten. Plötzlich konnte sie Magie wirken und ihren Drachen rufen. Ich hatte genug Kraft, um die gesamte Höhle instand zu setzen, damit Zamo dort landen konnte. Dann sind wir abgehauen.«

Dogul sah ihn lange an. Er bemühte sich, diesem Blick möglichst unschuldig und fest standzuhalten. Was er gesagt hatte, entsprach der Wahrheit.

Schließlich nickte der Mann vor ihm leicht. »Nun gut. Ich weiß, dass du mir nicht vertraust – ich würde es an deiner Stelle ebenso wenig tun. Aber selbst wenn ich davon ausgehe, dass du mir einen nicht unerheblichen Teil der Geschichte verschweigst, bedeutet es, dass der Stein der Dämmerung euch beiden geholfen hat – was nie zuvor geschehen ist. Lediglich ausgewählte Drachen konnten bisher Kontakt zu dem Relikt aufnehmen. Unsere Rasse wurde stets als zu primitiv dafür erachtet, wie Finnegan mir mehrfach erklärt hat. Er war sich so sicher, dass er euch ohne Bedenken mit dem Stein alleingelassen hat.«

»Zu primitiv?« Jonas dachte an sein inneres Gespräch mit dem Monument, das die menschliche Rasse als den Drachen gleichgestellt betrachtete.

Dogul lachte rau. »Ja, das ist typisch für die Schuppenträger. Sie halten sich selbst für etwas Besseres und trauen uns Menschen nicht zu, ohne sie zurechtzukommen und eigenständig zu denken. Dass Finnegan mich unterschätzt hat, ist der einzige Grund, aus dem ich noch lebe und mich bisher erfolgreich vor ihm verbergen kann.«

»Längst nicht alle Drachen sind so.«

»Ich weiß. Allerdings hat der Rat bislang verhindert, dass es ein gleichberechtigtes Miteinander zwischen den Rassen gibt. Und ich glaube inzwischen, dass die Ältesten den Stein der Dämmerung dahingehend manipuliert haben. Allein die Wahl des Ortes, an dem ihr Heiligtum steht, lässt keinerlei Kontakt zu uns Menschen zu. Ich vermute, dass sie sich sogar gegenseitig streng kontrollieren und je nach Art der Bindung zu einem Zweibeiner festlegen, wer den Stein konsultieren darf.«

Nun wurde Jonas bewusst, warum es für die künstliche Intelligenz so wichtig gewesen war, mit Eya und ihm zu sprechen.

Vielleicht hatte Dogul recht?

Trotzdem behielt er seine Gedanken lieber für sich.

Sein Gesprächspartner sah ihn scharf an und lächelte. »Deine magischen Fähigkeiten mögen zugenommen haben, doch du hast noch immer nicht gelernt, dich vor anderen Magiern zu verschließen. Es macht dich ebenso angreifbar wie sympathisch. Vermutlich ist das der Grund, weshalb man dir einfach nicht böse sein kann, egal, wie sehr du eine Sache verbockst. Also erzähle mir schon von deiner Begegnung. Wir sind zwar keine Freunde, dennoch sollten wir uns zusammentun, um zu überleben. Denn eins kann ich dir sagen: Du wirst mehr brauchen als eine halbwüchsige Drachendame und ein paar Magier aus der Vergessenen Stadt, um gegen Finnegan und seine Verbündeten zu bestehen. Sie werden dich und deine Freunde ebenso jagen wie mich, meine Getreuen sowie den Rest des Drachenrates – und nicht eher ruhen, bis sie uns alle vernichtet haben!«

GESTÄNDNISSE

»Es geht weiter, meine Prinzessin!«

Der sanfte Weckruf des Drachen riss Eya aus dem Tiefschlaf. Leicht verwirrt rappelte sie sich vom staubigen, harten Boden auf. Sie fühlte sich gerädert, jedoch wesentlich besser als vorhin, gähnte ausgiebig und reckte sich, um die Steifheit aus den Gliedern zu vertreiben. Dann war sie wach genug, um wieder zu wissen, warum sie sich an diesem trostlosen Flecken Erde befand, der sich braun, hügelig und bar jeden Lebens um sie herum erstreckte.

Die Karatdrachenfrau!

Rasch sammelte sie die Wasserflasche und die zu warme Kleidung ein und kletterte zurück auf den Rücken ihres Partners, der genauso dalag wie zu dem Zeitpunkt, als sie vor einigen Stunden abgestiegen war. Die Pause, die sie an diesem unwirtlichen Ort gemacht hatten, weil die Erde hier angeblich besonders stark von Magie durchströmt wurde und den Drachen half, sich schneller zu regenerieren, hatte gutgetan. Dennoch wunderte sie sich, dass Zamo sie hatte schlafen lassen.

»Wieso sind wir überhaupt noch hier? Ich dachte, die Suche nach Argana wäre eilig! Und da wir sie beim ersten Versuch nicht gefunden haben …«

»… brauchte Faysal dringend Erholung. Sonst hätte er einen zweiten Anlauf genauso wenig verkraftet wie seine Gefährtin. Wir haben die Pause hauptsächlich seinetwegen gemacht. Übrigens weiß ich, dass sich Dogul in der Nähe befindet. Er musste vor Finnegan fliehen und hält sich hier mit wenigen weiteren Überlebenden versteckt. Die Eisdrachen, die bei ihm sind, haben mich gewarnt, dass

uns der herrschsüchtige Anführer der Karatdrachen ebenfalls tot sehen will. Wir sollten also in Bewegung bleiben.«

Sie hoben kraftvoll ab und wirbelten dabei feinen Staub auf, der Eya zwischen den Zähnen knirschte und in den Augen biss. Sie blinzelte, um klare Sicht zu bekommen, während sie das Gefühl des steilen Drachenaufstiegs genoss. Vor ihnen flog der riesige schwarze Drache, der nun wieder energiegeladen und entschlossen wirkte.

»Dieser wahnsinnige Magier ist hier?« Die Drachenreiterin ächzte vernehmlich. »Dann weiß er vermutlich sogar, wo wir sind. Ich hoffe, er kommt nicht auf die Idee, uns zu besuchen!«

»Er bietet uns eine Bleibe an, nachdem wir Argana gefunden haben. Zumindest Faysal wird sein Angebot gern annehmen. Und vielleicht sollten wir es ebenfalls in Erwägung ziehen.«

»Bist du von allen Sinnen? Eher springe ich in einen Hügel mit Riesenameisen!«

Er ist ebenso wie wir vor Finnegans Schergen auf der Flucht und hat ein sicheres Versteck, wie es aussieht. Ganz im Gegensatz zu uns. Ich hoffe sehr, dass Jonas inzwischen in seiner eigenen Dimension angekommen ist.«

»Wieso sind wir auf der Flucht? Ich dachte, wir helfen dem Rat, gegen die Rebellen zu kämpfen und den Aufstand niederzuschlagen!«

Zamo antwortete nicht, da Faysal vor ihnen in einem Blitz verschwand und er sich anschickte, ihm zu folgen. Ehe er dazu kam, geschah etwas, das ihr im ersten Moment so vorkam, als liefe die Zeit rückwärts.

Das Portal, in dem der Karatdrache soeben verschwunden war, spuckte ihn wieder aus! Er erschien in grotesker Haltung aus dem Nichts und fiel wenige Meter vor ihnen leblos wie ein Stein vom Himmel. Wie erstarrt sah Eya der lautlosen, regungslosen Gestalt hinterher, die träge rotierte, mit einem dumpfen, endgültig klingenden Geräusch auf dem Boden aufschlug und in Flammen aufging.

Zamos Reaktion ließ sie erneut nach vorn blicken, wo sich an genau dem gleichen Punkt eine weitere geflügelte Gestalt wesentlich agiler und lebendiger materialisierte. Instinktiv klammerte sie sich fest, obwohl sich ihr Verstand weigerte, die Tatsachen zu akzeptieren.

Vor ihr, viel zu nah, um auszuweichen oder sich zu schützen, stand Finnegan drohend in der Luft. Zwei weitere riesige Schatten erschienen nacheinander. Mit dumpfem, fassungslosem Entsetzen bemerkte Eya, wie sich die drei Karatdrachen im Dreieck um sie herum platzierten.

»Und was jetzt?«, flüsterte sie tonlos.

»Uns bleibt nichts anderes, als zu tun, was sie von uns verlangen. Wir sind leider in die Falle getappt. Wenigstens sind wir noch nicht tot. Ich glaube, das verdanke ich dir. Schätzungsweise hat unser Möchtegern-Anführer ein paar Fragen an dich. Da du auf mir sitzt, lässt er mich gnädigerweise weiteratmen, bis wir gelandet sind.«

∽

»Du solltest dir überlegen, ob du mich nicht doch in meinem lauschigen Eckchen besuchen kommst«, unterbrach der ehemalige Rebellenanführer Jonas' Erzählung an unpassender Stelle.

Völlig perplex hielt er inne. »Wieso das? Warum sollte ich-« Plötzlich fiel ihm wieder ein, woher Dogul überhaupt von Eyas und seinem Abenteuer erfahren hatte.

Faysal! Und dieser befand sich in Begleitung von …

»Deine temperamentvolle Freundin und ihr Drachenpartner geraten soeben in beträchtliche Schwierigkeiten, fürchte ich«, kam es in diesem Moment zurück. »Ich für meinen Teil sehe zwar keinen

Grund, mein Leben aufs Spiel zu setzen, um sie aus Finnegans Fängen zu befreien, aber da ich deine heroische Ader kenne und schätze, dass sie dir viel bedeuten …«

Jonas stöhnte. »Wo seid ihr überhaupt? Und woher weiß ich, dass du mich nicht wieder reinlegst? Du könntest alles behaupten. Außerdem habe ich allein mit Helia gegen die Karatdrachen keine Chance, das sind deine eigenen Worte. Selbst wenn du die Wahrheit sagst, macht es ohne Verstärkung keinen Sinn!«

Dogul lachte leise. »Ich sehe, du lernst dazu. Du kannst mir glauben oder es lassen, dich mit mir verbünden – oder es ganz allein versuchen, wie du willst. Zumindest sollst du wissen, dass es mir ernst ist. Zamothrakles und seine Reiterin sind in die Fänge meines ehemaligen Partners geraten. Wenn ich die Bilder meiner Informanten richtig deute, hat der Abtrünnige Faysal seinen Verrat soeben mit dem Leben bezahlt. Mein Angebot, dich und alle, die du noch dafür gewinnen kannst, im Kampf gegen Finnegan und seine Anhänger zu unterstützen, steht. Allerdings nur unter der Bedingung einer Begnadigung für meine Leute und mich. Ich kann euch sehr nützlich sein, da ich enger mit dem schwarzen Möchtegern-Herrscher verbunden war, als ihm jetzt lieb sein kann.«

»Mag sein, aber …« Er stockte, da ihn ein innerer Warnruf herumfahren ließ. Helia kam wie ein weißer Blitz herangeschossen, hinter ihr tauchten zwei riesige schwarze Schatten auf.

»Jonas, bring uns hier weg! Das da sind keine Freunde!«

Entsetzen durchfuhr ihn, lähmte ihn für eine wertvolle Sekunde. Dann stand ihm klar vor Augen, was seine Partnerin von ihm verlangte. Es war die beste Idee, momentan vermutlich ihre einzige Chance! Mühsam konzentrierte er sich auf den winzigen Taschenspiegel, wischte Doguls Antlitz fort wie eine lästige App und beschwor stattdessen das Bild seiner Magielehrerin herauf. Gleich darauf blickte er in einen wohltuend zivilisiert wirkenden Raum mit buntem Sofa, auf dem mehrere Menschen saßen. Der Gedanke, dass seine Familie inzwischen dank des Handysignals bei der blonden Magierin eingefallen sein musste, schob sich wie beiläufig in sein Hirn, war jedoch völlig nebensächlich.

»NAIDA!«, brüllte er, während Helia hinter ihm landete und in typischer Manier abbremste. Grober Sand spritzte ihm an die Beine.

Er ahnte, dass ihre Verfolger nur noch Sekunden brauchen würden, um in Reichweite zu sein, konnte sich jedoch nicht umdrehen. Eine der Gestalten auf der anderen Seite sprang wie elektrisiert auf, wandte sich ihm zu.

Ihre strahlend blauen Augen weiteten sich vor Überraschung.

»Nimm den Spiegel und lauf nach draußen. *Sofort!*« Seine Stimme überschlug sich.

Wie in Trance trat er zwei Schritte zurück und kletterte am Drachenleib hoch, ohne seinen Fluchtweg aus den Augen zu lassen. Es war nicht leicht, früher wäre es ihm sicherlich unmöglich vorgekommen, doch er schaffte es. Vermutlich wandte er dabei mehr Magie an als je zuvor, ohne sich dessen überhaupt bewusst zu sein.

Panik, nicht seine eigene, sondern die seiner Drachenfreundin, machte sich in ihm breit. Wenigstens reagierte Naida auf der Stelle und trug den Spiegel durch den Flur. Die verwirrten Stimmen, die dabei ertönten, beachtete Jonas ebenso wenig wie ein berstendes Krachen und gleißende Helligkeit, die ihn für Sekundenbruchteile blendete. Da! Er sah ein Stück grauen, wolkenverhangenen Himmels und gab Helia den Befehl, zu springen.

Mitten im Sprung, bereits im Sog des Spiegels, fror die Welt ein.

ೞ

»Du wirst mir sagen, was in der Halle der Dämmerung geschehen ist, oder dein Drachenfreund stirbt qualvoll vor deinen Augen, bevor du selbst dein Leben aushauchst, Mensch!«

Die Stimme des Karatdrachen donnerte gewaltig in Eyas Schädel. Am liebsten hätte sie sich die Ohren zugehalten, obwohl dies völlig sinnlos gewesen wäre. Sie wunderte sich, warum er nicht einfach in ihrem Kopf nach dem gewünschten Wissen suchte. Dann wurde ihr bewusst, dass sie sich bisher erfolgreich gegen sein Eindringen sperrte. Wie ein störrisches Kind, das mit aller Kraft die Tür zuhielt, obwohl es wusste, dass es dem draußen stehenden Erwachsenen nicht gewachsen war. Dennoch hielt ihr eiserner Wille dem des Drachen stand. Noch. Allerdings würde sie nicht mitansehen können, wie sie Zamo folterten oder sogar töteten.

»Sag es ihm, aber versuche dabei, Zeit zu gewinnen«, vernahm sie ihren Partner.

»Was geschieht denn, wenn du es weißt?«, knurrte sie. »Lässt du uns dann laufen?«

»Gewiss nicht. Eventuell könnte ich mir jedoch überlegen, euch noch ein Weilchen am Leben zu lassen. Beim Nachkommen Zothras hängt es von seiner Bereitschaft ab, mir Treue zu schwören. Das wird ihm nicht leichtfallen, aber wahre Liebe überwindet bekanntlich sämtliche Grenzen.«

Eya schnaubte verächtlich. »Was weißt du schon von Liebe!«

»Ausreichend, um mir ihre Kraft zunutze zu machen und ihr nicht selbst zu verfallen. Genug des Vorgeplänkels, ich will Tatsachen! Oder muss ich ein wenig nachhelfen?«

Entsetzt musste sie mitansehen, wie einer der Karatdrachen Zamos linken Flügel mit seiner scharfen Vorderklaue aufschlitzte. Das Brüllen ihres Gefährten verursachte ihr Übelkeit, obwohl er sie seinen Schmerz nicht spüren ließ.

»NEIN!«, schrie sie außer sich, wehrte sich verzweifelt gegen die unsichtbaren Fesseln, die sie daran hinderten, zu dem Horndrachen zu gelangen. Die Tränen schossen ungewollt hervor und verschleierten ihre Sicht.

»Ich erzähle es doch! Hört sofort auf, ihr Monster!«, ihre Stimme brach, von Schluchzern geschüttelt sackte sie innerlich zusammen, nur um gleich darauf erneut aufzubegehren und sich gegen das immer brutalere Eindringen in ihren Verstand zu wehren. »Wenn du jetzt nicht sofort damit aufhörst, erfährst du gar nichts!«, zischte sie. »Lieber töte ich mich selbst, als dich in meinen Kopf zu lassen, du elender, verräterischer Sandkriecher!«

Sie wusste nicht einmal, woher sie die Gewissheit nahm, dies in ihrem jetzigen Zustand fertigzubringen. Seit ihrem Kontakt mit dem Wunderstein nahm sie ihren Körper wesentlich bewusster, auf eine völlig neue Weise wahr. Dies schien ihr Bestätigung genug. Ebenfalls die Reaktion des schwarzen Giganten, der seine Bemühungen einstellte.

»Also gut, junge Magierin. Dein Eigensinn und deine Sturheit sind beachtlich. Ebenso die Tatsache, dass du überhaupt Zugang zu der Kraft hast, die dir vor unserem Aufbruch in die Zwischendimension noch verschlossen war. Erzähle – und beschränke dich bitte auf das Wesentliche. Solange du diese einfache Regel einhältst, hast du mein Wort, dass deinem Freund keine Schuppe mehr verbogen werden wird.«

ᔓᔕ

Jonas konnte sich nicht rühren, ebenso wenig wie seine Partnerin, die ungebremst eine Schneise durch den hart gefrorenen Rasen des Vorgartens pflügte, eine kleine Tanne mitnahm, den Holzzaun einriss und schließlich von der hohen Hecke dahinter aufgehalten wurde.

»Die zweite Einfrierattacke konnte ich leider nicht mehr abwehren, entschuldige!«

Ihm war zu kalt für eine Antwort. Mühsam versuchte er, sein Innerstes warm zu halten und gleichzeitig den äußeren Eispanzer zu sprengen, der ihn unsichtbar umgab. Es kostete ziemlich viel Energie, gelang ihm jedoch beim Eintreffen einer aufgeregten Gruppe von Menschen. Auch Helia schien die Starre abgeschüttelt zu haben, denn sie befreite sich aus dem eisüberzogenen Grünzeug und trat vorsichtig einige Schritte zurück.

»Ist alles in Ordnung bei euch?«, kam die Frage von weiter unten.

Er massierte seine Finger, Hände und Arme, ließ die Gelenke knacken und nickte schließlich seiner Lehrmeisterin zu.

»Ich denke schon. Etwas Wärmeres zum Anziehen wäre allerdings nicht schlecht. Sorry für die harte Landung und die Verwüstung, aber wir sind haarscharf einem Angriff entronnen.«

»Steig ab und komm erst mal rein. Es passt hervorragend, dass du hier bist, du hast nämlich Besuch.« Mit diesen Worten deutete Naida hinter sich, wo drei Menschen bewegungslos und irgendwie verloren auf dem winterlichen, ziemlich derangiert wirkenden Rasen standen.

Jonas, dem bisher entgangen war, dass seine Familie dem Schauspiel eben zugesehen haben musste, rutschte verlegen grinsend vom Drachenrücken.

»Hi, darf ich euch meine Partnerin Helia vorstellen? Meine Magielehrerin kennt ihr ja schon. Entschuldigt bitte, dass ich es vorher nicht zeigen konnte, aber ihr wisst ja, wie das ist – ständig hat man Termine und Verpflichtungen.«

Es dauerte einen Moment, bis sich seine Eltern und Jason davon überzeugt hatten, dass er und Helia keine Halluzination waren, obwohl die Spuren der Verwüstung auch nach dem Abflug des Drachen hartnäckig blieben. Zum Glück ließen sie sich rasch dazu überreden, ihre tausend Fragen in Naidas Wohnraum zu stellen, wo es warm war und es etwas Essbares für ihn gab. Der heiße Eintopf, den er von seiner Lehrmeisterin vorgesetzt bekam, während sie sich begeistert über die Vorzüge einer Mikrowelle äußerte, weckte seine Lebensgeister wieder.

Natürlich musste er von seinen Abenteuern berichten. Seine Eltern und sein Bruder erhielten eine Kurzversion, die gefährlichere Elemente geflissentlich ausließ oder herunterspielte. Seiner Lehrerin hingegen breitete er die vollständige Geschichte wie einen mentalen Wandteppich aus. Dementsprechend entsetzt und besorgt war ihr Blick für ihn, während sie ihre übrigen Besucher freundlich anlächelte und Jason Saft nachschenkte.

»Das ist ja furchtbar! Ich habe Thakos bereits informiert. Wir müssen sofort handeln, wenn wir Finnegan aufhalten wollen. Allerdings brauchen wir einen guten Plan, jeden Drachen und Magier, der sich uns anschließen möchte – und dich natürlich, sobald du erholt genug bist, um die nötige Magie zu wirken.«

Es fiel ihm nicht schwer, gedanklich auf diese Worte zu antworten, allerdings konnte er nicht verhindern, dabei abwesend auszusehen.

»Was ist mit Eya und Zamo? Wenn Dogul recht hat, sind sie in großer Gefahr. Wir müssen sie doch retten!«

»Ist was mit dir, Schatz?«, kam es erwartungsgemäß von seiner Mutter. »Ich hoffe, du hast dich nicht erkältet?«

»Nein, Ma, alles in Ordnung. Ich brauche bloß ein wenig Ruhe. Es war ziemlich anstrengend, weißt du.«

»Dann komm nach Hause und ruh dich aus«, mischte sein Vater sich ein. »Morgen ist Schule, da solltest du fit sein.«

»Ich würde ja gern, aber-«

»Da gibt es kein Aber!«, unterbrach er ihn scharf. »Du hast diesen Leuten geholfen, schön und gut. Den Rest müssen sie jetzt allein hinkriegen, weil du nicht mehr abkömmlich bist, basta. Es hört sich zudem nicht ungefährlich an, was du dabei riskiert hast.«

Der spöttische Gesichtsausdruck seines Bruders, der ihm schräg gegenübersaß und langsam wieder Oberwasser bekam, trieb ihm ungewollt Hitze in die Wangen. Dieses kleine Biest! Am liebsten hätte er ihn gepackt und geschüttelt, doch sein Energiehaushalt war noch längst nicht ausgeglichen. Deshalb begnügte er sich damit, ihm heimlich einen Stinkefinger zu zeigen und gleichzeitig mit einem Finger aus verhärteter Luft kräftig an die Stirn zu tippen. Der Blick des Blondschopfs veränderte sich schlagartig, was Jonas eine Art grimmige Genugtuung gab und zugleich den Mut, seinem Pa zu widersprechen.

»Es ist noch nicht vorbei. Ich muss zurück, um meine Freunde zu retten und ihnen zu helfen, den Aufstand niederzuschlagen.«

»Unfug! Selbst wenn all deine parallelen Fantasiewelten auf der Stelle zusammenbrechen sollten, hast du damit nichts mehr zu schaffen. Du bist jetzt hier und du bleibst es gefälligst! Immerhin bist du noch keine achtzehn und fällst aus solchen Heldentaten raus, weil wir es dir verbieten!« Er klang jetzt ebenso unnachgiebig und streng wie immer.

Stöhnend rutschte Jonas auf dem Küchenstuhl nach unten und schlug die Hände vors Gesicht.

Es half ihm nicht im Geringsten, dass Naida zeitgleich bemerkte: »*Eine Rettungsaktion ist leider nicht so einfach. Keiner weiß, wo sich Finnegan aufhält. Selbst wenn wir Eya und Zamothrakles rechtzeitig finden, dürfen wir nicht zulassen, dass für die Rettung zweier Leben viele weitere geopfert werden.*«

Die Magierin deutete auf Jason. »Vielleicht magst du zum Bäcker gehen und Kuchen für uns kaufen?«

Erstaunt sah Jonas, wie sein Bruder nickte, sich erhob und das gereichte Geld in Empfang nahm. Wie in Trance marschierte er zur Tür, zog sich an und verließ wortlos die Wohnung. Erst die Konzentration auf das Muster seiner Lehrerin zeigte ihm, dass diese ein wenig mit Magie nachgeholfen hatte, damit ihr der Junge so bereitwillig gehorchte. Bei dem Gedanken daran, dass er selbst dies ab jetzt ebenfalls vermochte, überkam ihn ein kurzes Triumphgefühl, das jedoch sofort wieder verflog. Es kam ihm falsch vor, seine Macht auf diese Weise auszunutzen – sogar bei Jason.

»Ich tue das nur äußerst selten und ungern«, kam es entschuldigend bei ihm an. *»Aber in diesem Fall scheint es mir wichtig, dass deine Eltern es verstehen. Immerhin verklagen sie mich sonst vielleicht. Ich kann sie nicht ewig beeinflussen und du vermagst es genauso wenig. Also erzähle ihnen die Wahrheit, und zwar die ganze!«*

Wenigstens unterstützte sie ihn, indem sie verkündete: »Jonas besitzt eine einmalige Gabe, mit der er über Sieg oder Niederlage entscheiden könnte. Der Krieg, der bereits begonnen hat, wird früher oder später auch hier ankommen. Diese Welt ist längst nicht mehr unerreichbar und erst recht nicht unantastbar. Möchten Sie die Zukunft der Menschheit wirklich aufs Spiel setzen, indem Sie Ihren Sohn daran hindern, seine wichtige Rolle auszufüllen? Wir brauchen ihn dringend!«

GESPRÄCHE

»Was denkst du, warum wir noch leben?«, fragte Eya ihren großen Freund, der nah und doch unerreichbar fern von ihr angekettet lag.

Die Höhle, in der sie gefangen waren, bot bei Tage sicherlich genug Licht und einen wunderschönen Anblick. Durch mehrere Öffnungen gen Himmel war bei ihrer Ankunft silbriges Mondlicht hineingeflossen, hatte ihre Umgebung sanft zum Glitzern gebracht. Zwischendurch war die Finsternis nahezu vollkommen gewesen.

An Schlaf konnte sie allerdings noch immer nicht denken, obwohl der neue Morgen bereits heraufdämmerte und sich die Umrisse ihres Drachenpartners langsam aus dem schwachen Zwielicht schälten. Sie musste immer wieder an diesen grausamen Karatdrachen denken, der Zamo erst mit seiner Magie eingefroren und ihm anschließend erbarmungslos den Flügel aufgeschlitzt hatte. Das magische Halsband verhinderte die Selbstheilung des Drachen. Sie wollte ihm so gern helfen, doch dazu hätte sie ihn berühren müssen.

Was nützte ihr neues Talent, wenn sie nicht einmal fähig war, ihren Käfig zu öffnen? Drachenmagie machte sie schläfrig, verwirrte ihre Gedanken und hinderte sie daran, sich genug zu konzentrieren. Zamo nannte es *magische Interferenzen.* Er hatte ihr erklärt, dass sie nicht einmal bewacht wurden, weil ihnen die Flucht unmöglich gelingen konnte.

»Ich schätze, sie gehen davon aus, dass Jonas versuchen wird, uns zu retten«, erreichte sie die Antwort auf ihre Frage.

»Was wollen sie bloß von dem Milchgesicht? Alle Welt scheint ihm nachzulaufen. Gut, er kann etwas Besonderes. Aber wozu nützt den Drachen das?«

»Was denkst du, weshalb Finnegan so erpicht darauf war, euer Abenteuer am Versammlungsort des Rates zu erfahren? Ich schätze, dass er einen Weg sucht, zum Stein zu gelangen, um dessen Wissen und reine Magie für seine Pläne zu nutzen.«

»Das mag sein, aber da dieser Hohlkopf den restlichen Spiegel in der Dämmerungshalle vernichtet hat, kann ihm Jonas kein Stück dabei helfen.«

»Nicht allein. Allerdings gibt es da zufällig einen entbehrlichen Horndrachen, der nicht dem Rat angehört und den Weg bereits zweimal bewältigt hat …«

Sie erschrak. »Du meinst, er könnte dich dazu zwingen, einen Spiegel in die Halle zu bringen, und von Jonas verlangen, ihn anschließend selbst dorthin zu transportieren?«

»Es ist eine logische Schlussfolgerung.«

Eya schüttelte den Kopf. »O Mann, ich weiß echt nicht, was ich mir weniger wünsche. Aber könntest du überhaupt allein an den Ort zurückfinden? Ich dachte, du brauchst eine Begleitung oder zumindest einen Ruf wie meinen.«

»Um ehrlich zu sein, weiß ich es selbst nicht. Es könnte funktionieren, wahrscheinlicher ist jedoch, dass ich es nicht schaffe. Sie werden es mich trotzdem versuchen lassen.«

»Musst du mir das alles erzählen? Du könntest mir wenigstens ein bisschen Hoffnung machen. Zum Beispiel dadurch, dass Jonas bestimmt nicht allein kommt, sondern eine Rettungsmannschaft mitbringt.«

Zamos Seufzen klang nicht sehr ermutigend. *»Davon gehe ich aus, bin mir jedoch ziemlich sicher, dass unsere Freunde schnurstracks in eine ausgeklügelte Falle laufen. Leider kann ich von hier aus weder* *sehen noch hören, was die Drachen tun. Sie verbergen ihre Gedanken und Gefühle vor mir. Ich weiß lediglich, dass Finnegan ihnen bei Strafe verboten hat, mit einem von uns beiden zu kommunizieren.«*

»Woher willst du das wissen? Jonas mag naiv sein, aber er ist nicht auf den Kopf gefallen. Naida ist schlau, Kuno und Liman sind es ebenfalls. Und sie haben Zepthakos, Regulas und hoffentlich noch weitere Drachen an ihrer Seite. Vielleicht sogar den Ältesten Eafras.«

»Sie alle mögen intelligent und fähig sein, dennoch sind sie Finnegan vermutlich nicht gewachsen.«

Sie blickte den Drachen fassungslos an. Das konnte er nicht ernst meinen! »Sag mal, was ist los mit dir? Haben sie dir irgendwas eingeflößt oder das Gehirn aufgeweicht? Warum sagst du so etwas? Das klingt, als hättest du schon aufgegeben, weil du diesem Monster mehr zutraust als deinen Freunden.«

»Nein, natürlich nicht. Ich sehe die Dinge bloß realistisch.«

»Dann sieh bitte auch, dass dieses Genie bereits einige große Fehler gemacht hat, sonst wäre der Rat jetzt Geschichte und Jonas und ich säßen noch immer in einer zusammengebrochenen Höhle, um auf den Tod zu warten. Er mag furchtbar schlau sein, aber er ist nicht unbesiegbar. Du wirst sehen, unsere Freunde werden kommen und uns hier rausholen. Oder sie stürzen diesen Despoten ohne uns von seinem Thron.«

»Es ist schön, dass du daran glaubst, Eya. Dieses Vertrauen auf etwas, das der reinen Logik widerspricht, da die Wahrscheinlichkeit des Eintreffens verschwindend gering ist, macht euch Menschen besonders. Du gibst mir soeben ein Stück Hoffnung zurück.«

Trotz ihres emotionalen Aufruhrs und der Tränen, die sie hastig wegwischte, musste sie lächeln. »Und dich begreife ich nicht. Wie kann ein Wesen, das durch und durch von Magie lebt, so wenig an sie glauben?«

»Es liegt daran, dass ich ihre Grenzen zu genau kenne. Zumindest dachte ich das. In letzter Zeit hat sie mich allerdings mehr als einmal überrascht, was mir klarmacht, dass man sich einer Sache nie zu sicher sein sollte.«

~

»Ihr fahrt jetzt erst mal nach Hause. Ich folge euch, sobald es geht. Macht's gut!« Mit diesen Worten verabschiedete Jonas seine Familie, die wie betäubt den Weg bis zur Straße entlangging.

Die drei Menschen gaben keine Antwort und sahen sich auch nicht um. Einerseits erleichterte es ihn, nicht noch weiter argumentieren zu müssen, andererseits zog sich sein Herz bei dem Anblick schmerzhaft zusammen.

Er hatte geahnt, dass Naidas Plan, seine Eltern in alles einzuweihen, nicht besonders gut funktionieren würde. Okay, sie hatten ihm seine Geschichte schließlich geglaubt – oder zumindest Teile davon. Allerdings war es eine Sache, der Wahrheit ins Auge zu blicken, eine völlig andere, die Rolle des eigenen Sohnes dabei zu akzeptieren. Er musste zugeben, dass er umgekehrt vielleicht genauso reagiert hätte. Sie konnten einfach nicht aus ihrer Haut und wollten ihn lediglich beschützen.

»Wenigstens brauchte ich bei deinen Eltern viel weniger Energie als bei deinem Bruder vorhin«, stellte seine Lehrmeisterin fest, die unbemerkt neben ihn getreten war.

»Dann hat es doch etwas gebracht, sie einzuweihen?«

»Ganz eindeutig. Es hat Veränderungen angestoßen, ein Umdenken, das jedoch Zeit braucht. Lass ihnen ein wenig davon und sie werden sowohl dich als auch die neuen Erkenntnisse, die du mitbringst, mit offenen Armen empfangen.«

Er seufzte, als der Motor ansprang und der Kombi mit dem Dachdecker-Logo in der zunehmenden Dunkelheit hinter den

Häusern verschwand. Wenigstens hatte er die Zeit gut genutzt, um sich einigermaßen von den Folgen seines Abenteuers zu erholen.

»Los jetzt, wenn du dich wieder dazu in der Lage fühlst, Magie zu wirken, dürfen wir keine Zeit mehr verlieren. Während du deine Familie unterhalten hast, war ich nicht untätig, wie dir sicherlich aufgefallen ist.«

»Und? Wen hast du erreicht?«

»Zuerst die Menschen und Drachen am See. Inzwischen weiß es ganz Glemborg, dazu hat jeder von uns weitere Kontakte, sodass die Nachricht von Finnegans Übernahmeversuch und Zamothrakles' Gefangennahme in zehn von zwölf Dimensionen angekommen ist. Lediglich die Karatdrachen- sowie die Raudrachendimension sind bisher außen vor. Allerdings gibt es einen entscheidenden Unterschied zwischen *Bescheid wissen* und *helfen wollen*.«

»Das klingt nicht unbedingt ermutigend. Was ist mit dem Rat?«

»Die Drachen haben keine Möglichkeit, die Ältesten zu erreichen, da sie sich nicht in ihren Höhlen aufhalten. Wir vermuten, dass sie sich in der Halle der Dämmerung verschanzen, um ihre Reserven aufzufüllen und einen guten Verteidigungsplan zu schmieden.«

Jonas runzelte die Stirn. »Aber Eafras hat gemeint, dass er sich einen Spiegel besorgen und mich zu meinen Erlebnissen mit dem Stein befragen wollte.«

»Warum hast du das nicht eher gesagt! *Das* hat natürlich noch keiner versucht.«

Sie eilten ins Wohnzimmer zurück, wo der Spiegel, durch den Helia und er vorhin angekommen waren, achtlos auf einer Kommode lag. Naida hob ihn hoch und zeigte achselzuckend auf die vier Teile, in die er zersprungen war. »Ihr wart zu schnell für mich. Vor Schreck habe ich losgelassen, als ihr aufgetaucht seid.«

»Oh, das tut mir leid.«

Verlegen lächelnd fokussierte sich Jonas darauf, das Glas wieder zu richten. Wie schon häufiger verspürte er dabei einen wundervollen Kraftstrom, der ihn durchfloss und seine leeren Speicher füllte.

»Ich sollte öfter Spiegel reparieren, es ist besser als ein Energydrink«, bemerkte er.

»Du beziehst Energie daraus? Das ist erstaunlich! Normalerweise raubt ein solcher Kontakt dem Magier eher seine Kraft.«

»Das ist auch schon passiert, mehr als einmal. Vor allem dann, wenn ich gezwungen wurde, hindurchzugehen. Das war anstrengender, als den ganzen Tag Sport zu machen.«

»Verständlich, vor allem, weil deine Magie emotional gesteuert wird. Dein innerer Widerstand verbraucht Energie, während Freude oder Wohlbefinden sie dir zurückgeben. Du scheinst es zu mögen, Glassplitter zusammenzusetzen.«

Er lachte. »Ich habe eher den Eindruck, dass es den Splittern gefällt, ein Ganzes zu sein, und sie mir dafür etwas schenken möchten.«

Kopfschüttelnd stellte die Magierin den Spiegel auf, der wieder wie neu aussah. »Du hast Ideen! Aber es wäre schön, wenn wir jetzt keine Zeit mehr verlieren würden.«

Jonas konzentrierte sich auf das Bild des weisen Eisdrachen, dessen große, glänzende Augen ihm so gut in Erinnerung geblieben waren. Seine eigene Reflexion verschwamm und machte einer ebenso bekannten Silhouette Platz – es war der Stein der Dämmerung!

Verwirrt starrte er das mächtige Relikt an, versuchte zu begreifen, was geschah. Auf einmal bewegte sich das Bild, als würde eine Kamera durch die Höhle fahren. Die Gestalt eines grünlich schimmernden Drachen wurde sichtbar, dann die eines rötlichen.

Plötzlich keuchte Naida neben ihm auf. *»Wir sehen durch Eafras Augen, Jonas!«*

»Wow …«

Ehrfürchtig verfolgte er, was in der Dämmerungshalle geschah. Die Ratsmitglieder schienen eine Versammlung rund um den Stein abzuhalten. Es gab kaum Geräusche, da die Drachen auf dem üblichen Weg miteinander kommunizierten. Aber eigentlich müsste der Älteste der Eisdrachen ihn hören und ihm auch antworten können.

»Werter Eafras, ich bin es, Jonas. Deine Augen wirken für mich wie Spiegel, deshalb funktioniert dieses Gespräch. Wir brauchen deine Hilfe und die aller Ratsmitglieder, die dazu bereit sind. Es ist dringend!«

Anstatt mit den Ohren auf eine Antwort zu lauschen, wechselte er in die mentale Ebene und hielt Ausschau nach dem Muster des Drachen, das mitten im Bild schwebte.

»Dein Kontakt ist ebenso ungewöhnlich wie beängstigend. Dennoch freue ich mich, von dir zu hören, junger Mensch. Welches dringende Problem bedrückt dich?«

Jonas ahnte, dass diese Art der Unterhaltung unangenehm für den Ältesten war. Deshalb berichtete er möglichst knapp von seinem Gespräch mit Dogul, dessen Info über Zamos und Eyas Gefangennahme und seiner Flucht aus der Karatdrachendimension durch den Spiegel.

»Werdet ihr uns helfen, unsere Freunde zu befreien und Finnegan mit seinen Schergen unschädlich zu machen?«, fragte er abschließend.

»Das sind fürwahr schlechte Neuigkeiten. Das Schicksal von Zamothrakles und seiner Partnerin erschüttert mich, insbesondere, weil sie vor wenigen Stunden erst erheblich dazu beigetragen haben, mein Leben zu retten. Bist du sicher, dass die Information des Rebellenführers der Wahrheit entspricht?«

»Äh … Ja. Ich glaube ihm.«

»Du bist jung, leicht zu beeinflussen und glaubst an das Gute in deinesgleichen. Ohne eine gedankliche Prüfung würde ich es nicht

darauf ankommen lassen. Es schmerzt mich, dich zu enttäuschen, doch meine Gefährten und ich müssen zunächst gründlich darüber beraten, wie wir vorgehen wollen, um nicht erneut in einen Hinterhalt zu geraten. Die Ratsmitglieder können euch nicht persönlich beistehen, so gern ich es in diesem Fall tun würde. Aber ich gebe eure Bitte um Unterstützung weiter.«

Mit einem engen Gefühl in der Brust sah Jonas zu, wie der Spiegel schwarz wurde. Er wusste, dass Eafras die Augen geschlossen hatte, um den Kontakt zu unterbrechen.

Naidas leises Fluchen brachte ihn endlich dazu, seinen Blick von dem dunklen Glas zu lösen.

»Diese Hilfe hätten wir gut gebrauchen können«, knurrte sie. »Aber sei es drum – dann müssen wir eben mit dem vorliebnehmen, was da ist.«

»Und was machen wir jetzt? Ich habe keinen blassen Schimmer, wo sich Eya und Zamo befinden.«

»Wir besuchen deinen speziellen Freund. Wenn er wirklich so erpicht darauf ist, uns im Kampf gegen seinen ehemaligen Drachenpartner zu unterstützen, wird er uns wohl verraten, wo wir ihn finden können.«

Der Kontakt zu Dogul fiel Jonas wesentlich schwerer als der zum Ältesten der Eisdrachen. Seine Angst vor dem finsteren Magier war ungebrochen, auch wenn er ihm diesmal nicht allein gegenübertreten musste. Endlich verschwand sein Spiegelbild und machte einem sehr dunklen Ort Platz, an dem kaum etwas zu erkennen war. Nur mit viel Konzentration schälten sich vage Umrisse heraus. Leichte Schnarchgeräusche kündeten davon, dass auch der gescheiterte Rebellenführer ab und zu Schlaf brauchte.

»Was jetzt?«

»Wir werden mal nicht so sein und ihn wecken«, gab Naida trocken zurück. »Na, mach schon, es ist dein Kontakt.«

Jonas seufzte unhörbar. Dogul würde bestimmt nicht begeistert sein, aus dem Tiefschlaf gerissen zu werden. Aber sie konnten unmöglich warten, bis er von allein aufwachte.

»Hallo?«, rief er zaghaft.

Neben sich hörte er ein leises Kichern. »Denkst du wirklich, dass er davon wach wird?«

»Tu es doch selbst!«, murrte er gepresst. »Wenn du schon …« Er stockte. In der Dunkelheit vor ihm regte sich etwas. Ein schwaches Licht flammte auf und beleuchtete ein bekanntes Gesicht, das sich rasch näherte.

»Ah, ich habe mich also doch nicht geirrt. Du suchst dir wirklich den unpassendsten Zeitpunkt aus, um mich zu kontaktieren, nachdem ich gerade beschlossen habe, zumindest ein bis zwei Stündchen Nachtruhe zu finden«, brummte der dunkelhaarige Magier. Er sah in der Tat ziemlich müde aus. »Wenigstens lebst du noch. Dachte schon, die Karats hätten dich erwischt … Na, wenn das nicht meine alte Freundin Naida ist! Nett, dich wiederzusehen.«

»Die Freude ist ganz meinerseits.« Der Tonfall seiner Lehrmeisterin war so eisig, dass er dachte, das Spiegelglas würde erneut springen.

Beinahe wünschte er es sich, da er diesen arroganten Kerl mit ein paar Rissen im perfekten Gesicht vielleicht besser ertragen hätte.

»Sieht gemütlich aus bei euch«, fuhr Dogul leichthin fort. »Schade, dass ich nicht dazustoßen kann, jedenfalls nicht sofort. Und – hast du meine Begnadigung beim Rat erwirkt, Rotschopf?«

»Nein. Die Ältesten möchten dich erst prüfen. Sie glauben dir nicht und denken, dass du sie erneut in eine Falle locken willst.«

»Tja, das ist schade. Da hat man vor, ihnen einen Feind auf dem Silbertablett zu servieren, und sie lehnen es ab. Selbst schuld. Helfen sie euch denn wenigstens?«

»Äh …«

»Ich habe dir gesagt, dass es eine Bande feiger, selbstsüchtiger, in ihrer intellektuellen Überlegenheit gefangener Bastarde ist. Vielleicht glaubst du mir jetzt?«

»Eafras hat versprochen, dass er uns Hilfe schickt.« Jonas spürte, wie ihm das Blut in die Wangen schoss.

»Na, welch *großartige* Zusage!«, kam es übertrieben ironisch zurück. »Wenn du dich darauf verlässt, bist du verlassen, Junge.«

»Komisch, genau diesen Eindruck hatte ich bisher von dir. Ich hoffe, du weißt, wo sich meine Freunde befinden.«

Der Magier lächelte spöttisch. »Du klingst fast genauso freundlich wie deine Lehrerin. Man sollte nicht denken, dass ich dir vorhin den Gefallen getan habe, dich über die Gefangennahme des Duos zu informieren. Ich schätze, dass du seitdem nichts von ihnen gehört hast?«

Jonas schüttelte langsam den Kopf. Ihm wurde klar, dass er ohne den Ex-Rebellenführer nicht das Geringste über den Verbleib von Eya und Zamo wüsste.

»Sagst du uns jetzt, wo wir die beiden finden können, oder müssen wir selbst alle zwölf Dimensionen nach ihnen durchkämmen?«, mischte sich Naida ruppig ein.

Dogul legte den Kopf schief. »Denkst du wirklich, ihr würdet sie dadurch finden? Habt ihr *mich* jemals auf diese Weise aufgespürt? Finnegan hält sich in einem unserer weit verstreuten Lager auf, dessen bin ich mir sicher. Dort ist er durch Drachenmagie vor Entdeckung geschützt und kann in Ruhe seine Schachzüge planen. Allerdings weiß ich nicht genau, welchen dieser Orte er für die Verwahrung der Gefangenen gewählt hat. Es eignen sich mehrere dafür.«

»Dann spann uns nicht länger auf die Folter. Hilfst du uns nun oder nicht?« Die weißblonde Magierin wirkte unbewegt, doch Jonas spürte, wie es in ihr brodelte.

»Das kommt darauf an, ob diese Hilfe auf Gegenseitigkeit beruht. Ich kann euch natürlich nicht garantieren, dass ihr eure Freunde lebend wiederseht. Dennoch hätte ich gern euer Versprechen, dass ihr mich nach dieser Aktion in die Verbotene Dimension bringt, ganz gleich, wie sie ausgeht. Am besten ohne das Wissen des Rates, sofern er dann überhaupt noch existiert.«

»Was willst du denn da?« Jonas sah sein Gegenüber entgeistert an. Nichts würde ihm weniger gefallen, als dieses Ekelpaket in seiner eigenen Heimat zu wissen!

»Es geht dich zwar nichts an, aber deine Dimension hat den unschätzbaren Vorteil, nicht von Drachen beherrscht zu sein. Jedenfalls noch nicht. Zudem werde ich dort nicht gesucht und kann mich frei unter meinesgleichen bewegen. Keine Angst, Kleiner, es gibt sicherlich auch in deiner Welt genug Platz, um sich nicht ständig über den Weg zu laufen.«

AM ENDE DER WELT

Nervös bestieg Jonas den schuppigen Rücken seiner Partnerin. Es war inzwischen spät und eisig kalt. Der nächtliche Ausflug kam ihm irgendwie unwirklich vor. Er zitterte am ganzen Körper, war jedoch viel zu fahrig, um irgendwas daran zu kontrollieren oder überhaupt Magie anzuwenden.

»Hast du das Portal-Geheimnis schon gefunden?«, murmelte er an Helia gewandt, um sich abzulenken.

»Aber natürlich«, gab diese heiter zurück. *»Du versteckst es ja nicht, es leuchtet förmlich aus deinen Gedanken heraus.«* Sie wirkte freudig aufgeregt, als würden sie zu einem spannenden Abenteuer aufbrechen, statt in das Lager des Feindes, um ihre Freunde zu retten.

»Komisch, ich weiß nicht mal, dass ich es weiß.«

»Es ist Drachenwissen und deshalb allein für mich gedacht. Du könntest gar nichts damit anfangen. Ich hätte Lust, es sofort auszuprobieren, aber Zepthakos lässt mich nicht. Er sagt, ich müsse Geduld haben und meine Kraft für den Notfall sparen.«

»Ist bestimmt besser so. Stell dir vor, du verirrst dich und wir landen zwischen den Dimensionen. Dorthin möchte ich nie wieder!« Er schüttelte sich bei der Erinnerung an sein grausiges Erlebnis.

»Das geschieht sicherlich nicht. Die Anleitung sieht nicht sonderlich schwierig aus. Ich wundere mich, dass der Drachenrat es verboten hat.«

»Na ja, es sollen schon einige junge Drachen verschollen sein. Zamos' Großvater hat es damals beinah erwischt.«

»Ich werde sehr gut aufpassen, vor allem, wenn ich dich dabei tragen darf. Du bist neben Halima mein allergrößter Schatz.«

»Seid ihr bereit?« Naidas Stimme erklang leise irgendwo aus dem Dunkel vor ihnen. »Folgt uns einfach«, fuhr sie fort, ohne eine Antwort abzuwarten.

Jonas hörte das feine Rauschen, das Zepthakos beim Starten verursachte. Sehen konnte er das Paar nicht, da es ebenso wie Helia und er selbst hervorragend getarnt war.

Trotz der Dunkelheit hatte seine Lehrmeisterin auf diese Vorsichtsmaßnahme bestanden, was er nicht ganz nachvollziehen konnte. Wie sollte irgendwer die Drachen am nächtlichen Himmel ausmachen? Sie würden sowieso nicht lange durch die Gegend fliegen, sondern ein Portal benutzen, um zu Doguls Versteck zu gelangen. Der Magier hatte widerwillig den Standort rausgerückt, nachdem Naida versprochen hatte, dass zunächst nur sie beide samt ihren Partnern dort aufschlagen würden.

Helia folgte dem älteren Drachen eifrig. Jonas wollte eigentlich fragen, woher sie wusste, wo Thakos hingeflogen war, brauchte jedoch seine gesamte Konzentration, um diesen unheimlichsten aller bisherigen Starts zu verdauen. Am Tag war es schon beinah Routine, doch in der Dunkelheit empfand er das Gefühl des schnellen Abhebens viel intensiver – oder seine Partnerin legte einen Turbo-Start hin.

Kaum hatte er diesen Schock verdaut, leuchtete es vor ihm grell auf. Helia katapultierte sie beide geradewegs in das Licht. Das übliche Portal-Feeling kam ihm gegen den Blitzaufstieg geradezu harmlos vor.

»Was war das eben?« Er keuchte, als sich die Welt wieder stabilisierte.

Auch auf dieser Seite war es finster, allerdings sternenklar und deutlich wärmer. Zudem kündete ein heller Streifen am Horizont davon, dass der Tag hier nicht mehr fern sein konnte.

»Tut mir leid, ich wollte den Anschluss an Zepthakos nicht verlieren. Deshalb war ich beim Abheben nicht so vorsichtig wie sonst. Ich dachte, du verträgst es jetzt schon besser.«

»Na ja, ich lebe noch. Wo sind wir hier?« Neugierig blickte er nach unten. Die Gegend erstreckte sich karg und lebensfeindlich als endlose Karstwüste in alle Richtungen, so weit das Auge reichte.

»Ich weiß nicht, wie diese Gegend heißt, aber sie liegt südöstlich deiner Heimat, in der Dimension der Raudrachen. Das Lager dieses scheußlichen Menschen muss sich dort vorn in den Hügeln befinden. Ich spüre die Präsenz zweier Eisdrachen.«

Jonas beugte sich konzentriert vor, bemühte sich, die Dunkelheit zu durchdringen und in Flugrichtung so etwas wie ein Lager auszumachen. Es gelang ihm nicht. Dafür materialisierte sich ein dunkler Schatten vor ihnen, der sich auf das gleiche Ziel zubewegte. Schon verloren sie an Höhe und strebten auf einen völlig leeren Platz zu, der von schroffen Felshügeln umgeben war. Erst wenige Meter über dem Boden erkannte er die Höhlenöffnungen ringsum, und ein paar größere Felsen, die hervorragend getarnte Steinhütten waren.

Dieser Ort schien noch besser geschützt zu sein als die beiden Rebellenlager, die er bereits kannte. Er fragte sich kurz, woher die Bewohner Wasser und Nahrung bekamen, wurde jedoch gleich darauf vom Erscheinen einer Person abgelenkt, die sich bei ihrer Landung auf dem Platz einfand. Trotz des viel zu schwachen Lichts erkannte er den Magier sofort, obwohl er dessen Gesicht nicht richtig ausmachen konnte. Der Gestalt schien eine unverwechselbare Aura anzuhaften, wie ein markanter Geruch oder eine besondere Melodie. Jonas vermochte nicht, es zu erklären, doch es schien unwichtig.

Seine Abneigung gegen den Mann wallte erneut auf, längst nicht so stark wie vorhin, dennoch musste er sich dazu zwingen, den schützenden Drachenrücken zu verlassen. Naida stand bereits am Boden. Ihre Haltung drückte Kampfbereitschaft und Entschlossenheit aus.

»Hallo und herzlich willkommen am Ende der Welt. Ich hätte mir nie träumen lassen, dass ihr einmal freiwillig zu mir kommen würdet«, bemerkte Dogul.

»Tja, die Zeiten ändern sich«, erwiderte die Magierin kühl.

»Das ist wohl wahr. Momentan zu schnell für meinen Geschmack. Folgt mir.« Er drehte sich abrupt um und eilte auf einen der massiv wirkenden Felsen zu.

Wortlos gehorchten die Neuankömmlinge und legten die wenigen Meter bis zu einem verborgenen Eingang zurück, der in einen ausgehöhlten Findling führte.

Erst im Inneren des erstaunlich wohnlich eingerichteten Domizils bemerkte Naida grimmig: »Ich hoffe, du hältst dein Versprechen und findest heraus, wo unsere Freunde gefangen gehalten werden.«

»Ich halte meines, sofern ihr eures einlöst«, konterte die dunkelhaarige Gestalt mit leisem Lächeln. »Ihr wisst bereits, dass es mehrere mögliche Orte gibt. Welches Versteck mein ehemaliger Partner gewählt hat, kann unser Wandler hier am besten feststellen.«

Verwirrt starrte Jonas den Mann vor ihm an. »Wie das?«

»Indem du durch dein bevorzugtes Kommunikations- und Transportmittel nach deinen Freunden suchst. Da der Kontakt normalerweise durch den Bann um die Lager unterbunden und lediglich bei Bedarf von dort aus erlaubt wird, könnten wir Glück haben, dass der alte Schlaukopf die vorhandenen Spiegel bisher nicht vernichtet hat. Ich nehme an, dass dein Talent in dieser Hinsicht eine weitaus größere Reichweite hat als mein eigenes.«

»Aber wenn Finnegan den Kontakt nicht genehmigt, kann ich ihn nicht herstellen. Und falls doch, erwartet er mich schon. Beides wäre ungünstig.«

Dogul zuckte mit den Schultern. »Ich sage nicht, dass es ohne Risiko ist. Aber was den magischen Bann um die Lager anbelangt – glaubst du, ich hätte freiwillig den Schutz geschwächt, der um dieses Versteck liegt?«

»Ah, okay …« Instinktiv war ihm klar, dass es stimmte: Er konnte diese Maßnahme irgendwie umgehen.

»Mir gefällt die Sache nicht«, mischte sich Naida ein. »Es stinkt geradezu nach einer Falle.«

»Nun, ihr könnt mein Angebot annehmen oder es lassen. Aber ohne ein wenig Vertrauen und Zusammenarbeit sind eure Chancen, den Horndrachen und seine Partnerin zu befreien, minimal. Entscheidet euch, aber tut es bald. Nachdem ich mir jetzt die Nacht um die Ohren geschlagen habe, hätte ich gern ein lohnendes Ergebnis – oder wenigstens ein paar Stunden Schlaf.«

Jonas sah seine Lehrmeisterin fragend an. Was konnte es schaden, sich den Plan anzuhören? Wenn er zu riskant war, konnten sie ihn immer noch ablehnen. Sie erwiderte seinen Blick. Ihr angespannter Gesichtsausdruck milderte sich dabei merklich, ihre Mundwinkel zuckten leicht.

»Es ist deine Entscheidung.«

Ihr mentaler Kommentar stärkte seine Entschlossenheit. Tief durchatmend bemerkte er: »Sagen wir, ich finde den Ort, an dem Eya und Zamo gefangen gehalten werden. Was dann?«

Dogul lächelte. Zum ersten Mal sah er dabei weder spöttisch noch herablassend aus. »Dann, mein kleiner Wunderknabe, bringst du mich dorthin. Du rettest vielleicht deine Freunde, ich bekomme meine Rache.«

HELDENHAFTER EINSATZ

Der Plan klang gar nicht so verkehrt, obwohl er gleichzeitig so viele Unwägbarkeiten enthielt, dass es Jonas bei dem Gedanken daran schlecht wurde. Die erste Hürde bestand darin, überhaupt Kontakt zu einem Spiegel zu erhalten, der nah genug an Eya und Zamo dran war, ohne den Feind auf diese Aktion aufmerksam zu machen. Wenn der Versuch scheiterte, wäre alles im Eimer. Also überlegten sie, wie sich der Spiegelmagier tarnen konnte.

»Helia könnte es tun«, schlug Naida vor.

»Drachentarnung wirkt bei anderen Drachen nicht perfekt«, erklärte die Drachendame würdevoll. *»Sie sehen mich trotzdem, zumindest schemenhaft.«*

»Das ist immer noch besser als nichts, sofern sie nicht auf ihn warten«, befand Dogul.

»Aber wie kann der Junge ohne die Begleitung seiner Partnerin getarnt bleiben?«, warf die Magierin ein.

Der Ex-Rebellenführer verzog spöttisch die Mundwinkel. »Das weißt du wirklich nicht? Tja, manchmal ist es vorteilhaft, wenn einem das tägliche Brot nicht automatisch in den Schoß fällt. In meinem Lebensumfeld sind solche Tricks überlebenswichtig. Bei einer starken Verbindung zwischen Drache und Mensch reicht es aus, ein kleines Stück seines Partners am Körper zu tragen.«

»So einfach ist das? Cool!« Jonas rannte aufgeregt hinaus in die Dunkelheit.

Helia wartete bereits auf ihn. *»Ich weiß schon, was du möchtest … Aber bitte nimm eine Schuppe vom Schwanzende, da bin ich nicht* *ganz so empfindlich. Hätte ich das bloß früher gewusst! Vor einigen Wochen sind zwei von allein ausgefallen.«*

Mit einem schlechten Gewissen zupfte Jonas eines der schimmernden Hornplättchen aus dem Drachenschwanz. Seine große Freundin zuckte dabei zusammen.

»Entschuldige bitte«, murmelte er. »Ich hoffe, es war nicht zu schlimm?«

»Ich kann dir ja mal ein paar von deinen Haaren ausreißen, dann weißt du vielleicht, wie es sich anfühlt.«

Naida bohrte magisch ein Loch hindurch und drehte aus einigen Fäden ihres Strickpullovers eine feste Kordel, mit der sie einen Anhänger fabrizierte. Etwas beklommen streifte sich Jonas das Ergebnis über den Kopf.

»Und, bin ich jetzt unsichtbar?«, fragte er verlegen.

»Mitnichten!« Seine Lehrmeisterin lachte.

»Es funktioniert hoffentlich, wenn ich mich selbst tarne«, ertönte die fröhliche Stimme in seinem Kopf. *»Wir versuchen das jetzt.«*

Obwohl sich für Jonas nichts veränderte, hörte er gleich darauf überraschte Rufe von Naida und Dogul.

Er blickte an sich hinab. »Ich sehe mich selbst und merke gar nichts!«, sagte er. »Woher weiß ich, wann die Tarnung da ist und wann nicht?«

»Du müsstest es spüren, sobald du dich auf die Magie konzentrierst.«

»Sehr schön«, kam es zufrieden von Dogul. »Ich hoffe, dass es die Karatdrachen im Lager zumindest kurzfristig täuschen kann. Bei mir wirkt es halbwegs, solange ich nur meine Augen benutze.«

Jonas bemühte sich, die Kraft ausfindig zu machen, die er inzwischen recht zielsicher einsetzen konnte, um Luft für kurze Zeit zu verhärten, seine Durchblutung anzuregen oder Moleküle in Schwingungen zu versetzen. Erstaunt stellte er fest, dass sie ihn wie einen Ganzkörperanzug umgab. Es glich einem sanften Kribbeln, das von der Drachenschuppe ausging, die angenehm warm auf seiner Brust lag. Von einem Moment auf den anderen war das Gefühl verschwunden.

Naida musterte ihn zustimmend. »Ja, das hat in der Tat gut funktioniert. Beeindruckend. Diese Unsichtbarkeit erscheint mir ab und zu sehr praktisch. Ich muss Thakos unbedingt bei Gelegenheit um eine Schuppe bitten. Warum hat er mir das nie gesagt?«

»Vielleicht dachte er, dass du so etwas gar nicht nötig hast.« Jonas überlegte, was er mit seiner neuen Tarnung alles anstellen könnte. Perfekt, um nervigen Brüdern, argwöhnischen Eltern, unliebsamen Mitschülern oder unangenehmen Fragen aus dem Wege zu gehen.

Aber langsam wurde es ernst. Bei dem Gedanken an das Risiko, das er trotz Helias Schutz einzugehen gedachte, wurde sein Hals trocken. Als er sich vor dem Spiegel platzierte, bekam er schwitzige Hände. Sein Herz schlug unangenehm hart in der Brust und Schlucken gelang überhaupt nicht mehr.

»Atme tief durch«, hörte er Naida wie durch Watte. »Du prüfst zunächst lediglich die Lage. Sobald sich auch nur ein Schatten bewegt, unterbrichst du sofort den Kontakt.«

Mühsam nickte Jonas und sah in den Spiegel, der an der Felswand hing. Diesmal spürte er das sanfte Vibrieren auf seiner Brust, während sich sein Antlitz in Sekundenbruchteilen auflöste. Ein schimmernder Umriss blieb zurück, den er ebenso wahrnahm wie die getarnte Helia. Er hoffte, dass es trotzdem reichte, und konzentrierte sich auf sein Ziel: Eya.

Sie konnte er sich besonders gut vorstellen, vor allem, seit er ihr Gedankenmuster studiert hatte.

Seine eigene Umgebung verschwamm und machte einer unwirklichen Höhlenwelt Platz, deren unzählige Stalagmiten und

Stalaktiten durch einfallendes Sonnenlicht in allen Regenbogenfarben glitzerten. Das Bild wirkte unscharf und doppelt, als könnte er es nicht richtig fokussieren. Wodurch erblickte er diese Szene? Sicherlich nicht durch einen echten Spiegel!

»Richte deine Aufmerksamkeit auf einen kleinen Punkt und betrachte die Umgebung dadurch«, erreichte ihn die mentale Anweisung seiner Lehrerin.

Er tat wie ihm geheißen, das Bild stellte sich scharf. Da, ganz hinten in der Höhle bewegte sich etwas! Groß und dunkel … Ein Drache! Erschrocken beendete Jonas den Kontakt und drehte sich keuchend zu den beiden Magiern um, die außerhalb des Sichtfeldes warteten.

»Habt ihr gesehen? Da war-«, begann er, doch Naida unterbrach ihn.

»Natürlich, ich dachte, du würdest den Unterschied zwischen einem Karat- und einem Horndrachen kennen. Konzentriere dich wieder, bevor sich der Lichteinfall ändert und dein Spiegel zerstört wird.«

»Dann war das gerade Zamo?« Freudige Aufregung breitete sich in ihm aus. Er hatte seine Freunde bereits gefunden!

Rasch baute er erneut die Verbindung auf. In dem kurzen Moment der Unterbrechung hatte sich das Bild verändert. Nun befand er sich viel näher beim Drachen, der einen schweren Eisenring um den schlanken, schuppigen Hals trug. Sein rechter Flügel war trotz der Enge um ihn herum nicht ganz angelegt. Instinktiv wusste Jonas, dass er verletzt war. Eya konnte er von seinem Standpunkt aus nicht sehen, hörte sie jedoch leise summen.

»Bist du bereit?« Die verhasste Stimme des grünäugigen Magiers ließ Jonas zusammenzucken.

Ein kurzer Check sagte ihm, dass er alles Nötige bei sich trug. Also bejahte er die Frage beklommen, da Dogul sein Nicken sicherlich nicht sah. Gleich darauf stand der Mann dicht neben ihm und fasste seine Hand, um ebenfalls getarnt zu sein. Es war ebenso widerlich wie der Gedanke daran, dass die winzige reflektierende Fläche, durch die er zu reisen gedachte, eventuell zwischendurch verschwinden könnte. Er schluckte Angst und Abscheu hinunter und zog seinen Begleiter entschlossen durch das Tor.

Der Sog ließ ihn auf der anderen Seite taumeln. Dogul, der noch mehr Schwung hatte als er selbst, stieß gegen ihn und unterdrückte einen Schmerzenslaut. Anscheinend war er mit Jonas' Ellenbogen kollidiert. Überrascht stolperte er vorwärts und prallte schwungvoll mit der Schulter gegen eine der Steinsäulen. Ein heftiger Schmerz durchzuckte seine rechte Seite. Stöhnend hielt er seinen Arm, der sich anfühlte, als wäre irgendwas darin zu Bruch gegangen.

»Bist du von allen guten Geistern verlassen? Mach nicht so einen Lärm!« Die Gedanken des Magiers, der dicht hinter ihm stand, klangen wütend und erschrocken.

Dieses ungebetene Eindringen in seinen Verstand empfand Jonas als ebenso verletzend wie den Stoß eben. Er spürte, wie Zorn in ihm aufwallte. Mühsam beherrschte er sich, atmete tief durch, darauf konzentriert, den Schaden an seinem Lieblingsarm zu lokalisieren und den angeknacksten Knochen zu reparieren. Triumphierend wollte er Dogul seinen Erfolg mitteilen, doch dieser war bereits verschwunden, um zu tun, was immer er vorhatte. Also wandte er sich in Richtung des angeketteten Drachen. Gleich darauf sah er Eya in einer Art kleiner Höhle mit vergittertem Eingang hocken. Sie starrte durch ihn hindurch und summte dabei eine traurige Melodie vor sich hin.

Zamo hingegen blickte ihn direkt an. *»So sehr ich mich freue, dich zu sehen – du verschwindest besser vor dem Eintreffen der Karatdrachen, mit dem ich jederzeit rechne. Du wirst es nicht schaffen, uns ohne Hilfe hier rauszuholen.«*

»Quatsch, ich lasse euch doch nicht zurück!« Entschlossen rannte Jonas auf den Horndrachen zu, dessen Verletzung aus der Nähe schlimm aussah. Der linke Flügel wies einen langen, blutig verklebten Riss auf. Die Kette, die Zamo festhielt, musste magieabwehrend sein, sonst wäre die Wunde sicherlich schon verheilt.

»Du bist ein Dickkopf ohnegleichen, Kleiner. Wie möchtest du denn das magisch verstärkte Eisen aufbekommen? Dies gelingt nur Drachen.«

Triumphierend zog der Angesprochene den länglichen Gegenstand, den Dogul ihm anvertraut hatte, aus dem Rucksack. Er glich einer großen, extrem scharfen Kneifzange mit langen Hebeln und bestand aus einem speziell behandelten Metall. Der Magier hatte ihm eingeschärft, gut darauf aufzupassen, da es sich um ein Einzelstück handelte.

»Hiermit!«, konterte er grimmig. »Ich hoffe, das Teil funktioniert.«

Endlich reagierte Eya auf seine Anwesenheit. »Jonas?« Ihr Ruf glich einem schwachen Hauch, zweifelnd und unsicher, als wüsste sie nicht, ob sie ihren Augen trauen durfte.

»Hi, freust du dich wenigstens, mich zu sehen?« Indem er es sagte, fiel ihm auf, dass das Kribbeln auf seiner Brust aufgehört hatte.

»Ja, aber beeile dich!« Eya klang drängend und erschöpft zugleich. »Befreie lieber erst Zamo.«

»Nein, du musst mir helfen, ihm das schwere Gerät vom Hals zu nehmen.«

Er setzte das Werkzeug an einem der mittleren Gitterstäbe von Eyas Gefängnis an. Das Eisen glühte hell auf und erhitzte die Zange in seiner Hand schlagartig, sodass es ihm die Finger verbrannte. Beinah hätte er es fallengelassen! Doch er biss die Zähne zusammen und drückte die Griffe mit aller Kraft aufeinander. Es gab einen singenden Ton, gefolgt von einem peitschenden Knall, mit dem der Metallstab zerbarst.

Jonas spürte einen heißen, scharfen Schmerz im Oberschenkel und brach schreiend zusammen. Das Brennen breitete sich rasend schnell in seinem Körper aus, es fühlte sich an, als würde er in Flammen stehen! In grausamer Pein gefangen wälzte er sich auf dem unebenen Grund, schrie immer weiter, ohne einen einzigen vernünftigen Gedanken fassen zu können. Etwas Kaltes berührte wohltuend seine Stirn, als er in gnädiger Schwärze versank.

ᔓ

»*Jonas!*«

Eya quetschte sich unter Missachtung des Brennens, das die Berührung der Stäbe auf nackter Haut verursachte, durch die entstandene Lücke und hockte sich neben den Jungen, der sich mit unmenschlichem, heiserem Gebrüll auf dem Boden wand. Sie legte ihm eine Hand auf die Stirn, spürte die Hitze in ihm. Intuitiv sandte sie einen Impuls aus Kälte, was ihn schlagartig verstummen ließ. Sein Körper erzitterte noch einmal und erschlaffte. Erschrocken zog sie die Hand wieder weg.

»Ist er tot?«, krächzte sie.

»Er ist lediglich ohnmächtig. Bei Gelegenheit erkläre ich dir, wie du das selbst prüfen kannst. Bitte befreie mich mit dem magischen Werkzeug, dann schaue ich, was ich für ihn tun kann. Beeile dich, bevor unsere Peiniger wegen des Lärms nachsehen! Aber gib acht, dass du nicht ebenfalls von einem der Splitter getroffen wirst.«

ᔓ

Jonas erwachte davon, dass ihm feuchtwarmer Drachenatem ins Gesicht blies. Blinzelnd versuchte er, ein klares Bild zu bekommen, aber alles blieb verschwommen, einschließlich des großen, dunklen

Schattens über ihm. Wo war er? Was war geschehen? Entfernt erinnerte er sich an wahnsinnige Schmerzen, fühlte jedoch nichts. Als wäre sein Körper vollkommen betäubt oder gelähmt.

»Hallo Abenteurer, wie gut, dass du wieder da bist.« Eya klang weit entfernt, obwohl er aus den Augenwinkeln sah, dass sie nah bei ihm hockte. »Dann hat Zamos Behandlung doch angeschlagen. Ich dachte schon … Wie geht es dir?«

»Äh, ganz gut. Ich kann mich bloß nicht bewegen.« Seine Stimme glich einem tonlosen Flüstern, das er wie durch Watte vernahm. »Was ist denn passiert?«

»Du wurdest von einem magisch aufgeladenen Eisensplitter getroffen«, erklärte die Drachenreiterin ernst. »Zamo und ich haben ihn entfernt, aber du hast jede Menge der negativen Ladung abgekriegt.«

»Aha. Warum spüre ich meine Arme und Beine nicht?«

»Du bist betäubt. Die Magie des Splitters wirkt wie ein Gift, das durch deinen Körper gepumpt wird und dir diese furchtbaren Schmerzen zufügt. Ich bin dabei, die Wirkung des Banns zu neutralisieren, aber das muss langsam und behutsam geschehen, damit deine eigene Kraft nicht mit vernichtet wird. Habe ein wenig Geduld.«

Die Erinnerung daran, wo er sich befand, kehrte beim Anblick der glitzernden Höhlenwand zurück. Natürlich! Er musste Zamo und Eya so schnell wie möglich hier rausschaffen!

»Ich habe einen Spiegel dabei«, flüsterte er. »Wenn ihr mir aufhelft, bringe ich euch zu Naida.«

»Ich glaube, daraus wird vorerst nichts«, murmelte Eya. Sie blickte ihn merkwürdig an, irgendwie traurig, als wäre er schwer krank.

»Warum? Was ist mit mir los, jetzt sagt schon!«

»Durch das Eindringen der schädlichen Magie in den Blutkreislauf gab es schwerwiegende Interferenzen mit deiner eigenen Gabe.

Du wirst deine Kraft vermutlich längere Zeit nicht einsetzen können. Nicht ohne zusätzliche Energie von außen. Leider verbrauche ich meine restliche soeben, um dir auf die Beine zu helfen. Und Eya hat mir ihre geschenkt, um mich von den Folgen des Eisenrings zu erholen und meinen Flügel zu heilen.«

Jonas stöhnte. Das durfte doch nicht wahr sein! »Und was machen wir jetzt?«

»Warten, uns regenerieren und hoffen, dass in nächster Zeit niemand auf die Idee kommt, uns zu besuchen. Bisher haben sie es nicht für nötig befunden, uns Nahrung oder Wasser zu bringen. Auch wenn ich beides vermisse, wäre ich nun sehr dafür, dass es noch ein paar Flügelspannen so bleibt.«

WASSER UND BROT

Eya betrachtete den Jungen, der an Zamos weiche Bauchseite gelehnt reglos dalag. Er wirkte noch bleicher als sonst, die lustigen Pünktchen auf Nase und Wangen stachen deutlich hervor. Wenigstens atmete er inzwischen tief und gleichmäßig, weil er schlief.

Endlich kam sie auf die Idee, dem Rotschopf den Rucksack vom Rücken zu ziehen. Bei der Untersuchung des Innenlebens entfuhr ihr ein Laut des Entzückens – Wasser und Brot! Zwar nur wenig für jeden, aber immerhin.

»Trink es bitte nicht aus«, bat Zamo.

»Natürlich nicht, wir teilen!«, entgegnete sie erstaunt, beinahe entrüstet. Sie hatte nur einen winzigen Schluck genommen und wollte Jonas einen weiteren einflößen.

»Ich meine nicht, dass ich von diesen wenigen Tropfen unbedingt etwas abbekommen möchte. Wir sollten es nutzen, um mehr daraus zu gewinnen. Ich spüre, dass diese Höhle genug Wasser enthält, um unseren Durst zu stillen. Allerdings ist es in Wänden und Decke verborgen. Momentan bin ich zu sehr mit dem Jungen hier beschäftigt, um es freizulegen. Deshalb wäre es gut, wenn du Wasser zu Wasser fügen könntest.«

»Aber ich habe keine Ahnung, wie das geht«, ächzte sie. »Das weißt du doch genau!« Sie verstummte, weil sie meinte, etwas gehört zu haben. Da, wieder! Eine leise Stimme rief nach Jonas, sie kam aus seiner Jacke.

Mit fliegenden Fingern fummelte Eya an dem ungewohnten Metallverschluss herum, bis sie ihn endlich geöffnet bekam. Gleich darauf schaute eine blauäugige Magierin sie an, deren Sorgenfalten sich bei ihrem Anblick glätteten und einem Ausdruck höchsten Erstaunens Platz machten.

»Eya! Du bist ... Jonas hat es ja erzählt. Trotzdem ist es ein wahres Wunder!«

Verwirrt starrte die Angesprochene zurück. Was hatte Naida bloß? »Äh – ich weiß gerade nicht, wovon du sprichst, entschuldige. Vermutlich meldest du dich wegen des Milchgesichts hier.« Sie hielt den Spiegel so, dass die schlafende Gestalt darin sichtbar sein musste. »Er hat ein Stück des magischen Metallstabs von meinem Gefängnis abgekriegt.«

Mit knappen Worten erzählte sie der sprachlosen Frau, was vorhin geschehen war. Diese wirkte mit jeder Silbe betroffener, die Falten auf ihrer Stirn vertieften sich.

»Das ist schlimm«, bemerkte sie schließlich. »Hingegen ist es wundervoll, dass du Zamothrakles mit deiner Energie unterstützen konntest. So hat er gute Chancen, bald wieder völlig zu genesen.«

»Sobald ich aus diesem grausigen Käfig befreit war, habe ihm so viel davon abgegeben, wie ich konnte. Leider hat es nicht gereicht, um seine Verletzung zu heilen und Jonas zu helfen. Wir brauchen dringend Wasser, da wir hier seit unserer Ankunft noch nichts bekommen haben. Im Rucksack ist zwar welches, doch Zamo meint, dass ich es irgendwie vermehren soll, mit dem, was in den Höhlenwänden steckt. Kannst du mir dabei helfen?«

Naida nickte angespannt. »Ich versuche es. Auch wenn der Schutz um das Lager deaktiviert ist, bleibt der Kontakt anstrengend. Lange kann ich ihn nicht mehr halten. Das Extrahieren von Wasser aus der Umgebung ist mit Magie immer möglich. Es vereinfacht die Sache ungemein, dass du schon welches hast. So spürst du leichter, wonach du suchen musst. Stell die Flasche auf den Boden. Ihr braucht etwas, worin ihr die Flüssigkeit sammeln könnt.«

Eifrig hörte Eya den Anweisungen zu.

Allerdings verschwand die Magierin viel zu bald wieder und ließ sie mit ihrer Aufgabe allein. Es gab natürlich keine Schüssel oder Ähnliches. Deshalb bat sie Zamo, einen kleineren Felsen auszuhöhlen. Dieser zuckte nur ein wenig mit dem Schwanz und berührte damit eine der Säulen, die aus dem Boden wuchsen. Es gab ein schabendes, knirschendes Geräusch, die Spitze fiel zerbröckelnd ab. Der Drache wandte seinen langen Hals mit einem kräftigen Schnauben in ihre Richtung. Eine dichte Staubwolke wirbelte empor und verzog sich in den hinteren Teil der Höhle. Staunend besah sich Eya das Ergebnis. Der Fels war säuberlich glatt ausgeschabt, das entstandene Gefäß perfekt für ihren Zweck geeignet.

»Danke!«, flüsterte sie ergriffen.

»Gern geschehen. Das schaffe ich sogar, wenn meine Energie fast vollkommen verbraucht ist.«

Sie konzentrierte sich auf das Wasser in der Flasche, hielt die Hände darüber, versuchte zu erspüren, woraus es bestand. Ihre Wahrnehmung hatte sich auf unglaubliche Weise verfeinert und vervielfältigt. Ja, sie konnte es fühlen. Und da! Tiefer unter sich spürte sie die gleiche Verbindung. Je intensiver sie auf ihre Umgebung achtete, desto mehr Wasser fand sie. Zamo hatte recht – hier gab es überall welches! Vorsichtshalber trank sie noch einen kleinen Schluck von dem Vorrat, den Rest goss sie bedauernd in das Steingefäß. Anschließend hielt sie wieder die Hände darüber, um mit ihren geschärften Sinnen nach der Flüssigkeit in den Wänden zu suchen und ihr zu befehlen, sich mit derjenigen im Stein zu vereinen. Sie schloss die Augen, spürte das Wasser, zog es magisch zu sich. Die Kraft, mit der sie dies tat, pulsierte tief in ihr. Sie war zwar schwach, reichte jedoch für diese Aufgabe gerade noch aus.

Keuchend öffnete sie die Augen wieder und blickte hoffnungsvoll auf den ausgehöhlten Stalagmiten, aus dem das kostbare, klare Nass bereits überlief. Sie stieß einen leisen Freudenschrei aus, schöpfte mit vollen Händen daraus, trank und wusch sich Schweiß, Staub und Tränen aus dem Gesicht. Bald darauf erschien ein gewaltiger Kopf neben ihr, der sie sanft zur Seite schob.

»Darf ich auch? Danke, du bist großartig!«

Während Zamo trank, füllte Eya rasch wieder die Flasche für Jonas und sich selbst. Sie wusste jetzt, wie sie dafür sorgen konnte, dass diese nicht leer werden würde, solange sie sich an diesem wasserreichen Ort aufhielten.

»Schade, dass wir das mit dem Brot nicht auch so machen können«, murmelte sie.

»Iss ruhig, meine Liebe. Der Kleine dort erleidet noch keinerlei Nahrungsmangel und für mich wäre es nur ein Krümel, der mir nicht helfen würde, den Hunger zu stillen.«

Sie brach sich ein Stück des Fladens ab, aß bedachtsam, kaute jeden Bissen sorgfältig. Versunken in diese Tätigkeit sah sie erst wieder auf, als sie ein unterdrücktes mentales Stöhnen von ihrem Partner empfing.

»So ein Pech – wir bekommen Besuch! Immer zum unpassendsten Zeitpunkt.«

Erschrocken fuhr sie herum, als sich ein riesiger Schatten durch den Eingang quetschte. Eine zweite Drachenstimme ertönte in ihrem Kopf, bei deren Klang sich alles in ihr zusammenzog.

»Na, sieh einer an. Was machen denn meine Lockvögel außerhalb ihres Geheges? Immerhin hat zumindest eine meiner Sicherheitsvorkehrungen Erfolg gezeigt und mir den gewünschten Zweibeiner beschert, dazu noch in weit besserem Zustand als erwartet. Wie erfreulich! Herzlichen Dank, dass ihr euch so fürsorglich um ihn gekümmert habt. Das erspart mir selbst jede Menge Energie.«

Naida spürte die Erschöpfung, die sich aus Schlafmangel und den vielen Spiegelgesprächen ergeben hatte. Dennoch war noch ein weiteres nötig, das sie vom Rücken ihres Drachenpartners aus führen wollte, um aus dem Einflussbereich von Doguls Versteck zu gelangen.

Sie hoffte, dass ihr Gesprächspartner rasch die notwendige Energie beisteuern würde, denn mehr als eine Minute war sicherlich nicht drin, bis sie vom Drachenrücken fallen würde. Zepthakos schraubte sich kraftvoll in die Luft, gefolgt von der hell schimmernden Gestalt der jungen Horndrachendame.

Sobald sie genug Höhe gewonnen hatten, konzentrierte sich die Magierin auf ihr Ziel. »Bitte übernimm«, flüsterte sie, sobald sich ein ihr wohlbekanntes Gesicht zeigte.

Ihre Vertrautheit machte sich nun bezahlt, denn ihr Gegenüber reagierte auf der Stelle. Dennoch wurde ihr kurz schwarz vor Augen, sodass sie sich gleich darauf auf dem Drachenhals liegend wiederfand. Der losgelassene Spiegel baumelte an der Schnur, mit der sie ihn wohlweislich zuvor am Handgelenk gesichert hatte.

»Naida.«

Der Klang von Kunos Stimme ließ ihr Herz unwillkürlich schneller schlagen. Wie lange war es her, dass er sie auf diese Art gerufen hatte! Rasch setzte sie sich wieder zurecht, wollte das Gesicht ansehen, das sie einst zu sehr geliebt hatte, um sich den Regeln zu unterwerfen. Der Gedanke wurde von dem üblichen schmerzhaften Stich begleitet, obwohl die Wunde längst verheilt sein sollte. Doch die Erschöpfung machte sie empfänglich für diese Art von innerer Qual, brachte den Schutz, den sie so sorgfältig um ihr Herz gelegt hatte, zum Schmelzen. Mühsam wand sie sich aus dem Griff der Vergangenheit, zwang sich zurück ins Hier und Jetzt. Mit der eisernen Selbstdisziplin, die sie sich jahrelang antrainiert hatte, überwand sie den kurzen Moment und blickte dem bärtigen Magier in sein freundliches Gesicht.

»Du siehst aus wie der lebende Tod«, begrüßte er sie wenig schmeichelhaft.

»Danke. Wenigstens bist du hoffentlich ausgeruht genug, um mir unter die Arme zu greifen. Seid ihr bereit?«

»Wir schlafen praktisch auf Regulas. Sobald du das Zeichen gibst, sind wir unterwegs.«

»Dann habt ihr es hiermit. Ich hoffe, wir sehen uns gleich.«

Kuno nickte.

Mehr war eigentlich nicht nötig, doch er unterbrach den Kontakt nicht, sah sie stattdessen fest an. »Du denkst noch immer daran.«

Sie seufzte. »Musst du das ausgerechnet jetzt erwähnen?«

»Ja. Wir haben vielleicht keine Gelegenheit mehr, darüber zu sprechen. Du warst immer so stark, hattest dich und deine Emotionen perfekt im Griff. Doch ich weiß, wie es in dir aussieht, Naida. Wir waren eins, vergiss das nicht.«

»Nicht mehr, seit unser Sohn von uns gegangen ist …« Ungewollt zitterte ihre Stimme.

So nah war sie den Tränen mindestens zehn oder elf Jahre lang nicht mehr gewesen!

»Du kannst dir noch fünftausend Mal die Schuld dafür geben, das macht die Sache nicht ungeschehen. Ich möchte bloß, dass du weißt, wie dankbar ich für jede Stunde bin, die ich in deiner Nähe verbringen durfte.«

Sie wischte sich die Feuchtigkeit aus dem Gesicht. »Das ist mir bewusst. Ob du es glaubst oder nicht – es beruht auf Gegenseitigkeit.«

»Ich unterbreche euch nur ungern, aber ich empfange soeben die Koordinaten für unser Ziel. Soll ich es ansteuern?«, Zepthakos' Stimme hallte in ihrem Kopf wider.

»Aber natürlich«, gab sie sanft zurück.

»Bis gleich«, verabschiedete sie sich von dem Magier im Spiegel, der ihr augenzwinkernd einen angedeuteten Kuss entgegenhauchte.

ര

Jonas erwachte. Er fühlte sich völlig ausgepowert und zerschlagen, jeder Muskel schmerzte. Mühsam öffnete er die Augen. Er lag auf einer harten Pritsche in einer Holzhütte, die ihm irgendwie bekannt vorkam. Es war mächtig warm, sodass er in den dicken Wintersachen schwitzte. Benommen setzte er sich auf, um Jacke und Pulli auszuziehen. Im Sitzen rauschte es in seinen Ohren, als hätte er einen Fieberschub erlitten. Genauso fühlte er sich – zittrig und schwach.

Verwirrt sah er sich um. Wie war er hierhergekommen? Wo waren Zamo und Eya? Er wollte rufen, doch aus seiner Kehle kam nur ein heiseres Krächzen. Widerwillig spuckte sein Gehirn Informationen über die vergangenen Ereignisse aus: die Reise in die Glitzerhöhle zu seinen gefangenen Freunden, der Versuch, Eya aus dem Käfig zu befreien, der Schmerz … Er war höllisch gewesen, weit jenseits aller bisherigen Erfahrungen. Dann das Erwachen aus der Bewusstlosigkeit und Zamo, der irgendwas mit ihm angestellt hatte.

Er versuchte, sich daran zu erinnern, was ihm der Drache über seinen Zustand gesagt hatte. Es war nichts Gutes gewesen, so viel wusste er. Anscheinend hatte er die genaue Diagnose verdrängt. Immerhin lebte er noch.

Nachdenklich fuhr er mit der Hand über die Jeans, in der ein kleines, unschuldiges Loch prangte. Die Haut darunter war bis auf eine feine Narbe unversehrt. Wieder drängte sich die Frage in den Vordergrund, wo zum Teufel er sich befand. Außerdem plagte ihn zunehmender Durst. Also rutschte er ächzend von der Liege, um die Umgebung zu erkunden.

Diese Hütte hier ... Plötzlich wusste er, woran ihn der Ort erinnerte. Sein Herzschlag beschleunigte sich unwillkürlich, als er an sein Abenteuer mit Doguls Gefährtin und die Flucht durch den Urwald dachte. Die waagerechten Fensteröffnungen des Raumes lagen zu hoch, um hindurchzusehen, und waren so schmal, dass sich höchstens eine Schlange hindurchquetschen konnte. Durch sie erblickte Jonas nur blauen Himmel und ein paar graue Wolken. Ein rascher Griff zur Tür bestätigte ihm, was er bereits geahnt hatte: Er war ein Gefangener.

Keuchend überlegte er, wer ihn hierhergebracht hatte und was wohl mit Eya und Zamo geschehen sein mochte. Er horchte in sich hinein, rief nach dem sanften Riesen, bekam jedoch keine Antwort. Überhaupt spürte er ungewohnt wenig. Sein Versuch, sich auf irgendwas zu konzentrieren, scheiterte.

»O Mist!«, flüsterte er, während Entsetzen seine Adern flutete. Die Erkenntnis überwältigte ihn so plötzlich, dass er es gerade noch schaffte, zur Pritsche zurückzutaumeln, bevor seine Knie nachgaben.

Ich kann keine Magie mehr wirken!

Nun fielen ihm auch die Worte des Horndrachen wieder ein, der von magischen Interferenzen gesprochen hatte, die ihn daran hinderten, seine Gabe einzusetzen. Nie hatte sie ihm mehr gefehlt als in diesem Augenblick! Hoffentlich kehrte sie bald zurück, damit er durch den Spiegel Hilfe holen konnte.

Apropos ... Rasch tastete er seine Jackentaschen ab. Sein Entsetzen wuchs, als ihm klar wurde, dass er seinen wertvollsten Besitz verloren hatte. Und nicht nur diesen. Ein Griff zu seiner Brust verriet ihm, dass Helias Schuppe ebenfalls verschwunden war! Bestimmt hatten ihm die Karatdrachen die Sachen abgenommen. War ja klar. Stöhnend vergrub er das Gesicht in den Händen. So allein, schwach und hilflos hatte er sich lange nicht gefühlt. Wieso musste er immer in solche fatalen Situationen geraten? Wenn er doch nur nicht so ungeschickt gewesen wäre!

Mitten in seine bitteren Gedanken hinein vernahm er eine Stimme, die ihm nur allzu vertraut und ebenso unwillkommen war:

»Aha, der Ehrengast ist wach – sehr schön. Nun, dann werden wir dich mal in die Lage versetzen, zu tun, wozu du hier bist. Auch wenn es mir widerstrebt, meine Kraft an Zweibeiner zu verschwenden, scheint es mir in deinem Fall ausnahmsweise eine sinnvolle Investition zu sein. Ich hoffe, du stimmst mir zu?«

IM AUGE DES DRACHEN

»Ich hasse es, recht zu behalten.«

Zamos übertriebenes Stöhnen konnte Eya diesmal kein Lächeln entlocken. Verzweifelt bemühte sie sich, die Tränen zurückzuhalten, doch es gelang ihr nicht. Heiß und bitter rannen sie über ihre Wangen. Der schwarze Riese hatte ihr, ohne einen Muskel zu rühren, die Hände gefesselt. So war sie zusätzlich zu der wiederhergestellten Barriere eingeschränkt und konnte sich nicht mal das Gesicht abwischen. Hilflos musste sie zusehen, wie ihr geliebter Drachenpartner mit dem magischen Eisenring versehen hinter einem unbekannten Karatdrachen die Höhle verließ.

»Lebe wohl, meine kleine Eya.«

»Sag das nicht! Entweder du verschwindest oder du schaffst es«, flüsterte sie rau. »Du *musst* leben, hörst du!«

Sie spürte seine innere Umarmung, jedoch auch den Schmerz in seiner Brust, der so groß war, dass er ihn nicht vor ihr verbergen konnte, wenn sie sich so unendlich nah waren. Seine fehlende Antwort sagte genug.

Als das Paar nicht mehr zu sehen war, brach sie tränenüberströmt auf dem harten Boden zusammen, von unaufhaltsamen Schluchzern geschüttelt. Zamo hatte recht behalten.

Mit allem.

Der Rotschopf war in eine Falle getappt und nun würde ihr Freund bei dem Versuch sterben, den Weg zum Stein der Dämmerung zu finden. Oder ein Schicksal erleiden, das schlimmer war als der Tod. Und sie konnte nicht das Geringste daran ändern.

Hoffnungslos, blind vor Tränen, schloss sie die Augen in dem verzweifelten Wunsch, alles um sich herum zu vergessen.

ഗ

Die Tür zu seinem Gefängnis öffnete sich unverhofft. Ein schwarzgeschuppter Drachenschwanz schob sich ein Stück in den Raum, ehe Jonas die Chance erhielt, einen Blick nach draußen zu erhaschen.

»Berühre mich«, kam der unterkühlte Befehl.

Zögernd gehorchte er und legte eine Hand an die matt schimmernden Hornplatten. Zum ersten Mal betrachtete er die Stacheln am Schwanzende genauer, die so lang waren wie sein Arm. Sie stellten eine furchtbare Waffe dar. Dennoch wirkten sie am Karatdrachen wie unscheinbare kleine Verzierungen.

Am liebsten hätte er sich geweigert, die Energie anzunehmen, die seine Hand durchpulste. Doch sein Körper handelte in Eigenregie, sog sie auf wie ein Verdurstender das Wasser. Schließlich zog Finnegan sein Hinterteil so rasch zurück, dass er erschrocken zurücksprang, um nicht aufgespießt zu werden.

»Das sollte reichen. Halte dich bereit!«

Jonas rieb sich die kribbelnde Hand, streckte und reckte sich. Zugegebenermaßen fühlte er sich erheblich besser als vorher, obwohl seine Reserven längst nicht aufgefüllt waren. Zumindest konnte er wieder Magie wirken und besaß genug Konzentration, um Dinge zu manipulieren. Ob sich sein Gefängnis damit öffnen ließ? Behutsam tastete er nach der Verrieglung und stellte fest, dass er die Tür einfach bloß aufstoßen musste. Gleich darauf wusste er, wieso der Drache nicht mehr abgesperrt hatte. Auf dem freien Platz, um den sich einige Holzhütten gruppierten, standen zwei geflügelte Gestalten. Eine davon wirkte erschöpft und unendlich traurig, die andere einschüchternd wie eh und je.

»Zamo!«, hauchte er. »Was ist los, was hast du? Und warum bist du hier?«

»Hallo Jonas, wie schön, dass wir uns noch einmal sehen. Ich soll einen Spiegel zum Stein der Dämmerung bringen, damit du den zukünftigen Weltenherrscher dorthin tragen kannst, um seine Macht zu festigen.«

»Aber das ergibt überhaupt keinen Sinn! In der Halle sind doch-« Er unterbrach sich und schalt sich selbst einen Hornochsen. Inzwischen sollte er längst wissen, dass seine Gedanken hier von jedem Anwesenden gelesen werden konnten, als hätte er sie auf eine Kinoleinwand projiziert!

»Aha, so ist das also«, ertönte prompt die unangenehme Stimme des schwarzen Riesen in seinem Kopf. *»Herzlichen Dank für diese wertvolle Information, auch wenn du sie mir nicht freiwillig offenbart hast. Deine Lösung für den Transport ist schlichtweg genial.«*

Vor Jonas' geistigem Auge entstand das Bild von Eafras, was ihm schier den Magen verknotete. »Das ist … Nein, das kannst du nicht von mir verlangen!«

»Deine Skrupel sind unangebracht. Der Rat ist nicht mehr zeitgemäß, absolut überflüssig und unfähig, die Dimensionen zu regieren. Zudem hast du gar keine andere Wahl, sofern dir etwas an diesem Drachen und seiner jungen Reiterin liegt.«

Verzweifelt suchte er nach Argumenten, die gegen diesen aberwitzigen Plan sprachen. »Selbst wenn ich dich dorthin bringe – wie willst du es mit fünf Ratsmitgliedern gleichzeitig aufnehmen?«

»Darum brauchst du dich nicht zu kümmern. Sorge lediglich dafür, dass ich durch die Augen des Ältesten in die Halle gelange, dann lasse ich deine Freunde am Leben. Solltest du auch nur mental blinzeln oder einen Ton von dir geben, werden die beiden unsäglich leiden.«

Wie um seine Worte zu unterstreichen, betrat in diesem Moment ein zweiter Karatdrache den Platz. Anscheinend sollte Zamo ihm folgen, doch dieser drehte sich in die verkehrte Richtung, einmal um sich selbst. Sein Schwanz peitschte dabei herum und traf etwas, das im Weg stand. Ein feines Klirren ließ Jonas aufhorchen. War das ein Spiegel? Finnegans Fauchen klang, als würde er den Horndrachen ausschimpfen. Schleppend, als fiele ihm jeder Schritt unsäglich schwer, setzte sich Eyas Partner schließlich in Bewegung.

Jonas, der ihm besorgt nachsah, spürte seine mentale Präsenz.

»Deine Durchsichtigkeit bringt zwar leider die Ratsmitglieder in Gefahr, dennoch hast du mir damit soeben den Tag gerettet. Vielen Dank, mein Freund. Ich hoffe, du nutzt den Spiegel weise. Sofern du die Chance erhältst, tu mir und Eya bitte den Gefallen und rette dein Leben. Du brauchst keine Rücksicht auf uns zu nehmen, da Finnegan nicht die Art Drache ist, die das Wort Gnade kennt. Lebe wohl, Kleiner! Es war mir eine Ehre, dich kennengelernt zu haben.«

»O Zamo, warum sagst du das?« Der dicke Kloß in seiner Kehle ließ sich nicht runterschlucken.

Er versuchte, den Drachen mental zu erreichen, doch er war fort, obwohl seine Schwanzspitze gerade erst zwischen den Bäumen verschwand. Am liebsten wäre er hinterhergerannt. Das Gefühl, mit dem unheimlichen, hasserfüllten Giganten ganz allein zu sein, war grauenhaft.

Mühsam riss er sich zusammen, blinzelte die Tränen weg und folgte mit weichen Knien der gedanklichen Aufforderung, die Hütte zu verlassen. Panisch suchte er dabei nach einem Ausweg, einer Möglichkeit, Eafras zu warnen, ohne es Finnegan merken zu lassen. Gleichzeitig wusste er, dass jede kleinste Bewegung, ob körperlich oder geistig, akribisch beobachtet wurde. Es verunsicherte ihn zusätzlich, da er nicht die leiseste Ahnung hatte, wie viel der grausame Despot tatsächlich mitbekam.

Einige Meter von seinem Angstgegner entfernt stoppte Jonas angesichts eines gerahmten Spiegels, der mitten auf dem Platz stand. Er stammte aus Doguls Heim, doch das Spiegelglas war geborsten und von tausend Sprüngen durchzogen. Nun wusste er, was Zamo vorhin mit voller Absicht zerdeppert hatte. Aber warum hatte er es getan? Seine Gedanken rasten. Irgendwie musste ihm der Umstand, dass der reflektierende Gegenstand kaputt war, nützlich sein. Okay, er bezog Energie daraus, ihn zu reparieren – aber wie sollte ihm das bisschen Kraft das Leben retten können? Er musste ja hindurch und konnte ihn nicht mitnehmen. Oder doch?

»Beschwere dich bei deinem tollpatschigen Freund, falls dir die Qualität des Bildes nicht zusagt«, kam es gewohnt eisig bei ihm an. *»Zum Glück weiß ich, dass dir zur Not eine Scherbe genügt, ja sogar die Spiegelung einiger Gesteinskristalle im Sonnenlicht.«*

Die Gedanken des Karatdrachen bescherten ihm einen Geistesblitz, den er sofort spiegelte, um zu verbergen, was er ihm eigentlich sagte.

»Eine Scherbe genügt«, murmelte er nickend. »Na gut, aber ich muss dieses Chaos dort trotzdem ein wenig reparieren, damit es nützlich ist. Darf ich?«

»Nur zu. Hauptsache, du hast anschließend noch genug Energie für den Transport übrig.«

Erleichtert, dass Finnegan es ihm erlaubte, machte er sich daran, die Spiegelscherben zu verschmelzen. Dabei zog er einige winzige Splitter zu sich, sammelte sie in seiner hohlen Hand und formte daraus einen Minispiegel. Der Rest genügte, um den Rahmen nahezu vollständig auszufüllen. Lediglich die Ecken waren ein wenig abgerundet, was nur auffiel, wenn man es wusste.

»Genug gebastelt, steige auf!« Der Befehl drang mit ungeheurer Macht in ihn ein und enthielt die eindrückliche Warnung, dass Finnegans Geduld erschöpft war.

Panisch erklomm er den Rücken des schwarzen Ungeheuers und stellte den Kontakt zu Eafras her. Dabei versuchte er mit aller

Kraft, keine gedankliche Botschaft zu formulieren. Es glich einem Drahtseilakt ohne Netz und doppelten Boden.

Sobald sich das rötliche Licht der Dämmerungshalle materialisierte, sprang Finnegan darauf zu. Hastig bemühte sich Jonas, das Spiegelglas beiseitezuschieben. Es ging alles viel zu schnell! Er unterdrückte ein Ächzen. Sekundenbruchteile, ehe sie den Übergang erreichten, gelang es ihm. Im gleichen Moment vernahm er seinen Namen, doch es war zu spät, um darauf zu reagieren. Der Sog hatte ihn und seinen Begleiter bereits gepackt und riss sie gnadenlos vorwärts.

»Nein!«

Naida stöhnte. Kunos Fluch kam ungebremst bei ihr an, ebenso die Reaktion ihres Drachenpartners. Sie hatte ihren Magieschüler lediglich mental gerufen, schließlich wollten sie so lange wie möglich unbemerkt bleiben. Thakos, Regulas und Helia waren getarnt, ihre Signaturen glichen nun denen von Karatdrachen.

»Vielleicht ist es gut, dass er fort ist«, bemerkte Liman Sayoun, der auf Jonas' Drachenpartnerin saß und wie immer ruhig und gefasst blieb. *»So haben wir eine reelle Chance, die Gefangenen zu befreien, da sich nur noch drei von Finnegans Anhängern im Lager befinden.«*

Ja, das wusste sie bereits. Dennoch empfand sie den Spiegelausflug des ungleichen Paares als äußerst beunruhigend. Angespannt wartete sie auf das Erscheinen der restlichen Bewohner des Verstecks. Doch der Rettungstrupp landete unbehelligt auf der künstlich geschaffenen Lichtung. Beim Absteigen registrierte Naida aus den Augenwinkeln eine Bewegung. Sofort befand sie sich im geistigen Abwehrmodus.

»Nimm die Fäuste runter, Blauauge, du kannst dich ja kaum auf den Beinen halten«, kam es spöttisch von dem ungeliebten dunkelhaarigen Magier, der ihnen das Auffinden des Lagers ermöglicht hatte.

Halb missmutig, halb erleichtert folgte sie der Empfehlung. »Wo sind die Wachen? Sie müssten uns doch längst entdeckt haben!«

»Sie befolgen Finnegans Anweisungen. Ich befürchte, seine Order lautet, dass sie uns rein- aber nicht wieder rauslassen sollen. Jedenfalls konnte ich zwar den Schutz deaktivieren, der Fremden den Zugang zum Lager verwehrt, jedoch nicht denjenigen, der sie daran hindert, den Ort wieder zu verlassen. Dieser wurde zwischenzeitlich sogar noch verstärkt und verändert, sodass ich ebenfalls eingesperrt bin und nicht genau weiß, wie er funktioniert.«

»Warum hast du uns das nicht vor der Landung mitgeteilt?«

Dogul zuckte mit den Schultern. »Erstens kam ich per Spiegel nicht mehr raus und zweitens würde ich das Versteck ganz gern bald wieder verlassen. Ich hoffe, dass eure geflügelten Freunde eine Idee haben, wie wir die Sicherheitsvorkehrung umgehen können.«

Sie landeten schwungvoll zwischen zwei Ältesten, die vor Schreck ein paar Schritte rückwärts traten. Eafras schnaubte überrascht.

Jonas, der sich eben zu ihm umwenden wollte, entdeckte etwas Schwarzes, das aus einer verborgenen Bauchfalte Finnegans fiel. Es glich einem schmalen Kochtopf mit Deckel, der einen leichten Bogen in Richtung der Ältesten beschrieb, bevor er mit ohrenbetäubendem Knall und einer Stichflamme explodierte.

Wie in Zeitlupe verfolgte Jonas jede Einzelheit dieses Infernos, bei dem Tausende kleine Teilchen wie Granatgeschosse durch die Gegend geschleudert wurden. Sie trafen die anwesenden Drachen, die Höhlenwände und den Stein der Dämmerung.

Nur Finnegan und er selbst blieben verschont.

Die Metallsplitter prallten von einem unsichtbaren Wall um sie herum ab und prasselten lautlos zu Boden. Die Drachenmäuler öffneten sich wie zum Gebrüll, die Riesen taumelten und stürzten, krümmten sich am Felsgrund, offensichtlich schmerzerfüllt, doch ihre Schreie blieben stumm. In Jonas' Ohren hallte nur die Explosion wider, die seine Trommelfelle zerfetzt zu haben schien. Jedenfalls fühlte es sich so an.

Paralysiert saß er endlose Augenblicke da, unfähig, einen Muskel zu rühren oder einen klaren Gedanken zu fassen. Der Schock war überwältigend. Es kam ihm vor wie ein krasser, grausamer Albtraum mit zuckenden Gestalten um ihn herum und einem an- und abschwellenden Summen in den schmerzenden Ohren.

»*Steige endlich ab!*« Finnegans Stimme drang brutal in seinen Verstand, riss ihn aus der Starre.

Die Angst vor dem schwarzen Riesen pumpte Adrenalin in seine tauben Glieder. Er wusste nicht genau, wie er von dem haushohen Drachenrücken zu Boden gelangte, ohne sich alle Knochen zu brechen, doch im nächsten Moment stand er auf dem Felsen, die Beine so zittrig, dass sie sein Gewicht nicht zu tragen vermochten. Unter lautlosem Schluchzen sackte er auf der Stelle zusammen.

»*Jonas! Hilf … mir … ich muss … zum Stein …*« Eafras' Worte erreichten schmerzdurchtränkt und schwach seine tauben Gehirnwindungen.

Er blickte auf, suchte die silbrige Gestalt, die keuchend, aus unzähligen Wunden blutend keine drei Meter von ihm entfernt lag. Ihm dämmerte langsam, was der Älteste durchmachte. Die meisten der riesigen Körper regten sich inzwischen nicht mehr, waren ohnmächtig oder sogar … Nein, daran wollte er nicht denken! Zuerst musste er dafür sorgen, dass sein Kopf aufhörte zu summen und der stechende Schmerz in den Ohren verging. So konnte er nicht einmal aufstehen, geschweige denn irgendwem behilflich sein. Ein rascher Blick sagte ihm, dass sich Finnegan dem Stein der Dämmerung zugewandt hatte und weder seinen Opfern noch ihm die geringste Beachtung schenkte.

»Ich bin gleich bei dir, halte durch!« Er wusste nicht, ob seine gedankliche Botschaft beim Eisdrachen ankam.

Mühsam sammelte er sich, richtete seine Konzentration darauf, dass sich die Geräuschkulisse um ihn herum normalisierte. Gleichzeitig erlosch seine Pein. Er stand auf und näherte sich Eafras. Kurz bevor er ihn erreichte, erschlaffte der silbrig glänzende Körper. Erschrocken vergaß Jonas alle Vorsicht, stürzte hin, um den riesigen Leib zu berühren. Gleich darauf stellte er mit Erleichterung fest, dass das Herz noch schlug. Er setzte sich daneben, strich über die blutige Schnauze, spürte die glatten Schuppen, die im dämmrigen Licht rosa schimmerten. Die Verzweiflung drohte, ihn zu überwältigen.

Was soll ich bloß tun?

Die Ahnung, dass er nur noch lebte, weil dem machtbesessenen Despoten der Kontakt zu dem erstaunlichen Obelisken momentan wichtiger war, lähmte ihn geradezu. Auch wenn sich alles in ihm dagegen sträubte, wusste er genau, dass Zamo recht hatte: Der Drache würde weder ihn noch seine Freunde am Leben lassen. Vorsichtig tastete er nach dem Schatz in seiner linken Socke.

ꕥ

Da kamen sie. Zwei riesige Schatten näherten sich von oben, ein weiterer brach durch die hohen Bäume.

»Gebt auf, ihr habt keine Chance gegen uns. Wir haben Anweisung, euch nur im Notfall zu töten. Unser Meister hätte euch lieber lebendig …«

Weiter kam der Wortführer nicht.

Ein überraschend kräftiger Feuerstrahl aus dem Maul des jungen Horndrachenweibchens traf ihn. Der Redner war so überrascht, dass er zurückwich. Gleich darauf wurde Helia von der Vereisungsattacke eines zweiten Angreifers abgelenkt, die sie abwehren musste. Schon entbrannte ein heftiges Gefecht zwischen Horn- und Karatdrachen.

»Jetzt geht endlich und befreit die Gefangenen!«

Zepthakos' Worte brachten Naida dazu, sich von dem Anblick zu lösen. Sie sah sich hastig nach den anderen um, die bereits vor dem Kampf der Giganten flohen. Voran sprintete der ehemalige Rebellenführer, der soeben in der dichten Vegetation verschwand. Sie hastete hinterher, so schnell ihre müden Beine sie trugen, schützte sich im Laufen vor einem verirrten Strahl Drachenfeuer und wich einem peitschenden Schwanz aus. Es glich einem brutalen Hindernislauf, bis sie die Gefechtszone hinter sich gelassen hatte. Die Hitze tat ein Übriges, um ihr den Schweiß aus allen Poren zu treiben. Schnaufend erreichte sie schließlich den Eingang zu einer Höhle und stürmte hinein.

Ihre männlichen Begleiter hatten bereits die Hälfte des breiten, steil abfallenden Pfades hinter sich gebracht, der sich um zahlreiche Gesteinssäulen herumschlängelte. Manche waren gewaltsam abgebrochen oder zerstört worden, um den Riesenechsen Durchlass zu gewähren.

Endlich erreichte die Magierin atemlos und mit heftigem Seitenstechen ihr Ziel. Eya erwartete sie bereits mit weit aufgerissenen Augen, ungläubig vom einen zum anderen starrend. Anscheinend hatte ihr das plötzliche Auftauchen des Rettungstrupps die Sprache verschlagen. Zumindest Zamothrakles begrüßte sie freudig.

Dogul, der sich zunächst im Hintergrund gehalten hatte, trat nun vor den Käfig und hielt prüfend die Hände in die Nähe die Metallstäbe, ohne sie zu berühren.

»Ich freu mich unglaublich, euch zu sehen«, krächzte die Eingesperrte endlich. »Aber was zum himmlischen Getöse macht dieses Scheusal hier?«

»Das *Scheusal* rettet soeben deinen hübschen Hintern, Werteste.« Der Magier verbeugte sich ironisch. »Allerdings müsstest du mir vorher verraten, wo der Wandler mein Spezialwerkzeug gelassen hat. Ich hoffe für dich und deinen angeleinten Freund, dass die Karats es nicht an sich genommen und vernichtet haben.«

SPIEGELMAGIE

Behutsam und unendlich langsam zog Jonas den winzigen Spiegel hervor. Dabei behielt er Finnegans Muster im Auge, um sofort innezuhalten, wenn der Riese auf ihn aufmerksam werden sollte. Doch dieser schien völlig in seine private Konversation versunken. Anscheinend regte ihn irgendetwas daran auf, denn seine Aura verfärbte sich zusehends von dem ohnehin schon düsteren Blau in Richtung Lila-Schwarz.

Verzagt und ratlos blickte der Junge auf die kreisrunde Fläche, die seinen Handteller zur Hälfte ausfüllte. Beinah ohne sein Zutun erschien darin der gemalte Delfin auf den Fliesen des heimatlichen Bades. Nichts wünschte er sich sehnlicher, als den Schritt dorthin zu machen. Es wäre so leicht, so schnell … Doch in ihm flüsterte eine beharrliche Stimme, dass es ebenso feige wie vergeblich wäre. Finnegan würde ihn jagen und finden – überall. Außerdem gab es dann nichts und niemanden, der die Ältesten noch retten konnte, ganz zu schweigen von seinen Freunden. Nein, er musste wenigstens versuchen, etwas zu tun!

Aber was?

Er dachte an seine Lehrmeisterin, die in Doguls Versteck zurückgeblieben war. Ein winziger Hoffnungsfunke blitzte in ihm auf, ließ sein Herz schneller schlagen. Schon fokussierte er sich auf ihr ernstes, schmales Gesicht mit den tiefblauen Augen.

»Naida!«, hauchte er tonlos, dennoch mit aller Kraft, die er mental aufzubringen vermochte.

»Er hat das Teil eingeschmolzen, da hinten. Zusammen mit dem Taschenspiegel des Rotschopfs.« Eya deutete auf einen mattgräulichen Fleck einige Meter entfernt.

Naida vernahm Doguls Fluchen, achtete jedoch nicht weiter darauf, da sie gleichzeitig vermeinte, ihren Namen zu hören. Stirnrunzelnd zog sie den Spiegel aus ihrem Gewand und blickte in die wasserblauen, reichlich verquollenen Augen ihres Magieschülers.

»Seid still!«, befahl sie mit aller Autorität, die sie in ihrem erschöpften Zustand aufbringen konnte. Die erregte Debatte verstummte augenblicklich. »Wo bist du, Jonas? Ich kann nichts erkennen.«

»Beim Stein der Dämmerung«, kam es gehaucht zurück. »Ich musste Finnegan hierherbringen, er hat mich gezwungen! Dann hat er die Ältesten mit einer Art Splitterbombe außer Gefecht gesetzt. Ich glaube, das Metall darin war mit der gleichen schädlichen Magie versetzt, wie die Gitterstäbe vor Eyas Gefängnis.« Tränen liefen über sein blasses Jungengesicht.

Naida fühlte, wie sich ihr Innerstes zusammenzog und ihr das Entsetzen die Luft abschnüren wollte. Dennoch riss sie sich zusammen.

»Was macht der Karatdrache jetzt?«, fragte sie äußerlich ruhig.

»Er redet mit dem Stein. Ich weiß nicht, wie lange er noch damit beschäftigt ist, das Gespräch läuft wohl nicht so toll. Was soll ich bloß machen?«

Das war eine gute Frage! Sie überlegte blitzschnell, analysierte die Optionen, die dem Jungen blieben. Was sie fand, war entmutigend. Sie schluckte hart, darum bemüht, ihr inneres Gleichgewicht zu behalten, und atmete tief durch.

»Ich weiß es leider nicht«, gab sie ehrlich zu. »Es gibt keine optimale Lösung. Die Entscheidung liegt allein bei dir. Ich bin sicher, dass du deinem Herzen folgen wirst, und nur das zählt.«

Hinter Jonas erscholl ein markerschütterndes Brüllen. Sein Kopf fuhr automatisch herum. Mit Grausen sah er, wie sich der gigantische Drache aufbäumte. Er schien den Kontakt zu dem Stein beenden zu wollen, an dem sein Flügel regelrecht festklebte. Das Monument strahlte blendend hell auf. Wieder ertönte Finnegans Schrei, halb zornig, halb gequält. Die schwarze Gestalt kämpfte nun wie rasend darum, sich von dem Gestein zu lösen. Es gab ein reißendes Geräusch, ein letztes Brüllen, dann war der Drache frei. Der Obelisk kehrte zu seinem dunklen Farbton mit den goldenen Sprenkeln zurück und erschien wieder als harmloses Denkmal.

Starr vor Schreck beobachtete Jonas den Koloss, der sich hingesetzt hatte und wesentlich weniger imposant wirkte als sonst. Er schien am Ende seiner Kraft, seine Aura blassblau. Dennoch spürte der Junge noch immer den Zorn und den ungeheuren Willen dieses gewaltigen Wesens. Was hatte das magische Teil mit ihm angestellt? Im Grunde war es gleichgültig. Auf jeden Fall war Finnegan geschwächt – vielleicht sogar so sehr, dass er sich erst ausruhen musste, bevor er den Weg zurück antreten konnte. Zu schwach für ein Portal …

Ansatzlos tauchte eine aberwitzige Idee in ihm auf. Sie war so abwegig, dass er sich in jeder anderen Situation selbst für verrückt erklärt hätte. Doch nun war er verzweifelt genug, dieses Wagnis einzugehen. Auch wenn die Chance, dass die Aktion schiefging, ziemlich groß war. Er verbarg den Gedanken auf die gleiche Weise vor Finnegan wie seinen Geistesblitz vorhin. Dieser schien zwar vollauf damit beschäftigt, sich zu regenerieren, aber man wusste ja nie.

Behutsam senkte er erneut den Blick zu seiner Handfläche, konzentrierte sich auf Naida, bis ihr Bild erschien. »Zerbrich deinen Spiegel in drei Teile, wisperte er. »Mach schnell! Und dann gibst du ein Stück davon Zamo.«

Naida keuchte, als sie den Plan erfuhr. Das konnte der Kleine nicht ernst meinen! Sie wollte ihm sagen, dass es purer Wahnsinn war, ein unwägbares Risiko, das sie selbst keinesfalls eingehen mochte. Doch sie tat es nicht.

Vielleicht, weil sie hoffte, dass er es schaffte. Zudem blieb keine Zeit mehr.

Sie tat, was Jonas von ihr forderte und instruierte gleichzeitig Kuno, Liman und Zamothrakles. Der Drache war trotz der emsigen Bemühungen ihrer Magierkollegen noch immer angekettet. Zumindest zeigte das Material erste Ermüdungserscheinungen. Lange konnte es nicht mehr dauern, bis es nachgab.

Gerade als sie sich selbst bereitmachte, ihren Part zu erfüllen, erreichte sie eine mentale Warnung ihres Drachenpartners.

»Ihr bekommt Besuch.«

ꟹ

»Was tust du da?« Die gedankliche Ansprache erfolgte völlig überraschend, sodass Jonas kurz zusammenzuckte. Sofort schnellte sein Puls noch mehr in die Höhe als vorher schon.

»Nichts«, brummte er und schloss unwillkürlich die Hand um seinen kostbarsten Besitz, unterbrach damit den Kontakt, den er eben erst aufgenommen hatte. Der Drachenkopf näherte sich bedrohlich, heißer Atem schnaubte ihm in den Nacken.

»Zeige mir, was du da hast!« Der Befehl kam schneidend, beinah so kraftvoll wie sonst. Offensichtlich erholte sich Finnegan viel zu rasch von den Folgen seines Gesprächs.

Langsam öffnete Jonas die Hand. Das riesige Geschöpf hinter ihm kam noch näher, um einen Blick auf das winzige Objekt zu erhaschen, das herausfiel und mit einem feinen Geräusch auf dem Boden landete. Blitzschnell stellte der Spiegelmagier den Kontakt wieder her. Neben seiner Schulter ertönte ein überraschtes Schnauben, als er gleichzeitig mit der anderen Hand nach der Drachenschnauze griff und bei den empfindlichen Nüstern zupackte, so fest er konnte.

»Jetzt, Zamo!«, schrie er, holte tief Luft und stürzte sich in den Sog.

Erleichtert bemerkte er, dass ihm das, was er noch immer gepackt hielt, folgte. Wie erwartet prallte er gleich darauf in undurchdringlicher Schwärze vor eine nachgiebige Wand und ließ den Drachen los, der ohne das geringste Geräusch sanft und gewichtslos gegen ihn stieß. Jonas, der schon befürchtet hatte, zerquetscht zu werden, schob sich geistesgegenwärtig mit beiden Armen kräftig von dem riesigen Körper weg. Er hoffte, dass sich Finnegan an diesem Ort genauso wenig von allein bewegen konnte wie er selbst.

»Wo sind wir hier? Was hast du mit mir gemacht? Rede schon!« Die Stimme in seinem Kopf vermittelte Wut, jedoch ebenso aufkeimende Panik.

»Wir sind zwischen den Spiegeln«, gab er möglichst cool zurück. *»Hier darfst du gern bis in alle Ewigkeit herrschen, solange du ohne Luft, Licht und Magie auskommst.«*

Das Äquivalent eines Wutgebrülls, gemischt mit einem Entsetzensschrei erreichte ihn. *»Das glaube ich dir nicht! Du wirst selbst wesentlich schneller zugrunde gehen als ich … Öffne den Weg, Spiegelmagier, sofort!«*

Jonas versuchte, ruhig zu bleiben, um Luft zu sparen. Sein Herz schlug unendlich langsam und doch viel zu heftig.

»Das kann ich leider nicht«, gab er wahrheitsgemäß zurück. *»Zamo hat den Spiegel zerstört, sodass der Kanal geschlossen wurde.«* Innerlich betete er, dass seine Freunde rasch handeln würden.

Naida stöhnte, als ihr der Spiegel entrissen wurde und auf den Karatdrachen zu segelte. Ihre Gegenwehr war praktisch nicht mehr vorhanden. Das magisch aufgeladene Gitter öffnete sich wie von Geisterhand und sie fühlte sich zu Eya in den kleinen Höhlenraum gestoßen, während es hinter ihr krachend wieder zufiel. Taumelnd riss sie die Schwarzhaarige um.

»Entschuldige«, murmelte sie, um gleich darauf laut nach Kuno zu rufen. Dieser war noch frei, hatte jedoch genug damit zu tun, vor dem Angreifer zu flüchten, der nun hinter ihm her war.

»Stell den Kontakt her!«, ächzte sie. »Schnell!«

»Du hast gut reden!«, keuchte der Magier vom anderen Ende der Höhle, wo er sich verzweifelt in einen kleinen Felsspalt zwängte. Der sich nähernde Drache wurde einen Augenblick lang erfolgreich von Liman und Dogul abgelenkt, die gleichzeitig von zwei Seiten eine Attacke starteten. Das nutzte Kuno sofort aus und öffnete eine Verbindung zu Naida, deren Scherbe unbeachtet zwischen den Stalagmiten lag, zum Glück jedoch nah genug. Die Magierin hörte seine Stimme von dem Ort, an dem sie das Glitzern sah und atmete erleichtert auf.

»Jetzt komm schon«, murmelte sie beschwörend, obwohl sie wusste, dass Jonas es nicht hören würde. »Bitte, mein Junge, du musst es schaffen!«

ഗ

»Was hat dir der Stein der Dämmerung gesagt?«, erkundigte sich Jonas, um sich von der wachsenden Angst abzulenken, die ihn lähmen wollte.

Er hatte keine Ahnung, wo sich Finnegan befand, ob er nah oder fern von ihm durch die Schwerelosigkeit ruderte oder gar eine bisher nicht bedachte Fortbewegungsmöglichkeit gefunden hatte. Er hoffte lediglich, dass der Koloss ihn weder zu fassen bekam noch schneller beim Licht sein würde als er selbst. Leider zeigte sich bisher nicht der kleinste Hauch eines Partikelstroms. Es kam ihm unendlich lang vor, bis er eine Antwort auf seine Frage erhielt.

»Er wurde von meinen Vorfahren so konstruiert, dass sein Denken nicht von einem festgelegten Schema abweichen kann, selbst wenn dieses offensichtlich überholt und unlogisch erscheint. Die Bitte um seine Unterstützung bei meiner Regentschaft über die Dimensionen hat er mit dem Hinweis abgewiesen, dass eine Alleinherrschaft nicht vorgesehen sei. Auf den Versuch, seine innere Struktur zu ändern, hat er mit dem Entzug meiner Energie reagiert. Ich konnte mich haarscharf vor dem heimtückischen Mordanschlag retten … Du wirst mich nicht diesem Schicksal hier überlassen, oder?«

Jonas wollte antworten, dass er genau das vorhatte. Sein vom Sauerstoffmangel benebelter Verstand weigerte sich jedoch, da ihn plötzlich Mitleid durchflutete. Nein, er konnte es nicht!

In diesem Moment sah er den ersehnten Partikelstrom sowie den dunklen Umriss von Finnegan, der auf der anderen Seite davon schwebte – viel näher dran als er selbst. Sein Selbsterhaltungstrieb übernahm die Kontrolle, schaltete das bewusste Denken ab. Mit aller Macht zog er den Strom zu sich, fühlte ihn, verschmolz mit ihm, während sich seine restlichen Sinne abschalteten. Er sah nicht, was die Partikel taten, und verstand die flehentlichen Worte des Drachen nicht mehr. Alles, was zählte, war der Sog, der ihn endlich erfasste und ins Licht schleuderte.

Er landete in einem Knäuel aus Armen und Beinen in einem viel zu engen Raum aus Stein. Ein dumpfes Stöhnen verriet ihm, dass sein Gegenüber männlich war, die Stimme gleich darauf, dass es sich um Kuno handelte.

»Geh von mir runter, Junge!«

Er antwortete nicht, war viel zu beschäftigt damit, den schmerzlich vermissten Sauerstoff in seine Lungen zu pumpen.

Kurzerhand bugsierte der Magier ihn irgendwie ins Helle. Dort empfing ihn ein schwarzer Gigant, von dem er im ersten Schreckensmoment annahm, es wäre Finnegan. Völlig geplättet und wehrlos fühlte er sich von starken Klauen mittig umfasst und hochgehoben.

»*Wo kommst du her und wo ist unser Meister? Rede!*« Die Stimme verriet, dass es sich um ein Weibchen handelte, das ihn wie ein Beutetier vor sich hielt.

Jonas schnappte noch immer nach Luft. Zum Glück musste er nicht laut mit der Drachenfrau sprechen, da diese seine Gedanken ebenso gut verstand wie jedes andere dieser magischen Geschöpfe.

Sie wollte den Inhalt allerdings nicht begreifen. »*Was meinst du damit – zwischen den Spiegeln gefangen? Hol ihn da sofort wieder raus!*«

»Das kann ich nicht.« Sein Bedauern bei diesen Worten war vollkommen echt, obwohl er selbst nicht verstand, weshalb er so empfand. Vielleicht, weil er es einfach nicht verschmerzen konnte, ein denkendes und fühlendes Wesen zu vernichten. Ganz gleich, wie bösartig, gemein oder grausam es war.

Die Verwirrung der Karatdrachin schlug in Entsetzen um. Sie glaubte ihm, was bei seiner Durchsichtigkeit sicherlich kein Wunder war.

Im nächsten Moment wurde er fallengelassen und plumpste mit einem Schrei aus mindestens vier Metern Höhe. Komischerweise kam er relativ weich auf, obwohl er viel zu überrascht gewesen war, um irgendwas Magisches zu unternehmen. Aus den Augenwinkeln bekam er mit, wie sich die riesige Gestalt umwandte und davonlief.

Dann stand Kuno über ihm und hielt ihm die Hand hin. »Irgendwann solltest du lernen, deine Kraft im richtigen Moment zum Selbstschutz einzusetzen«, bemerkte er augenzwinkernd.

GLEICHBERECHTIGT

Keine fünf Minuten später kam ein weißer Blitz in die Höhle gestürmt, um Jonas freudig zu begrüßen. Inzwischen hatte er sich ein wenig von seinem luft- und lichtlosen Trip erholt und den anwesenden Magiern sowie dem angeketteten Zamo zumindest kurz davon berichtet.

Helia, die nur leicht derangiert aussah, knackte den Halsreif mit einem gezielten Flammenstoß, dem das ohnehin geschwächte Material nichts entgegenzusetzen hatte. Das spezielle Gitter konnte sie nicht öffnen, jedoch mit einem schwungvollen Schwanzklatscher ein Loch in den umgebenden Felsen sprengen, durch das Eya und Naida ins Freie kletterten.

»Was ist jetzt mit den Karatdrachen?«, erkundigte sich seine Lehrmeisterin.

»*Wir haben sie in die Flucht geschlagen, glaube ich*«, kam es stolz von der kleinen Drachenlady. »*Jedenfalls sind sie plötzlich davongeflogen, nachdem das Weibchen panisch aus der Höhle gekrochen kam.*«

»Dann haben sie sicherlich den Schutz deaktiviert und wir können endlich von hier verschwinden«, bemerkte Dogul zufrieden. »Perfekt!«

Jonas beachtete ihn nicht und sah seine Freunde stattdessen stirnrunzelnd an. »Was ist mit den Ältesten? Sie leben vielleicht noch.«

Naida hob die Schultern. »Denen könnten höchstens unsere Drachen helfen, die allerdings mindestens genauso erschöpft sind wie wir. Zudem müssten sie erst einmal in die Halle der Dämmerung gelangen. Ohne eine Einladung der Ratsmitglieder oder des Steins wird ihnen das nicht gelingen. Es sei denn, du bringst sie hin.«

»Hast du überhaupt noch die Kraft, den Weg erneut zu bewältigen?«, fragte Liman und sah Jonas besorgt an.

Dieser atmete tief durch und nickte grimmig, auch wenn er sich fühlte, als würde ihm ein ganzer Monat Schlaf fehlen. Es musste einfach gehen!

»Einmal schaffe ich es noch«, sagte er rau.

»Ich komme mit dir«, kam es sanft von Helia, die ihn von hinten anstupste. *»Steig auf!«*

Unendlich müde erklomm er ihren Rücken und war froh, dass sie nicht so groß war wie die anderen Drachen. Naida hielt ihm die zwei noch existierenden Teile ihres Spiegels hin. Die Reparatur gab ihm zumindest einen kleinen Energieschub zurück. Er reichte, um das Bild des Steins heraufzubeschwören und das Spiegelglas beiseite zu wischen, als der rötliche Himmel erschien.

»Ich hoffe mal, bis später«, murmelte er.

Helia sprang. Wenigstens schaffte sie es diesmal, rechtzeitig vor dem Obelisken anzuhalten und nicht auf die regungslosen Ältesten zu treten. Sie blieb vor Eafras stehen und beschnupperte ihn sorgfältig, während sich ihr Reiter ächzend zu Boden gleiten ließ.

»Er lebt noch, allerdings fehlt ihm sehr viel Energie, genau wie den übrigen Drachen. Oh, Jonas, das schaffe ich nicht!«

Langsam drehte sich der Angesprochene zum Stein der Dämmerung um, der dunkel und still in der Mitte der Höhle stand.

»Warte, ich habe eine Idee …«

»Ob die wirklich so gut ist? Der Stein ist heilig, er möchte nicht von jedem berührt werden, nehme ich an.«

»Beim letzten Mal wollte er unbedingt mit mir reden – und jetzt brauche ich ihn.« Mit diesen Worten wankte er auf das Monument zu, das ihm kalt und leblos erschien. Entschlossen legte er beide Hände dagegen.

Nichts geschah.

»Bitte«, flüsterte er flehentlich, wartete, lauschte in sich hinein – vergeblich.

Enttäuschung und Erschöpfung brachen sich Bahn, ließen ihn verzweifelt gegen das Gestein schlagen.

»Lass mich nicht im Stich, du musst uns helfen!« Seine Stimme brach. Stöhnend wandte er sich mit dem Rücken zu der Säule und rutschte daran hinab, bis er auf dem Felsgrund saß.

Das war zu viel, er konnte einfach nicht mehr! Schluchzend vergrub er das Gesicht in den Armen. Es war ihm gleich, dass Helia ihn so sah. Es war alles umsonst. Die Zeit für tapfere Heldentaten war vorbei, seine Kraft so sehr verbraucht, dass er sich nur noch wünschte, ewig dort sitzen zu dürfen, ohne zu denken.

Nach endlosen Momenten des Elends spürte er eine leichte Berührung, ein sanftes Schnauben, das ihn daran erinnerte, nicht allein zu sein.

»Weine nicht, du hast alles getan, was möglich war. Mehr als du hätte niemand von sich geben können.«

»Aber es ist meine Schuld, dass sie in diesem Zustand sind!« Er stöhnte gequält auf. »Ich habe Finnegan hierhergebracht.« Erneut kamen ihm die Tränen. Er hatte keine Energie mehr übrig, sie zurückzuhalten oder wegzuwischen.

»Du hast es für deine Freunde getan«, sagte Helia sanft. Ihre Stimme streichelte ihn, bot ihm den inneren Halt an, den er gerade so dringend brauchte und doch nicht annehmen konnte. Er hatte den Trost nicht verdient.

»Manchmal hat man einfach keine andere Wahl, als irgendwem wehzutun. Du hast mit dem Herzen entschieden, das so groß ist, dass es sogar für deinen ärgsten Feind schlägt. Du weinst um Drachen, die du größtenteils nicht einmal kennst und die dir umgekehrt keinen zweiten Gedanken schenken würden. Meinst du wirklich, dass sie es wert sind, so sehr für sie zu leiden?«

Er atmete tief und etwas zittrig, wischte sich das verheulte Gesicht am T-Shirt ab, das mindestens zwei Wäschen nötig hatte, und blickte auf – unmittelbar in goldgesprenkelte, wundervolle Drachenaugen, die ihn liebevoll musterten.

»O Helia«, flüsterte er rau. »Was würde ich ohne dich nur machen!« Er schlang seine Arme um den warmen Drachenhals und schmiegte seine Wange an die glitzernden Schuppen. Dabei zog er den Kopf seiner Partnerin so weit zu sich, dass dieser den Stein streifte.

Ein sanftes Vibrieren durchströmte Jonas, ließ ihn herumfahren. Der Obelisk pulsierte in dem Regenbogenlicht, das seine Aktivität anzeigte. Helia schnaubte erschrocken und wollte zurückzucken, doch er hielt sie mühsam fest.

»Nicht«, hauchte er, »du musst ihn berühren – er möchte mit *dir* reden!«

ꕥ

»Wir können nicht länger hier auf die beiden warten«, stellte Dogul ruppig fest. »Es ist jederzeit möglich, dass weitere Verbündete des Möchtegern-Herrschers auftauchen, die ihn eventuell rächen wollen. Dann sollten wir besser nicht mehr hier sein. Wer weiß zudem, wie lange die Deaktivierung des Schutzes anhält.«

»Ein paar Minuten wird es noch gehen«, gab Naida ungerührt zurück.

»Das könnt ihr gern tun – ich verschwinde!«

Doguls Stimme hatte nichts von ihrem arroganten, bissigen Tonfall verloren, der Eya förmlich zur Weißglut brachte. Dieser Kerl war genauso unausstehlich wie früher, auch wenn er behauptete, nicht mehr ihr Feind zu sein. Freunde wurden sie dadurch sicher nicht. Sie hoffte bloß, dass er sich weit genug weg von Helias und Halimas Bleibe ansiedeln würde und sie ihn nicht vor oder hinter sich auf Zamos Rücken ertragen musste. Das würde sie nicht können, niemals.

Erleichtert, jedoch ebenso verwundert stellte sie fest, dass er entschlossen auf eine der Hütten zumarschierte. Was hatte er vor? Wenigstens behelligte er sie nicht länger mit seiner unangenehmen Anwesenheit.

Unruhig blickte sie sich auf der freien Fläche um, auf der sie sich vorkam wie auf einem Präsentierteller. Sie wollte dem Ekelpaket ungern zustimmen, fragte sich jedoch insgeheim ebenfalls, warum sie nicht endlich losflogen. Naida trug ihren Spiegel bei sich, sie selbst hatte sich ein Stück des gerahmten Ungetüms abgebrochen, das mitten auf dem Platz lag. Sie waren also gut auf die Rückkehr des Wandlers und seiner Partnerin vorbereitet. Worauf warteten die Magier noch?

Sie rang sich eben dazu durch, die Frage laut zu stellen, als sie aus den Augenwinkeln eine Bewegung am Himmel ausmachte. Ihr Kopf fuhr automatisch hoch. Ein weißer Drache zog über ihnen seine Kreise.

»Endlich!«, seufzte Naida und lächelte. »Ich wusste, dass sie es schaffen würde. Hoffentlich bringt uns die Kleine auch sicher zurück.«

∽

Jonas staunte nicht schlecht. Helia war ein pures Energiebündel. Die zweifache Portaldurchquerung schien ihr nicht das Geringste auszumachen, nachdem ihr der Stein eine Portion seiner reinen Magie spendiert und befohlen hatte, weitere Drachen zu holen, um den Ältesten zu helfen. Auch Zamo, Regulas und Zepthakos berührten zaghaft das Monument. Es sprach nicht mit ihnen, doch sie erhielten genug Energie, um alle fünf Ratsmitglieder von den Metallsplittern zu befreien und ausreichend mit Kraft zu versorgen.

Jonas stand mit den übrigen Menschen am Rand und schaute fasziniert zu. Irgendwann fühlte er ein Ziehen in sich, das ihm vertraut vorkam. Erstaunt bemerkte er, dass es von dem Steinmal ausging, das ihn nun doch wieder zu rufen schien.

Warum ausgerechnet jetzt?

Zögernd, beinah widerwillig, trat er näher. Niemand von den anderen beachtete ihn dabei, auch Eya nicht. Also galt der Ruf diesmal wohl nur ihm selbst. Bei seiner Berührung des Steins leuchtete dieser wie gewohnt auf und die emotionslose Stimme erklang in seinem Kopf:

»Es ist gut für das Gleichgewicht, dass der Drachenrat nicht vollständig eliminiert wurde. Danke für deine Hilfe in dieser Angelegenheit.«

»Gern geschehen. Aber warum hast du vorhin nicht auf mein Rufen reagiert?«

»Deine Gedanken verraten, dass du eine emotionale Notwendigkeit gesehen hast, mit mir zu sprechen, obwohl es nicht sinnvoll war, da du den Drachen nicht helfen konntest. Menschliche Gefühle unterliegen einer Logik, die mir fremd ist.«

Jonas seufzte und schüttelte innerlich den Kopf. Er dachte an Finnegans letzte Worte. Sicherlich konnte er verstehen, dass sich der Stein vor Manipulation schützen wollte, aber war er deswegen in seiner Denkweise festgefahren?

»Ich dachte, du bist gemacht, um zu lernen«, sagte er leise.

»Das ist korrekt. Dennoch bin ich an gewisse ethische Grundsätze gebunden. Sie bestehen darin, ein festgelegtes Gleichgewicht und das Leben meiner Schutzbefohlenen zu bewahren. Ich kann entscheiden, die Regeln im äußersten Notfall zu brechen, was ich im Falle des Drachens namens Finnegan getan habe. Sein Ansinnen sowie sein Handeln stellten eine ernst zu nehmende Bedrohung dar.«

»Okay, er war ein Ungeheuer, ein machtbesessenes, grausames Ekel. Das mit seiner Alleinherrschaft wäre sowieso schiefgegangen. Aber was ist dieses Gleichgewicht eigentlich, von dem alle reden?«

»Es besagt, dass es in jeder Dimension stets mindestens einen Verantwortlichen geben soll, der mit mir und den Übrigen in ständigem Austausch steht. Die sogenannten Ältesten bilden den Rat, der dafür sorgt, dass es Frieden unter den Völkern gibt und es ihnen wohlergeht.«

»Aber der Rat besteht nur aus Drachen.«

»Bisher war dies stets der Fall. Mir ist klar geworden, dass die Zeit reif ist für Veränderung. Seit Jahrmillionen bewohnen die Nachkommen meiner Schöpfer diesen Planeten gemeinsam mit den Menschen, die sich in diesem Zeitraum stark weiterentwickelt haben. Längst ergänzen sie einander und können voneinander lernen. Deshalb habe ich beschlossen, beiden Spezies das gleiche Recht auf Wissen und Unterstützung einzuräumen.«

»Das klingt gut. Aber es funktioniert nicht, solange die Drachen alles allein bestimmen wollen und es keine Menschen im Interdimensionalen Rat gibt.«

»Genau aus diesem Grund habe ich dich gerufen. Deine besondere Gabe könnte sehr hilfreich dabei sein, in Kontakt mit der Menschheit zu treten, speziell in deiner Dimension. Wärst du bereit, die verantwortungsvolle Aufgabe eines Vermittlers zu übernehmen?«

»Äh …« Jonas starrte das Monument fassungslos an.

Wie sollte er das machen? Abgesehen davon, dass ihm nicht einmal seine eigenen Eltern zuhörten, wäre es kompletter Irrsinn, den Leuten in seiner Welt mit Drachen und Magie zu kommen oder gar mit den Forderungen eines magischen Steins, selbst wenn er von Außerirdischen stammte.

»Es gibt für mich noch so viel von den Menschen deiner Dimension zu lernen. Umgekehrt kann das Wissen meiner Schöpfer dort helfen, mit den gravierenden Problemen fertig zu werden, die der technische Fortschritt mit sich bringt. Magie ist, richtig eingesetzt,

ein mächtiges Instrument, um umweltschädliche Technologie zu vermeiden oder zu ersetzen.«

»Das wäre super, aber meine Welt ist …«, er stockte, da er nicht wusste, wie er dem Stein klarmachen sollte, wie es war, völlig ohne Magie zu leben und damit glücklich zu sein. Er selbst würde nie wieder so empfinden können, doch der Rest der Menschheit kannte es ja nicht anders.

»Mir ist bewusst, dass die Versöhnung zwischen Drachen und Menschen in deiner Welt eine Aufgabe für die kommenden Generationen ist. Dennoch brauchen sie einander. Wir sollten hier und jetzt einen Anfang setzen, den Anstoß für ein Umdenken, das in den Köpfen beider Spezies stattfinden muss. Du könntest mir zunächst die Anliegen der Menschen mitteilen und deine Rasse im Rat vertreten, da du jederzeit hierherkommen kannst und nicht vom Wohlwollen eines Drachen abhängig bist.«

»Also, wenn ich nur ab und zu hier aufschlagen soll, um dir und den Ältesten zu sagen, was sich die Leute so wünschen, wäre das für mich in Ordnung. Hauptsache, die Drachen rösten mich nicht dafür und ich muss keine Vorträge im Fernsehen halten.«

»Wie gesagt, es ist ein erster Schritt auf einem langen Weg, der sicherlich viele Hindernisse bereithält. Aber ich sehe, dass du schon Freunde unter Drachen und Menschen in mehreren Dimensionen gefunden hast. Es zeigt mir, dass du ein brauchbarer Diplomat bist, der ganz sicher genug Hilfe bekommt. Würdest du einen Versuch wagen?«

Er zögerte. Die Vorstellung, gebraucht zu werden, gefiel ihm, obwohl er keine Ahnung hatte, was da alles auf ihn zukommen würde.

»Versuchen kann ich es ja mal«, sagte er schließlich. »Aber nur, wenn meine Drachenpartnerin damit einverstanden ist und mich begleiten darf.«

"Na, und wie sie damit einverstanden ist!«

Die Stimme, die sich vorwitzig in seinen Gedanken vor die des Steins drängelte, klang so begeistert, dass sie ihm sofort mehr Zuversicht gab.

Er bemerkte, dass die schlanke Säule zu ihrem ursprünglichen Farbton zurückkehrte und schwieg. Anscheinend genügte ihr seine Zusage fürs Erste. Dafür standen neun Drachen und vier Menschen um ihn herum und begafften ihn wie ein Weltwunder.

Schließlich meldete sich Eya zaghaft. »Sag mal, stimmt es wirklich, dass dich dieses magische Wunderding da soeben zu seinem persönlichen Vermittler ernannt hat?«

AUFTAUEN

Die nächsten Minuten verbrachte Jonas damit, noch einmal genau seine Erlebnisse mit Finnegan sowie sein Gespräch mit dem Stein der Dämmerung zu schildern. Niemand unterbrach ihn, doch auch nachdem er geendet hatte, blieb es unheimlich still.

Verwirrt starrte er die Anwesenden abwechselnd an. Was war bloß los? Warum reagierten nicht mal die Ältesten darauf?

Gerade wollte er seine Frage laut stellen, als er Naidas amüsierten Gedanken empfing.

»Warte, sie sind noch nicht fertig mit ihrer Beratung. So lange sollten wir uns zurückhalten. Ich finde die Idee allerdings großartig und werde dich unterstützen, soweit es in meiner Macht liegt.«

Eya und Liman zeigten ihm den Daumen hoch, Kuno klopfte ihm auf die Schulter.

Erleichtert atmete er auf. Das musste ihm auch jemand sagen!

Endlich öffnete Eafras seine glänzenden Augen und verkündete:

»Die Entscheidung des Steins der Dämmerung wird von allen verbliebenen Ältesten mitgetragen. Sie hat weitreichende Konsequenzen, die wir im Einzelnen noch gar nicht überblicken können. Aber wir werden daran arbeiten. Wir danken Jonas und seinen Freunden für ihren mutigen Einsatz, auch wenn uns das erzwungene Erscheinen des Wandlers zunächst viel Leid beschert hat. Dafür ist dem Verräter und Mörder Finnegan eine gerechte Strafe zuteilgeworden und die Bedrohung durch ihn ist gebannt.«

»Ich hoffe, ihr werdet die Belange der Drachen und Menschen nun endlich ernstnehmen«, bemerkte Liman ruhig. »Sonst riskiert ihr nämlich bald die nächste Rebellion.«

»Ich gebe zu, dass wir Fehler gemacht und zu wenig auf die Zeichen der Zeit geachtet haben. Zunächst gilt es, den Rat zu komplettieren und den Frieden in den Dimensionen wiederherzustellen. Dazu möchten wir die neuen Mitglieder nicht mehr selbst bestimmen, sondern die Völker sollen Vorschläge machen und daraus wählen. Zudem erhält jeder Gewählte Zugang zum Heiligtum.«

Jonas fand, dass dies sehr vernünftig klang, richtig demokratisch.

»Ich schlage Zamothrakles als Vertreter meiner Dimension vor«, sagte er.

Naida und Eya entfuhr ein leises Keuchen, während sich Kuno auf die Lippe biss, um ein Lachen zu unterdrücken. Liman zwinkerte ihm grinsend zu und Zamos ansteckendes Gelächter vibrierte in seinem Schädel.

»Danke für dein Vertrauen in mich, Kleiner. Ich gratuliere dir zum verantwortungsvollen Posten. Allerdings denke ich, dass mit Völker *wohl nicht das deinige gemeint war.«*

Er merkte, wie er rot anlief, als die Augen aller Anwesenden erneut auf ihm ruhten. Am liebsten wäre er im Boden versunken. Ein grüner Drache, dessen sanfte Stimme verriet, dass es sich um eine Lady handelte, ergriff das Wort.

»Ich finde den Vorschlag des Jungen bedenkenswert. Wir sollten ihn nicht verwerfen. Schon gar nicht, nachdem uns der Stein der Dämmerung soeben eine Lektion in Sachen Toleranz und Gleichberechtigung erteilt und diesen Menschen zu seinem persönlichen Vermittler ernannt hat. Ich ersuche den Rat, dem Erwählten das gleiche Stimmrecht zu geben wie jedem von uns.«

Aufgeregte Laute folgten dieser Ansprache, dann erneutes Schweigen.

»Denkst du wirklich, sie gehen darauf ein und nehmen Zamo in die engere Wahl?«, hörte er Eya dicht an seinem Ohr raunen.

Er zuckte mit den Schultern.

»Ich hoffe es«, gab er ebenso leise zurück. »Er wäre garantiert besser als irgendein verknöcherter alter Greis, der sowieso nichts verändern will.«

»Das stimmt allerdings. Oh, ich habe da noch etwas für dich.« Sie griff sich an den Hals und zog etwas silbrig Schimmerndes unter ihrer Drachenweste hervor, das sie sich mit einer raschen Bewegung über den Kopf streifte. »Hier, die habe ich für dich gerettet. Dachte, du brauchst sie vielleicht noch, obwohl dir Helia bestimmt auch eine neue Schuppe schenken würde.«

Freudig nahm er den Anhänger entgegen und legte ihn sich um. Das Hornplättchen schmiegte sich warm und wundervoll vertraut an seine Brust.

»Danke, das ist unheimlich praktisch. Du solltest Zamo auch um eine Schuppe bitten. Wenn er sich tarnt, bist du damit unsichtbar«, raunte er.

»Echt? Ich dachte, es sei bloß ein hübscher Glücksbringer.«

Jonas spürte eine Berührung am linken Arm. *»Wir gehen jetzt besser«*, erreichte ihn der mentale Kommentar seiner Lehrmeisterin. *»Schau mal dort – ich habe dafür gesorgt, dass du deinem neuen Amt gerecht wirst und auch ohne Eafras' Anwesenheit hierherkommen kannst.«*

Sie deutete hinter sich, wo an der Felswand, die dem Stein am nächsten lag, etwas Glitzerndes hing. Er lächelte. Ja, so war es gut. Die Ältesten würden sicherlich länger brauchen, um sich auf ein Vorgehen zu einigen. Da störten die Menschen und Nicht-Ratsmitglieder nur. Außerdem war er todmüde und konnte sich kaum noch auf den Beinen halten. Deshalb zogen sie sich still und leise zurück. Sogar Helia schaffte es, nahezu lautlos zu starten, obwohl sie ein wenig beleidigt war, weil sie das notwendige Portal nicht selbst öffnen durfte.

Eiseskälte und schneebedeckte Berge empfingen sie auf der anderen Seite. Der Sonnenaufgang beschien rotgolden und hoffnungsvoll einige Hütten an dem halb zugefrorenen See. Der Anblick entschädigte für die ausgestandenen Ängste, Strapazen und die Verzweiflung. Er war so friedlich, dass Jonas zum ersten Mal bewusst wurde, dass sie es geschafft hatten!

Zumindest waren sie dem Frieden einen riesigen Schritt nähergekommen und – das Wichtigste – seine Freunde waren lebendig und frei.

Automatisch verwendete er den winzigen Rest seiner Konzentration, um sich warmzuhalten. Als er es bemerkte, musste er schmunzeln. Vielleicht wuchs er ja doch langsam in seine Rolle als Magier hinein? Irgendwann würde es ihm sicherlich gelingen, mit seiner eigenen Kraft reflexartig einen Schutz aufzubauen, um nicht von irgendwelchen herumfliegenden Teilen getroffen zu werden oder sich beim Sturz alle Knochen zu brechen. Er brauchte nur ein wenig Übung.

Zum Glück stürzte sich Helia sofort hinter Zamo in das Seeportal. Auf der anderen Seite war es zwar ebenfalls kalt, dennoch benötigte er nicht mehr halb so viel Energie, um trotz fehlender Winterkleidung nicht zu erfrieren. Es war im Gegensatz zur anderen Portalseite noch dunkel, was seine Vermutung bestätigte, dass die Zeit in den einzelnen Dimensionen unterschiedlich verlief.

Überraschenderweise landeten die beiden Drachen sofort nach der Durchquerung am Seeufer, statt zu kreisen, um auf die anderen zu warten.

»Warum fliegen wir nicht weiter?«, fragte er Helia. »Ich möchte so gern schnell nach Hause kommen.«

»Und ich dachte, du würdest dich noch lieber aufwärmen, ausruhen und bei dieser Gelegenheit ein paar Freunde begrüßen. Ich jedenfalls freue mich auf eine Mahlzeit und einige Flügelspannen Ruhe vor der Weiterreise.«

»Ah, okay. Wo bleiben die anderen?«

»Sie treffen sich mit dem scheußlichen Magier, dem Naida das Versprechen gegeben hat, ihn in unsere Dimension zu bringen. Es dauert noch eine Weile, bis sie kommen.«

»Ach ja. Dogul habe ich total vergessen. Wie ist er eigentlich aus dem Lager entkommen?«

»Das weiß bisher niemand genau. Du könntest ihn fragen, wenn er eintrifft.«

»Nein danke, darauf verzichte ich gerne.«

Inzwischen wurde ihm doch ziemlich frisch im T-Shirt und er wärmte sich am Drachenkörper. Eya, die nicht viel mehr anhatte als er und längst bäuchlings auf ihrem Partner lag, klapperte so laut mit den Zähnen, dass er es aus der Entfernung hören konnte.

In zwei von fünf Häusern brannte bereits Licht. Eine Tür wurde geöffnet, um eine schmale Gestalt mit Zöpfen hinauszulassen. Sie eilte über die gefrorene Erde auf sie zu. Ohne dass er ein Gesicht erkennen konnte, wusste er, wer ihn da willkommen heißen wollte und hievte sich von seinem warmen Platz, um möglichst cool und lässig zu Boden zu gleiten.

»Hi Svea«, begrüßte er den Neuankömmling.

Er hoffte, dass sein Pokerface richtig saß und das Lächeln seine Verlegenheit gut genug überspielte. Zumindest war ihm in diesem Augenblick nicht mehr kalt. Sie blieb einen Meter vor ihm stehen, die Wangen leicht gerötet, die Augen strahlend. Sie wirkte überhaupt nicht müde. Nichts ließ erkennen, dass seine Ankunft sie gerade viel zu früh aus dem Bett geworfen hatte.

»Hallo Eya und Jonas«, sagte sie. »Wie wunderbar, dass ihr vorbeischaut. Meine Mutter macht schon ein Frühstück für euch. Möchtet ihr reinkommen? Nein, ihr zwei nicht!«

Lachend wehrte sie ab, als Helia sie fragend anschnaubte.

Zamos Reiterin ließ sich ächzend von ihrem hohen Sitz herab, es wirkte viel weniger geschmeidig als sonst.

»Gggerne«, brachte sie bibbernd hervor. Als die Blondine keine Anstalten machte, zurück zum Haus zu gehen, stakste Eya mit hochgezogenen Schultern, am ganzen Körper zitternd, an ihr vorbei. »Ich gggeh schon mmmal.«

»Und du? Ist dir nicht kalt?« Svea blickte ihn mit keck zur Seite gelegtem Kopf an.

Er winkte automatisch ab. »Geht schon.«

»Schade. Und ich dachte, ich dürfte dich wieder ein wenig auftauen.«

»Oh, ich …« Nun wurde er doch rot. Mist, wieso war er bloß so durchsichtig? Gerade hatte er sich vorgestellt, wie sie sich an ihn schmiegte, um ihn zu wärmen.

Sie lachte. Es war das schönste Geräusch, das er sich vorstellen konnte. Er spürte, wie ein Haufen Schmetterlinge in ihm wuselte, um sich aus seinem Innersten zu befreien.

»Jetzt komm schon endlich, sonst musst du *mich* auftauen! Außerdem bin ich furchtbar gespannt auf deine Geschichte!«

Damit nahm sie seine Hand und zog ihn einfach hinter sich her auf das einladende Licht zu.

Mein riesiger Dank gilt all jenen,
die meinen Drachen beim Schlüpfen geholfen,
sie großgezogen und zum Fliegen gebracht haben.
Ohne euch wäre Jonas kein Drachenreiter geworden
und es gäbe viel weniger Magie.

Michaela Göhr arbeitet als Lehrerin, Mutter, Ehefrau, Haus- und Gartenbesitzerin. In ihrer Freizeit malträtiert sie leidenschaftlich gern die PC-Tastatur, um ihren Kopf von den drängelnden, schubsenden und lautstark rufenden Geschichten zu befreien, die sich dort regelmäßig ansammeln. Meistens muss man sie gewaltsam aus einer der zahlreichen Welten reißen, die sie so gerne erschafft.

Wenn sie einmal nicht vor dem Computer sitzt, sieht man sie durch Wald und Flur traben oder im weißen Kampfsport-Outfit in der Sporthalle schwitzen. Ab und zu liest sie auch selbst ein Buch.